GOLDMANN

Buch

1966. In der von General Zateb Kazim mit eiserner Faust regierten afrikanischen Republik Mali ist eine Seuche ausgebrochen, deren Folgen menschliches Vorstellungsvermögen übersteigen: Eine rätselhafte Infektion bewirkt bei den Tuaregs Bewußtseinsveränderungen, die dazu führen, daß den Wüstenbewohnern jegliches Sozialverhalten verlorengeht und sie beginnen, dem Kannibalismus zu frönen. Gleichzeitig transportiert der Niger einen chemischen Stoff ins Meer, der das Planktonwachstum derart beschleunigt, daß der Sauerstoffkreislauf der Weltmeere umzukippen droht. Doch nach wie vor weigert sich Mali, Wissenschaftler der Weltgesundheitsorganisation zu Untersuchungen vor Ort in das Land einreisen zu lassen.

So wird Dirk Pitt mit seinem bewährten Team von der amerikanischen Regierung zur Aufklärung dieser Vorgänge herangezogen. Er nimmt eine Gruppe internationaler Wissenschaftler, darunter seine langjährige Vertraute und Freundin Dr. Eva Rochas, mit auf seine Expedition, die ihn vor völlig neue und unerwartete Probleme stellt. Was er in Afrika entdeckt, ist ein diabolischer Vernichtungsschlag gegen jedes Natur- und Menschenrecht, ersonnen und in die Tat umgesetzt von Zateb Kazim zusammen mit dem skrupellosen französischen Industrie-Tycoon Yves Massarde, genannt Skorpion.

Pitt scheint das Glück zunächst gewogen. Doch die erbarmungslosen klimatischen Umstände – die unerbittliche Wüstensonne und Sandstürme sowie bitterkalte Nächte unter freiem Himmel – verlangen seinem Team manchen Härtetest ab. All dies wäre zu schaffen, wenn die NUMA nicht gegen die ungeahnte Waffenübermacht der Verschwörer ankämpfen müßte. Eine wilde Verfolgungsjagd beginnt. Schließlich muß Pitt einsehen, daß er Kazim und Massarde nicht allein das Handwerk legen kann. Die Hilfe von außen kommt wahrlich in der letzten Minute.

Autor

Clive Cussler, geboren in Alhambra/Kalifornien, war Pilot bei der US Air Force, bevor er als Funk- und Fernsehautor bekannt wurde. Er nahm an einer Expedition teil, die in den Wüsten des amerikanischen Südwestens nach vergessenen Goldminen suchte, und beteiligte sich an einem Unternehmen, das an der englischen Küste nach versunkenen Schiffen forschte. Er lebt heute in Denver/Colorado.

Außer dem vorliegenden Band sind von Clive Cussler als Goldmann-Taschenbücher erschienen:

Die Ajima-Verschwörung. Roman (42188) · Das Alexandria-Komplott. Roman (41059) · Cyclop. Roman (9823) · Eisberg. Roman (3513) · Hebt die Titanic! Roman (3976) · Im Todesnebel. Roman (8497) · Tiefsee. Roman (8631) · Der Todesflieger. Roman (3657) · Der Todesflug der Cargo 03. Roman (6432) · Um Haaresbreite. Roman (9555)

CLIVE CUSSLER
OPERATION SAHARA

ROMAN

Aus dem Amerikanischen
von Dörte und Frieder Middelhauve

GOLDMANN VERLAG

Ungekürzte Ausgabe

Titel der Originalausgabe: Sahara
Originalverlag: Simon & Schuster, New York

Umwelthinweis:
Alle bedruckten Materialien dieses Taschenbuches
sind chlorfrei und umweltschonend.
Das Papier enthält Recyclinganteile.

Der Goldmann Verlag
ist ein Unternehmen der Verlagsgruppe Bertelsmann

Genehmigte Taschenbuchausgabe 12/94

Umschlagentwurf: Design Team München
Druck: Elsnerdruck, Berlin
Verlagsnummer: 42802
MV · Herstellung: Heidrun Nawrot/sc
Made in Germany
ISBN 3-442-42802-5

3 5 7 9 10 8 6 4

In tiefer Dankbarkeit für die Hilfe
von Dr. Hal Stuber (Umwelt-Chemiker),
von James P. Walsh & Associates, Boulder, Colorado,
der den überflüssigen Ballast strich und dafür Sorge trug,
daß ich auf dem Boden der Tatsachen blieb.

2. April 1865
Richmond, Virginia

Ausbruch

Sie schien über dem geisterhaften Abendnebel zu schweben, wie ein bedrohliches Ungeheuer, das sich aus dem Dunkel des Urwalds erhebt. Schwarz und geheimnisvoll hob sich ihre niedrige Silhouette gegen die Baumreihe am Ufer ab. Schattenhafte, phantomartige Gestalten bewegten sich im schwachen, gelben Licht der Laternen, während die Feuchtigkeit an den grauen, aufragenden Flanken kondensierte und in die trägen Fluten des James River sickerte.

Ungeduldig wie ein Hund, der darauf lauert, daß ihm zur Jagd die Leine abgenommen wird, zerrte die *Texas* an ihrer Vertäuung. Ihre Geschützpforten waren mit schweren eisernen Klappen verschlossen, und die zehn Zentimeter dicke Armierung ihres Panzerdecks wies keinerlei Beschädigungen auf. Allein die weißrote Kriegsflagge oben am Mast hinter dem Schornstein, die reglos in der feuchten Luft hing, zeigte, daß es sich um ein Kriegsschiff der konföderierten Flotte handelte.

In den Augen der Landratten wirkte sie plump und häßlich, doch für Seeleute besaß sie ganz unverkennbar Charakter und eine gewisse Grazie. Die *Texas* war leistungsfähig, sie war tödlich; das letzte Exemplar einer Baureihe, die nach einer kurzen Phase anhaltender Siege jetzt zum Untergang verurteilt war.

Commander Mason Tombs stand auf dem Vorderdeck und zog ein blaues Tuch aus der Hosentasche, um sich den Schweiß, der sich unter seinem Uniformkragen gesammelt hatte, abzutupfen. Das Aufnehmen der Ladung verlief zu langsam, viel zu langsam. Die *Texas* würde für ihr Entkommen aufs offene Meer jede einzelne Minute der Dunkelheit benötigen. Ungeduldig beobachtete er seine Mannschaft, die unter Fluchen die Holzkisten über die Gangway und dann weiter durch eine offene Luke unter Deck wuchtete. Dafür, daß die Kisten

Akten einer Regierung enthielten, die nur vier Jahre lang im Amt gewesen war, schienen sie außergewöhnlich schwer zu sein. Sie stammten von den von Mulis gezogenen Wagen, die in der Nähe des Docks standen und von den abgekämpften Überlebenden einer Infanteriekompanie aus Georgia streng bewacht wurden.

Tombs warf einen beunruhigten Blick nach Richmond hinüber, das nur zwei Meilen entfernt im Norden lag. Grant hatte Lees verbissene Verteidigung von Petersburg durchbrochen, und jetzt zog sich die angeschlagene Armee der Südstaaten auf Appomattox zurück und überließ die Hauptstadt der Konföderierten schutzlos dem Ansturm der Truppen der Union. Die Evakuierung war angelaufen, und in der Stadt herrschte eine heillose Verwirrung. Ein tobender und plündernder Mob füllte die Straßen. Explosionen ließen die Erde erbeben, und Flammen schossen hoch in die Nacht, als die mit Nachschub gefüllten Lagerhäuser und Arsenale in die Luft gejagt wurden.

Tombs war ehrgeizig und energisch, einer der herausragendsten Seeoffiziere der Konföderierten. Er war kleingewachsen, gutaussehend, hatte braunes Haar, dunkle Augenbrauen und einen mächtigen roten Bart. Seine olivschwarzen Augen blickten eiskalt.

Als Kommandant auf kleinen Kanonenbooten hatte sich Tombs in den Kämpfen vor New Orleans und Memphis als ernsthafte Bedrohung für die Sache des Nordens erwiesen. Danach kam er als Artillerieoffizier auf die *Arkansas* und später als Erster Offizier auf die *Florida*, ein berüchtigtes Kaperschiff. Das Kommando über die *Texas* hatte er eine Woche nach ihrem Stapellauf in der Rockettswerft in Richmond übernommen. In der Folgezeit regte er eine Reihe von Verbesserungen an und beaufsichtigte die Umbauarbeiten, die vor der kaum zu bewältigenden Reise flußabwärts, vorbei an tausenden Kanonen des Nordens, notwendig waren.

Der letzte Wagen entfernte sich jetzt vom Dock und verschwand in der Nacht; Tombs wandte seine Aufmerksamkeit wieder dem Ladevorgang zu. Er zog seine Uhr aus der Tasche, ließ den Deckel aufspringen und hielt das Zifferblatt ins Licht einer Laterne, die an einem Pfahl hing.

Es war zwanzig nach acht. Kaum acht Stunden blieben bis zum Sonnenaufgang. Das reichte nicht, um die letzten zwanzig Meilen des Spießrutenlaufs im Schutz der Dunkelheit zurücklegen zu können.

Ein offener Zweispänner, der von zwei scheckigen Pferden gezogen wurde, rollte heran und hielt neben dem Dock. Der Kutscher blieb stocksteif und ohne sich umzudrehen sitzen, während seine beiden Passagiere zusahen, wie die letzten paar Kisten in den Laderaum gehievt wurden. Der Dickere von beiden, der Zivil trug, ließ erschöpft die Schultern hängen, während der andere, in der Uniform eines Seeoffiziers, Tombs erspähte und ihm zuwinkte.

Tombs stieg über die Planke auf das Dock, lief auf dem Kai zum Zweispänner hinüber und salutierte zackig. »Es ist mir eine Ehre, Admiral, Herr Minister. Ich hatte nicht für möglich gehalten, daß von Ihnen jemand die Zeit zum Abschiednehmen finden würde.«

Admiral Raphael Semmes, der als Kommandant des konföderierten Kaperers *Alabama* wahre Ruhmestaten vollbracht und inzwischen das Kommando über die Flottille gepanzerter Kanonenboote auf dem James River innehatte, nickte und lächelte. Unter dem gewachsten Schnurrbart schob sich dabei der kleine Spitzbart unter der Unterlippe nach vorn. »Selbst ein Regiment Yankees hätte mich nicht davon abhalten können, Ihnen Lebewohl zu sagen.«

Stephen Mallory, Marineminister der Konföderierten, streckte die Hand aus. »Von Ihnen hängt zu viel ab, als daß wir uns nicht die Zeit nehmen würden, Ihnen Glück zu wünschen.«

»Ich habe ein starkes Schiff und eine tapfere Mannschaft«, erwiderte Tombs voller Selbstvertrauen. »Wir werden den Durchbruch schaffen.«

Semmes' Lächeln verschwand, und seine Augen spiegelten eine böse Vorahnung wider. »Sollte Ihnen das nicht gelingen, müssen Sie das Schiff in Brand stecken und an der tiefsten Stelle des Flusses versenken. Auf gar keinen Fall darf es für die Union möglich sein, unsere Archive zu bergen.«

»Die Sprengladungen sind angebracht und scharf gemacht«, versicherte Tombs. »Der Schiffsboden wird weggesprengt, und die beschwerten Kisten versinken im Schlamm des Flusses, während das Schiff unter Volldampf noch eine gute Strecke zurücklegen wird, bevor es untergeht.«

Mallory nickte. »Ein guter Plan.«

Die beiden Männer im Zweispänner tauschten einen Blick aus. Nach einem Moment des Zögerns sagte Semmes: »Tut mir leid, daß ich Ihnen im letzten Augenblick eine weitere Aufgabe übertragen muß. Sie werden noch die Verantwortung für einen Passagier übernehmen müssen.«

»Einen Passagier?« knurrte Tombs. »Hoffentlich niemand, der am Leben hängt.«

»Ihm bleibt keine andere Wahl«, murmelte Mallory.

»Wo ist er denn?« erkundigte sich Tombs und sah sich auf dem Kai um. »Wir wollen jeden Augenblick ablegen.«

»Er wird bald eintreffen«, erwiderte Semmes.

»Darf ich fragen, um wen es sich handelt?«

»Sie werden ihn auf Anhieb erkennen«, sagte Mallory. »Und beten Sie, daß auch der Feind ihn erkennt, falls das nötig sein sollte.«

»Ich weiß nicht, was Sie meinen.«

Zum ersten Mal lächelte Mallory. »Das werden Sie schon begreifen, mein Junge. Ganz bestimmt.«

»Da gibt es noch etwas, das Sie wissen sollten«, wechselte Semmes das Thema. »Meine Spione haben berichtet, daß die *Atlanta*, eines unserer Kanonenboote, das im vergangenen Jahr den Panzerschiffen der Union in die Hände gefallen ist, jetzt bei der Marine der Nordstaaten Dienst tut und auf dem Fluß oberhalb von Newport News patrouilliert.«

Tombs strahlte. »Ja, verstehe. Die *Texas* hat ungefähr die gleichen Konturen und ganz ähnliche Abmessungen, so daß sie in der Dunkelheit gut mit der *Atlanta* verwechselt werden könnte.«

Semmes nickte und reichte ihm eine zusammengefaltete Flagge. »Die ›Stars and Stripes‹. Sie werden sie zur Tarnung brauchen.«

Tombs griff nach der Fahne der Union und klemmte sie sich unter den Arm. »Ich werde sie, kurz bevor wir die Geschützstellungen des Nordens bei Trent's Reach erreichen, hissen lassen.«

»Dann viel Glück«, sagte Semmes. »Tut uns leid, daß wir nicht bleiben können, bis Sie ablegen. Der Minister muß noch einen Zug erreichen, und ich muß zurück und mich um die Zerstörung der Flotte kümmern, bevor uns die Yankees überrennen.«

Der Marineminister schüttelte Tombs zum Abschied die Hand. »Der Blockadebrecher *Fox* wartet auf der Höhe von Bermuda, um Ihre Kohlenvorräte aufzufüllen. Viel Glück, Commander. Das Heil der Konföderation liegt in Ihren Händen.«

Noch ehe Tombs etwas erwidern konnte, befahl Mallory dem Kutscher anzufahren. Tombs hob die Hand zu einem letzten Gruß und blickte dem Zweispänner verwirrt nach. Das Heil der Konföderation? Diese Worte ergaben überhaupt keinen Sinn. Der Krieg war verloren. Von Süden vorstoßend, marschierte Sherman durch Carolina heran, während Grant sich mit seinen Truppen wie eine Woge durch Virginia Richtung Süden wälzte. Es konnte sich nur noch um ein paar Tage handeln, bis Lee gezwungen sein würde, sich zu ergeben. Und Jefferson Davis würde sich bald vom Präsidenten der Konföderierten Staaten in einen gewöhnlichen Flüchtling verwandeln.

Wo sollte das Heil liegen, selbst wenn die *Texas* entkommen konnte? Tombs hatte nicht die leiseste Ahnung. Seine Befehle lauteten, die Archive der Regierung in einen neutralen Hafen seiner Wahl zu bringen und dort zu verharren, bis ein Kurier Kontakt zu ihm aufnehmen würde. Wie in aller Welt sollte das Herausschmuggeln von Akten die sichere Niederlage des Südens abwenden können?

Er wurde in seinen Gedanken von seinem Ersten Offizier, Lieutenant Erza Craven, unterbrochen.

»Der Ladevorgang ist abgeschlossen, die Ladung sicher verstaut, Sir«, meldete Craven. »Soll ich Befehl zum Ablegen geben?«

Tombs wandte sich um. »Nein, noch nicht. Wir müssen noch einen Passagier mitnehmen.«

Craven, ein hochgewachsener kurzangebundener Schotte, erwiderte in der für ihn typischen Art, einem Gemisch aus schottischem Akzent und der gedehnten Sprechweise des Südens: »Wäre besser, wenn er sich verdammt beeilen würde.«

»Hält Chefingenieur O'Hare sich bereit?«

»Hat seine Maschinen unter Volldampf.«

»Und wie steht's mit den Mannschaften an den Kanonen?«

»Alle auf ihren Posten.«

»Wir halten die Geschützpforten geschlossen, bis wir auf die Flotte der Nordstaaten treffen. Wir können es uns nicht leisten, eine Kanone oder ein Mannschaftsmitglied durch einen Glückstreffer durch die offenen Pforten zu verlieren.«

»Es wird den Männern nicht passen, die andere Wange hinzuhalten.«

»Machen Sie ihnen klar, daß sie länger leben.«

Die beiden Männer drehten sich um und spähten in Richtung Küste, von wo aus sich Hufschlag näherte. Ein paar Sekunden später tauchte ein Offizier der Konföderierten aus dem Dunkel auf und ritt auf den Kai.

»Ist einer von Ihnen Commander Tombs?« fragte der Offizier mit müder Stimme.

»Das bin ich«, erwiderte Tombs und trat einen Schritt vor.

Der Reiter stieg vom Pferd und salutierte. Er war staubbedeckt und wirkte erschöpft. »Mit Verlaub, Sir. Captain Neville Brown, ich befehlige die Eskorte Ihres Gefangenen.«

»Gefangener«, gab Tombs zurück. »Mir wurde gesagt, es sei ein Passagier.«

»Sie können ihn behandeln, wie Sie wollen.« Brown zuckte gleichgültig die Achseln.

»Wo ist er denn?« erkundigte sich Tombs.

Seine Frage wurde sofort beantwortet. Eine geschlossene Kutsche rumpelte auf den Kai. Sie wurde von einer Abteilung Kavallerie in den blauen Uniformen des Nordens eskortiert.

Tombs wollte gerade seiner Mannschaft den Befehl geben, die Kanonen auszufahren und einen Enterversuch abzuwehren, als Captain Brown beruhigend sagte: »Keine Sorge, Commander. Das sind Jungs aus dem Süden. Die einzige Möglichkeit, sicher durch die Linien des Nordens zu gelangen, bestand darin, sich wie die Yankees anzuziehen.«

Zwei der Männer saßen ab, öffneten die Tür der Kutsche und halfen dem Passagier auszusteigen. Ein sehr großer, hagerer, bärtiger Mann betrat erschöpft die Planken des Kais. Er trug Fesseln an Handgelenken und Fußknöcheln, die mittels Ketten verbunden waren. Einen Augenblick lang musterte er mit ernstem Blick das Kanonenboot. Dann wandte er sich um und nickte Tombs und Craven zu.

»Guten Abend, Gentlemen.« Seine Stimme klang ein wenig hell. »Gehe ich recht in der Annahme, daß ich die Gastfreundschaft der konföderierten Marine genießen werde?«

Tombs war sprachlos. Stocksteif standen Craven und er da, boten ein Bild völliger Fassungslosigkeit.

»Mein Gott«, murmelte Craven schließlich. »Wenn es sich bei

Ihnen um eine Fälschung handelt, Sir, dann aber um eine hervorragende.«

»Nein«, erwiderte der Gefangene, »ich versichere Ihnen, bei mir handelt es sich um das Original.«

»Wie ist das möglich?« fragte Tombs völlig verdutzt.

Brown saß wieder auf. »Mir fehlt die Zeit für Erklärungen. Ich muß meine Männer über die Brücke von Richmond bringen, bevor sie gesprengt wird. Jetzt untersteht er Ihrer Verantwortung.«

»Was soll ich denn mit ihm anfangen?« wollte Tombs wissen.

»Halten Sie ihn an Bord Ihres Schiffes gefangen, bis Sie den Befehl bekommen, ihn freizulassen. Das ist alles, was ich Ihnen sagen sollte.«

»Das ist verrückt.«

»Wie der Krieg, Commander«, erwiderte Brown über die Schulter, gab seinem Pferd die Sporen und ritt davon. Seine kleine, als Nordstaaten-Kavallerie verkleidete Abteilung folgte ihm.

Tombs wandte sich an Craven: »Lieutenant, begleiten Sie unseren ›Passagier‹ in meine Kabine und lassen Sie Chefingenieur O'Hare einen seiner Mechaniker schicken, der diese Fesseln abnehmen soll. Ich will nicht als Kommandant eines Sklavenschiffes sterben.«

Der Bärtige lächelte Tombs zu. »Vielen Dank, Commander. Ich weiß Ihre Freundlichkeit zu schätzen.«

»Sparen Sie sich Ihren Dank«, erwiderte Tombs grimmig. »Der Teufel wartet bei Sonnenaufgang auf uns.«

Zunächst kaum wahrnehmbar, dann immer schneller, nahm die *Texas* flußabwärts Fahrt auf, wobei ihr die Strömung von zwei Knoten half. Kein Lüftchen regte sich, und abgesehen vom Stampfen der Maschinen, war es auf dem Fluß totenstill. Im fahlen Licht der Mondsichel glitt sie wie ein Geist über das Wasser – wie ein Wesen, das man eher spürte als sah, fast eine Illusion.

Nur die Bewegung verriet sie, sorgte für eine glitzernde Bugwelle, die sich am Ufer brach. Die *Texas* war ausschließlich für diesen einen Einsatz, ihre einzige Fahrt, auf Kiel gelegt worden. Die Schiffsingenieure hatten fantastische Arbeit geleistet: sie war das leistungsfähigste Kriegsschiff, das die Konföderierten in den vier Kriegsjahren vom Stapel gelassen hatten.

Es war mit Doppelschrauben und einem Zwillingskessel ausgerüstet. Seine Länge betrug 60 Meter, seine Breite etwas mehr als 12 Meter. Die *Texas* hatte einen Tiefgang von nur zweieinhalb Metern. Die nach innen gewölbten knapp drei Meter hohen Seiten des Rumpfes waren mit 15 Zentimeter dicken Eisenplatten verkleidet, dann folgte eine 30 Zentimeter dicke Schicht aus Preßbaumwolle, dann nochmals eine 50 Zentimeter dicke Panzerschicht aus Eiche und Pinienholz. Die Panzerung setzte sich unter der Wasserlinie fort und endete schließlich am Bug in einem dicken Rammsporn.

Die *Texas* war mit nur vier Kanonen bestückt, aber die hatten es in sich. Zwei Blakely Hundertpfünder mit gezogenen Läufen waren auf dem Vorder- und Hinterdeck auf Drehkränzen montiert, so daß mit ihnen auch Breitseiten geschossen werden konnten, und zwei weitere 23-Zentimeter-Geschütze, 64-Pfünder, deckten Back- und Steuerbord.

Die Maschinen waren nicht, wie das oft bei anderen Kanonenbooten der Fall war, aus Frachtdampfer ausgebaut worden, sondern fabrikneu und extrem leistungsfähig. Die schweren Kessel lagen unter der Wasserlinie, und ihre Schrauben mit einem Durchmesser von einem Meter konnten den Rumpf mit 14 Knoten oder fast 25 Stundenkilometern durch ruhiges Wasser vorantreiben – eine Geschwindigkeit, die von keinem Panzerschiff in beiden Flotten erreicht wurde.

Tombs war einerseits stolz auf sein Schiff, andererseits aber auch traurig, weil ihm bewußt war, daß der *Texas* möglicherweise nur ein kurzes Leben beschieden sein mochte. Doch er hatte sich fest entschlossen, daß sein Schiff und er den passenden Nachruf auf den schwindenden Ruhm der konföderierten Staaten schreiben würden.

Über eine Leiter stieg er vom Kanonendeck nach oben und betrat die Lotsenbrücke, eine kleine Konstruktion, die aussah wie eine Pyramide, deren Spitze man abgesägt hatte, und die sich auf dem Vorderteil des Panzerdecks befand. Er warf einen Blick durch die Sehschlitze in die Dunkelheit und nickte dann Leigh Hunt, dem schweigsamen Cheflotsen, zu.

»Wir werden bis zum offenen Meer Volldampf voraus laufen, Mr. Hunt. Sie sollten scharf Ausschau nach Sandbänken halten.«

Hunt, der als Lotse des James River den Fluß wie seine Westentasche kannte, hielt die Augen nach vorn gerichtet und machte eine Kopfbewegung gen Himmel. »Das bißchen Mondlicht genügt mir, um mich auf dem Fluß zurechtzufinden.«

»Die Kanoniere der Nordstaaten werden es ebenfalls nutzen.«

»Kann schon sein, doch unser grauer Seitenanstrich wird vor den Schatten des Ufers kaum auszumachen sein. Wir geben kein leichtes Ziel ab.«

»Das wollen wir hoffen«, seufzte Tombs.

Er kletterte durch die hintere Luke und stand auf dem Dach des Panzerdecks, als die *Texas* Drewry's Bluff erreichte und sich ihren Weg durch die vertäuten Kanonenboote von Admiral Semmes' Flußflottille bahnte. Die Mannschaften der Schwesterschiffe, *Virginia II, Fredericksburg* und *Richmond*, die gerade schweren Herzens dabei waren, die Sprengung ihrer Schiffe vorzubereiten, brachen plötzlich in wildes Hurra aus, als die *Texas* vorbeischoß. Die Kriegsflagge der Konföderierten am vorderen Mast flatterte in der steifen Brise. Die *Texas* bot ein erhebendes Bild.

Tombs zog seinen Hut und grüßte mit ausgestrecktem Arm.

Ebenso plötzlich, wie das Schiff aufgetaucht war, war es hinter der nächsten Flußbiegung verschwunden. Nur sein Kielwasser verriet, daß es vorbeigekommen war.

Kurz vor Trent's Reach – dort, wo die Armee der Nordstaaten den Flußlauf verbarrikadiert hatte und mehrere Artilleriestellungen lagen, befahl Tombs, die Flagge der Vereinigten Staaten zu hissen.

Hinter der Panzerung machten sich die Männer auf dem Kanonendeck kampfbereit. Die meisten der Matrosen hatten ihre Hemden ausgezogen, sich Taschentücher um die Stirn gebunden und warteten neben ihren Kanonen. Die Offiziere hatten die Uniformjacken abgelegt, trugen nur noch Unterhemden unter Hosenträgern und inspizierten ruhig das Deck. Der Schiffsarzt verteilte Adernpressen und zeigte den Männern, wie sie anzulegen waren.

Löscheimer standen übers Deck verteilt da. Sand wurde gestreut, um das Blut aufzusaugen. Pistolen und Säbel wurden ausgegeben, damit man Enterangriffe abwehren konnte, Gewehre wurden geladen und Bajonette aufgepflanzt. Die Luken zu den Magazinen unterhalb des Kanonendecks wurden geöffnet und das Hebegeschirr bereit gemacht, um Granaten und Pulver nach oben befördern zu können.

Unterstützt von der Strömung, machte die *Texas* 16 Knoten Fahrt, als ihr Bug gegen die Baumstämme der Barrikade krachte. Das Schiff durchbrach die Sperre, wobei der eiserne Rammsporn am Bug kaum einen Kratzer davontrug.

Ein alarmierter Wachposten der Nordstaaten sichtete die *Texas*, als sie aus der Dunkelheit hervorbrach und feuerte seine Muskete ab.

»Feuer einstellen! Um Gottes Willen, Feuer einstellen!« schrie ihm Tombs vom Panzerdeck aus zu.

»Welches Schiff?« drang die Stimme vom Ufer herüber.

»Die *Atlanta*, du Idiot. Erkennst du nicht die eigenen Schiffe?«

»Wann sind Sie flußaufwärts gefahren?«

»Vor einer Stunde. Wir haben Befehl, bis zur Flußbarrikade und zurück nach City Point zu patrouillieren.«

Das Täuschungsmanöver gelang. Die Wachposten der Nordstaaten am Flußufer schienen zufrieden. Ohne weitere Zwischenfälle setzte die *Texas* ihre Fahrt fort. Tombs stieß erleichtert einen Seufzer aus.

Er hatte damit gerechnet, daß ein Kugelhagel sein Schiff empfangen würde. Jetzt, da die unmittelbare Gefahr gebannt war, fürchtete er, daß ein mißtrauischer Offizier des Feindes telegrafisch flußauf- und -abwärts Alarm geben könnte.

Fünfzehn Meilen, nachdem die Barriere passiert worden war, kam das Ende von Tombs Glückssträhne. Vor ihnen schälte sich eine schwarze drohende Masse aus der Dunkelheit heraus.

In unmittelbarer Nähe des Westufers, das Heck flußaufwärts, lag die *Onondaga* vor Anker. Das Panzerschiff der Union war mit zwei Geschütztürmen bestückt. Die Türme hatten eine 28-Zentimeter-Panzerung; die Rumpfpanzerung betrug 14 Zentimeter. Die Artillerie bestand aus zwei Dahlgren 38-Zentimeter-Glattrohrgeschützen und zwei 150-Pfündern von Parrott mit gezogenen Läufen. Die *Onondaga* nahm von einer Barke, die an Steuerbord vertäut war, gerade Kohle auf.

Die *Texas* hatte sie fast schon erreicht, als ein Matrose, der auf dem vorderen Geschützturm stand, das Kanonenboot der Konföderierten bemerkte und Alarm gab.

Die Mannschaft hielt im Kohleschaufeln inne und starrte in Richtung des Kanonenboots, das so unvermittelt aus der Nacht aufgetaucht war. John Austin, Kommandant der *Onondaga*, zögerte einen Moment; er fragte sich, ob ein Kanonenboot der Rebellen tatsächlich, ohne entdeckt worden zu sein, so weit den James River hatte flußabwärts fahren können. Dieser Moment erwies sich als verhängnisvoll. Als er seiner Mannschaft den Befehl gab, das Feuer zu eröffnen, passierte ihn die *Texas* gerade, kaum einen Steinwurf entfernt.

»Drehen Sie bei!« schrie Austin, »oder wir eröffnen das Feuer und blasen Sie aus dem Wasser.«

»Hier ist die *Atlanta*!« schrie Tombs zurück und hielt das Täuschungsmanöver bis zum bitteren Ende aufrecht.

Austin ließ sich nicht eine Sekunde lang hinters Licht führen; auch nicht, als er plötzlich die Flagge der Union am Mast des Eindringlings entdeckte. Er gab Feuerbefehl.

Für den vorderen Turm war es zu spät, ins Geschehen einzugreifen. Die *Texas* hatte ihn schon passiert und befand sich außerhalb des Feuerbereichs. Doch die beiden 38-Zentimeter-Dahlgrens im Innern des Heckturms der *Onondaga* spieen Flammen und Rauch.

Wie Dampfhämmer krachten die Granaten in die Flanke der *Texas* und trafen den hinteren, oberen Teil der Rumpfpanzerung. Eisen- und Holzsplitter streckten sieben Mann nieder.

Beinahe zur selben Zeit schrie Tombs durch die offene Dachklappe einen Befehl ins Kanonendeck hinunter. Die Geschützpforten schwangen beiseite, und die drei Kanonen, die gesamte Breitseite der *Texas*, nahmen den Turm der *Onondaga* unter Feuer. Die Granate eines 100-Pfünders flog durch eine der geöffneten Geschützpforten, traf ein Dahlgren-Geschütz und hinterließ im Geschützturm Rauch, Flammen und eine fürchterliche Verwüstung. Neun Männer wurden getötet und elf schwer verwundet.

Bevor die Kanonen der beiden Schiffe nachgeladen werden konnten, war die *Texas* wieder in der Nacht verschwunden und fuhr sicher um die nächste Flußbiegung. Der vordere Geschützturm der *Onondaga* feuerte blind einen Abschiedsgruß hinterher. Die Granaten schossen heulend über das Achterdeck der fliehenden *Texas* hinweg.

Verzweifelt trieb Commander Austin seine Mannschaft an, ankerauf zu gehen und um 180 Grad zu wenden. Es war vergebens. Die Höchstfahrt des Panzerschiffes lag nur etwas über sieben Knoten. Es bestand keine Hoffnung, das Rebellenschiff einholen zu können.

In ruhigem Ton sagte Tombs zu Lieutenant Craven: »Von nun an, Mr. Craven, verstecken wir uns nicht mehr hinter der Flagge des Feindes. Bitte hissen Sie die Farben der Konföderierten und lassen Sie die Geschützpforten schließen.«

Eilfertig sprang ein junger Midshipman auf den Mast zu, löste das Fall, holte die ›Stars and Stripes‹ ein und hißte die diagonal gekreuzten Balken und Sterne auf rotweißem Grund.

Craven stand neben Tombs auf dem Panzerdeck. »Jetzt sind alle alarmiert«, stellte Tombs fest, »das wird kein Zuckerschlecken von hier aus bis zum Meer. Mit den Küstenbatterien werden wir fertig. Die feindliche Feldartillerie ist nicht stark genug, um unserer Panzerung mehr als einen Kratzer zuzufügen.«

Tombs schwieg und warf einen besorgten Blick über den Bug auf das schwarze Ufer, das sich vor ihnen dahinzog. »Die Kanonen der Unionsflotte, die an der Flußmündung auf uns warten, sind am gefährlichsten.«

Noch bevor er den Satz beenden konnte, wurden sie vom Ufer aus unter Sperrfeuer genommen.

»Jetzt geht's los«, murmelte Craven, während er sich schnell auf seinen Posten ins Kanonendeck zurückzog. Tombs blieb ohne Dekkung hinter der Lotsenbrücke stehen, um sein Schiff gegen feindliche Einheiten, die möglicherweise den Fluß blockierten, ins Gefecht zu führen.

Granaten von unsichtbaren Batterien und Musketenfeuer von Scharfschützen trafen jetzt die *Texas* wie ein Hagelsturm. Obwohl seine Männer über seine Entscheidung fluchten, hielt Tombs die Geschützpforten weiter geschlossen. Er sah keinen Grund, seine Mannschaft der Gefahr auszusetzen und wertvolles Pulver und Kugeln an einen Feind zu verschwenden, den er nicht ausmachen konnte.

Zwei weitere Stunden war die *Texas* den Angriffen ausgesetzt. Ihre Maschinen liefen ruhig und gleichmäßig und schoben sie ein oder zwei Knoten schneller vorwärts, als ursprünglich bei der Kiellegung vorgesehen. Dann und wann tauchten hölzerne Kanonenboote auf, feuerten ihre Breitseite ab und versuchten, die Jagd aufzunehmen. Die *Texas* ignorierte sie einfach und schoß an ihnen vorbei.

Plötzlich schälte sich die vertraute Silhouette der *Atlanta* aus dem Dunkel. Das Schiff lag quer zur Strömung mit drohender Breitseite vor Anker. Seine Steuerbordgeschütze nahmen das Ziel auf, als der Ausguck meldete, daß das Rebellenschiff entschlossen und mit voller Fahrt auf sie zurausche.

»Die wußten, daß wir kommen«, murmelte Tombs.

»Soll ich sie passieren, Captain?« fragte Hunt, der Lotse, und zeigte sich am Ruder bemerkenswert unbeeindruckt.

»Nein, Mr. Hunt«, antwortete Tombs. »Rammen Sie das Schiff knapp hinter dem Heck.«

»Wir drücken sie auf die Seite«, erwiderte Hunt, dem das Manöver sofort einleuchtete. »Zu Befehl, Sir.«

Mit einer achtel Drehung am Ruder hielt Hunt jetzt mit dem Bug der *Texas* genau auf das Heck der *Atlanta* zu. Zwei Granaten des ehemals konföderierten Schiffes krachten in die vordere Panzerung, durchschlugen sie und drückten die rückwärtigen Holzplanken 30 Zentimeter ein. Drei Mann wurden von Splittern verletzt.

Der Abstand verringerte sich schnell, und die *Texas* grub drei Meter ihres eisernen Rammsporns in den Rumpf der *Atlanta*. Dann durchstieß der Rammsporn das Achterdeck, kappte die Ankerkette, schleuderte die *Atlanta* um 90 Grad herum und drückte gleichzeitig ihr Deck herunter. Durch die Geschützpforten des Nordstaaten-Panzerschiffs schoß Wasser, und das Schiff sackte ab wie ein Stein, während die *Texas* buchstäblich darüber hinwegdonnerte.

Die *Atlanta* wurde auf ebenem Kiel in den Schlamm des Flusses gedrückt und kenterte dann, während die wild drehenden Schrauben der *Texas* ihren Rumpf nur um Zentimeter verfehlten, bevor sie das Wrack hinter sich ließen. Die meisten Männer der *Atlanta* konnten aus den Geschützpforten und Luken entkommen, doch mindestens 20 Mann gingen mit ihr unter.

Tombs und sein Schiff schlugen sich in ihrem verzweifelten Versuch, die Freiheit zu gewinnen, weiter durch. Das Gefecht begann erneut, und die *Texas* mußte weiterhin konstantem Beschuß und der Verfolgung durch Kanonenboote standhalten. Die Telegrafendrähte, die von der Nordstaaten-Armee entlang des Flußufers gezogen worden waren, glühten. Bei Küstenbatterien und auf den Schiffen, die das Kanonenboot versenken und abfangen wollten, breitete sich eine Welle von Chaos und Verzweiflung aus.

Granaten und Massivkugeln krachten unaufhörlich mit solchem Getöse gegen die Panzerung, daß die *Texas* vom Bug bis zum Heck vibrierte. Ein 100-Pfund-Geschoß aus einer Dahlgren, die zu einer Geschützstellung in Ford Hudson, hoch über dem Flußufer, gehörte, traf die Lotsenbrücke. Mr. Hunt, der Lotse, taumelte, sein Kopf dröhnte. Obwohl er durch mehrere Splitter, die durch die Sehschlitze geschwirrt waren, verletzt wurde, hielt er am Ruder aus und steuerte das Schiff weiterhin genau in der Mitte der Fahrrinne.

Im Osten dämmerte es, als die *Texas* auf dem James River an Newport News vorbeidampfte und das tiefere Wasser in der weiten Bucht von Hampton Roads erreichte, wo drei Jahre zuvor das Gefecht zwischen *Monitor* und *Merrimack* stattgefunden hatte.

Es schien, als habe sich die gesamte Flotte der Nordstaaten formiert und zu ihrem Empfang gerüstet. Das einzige, was Tombs von seinem Platz über dem Panzerdeck aus erkennen konnte, war ein Wald von Masten und Schornsteinen. Schwer bestückte Fregatten und Schoner auf der linken, Panzerschiffe und Kanonenboote auf der rechte Seite. Der schmale Kanal dahinter, der im Kreuzfeuer der Festung Monroe und Fort Wool lag, wurde von der *New Ironsides* gesperrt, einem gewaltigen Schiff mit eisenbeschlagenem Holzrumpf und 18 großkalibrigen Kanonen.

Jetzt erst befahl Tombs, die Geschützpforten zu öffnen und die Kanonen auszufahren. Für die *Texas* war der Zeitpunkt gekommen, sich zu wehren. Nun würde die Nordstaatenflotte ihre enorme Stärke zu spüren bekommen. Unter lautem Hurra legten sich die Männer der *Texas* ins Zeug und richteten die Kanonen; die Artillerieoffiziere hielten sich bereit.

Craven ging durch das Schiff, lächelte und scherzte mit den Männern, sprach Mut zu und gab Ratschläge. Tombs kam herunter und hielt eine kurze Ansprache, in der er über den Feind herzog, voller Optimismus in Hinblick auf ihren bevorstehenden Sieg und die Prügel, die die feigen Nordstaatler von seinen tapferen Südstaatenjungs beziehen würden. Dann kehrte er wieder auf seinen Posten hinter der Lotsenbrücke zurück, das Teleskop unter den Arm geklemmt.

Die Kanoniere der Nordstaaten hatten genügend Zeit, um sich vorzubereiten. Signalflaggen, daß gefeuert werden sollte, sobald die *Texas* in Schußweite kam, wurden gehißt. Als Tombs durch das Fernrohr sah, kam es ihm so vor, als ob der Feind den gesamten Horizont ausfüllte. Eine unnatürliche Ruhe legte sich über das Wasser wie ein Fluch, während die Wölfe darauf warteten, daß ihr Opfer in eine Falle steuerte, aus der es offensichtlich kein Entkommen gab.

Konteradmiral David Porter, untersetzt, mit Vollbart, die flache Seemannsmütze fest auf dem Kopf, stand auf einer Waffenkiste, von der aus er gut das Kanonendeck seines Flaggschiffs, der Fregatte *Brooklyn*, überblicken konnte. Aufmerksam beobachtete er im ersten Morgenlicht die Rauchfahne des sich nähernden Panzerschiffs der Rebellen.

»Da kommt sie«, stellte Captain James Alden, Kommandant von Porters Flaggschiff, fest. »Hält wie der Teufel direkt auf uns zu.«

»Ein tapferes, edles Schiff auf seiner letzten Fahrt«, murmelte Porter, während die *Texas* allmählich das gesamte Blickfeld seines Fernrohrs anfüllte. »Ein unvergeßlicher Anblick.«

»Sie ist fast in Reichweite«, meldete Alden.

»Hat keinen Zweck, kostbare Kugeln zu vergeuden, Mr. Alden. Befehlen Sie Ihren Kanonieren, noch zu warten.«

An Bord der *Texas* instruierte Tombs seinen Lotsen, der entspannt am Ruder stand und das Blut, das ihm von der linken Schläfe rann, ignorierte. »Hunt, passieren Sie die Reihe der Fregatten so nah wie möglich, damit die Panzerschiffe zögern zu feuern. Sie könnten ihre eigenen Schiffe treffen.«

Beim ersten Schiff der beiden Schlachtreihen handelte es sich um die *Brooklyn*. Tombs wartete, bis sie gut in Reichweite war, und gab dann Feuerbefehl. Das Buggeschütz der *Texas*, ein Blakely-Hundertpfünder, eröffnete das Gefecht. Die Granate mit Verzögerungszünder fuhr heulend über das Wasser, traf das Kriegsschiff der Nordstaaten, durchschlug die Bugreling und krepierte am Rohr des Parrot-Geschützes. Die Explosion tötete jeden Mann im Umkreis von vier Metern.

Jetzt eröffnete die *Saugus*, die mit einem Geschützturm bestückt war, aus ihren 38-Zentimeter Zwillingsrohren das Feuer auf die näher kommende *Texas*. Die Salve der beiden Massivgeschosse lag zu kurz, so daß die Kugeln wie flache Steine über das Wasser hüpften und die Gischt hoch aufspritzen ließen. Jetzt schwangen auch die übrigen Panzerschiffe ihre Geschütztürme herum, öffneten die Geschützpforten an Steuerbord und nahmen die *Texas* unter mörderisches Feuer, das die Panzerung des Schiffes erbeben ließ. Zu diesen angreifenden Schiffen gehörte neben *Manhattan*, *Saugus* und *Nahant* auch die *Chickasaw*, die erst kürzlich aus der Mobil Bay zurückgekehrt war, wo sie daran beteiligt gewesen war, das mächtige konföderierte Schlachtschiff *Tennessee* auf den Meeresboden zu schicken. Nun feuerte auch der Rest der Flotte, und die aufgewühlte See rund um das mit Höchstfahrt laufende Schiff erinnerte an kochendes Wasser.

Tombs rief durch die Luke nach unten Craven zu: »Den Panzerschiffen können wir nichts anhaben. Beantworten Sie deren Feuer nur mit dem Backbordgeschütz. Schwenken Sie Bug- und Heckgeschütz und nehmen Sie die Fregatten unter Feuer!«

Craven führte die Befehle seines Kommandanten aus, und innerhalb von Sekunden erwiderte die *Texas* das Feuer. Ihre Granaten durchschlugen die Planken der *Brooklyn* und explodierten im Innern des Schiffs. Eine detonierte im Maschinenraum, tötete acht Männer und verwundete ein weiteres Dutzend. Die zweite streckte die Bedienungsmannschaft eines Geschützes nieder, die sich gerade fieberhaft bemühte, das Rohr zu senken. Eine dritte Granate explodierte auf dem dicht bevölkerten Deck und sorgte für weiteres Blutvergießen und Verwirrung.

Die konföderierten Kanoniere luden und feuerten mit tödlicher Präzision. Sie verwandten kaum eine Sekunde auf genaues Zielen. Es war einfach unmöglich vorbeizuschießen. Jenseits der Geschützpforten nahmen die Yankee-Schiffe die gesamte Bildfläche ein.

Die Luft über Hampton Roads war erfüllt vom Donnern der Geschütze, den Detonationen der Granaten, dem Klacken der Geschützverschlüsse, dem Klappern der Kartuschen und sogar vom Musketenfeuer der Marinesoldaten der Nordstaaten auf den Brustwehren. Dicker Rauch hüllte jetzt die *Texas* ein und erschwerte den Kanonieren der Nordstaaten die Zielansprache. Sie schossen auf das Mündungsfeuer und hörten das Klingen, wenn ihre Kugeln die Panzerung des konföderierten Schiffes trafen, und das Heulen der Querschläger im Rauch.

Tombs schien es, als steuere er direkt auf einen ausbrechenden Vulkan zu.

Die *Texas* hatte nun die *Brooklyn* passiert und schickte ihr noch einen Abschiedsgruß aus dem Heckgeschütz herüber. Die Granate heulte so dicht an Admiral Porter vorbei, daß der Sog ihm für einen Augenblick die Luft zum Atmen nahm. Die Leichtigkeit, mit der das Rebellenschiff die Breitseiten der *Brooklyn* wegzustecken schien, machte ihn fuchsteufelswild.

»Signalisieren Sie der Flotte, den Gegner abzufangen und zu rammen!« befahl er Captain Alden.

Alden bestätigte den Befehl, doch er wußte, daß dies kaum möglich sein würde. Die unglaubliche Geschwindigkeit des Panzerschiffs verblüffte jeden Offizier. »Die *Texas* macht zu hohe Fahrt, als daß eines unserer Schiffe sie breitseits erwischen könnte«, bemerkte er ausdruckslos.

»Ich will, daß der verdammte Rebell versenkt wird!« knurrte Porter.

»Selbst wenn das Schiff noch an uns vorbeikommt, entgeht es nie im Leben den Kanonen der Forts und der *New Ironsides*«, beruhigte Alden seinen Vorgesetzten.

Wie zur Bestätigung eröffneten die Panzerschiffe das Feuer, nachdem die *Texas* an der *Brooklyn* vorbei war und die nächste Fregatte in der Schlachtreihe, die *Colorado*, noch nicht erreicht hatte.

Die Geschosse der Nordstaaten kamen jetzt genauer. Donnernd schlugen zwei Massivgeschosse unmittelbar hinter dem Steuerbordgeschütz ein. Die dicke Panzerung wurde um mehr als einen Meter eingedrückt, und Rauch drang ins Innere des Panzerdecks. Ein weiterer Schuß hinterließ einen tiefen Einschußkrater unter dem Schornstein. Die nächste Granate traf genau dieselbe Stelle, durchschlug die bereits beschädigte Panzerung und explodierte mit schrecklicher Wirkung im Kanonendeck. Sie tötete sechs Männer, verwundete elf weitere und setzte Baumwolle und Holzsplitter in Brand.

»Ach du große Scheiße!« brüllte Craven, der sich plötzlich mit angesengten Haaren, zerfetzter Uniform und gebrochenem Arm zwischen Toten und Verwundeten wiederfand. »Holt den Wasserschlauch aus dem Maschinenraum und löscht das verdammte Feuer.«

O'Hare, der leitende Ingenieur, streckte seinen Kopf durch die

Luke, die zum Maschinenraum führte. »Wie schlimm steht's denn?« erkundigte er sich mit bemerkenswert ruhiger Stimme.

»Kann Ihnen doch egal sein«, schrie Craven ihn an. »Sorgen Sie nur dafür, daß die Maschinen laufen.«

»Ist nicht so leicht. Meine Männer kippen in der Hitze um. Hier unten ist es heißer als in der Hölle.«

»Dann nehmen Sie's als Vorgeschmack, bevor wir alle dort landen«, gab Craven kurz angebunden zurück.

Wieder erschütterte eine ohrenbetäubende Explosion die *Texas* von der Mastspitze bis zum Kiel, als sei sie von der Faust eines Riesen getroffen worden. Der Rand der Panzerung vorne an Backbord wurde wie von einem gigantischen Fleischermesser aufgeschlitzt. Die massiven Eisenplatten und Holzplanken wölbten sich und detonierten in einem Splitterregen, der die Bedienungsmannschaft des Blakely-Buggeschützes umriß.

Die nächste Granate durchschlug die Panzerung und explodierte im Schiffslazarett. Sie tötete den Schiffsarzt und die Hälfte der Verwundeten, die dort auf ihre Versorgung warteten. Das Kanonendeck sah aus wie ein Schlachthaus. Die einstmals fleckenlosen Planken waren pulvergeschwärzt und trieften vor Blut.

Die *Texas* war angeschlagen. Das ganze Gefecht hindurch machte sie Höchstfahrt, doch allmählich wurde sie in Stücke geschossen. Ihre Rettungsboote waren verschwunden, gleichfalls die beiden Masten. Der Schornstein sah aus wie ein Sieb. Die gesamte Panzerung war ein groteskes Gewirr aus verbogenem und durchlöchertem Eisen. Drei der Dampfleitungen waren unterbrochen, und die Geschwindigkeit um ein Drittel gesunken.

Doch erledigt war sie noch lange nicht. Immer noch liefen ihre Maschinen im Takt, und ihre drei Kanonen trugen Tod und Verderben in die Flotte der Nordstaaten. Ihre nächste Breitseite durchschlug die Holzplanken der Fregatte *Powhatan*, eines alten Raddampfers. Kessel flogen in die Luft, der Maschinenraum wurde verwüstet. Die *Powhatan* hatte an diesem Tag die schwersten Verluste von allen Schiffen der Nordstaaten.

Tombs war ebenfalls schwer verwundet worden. Ein Granatsplitter steckte in seiner Hüfte, und ein Streifschuß hatte eine tiefe Furche in seine Schulter geschnitten. Dennoch kauerte er, unvernünftigerweise, immer noch ohne Deckung hinter dem Brückenhaus und gab Mr. Hunt Befehle, welchen Kurs er steuern sollte. Sie hatten das Schlachtfeld beinahe hinter sich.

Er warf einen Blick voraus auf die *New Ironsides*, die vor ihnen mit zugewandter Breitseite und geladenen Kanonen in der Fahrrinne lag. Er sah, daß die Kanonen von Fort Monroe und Fort Wool ausgefahren und schußbereit waren, und plötzlich wurde ihm schmerzlich klar, daß sie den Durchbruch nicht schaffen konnten. Mehr konnte die *Texas* einfach nicht vertragen.

Er dachte an die Mannschaft. Männer, die ihr Leben in die Waagschale geworfen hatten, denen außer Laden, Feuern und die Kessel unter Dampf zu halten alles egal geworden war. Sie waren über sich selbst hinausgewachsen, hatten den Tod ignoriert und ihre Pflicht erfüllt.

Der Kanonendonner verhallte und wich einer seltsamen Stille. Tombs richtete sein Rohr auf die *New Ironsides*. Er entdeckte einen Offizier, offenbar den Kommandanten, der über einer Panzerreling lehnte und ihn durch ein Teleskop beobachtete.

Genau in diesem Augenblick entdeckte er die Nebelbank, die sich jenseits der Forts der Mündung der Chesapeake Bay näherte. Wenn sie es schafften, diesen grauen Dunst zu erreichen und dahinter zu verschwinden, wäre es möglich, Porters Wolfsrudel zu entkommen. Tombs fielen Mallorys Worte zu dem Passagier ein: »Und beten Sie, daß auch der Feind ihn erkennt, falls das nötig sein sollte.« Durch die offene Luke rief er nach unten.

»Mr. Craven, sind Sie noch da?«

Unter ihm tauchte sein erster Offizier auf und blickte nach oben. Sein Gesicht, pulververschmiert, voller Blut und Schürfwunden, war in einem schlimmen Zustand. »Klar, Sir. Und ich wünschte bei Gott, ich wär's nicht.«

»Bringen Sie unseren Passagier aus meiner Kajüte nach oben. Und sorgen Sie für eine weiße Fahne.«

Craven verstand, er nickte. »Zu Befehl, Sir.«

Der verbliebene 64-Pfünder und das Buggeschütz stellten das Feuer ein. Die Flotte der Nordstaaten war weit zurückgefallen, und die Geschütze der *Texas* konnten nicht so weit herumgeschwungen werden, daß sie die Schiffe weiter unter Beschuß hätten halten können.

Tombs war bereit, alles auf eine Karte zu setzen. Er war todmüde, und seine Wunden schmerzten, doch seine Augen funkelten entschlossen. Er schickte ein Stoßgebet gen Himmel, daß die Kommandeure der Forts ebenso wie der Kapitän der *New Ironsides* ihre Fernrohre auf die *Texas* gerichtet haben mochten.

»Steuern Sie einen Kurs an, der zwischen dem Bug des Schlachtschiffes und Fort Wool hindurchführt«, wies er Hunt an.

»Zu Befehl, Sir«, bestätigte Hunt.

Tombs drehte sich um, als der Gefangene langsam die Leiter hinaufkletterte. Craven folgte ihm. In der Hand trug er ein weißes Tischtuch aus der Offiziersmesse, das an einem Besenstiel befestigt war.

Der Mann schien frühzeitig gealtert. Sein Kopf war schmal, das Gesicht hager und ausgezehrt. Offenbar ein Mensch, der vollkommen erschöpft war und dem der jahrelang erduldete Streß zu schaffen machte. Aus seinen tiefliegenden Augen sprach aufrichtiges Mitgefühl, als er die blutdurchtränkte Uniform von Tombs musterte.

»Sie sind schwer verwundet, Commander. Sie sollten sich unter Deck in ärztliche Behandlung begeben.«

Tombs schüttelte den Kopf. »Dafür habe ich keine Zeit. Bitte steigen Sie auf das Dach des Ruderhauses und bleiben Sie dort stehen, damit man Sie gut sehen kann.«

Der Gefangene verstand und nickte. »Ja, ich begreife, was Sie wollen.«

Tombs blickte wieder zu dem Schlachtschiff und den Forts hinüber. Plötzlich blitzte es auf den Wällen von Fort Monroe auf, man sah eine schwarze Rauchwolke und hörte das Heulen der Granate. Eine riesige Fontäne grünweißen Wassers schoß empor.

Tombs gab dem hochgewachsenen Mann einen groben Schubs und schob ihn auf das Dach des Ruderhauses. »Bitte beeilen Sie sich, wir sind in ihrer Reichweite.« Dann griff er nach Cravens weißer Fahne und schwenkte sie wie verrückt mit seinem gesunden Arm.

An Bord der *New Ironsides* blickte Captain Joshua Watkins aufmerksam durch sein Fernrohr. »Sie schwenken die weiße Fahne«, bemerkte er überrascht.

Commander John Crosby, der erste Offizier, der ebenfalls durch ein Fernglas spähte, nickte bestätigend. »Verdammt seltsam, daß sie sich nach dem Gefecht, das sie der Flotte geliefert haben, jetzt plötzlich ergeben wollen.«

Plötzlich, vollkommen verblüfft, ließ Watkins das Fernrohr sinken, überprüfte die Linse, ob sie verschmutzt war, und richtete das Glas wieder auf das vom Gefecht übel mitgenommene Panzerschiff der Konföderierten. »Aber wer in aller Welt –« Der Captain justierte die Linsen. »Mein Gott«, murmelte er erschüttert. »Wen erkennen Sie da, auf dem Dach des Brückenhauses?«

Crosby war nicht leicht aus der Fassung zu bringen, doch jetzt wirkte er völlig verdattert. »Sieht aus wie ... das ist doch unmöglich.«

Die Kanonen von Fort Wool eröffneten das Feuer, und die *Texas* verschwand hinter einem Wasserschleier. Dann durchbrach sie mit bewundernswürdiger Entschlossenheit die Gischt und stürmte weiter auf die *New Ironsides* zu.

Watkins starrte fasziniert auf den hochgewachsenen, schlanken Mann auf dem Brückenhaus. Dann verwandelte sich sein Blick in dumpfen Schrecken. »Mein Gott, er ist es tatsächlich!« Er ließ das Fernrohr sinken, drehte sich um und sah Crosby an. »Signalisieren Sie den Forts, das Feuer einzustellen. Beeilen Sie sich, Mann!«

Die Kanonen von Fort Monroe hatten ebenfalls das Feuer auf die *Texas* eröffnet. Die meisten Granaten gingen über das Panzerschiff hinweg, doch zwei detonierten am Schornstein des Schiffes und hinterließen riesige Löcher in der gewölbten Wand. Eifrig luden die Bedienungsmannschaften ihre Kanonen nach, jede hoffte, daß sie es sein würde, die den endgültigen Treffer landete.

Die *Texas* war nur noch knapp 200 Meter entfernt, als die Kommandanten der Forts den Befehl Watkins' bestätigten, und eine Kanone nach der anderen stellte das Feuer ein. Watkins und Crosby rannten zum Bug der *New Ironsides* und kamen gerade noch rechtzeitig, um einen flüchtigen Blick auf die beiden Männer in den blutbefleckten Uniformen der Südstaaten zu werfen – und auf den bärtigen Mann in verknittertem Zivil, der ihnen einen ruhigen Blick zuwarf und ihnen dann erschöpft und müde zuwinkte.

Schweigsam standen sie da. Sie wußten, daß dieser Anblick, dessen Zeuge sie geworden waren, für immer in ihrem Bewußtsein eingegraben sein würde. Und trotz des Sturms kontroverser Meinungen, der später um sie herum toben würde, waren sie und Hunderte anderer

Männer auf dem Schiff und den Wällen der Forts absolut sicher, wer da an diesem Morgen inmitten der Zerstörungen auf dem konföderierten Panzerschiff gestanden hatte.

Nahezu 1000 Männer sahen hilflos zu, wie die *Texas* vorbeifuhr. Aus ihren Geschützpforten quoll Rauch; die flatternde Fahne hing zerfetzt am verbogenen Mast an der Heckreling. Man hörte keinen Laut oder Schuß, als sie in die Nebelbank hineinfuhr, darin verschwand und für immer aus den Augen verloren wurde.

10. Oktober 1931
Südwest Sahara

Verschollen

Kitty Mannock hatte das ungute Gefühl, daß sie geradewegs ins Nichts flog. Sie hatte sich verirrt, vollkommen und hoffnungslos verirrt. Zwei Stunden bereits wurde sie mit ihrem leichten kleinen Flugzeug von einem Sandsturm hin und her geschleudert. Der Sturm verhinderte jegliche Bodensicht. Einsam im weiten, undurchdringlichen Himmel kämpfte sie gegen die seltsamen Illusionen an, die sich in seltsamen Situationen einzustellen pflegen.

Kitty legte den Kopf in den Nacken und warf einen Blick durch die obere Windschutzscheibe. Das orangefarbene Glühen der Sonne war ganz und gar verblaßt. Dann kurbelte sie zum wiederholten Male ihr Seitenfenster herunter und warf einen Blick über den Rand des Cockpits. Sie sah nichts als eine nicht enden wollende wirbelnde Wolke. Der Höhenmesser zeigte 1500 Fuß an, hoch genug, um sämtliche Hochebenen des Adrar der Iforas zu überfliegen – von einigen Ausnahmen abgesehen. Der Adrar der Iforas war ein Ausläufer der Ahaggar-Berge in der Sahara.

Sie mußte sich auf ihre Instrumente verlassen, um zu vermeiden, daß das Flugzeug abdrehte. Seit sie in den Sturm geflogen war, hatte sie bereits viermal bemerkt, daß sie an Höhe verlor und immer schneller vom Kurs abkam. Das waren sichere Anzeichen, daß sie in Richtung Boden zu kreisen begann. Da sie um diese Gefahr wußte, hatte sie ihren Flug jedesmal ohne Zwischenfälle korrigiert, war in die Kurve gegangen, bis sich die Nadel in ihrem Kompaß wieder auf den Südkurs von 180 Grad eingependelt hatte.

Kitty hatte versucht, den Spuren der Trans-Sahara-Piste zu folgen, sie aber kurz, nachdem sie der aus Südosten kommende Sandsturm überrascht hatte, aus den Augen verloren. Sie wußte nicht, wie weit der Wind sie vom Kurs abgetrieben hatte. Jetzt drehte sie nach

Westen ab, um die Abweichung zu verstärken. Es war der vergebliche Versuch, den Sturm zu umfliegen.

Ihr blieb nichts anderes übrig, als sich mutterseelenallein durch dieses Meer drohenden, konturlosen Sandes durchzukämpfen. Es handelte sich um einen Abschnitt, den Kitty am meisten fürchtete. Sie rechnete aus, daß sie noch weitere 400 Meilen fliegen mußte, bevor sie Niamey, die Hauptstadt Nigerias erreichen würde. Dort würde sie auftanken, bevor sie ihren Langstrecken-Rekordflug in Richtung Kapstadt in Südafrika fortsetzte.

In ihren Armen und Beinen machte sich eine müde Gefühllosigkeit breit. Das dauernde Dröhnen und die Vibrationen des Motors forderten allmählich ihren Tribut. Seit ihrem Start in Croydon, einem Vorort von London, war Kitty nun beinahe 27 Stunden in der Luft. Aus der kalten Feuchtigkeit Englands war sie geradewegs in die Gluthitze der Sahara geflogen.

In drei Stunden würde es dunkel werden. Der infolge des Sandsturms aufgekommene Gegenwind verlangsamte ihre Geschwindigkeit auf 90 Meilen pro Stunde. Das waren 30 Meilen weniger, als ihre alte, bewährte Fairchild FC-2W, ein Hochdecker mit geschlossenem Cockpit und Kabine, der von einem 410-PS-Sternmotor von Pratt & Whitney angetrieben wurde, normalerweise schaffte.

Die viersitzige Maschine hatte früher einmal den Pan American-Grace Airways gehört und regelmäßigen Postdienst zwischen Lima und Santiago absolviert. Als das Flugzeug ausgemustert wurde, um einem neueren Modell Platz zu machen, das sechs Passagiere befördern konnte, hatte Kitty es gekauft und in der Passagierkabine Zusatztanks einbauen lassen. Dann machte sie sich daran, einen neuen Flugrekord aufzustellen: Sie war die erste Frau, die Ende 1930 im Alleinflug die Strecke von Rio de Janeiro nach Madrid in Rekordzeit schaffte.

Eine weitere Stunde versuchte sie, trotz der Windböen den vorgesehenen Kurs zu halten. Der feine Sand drang in die Kabine und setzte sich unter ihren empfindlichen Augenlidern und in ihrer Nase fest. Kitty rieb sich die Augen, doch damit verstärkte sie den Juckreiz bloß. Und was noch schlimmer war, sie konnte kaum noch etwas erkennen.

Kitty zog eine kleine Wasserflasche unter ihrem Sitz hervor, drehte sie auf und bespritzte ihr Gesicht. Sofort fühlte sie sich besser. Der nasse Sand hinterließ Spuren auf ihren Wangen und trocknete in der entsetzlichen Hitze innerhalb von Sekunden. Jetzt konnte sie zwar wieder sehen, doch ihre Augen schmerzten höllisch.

Plötzlich bemerkte sie ein Geräusch, möglicherweise auch dessen Fehlen, oder vielleicht einen winzigen Moment der Stille inmitten des Windgeheuls und des Motorengetöses. Sie beugte sich vor und warf einen prüfenden Blick auf die Instrumente. Die Anzeigen verrieten nichts Außergewöhnliches. Sie überprüfte die Treibstoffzuleitung. Jedes Ventil befand sich in korrekter Position. Schließlich schob sie das Ganze als Übermüdungserscheinung beiseite.

Dann fiel ihr diese Veränderung im allgemeinen Geräuschpegel erneut auf. Gespannt lauschte sie, konzentrierte sich vollkommen auf ihr Gehör. Die Aussetzer erfolgten jetzt häufiger. Sie tippte auf eine defekte Zündkerze in einem der Zylinder, und ihr Mut sank. Dann fielen die Zündkerzen, eine nach der anderen, aus. Der Motor fing an zu stottern, und die Tachometernadel bewegte sich zitternd nach links.

Ein paar Augenblicke später blieb der Motor abrupt stehen, und die Propeller drehten sich nur noch im Fahrtwind. Der einzige Ton, der nun an Kittys Ohr drang, war das Heulen des Windes. Kitty hatte keinerlei Zweifel. Sie wußte, weshalb der Motor ausgefallen war. Der Sand hatte den Vergaser verstopft.

Die ersten Schrecksekunden verflogen, während Kitty fieberhaft überlegte, was jetzt zu tun sei. Wenn sie irgendwie heil landen konnte, war es vielleicht möglich, den Sturm vorbeiziehen zu lassen und die Maschine zu reparieren. Das Flugzeug verlor allmählich immer mehr an Geschwindigkeit. Kitty drückte den Steuerknüppel leicht nach vorne und schwebte auf die unter ihr liegende Wüste zu. Es wäre nicht ihre erste Notlandung. Sie hatte bereits sieben überlebt. Bei zweien hatte sie Bruch gemacht, doch mehr als ein paar Verstauchungen und Hautabschürfungen hatte sie nie davongetragen. Allerdings hatte sie nie zuvor versucht, im fahlen Licht inmitten eines Sandsturms zu landen. Die eine Hand fest am Steuerknüppel, zog Kitty sich mit der anderen eine Fliegerbrille über die Augen, kurbelte das Seitenfenster herunter und steckte den Kopf aus dem Cockpit.

Immer noch vermochte sie nichts zu erkennen. Verzweifelt versuchte sie sich vorzustellen, wie der Boden wohl aussah. Sie wußte, daß der größte Teil der Wüste relativ flach war, es aber auch verborgene Senken und hohe Dünen gab, die nur darauf warteten, daß die Fairchild mit ihrer Pilotin an ihnen zerschellte. Kitty kam sich um fünf Jahre gealtert vor, als endlich, kaum zehn Meter unter ihrem Fahrgestell, der öde Boden plötzlich auftauchte.

Er war sandig und sah fest genug aus, um ihren Rädern Halt zu geben, und er war einladend eben. Sie ging in den Horizontalflug und setzte auf. Die großen Reifen der Fairchild hatten Bodenberührung, federten noch zwei-, dreimal und rollten dann leicht über den Sand hinweg. Das Flugzeug verlor an Fahrt. Während sich das Heckrad senkte und Kitty schon Atem holte, um einen Freudenschrei auszustoßen, tauchte plötzlich der Boden vor ihr weg.

Die Fairchild rutschte über die Klippe eines Steilhangs und fiel wie ein Stein in ein tiefes, schmales Flußbett. Die Räder bohrten sich in den Sand, Fahrgestell und Propeller zersplitterten, und der Motor wurde nach hinten gedrückt. Dabei brach Kitty sich ein Fußgelenk und verstauchte sich das Knie. Gleichzeitig wurde sie nach vorne geschleudert. Normalerweise hätten die Gurte sie gehalten, doch Kitty hatte vergessen, die Schlösser einzuhaken. Ihr Oberkörper wurde nach vorne geschleudert. Ihr Kopf schlug gegen den Rahmen der Windschutzscheibe, und ihr wurde schwarz vor Augen.

Nur wenige Stunden nachdem sie von ihrem Auftankpunkt Niamey als überfällig gemeldet wurde, beherrschte das Verschwinden Kitty Mannocks die Schlagzeilen rund um die Welt. Eine großangelegte Such- und Rettungsoperation war unmöglich. Die Erfolgsaussichten waren zu gering. Die Gegend in der Wüste, in der Kitty verschwunden war, war zum größten Teil unbewohnt und kaum erforscht. In einem Umkreis von 1700 Kilometern gab es kein Flugzeug. Im Jahre 1931 waren in der Wüste weder genügend Männer noch genug Ausrüstung vorhanden.

Am folgenden Morgen wurde von einer kleinen motorisierten Einheit der französischen Fremdenlegion, die in der Oase Takaldebey im damaligen französischen Sudan stationiert war, eine Suchaktion gestartet. Da man annahm, daß Kitty irgendwo in der Nähe der Trans-Sahara-Piste heruntergekommen sein mußte, arbeitete sich die Einheit in Richtung Norden vor, während ein paar Männer und zwei Wagen einer französischen Handelsfirma von Tessalit aus nach Süden fuhren.

Zwei Tage später trafen die beiden Suchtrupps aufeinander, ohne ein Wrack oder nächtliche Lichtsignale gesehen zu haben. Die Männer schwärmten 30 Kilometer zu beiden Seiten der Piste aus und versuchten es erneut. Nach zehn Tagen fürchtete der Kommandeur der Einheit das Schlimmste. Kein Mensch konnte ohne Essen und Trinken in der sonnenversengten Wüste so lange überleben.

In jeder größeren Stadt wurden für die beliebte Pilotin Andachten gehalten. Kitty, die neben Amelia Earhart und Amy Johnson zu den drei berühmtesten Pilotinnen zählte, wurde von einer Welt betrauert, die großen Anteil an ihren Abenteuern genommen hatte. Die attraktive Frau mit dunkelblauen Augen und langem, rabenschwarzem Haar war als Tochter eines wohlhabenden Schafzüchters auf einer Ranch außerhalb von Canberra, Australien, geboren worden. Nach dem Abschluß an der höheren Töchterschule hatte sie Flugstunden genommen. Überraschenderweise hatten Mutter und Vater ihren Wunsch zu fliegen unterstützt und ihr einen gebrauchten Avro Avian-Doppeldecker mit offenem Cockpit und einem 80-PS Cirrus-Motor gekauft.

Sechs Monate später war sie von einer Insel zur anderen, quer über den Atlantik, geflogen und schließlich unter den Hochrufen einer riesigen Menschenmenge, die bereits gespannt auf ihre Ankunft gewartet hatte, auf Hawaii gelandet. In ölverschmierter Bluse und Shorts, das Gesicht sonnenverbrannt, hatte Kitty müde gelächelt, vollkommen überrascht von dem unerwarteten Empfang. Später gewann sie die Herzen von Millionen, und ihr Name wurde zu einem Begriff für Rekordflüge über Ozeane und Kontinente hinweg.

Dies sollte ihr letzter Langstrecken-Rekordversuch sein, bevor sie einen alten Jugendfreund heiratete, dem in Australien die Nachbarranch gehörte. Nach ihren Erfolgen als Pilotin hatte sie allmählich die Lust am Fliegen verloren und freute sich nun darauf, seßhaft zu werden und eine Familie zu gründen. Und wie viele andere aus den Pioniertagen der Fliegerei hatte auch sie die traurige Erfahrung machen müssen, daß man zwar berühmt wurde, es für Piloten jedoch kaum bezahlte Jobs gab.

Bis zum nächsten Morgen war Kitty bewußtlos. Die Sonne brannte auf die Wüste herab, als sie aus den Tiefen ihrer Ohnmacht erwachte, die Augen aufschlug und auf die zersplitterten Überreste des Propellers sah. Ihr Blick war getrübt. Durch Kopfschütteln versuchte sie den Nebel zu vertreiben, doch der Schmerz ließ sie keuchend nach Atem ringen. Vorsichtig tastete sie ihre Stirn ab. Keine offene Wunde, aber eine dicke Beule am Haaransatz. Sie untersuchte ihren Körper nach weiteren Verletzungen und entdeckte den gebrochenen Knöchel, der inzwischen in ihrem Fliegerstiefel stark angeschwollen war, sowie das verrenkte Knie.

Kitty schälte sich aus dem Gurt, drückte die Kabinentür auf und kletterte vorsichtig aus dem Flugzeug. Sie humpelte ein paar Schritte weiter, ließ sich langsam auf dem Sand nieder und zog Bilanz.

Glücklicherweise hatte die Maschine kein Feuer gefangen, doch die tapfere Fairchild würde niemals wieder fliegen. Drei Zylinder des Motors waren beim Aufprall gegen die Böschung gerissen. Die Motorhalterung war verbogen. Die Flügel waren erstaunlicherweise unbeschädigt, ebenso der Rumpf. Nur das Fahrwerk war plattgedrückt, und die Räder bogen sich nach außen.

Reparatur oder Weiterflug kam nicht mehr in Frage. Kittys nächstes Problem bestand darin, ihre Position zu bestimmen. Sie hatte überhaupt keine Ahnung, wo sie gelandet war. Sie nahm an, daß sie sich in einem trockenen Flußbett befand, das nur von Zeit zu Zeit Wasser führte. In Australien bezeichnete man ein solches Wadi als Billabong. Nur, daß dieses Wadi bestimmt seit 100 Jahren kein Wasser mehr geführt hatte. Der Sandsturm hatte nachgelassen, doch die Abhänge des Wadis waren an der Stelle, an der sie sich befand, gut sechs Meter hoch, so daß sie keinen Blick auf die Umgebung werfen konnte. Das war auch besser so. Die Gegend war eintönig, menschenleer und in ihrer Häßlichkeit unbeschreiblich.

Sie verspürte plötzlich Durst, und bei dem Gedanken an Wasser fiel ihr wieder ihre Flasche ein. Sie hüpfte auf einem Bein zurück zur Kabinentür und zog die Flasche unter dem Sitz hervor. Von den zwei Litern Faßvermögen fehlte bereits ein Drittel. Kitty hatte das Gefühl, sie würde sich glücklich schätzen können, wenn sie damit länger als zwei, drei Tage auskam, und nahm kaum mehr als ein paar kleine Schlucke zu sich.

Sie mußte versuchen, ein Dorf oder die Piste zu erreichen, entschied sie. Wenn sie in der Nähe des Flugzeugs blieb, bedeutete das den sicheren Tod. Die Fairchild war unmöglich auszumachen, es sei denn, eine Maschine flog direkt über sie hinweg. Immer noch wackelig auf den Beinen, richtete sie sich im Schatten des Flugzeugs auf und akzeptierte ihre mißliche Lage.

Schon bald sollte Kitty die unglaublichen Temperaturunterschiede in der Sahara am eigenen Leib verspüren. Tagsüber kletterte die Temperatur auf 49 Grad Celsius und fiel nachts auf 4 Grad Celsius ab. Die Kälte während der Nacht war genauso mörderisch wie die Hitze am Tage. Nachdem sie zwölf Stunden die sengende Sonne ertragen hatte, hob sie eine tiefe Grube im Sand aus und kroch hinein. Sie rollte sich zusammen und schlief zitternd und unruhig bis zur Morgendämmerung.

Am frühen Morgen des zweiten Tages, bevor die Sonne anfing zu brennen, fühlte sie sich stark genug, um die Vorbereitungen zu treffen, das Flugzeug zu verlassen. Sie baute sich aus einer Tragflächenstrebe eine Krücke und aus der Bespannung einen provisorischen Sonnenschirm. Dann benutzte sie den kleinen Werkzeugsatz, um den Kompaß vom Armaturenbrett des Cockpits abzubauen. Trotz ihrer Verletzungen war Kitty fest entschlossen, die Piste zu erreichen. Sie wußte, es gab keine Alternative.

Nun, da sie einen Plan hatte, fühlte sie sich besser, nahm ihr Logbuch zur Hand, und begann auf der ersten Seite mit einem zusammenfassenden Bericht über ihre sichere Landung und das heroische Vorhaben, unter den denkbar widrigsten Umständen zu überleben. Der Eintrag begann mit einer genauen Beschreibung der Bruchlandung und skizzierte dann ihre geplante Route nach Süden, entlang des Wadis, bis sie zu einer Stelle gelangen würde, an der es ihr möglich war, die Böschung hochzuklettern. War sie erst einmal aus dem Wadi heraus, wollte sie in östlicher Richtung weiterziehen, bis sie auf die Piste oder einen Stamm herumziehender Nomaden traf. Sie riß die Seite heraus und klemmte sie an das Armaturenbrett, damit eine Rettungsmannschaft ihrer Spur folgen konnte – auch wenn es unwahrscheinlich war, daß man das Flugzeug zuerst entdeckte.

Die Hitze wurde schnell unerträglich. Kittys Lage verschlimmerte sich noch dadurch, daß die Hänge des Wadis die Wärme und die

Strahlen der Sonne reflektierten und es zu einem Brutkasten machten. Das Atmen fiel ihr schwer, und sie mußte sich zusammenreißen, um ihr wertvolles Wasser nicht in langen durstigen Schlucken zu trinken.

Bevor sie sich aufmachte, löste sie die Schnürsenkel des Stiefels und zog ihn vorsichtig aus. Vor Schmerz stöhnte sie leicht auf und wartete, bis er nachließ, ehe sie den Knöchel mit ihrem langen Seidenschal bandagierte. Dann, Kompaß und Wasserflasche am Gürtel befestigt, den Sonnenschirm in der Hand, die Krücke unter dem Arm, machte Kitty sich humpelnd unter der sengenden Sonne auf ihren Weg durch den Sand des Wadis.

Die Suche nach Kitty Mannock wurde im Laufe der Jahre immer mal wieder aufgenommen, doch weder sie noch ihr Flugzeug wurden jemals wieder gesehen. Es gab keinerlei Hinweis, keine Kamelkarawane stieß je auf ein Skelett in der Wüste, das mit einer altmodischen Fliegerkombination aus den 30er Jahren bekleidet war, kein Nomade stolperte jemals über das Flugzeugwrack. Das spurlose Verschwinden Kittys wurde zu einem der größten Geheimnisse der Fliegerei.

Die Gerüchte über ihr Schicksal wurden im Laufe der Jahrzehnte immer abenteuerlicher. Die einen behaupteten, Kitty habe den Absturz überlebt, leide jedoch unter Gedächtnisschwund und lebe heute unter einem anderen Namen in Südamerika. Andere glaubten, sie sei von einem Stamm der Tuaregs gefangengenommen und versklavt worden. Nur Amelia Earhardts Flug ins Nichts sorgte für noch mehr Spekulationen.

Die Wüste bewahrte ihr Geheimnis gut. Der Sand wurde zu Kitty Mannocks Leichentuch. Das Geheimnis ihres Fluges ins Unbekannte sollte erst ein halbes Jahrhundert später gelüftet werden.

TEIL I

Durchgedreht

5. Mai 1996
Oase Asselar, Mali, Afrika

1

Die meisten Menschen sind vollkommen verblüfft über die Tatsache, daß man Tage oder Wochen durch die Wüste fahren kann, ohne ein Tier zu erblicken, Menschen zu treffen, das geringste Zeichen von Zivilisation zu entdecken. Der Anblick der Behausungen bedeutete deshalb für die elf Touristen in den fünf Landrovern und ihre Fahrer eine regelrechte Erleichterung. Verschwitzt und ungewaschen, erschöpft von der sieben Tage dauernden Fahrt durch menschenleeres Gebiet, freuten sich die Touristen, die bei »Backworld Explorations« die Fahrt »Quer durch die Sahara« gebucht hatten, wieder unter Menschen zu kommen und genügend Wasser für ein erfrischendes Bad vorzufinden.

Vor ihnen lag das Dorf Asselar, vollkommen isoliert, mitten in der Zentralsahara. Das Gebiet gehörte zu Mali. Ein paar Lehmhütten gruppierten sich um einen Brunnen, der mitten in einem alten Flußbett lag. Im weiteren Umkreis lagen Hunderte von mehr oder weniger verfallenen Häusern. Jenseits davon, oberhalb der flachen Uferböschung, dehnte sich die endlose Ebene. Die vom Zahn der Zeit angenagten Häuser paßten sich der dürren und farblosen Landschaft so gut an, daß das Dorf aus der Ferne kaum auszumachen war.

»Na, da liegt es.« Major Ian Fairweather, der Leiter der Safari, deutete nach vorn. Die Gruppe hatte sich um ihn versammelt. »Beim Anblick des Dorfes würde man nie auf den Gedanken kommen, daß Asselar früher einmal ein kultureller Knotenpunkt Westafrikas war. Fünf Jahrhunderte lang war der Ort eine wichtige Wasserstelle für die Handels- und Sklavenkarawanen, die auf ihrem Weg nach Norden und Osten hier durchzogen.«

»Warum ist der Ort so heruntergekommen?« erkundigte sich eine Kanadierin in Top und Shorts neugierig.

»Als Folge der Kriege und Eroberungsfeldzüge der Mauren und Franzosen sowie der Abschaffung der Sklaverei. Der Hauptgrund ist allerdings wohl der, daß sich die Handelsrouten nach Westen und Osten näher zu den Küsten hin verlagert haben. Das endgültige Ende kam vor ungefähr 40 Jahren, als die Brunnen allmählich austrockneten. Der einzige noch funktionierende Brunnen, der auch heute weiter das Dorf versorgt, ist fast 50 Meter tief.«

»Nicht gerade das, was man sich unter einer Metropole vorstellt«, murmelte ein untersetzter Mann mit spanischem Akzent.

Major Fairweather lächelte gequält. Er war groß und schlank, hatte bei den Royal Marines gedient, rauchte eine lange Filterzigarette und sprach in knappen, einstudierten Sätzen. »Heute leben in Asselar nur ein paar Tuaregfamilien, die das Nomadendasein aufgegeben haben. Im wesentlichen ernähren sie sich von kleinen Ziegenherden und den Früchten des Sandbodens, der manuell mit dem Wasser des Brunnens bewässert werden muß, sowie von der Handvoll Halbedelsteine, die in der Wüste gefunden, hier geschliffen und dann mit dem Kamel in die Stadt Gao gebracht werden, wo sie als Souvenirs verkauft werden.«

Ein Anwalt aus London in tadellosem Khaki-Anzug mit Tropenhelm wies mit einem Ebenholzstock zum Dorf. »Macht auf mich einen verlassenen Eindruck. Ich glaube, mich an den Text in Ihrem Katalog erinnern zu können, ›Eingeborene tanzen zu Gesängen der Wüste vor den flackernden Lagerfeuern Asselars‹.«

»Ich bin sicher, daß unser Vorauskommando alle Vorbereitungen getroffen hat, damit Sie es bequem haben und Ihren Aufenthalt genießen können«, beruhigte Fearweather ihn selbstsicher. Einen Moment lang musterte er die Sonne, die hinter dem Dorf unterging. »Es wird bald dunkel sein. Besser, wir fahren in den Ort hinein.«

»Gibt's dort kein Hotel?« fragte die Kanadierin.

Fairweather unterdrückte einen gequälten Blick. »Nein, Mrs. Lansing. Wir kampieren in den Ruinen jenseits des Dorfes.«

Allgemeines Stöhnen bei den Touristen. Sie hatten auf ein weiches Bett und ein eigenes Badezimmer gehofft. Doch das war ein Luxus, der in Asselar von jeher unbekannt gewesen war.

Die Gruppe stieg wieder ein. Dann ging es über einen Holperpfad hinunter ins Flußbett und weiter zu einer Straße, die durch das Dorf führte. Je näher man kam, desto schwerer fiel es, sich die stolze

Vergangenheit vorzustellen. Die Straßen waren eng und kaum befestigt. Das Dorf wirkte ausgestorben und heruntergekommen. In der Dämmmerung war kein Licht zu sehen, kein Hund bellte zu ihrer Begrüßung. Keinerlei Lebenszeichen drang aus den Lehmhütten. Es wirkte so, als hätten die Einwohner ihre Habseligkeiten zusammengepackt und seien in die Wüste verschwunden.

Fairweather beschlich ein ungutes Gefühl. Irgend etwas stimmte nicht, das war klar. Kein Zeichen von dem Fahrer, den er vorgeschickt hatte. Einen Moment lang glaubte er, ein großes, vierbeiniges Wesen in einem Hauseingang verschwinden gesehen zu haben. Doch dieser Eindruck war so flüchtig, daß er schließlich annahm, es sei ein Schatten gewesen, den einer der Landrover geworfen hatte.

Heute abend würden seine Kunden nicht allerbester Laune sein, dachte er. Diese verdammten Werbefritzen, die das mit dem Reiz der Wüste immer übertreiben mußten. »Die einmalige Gelegenheit, an einer Expedition quer durch das Sandmeer der Sahara teilzunehmen«, zitierte er leise. Er hätte ein Jahresgehalt darauf verwettet, daß der Texter nie über die Küste von Dover hinausgekommen war.

Im Augenblick befanden sie sich fast 80 Kilometer von der Trans-Sahara-Piste und gut 240 Kilometer von der am Niger gelegenen Stadt Gao entfernt. Die Gruppe hatte für den Rest der Reise mehr als genug Vorräte, Wasser und Benzin dabei, so daß man, sollten sich unvorhergesehene Schwierigkeiten ergeben, Asselar ohne weiteres links liegen lassen konnte. Die Sicherheit der Kunden von »Backworld Explorations« stand an erster Stelle. In 28 Jahren hatte man keinen Kunden verloren – wenn man von dem pensionierten Amerikaner absah, der unbedingt ein Kamel ärgern mußte und für seine Dummheit mit einem Tritt gegen den Kopf belohnt worden war.

Fairweather begann sich allmählich zu wundern, daß er keine Ziegen oder Kamele sah. Er vermochte auch keine Fußabdrücke im Sand der Straße zu entdecken, nur diese seltsamen Markierungen von Klauen und runden Einkerbungen, die ins Dorf führten. Es sah aus, als habe jemand zwei Holzscheite hinter sich hergezogen. Die kleinen Häuser der Stammesfamilien, die aus Stein bestanden und ein rotes Lehmdach hatten, wirkten verlotteter als vor zwei Monaten, als Fairweather durch Asselar gekommen war.

Irgend etwas stimmte ganz und gar nicht. Selbst wenn die Dorfbewohner aus unbekanntem Grund die Gegend verlassen hätten, hätten sie doch auf Ibn Hajib treffen müssen. In all den Jahren, in denen sie beide die Sahara durchquert hatten, hatte sein Fahrer ihn nie im Stich gelassen. Fairweather beschloß, seinen Kunden eine kurze Pause am Dorfbrunnen zu gönnen, bevor sie weiterfahren und in gehöriger Entfernung in der Wüste kampieren würden. Besser, man ist auf der Hut, dachte er, nahm die alte Patchett-Maschinenpistole, die noch aus seiner Zeit bei den Royal Marines stammte, aus ihrem Versteck zwischen den Sitzen und klemmte sich die Waffe zwischen die Knie. Er schraubte einen Invicta-Schalldämpfer auf die Mündung. Die Waffe sah jetzt aus wie ein verlängertes Rohr, aus dem, lang und gekrümmt, das Magazin hervorstach.

»Stimmt etwas nicht?« fragte Mrs. Lansing, die zusammen mit ihrem Mann in Fairweathers Landrover fuhr.

»Nur eine Vorsichtsmaßnahme, um die Bettler abzuschrecken«, log Fairweather.

Er hielt an und ging zu den anderen Wagen, um seine Fahrer anzuweisen, scharf auf alles Verdächtige zu achten. Dann kam er zurück und fuhr an der Spitze der Kolonne weiter. Die Fahrt in Richtung Ortsmitte führte durch die engen, sandigen Straßen, die keinerlei Ordnung zu folgen schienen. Er hielt unter einer einzelnen Dattelpalme, die in der Mitte des weitläufigen Marktplatzes emporragte, direkt neben einem runden Brunnen mit einem Durchmesser von etwas mehr als vier Metern.

Im Licht der Dämmerung musterte Fairweather den Sandboden rund um den Brunnen. Er war von den gleichen ungewöhnlichen Spuren umgeben, die er schon in den Straßen bemerkt hatte. Er warf einen Blick in den Brunnen. Die schwache Reflexion tief unten im Sandstein war kaum auszumachen. Ihm fiel ein, daß das Wasser einen hohen Mineralgehalt aufwies, der ihm einen metallischen Geschmack und eine milchig grüne Farbe verlieh. Dennoch hatte dieses Wasser im Lauf der Jahrhunderte den Durst zahlloser Lebewesen, ob Mensch, ob Tier, gelöscht. Fairweather kümmerte es nicht, ob das Wasser den verwöhnten Mägen seiner Schutzbefohlenen bekam. Das Wasser sollte ihnen nur dazu dienen, Schweiß und Staub abzuwaschen. Trinken sollten sie es auf keinen Fall.

Er gab seinen Fahrern den Befehl, Wache zu halten und zeigte den

Touristen dann, wie man mit einer uralten Handwinde einen Wassereimer aus Schweinsleder hochziehen konnte, der an einem ausgefransten Seil hing. Das exotische Bild von Wüstenmusik und Tänzen vor flackernden Lagerfeuern verblaßte schnell, als die Gruppe wie eine Horde Kinder im Sommer beim Rasensprengen ausgelassen lachte und herumspritzte. Die Männer zogen die Hemden aus und gossen sich das Wasser über Brust und Rücken. Die Frauen wuschen sich lieber die Haare.

Die komische Szene spielte sich im Scheinwerferlicht der Landrover ab, das wie ein Filmprojektor die tanzenden Schatten an die schweigenden Wände des Dorfes warf. Während Fairweathers Fahrer aufpaßten und sich über die Touristen amüsierten, spazierte er ein ganzes Stück die Straße lang und betrat ein Haus unmittelbar neben einer Moschee. Die Wände wirkten alt und baufällig. Den Eingang bildete ein kurzer, gewölbter Gang, der in einen Hof führte und derart voller Müll war, daß es schwerfiel, darüber hinwegzuklettern.

Mit der Taschenlampe erkundete er den Hauptraum des Gebäudes. Die Wände waren schmutzig-weiß, das Zimmer selbst hoch, mit freiliegenden Balken, die ein Dach aus übereinandergeschichteten Zweigen trugen. Die Dachkonstruktion erinnerte an die Latilla Viga, wie man sie von der Bauweise in der Gegend von Santa Fé, im amerikanischen Südwesten, her kennt. In die Wände waren zahlreiche Nischen eingelassen, in denen Haushaltsgegenstände aufbewahrt wurden, doch sie waren alle leer. Alles lag zerstört und zerbrochen auf dem Boden herum.

Offenbar fehlte nichts, und aus diesem Grund kam Fairweather die Szene vor, als ob die Vandalen hier gehaust hatten, nachdem die Einwohner geflohen waren und all ihren Besitz zurückgelassen hatten. Plötzlich erblickte er in einer Ecke des Raums einen Haufen Knochen. Er sah sofort, daß es sich um Menschenknochen handelte, und ein ungutes Gefühl beschlich ihn.

Im Schein der Taschenlampe tanzten die Schatten und spielten der Phantasie Streiche. Er hätte schwören können, ein großes Tier an einem Fenster zum Hof vorbeihuschen zu sehen. Er legte den Sicherungshebel der Patschett um – weniger aus Angst, sondern eher, weil ihn ein sechster Sinn vor der Bedrohung warnte, die sich in den dunklen Gassen zusammenbraute.

Hinter der Tür, die auf eine kleine Terrasse führte, hörte er ein schabendes Geräusch. Fairweather schlich leise darauf zu und vermied dabei sorgsam, auf den Müll zu treten. Er hielt sich die Taschenlampe vor den Körper und brachte mit der anderen Hand die Maschinenpistole in Anschlag. Dann trat er gegen die Tür. Die Türangeln brachen ab, und sie krachte zu Boden, wo sie eine Staubwolke aufwirbelte.

Dort verbarg sich tatsächlich jemand, oder war es ein Etwas? Dunkelhäutig und gereizt, wie ein aus der Hölle entsprungener Dämon, wirkte es wie ein menschliches Wesen. Es kauerte da und starrte mit feuerroten Augen in den Lichtstrahl der Taschenlampe.

Instinktiv trat Fairweather einen Schritt zurück. Das Wesen fuhr hoch und griff ihn an. Den Kolben seiner Waffe gegen die angespannte Bauchmuskulatur gedrückt, betätigte Fairweather kaltblütig den Abzug. Der Feuerstoß von 9-Millimeter-Weichmantelgeschossen klang wie das gedämpfte Platzen von Popcorn.

Das scheußliche Ungeheuer stieß ein geisterhaftes Keuchen aus und brach mit halb weggeschossenem Brustkorb zusammen. Fairweather trat näher an die zusammengekrümmte Gestalt heran und richtete die Taschenlampe darauf. Der Körper war dreckig und vollkommen nackt. Die Augen mit dem wilden Blick waren gebrochen, das Weiße hellrot verfärbt. Das Gesicht gehörte einem Jungen, nicht älter als fünfzehn.

Die Angst traf ihn mit einer solchen Wucht, daß Fairweather einige Augenblicke wie vor den Kopf geschlagen war. Plötzlich wußte er, was die eigenartigen Spuren im Sand verursacht hatte. Von diesen Geschöpfen, die durchs Dorf krochen, mußte es eine ganze Gruppe geben. Unvermittelt drehte er sich um und rannte in Richtung Marktplatz zurück. Doch es war zu spät, viel zu spät.

Eine Woge kreischender Teufel brach aus dem Abenddunkel und stürmte geradewegs auf die nichtsahnenden Touristen am Brunnen zu. Die Fahrer wurden von den Beinen gerissen, bevor sie schreien, einen Warnruf ausstoßen oder etwas zu ihrer Verteidigung unternehmen konnten. Wie Schakale griff die wilde Horde, auf Händen und Knien robbend, die unbewaffneten Touristen an und verbiß sich in deren ungeschützter Haut.

Die Angstschreie der von Panik ergriffenen Touristen vermischten sich mit dem dämonischen Geheul der Angreifer. Mrs. Lansing stieß einen gequälten Schrei aus und verschwand in einem Haufen von Körpern. Ihr Mann versuchte auf die Motorhaube eines der Fahrzeuge zu klettern, doch er wurde herunter in den Staub gezogen und wie ein Käfer unter einem Ansturm von Ameisen verstümmelt.

Der elegante Londoner drehte am Griff seines Stocks und zog einen kurzen Degen hervor. Mit wütenden Hieben gelang es ihm, den Mob einen Augenblick auf Distanz zu halten. Doch die Angreifer schienen vollkommen furchtlos und überwältigten ihn schnell.

Rund um den Brunnen herrschte dichtes Kampfgetümmel. Der fette Spanier, blutüberströmt von mehreren Bißwunden, sprang in den Brunnen, um zu entkommen. Doch vier der Monster sprangen hinterher.

Fairweather rannte weiter, ging in die Hocke, feuerte mit der Patchett auf die Angreifer, sorgsam bemüht, keinen seiner eigenen Leute zu erschießen. Die tobende Menge, die wegen des Schalldämpfers die Maschinenpistole nicht hören konnte, ignorierte das überraschende Feuer. Diese Wesen waren entweder zu verrückt, oder es war ihnen einfach egal, daß eine Reihe von ihnen erschossen wurde.

Fairweather hatte an die dreißig der mörderischen Wesen umgelegt, als die Patchett die letzte Kugel verschoß. Hilflos und unbemerkt stand er da, während das Gemetzel langsam nachließ und schließlich endete, als seine Fahrer und Kunden tot waren. »Mein Gott«, flüsterte er mit erstickter Stimme und beobachtete voller Grauen, wie sich die Wilden auf die Leichen stürzten und mit der Gier von Kannibalen das Fleisch von den Knochen ihrer Opfer rissen.

Diejenigen der Mörder, die sich nicht an den Touristen gütlich taten, zerstörten bereits die Landrover. Sie schleuderten Steine gegen die Windschutzscheiben, das Glas splitterte. Ihr unkontrolliertes Wüten richtete sich gegen alles, was ihnen fremd war.

Fairweather zog sich in den Schatten zurück. Der Gedanke, für den Tod seiner Leute verantwortlich zu sein, machte ihn verrückt. Er hatte versagt, als es darum ging, für ihre Sicherheit zu sorgen, und unbewußt hatte er sie in dieses blutige Unglück geführt. Er verfluchte sich, weil er sie nicht retten konnte, und er verfluchte seine Feigheit, die ihn daran gehindert hatte, an ihrer Seite zu sterben.

Unter Mobilisierung all seiner Willenskraft wandte er seine Aufmerksamkeit vom Marktplatz weg und rannte durch die engen Straßen und verfallenen Außenbezirke in Richtung Wüste. Er mußte sich in Sicherheit bringen, um andere Reisende vor dem Massaker warnen zu können, das sie in Asselar erwartete. Die Entfernung zum nächstgelegenen Dorf im Süden war zu weit, als daß er es ohne Wasser erreichen konnte. Also beschloß er, in Richtung Piste nach Osten zu marschieren in der Hoffnung, auf ein vorbeikommendes Fahrzeug oder eine Regierungspatrouille zu stoßen, bevor er unter der sengenden Sonne starb.

Fairweather orientierte sich am Nordstern und marschierte zügig durch die Wüste. Er wußte, daß seine Überlebenschancen gleich Null waren. Nicht ein einziges Mal wandte er sich um und blickte zurück. Die fürchterliche Szene war in sein Bewußtsein eingebrannt, und in seinen Ohren klangen noch die Schmerzensschreie der Toten.

10. Mai 1996
Alexandria, Ägypten

2

Der weiße Sand des menschenleeren Strandes glitzerte unter den nackten Füßen von Eva Rojas, die feinen Körner hafteten an ihren Zehen. Sie stand da und blickte aufs Mittelmeer. Das tiefe Wasser schimmerte kobaltblau, nahm an flacheren Stellen eine smaragdgrüne Färbung an und verwandelte sich an den Stellen, an denen die Wellen sich am Strand brachen, in helles Aquamarin.

Eva war in ihrem Mietwagen von Alexandria gekommen, das 110 Kilometer im Westen lag, und hatte hier, an diesem verlassenen Strandabschnitt, gehalten. Der Strand lag unweit von El Alamein, wo während des Zweiten Weltkriegs der Afrikafeldzug entschieden worden war. Sie hatte den Wagen neben der Küstenstraße abgestellt, ihre Umhängetasche geschnappt und spazierte jetzt durch die flachen Dünen auf das Wasser zu.

Eva trug einen korallenroten Badeanzug aus Jersey, der wie eine zweite Haut saß, darüber ein gleichfarbiges Top. Sie war graziös, schlank und besaß einen durchtrainierten Körper. Die wohlgeformten Arme und Beine waren gleichmäßig gebräunt. Ihr rotgoldenes Haar hatte sie im Nacken zu einem Pferdeschwanz zusammengebunden, der fast bis zur Hüfte reichte und in der Sonne wie poliertes Kupfer schimmerte. Ihre Augen waren tiefblau, ihr Teint makellos, ihre Wangenknochen hoch. Sie war 38 Jahre alt, aber man konnte sie mühelos für 30 halten. Zwar entsprach sie nicht dem Schönheitsideal, das auf dem Cover der Vogue zu finden war, doch der Gesamteindruck war derart eindrucksvoll, daß Männer, auch jüngere Männer, sie enorm attraktiv fanden.

Der Strand lag vollkommen verlassen da. Wachsam stand sie da, wandte den Kopf und musterte wie ein mißtrauisches Reh die Küstenlinie in beiden Richtungen. Das einzige, was zu sehen war, war ein türkisfarbener Jeep Cherokee, der an den Türen den Schriftzug NUMA trug und ungefähr 100 Meter hinter ihr auf der Küstenstraße geparkt stand. Der Besitzer des Jeeps war nirgendwo zu sehen.

Die Morgensonne hatte den Sand bereits erwärmt, und während sie auf das Meer zuging, spürte sie seine Hitze unter ihren nackten Füßen. Ein paar Meter vor dem Wasser blieb sie stehen und breitete ein Badetuch aus. Sie blickte nochmals auf die Uhr, bevor sie diese in der Umhängetasche verstaute. Zehn nach zehn. Nachdem sie sich mit einer Sonnencreme Lichtschutzfaktor 25 eingerieben hatte, streckte sie sich auf dem Rücken aus und genoß die afrikanische Sonne.

Eva litt immer noch unter den Folgen des Jet Lags von ihrem langen Flug von San Francisco nach Kairo. Darunter und unter den seit vier Tagen ununterbrochen stattfindenden Krisensitzungen mit Ärzten und Biologenkollegen, bei denen es um die Entdeckung rätselhafter Nervenerkrankungen ging, die überall in der Südsahara ausgebrochen waren. Sie hatte sich aus den anstrengenden Gesprächen ausgeklinkt und wollte sich jetzt in der Einsamkeit ein paar Stunden erholen, bevor die Erkundungsfahrt durch die ausgedehnte Wüste beginnen sollte. Dankbar genoß sie die sanfte Brise auf ihrer Haut, schloß die Augen und schlief prompt ein.

Als Eva erwachte, warf sie erneut einen Blick auf ihre Uhr. Elf Uhr zwanzig. Sie hatte über eine Stunde geschlafen. Dank des Sonnenschutzfaktors hatte sie keinen Sonnenbrand bekommen, doch ihre Haut hatte sich hellrot verfärbt. Sie rollte sich auf den Bauch und sah sich am Strand um. Zwei Männer in kurzärmligen Hemden und Khaki-Shorts kamen am Rand des Wassers langsam auf sie zuspaziert. Als sie bemerkten, daß Eva sie musterte, blieben sie sofort stehen und taten, als beobachteten sie ein vorbeifahrendes Schiff. Die Männer waren noch gut 200 Meter entfernt, und Eva schenkte ihnen weiter keine Beachtung.

Plötzlich wurde sie auf eine Bewegung ein ganzes Stück vom Strand entfernt aufmerksam. Ein Mann mit schwarzem Haarschopf tauchte auf. Eva schirmte ihre Augen mit der Hand ab und blickte zu ihm hinüber. Ein Mann mit Tauchermaske und Flossen schnorchelte einsam jenseits der Klippen im tiefen Wasser. Er schien mit der Harpune auf Jagd zu sein. Sie sah zu, wie er tauchte, aus ihrem Blickfeld verschwand, und so lange unter Wasser blieb, daß sie fast sicher war, er sei ertrunken. Doch dann tauchte er wieder auf und setzte die Jagd fort. Nach einigen weiteren Minuten schwamm er auf die Küste zu, nutzte geschickt einen Brecher und ließ sich ins seichte Wasser tragen.

In der einen Hand hielt er eine eigenartig aussehende Harpune mit langer Spitze und gummiüberzogenem Griff. In der anderen Hand trug er ein Bündel Fische, von denen keiner weniger als drei Pfund wog. Die Fische wurden von einem Stahldraht zusammengehalten, den der Taucher an einem Gürtel befestigt hatte und der durch ihre Kiemen lief.

Trotz der tiefen Bräune sah er nicht aus wie ein Araber. Das dichte schwarze Haar lag naß am Kopf an, und die Sonne glitzerte in den Wassertropfen auf Haar und Brust. Er war groß, durchtrainiert, breitschultrig und bewegte sich mit einer lässigen Grazie, wie man sie nur bei ganz wenigen Männern sah. Sie schätzte sein Alter auf ungefähr 40.

Der Mann warf Eva, als er an ihr vorbeikam, einen kühlen Blick zu. Er war nahe genug, daß sie erkennen konnte, daß seine Augen opalgrün waren, weit auseinander lagen, mit klarem weißen Schimmer rund um die Iris. Sie war wie gebannt. Etwas in ihr befürchtete, er würde stehenbleiben und sie ansprechen, etwas in ihr wünschte, er würde genau das tun. Doch er lächelte nur freundlich, nickte ihr zu und ging an ihr vorbei auf die Straße zu.

Sie sah ihm nach, bis er an der Stelle hinter den Dünen verschwand, wo sie den NUMA-Jeep gesehen hatte. Was ist denn nur los mit mir, dachte sie. Zumindest hätte ich sein Lächeln erwidern können. Wie seltsam, überlegte sie, daß einem ein vollkommen Fremder das Gefühl vermitteln konnte, man sei jung und begehrenswert. Dabei hatte er sie nur ganz kurz angesehen und würde ihr nie mehr wiederbegegnen.

Eigentlich hatte sie Lust, ins Wasser zu gehen und sich abzukühlen, doch die beiden Männer, die am Strand entlangspazierten, waren näher gekommen und befanden sich genau zwischen ihr und dem Meer. Sie beschloß zu warten, bis die beiden vorbei waren. Die Männer hatten nicht die feingeschnittenen Gesichtszüge der Ägypter. Ihre Nasen waren flacher, die Haut fast schwarz, und sie hatten das krause Haar der Menschen, die am Südrand der Sahara zu Hause waren.

Sie blieben stehen und warfen zum wiederholten Mal einen verstohlenen Blick in beide Richtungen des Strandes. Dann plötzlich waren sie über ihr.

»Macht, daß ihr fortkommt!« schrie sie instinktiv. Wütend trat sie um sich, um die Männer abzuwehren, doch der eine, ein rattengesichtiger Kerl mit schleimigem Blick und dickem, schwarzem Schnurrbart, packte brutal ihre Haare und zwang sie auf den Rücken. Nackte Angst durchfuhr sie, als der andere sich, die vom Tabak verfärbten Zähne zu einem sadistischen Grinsen gefletscht, auf ihre Hüften setzte. Der rattengesichtige Angreifer hockte auf ihrer Brust, seine Beine drückten auf ihre Arme und preßten sie tief in den Sand. Hilflos festgeklemmt, konnte sie außer Fingern und Füßen nichts mehr bewegen.

Seltsamerweise lag in den Augen der Männer keine Gier. Keiner der beiden machte den geringsten Versuch, ihr den Badeanzug vom Körper zu reißen. Sie benahmen sich nicht wie Triebtäter. Eva stieß einen weiteren Schrei aus, hell und durchdringend. Doch die einzige Antwort war das Rauschen der Brandung. Am Strand war keine Menschenseele zu sehen.

Dann legten sich die Hände des Rattengesichtigen über ihre Nase und ihren Mund, und er fing an, sie ruhig und systematisch zu würgen. Sein Gewicht auf ihren Rippen schnürte ihr ebenfalls den Atem ab. Sie bekam keine Luft mehr.

Starr vor Angst und Schrecken, wurde ihr schlagartig bewußt, daß die beiden vorhatten, sie umzubringen. Noch einmal versuchte sie zu schreien, brachte aber kaum einen Ton heraus. Schmerzen empfand sie nicht, nur blinde Panik und das verzweifelte Gefühl völliger Hilflosigkeit.

Mit letzter Energie versuchte sie dem schonungslosen Druck auf ihrem Gesicht zu entkommen, doch ihre Arme und Beine saßen wie in einem Schraubstock fest. Ihre Lungen verlangten vergeblich nach Luft, langsam wurde ihr schwarz vor Augen. Sie sah noch, wie der Mann, der auf ihren Hüften hockte, einen Blick über die Schulter des Rattengesichts warf, und ihr war plötzlich klar, daß sein lüsternes Grinsen das letzte war, was sie von der Welt sehen würde.

Eva schloß die Augen, als die Dunkelheit sie umfing. Sie fühlte sich wie in einem Alptraum, der, wenn sie die Augen aufschlug, vorbei sein würde. Sie mußte alle Kräfte zusammennehmen, um ihre Lider zu einem letzten Blick auf die Realität zu heben.

Es war tatsächlich ein Alptraum. Der Mann mit den tabakverfärbten Zähnen schaute nicht mehr lüstern. Ein dünner Metallstab ragte aus seinen Schläfen, fast wie ein Scherzartikel-Pfeil, den man am Kopf montierte, um den Eindruck zu erwecken, er habe den Schädel durchbohrt. Die Gesichtszüge des Angreifers entspannten sich, er fiel zurück auf ihre Füße, die Hände wie zur Kreuzigung weit ausgebreitet.

Rattengesicht war so damit beschäftigt, Eva zu würgen, daß er das Wegkippen seines Freundes gar nicht bemerkte. Dann, für eine, vielleicht zwei Sekunden schien er zu erstarren, als sich plötzlich zwei große Hände fest um sein Kinn und die Schädeldecke legten. Eva spürte, wie der Druck auf Nase und Lippen nachließ.

Bevor ihr endgültig schwarz vor Augen wurde, vernahm sie ein knackendes Geräusch. Es klang, als zerbeiße jemand einen Eiswürfel, und Eva sah für einen flüchtigen Augenblick in die Augen des Rattengesichts, die sie aus einem Schädel, der um 360 Grad verdreht war, blicklos anstarrten.

3

Eva erwachte beim Rauschen der Wellen, die an die Küste Afrikas schlugen. Sie stöhnte und bewegte sich etwas, mußte angesichts des strahlend schönen Strandes, der sonnendurchfluteten Heiterkeit der Gegend blinzeln. Plötzlich erinnerte sie sich an den Überfall und fuhr mit aufgerissenen Augen hoch. Doch die Männer waren verschwunden. Hatte es sie wirklich gegeben? Oder hatte sie Halluzinationen gehabt?

»Herzlich willkommen«, hörte sie die Stimme eines Mannes. »Eine Weile habe ich befürchtet, Sie würden in ein Koma abgleiten.«

Eva drehte sich um und blickte in das lächelnde Gesicht des Sportfischers, der neben ihr kniete.

»Wo sind die Männer, die versucht haben, mich umzubringen?« fragte sie mit angstvoller Stimme.

»Haben den Strand mit der Ebbe verlassen«, erwiderte der Unbekannte mit eisiger Unbekümmertheit.

»Ebbe?«

»Man hat mir beigebracht, am Strand keinen Müll liegenzulassen. Ich hab' die Leichen bis hinter die Brandung gezogen. Als ich sie das letzte Mal sah, trieben sie in Richtung Griechenland.«

Sie sah ihn an, erschauerte. »Sie haben sie umgebracht.«

»Das waren keine besonders netten Typen.«

»Sie haben sie umgebracht«, wiederholte sie dumpf. Ihr Gesicht war aschfahl, und sie sah aus, als würde ihr gleich schlecht. »Sie sind genauso ein kaltblütiger Mörder wie die.«

Er erkannte, daß sie immer noch unter Schock stand und nicht vernünftig reagierte. Er zuckte die Achseln und sagte leichthin: »Wäre es Ihnen lieber gewesen, ich hätte mich da rausgehalten?«

Langsam verschwanden Angst und Ekel aus ihrem Blick, und sie fing an zu begreifen, daß er sie vor einem gewaltsamen Tod bewahrt hatte. »Nein, bitte entschuldigen Sie. Ich verhalte mich wirklich dumm. Ich verdanke Ihnen mein Leben und kenne nicht mal Ihren Namen.«

»Ich heiße Dirk Pitt.«

»Ich bin Eva Rojas.« Sie war seltsam bewegt, als er sie herzlich anlächelte und sanft nach ihren Händen griff. Sein Blick war voller Mitgefühl, und all ihre Abneigung schmolz dahin. »Sie sind Amerikaner.«

»Ja. Ich bin bei der National Underwater and Marine Agency beschäftigt. Gegenwärtig sind wir dabei, den Nil archäologisch zu untersuchen.«

»Ich dachte, Sie wären schon fortgefahren, bevor die über mich herfielen.«

»Beinahe. Doch Ihre Freunde haben mich neugierig gemacht. Kam mir eigenartig vor, daß sie ihren Wagen einen guten Kilometer entfernt geparkt hatten und dann auf dem leeren Strand auf Sie zumarschierten. Also hab' ich noch ein bißchen gewartet, um zu sehen, was die vorhatten.«

»Mein Glück, daß Sie zum mißtrauischen Menschenschlag gehören.«

»Haben Sie eine Idee, weshalb die Sie umbringen wollten?«

»Wahrscheinlich waren es Banditen, die Touristen ermorden und ausrauben.«

Er schüttelte den Kopf. »Das Motiv war sicherlich nicht, Sie zu berauben. Die trugen keine Waffen. Derjenige, der Sie erwürgen wollte, benutzte seine Hände statt eines Tuchs oder Kleidungsstücks. Und sie haben nicht versucht, Sie zu vergewaltigen. Das waren keine Profis, sonst gäb es uns beide jetzt nicht mehr. Ganz ungewöhnlich. Ich wette um ein Monatsgehalt, daß jemand die beiden Gauner gedungen hat. Die sind Ihnen in der Absicht, Sie zu ermorden, an eine einsame Stelle gefolgt. Danach hätten sie Ihnen künstlich Salzwasser eingeflößt. Schließlich hätte man Ihre Leiche an der Hochwasserlinie zurückgelassen, um den Eindruck zu erwecken, daß Sie ertrunken seien. Das würde auch erklären, weshalb man versucht hat, Sie nicht zu verletzen.«

Zögernd sagte sie: »Das kommt mir ganz unglaublich vor, so abwegig und sinnlos. Ich bin eine Biochemikerin, die auf die Einwirkung von Giften auf den menschlichen Körper spezialisiert ist. Ich habe keine Feinde. Weshalb, in aller Welt, sollte mich jemand umbringen wollen?«

»Da ich Sie eben erst kennengelernt habe, kann ich das auch nicht sagen.«

Eva massierte ihre Lippe. »Das Ganze ist völlig verrückt.«

»Wie lange sind Sie schon in Ägypten?«

»Erst seit ein paar Tagen.«

»Irgend etwas müssen Sie angestellt haben, das jemanden mächtig auf die Palme gebracht hat.«

»Ganz sicher keinen Bewohner Nordafrikas«, erwiderte sie unsicher. »Ich halte mich hier nur auf, um den Leuten zu helfen.«

Gedankenverloren starrte er auf den Sand. »Dann machen Sie also keinen Urlaub.«

»Ich bin beruflich hier«, erklärte Eva. »Der Weltgesundheitsbehörde sind Gerüchte zu Ohren gekommen, daß sich bei den Nomaden, die in der Südsahara leben, physische Abnormitäten und psychologische Fehlentwicklungen häufen.«

»Kaum ein Motiv für einen Mord«, gab Pitt zu.

»Seltsam. Meine Kollegen und ich sind hier, um Leben zu retten. Von uns geht keinerlei Gefahr aus.«

»Sie halten es für möglich, daß die Krankheiten in der Wüste von Vergiftungen herrühren?«

»Uns fehlen bisher noch die Daten, um Schlußfolgerungen ziehen zu können. Oberflächlich betrachtet, scheint es sich um die Folgen einer Umweltvergiftung zu handeln, doch die Ursache liegt noch völlig im Dunkeln. In der Gegend, wo die Erkrankungen aufgetreten sind, liegen im Umkreis von Hunderten von Kilometern keinerlei Chemiefabriken oder Müllkippen.«

»Und wie verbreitet ist diese Krankheit?«

»In den vergangenen zehn Tagen sind über 8000 Krankheitsfälle in Mali und Niger gemeldet worden.«

Pitts Augenbrauen hoben sich. »Eine unglaublich hohe Zahl für einen derart kurzen Zeitraum. Woher wissen Sie, daß nicht Bakterien oder ein Virus der Grund sind?«

»Wie ich schon sagte, die Quelle liegt im Dunkeln.«

»Eigenartig, daß die Angelegenheit noch nicht in die Schlagzeilen geraten ist.«

»Die Weltgesundheitsbehörde hat auf einer Nachrichtensperre bestanden, bis die Ursache ausfindig gemacht ist. Ich vermute, um Sensationsgier und Panik zu vermeiden.«

Von Zeit zu Zeit hatte Pitt sich am Strand umgeblickt. Jetzt entdeckte er jemanden, der sich hinter den niedrigen Dünen auf der Straße bewegte. »Wie sehen denn Ihre Pläne aus?«

»Morgen bricht eine Gruppe Wissenschaftler, zu der auch ich gehöre, in die Sahara auf, um vor Ort Nachforschungen anzustellen.«

»Ihnen ist hoffentlich bekannt, daß Mali sich möglicherweise am Rande eines blutigen Bürgerkriegs befindet.«

Gleichgültig zuckte sie die Achseln. »Die Regierung hat sich bereit erklärt, den Forschern für die Zeit ihres Aufenthaltes eine schwerbewaffnete Wachmannschaft zur Verfügung zu stellen.« Sie schwieg einen Moment und musterte ihn aufmerksam. »Weshalb stellen Sie all diese Fragen? Sie verhalten sich wie ein Geheimagent.«

Pitt lachte. »Nur wie ein neugieriger Marineingenieur, der für Leute, die hübsche Frauen umbringen, nichts übrig hat.«

»Möglicherweise haben die mich mit jemandem verwechselt«, vermutete sie.

Pitts Blick glitt über ihren Körper, dann sah er sie an. »Irgendwie halte ich das für unwahrscheinlich –« Plötzlich wirkte er unruhig, stand auf und sah zu den Dünen hinüber. Seine Muskeln spannten sich. Er griff nach Evas Handgelenk und zog sie hoch. »Zeit, daß wir von hier verschwinden«, sagte er.

»Was soll das?« wollte sie wissen, während sie hinter ihm herstolperte.

Pitt gab keine Antwort. Aus der Richtung der Dünen, wo er vorhin die Bewegung bemerkt hatte, sah man jetzt eine dünne Rauchwolke. Sofort war ihm klar, daß noch ein Killer, vielleicht auch mehrere, Evas Mietwagen angesteckt hatten, um sie beide aufzuhalten, bis Verstärkung eintrag.

Jetzt sah er die Flammen. Wenn er doch bloß seine Harpune . . .? Nein, er machte sich nichts vor. Das war nichts, womit man gegen Schußwaffen etwas ausrichten konnte. Die einzige Hoffnung bestand darin, daß der Kerl, ebenso wie seine Gefährten, unbewaffnet war und seinen Jeep nicht entdeckt hatte.

Die erste Annahme erwies sich als richtig, die zweite als falsch. Als sie über die letzte Düne kletterten, sah Pitt einen dunkelhäutigen Mann, der in der einen Hand eine brennende Rolle Zeitungspapier hielt. Der Mann war gerade dabei, die Windschutzscheiben des Jeeps zu zertrümmern, um anschließend das Wageninnere in Brand zu setzen. Dieser hier war anders gekleidet als seine Kameraden. Er trug ein kunstvoll arrangiertes weißes Kopftuch, so gewickelt, daß nur seine Augen frei blieben. Sein Körper steckte in einem weiten Kaftan, dessen unteres Ende um die Knöchel flatterte. Er bemerkte Pitt nicht, der mit Eva im Schlepptau auf ihn zustürmte.

Pitt blieb kurz stehen und flüsterte Eva zu: »Wenn ich Mist baue, rennen Sie wie der Teufel auf die Straße zu und halten ein vorbeifahrendes Auto an.« Dann schrie er: »Halt!«

Überrascht wirbelte der Mann herum, die Augen bedrohlich aufgerissen. Im selben Augenblick, in dem er schrie, senkte Pitt den Kopf und griff an. Der Mann ließ das brennende Zeitungspapier fallen, doch Pitts Kopf krachte schon gegen seine Brust. Mit hörbarem Knacken brach das Brustbein. Gleichzeitig landete Pitt einen rechten Schwinger in die Hoden seines Gegners.

Das Bedrohende im Antlitz des Mannes wurde vom Schock verdrängt. Ein ersticktes, schmerzhaftes Keuchen folgte, als ihm die Luft wegblieb. Pitts wilder Angriff schleuderte ihn nach hinten.

Die brennende Zeitungsrolle flog über Pitts Schulter und landete im Sand. Die Miene des Mannes durchlief verschiedene Stadien: erst Überraschung, dann Schmerz und zuletzt Angst. Mit verzerrtem, hochrotem Gesicht taumelte er rückwärts und brach zusammen. Im Nu kniete Pitt über ihm und durchsuchte seine Taschen. Er fand nichts, keine Waffen, keinen Ausweis. Nicht mal ein paar Münzen oder einen Kamm.

»Wer hat dich beauftragt?« wollte er wissen, packte den Mann am Genick und schüttelte ihn wie ein Dobermann.

Die Reaktion entsprach ganz und gar nicht Pitts Erwartungen. Trotz der Qualen und Schmerzen starrte der Kerl Pitt finster an. Es war ein Blick, bei dem Pitt das eigenartige Gefühl hatte, er stamme von einem, der zuletzt lachte. Dann grinste der Dunkelhäutige und entblößte dabei eine Reihe weißer Zähne, von denen einer fehlte. Seine Kiefer schienen sich leicht zu öffnen, dann biß er zu. Zu spät erkannte Pitt, daß sein Gegner in eine gummiüberzogene Zyanidkapsel gebissen hatte. Sie war als falscher Zahn getarnt gewesen.

Schaum drang über die Lippen des Mannes. Die Giftpille war sehr stark, und der Tod trat sofort ein. Hilflos sahen Pitt und Eva zu.

»Ist er –?« Eva hielt inne. »Ist er tot?«

»Ich glaube, wir können ziemlich sicher sein, daß er von uns gegangen ist«, gab Pitt ohne jede Spur von Bedauern zurück.

Eva stützte sich auf Pitts Arm. Trotz der afrikanischen Hitze waren ihre Hände eiskalt, und sie zitterte, eine Folge des Schocks. Ihre Augen waren gerötet. Noch nie zuvor hatte sie jemanden sterben sehen. Sie glaubte, sich übergeben zu müssen, doch irgendwie gelang es ihr, ihren Magen unter Kontrolle zu halten.

»Warum hat er sich nur getötet?« murmelte sie.

»Um die anderen Beteiligten an dem mißlungenen Mordversuch zu schützen«, erwiderte Pitt.

»Er hat sich freiwillig umgebracht, nur um sein Schweigen zu bewahren?« fragte sie ungläubig.

»Seinem Anführer fanatisch ergeben«, sagte Pitt ruhig. »Ich nehme an, wenn er das Zyanid nicht aus freiem Willen geschluckt hätte, dann hätten andere nachgeholfen.«

Eva schüttelte den Kopf. »Das ist ja krankhaft. Sie reden, als würde es sich hierbei um eine Verschwörung handeln.«

»Sehen Sie den Tatsachen ins Auge. Irgend jemand hat viel Mühe auf sich genommen, um Sie aus dem Weg zu räumen.« Pitt sah Eva an. Sie wirkte auf ihn wie ein kleines Mädchen, das sich im Kaufhaus verlaufen hatte. »Sie haben einen Feind, der nicht will, daß Sie sich in Afrika aufhalten. Und wenn Sie weiterleben wollen, empfehle ich Ihnen, das nächste Flugzeug zurück in die Staaten zu nehmen.«

Sie wirkte benommen. »Nein, nicht solange hier die Menschen sterben.«

»Sie sind schwer zu überzeugen«, bemerkte Pitt trocken.

»Stellen Sie sich vor, Sie wären an meiner Stelle.«

»Besser noch, ich steckte in den Schuhen Ihrer Kollegen. Möglicherweise stehen die auch auf der Liste. Wir sollten nach Kairo zurückfahren und sie warnen. Wenn das hier mit eurer Rettungs- und Forschungsreise zusammenhängt, sind deren Leben ebenfalls in Gefahr.«

Eva blickte auf den Toten hinab. »Was haben Sie mit dem hier vor?«

Pitt zuckte die Achseln. »Ins Meer werfen. Da kann er seinen Freunden Gesellschaft leisten.« Dann stahl sich ein teuflisches Lächeln in seine Züge. »Ich würde zu gerne das Gesicht des Anführers sehen, wenn er erfährt, daß seine Männer, ohne die geringste Spur zu hinterlassen, verschwunden sind – und Sie herumlaufen, als sei nichts geschehen.«

4

Die Geschäftsführer von »Backworld Explorations« im Bürogebäude in Kairo merkten, daß etwas passiert war, als die Gruppe, die die Wüstensafari gebucht hatte, nicht planmäßig in Timbuktu eintraf. 24 Stunden später suchten die Piloten der Chartermaschine, die die Touristen nach Marrakesch zurückbringen sollte, den Norden Planquadrat für Planquadrat ab, doch sie entdeckten keine Spur von den Fahrzeugen.

Die Bedenken wurden stärker, als Major Fairweather sich nach drei Tagen immer noch nicht gemeldet hatte. Die Behörden in Mali wurden verständigt und erklärten sich zur Mitarbeit bereit. Luftwaffenflugzeuge und motorisierte Patrouillen wurden ausgesandt, um die bekannte Route der Safarigesellschaft zurückzuverfolgen.

Schließlich brach Panik aus, nachdem es den Maliern während einer vier Tage dauernden intensiven Suche nicht gelungen war, auch nur die geringste Spur der Leute oder Landrover zu entdecken. Ein Hubschrauber der Armee überflog Asselar und meldete, daß außer einem toten, verlassenen Ort nichts zu entdecken sei.

Dann, am siebten Tag, stieß ein französischer Erdölsuchtrupp, der auf der Trans-Sahara-Piste nach Süden fuhr, auf Major Ian Fairweather. Der Himmel über der flachen, steinbedeckten Ebene war wolkenlos. Die Sonne brannte und heizte den Sand derart auf, daß darüber die Hitzewellen flimmerten und tanzten. Die französischen Geologen waren verblüfft, als plötzlich eine abgerissene Erscheinung wie eine Fata Morgana aus der wabernden Hitze auftauchte. Auf den ersten Blick schien sie zu schweben, dann verzerrte sich das Bild auf groteske Weise in der heißen, flirrenden Luft.

Beim Näherkommen erkannte der Trupp, daß es sich um einen Menschen handelte, der wie wild mit den Armen ruderte und direkt auf sie zugestolpert kam. Dann blieb er taumelnd stehen, schwankte wie ein Stab im Wind, brach langsam zusammen und schlug mit dem Gesicht im Sand auf. Der verdatterte Fahrer des Renault-Lastwagens mußte ausweichen, um den zusammengebrochenen Mann nicht zu überfahren, und hielt in einer Staubwolke.

Fairweather war mehr tot als lebendig. Er litt unter enormem Wasserverlust, und der Schweiß auf seinem Körper hatte sich zu einer dünnen, weißen Salzschicht kristallisiert. Als die französischen Ölexperten anfingen, ihm Wasser einzuflößen, kam er wieder zu Bewußtsein. Zwei Stunden später, nachdem er fast sieben Liter getrunken und der Wasserhaushalt seines Körpers sich wieder normalisiert hatte, erzählte Fairweather krächzend die Geschichte seiner Flucht vor dem Massaker in Asselar.

Der einzige Franzose des Erdölsuchtrupps, der Englisch sprach, hatte zunächst den Eindruck, Fairweathers Geschichte entstamme dem Delirium eines Alkoholikers, doch andererseits klang Fairweather äußerst überzeugend. Nach kurzer Diskussion hoben die Männer Fairweather auf die Ladefläche des Lastwagens und machten sich auf den Weg nach Gao, einer Stadt am Niger. Dort kamen sie kurz vor

Einbruch der Dunkelheit an und fuhren geradewegs zur städtischen Klinik weiter.

Nachdem sie sich darum gekümmert hatten, daß Fairweather gut untergebracht war und ein Arzt und eine Schwester nach ihm schauten, hielten die Franzosen es für das beste, den Chef der örtlichen malischen Sicherheitspolizei zu informieren. Man bat sie, einen ausführlichen Bericht zu Protokoll zu geben, während der kommandierende Offizier im Hauptquartier in Gao, ein Oberst, seine Vorgesetzten in der Hauptstadt Bamako von dem Vorfall in Kenntnis setzte.

Die Franzosen waren überrascht und wütend, als man sie gleich dabehielt und einsperrte. Am Morgen traf aus Bamako ein Team ein, das sich die Männer einzeln vornahm und über die Entdeckung Fairweathers ausfragte. Die Bitte, das französische Konsulat zu verständigen, wurde ignoriert. Als die Ölexperten eine weitere Kooperation verweigerten, schlugen die Verhörspezialisten eine härtere Gangart ein.

Die Franzosen waren nicht die ersten, die, nachdem sie das Gebäude der städtischen Sicherheitspolizei betreten hatten, nie mehr gesehen wurden.

Als die Geschäftsleitung der Ölgesellschaft in Marseille keine Nachricht mehr von ihrem Erdölsuchtrupp erhielt, machte man sich Sorgen und verlangte eine Suchaktion. Mit großem Aufwand durchkämmte die malische Sicherheitspolizei erneut die Wüste, doch bis auf den Renault-Lastwagen der Ölgesellschaft, der offenbar verlassen war, fand sich nicht die geringste Spur von den Männern.

Die Namen der französischen Geologen und die der vermißten Touristen wurden der Liste von Fremden hinzugefügt, die in der Weite der Wüste verschwunden und verschollen waren.

Dr. Haroun Madani stand auf der Treppe der städtischen Klinik von Gao. Die Mauern oberhalb der Säulenveranda zierte ein seltsames Muster. Nervös blickte er die staubige Straße entlang, die zwischen den schäbigen Gebäuden der Kolonialzeit und einstöckigen Häusern aus Lehmziegeln verlief. Eine leichte Brise aus dem Norden sorgte dafür, daß die Stadt unter einem dünnen Sandschleier verschwand. Gao, einstmals die Hauptstadt dreier bedeutender Reiche, war heute nur noch ein verkommenes Relikt aus der französischen Kolonialzeit.

Von den Minaretts, die die Moschee überragten, tönte der Ruf zum Abendgebet. Die Moslems wurden längst nicht mehr von einem Muezzin, der die engen Stufen zur Spitze des Minaretts hinaufstieg und von dort aus seine Stimme erschallen ließ, gerufen. Heute blieb der Muezzin auf dem Boden und übertrug die Gebete zu Allah und dem Propheten Mohammed über Mikrophon und Lautsprecher.

Unweit der Moschee spiegelte sich das Licht des Halbmondes im Niger, der malerisch und sanft strömend dahin floß. Den Fluß, der früher einmal breit und tief gewesen war, hatten die Jahrzehnte der Dürre zu einem seichten Gewässer werden lassen, befahren von unzähligen kleinen Segelbooten, Pinassen. Früher hatte die Moschee direkt am Ufer gestanden, heute wälzten sich die trägen Wassermassen ein paar hundert Meter entfernt an ihr vorbei.

Die Malier selbst sind ein Volk, das sich aus den hellhäutigen Abkömmlingen der Franzosen und Berber, den dunkelhäutigen Wüstenarabern und Schwarzafrikanern zusammensetzt. Dr. Madani war kohlrabenschwarz. Er besaß negroide Gesichtszüge mit tiefliegenden, dunklen Augen und einer breiten flachen Nase. Er war Ende 40, ein Bulle von einem Mann, mit einem viereckigen Schädel.

Seine Vorfahren hatten zum Stamm der Mandingos gehört und waren nach dem Sieg der Marokkaner im Jahre 1591 als Sklaven ins Land gekommen. In seiner Jugend hatten seine Eltern das fruchtbare Land südlich des Niger bestellt. Er selbst war bei einem Major der Fremdenlegion aufgewachsen und von ihm erzogen worden. Später hatte er an der medizinischen Fakultät der Universität von Paris studiert. Warum ihm dies ermöglicht worden war, hatte er nie in Erfahrung bringen können.

Der Arzt zuckte zusammen, als die gelben Scheinwerfer eines alten, einzigartigen Automobils auftauchten. Der Wagen rollte leise über die von Schlaglöchern übersäte Straße. Er schien überhaupt nicht in die triste, ärmliche Umgebung zu passen. Die Avions Voisin Limousine, Baujahr 1936, verströmte eine Aura würdevoller Eleganz. Die dunkelrote Karosserie schien eine seltsame Kombination von aerodynamischen Erkenntnissen aus der Zeit vor dem Zweiten Weltkrieg, Kubismus und Werken von Frank Lloyd zu sein. Der Wagen wurde von einem Sechszylindermotor angetrieben, der leise lief und ewig hielt. Dieses Meisterwerk der Ingenieurkunst gehörte einstmals dem Generalgouverneur von Mali, als das Land noch zu Französisch West-Afrika gehörte.

Madani kannte den Wagen. Beinahe jeder Stadtbewohner von Mali kannte das Auto und seinen Besitzer. Voll dunkler Vorahnung gingen die Menschen dem Wagen aus dem Weg, wenn er sich näherte. Der Arzt bemerkte jetzt, daß dem Automobil eine Militärambulanz folgte, und er befürchtete Komplikationen. Er trat einen Schritt vor und öffnete die hintere Tür in dem Moment, als der Fahrer den Wagen vollkommen lautlos zum Stehen brachte.

Ein hoher Offizier, schlank, in maßgeschneiderter Uniform mit messerscharfen Bügelfalten, stieg geschmeidig aus. General Zateb Kazim trug, im Gegensatz zu anderen afrikanischen Staatsmännern, die unter der Last ihrer Orden schier zusammenbrachen, nur ein grüngoldenes Ordensband auf seiner Uniformjacke. Um den Kopf hatte er eine kurze Litham geschlungen, das indigoblaue Kopftuch der Tuaregs. Er hatte einen kakaofarbenen Teint und die scharfen Züge eines Mauren. Seine Augen waren topasfarben. Man hätte ihn als schön bezeichnen können, wäre da nicht die Nase gewesen, die lang und gebogen einen spärlichen Schnurrbart überragte, der sich, an seinen Mundwinkeln vorbei, zum Kinn hin fortsetzte.

General Zateb Kazim wirkte wie der sympathische Bösewicht aus einem alten Zeichentrickfilm von Warner Brothers. Treffender konnte man ihn nicht beschreiben.

Es zeugte von einer enormen Selbstherrlichkeit, als er umständlich eine imaginäre Fluse von seiner Uniform abklopfte. Mit leichtem Kopfnicken begrüßte er Dr. Madani.

»Ist er transportbereit?« fragte er in ruhigem Ton.

»Mr. Fairweather hat sich gut von den Strapazen erholt«, erwiderte Madani, »und steht unter starken Beruhigungsmitteln.«

»Seit er von den Franzosen hergebracht wurde, hat er niemanden gesehen und mit keinem gesprochen?«

»Fairweather wurde von mir persönlich und einer Schwester aus dem Stamm der Tukulor, die nur den Fulah-Dialekt spricht, betreut. Weitere Kontakte hatte er nicht. Ich habe Ihren Befehl ausgeführt, ihn in einem Einzelzimmer, abseits der normalen Stationen, unterzubringen. Ich darf noch anmerken, daß sämtliche Unterlagen, die seinen Aufenthalt bei uns betreffen, vernichtet wurden.«

Kazim schien zufriedengestellt. »Vielen Dank, Doktor, für die Zusammenarbeit.«

»Darf ich fragen, wohin Sie ihn bringen werden?«

Kazim grinste dreckig. »Nach Tebezza.«

»Das können Sie doch nicht!« murmelte Madani leise. »Nicht in das Straflager bei den Goldminen von Tebezza. Nur Staatsfeinde und Mörder werden auf diese Weise zum Tod verurteilt. Dieser Mann ist Ausländer. Was hat er getan, daß er einen langsamen Tod in den Minen verdient?«

»Das spielt keine Rolle.«

»Was für ein Verbrechen hat er begangen?«

Kazim musterte Madani verächtlich von Kopf bis Fuß, als sei der Doktor ein störendes Insekt. »Fragen Sie nicht«, riet Kazim kalt.

Ein schlimmer Verdacht schoß Madani durch den Kopf. »Und die Franzosen, die Fairweather gefunden und hierher gebracht haben?«

»Die erleiden dasselbe Schicksal.«

»Keiner von denen wird in den Minen mehr als ein paar Wochen überleben.«

»Ist doch besser, als sie einfach zu exekutieren«, erwiderte Kazim und zuckte die Achseln. »Die Männer können in der kurzen Zeit, die ihnen noch verbleibt, doch etwas Nützliches tun. Die Gewinnung von Gold ist gut für unsere Wirtschaft.«

»Sehr vernünftig, General«, erwiderte Madani und erstickte fast an seinen servilen Worten. Kazims unbeschränkte Macht als Richter und Henker war in Madanis Leben eine Tatsache.

»Ich bin froh, daß Sie zustimmen, Doktor.« Er starrte Madani an, als handle es sich um einen Gefangenen. »Im Interesse der Sicherheit Ihres Vaterlandes empfehle ich Ihnen, Mr. Fairweather zu vergessen und seinen Besuch hier aus Ihrem Gedächtnis zu streichen.«

Madani nickte. »Wie Sie wünschen.«

»Kein Übel möge Ihren Stamm und seinen Besitz befallen.«

Der Doktor verstand Kazims Strategie. Der traditionelle Abschiedsgruß der Nomaden traf ins Schwarze. Madani hatte eine große Familie. Solange er den Mund hielt, würde sie in Frieden leben. Die Alternative stellte er sich besser gar nicht erst vor.

Ein paar Minuten später wurde der bewußtlose Fairweather von zwei Sicherheitsbeamten auf einer Trage aus der Klinik in den Krankenwagen gebracht. Der General legte lässig die Hand an die Mütze und nahm wieder im Citroën Platz.

Während die beiden Fahrzeuge in der Nacht verschwanden, lief es Dr. Madani eiskalt über den Rücken, und er fragte sich, an welcher schrecklichen Tragödie er da unfreiwillig teilhatte. Dann betete er darum, es nie erfahren zu müssen.

5

In einer der mit Wandmalereien ausgestatteten Suiten des Nil Hilton saß Dr. Frank Hopper auf einem Ledersofa und hörte angespannt zu. Auf der gegenüberliegenden Seite des Couchtischs saß Ismail Yerli und zog nachdenklich am Mundstück seiner Meerschaumpfeife, deren Kopf das geschnitzte Motiv eines Sultans mit Turban trug.

Trotz des ständig vorhandenen Geräuschpegels des Kairoer Verkehrs, der selbst durch die geschlossenen Balkontüren ins Zimmer drang, konnte Eva ihre Gedanken nicht von dem Alptraum am Strand wenden, wo sie nur mit knapper Not dem Tod entronnen war. Doch Dr. Hoppers Stimme holte sie wieder in die Gegenwart des Konferenzzimmers zurück.

»Sie haben also nicht den geringsten Zweifel, daß diese Männer versucht haben, Sie zu töten?«

»Nein«, antwortete Eva.

»Sie haben sie als Schwarze beschrieben«, stellte Ismail Yerli fest.

Eva schüttelte den Kopf. »Ich habe nicht gesagt, schwarz, sondern nur, daß ihre Haut dunkel war. Ihre Gesichtszüge waren schärfer, ausgeprägter. Eher wie eine Mischung zwischen Araber und Inder. Derjenige, der mein Auto in Brand gesetzt hat, trug einen losen Umhang und ein dichtes, kunstvoll geschlungenes Kopftuch. Ich konnte nur die dunklen, ebenholzfarbenen Augen und eine Adlernase erkennen.«

»War das Kopftuch aus Baumwolle und mehrmals um Kopf und Kinn geschlungen?« fragte Yerli.

Eva nickte. »Das Tuch schien enorm lang.«

»Was für eine Farbe?«

»Dunkelblau, wie Tinte.«

»Indigo?«

»Ja«, erwiderte Eva. »Indigo könnte hinkommen.«

Ismail Yerli dachte einen Augenblick lang nach. Er war Koordinator und Logistikexperte des Teams der Weltgesundheitsorganisation. Schlank, sehnig, ungeheuer effizient und mit einer fast pathologischen Liebe zum Detail, war er ein ausgezeichneter Organisator mit einer Vielzahl politischer Verbindungen. Seine Heimat war die am Mittelmeer gelegene türkische Hafenstadt Antalya. Er war kurdischer Abstammung und in Kleinasien, in der Gegend von Cappadocia, geboren und aufgewachsen. Vom Islam hielt er wenig, er hatte seit Jahren keine Moschee besucht. Wie die meisten Türken hatte er dichtes, schwarzes Haar, buschige Augenbrauen, die über der Nase zusammengewachsen waren und einen riesigen Schnurrbart. Nie verließ ihn sein Humor, stets umspielte seinen Mund ein Lächeln, das allerdings nur unvollkommen sein explosives Temperament verbarg.

»Tuaregs«, stellte er schließlich fest.

Er sprach so leise, daß Hopper sich vorbeugen mußte. »Wer?« fragte er.

Yerli warf dem Kanadier, der das medizinische Team leitete, über den Tisch hinweg einen Blick zu. Hopper war ein ruhiger Typ, der wenig sagte, dafür um so intensiver zuhörte. Der Mann war, dachte der Türke, das genaue Gegenteil von ihm selbst. Hopper war groß, humorvoll, mit rotem Gesicht und Vollbart. Um wie Erik der Rote auszusehen, fehlten ihm nur noch eine Streitaxt und ein Wikingerhelm. Erfahren, präzise und zurückhaltend, galt er im Kreis der international bekannten Umweltforscher als einer der besten Toxikologen der Welt.

»Tuaregs«, wiederholte Yerli. Einstmals gefürchtete Krieger der Wüste, die bedeutende Schlachten gegen die Armeen der Franzosen und Mauren gewonnen hatten und sicherlich die romantischsten Banditen, die man sich vorstellen konnte. Doch die Zeit der Beutezüge war vorbei. Heute züchteten sie Ziegen und bettelten in den Städten am Rande der Sahara, um zu überleben. Die Männer unterschieden sich von den übrigen Arabern durch einen Gesichtsschleier. Der Schleier maß ausgerollt über einen Meter.

»Weshalb wohl sollte der Angehörige eines Wüstenstammes Eva

umbringen wollen?« fragte Hopper in die Runde hinein. »Ich kann da einfach kein Motiv erkennen.«

Yerli schüttelte leicht den Kopf. »Es scheint, daß ein Stamm zumindest Eva, und – diese Möglichkeit müssen wir ebenfalls bedenken – vielleicht auch die übrigen Mitglieder der Forschungsgruppe daran hindern will, die Vergiftungsfälle im Südwesten der Wüste zu untersuchen.«

»Wir wissen im Moment noch nicht einmal, ob überhaupt ein giftiger Stoff die Ursache ist. Die geheimnisvolle Krankheit könnte auch durch Viren oder Bakterien verursacht worden sein«, warf Hopper ein.

Eva nickte. »Das hat auch Pitt vermutet.«

»Wer?« fragte Hopper zum zweitenmal.

»Dirk Pitt, der Mann, der mir das Leben gerettet hat. Er sagte, irgend jemand wünsche nicht, daß ich mich in Afrika aufhalte. Es könnte sogar sein, meinte er, daß Sie und die übrigen ebenfalls auf der Liste stehen.«

Yerli hob die Hände. »Unglaublich. Der Mann denkt wohl, wir hätten es mit der sizilianischen Mafia zu tun.«

»Was für ein Glück, daß er in der Nähe war«, sagte Hopper.

Yerli stieß eine Rauchwolke aus und sah dem Rauch nachdenklich hinterher. »Wohl eher eine Fügung, wenn man bedenkt, daß der einzige Mensch, der am Strand war, auch den Mut hatte, es mit drei Banditen aufzunehmen. Fast ein Wunder, oder . . .«, er zog die Pause in die Länge, »ein geplantes Zusammentreffen.«

Voller Skepsis musterte Eva ihn. »Ismail, wenn Sie glauben, es sei ein Hinterhalt gewesen, können Sie das gleich vergessen.«

»Möglicherweise war das Ganze nur Theater, um Ihnen Angst einzujagen, damit Sie in die Staaten zurückfahren.«

»Ich habe selbst gesehen, wie er drei Männer getötet hat. Das war kein Theater, glauben Sie mir.«

»Haben Sie etwas von ihm gehört, seit er sie am Hotel abgesetzt hat?« fragte Hopper.

»Nur eine Nachricht an der Rezeption. Er fragte nach, ob ich heute abend mit ihm essen möchte.«

»Und Sie glauben immer noch, er sei tatsächlich der gute Samariter, der zufälligerweise vorbeikam?« insistierte Yerli.

Eva ignorierte ihn und sah Hopper an. »Pitt hat mir erzählt, er halte sich im Auftrag der NUMA in Ägypten auf, um archäologische Forschungen am Nil zu betreiben. Ich habe kaum Grund, das zu bezweifeln.«

Hopper wandte sich an Yerli. »Das müßte eigentlich leicht nachzuprüfen sein.«

Yerli nickte. »Ich werde einen Bekannten anrufen, der als Meeresbiologe bei der NUMA arbeitet.«

»Die Frage ist aber immer noch – warum?« murmelte Hopper nachdenklich.

Yerli zuckte die Achseln. »Wenn es sich bei dem Mordversuch an Eva um eine Verschwörung handelt, könnte ein Teil des Plans darin bestehen, uns Angst einzujagen, so daß wir uns gezwungen sehen, unseren Einsatz abzusagen.«

»Stimmt. Aber es handelt sich um fünf getrennt vorgehende, aus jeweils sechs Mitgliedern bestehende Forschungsteams, die in die Südsahara fahren werden. Die Teams werden fünf Länder, vom Sudan bis Mauretanien, abdecken. Diesen Ländern wurden wir nicht aufgezwungen. Die jeweiligen Regierungen haben die Vereinten Nationen um Hilfe gebeten. Sie möchten, daß die Ursache, die zu der geheimnisvollen Krankheit führte, entdeckt wird. Wir sind also geladene und keine ungebetenen Gäste. Wir kommen nicht als Feinde.«

Yerli sah Hopper nachdenklich an. »Sie vergessen eines, Frank. Es gab sehr wohl eine Regierung, die uns nicht da haben wollte.«

Hopper nickte grimmig. »Sie haben recht. Ich vergaß Präsident Tahir von Mali. Der hat mit der Einreiseerlaubnis sehr gezögert.«

»Eher General Kazim«, erklärte Yerli. »Tahir ist bloß eine Gallionsfigur. Der starke Mann hinter der Regierung Malis ist Zateb Kazim.«

»Was könnte er gegen harmlose Biologen haben, denen es lediglich um die Rettung von Menschenleben geht?« fragte Eva.

Yerli hob die Hände. »Kann man nie wissen.«

»Mir scheint es ein eigenartiges Zusammentreffen«, erklärte Hopper ruhig, »daß Menschen, besonders Europäer, während des letzten Jahres regelmäßig in der Weite der Wüste Nordmalis verschwunden sind.«

»Wie diese Safari-Gruppe, die gegenwärtig Schlagzeilen macht«, sagte Eva.

»Die ist immer noch verschollen, und man weiß nichts über ihr Schicksal«, fügte Yerli hinzu.

»Ich kann mir nicht vorstellen, daß es zwischen dieser Tragödie und dem Anschlag auf Eva einen Zusammenhang geben könnte«, sagte Hopper.

»Wenn wir aber annehmen, daß General Kazim hinter der Sache mit Eva steckt, dann könnte es sehr wohl der Fall sein, daß seine Agenten herausbekommen haben, daß sie zur Gruppe derjenigen Biologen gehört, die Mali überprüfen soll. Und als er dessen sicher war, hat er befohlen, sie zu ermorden, als Warnung, ihn in seinem Kamelgehege in Ruhe zu lassen.«

Eva lachte. »Mit Ihrer lebhaften Phantasie, Ismail, wären Sie ein großartiger Drehbuchschreiber für Hollywood.«

»Sie übertreiben«, sagte Hopper zu Yerli. »Wie entscheiden Sie sich, Eva? Sollen wir absagen oder weitermachen?«

»Ich würde das Risiko auf mich nehmen«, erklärte Eva. »Doch ich kann nicht für die übrigen Mitglieder des Teams sprechen.«

Hopper sah zu Boden und nickte. »Dann werden wir sie bitten, sich freiwillig zu melden. Ich werde den Einsatz in Mali nicht abblasen – nicht, wenn Hunderte, womöglich Tausende von Menschen dort unten an einer Krankheit sterben, für deren Ursache jede Erklärung fehlt. Ich selbst werde die Leitung der Gruppe übernehmen.«

»Auf keinen Fall, Frank!« gab Eva zurück. »Was ist, wenn etwas passiert? Sie sind viel zu wertvoll, als daß wir Sie verlieren dürften.«

»Es ist unsere Pflicht, die Angelegenheit der Polizei zu melden, bevor wir uns Hals über Kopf auf den Weg machen«, insistierte Yerli.

»Jetzt bleiben Sie mal auf dem Boden, Ismail«, gab Hopper unwirsch zurück. »Wenn wir uns an die Polizei in Kairo wenden, hält die uns nur auf und verzögert den ganzen Einsatz mindestens um einen Monat. Ich habe keine Lust, durch den Sumpf nahöstlicher Bürokratie zu waten.«

»Meine Kontaktleute könnten dem Amtsschimmel die Sporen geben«, meinte Yerli.

»Nein«, erwiderte Hopper und schloß das Thema ab. »Ich will, daß alle Teams die Chartermaschinen besteigen und planmäßig ihre Bestimmungsorte erreichen.«

»Dann geht's also morgen früh los«, sagte Eva.

Hopper nickte. »Keine Hinhaltetaktik. Morgen früh machen wir uns auf den Weg.«

»Sie setzen unnötig Menschenleben aufs Spiel«, murmelte Yerli.

»Nicht, wenn ich mich rückversichere.«

Yerli sah Hopper an. Er begriff dessen Bemerkung nicht. »Versicherung?«

»Ja, in Form einer Pressekonferenz. Bevor wir losfliegen, werde ich jeden Auslandskorrespondenten und sämtliche Nachrichtenagenturen in Kairo einladen und unseren Einsatz unter besonderer Berücksichtigung Malis ausführlich erklären. Natürlich werde ich auch die Gefahren, die damit zusammenhängen, nicht unausgesprochen lassen. Wenn unser Einsatz in Mali im Licht der Öffentlichkeit steht, wird General Kazim es sich zweimal überlegen, bevor er das Leben von Wissenschaftlern gefährdet, die seinen Landsleuten nur helfen wollen.«

Yerli stieß einen Seufzer aus. »Das hoffe ich um Ihretwillen. Ich hoffe es wirklich.«

Eva ging auf den Türken zu und setzte sich neben ihn. »Es wird schon gutgehen. Uns wird nichts passieren«, sagte sie.

»Ich kann Sie nicht davon abbringen? Sie wollen tatsächlich aufbrechen?«

»Es gibt Tausende, die sterben könnten, wenn wir es nicht tun«, erklärte Hopper mit fester Stimme.

Yerli sah sie traurig an, senkte dann ergeben den Kopf. Seine Miene war plötzlich blaß.

»Dann möge Allah Sie beschützen, denn wenn er das nicht tut, werden Sie mit Sicherheit sterben.«

6

Pitt stand in der Lobby des Nil Hilton, als Eva aus dem Fahrstuhl trat. Er trug einen einreihigen, beigefarbenen Anzug aus Popelin mit Bundfaltenhosen. Der breite Botticelli-Schlips, dunkelblau mit schwarzgoldenem Paisleymuster, paßte gut zu dem hellblauen Hemd.

Entspannt und locker stand er da, die Hände im Rücken zusammengelegt, den Kopf leicht zur Seite geneigt, und sah einer attraktiven Ägypterin mit rabenschwarzem Haar in einem hautengen, glitzernden Kleid nach. Sie schwebte am Arm eines Mannes, der sicher dreimal so alt wie sie selbst war, durch die Lobby. Die ganze Zeit plauderte sie auf ihn ein, und ihr hübsch gerundeter Po bewegte sich dabei in anregendem Schwung.

Pitts Miene verriet keinerlei Begehren. Zurückhaltend und lediglich etwas neugierig, genoß er die Vorstellung. Eva näherte sich ihm von hinten und griff ihn am Ellenbogen. »Gefällt sie Ihnen?« fragte sie.

Pitt drehte sich um und blickte sie aus seinen tiefgrünen Augen an. Seine Lippen verzogen sich zu einem verschmitzten Lächeln. »Sie ist wirklich eine Wucht.«

»Ihr Typ?«

»Nein, ich bevorzuge ruhige, intelligente Frauen.«

Seine tiefe Stimme klang weich. Sie verspürte den Hauch eines Herren-Eau de Toilette, nicht eine der Sonderabfüllungen französischer Parfümhersteller für eine x-beliebige Designermarke, sondern einen eher männlichen Duft. »Ich hoffe, das darf ich als Kompliment auffassen.«

»Dürfen Sie.«

Sie errötete und senkte unbewußt den Blick. »Ich fliege morgen sehr zeitig, sollte also früh ins Bett kommen.« Mein Gott, ist das schrecklich, dachte sie. Ich benehme mich wie ein Backfisch, der sich zum erstenmal verabredet hat.

»Das ist schade. Ich hatte vor, die Nacht mit Ihnen durchzumachen und Ihnen jeden Sündenpfuhl Kairos zu zeigen. All die exotischen Bars, in die die Touristen nie reinkommen.«

»Ist das Ihr Ernst?«

Pitt lachte. »Nein, eigentlich nicht. Tatsächlich halte ich es für klüger, wenn wir hier im Hotel essen und die Straßen meiden. Ihre Freunde könnten es möglicherweise nochmal versuchen.«

Sie sah sich in der belebten Hotelhalle um. »Das Hotel ist voll. Wir müßten Glück haben, wenn wir noch einen Tisch bekommen.«

»Ich habe einen reserviert«, erklärte Pitt, nahm ihre Hand und führte sie zum Aufzug, der zum eleganten Restaurant im obersten Stock des Hotels hinauffuhr.

Wie die meisten Frauen wußte Eva bei Männern eine bestimmende Art durchaus zu schätzen. Sie mochte es, wie er ihre Hand auf dem Weg zum Restaurant locker und doch fest in der seinen festhielt.

Der Maitre d'Hotel führte sie zu einem Tisch in der Nähe eines Fensters, das eine phantastische Aussicht auf Kairo und den Nil bot. Ein Lichtermeer funkelte in der Abenddämmerung. Die Brücken waren mit langen Schlangen hupender Autos verstopft, die sich auf den Straßen wieder auflösten. Die Autos vermischten sich mit von Pferden gezogenen Lieferwagen und Touristenbussen.

»Wenn Sie nicht lieber einen Cocktail hätten«, sagte Pitt, »schlage ich vor, wir bleiben bei Wein.«

Eva nickte und schenkte ihm ein zufriedenes Lächeln. »Ist mir recht. Wie wär's, wenn Sie auch das Essen bestellten?«

»Im Herzen bin ich ein Abenteurer«, grinste er. Pitt warf einen kurzen Blick auf die Weinkarte. »Wir werden es mit einer Flasche Grenaclis Village versuchen.«

»Eine ausgezeichnete Wahl«, bemerkte der Kellner. »Einer unserer besten trockenen einheimischen Weißweine.«

Pitt bestellte die Vorspeisen: einen Dip aus gemahlenem Sesam mit Auberginenscheiben, ein Gericht auf Yoghurtbasis, genannt Leban Zabadi, und eine Schale eingelegtes Gemüse. Dazu gab es weißes Fladenbrot.

Nachdem der Wein serviert war, hob Pitt sein Glas. »Auf eine sichere und erfolgreiche Forschungsreise. Ich hoffe, Sie finden Antworten auf Ihre Fragen.«

»Und auf Ihre Untersuchung des Flusses«, erwiderte sie beim Anstoßen. Ein Ausdruck von Neugierde stahl sich in ihre Augen. »Wonach suchen Sie eigentlich?«

»Nach Wracks. Besonders nach einem. Einer Begräbnisbarke.«

»Klingt faszinierend. Von jemandem, den ich kenne?«

»Es ist die Barke eines Pharaos des Alten Reiches, Menkaure oder Mykerinus, wenn Sie die griechische Schreibweise bevorzugen. Er regierte während der Vierten Dynastie und baute die kleinste der Pyramiden von Gizeh.«

»Wurde er nicht in seiner Pyramide bestattet?«

»1830 entdeckte ein Colonel der britischen Army einen Leichnam in einem Sarkophag in der Begräbniskammer. Doch Analysen der sterblichen Überreste haben ergeben, daß es sich um jemanden aus der griechischen oder römischen Zeit gehandelt haben muß.«

Die Vorspeisen wurden serviert, und beide warfen einen erwartungsvollen Blick darauf. Dann tauchten sie die Auberginenscheiben in den Sesamdip und genossen das eingelegte Gemüse. Der Ober wartete noch, und Pitt bestellte das Hauptgericht.

»Wieso nehmen Sie an, daß Menkaures Leichnam im Wasser verborgen liegt?« fragte Eva.

»Vor kurzem sind in einem alten Steinbruch, in der Nähe von Kairo, Hieroglyphen auf einem Stein entdeckt worden, die besagen, daß seine Begräbnisbarke Feuer fing und zwischen der alten Hauptstadt Memphis und der Pyramide in Gizeh im Fluß gesunken ist. Nach der Inschrift auf dem Stein wurde der Sarkophag mit seiner Mumie und einer großen Menge Gold nie gefunden.«

Der Yoghurt wurde gebracht, dickflüssig und cremig. Unsicher blickte Eva auf das Gericht.

»Versuchen Sie nur«, empfahl Pitt. »Leban Zabadi wird Ihnen nicht nur den amerikanischen Yoghurt verleiden, er ist auch gut für die Verdauung.«

»Läßt wohl eher das Blut gerinnen.« Sie stocherte in ihrer Portion herum und probierte vorsichtig. Offenbar beeindruckt, machte sie sich daran, den Yoghurt aufzuessen. »Und was passiert, wenn Sie die Barke finden? Haben Sie vor, das Gold zu behalten?«

»Nein«, erwiderte Pitt. »Wenn unsere Detektoren ein vielversprechendes Objekt ausgemacht haben, markieren wir die Fundstelle und übermitteln die Position dem ägyptischen Ministerium für Archäologie. Wenn das Ministerium die notwendigen Gelder zusammen hat, wird von dort aus der Auftrag zur Ausgrabung erteilt. Oder, in diesem Fall, zur Hebung des Wracks.«

»Dann liegt das Wrack nicht einfach auf dem Grund des Flusses?« erkundigte Eva sich.

Pitt schüttelte den Kopf. »Der Schlick aus 45 Jahrhunderten hat die Überreste bedeckt und unter sich begraben.«

»Wie tief, denken Sie, liegt die Barke?«

»Das kann man nicht mit Bestimmtheit sagen. Die Aufzeichnungen ägyptischer Historiker und Archäologen weisen darauf hin, daß sich der Hauptkanal des Flußabschnittes, den wir absuchen, seit 2400 vor Christi etwa 100 Meter nach Osten verschoben hat. Wenn sie in der Nähe des Ufers liegt, könnte sie von einer 3 bis 10 Meter dicken Matsch- und Sandschicht bedeckt sein.«

»Ich bin froh, daß ich auf Sie gehört habe. Der Yoghurt ist gut.«

Der Ober kam mit einem riesigen Silbertablett heran, auf dem ovale Schüsseln mit verschiedenen Speisen standen. Lamm am Spieß, Krebse vom Holzkohlengrill, Blattspinat mit scharfem Rindsgulasch, Reis, Rosinen und Nüsse. Nach einer Beratung mit dem Ober bestellte Pitt noch einige scharf gewürzte Saucen.

»Was für ausgefallene Krankheiten wollen Sie denn in der Wüste erforschen?« erkundigte sich Pitt, während sie die dampfenden Köstlichkeiten auf ihren Tellern serviert bekamen.

»Die Berichte aus Mali und Nigeria sind zu bruchstückhaft, als daß man daraus endgültige Schlüsse ziehen könnte. Stützt man sich auf die Gerüchte, dann handelt es sich um die üblichen Symptome von Vergiftungen. Also Geburtsschäden, Krämpfe oder Anfälle, Koma und Tod. Weiterhin gibt es Berichte von psychischen Erkrankungen und seltsamen Verhaltensweisen. Dieses Lamm ist wirklich phantastisch.«

»Probieren Sie eine von den Saucen. Die mit den Beeren paßt gut dazu.«

»Die grüne, was ist das für eine?«

»Weiß ich nicht so genau. Schmeckt süßsauer. Am besten tunken Sie die Krebse hinein.«

»Köstlich«, bestätigte Eva. »Alles schmeckt ganz wunderbar. Bis auf den grünen Spinat. Das Aroma ist sehr stark.«

»Heißt Moulukeyeh. Daran muß man sich erst gewöhnen. Doch zurück zu der Vergiftung. Wie äußert sich dieses seltsame Verhalten?«

»Die Leute reißen sich die Haare aus, schlagen ihren Kopf gegen die Wand, strecken die Hände ins Feuer. Laufen wie Tiere nackt auf Händen und Füßen herum, verspeisen die Toten, als seien sie plötzlich zu Kannibalen geworden. Dieses Reisgericht schmeckt gut. Wie heißt es?«

»Khalta.«

»Ich wünschte, der Koch würde mir das Rezept verraten.«

»Ich glaube, das läßt sich arrangieren«, erwiderte Pitt. »Habe ich Sie recht verstanden? Die Vergifteten fressen sich gegenseitig auf?«

»Die Reaktionen beruhen zu einem bestimmten Maß auf der jeweiligen Kultur«, erwiderte Eva und beschäftigte sich mit ihrer Khalta. »Menschen aus Ländern der Dritten Welt sind beispielsweise mehr daran gewöhnt, Tiere zu schlachten als die Bewohner Europas oder der Vereinigten Staaten. Klar, wir kommen auf der Straße ab und zu an einem überfahrenen Tier vorbei, doch hier sieht man die abgezogenen Tiere auf dem Marktplatz hängen. Der Vater schlachtet die Ziegen oder Schafe des Stammes. Kindern wird früh beigebracht, Kaninchen oder Vögel zu fangen und zu töten, ihnen das Fell abzuziehen oder sie zu rupfen und bratfertig zu machen. Die primitive Grausamkeit des Anblicks von Blut und Eingeweiden ist für die Armen alltäglich. Sie müssen töten, um zu überleben. Wenn schließlich über lange Zeiträume winzige Spuren an Gift aufgenommen und über den Blutkreislauf absorbiert werden, erkranken die Organe – das Gehirn, Herz und Leber, Magen und Darm, sogar der genetische Code kann in Mitleidenschaft gezogen werden. Die Wahrnehmung läßt nach, es kommt zu Schizophrenie. Die Grundsätze von Moral und sozialem Verhalten werden in Mitleidenschaft gezogen. Für die Menschen wird das Töten und Verspeisen eines Verwandten zu etwas genauso normalem, wie wenn man einem Huhn den Hals umdreht und es fürs Abendbrot zubereitet. Diese Sauce mit dem Chutneygeschmack mag ich besonders.«

»Sie ist wirklich ausgezeichnet.«

»Schmeckt sehr gut mit der Khalta. Die Menschen der zivilisierten Welt beispielsweise kaufen sauber verarbeitetes und verpacktes Fleisch im Supermarkt. Wir sind nicht dabei, wenn Rinder durch Elektroschock getötet werden oder wenn Schafen und Schweinen die Kehle durchgeschnitten wird. Den besten Teil verpassen wir. Also sind wir mehr darauf fixiert, Furcht, Angst und Unglück zu empfinden. Es passiert vielleicht, daß der eine oder andere wild in der Gegend rumschießt und im Wahn seine Nachbarn umbringt, doch er würde sie nicht verspeisen.«

»Was für eine Art exotisches Gift kann bloß eine derartige Wirkung entfalten?« fragte Pitt.

Eva trank ihr Glas Wein aus und wartete, bis der Kellner nachgeschenkt hatte. »Es muß sich nicht um ein exotisches Gift handeln. Eine ganz normale Bleivergiftung kann schon dazu führen, daß die Menschen die seltsamsten Dinge tun. Auch sie bewirkt, daß Kapillaren platzen und das Weiße im Auge sich rot verfärbt.«

»Haben Sie noch Platz für ein Dessert?« fragte Pitt.

»Das schmeckt alles so gut. Ich mache einfach Platz.«

»Kaffee oder Tee?«

»Kaffee.«

Pitt nickte dem Kellner zu, der sofort an ihren Tisch kam. »Einen Um Ali für die Dame, einen Kaffee und einen Mokka.«

»Was ist das, Um Ali?« erkundigte sich Eva.

»Ein heißer Brotpudding mit Milch und Pinienkernen. Beruhigt nach einem schweren Essen den Magen.«

»Klingt gut.«

Pitt lehnte sich zurück, Sorgenfalten auf der Stirn. »Sie sagten, Sie würden morgen fliegen. Haben Sie immer noch vor, nach Mali zu reisen?«

»Immer noch in der Rolle als mein Beschützer?«

»Das Reisen in der Wüste kann mörderisch sein. Die Hitze ist nicht Ihr einziger Feind. Irgend jemand da draußen wartet nur darauf, Sie zu töten. Sie und Ihre missionarischen Freunde.«

»Und mein Ritter in glänzender weißer Rüstung ist nicht da, um mich zu retten«, erwiderte sie mit einer Spur Sarkasmus in der Stimme. »Sie jagen mir keine Angst ein. Ich kann auf mich selbst aufpassen.«

Pitt sah sie an, und sie erkannte den Anflug von Traurigkeit in seinen Augen. »Sie sind nicht die erste Frau, die das sagte und anschließend in der Leichenhalle landete.«

In einem Ballraum, in einem anderen Teil des Hotels, war Dr. Frank Hopper dabei, die Pressekonferenz zu beenden. Sie war gut gelaufen. Eine ansehnliche Gruppe von Korrespondenten, die Zeitungen im gesamten Nahen Osten vertraten, und vier internationale Nachrichtenagenturen bombardierten ihn unter einer Scheinwerferbatterie ägyptischer Fernsehkameras mit Fragen.

»Wie weit, glauben Sie, Dr. Hopper, hat sich diese Umweltvergiftung ausgebreitet?« fragte eine Dame von *Reuters New Service*.

»Das können wir erst beurteilen, wenn unsere Experten sich vor Ort befinden.«

Ein Mann mit einem Tonbandgerät meldete sich. »Kennen Sie die Quelle der Verseuchung?«

Hopper schüttelte den Kopf. »Im Moment wissen wir noch nicht, wo sie sich befindet.«

»Besteht die Möglichkeit, daß sie bei der französischen Solarverbrennungsanlage in Mali zu suchen ist?«

Hopper trat an die Karte der südlichen Sahara, die an einem großen Ständer hing, und nahm einen Zeigestock zur Hand. Er deutete auf einen Punkt in einer völlig menschenleeren Stelle im Norden von Mali. »Das französische Projekt befindet sich hier, in Fort Foureau, mehr als 200 Kilometer vom nächsten Ort entfernt, aus dem Vergiftungen berichtet wurden. Das ist zu weit, als daß es als direkte Ursache in Frage käme.«

Ein Korrespondent der deutschen Wochenzeitschrift *Der Spiegel* stand auf. »Könnten die Erreger vielleicht vom Wind dorthin transportiert worden sein?«

Hopper schüttelte den Kopf. »Das ist nicht möglich.«

»Woher sind Sie so sicher?«

»Während der einzelnen Phasen von Konstruktion und Bau wurden meine Kollegen und ich als Wissenschaftler der Weltgesundheitsbehörde von den Ingenieuren der *Massarde Enterprise de Solaire Energie*, die die Anlage betreibt, bei jedem Entwicklungsschritt konsultiert. Der gesamte gefährliche Abfall wird mit Hilfe von Solarenergie vernichtet und in harmlosen Dampf verwandelt. Das Ergebnis wird ständig überwacht. Da sind einfach keine Giftstoffe mehr vorhanden, die vom Wind davongetragen werden und Menschen Hunderte von Kilometern entfernt anstecken könnten.«

Ein ägyptischer Fernsehreporter streckte ein Mikrophon vor. »Haben die Länder am Rande der Wüste, in die Sie einreisen wollen, sich bereit erklärt, Ihnen zu helfen?«

»Die meisten empfangen uns mit offenen Armen«, erwiderte Hopper.

»Sie haben vorhin erwähnt, daß Präsident Tahir von Mali gezögert hat, Ihr Forschungsteam in sein Land einreisen zu lassen.«

»Das stimmt. Doch ich erwarte, daß er seine Meinung ändern wird, wenn wir erst einmal dort sind und unsere Absicht, Hilfe zu leisten, unter Beweis stellen.«

»Sie glauben also nicht, daß Sie Menschenleben aufs Spiel setzen, wenn Sie sich in die Angelegenheiten von Präsident Tahirs Regierung einmischen?«

In Hoppers Stimme schwang ein Anflug von Ärger mit. »Die wirkliche Gefahr liegt darin, daß seine Berater spinnen. Sie ignorieren die Krankheit, verschweigen sie offiziell, als ob sie gar nicht existieren würde.«

»Aber glauben Sie, daß Sie und Ihr Team frei und sicher in Mali umherreisen dürfen?« fragte die Korrespondentin von *Reuters*.

Hopper grinste abfällig. Die Fragen hatten genau die erhoffte Richtung genommen. »Wenn sich eine Tragödie ereignen sollte, dann zähle ich auf Sie, meine Damen und Herren von der Presse, daß Sie der Sache nachgehen und den Schuldigen die Hölle heiß machen.«

Nach dem Abendessen begleitete Pitt Eva zu ihrem Zimmer. Nervös fummelte sie mit dem Schlüssel herum, war sich nicht sicher, was sie tun sollte. Sie schuldete ihm viel, und sie mochte ihn. Doch sie hatte ihre Grundsätze und deshalb Schwierigkeiten, mit jedem Mann ins Bett zu gehen, der an ihr interessiert war – selbst mit einem, der ihr das Leben gerettet hatte.

Pitt bemerkte den rötlichen Schimmer, der sich vom Hals aus über ihr Gesicht verbreitete. Er sah ihr in die Augen. Blau wie der Himmel über der Südsee. Er faßte sie bei den Schultern und zog sie sanft an sich. Eva wirkte leicht angespannt, doch sie sträubte sich nicht. »Verschieben Sie Ihren Flug.«

Sie vermied es, ihn anzusehen. »Das kann ich nicht.«

»Vielleicht treffen wir uns nie wieder.«

»Ich habe mein Wort gegeben.«

»Und danach?«

»Werde ich nach Kalifornien in das Haus meiner Familie in Pacific Grove zurückkehren.«

»Eine schöne Gegend. Ich habe oft am Oldtimer-Wettbewerb, am Pebble Beach Concours d'Elegance, teilgenommen.«

»Im Juni ist es besonders schön«, sagte sie. Plötzlich zitterte ihre Stimme.

Er lächelte. »Abgemacht. Sie, ich und die Bucht von Monterey.«

Mit dieser Bemerkung wurden sie Freunde, die wußten, daß sie sich gegenseitig anzogen. Er gab ihr einen sanften Kuß und trat zurück. »Geh dem Ärger aus dem Weg. Ich möchte dich nicht gerne verlieren.«

Dann drehte er sich um und schritt auf den Aufzug zu.

7

Jahrtausende haben die Ägypter und die Vegetation darum gekämpft, ihr wertvolles Gebiet zwischen dem blaßblauen Gewässer des Nils und dem braungelben Sand der Sahara zu erhalten. Von allen großen Strömen Afrikas fließt nur der Nil nordwärts, 6500 Kilometer von seinen Quellen in Zentralafrika bis zur Mündung im Mittelmeer. Seit urdenklichen Zeiten, immer gegenwärtig, lebensspendend: Der Nil nimmt sich vor der kargen nordafrikanischen Landschaft absolut fremdartig aus. Er könnte auf dem Planeten Venus nicht deplazierter sein.

Die heiße Jahreszeit hatte den Fluß erreicht. Die Hitze rollte heran und legte sich auf das Wasser wie ein schweres Laken, das von der Wüste aus in westliche Richtung gezogen worden war. Die Sonne erschien morgens so feurig am Horizont, als habe jemand in der Glut gestochert, und brachte eine leichte Brise mit sich, bei der man den Eindruck hatte, sie komme geradewegs aus dem Ofen.

Die heitere Gelassenheit der Vergangenheit traf auf die Technologie der Gegenwart, als eine Feluke mit Lateinsegel, bemannt mit vier Jungen, an einem schlanken Forschungsschiff vorbeisegelte, das die beste und modernste Ausrüstung an Bord hatte. Die Jungen, offenbar vollkommen unbeeindruckt von der Hitze, lachten und winkten dem türkisfarbenen Boot zu, das in die Gegenrichtung flußabwärts fuhr.

Pitt sah von dem hochauflösenden Videobildschirm der Bodensonde auf und winkte durch ein großes Bullauge zurück. Die Hitze draußen machte ihm nicht das geringste aus. Das Innere des Forschungsschiffs wurde von einer Klimaanlage gut gekühlt, und er saß bequem vor der Überwachungseinheit und schlürfte ein Glas Eistee.

Einen Moment lang sah er der Feluke nach, beneidete beinahe die Jungs, als sie über das schmale Deck liefen und das Segel setzten, um die Brise zu erwischen, die flußaufwärts wehte.

Er wandte seine Aufmerksamkeit gerade wieder dem Farbmonitor zu, als eine ungewöhnliche Anomalie auf dem Bildschirm auftauchte. Der Vertikalabtaster der Bodensonde meldete tief unterhalb des schlickbedeckten Bodens unter Wasser einen Kontakt. Was zuerst nur als undeutlicher Punkt zu erkennen gewesen war, zeichnete sich, als das Bild automatisch vergrößert wurde, als Umrisse eines antiken Schiffes ab.

»Ziel erfaßt«, meldete Pitt. »Kennzeichne es mit Nummer 49.«

Al Giordino gab auf seinem Pult einen Code ein. Sofort tauchte auf einem Grafikbildschirm eine Darstellung des Flusses mit künstlichen Landmarken und den am Ufer befindlichen Orientierungspunkten auf. Auf einen weiteren Code hin bestimmte das satellitengestützte Positionssystem präzise die Lage des Schiffes und glich sie mit dem Flußlauf ab.

»Nummer 94 aufgezeichnet und gespeichert«, bestätigte Giordino.

Al Giordino war kleingewachsen, dunkel und untersetzt. Seine lebhaften, walnußbraunen Augen funkelten unter einer dichten Mähne schwarzer Locken. Wenn man ihm einen Bart umgebunden und einen Sack mit Spielzeug auf die Schulter gepackt hätte, wäre Giordino die richtige Besetzung für einen etruskischen Weihnachtsmann gewesen.

Trotz seiner kompakten, muskulösen Figur war er unwahrscheinlich flink, konnte kämpfen wie ein Tiger und litt fürchterliche Qualen, wenn er sich mit Frauen unterhalten mußte. Giordino und Pitt hatten zusammen die High-School besucht, während der Air-Force-Academy-Zeit Football gespielt und am Ende des Krieges gemeinsam in Vietnam gedient. An einem bestimmten Punkt ihrer Karriere hatte Admiral James Sandecker, Chef der National Underwater and Marine Agency (NUMA) sie zeitweise angefordert – ein Zustand, der mittlerweile neun Jahre andauerte.

Keiner der beiden erinnerte sich daran, wie oft er dem anderen das Leben gerettet oder ihm in einer Situation geholfen hatte, die eigentlich nur tragisch hätte enden können. Ihre Abenteuer über und unter Wasser waren mittlerweile zur Legende geworden, doch keiner von beiden legte den geringsten Wert auf den Ruhm, der aus diesen Geschichten resultierte.

Pitt beugte sich vor und konzentrierte sich auf eine isometrische Digitalanzeige. Der Computer drehte gerade das dreidimensionale Bild und gab das gesunkene Schiff erstaunlich detailliert wieder. Bild und Abmessungen wurden aufgezeichnet und an einen Computer überspielt, der sie mit den bekannten Daten von Schiffen aus der Antike, die den Nil befuhren, verglich. Ein paar Minuten später spuckte der Computer die Analyse aus. Die Angaben zum Typ des Schiffes blinkten in der unteren Zeile auf dem Bildschirm.

»Scheint, daß wir ein Frachtschiff aus der Sechsten Dynastie gefunden haben«, bemerkte Pitt. »Wurde in der Zeit zwischen 2000 und 2200 vor Christi gebaut.«

»Wie steht's mit dem Erhaltungszustand?« fragte Giordino.

»Recht gut«, erwiderte Pitt. »Der Schlick hat das Schiff, ebenso wie die anderen, die wir gefunden haben, gut konserviert. Rumpf und Ruder sind noch intakt, und ich kann den Mast erkennen, der sich quer über dem Deck befindet. Wie tief liegt das Schiff?«

Giordino warf einen Blick auf den Bildschirm mit den Positionsdaten. »Zwei Meter unter Wasser und acht Meter unter dem Schlick.«

»Irgendwelche Spuren von Metall?«

»Nichts, was die Magnetabtastung erfassen könnte.«

»Ist ja auch kein Wunder, denn Eisen war in Ägypten vor dem zwölften Jahrhundert vor Christi unbekannt. Was sagt die Abtastung bei Nichteisenmetallen?«

Giordino drehte auf seinem Pult an einer Skala. »Nicht viel. Ein paar Bronzebeschläge. Nichts Besonderes.«

Pitt musterte das Bild des Schiffes, das vor 40 Jahrhunderten im Fluß versunken war. »Faszinierend, daß sich die Konstruktion der Schiffe 3000 Jahre lang kaum verändert hat.«

»Dasselbe gilt für die Kunst der Ägypter«, bemerkte Giordino.

Pitt sah ihn an. »Kunst?«

»Ist dir nie aufgefallen, daß die Kunstwerke in der Zeit zwischen der Ersten und der Dreißigsten Dynastie keinerlei Unterschiede aufweisen?« präzisierte Giordino. »Die Haltung der Menschen war statisch. Warum, zum Teufel, ist in der ganzen Zeit niemand darauf gekommen, das menschliche Auge von schräg vorn darzustellen, statt immer nur im Profil? Was Traditionen angeht, da waren die Ägypter die absoluten Experten.«

»Seit wann bist du denn ein Experte für Ägyptologie?«

Giordino sah ihn vielsagend an und zuckte die Achseln. »Oh, ich habe das eine oder andere hier und da aufgeschnappt.«

Pitt ließ sich nicht hinters Licht führen. Giordino hatte ein gutes Auge für Details. Ihm entging nicht viel, was auch die Bemerkung über die ägyptische Kunst verriet. 99 Prozent der Touristen wäre das nicht aufgefallen, und es stand in keinem Reiseführer.

Giordino trank sein Bier aus und rollte die kalte Flasche über seine Stirn. Er deutete auf das Wrack, während das Forschungsboot darüber hinwegfuhr. Die Abbildung auf dem Bildschirm verblaßte. »Kaum zu glauben, daß wir erst drei Kilometer des Flusses überprüft und dabei bereits 94 Wracks gefunden haben. Manche liegen in drei Schichten übereinander.«

»Gar kein Wunder, wenn man bedenkt, seit wieviel tausend Jahren der Nil von Schiffen befahren wird«, gab Pitt nachdenklich zurück. »Zu allen Zeiten war man froh, wenn Schiffe 20 Jahre Dienst taten, bevor sie durch Sturm, Feuer oder Kollisionen verlorengingen. Und diejenigen, die 20 Jahre überdauerten, waren normalerweise verrottet. Im Nil, zwischen dem Delta und Khartoum, liegen pro Quadratkilometer mehr versunkene Schiffe als irgendwo sonst auf der Welt. Die Archäologen haben Glück, daß die Wracks von Schlick bedeckt und gut erhalten sind. Die könnten dort noch weitere 4000 Jahre überdauern.«

»Keine Ladung zu entdecken«, bemerkte Giordino, der über Pitts Schulter einen Blick auf das langsam verschwindende Schiff warf. »War möglicherweise so, wie du schon sagtest. Vielleicht war es verrottet, und die Eigner ließen es einfach weitervergammeln, bis es schließlich sank.«

Der Kapitän des Forschungsschiffes, Gary Marx, hatte das Echolot im Blick. Gary war groß, blond, trug lediglich Shorts und einen Strohhut auf dem Kopf. Er wandte leicht den Kopf und bemerkte: »Mit der Strecke flußab sind wir fertig, Dirk.«

»Okay«, erwiderte Pitt. »Wir wenden und laufen wieder stromaufwärts. Diesmal so nahe am Ufer wie möglich.«

»Uns wird praktisch jetzt schon der Anstrich vom Schiffsboden gekratzt«, bemerkte Marx lässig. »Wenn wir noch näher ans Ufer gehen, müssen wir das Schiff von einem Traktor ziehen lassen.«

»Du brauchst nicht gleich hysterisch zu werden«, erwiderte Pitt trocken. »Wende einfach, fahr um die Sandbank herum und gib acht, daß der Sensor nicht abgerissen wird.«

Geschickt wendete Marx das Schiff in der Hauptfahrrinne und ließ es in einem Abstand von fünf bis sechs Metern parallel zum Ufer laufen. Beinahe im gleichen Augenblick entdeckten die Sensoren ein weiteres Wrack. Nach der Bestimmung durch den Computer handelte es sich um die Privatyacht eines Adeligen und stammte aus dem Mittleren Reich, 2040 bis 1786 vor Christi.

Der Rumpf war schlanker als derjenige des Frachtschiffes, und eine Kabine zierte das Achterdeck. Man konnte die Reste einer Reling erkennen, die über das gesamte Deck lief. Die oberen Enden der Pfosten schienen in Form geschnitzter Löwenköpfe ausgeführt zu sein. An Backbord war ein großes Leck, das darauf schließen ließ, daß das Schiff nach einer Kollision gesunken war.

Sie entdeckten noch weitere acht Schiffe unter dem Schlick und speicherten genau ihre Position, bevor ihnen die Sensoren verrieten, daß sie einen Volltreffer gelandet hatten.

Pitt fuhr hoch, und seine Augen funkelten gespannt, als das Bild eines Schiffes, viel größer als die soeben registrierten, auf dem Monitor erschien. »Wir haben eine königliche Barke gefunden!« rief er aufgeregt.

»Position erfaßt«, bestätigte Giordino. »Bist du sicher, daß *Pharao* auf dem Rumpf steht?«

»So gut wie. Sieh dir das mal an.«

Giordino musterte das langsam größer werdende Bild. »Sieht gut aus. Kein Mast zu erkennen. Und das Schiff ist so groß, daß es nur der Königsfamilie gehören könnte.«

Der Rumpf war lang und verjüngte sich zu beiden Enden. Der Steven am Heck war als Falkenkopf ausgeführt, ein Bild des ägyptischen Gottes Horus, doch der Bug fehlte. Die hochauflösende Vergrößerung des Computers zeigte, daß die Seiten des Rumpfes mit über tausend geschnitzten Hieroglyphen verziert waren. Dort war die königliche Kabine, ebenfalls kunstvoll mit Schnitzereien geschmückt. Aus dem Rumpf ragten, wie es schien, noch die Stummel abgebrochener Ruder. Das Ruderblatt selbst war eine massive Angelegenheit, erinnerte an ein riesiges Kanupaddel und war an einer Seite des Hecks angebracht. Die Hauptattraktion allerdings war das große, rechteckige Gebilde, auf einer Plattform mitten auf dem Deck stehend, das ebenfalls mit Schnitzereien verziert war.

Beide Männer hielten unwillkürlich den Atem an, während der Computer weiterarbeitete. Jetzt tauchte das Profil auf dem Bildschirm auf.

»Ein Steinsarkophag«, stieß Giordino mit für ihn ganz uncharakteristischer Aufregung hervor. »Wir haben einen Steinsarkophag gefunden.« Er lief zu seinem Pult und überprüfte die Daten. »Die Abtastung für Nichteisenmetalle zeigt beträchtliche Mengen in der Kabine und im Sarkophag.«

»Pharao Menkaures Gold«, murmelte Pitt gelassen.

»Wie sieht die Zeitbestimmung aus?«

»2600 vor Christi. Zeitrahmen und Zuordnung stimmen haargenau«, erklärte Pitt und grinste breit. »Und die Computeranalyse weist auf Brandspuren am Vorschiff hin. Das Schiff ist am Bug in Brand geraten.«

»Dann sehen wir Menkaures vermißte Begräbnisbarke vor uns.«

»Ich würde nicht dagegen wetten«, sagte Pitt und strahlte vor Begeisterung.

Marx ging direkt über der Fundstelle des Wracks vor Anker. Während der folgenden sechs Stunden unterzogen Pitt und Giordino die Begräbnisbarke einer ganzen Reihe von elektronischen Tests und Überprüfungen und stellten einen ausführlichen Bericht zusammen, der den Zustand des Schiffes beschrieb und Empfehlungen für die ägyptischen Behörden beinhaltete.

»Mein Gott, ich wünschte, wir könnten mit einer Kamera das Innere der Kabine und des Sarkophags ansehen.«

»Der Sarg innerhalb des Sarkophags könnte möglicherweise unbeschädigt sein«, erklärte Pitt. »Doch durch die Feuchtigkeit könnte die Mumie verrottet sein. Was die Schätze angeht ... was soll man da sagen? Möglicherweise sind sie ebenso wertvoll wie diejenigen von Tutanchamun.«

»Menkaure war ein sehr viel mächtigerer Herrscher als König Tut.

Also muß er auch einen größeren Schatz mit ins Jenseits genommen haben.«

»Na, wir werden nichts davon zu Gesicht bekommen«, stellte Pitt fest und streckte sich. »Bis die Ägypter das Geld aufgetrieben haben, um das Wrack zu heben und für das Museum von Kairo zu konservieren, sind wir längst tot und begraben.«

»Besucher«, sagte Marx warnend. »Eine ägyptische Flußpatrouille nähert sich uns flußabwärts.«

»Die Gerüchte verbreiten sich hier aber blitzschnell«, sagte Giordino fassungslos. »Wer könnte die wohl verständigt haben?«

»Eine Routinepatrouille«, stellte Pitt fest. »Das Boot wird sich in der Schiffahrtsrinne halten und uns passieren.«

»Die kommen direkt auf uns zu«, korrigierte ihn Marx.

»Routinepatrouille«, knurrte Giordino abfällig.

Pitt stand auf und zog eine Akte aus einem Schrank. »Die machen nur ein bißchen Wind und wollen uns überprüfen. Ich werde sie mit den Unterlagen des Ministeriums für Altertümer an Deck erwarten.«

Er öffnete die Kabinentür, trat in die Gluthitze hinaus und wartete am Heck des Schiffes. Die Bugwelle fiel leise plätschernd in sich zusammen, und die Diesel-Zwillingsmaschinen rumpelten im Leerlauf vor sich hin, als das dunkelgraue Patrouillenboot bis auf einen Meter herankam.

Ruhig sah Pitt zu, wie zwei Matrosen in der Uniform der ägyptischen Marine mit Bootshaken das Forschungsschiff auf Abstand hielten. Er erblickte den Kapitän auf der Brücke und war leicht überrascht, als dieser freundlich salutierte. Niemand machte den Versuch, an Bord zu kommen. Seine Überraschung verwandelte sich in Verblüffung, als sich ein drahtiger, kleiner Mann über das Dollbord schwang und leichtfüßig auf dem Deck, unmittelbar vor Pitt, landete.

Pitt starrte ihn fassungslos an. »Rudi! Wo, zum Teufel, kommst du her?«

Rudi Gunn, stellvertretender Direktor der NUMA, grinste breit und schüttelte Pitt die Hand. »Aus Washington. Bin erst vor einer Stunde auf dem Flughafen von Kairo gelandet.«

»Was bringt dich zum Nil?«

»Admiral Sandecker hat mich losgeschickt, um Al und dich von diesem Projekt abzuziehen. Ein Flugzeug der NUMA wartet auf uns, um uns nach Port Harcourt zu fliegen. Dort wird der Admiral mit uns zusammentreffen.«

»Wo liegt Port Harcourt?« erkundigte sich Pitt verblüfft.

»Ist ein Hafen an der Mündung des Niger.«

»Wozu diese Eile? Du hättest uns doch über die Satellitenkommunikation verständigen können. Wieso dieser Aufwand, uns persönlich zu verständigen?«

Gunn hob die Hände. »Kann ich dir auch nicht sagen. Der Admiral hat mir die Gründe für die Geheimhaltung und diese verrückte Eile nicht genannt.«

Wenn Rudi Gunn nicht wußte, welche Beweggründe den Admiral antrieben, dann wußte es niemand. Gunn war schlank, hatte schmale Schultern und schmale Hüften. Er war außerordentlich fähig, promovierter Informatiker, Studium in Annapolis, früher Commander in der Navy. Er hatte gleichzeitig mit Pitt und Giordino bei der NUMA angefangen. Gunn trug eine schwere Hornbrille mit dicken Gläsern, und normalerweise umspielte ein böses Grinsen seine Lippen. Giordino zog ihn immer damit auf, er sähe aus wie ein Steuerprüfer, der gerade ein paar falsche Belege entdeckt hat.

»Du hast einen idealen Zeitpunkt erwischt«, erklärte Pitt. »Komm rein. Ich will dir etwas zeigen.«

Giordino stand mit dem Rücken zur Tür, als Pitt und Gunn hereinkamen. »Was wollten die Arschlöcher?« fragte er ungehalten.

»Daß du tot umfällst«, antwortete Gunn lachend.

Giordino fuhr herum, erkannte den Kleinen und war baßerstaunt. »Meine Güte!« Er sprang auf und ergriff Gunns ausgestreckte Hand. »Was tust du denn hier?«

»Ich ziehe euch für ein anderes Projekt ab.«

»Der ideale Zeitpunkt.«

»Hab' ich auch schon gesagt«, grinste Pitt.

»Hallo, Mr. Gunn«, begrüßte Gary Marx ihn, während er sich gleichzeitig dabei hinunter in dic Kabine, in der die gesamte Elektronik untergebracht war, beugte. »Schön, Sie an Bord zu haben.«

»Hallo, Gary.«

»Werde ich auch abgezogen?«

Gunn schüttelte den Kopf. »Nein, Sie machen mit dem Projekt

weiter. Morgen werden Dick White und Stan Shaw eintreffen, um Dirk und Al abzulösen.«

»Zeitverschwendung«, erklärte Marx. »Wir können jederzeit zusammenpacken.«

Gunn sah Pitt einen Moment lang fragend an, dann fing er an zu begreifen. »Die Begräbnisbarke des Pharaos«, murmelte er. »Ihr habt sie tatsächlich gefunden?«

»Ein Glückstreffer«, verriet Pitt, »und das bereits am zweiten Tag.«

»Wo?« stammelte Gunn.

»Du befindest dich gewissermaßen direkt über ihr. Sie liegt neun Meter unter unserem Kiel.«

Pitt zeigte ihm das dreidimensional dargestellte Modell des Wracks auf dem Computermonitor. Die Stunden, die er und Giordino damit verbracht hatten, das farbige Abbild zu vergrößern, zahlten sich jetzt aus. In leuchtenden Farben wurde jeder Quadratmeter des jahrtausendealten Schiffes dargestellt.

»Unbeschreiblich«, staunte Gunn.

»Wir haben noch die Positionen von über hundert weiteren Schiffen aus der Zeit zwischen 2800 und 1000 vor Christus bestimmt und aufgezeichnet«, erklärte Giordino.

»Da kann man euch dreien nur gratulieren«, strahlte Gunn. »Ihr habt eine ungeheure Leistung vollbracht. Eine, die in die Geschichte eingehen wird. Die Regierung Ägyptens wird euch auszeichnen.«

»Und der Admiral?« fragte Giordino unverblümt. »Womit gedenkt der uns auszuzeichnen?«

Gunn wandte sich vom Monitor ab und schaute sie an. Seine Miene war todernst. »Vermutlich mit einem verdammt ekligen Job.«

»Hat er überhaupt keinen Hinweis gegeben?« bohrte Pitt nach.

»Nichts, das irgendeinen Sinn ergäbe.« Gunn sah zur Decke hoch und überlegte. »Als ich ihn fragte, weshalb die Eile, hat er ein Gedicht rezitiert. Ich erinnere mich nicht an den genauen Wortlaut. Irgend etwas über den Schatten eines Schiffes, und daß sich das Wasser rot färbt.

»Seine Strahlen spotteten der schwülen See,
und breiteten sich wie Rauhreif im April aus;
doch wo des Schiffs gewaltiger Schatten lag,
brannte das verzauberte Wasser,

in stillem und furchtbarem Rot«, rezitierte Pitt.

»Eine Strophe aus ›Die Ballade vom alten Seemann‹, von Samuel Taylor Coleridge.«

Gunn warf Pitt einen respektvollen Blick zu. »Ich wußte gar nicht, daß du dich für Lyrik interessierst.«

Pitt lachte. »Nur ein paar Verse, die bei mir hängengeblieben sind.«

»Ich frage mich, was Sandecker für finstere Gedanken in seinem Innern hegt«, überlegte Giordino. »Sieht dem alten Bussard gar nicht ähnlich, so geheimnisvoll zu tun.«

»Nein«, stimmte ihm Pitt in böser Vorahnung zu, »das sieht ihm gar nicht ähnlich.«

8

Der Pilot des Firmenhelikopters von Massarde Enterprises flog in Richtung Norden und hielt sich östlich von der Hauptstadt Bamako. Nach zwei Stunden entdeckte er das Glitzern von Sonnenstrahlen, die sich in der Ferne auf Gleisen brachen. Er ging in eine flache Kurve und folgte dem Schienenstrang, der scheinbar ins Nichts führte.

Die Eisenbahnstrecke, die erst im Monat zuvor fertiggestellt worden war, endete bei der ungeheuer weitläufigen Solar-Müllentsorgungsanlage im Herzen der Wüste von Mali. Die Anlage war auf den Namen Fort Foureau getauft worden, nach einem Fort der Französischen Fremdenlegion ein paar Kilometer entfernt, das aber schon seit langem verlassen war. Von der Anlage aus verliefen die Gleise mehr als 1600 Kilometer nahezu schnurgerade über die mauretanische Grenze bis zum Hafen Cape Tafarit am Atlantik.

General Kazim, der den Komfort des Firmenhelikopters genoß, schaute gerade aus dem Fenster, als der Pilot einen langen Zug mit versiegelten Müllcontainern überflog, der von zwei Diesellokomotiven gezogen wurde. Der Zug fuhr nach Mauretanien, nachdem er seine tödliche Fracht entladen hatte.

Kazim nickte befriedigt, wandte den Blick von den Müllwagen ab und gab dem Steward ein Zeichen. Dieser goß ihm ein Glas Champagner ein und bot ihm ein paar Hors d'oeuvres an, die auf einem Tablett arrangiert waren.

Bei den Franzosen, überlegte Kazim, mußten immer Champagner, Trüffel und Paté in Reichweite sein. Er hielt sie für ein Volk, das nur halbherzig versucht hatte, ein Imperium aufzubauen und zu halten. Was mußte die Allgemeinheit aufgeatmet haben, dachte er, als die Franzosen sich gezwungen sahen, ihre Außenposten in Afrika und dem Fernen Osten aufzugeben. Tief im Innern ärgerte es ihn, daß sie nicht völlig aus Mali verschwunden waren. Obwohl sie das Land im Jahre 1960 aus der Knechtschaft der Kolonialherrschaft befreit hatten, behielten französische Unternehmen ihren Einfluß und hatten die Wirtschaft im Griff. Besonders stark vertreten waren sie im Bergbau, im Transportwesen, auf dem Fertigungs- und dem Energiesektor. Viele französische Unternehmer betrachteten ein Engagement in Mali als günstige Investition und pumpten viel Geld ins Land. Doch niemand hatte mehr Geld in die Sahara investiert als Yves Massarde.

Früher einmal war Massarde der Wunderknabe der französischen Geschäftsstelle für Außenwirtschaft gewesen. Dort hatte er für sich persönlich eine profitable Nische entdeckt und seine Kontakte und seinen Einfluß dazu benutzt, kränkelnde Unternehmen in Westafrika zu übernehmen und auf Gewinnkurs zu bringen. Er war ein geschickter und harter Verhandlungspartner, seine Methoden waren halsabschneiderisch, und man munkelte, daß er auch vor Erpressung nicht zurückschreckte, wenn es ihm darum ging, einen Abschluß durchzusetzen. Sein Vermögen wurde auf zwei bis drei Milliarden Dollar geschätzt. Die Müllentsorgungsanlage in der Nähe von Fort Foureau war das Glanzstück seines Industrie-Imperiums.

Der Helikopter hatte mittlerweile den weitläufigen Komplex erreicht, und der Pilot ging in eine Kurve, um Kazim einen Überblick über die ausgedehnte Solar-Verbrennungsanlage mit ihren zahllosen Parabolspiegeln zu geben, die die Sonnenenergie bündelten und zur zentralen Weiterverarbeitung leiteten, wo Temperaturen bis zu 5000 Grad Celsius erreicht wurden. Diese enorm hohe Solarenergie diente dazu, in photochemischen Reaktoren die Moleküle giftiger Chemikalien zu zerstören.

Der General hatte dies alles mehrere Male besichtigt und war mehr daran interessiert, sich ein weiteres Stück getrüffelte Gänseleberpaté auszusuchen. Er hatte gerade sein sechstes Glas Veuve Clicquot Gold Label ausgetrunken, als der Helikopter behutsam auf dem Landeplatz unmittelbar vor dem Gebäude mit den Konstruktionsbüros der Ingenieure aufsetzte.

Kazim stieg aus und grüßte Felix Verenne, den persönlichen Assistenten Massardes, der bereits in der Sonne wartete. Kazim genoß es, den Franzosen in der Sonne schwitzen zu sehen. »Felix, wie nett, daß Sie mich abholen«, säuselte er auf französisch. Seine Zähne blitzten unter dem schwarzen Schnurrbart.

»Hatten Sie einen angenehmen Flug?« erkundigte sich Verenne fürsorglich.

»Die Paté entsprach nicht dem Standard, den ich von Ihrem Küchenchef gewohnt bin.«

Verenne, ein schlanker, kahlköpfiger Mann in den Vierzigern, verbarg seinen Widerwillen hinter einem angestrengten Lächeln. »Ich werde dafür sorgen, daß Sie auf dem Rückflug zufriedengestellt werden.«

»Und wie geht's Monsieur Massarde?«

»Er erwartet Sie in seinem Büro.«

Verenne begleitete ihn durch den mit Segeltuch überspannten Gang entlang in ein dreistöckiges Gebäude mit abgerundeten Ecken, das mit schwarzen Solarspiegeln verkleidet war. Im Innern durchquerten sie eine marmorgetäfelte Eingangshalle, die, abgesehen von der Anwesenheit eines Sekretär, der gleichzeitig als Wächter diente, menschenleer war, und betraten einen Aufzug. Als sich die Türen öffneten, blickten sie in einen teakgetäfelten Empfangsraum, der in einen Bürotrakt überging, der Massarde gleichzeitig zum Wohnen und Arbeiten diente. Verenne führte Kazim in ein kleines, luxuriös ausgestattetes Büro und bat ihn, auf einem Roche-Bobois-Ledersofa Platz zu nehmen.

»Bitte setzen Sie sich. Monsieur Massarde wird jede Sekunde –«

»Hier bin ich, Felix«, ertönte eine Stimme von der gegenüberliegenden Tür. Massarde kam auf sie zu und umarmte Kazim. »Zateb, mein Freund, wie schön, daß Sie gekommen sind.«

Yves Massarde hatte blaue Augen, schwarze Brauen und rötliches Haar. Die Nase war zierlich, seine Kinnlade massig, der Körper schlank, die Hüften schmal. Und er hatte einen Spitzbauch. Nichts an ihm schien zueinander zu passen. Doch es war nicht sein Aussehen, das diejenigen, die ihn trafen, beeindruckte. Seine Besucher erinnerten sich später nur noch an seine magnetische Ausstrahlung.

Er warf Verenne einen kurzen Blick zu. Verenne nickte, verließ leise das Zimmer und schloß die Tür hinter sich.

»Also, Zateb, meine Agenten in Kairo haben mich informiert, daß Ihre Leute Mist gebaut haben. Es ist ihnen nicht gelungen, die Gruppe Wissenschaftler von der Weltgesundheitsorganisation davon abzuhalten, nach Mali zu reisen.«

»Bedauerlicherweise«, Kazim zuckte lässig die Achseln. »Der Grund ist noch unklar.«

Massarde musterte den General prüfend. »Meinen Informationsquellen zufolge sind Ihre Männer im Verlauf eines fehlgeschlagenen Mordversuchs an Dr. Eva Rojas spurlos verschwunden.«

»Die Strafe für ihr Versagen.«

»Sie haben sie exekutiert?«

»Ich dulde bei meinen Leuten keine Fehler«, log Kazim. Die Tatsache, daß es seinen Männern nicht gelungen war, Eva zu töten, und ihr rätselhaftes Verschwinden hatten ihm Kopfzerbrechen gemacht. Frustriert hatte er den Tod des Offiziers befohlen, der den Mord geplant hatte. Er hatte ihn und weitere beschuldigt, seine Befehle nicht ordnungsgemäß ausgeführt zu haben.

Massarde hätte seine gegenwärtige Position nicht erreicht, wäre er nicht ein guter Menschenkenner. Er kannte Kazim gut genug, um zu vermuten, daß der General ihn hinters Licht führen wollte. »Wenn wir Feinde haben, dann wäre es ein schwerer Fehler, sie zu ignorieren.«

»Die Angelegenheit ist ohne Bedeutung«, erklärte Kazim und schloß das Thema ab. »Unser Geheimnis ist sicher.«

»Das sagen Sie, wo doch in der nächsten Stunde eine Gruppe Umweltexperten der Weltgesundheitsorganisation in Gao landet? Nehmen Sie diese Angelegenheit bloß nicht auf die leichte Schulter, Zateb. Wenn die die Ursache hier vermuten –«

»Außer Sand und Hitze werden die nichts finden«, unterbrach ihn Kazim. »Sie wissen doch noch besser als ich, Yves, daß – was auch immer die Krankheit auslösen mag – es unmöglich von hier stammen kann. Ich sehe keinerlei Gefahr, daß Ihr Projekt für Vergiftungserscheinungen verantwortlich sein könnte, die Hunderte von Kilometern südlich oder östlich von hier auftreten.«

»Das stimmt«, gab Massarde nachdenklich zu. »Unsere Überwachungssysteme zeigen, daß sich die Rückstände des hier verbrannten Mülls offensichtlich innerhalb der strengen Vorgaben internationaler Übereinkommen bewegen.«

»Weshalb sollten wir uns dann Sorgen machen?« zuckte Kazim die Achseln.

»Brauchen wir nicht, solange alles unter Kontrolle bleibt.«

»Das Forschungsteam der UN können Sie beruhigt mir überlassen.«

»Legen Sie denen bloß keine Hindernisse in den Weg«, warnte Massarde schnell.

»Die Wüste verschlingt jeden Eindringling.«

»Wenn Sie die Leute umbringen, besteht ein großes Risiko, daß Mali und Massarde Enterprises auffliegen. Dr. Hopper, der Leiter des Teams, hat in Kairo zu einer Pressekonferenz eingeladen und die mangelhafte Kooperation Ihrer Regierung gerügt. Weiterhin hat er darauf hingewiesen, daß sein Forschungsteam nach der Ankunft in Gefahr sein könnte. Wenn Sie deren Knochen in der Wüste verstreuen, werden sich jede Menge Reporter und Rechercheure der UN mit unserem Projekt beschäftigen.«

»Sie haben doch auch nicht so ein Theater gemacht, als wir Dr. Rojas aus dem Verkehr ziehen wollten.«

»Nein, weil dieser Anschlag nicht in unmittelbarer Nähe stattfand, wo man vermuten könnte, wir wären in die Angelegenheit verstrickt.«

»Sie haben sich auch keine Sorgen gemacht, als die Hälfte Ihrer Ingenieure mitsamt ihren Frauen während eines Ausflugs in die Wüste spurlos verschwand.«

»Das war notwendig, damit die zweite Phase unseres Vorhabens über die Bühne gehen konnte.«

»Sie hatten Glück, daß ich die Angelegenheit unter den Teppich kehren konnte, ohne daß die Sache Schlagzeilen in Paris machte und französische Beamte das Verschwinden vor Ort untersuchten.«

»Das haben Sie gut gemacht«, seufzte Massarde. »Ohne Ihre geschätzten Talente käme ich nicht aus.« Wie so viele seiner Landsleute hörte es Kazim gerne, wenn man sein Genie lobte. Massarde verabscheute den General, doch ohne ihn war die geheime Operation nicht möglich. Es handelte sich um ein Abkommen, geschlossen von zwei Gaunern in der Hölle, wobei Massarde leicht im Vorteil war. Er konnte es sich leisten, dieses Stück Kamelscheiße, wie er Kazim hinter dessen Rücken nannte, zu ertragen. Schließlich waren die 50 000 US-Dollar, die er ihm monatlich zahlte, ein Dreck gegen die zwei Millionen, die Massarde täglich mit seiner Müllverbrennungsanlage verdiente.

Kazim ging zu der gutbestückten Bar hinüber und goß sich einen Cognac ein. »Wie sollen wir Dr. Hopper und seine Gruppe behandeln? Was schlagen Sie vor?«

»In dieser Angelegenheit sind Sie der Experte«, erwiderte Massarde mit öligem Charme. »Die Lösung überlasse ich Ihnen.«

Selbstgefällig hob Kazim eine Augenbraue. »Ganz einfach, mein Freund. Ich eliminiere den Grund des Problems, das sie lösen wollen.«

Massarde schien neugierig. »Und wie wollen Sie das erreichen?«

»Ich habe bereits damit begonnen«, erklärte Kazim. »Ich habe eine Brigade meiner Leibwache in Marsch gesetzt. Sie wird die Opfer der Vergiftung zusammentreiben, erschießen und begraben.«

»Sie bringen Ihre eigenen Landsleute um?« Massardes Stimme klang ironisch.

»Ich tue nur meine Pflicht als Patriot, indem ich eine weitverbreitete Seuche ausrotte«, erwiderte Kazim ohne jede Bewegung.

»Ihre Methoden sind ein bißchen extrem.« Auf Massardes Stirn tauchte eine Sorgenfalte auf. »Ich warne Sie, Zateb, provozieren Sie bloß keinen Aufstand. Wenn die Welt durch einen Zufall erfährt, was wir hier tun, wird uns ein internationales Tribunal zum Tode verurteilen.«

»Nicht, wenn es weder Beweise noch Zeugen gibt.«

»Was ist mit diesen Mißgeburten, die die Touristen in Asselar umgebracht haben? Haben Sie die auch schon verschwinden lassen?«

Kazim grinste gefühllos. »Nein, die haben sich gegenseitig umgebracht und aufgefressen. Doch es gibt andere Dörfer, in denen die gleichen Krankheiten aufgetreten sind. Wenn Dr. Hopper und seine Gruppe zu neugierig werden, dann könnte ich es vielleicht arrangieren, daß sie ein solches Massaker direkt miterleben.«

Massarde benötigte keine ausführlichen Erklärungen. Er hatte den Geheimbericht Kazims über das Massaker in Asselar gelesen und konnte sich mühelos vorstellen, wie die von der Krankheit befallenen Nomaden die UN-Gruppe im wahrsten Sinne des Wortes verschlangen, wie es der Touristengruppe widerfahren war.

»Eine höchst effiziente Art und Weise, mit einer Bedrohung fertig zu werden«, erklärte Massarde. »Dabei spart man die Beerdigungskosten.«

»Das sehe ich auch so.«

»Und wenn einer oder zwei überleben und versuchen sollten, nach Kairo zurückzukehren?«

Kazim zuckte die Achseln, und die dünnen blutleeren Lippen unter seinem Schnurrbart verzogen sich zu einem häßlichen Grinsen. »Egal, wie sie sterben. Ihre Knochen werden die Wüste niemals verlassen.«

9

Vor 10 000 Jahren waren die Wadis der Republik Mali bis zum Rand mit Wasser gefüllt, und das öde Flachland war von Wäldern bedeckt, in denen man Hunderte von Pflanzenarten fand. Die fruchtbaren Ebenen und Berge waren die Heimat der frühen Menschheit, lange vor der Steinzeit und bevor der Mensch zum Viehzüchter wurde. Während der folgenden 7000 Jahre jagten große Stämme Antilopen, Elefanten und Büffel und trieben ihr Vieh von einem Weideplatz zum nächsten.

Im Laufe der Zeit führte übermäßiges Weiden in Verbindung mit ausbleibenden Regenfällen dazu, daß die Sahara immer mehr verödete und zu der Steinwüste wurde, die sie heute ist. Nach und nach verließen die großen Stämme ihre angestammten Gebiete und überließen eine zerstörte, beinahe wasserlose Gegend den wenigen Nomadenstämmen, die dort weiterhin ihr Leben fristeten.

Die Römer waren, als sie die enorme Ausdauer von Kamelen erkannten, die ersten, die die Wüstenstriche eroberten. Sie benutzten die Tiere, um Sklaven, Gold, Ebenholz und sogar wilde Tiere zu transportieren, die in den blutigen Arenen Roms endeten. Acht Jahrhunderte zogen ihre Karawanen durch die Einöde, vom Mittelmeer bis zu den Ufern des Niger. Und als der Ruhm Roms verblaßte, waren es wieder die Kamele, die den hellhäutigen Berbern den Zugang zur Sahara öffneten. Danach folgten die Araber und die Mauren.

Mali markiert das Endstadium einer Reihe mächtiger und vor langer Zeit untergegangener Reiche Afrikas. Im frühen Mittelalter beherrschte das Königreich Ghana die bedeutenden Karawanenwege zwischen dem Niger, Algerien und Marokko. Im Jahre 1240 wurde Ghana von den Mandingos, die im Süden lebten, vernichtet. Diese errichteten ein noch mächtigeres Reich, Malinke, dessen Bezeichnung auf dem Namen Mali basierte. Der große Reichtum des Landes ließ die Städte Gao und Timbuktu zu weithin anerkannten Zentren islamischer Gelehrsamkeit und Kultur werden.

Der Ruhm des Reiches verbreitete sich im gesamten Vorderen Orient. Doch 200 Jahre später, als die Nomaden der Tuareg und Fulani die Grenzen im Norden bedrängten, kam die Phase des langsamen Niedergangs. Das Volk der Songhai im Osten gewann allmählich die Oberhand und regierte, bis die marokkanischen Sultane ihre Armeen an den Niger vorrücken ließen und das Land im Jahre 1591 verwüsteten. Als schließlich im 19. Jahrhundert die Franzosen ihr Kolonialreich in Richtung Süden vorantrieben, waren die alten Reiche von Mali längst vergessen.

Nach der Jahrhundertwende faßten die Franzosen ihre westafrikanischen Gebiete unter der Bezeichnung Französischer Sudan zusammen. 1960 erklärte Mali seine Unabhängigkeit, gab sich eine Verfassung und bildete eine Regierung. Der erste Präsident des Landes wurde von einer Gruppe Offiziere gestürzt, die von Leutnant Moussa Traore angeführt wurden. Im Jahre 1992, nach einer Reihe fehlgeschlagener Putschversuche, wurde Präsident (heute General) Traore von Zateb Kazim (damals Major) gestürzt.

Als Kazim erkannte, daß er als Militärdiktator auf keine ausländische Hilfe oder Kredite zählen durfte, trat er zurück und bildete die Marionettenregierung unter Führung von Präsident Tahir. Dann brachte Kazim, als geschickter Drahtzieher, seine Gefolgsleute im Parlament unter, hielt sorgsam Abstand sowohl zur Sowjetunion als auch zu den Vereinigten Staaten und pflegte weiterhin die engen Beziehungen zu Frankreich.

Bald danach beherrschte er den Innen- und Außenhandel und war in der Lage, seinc geheimen Bankkonten, die er in aller Welt unterhielt, aufzufüllen. Er beteiligte sich an Entwicklungsprojekten und profitierte trotz strikter Zollkontrollen nebenbei ordentlich am Schmuggel. Die Zahlungen französischer Unternehmen, die ihm seine Kooperation vergüteten, wie beispielsweise auch Yves Massarde, machten ihn zum Multimillionär. Wegen seiner totalen Korrumpierbarkeit und der Gier seiner Beamten war es kaum ein Wunder, daß Mali zu den ärmsten Staaten der Welt gehörte.

Die Boeing 737 der UN flog so dicht über dem Boden eine Kurve, daß Eva befürchtete, die Flügelspitze zöge eine Furche durch das lehmige Land. Dann ging der Pilot beim Anflug auf den primitiven Flughafen von Timbuktu in den Horizontalflug über und setzte mit einem spürbaren Stoß auf. Eva sah aus dem Fenster und konnte sich kaum vorstellen, daß diese heruntergekommene Stadt früher einmal der bedeutende Karawanenumschlagplatz der Reiche von Ghana, Malinke und Songhai gewesen war und heute noch von 100 000 Einwohnern bevölkert wurde.

Der frühere Ruhm ließ sich nicht einmal erahnen. Abgesehen von drei alten Moscheen deutete so gut wie nichts auf die vergangene Größe hin. Die Stadt wirkte tot und verlassen, ohne Zukunftsaussichten.

Hopper verlor keine Zeit. Schon bevor das Heulen der Triebwerke erstarb, war er ausgestiegen und stand nun auf dem Rollfeld. Ein Offizier, mit dem dunkelblauen Kopftuch von Kazims Leibgarde, kam auf ihn zu und salutierte. Er begrüßte den Wissenschaftler der UN in englischer Sprache mit starkem französischen Akzent.

»Dr. Hopper, vermute ich.«

»Und Sie müssen Dr. Stanley sein«, erwiderte Hopper mit dem bei ihm üblichen scharfen Witz.

Er bekam kein Lächeln zur Antwort. Der malische Offizier musterte Hopper unfreundlich und mißtrauisch. »Ich bin Captain Mohammed Batutta. Würden Sie mich bitte ins Flughafengebäude begleiten?«

Hopper sah zum Terminal hinüber. Es handelte sich um kaum mehr als eine Wellblechbaracke mit ein paar Fenstern. »Na gut, wie Sie wünschen«, erwiderte er unbeeindruckt.

Sie betraten ein kleines, brütendheißes Büro, das abgesehen von einem schäbigen Holztisch und zwei Stühlen vollkommen leer war. Hinter dem Tisch saß ein Offizier, offenbar ein Vorgesetzter von Batutta, der verdammt schlecht gelaunt wirkte und Hopper einen Moment lang mit offenkundiger Verachtung betrachtete.

»Ich bin Colonel Nouhoum Mansa. Darf ich bitte Ihren Paß sehen?«

Hopper war darauf gefaßt und reichte ihm die sechs Pässe, die er zuvor bei seiner Truppe eingesammelt hatte. Mansa blätterte sie gleichgültig durch und achtete lediglich auf die Staatsangehörigkeit. Schließlich fragte er: »Was ist der Grund Ihres Besuches in Mali?«

Hopper war weit herumgekommen und hatte für lächerliche Formalitäten nicht das geringste übrig. »Ich glaube, der Grund für unseren Besuch ist Ihnen bekannt.«

»Beantworten Sie meine Frage.«

»Wir sind Mitglieder der Weltgesundheitsorganisation und befinden uns auf einem Einsatz, um Berichten nachzugehen, denen zufolge bei Ihrem Volk Fälle von Vergiftungen aufgetreten sind.«

»Derartige Krankheiten gibt es hier nicht«, erwiderte der Offizier kurz angebunden.

»Dann macht es Ihnen sicher nichts aus, wenn wir die Trinkwasserversorgung überprüfen und Luftproben in einer Reihe von Orten und Städten entlang des Niger nehmen.«

»Wir haben für Ausländer, die unser Land schlecht machen wollen, nichts übrig.«

Hopper war keineswegs gewillt, sich von dämlichen Offizieren den Wind aus den Segeln nehmen zu lassen. »Wir sind hier, um Menschenleben zu retten. Ich war der Meinung, General Kazim sei das bekannt.«

Mansa fuhr zusammen als Hopper Kazims Namen fallen ließ, statt sich auf Präsident Tahir zu berufen. »General Kazim . . . hat Befehl gegeben, Ihren Aufenthalt zu gestatten?«

»Weshalb rufen Sie ihn nicht an und fragen ihn?« Es war ein Bluff, doch Hopper hatte nichts zu verlieren.

Colonel Mansa stand auf und ging zur Tür. »Warten Sie hier«, befahl er brüsk.

»Bitte teilen Sie dem General mit«, bat Hopper, »daß die Nachbarländer die Wissenschaftler der Vereinten Nationen gebeten haben, ihnen zu helfen, die Quelle für die Vergiftungen ausfindig zu machen. Wenn er unsere Einreise nicht gestattet, werden sich die anderen Länder über ihn lustig machen, und er wird sein Gesicht verlieren.«

Mansa antwortete nicht, sondern verließ den heißen Raum.

Während er wartete, musterte Hopper Captain Batutta mit seinem einschüchterndsten Blick. Einen Augenblick hielt Batutta dem Blick stand, dann wandte er die Augen ab und fing an, im Zimmer hin- und herzugehen.

Nach ungefähr fünf Minuten tauchte Mansa wieder auf und nahm erneut am Tisch Platz. Kommentarlos stempelte er sorgfältig jeden Paß und reichte sie anschließend Hopper. »Es wird Ihnen gestattet, nach Mali einzureisen und Ihre Nachprüfungen durchzuführen. Doch halten Sie sich bitte eines vor Augen, Doktor: Sie und Ihre Leute sind Gäste hier. Mehr nicht. Wenn Sie unpassende Kommentare abgeben oder sich an sicherheitsgefährdenden Aktionen beteiligen, werden Sie deportiert.«

»Danke, Colonel. Und bitte richten Sie auch General Kazim meinen Dank für seine freundliche Erlaubnis aus.«

»Captain Batutta und zehn seiner Männer werden Sie zu Ihrem Schutz begleiten.«

»Eine Leibwache. Ich fühle mich geehrt.«

»Sie werden Ihre Resultate direkt an mich weitergeben. Ich erwarte in dieser Angelegenheit Ihre uneingeschränkte Kooperation.«

»Wie soll ich denn aus dem Hinterland an Sie berichten?«

»Die Abteilung des Captains wird die entsprechende Kommunikationseinrichtung mit sich führen.«

»Wir müßten eigentlich gut miteinander auskommen«, wandte sich Hopper an Batutta. Er drehte sich zu Mansa um. »Mein Team und ich benötigen einen Wagen für das Personal, am besten einen mit Vierradantrieb, und zwei Lastwagen, um unsere Laborausrüstung transportieren zu können.«

Colonel Mansas Gesicht lief rot an. »Ich werde Ihnen Militärfahrzeuge zur Verfügung stellen.«

Hopper war sich bewußt, daß es für den Colonel wichtig war, das Gesicht zu wahren und das letzte Wort zu behalten. »Vielen Dank, Colonel Mansa. Sie sind ein großzügiger und hochherziger Mann. General Kazim muß sehr stolz darauf sein, einen wahren Krieger der Wüste an seiner Seite zu wissen.«

Mansa lehnte sich zurück, einen Schimmer von Triumph und Genugtuung in seinem Blick. »Ja, der General hat bereits oft seinen Dank für meine Loyalität und meine Dienste ausgesprochen.«

Die Unterhaltung war beendet. Hopper ging zum Flugzeug zurück und überwachte das Ausladen. Mansa sah vom Fenster des Büros aus zu. Seine Lippen umspielte ein leichtes Lächeln.

»Soll ich ihre Nachforschungen auf bestimmte Gebiete beschränken?« erkundigte sich Batutta.

Mansa schüttelte langsam den Kopf, ohne sich umzudrehen. »Nein, erlauben Sie ihnen, dahin zu fahren, wohin sie wollen.«

»Und wenn Dr. Hopper tatsächlich auf Anzeichen von Vergiftungserkrankungen stößt?«

»Macht nichts. Solange ich die Nachrichtenverbindungen mit der Außenwelt kontrolliere, werden seine Berichte entsprechend verändert.«

»Aber wenn sie ins Hauptquartier der Vereinten Nationen zurückkehren –«

»Ob dann die wahren Resultate ans Licht kommen?« beendete Mansa den Satz. »Ja, sehr wahrscheinlich.« Plötzlich fuhr er mit drohender Miene herum. »Allerdings nicht, wenn ihr Flugzeug auf dem Rückflug tragischerweise abstürzt.«

10

Während des Fluges von Ägypten nach Nigeria döste Pitt vor sich hin. Er wachte auf, als Rudi Gunn mit drei Kaffeetassen den Gang des firmeneigenen NUMA-Jets entlangkam. Pitt nahm Gunn eine Tasse ab und sah ihn müde und resigniert an. Seine Miene verriet, daß er wenig Begeisterung und keine großen Erwartungen für die Zukunft hegte.

»Wo in Port Harcourt treffen wir den Admiral?« erkundigte er sich ohne großes Interesse.

»Nicht direkt in Port Harcourt«, erwiderte Gunn zögernd.

»Wo dann?«

»Er wartet auf einem unserer Forschungsschiffe, 200 Meilen vor der Küste.«

Pitt musterte Gunn wie ein Hund es tut, wenn er einen Fuchs in die Enge getrieben hat. »Du verschweigst doch etwas, Rudi?«

»Meinst du, Al hätte auch gerne einen Kaffee?«

Pitt warf einen Blick zu Giordino hinüber, der voller Wonne schnarchte. »Kannst du dir sparen. Der würde nicht mal aufwachen, wenn neben ihm eine Bombe hochginge.«

Gunn nahm in dem Sessel auf der gegenüberliegenden Seite des Ganges Platz. »Ich kann wirklich nicht sagen, was Admiral Sandecker vorhat, weil ich es einfach nicht weiß. Ich nehme jedoch an, es hängt mit einer Studie der NUMA-Meeresbiologen zusammen, die auf der ganzen Welt die Korallenriffe untersucht haben.«

»Ich weiß von dieser Studie«, erklärte Pitt, »doch die Resultate lagen erst vor, nachdem Giordino und ich nach Ägypten abgereist waren.« Pitt wußte genau, daß Gunn ihm reinen Wein einschenken würde. Sie hatten ein gutes Verhältnis, trotz der vollkommen unterschiedlichen Lebensweise. Gunn war ein Intellektueller mit Examen in Chemie, Betriebswirtschaft und Ozeanografie. Er wäre vollkommen zufrieden, im Keller einer Bibliothek zu leben, umringt von Büchern, Berichte schreibend und neue Forschungsvorhaben planend.

Pitt hingegen schätzte manuelle Arbeit, besonders dann, wenn es um die Mechanik ging, und ganz besonders, wenn es die Oldtimer seiner Sammlung in Washington betraf. Bei Abenteuern lebte er auf, fühlte sich wie im Paradies, wenn er ein altes Flugzeug fliegen konnte oder nach versunkenen, alten Schiffen tauchte. Pitt hatte sein Ingenieurstudium abgeschlossen, und es machte ihm Spaß, Probleme zu lösen, die andere für unlösbar hielten. Anders als Gunn war er nur selten an seinem Schreibtisch im NUMA-Gebäude zu finden. Viel lieber erforschte er die unbekannten Tiefen des Meeres.

»Im Grunde genommen geht es darum, daß die Korallenriffe in Gefahr sind und in einem ungeheuren Maße absterben«, erklärte

Gunn. »Im Augenblick ist dies das heißeste Thema der Meeresforscher.«

»In welchen Teilen der Meere ist dieser Trend denn sichtbar?«

Gunn starrte auf seinen Kaffee. »Überall. In der Karibik von Florida Keys bis Trinidad, im Pazifik von Hawaii bis Indonesien, im Roten Meer, an den Küsten Afrikas.«

»Überall gleich schnell?« fragte Pitt.

Gunn schüttelte den Kopf. »Nein, das ist von Ort zu Ort unterschiedlich. Am schlimmsten sieht es an der Westküste Afrikas aus.«

»Ich war immer der Ansicht, daß bei Korallenriffen ein gewisser Zyklus etwas ganz Normales sei, daß sie aufhören, sich neu zu bilden, und absterben, bevor sie wieder gesunden.«

»Das stimmt«, nickte Gunn. »Wenn sich die Verhältnisse normalisieren, erholt sich das Korallenriff. Doch nie zuvor haben wir eine derart weitläufige Schädigung gesehen, die sich in einer solchen Geschwindigkeit ausbreitet.«

»Gibt es eine Vermutung, was die Ursache sein könnte?«

»Zwei Faktoren. Einmal das normale Übel, warmes Wasser. Periodische Erwärmungen der Wassertemperatur bewirken, daß die winzigen Korallenpolypen die Algen, von denen sie sich ernähren, abstoßen oder, anders formuliert, ausspucken.«

»Bei den Polypen handelt es sich um die kleinen, röhrenförmigen Gebilde, deren Skelette die Riffe bilden.«

»Stimmt genau.«

»Das ist auch schon so ziemlich alles, was ich über Korallen weiß«, gab Pitt zu. »Der Lebenskampf der Korallenpolypen ist schließlich kein Thema für die Abendnachrichten.«

»Bedauerlich«, erwiderte Gunn kurz angebunden, »besonders wenn man bedenkt, daß die Veränderungen bei den Korallen als Barometer für zukünftige Entwicklungen im Meer und bei Klimaveränderungen gelten.«

»In Ordnung. Die Polypen spucken also die Algen aus«, hakte Pitt nach. »Und was bedeutet das?«

»Die Algen dienen den Polypen als Nährstoff und verleihen ihnen ihre lebhafte Farbe«, fuhr Gunn fort. »Wenn sie fehlen, verhungert die Koralle, verfärbt sich weiß und stirbt ab. Wir bezeichnen das als Bleichen.«

»Was selten vorkommt, wenn das Wasser kalt ist.«

Gunn warf Pitt einen Blick zu. »Wieso erzähle ich dir das eigentlich, wenn du es schon weißt?«

»Ich warte, daß du zum Kern der Sache kommst.«

»Laß mich erst mal meinen Kaffee trinken, bevor er kalt wird.«

Sie schwiegen. Gunn nippte an seiner Tasse.

»Gut«, knurrte Pitt, »die Korallenriffe sterben also rund um die Welt ab. Worin besteht nun der zweite Grund für das?«

Gunn rührte mit einem Plastiklöffel gedankenverloren seinen Kaffee um. »Eine neue Bedrohung, eine sehr kritische, ist die plötzlich aufgetretene Fülle von dichten, grünen Algen und Seetang, die sich vollkommen unkontrolliert wie ein Netz über den Korallen ausbreiten.«

»Jetzt warte mal. Du behauptest, die Korallen bekommen nicht genug Nährstoffe, weil sie die Algen ausspucken, obwohl sie in dem Zeug ersticken?«

»Das wärmere Wasser gibt und nimmt. Durch das übermächtige Algenwachstum zerstört es die Riffe, denn es verhindert, daß Nährstoffe und Sonnenlicht bis zu den Korallen gelangen. Die Korallen werden derart von der Umwelt abgeschottet, daß sie absterben.«

Pitt fuhr sich mit der Hand durch sein schwarzes Haar. »Die Situation wird sich doch sicherlich entspannen, wenn das Wasser wieder abkühlt?«

»Kein Gedanke dran«, erwiderte Gunn. »Jedenfalls nicht in der südlichen Hemisphäre. Auch im nächsten Jahrzehnt wird sich die Wassertemperatur aller Voraussicht nach nicht senken.«

»Glaubst du, daß es sich dabei um ein Naturphänomen handelt, oder ist das Ganze auf den Treibhauseffekt zurückzuführen?«

»Beides wäre möglich. Dazu kommt noch die normale Umweltverschmutzung.«

»Aber du hast keine gesicherten Anhaltspunkte?« hakte Pitt nach.

»Weder ich noch die Meeresbiologen der NUMA kennen sämtliche Antworten.«

»Ich habe noch keinen Weißkittel kennengelernt, der nicht eine Theorie gehabt hätte«, grinste Pitt.

Gunn erwiderte das Grinsen. »In dem Licht habe ich mich nie gesehen.«

»Als Weißkittel wohl auch nicht, oder?«

»Du läßt deinem Gegenüber keine Chance.«

»Nur überzeugenden Akademikern.«

»Gut«, begann Gunn, »ich bin zwar nicht König Salomon, doch wenn du es wissen willst: Meine Theorie in bezug auf die Entwicklung bei den Algen könnte dir jedes Schulkind verraten. Nachdem Generationen von Menschen ungeklärte Abwässer, Müll und giftige Chemikalien ins Meer eingeleitet haben, ist nun endlich der Sättigungsgrad erreicht. Die empfindliche chemische Balance des Meeres ist dahin. Die Meere erwärmen sich, und wir alle, besonders unsere Enkel, werden dafür zahlen müssen.«

Pitt hatte Gunn noch nie so ernst erlebt. »So schlimm steht es also.«

»Ich glaube, wir haben bereits den Punkt überschritten, von dem aus es keinen Weg zurück mehr gibt.«

»Du hast also keine Hoffnung, daß man den Karren aus dem Dreck ziehen könnte?«

»Nein«, erwiderte Gunn niedergeschlagen. »Die zerstörerische Wirkung einer schlechten Wasserqualität wurde zu lange ignoriert.«

Pitt sah Gunn an und war leicht überrascht, den stellvertretenden Leiter der NUMA ganz in seine schicksalsschweren Gedanken versunken zu erleben. Gunn hatte ein düsteres Bild entworfen. Pitt teilte diesen absoluten Pessimismus nicht. Die Ozeane mochten krank sein, doch sie waren weit davon entfernt abzusterben.

»Kopf hoch, Rudi«, ermunterte Pitt ihn. »Egal, welche Aufgabe der Admiral für uns im Auge hat, er wird sicher nicht erwarten, daß wir uns auf den Weg machen, um die Weltmeere zu retten.«

Gunn sah ihn an und lächelte müde. »Ich weiß nie, was der Admiral im Schilde führt.«

Wenn einer der beiden auch nur geahnt hätte, wie sehr sie auf dem Holzweg waren, hätten sie Himmel und Hölle in Bewegung gesetzt, um den Piloten zum Rückflug nach Kairo zu bewegen.

Auf der Landebahn einer Ölgesellschaft außerhalb von Port Harcourt mußten sie nicht lange warten. Minuten später waren sie schon wieder in der Luft und überflogen in einem Hubschrauber den Golf von Guinea. Vierzig Minuten später schwebte der Helikopter über der *Sounder*, einem Forschungsschiff der NUMA, das Pitt und Giordino recht gut kannten. Die beiden Männer waren in der Vergangenheit an drei verschiedenen Forschungsvorhaben an Bord des Schiffes beteiligt gewesen. Das 120 Meter lange Schiff hatte 80 Millionen Dollar gekostet und war mit den modernsten seismischen Sonar- und Tiefenmessungssystemen ausgerüstet, die man auf den Weltmeeren finden konnte.

Der Pilot umflog den riesigen Kran am Heck der *Sounder* und landete auf dem Flugdeck, das sich achtern der Schiffsaufbauten befand. Pitt stieg als erster aus, gefolgt von Gunn. Giordino, vollkommen verschlafen, schleppte die Ausrüstung und gähnte bei jedem Schritt. Einige Besatzungsmitglieder und Wissenschaftler, alte Bekannte, kamen auf sie zu und begrüßten sie, während die Rotorblätter sich verlangsamten und der Helikopter vertäut wurde.

Pitt ging auf einen Eingang zu, der zu den Meereslaboratorien hinunterführte, die sich im Innern der *Sounder* befanden. Er kam an den Labortischen, die mit chemischen Analysegeräten vollgestellt waren, vorbei und betrat den Konferenz- und Schulungsraum. Für ein Forschungsschiff war der Raum exklusiv möbliert. Mit dem langen Mahagonitisch und den dick gepolsterten Ledersesseln erinnerte er eher an den Besprechungsraum eines Unternehmensvorstandes.

Ein Schwarzer stand vor einer großen Projektionswand und hatte Pitt den Rücken zugewandt. Nachdenklich musterte er ein Grafikdiagramm. Der Mann war mindestens 20 Jahre älter als Pitt und sehr viel größer. Pitt schätzte ihn auf über zwei Meter. Der Mann bewegte sich mit der lässigen Geschmeidigkeit eines Basketballspielers.

Doch die Aufmerksamkeit Pitts und seiner beiden Freunde wurde nicht von der Farbgrafik auf der Projektionswand oder dem großen Fremden gefangengenommen, sondern vielmehr von einem weiteren Mann im Konferenzraum. Einer kleinen, schlanken und dennoch beherrschenden Person, die, eine Hand auf die Tischplatte gestützt, in der anderen eine dicke Zigarre hielt. Mit dem schmalen Gesicht, den kalten, zwingenden blauen Augen, dem mit grauen Strähnen durchzogenen roten Haar und dem perfekt getrimmten Schnurrbart sah er aus wie ein Admiral im Ruhestand. Und genau das war er, wie die eingestickten goldenen Anker auf der Brusttasche seines blauen Blazers verrieten.

Mit einem Haifischlächeln richtete Admiral James Sandecker, die treibende Kraft der NUMA, sich auf, trat auf sie zu und streckte die Hand aus.

»Dirk, Al!« Sein Gruß klang, als habe der unerwartete Besuch ihn überrascht. »Meine Glückwünsche zur Entdeckung der Begräbnisbarke des Pharaos. Eine hervorragende Leistung. Gut gemacht.« Er sah Gunn an und nickte ihm zu. »Ich sehe, Rudi, daß Sie die beiden unverzüglich hergeschafft haben.«

»Wie Lämmer zur Schlachtbank«, erwiderte Gunn grinsend.

Pitt warf Gunn einen warnenden Blick zu und wandte sich an Sandecker. »Sie haben uns in einer Windeseile vom Nil abgezogen, Sir. Wieso?«

Sandecker wirkte verletzt. »Kein Hallo oder ein ›wie schön, Sie zu sehen‹? Keine kurze Begrüßung für Ihren alten Chef, der Hals über Kopf das Mittagessen mit einer umwerfend attraktiven, reichen Sozialistin in Washington absagen und 6000 Meilen fliegen mußte, nur um Sie zu beglückwünschen?«

»Wie kommt es bloß, daß Ihre enthusiastischen Glückwünsche mir Angst einjagen?« Giordino ließ sich schlechtgelaunt in einen Sessel fallen. »Wenn wir schon so gute Arbeit geleistet haben, wie wär's mit einer schönen, ordentlichen Gehaltserhöhung, einem Heimflug und 14 Tagen bezahltem Urlaub?«

»Die Konfettiparade am Broadway kommt später. Nach der Vergnügungsreise den Niger flußaufwärts«, erwiderte Sandecker düster.

»Den Niger flußaufwärts?« knurrte Giordino. »Also keine Suche nach weiteren Wracks?«

»Nein.«

»Wann?« fragte Pitt.

»Sie brechen morgen bei Tagesanbruch auf«, erwiderte Sandekker.

»Und was genau sollen wir tun?«

Sandecker wandte sich dem Riesen an der Projektionswand zu. »Eins nach dem anderen. Zunächst möchte ich Ihnen Dr. Darcy Chapman, den Chefmeerestoxikologen des Goodwin Marine Science Laboratoriums in Laguna Beach vorstellen.«

»Gentlemen«, begrüßte Chapman sie mit einer sonoren Stimme,

»ist mir wirklich eine Freude, Sie kennenzulernen. Admiral Sandekker hat mir von Ihren gemeinsamen Abenteuern erzählt. Ich bin tief beeindruckt.«

»Sie haben früher bei den Denver Nuggets gespielt«, murmelte Gunn und legte den Kopf zurück, um in Chapmans Augen sehen zu können.

»Bis die Knie nicht mehr mitmachten«, grinste Chapman. »Dann ging's zurück zur Universität, um in Biologie zu promovieren.«

Pitt und Gunn schüttelten Chapman die Hand. Giordino winkte ihm müde aus seinem Sessel zu. Sandecker griff nach dem Telefonhörer und bestellte in der Bordküche Frühstück.

»Wir können es uns ruhig gemütlich machen«, erklärte er kurz. »Wir haben bis zum Morgen eine Menge durchzusprechen.«

»Dann erwartet uns tatsächlich eine scheußliche Aufgabe«, stellte Pitt langsam fest.

»Natürlich handelt es sich um eine scheußliche Aufgabe«, erklärte Sandecker unbeeindruckt. Er nickte Dr. Chapman zu, der auf einen Knopf der Fernbedienung für die Projektionswand drückte. Eine Farbkarte mit dem gewundenen Lauf eines Flusses tauchte auf der Wand auf. »Der Niger. Nach Nil und Kongo der drittlängste Fluß Afrikas. Eigenartigerweise entspringt er in Guinea, nur 300 Kilometer vom Meer entfernt. Doch er verläuft zunächst in nordöstlicher Richtung, dann 4200 Kilometer nach Süden, und mündet schließlich in einem Delta an der Küste Nigerias in den Ozean. Irgendwo unterwegs ... irgendwo wird ein hochwirksames Gift ins Wasser eingeleitet und ins Meer transportiert. Dort bewirkt es katastrophale Veränderungen, die nun ... wenn man es so bezeichnen will, das Jüngste Gericht herbeiführen könnten.«

11

Pitt blickte Sandecker an, als habe er nicht richtig gehört. »Das Jüngste Gericht, Admiral? Habe ich Sie richtig verstanden?«

»Ich phantasiere nicht«, erwiderte Sandecker. »Das Meer vor der westafrikanischen Küste stirbt. Die Seuche wird von einem unbekannten Gift hervorgerufen und verbreitet sich weiter. Die Lage verändert sich rasch auf eine Kettenreaktion zu, die möglicherweise dazu führt, daß jedes Meereslebewesen stirbt.«

»Das könnte zu einer dauerhaften Klimaveränderung auf der Erde führen«, sagte Gunn.

»Das macht uns gegenwärtig am wenigsten Kopfzerbrechen«, warf Sandecker ein. »Das Endresultat sieht so aus, daß auch alle Lebensformen an Land vernichtet werden. Wir ebenfalls.«

Anklagend murrte Giordino: »Übertreiben Sie da nicht ein bißchen –«

»Übertreibung«, unterbrach ihn Sandecker eisig. »Genau dieses Wort warf mir der Kretin im Kongreß an den Kopf, als ich die Herren warnte, als ich um Unterstützung bat, um das Problem isolieren und lösen zu können. Denen geht es doch um den Erhalt ihrer Machtbasis, und sie versprechen alles, um wiedergewählt zu werden. Ich habe diese endlosen Anhörungen vor den Komitees satt. Ich habe es satt, daß die dem Mut zu unpopulären Maßnahmen nicht finden und das Land in den Bankrott treiben. Die demokratischen Staaten sind ebenso wie die kommunistischen Länder völlig korrupt. Wen kümmert es schon, daß die Ozeane sterben. Nun, bei Gott, mich kümmert's. Und ich werde Himmel und Hölle in Bewegung setzen, um sie zu retten.«

Sandeckers Augen blitzten, seine Lippen waren ein dünner Strich. Pitt erschütterte dieser Gefühlsausbruch. So etwas entsprach ganz und gar nicht dem Charakter des Admirals.

»Abwässer werden in fast jeden Fluß auf der Welt geleitet«, bemerkte Pitt ruhig und kam wieder zum Thema. »Wieso handelt es sich bei der Verschmutzung des Niger um etwas so Besonderes?«

»Das Besondere daran ist, daß dadurch ein Phänomen entsteht, das gemeinhin als Rote Flut bezeichnet wird – eine Rote Flut, die sich in alarmierendem Maße ausbreitet.«

Brannte das verzauberte Wasser in stillem und furchtbarem Rot, rezitierte Pitt.

Sandecker warf Gunn einen schnellen Blick zu und fixierte dann Pitt. »Sie haben's begriffen.«

»Aber nicht den Zusammenhang«, gab Pitt zu.

»Sie sind alle Taucher«, erklärte Chapman, »also wissen Sie wahrscheinlich, daß die Rote Flut von mikroskopisch kleinen Lebewesen verursacht wird, den sogenannten Dinoflagellaten, winzigen Organismen, die ein rotes Pigment enthalten, das dem Wasser eine rotbraune Farbe verleiht, wenn sie sich stark vermehren und in Massen auftreten.«

Chapman drückte auf einen Knopf der Fernbedienung und setzte seine Vorlesung fort, während das Bild eines seltsam aussehenden Mikroorganismus auf der Projektionswand auftauchte. »Von Roten Fluten wurde bereits in der Antike gesprochen. Homer und Cicero erwähnten eine rote Verfärbung des Meeres, ebenso Darwin während seiner Reise auf der *Beagle*. In neuerer Zeit wurden Rote Fluten auf der ganzen Welt beobachtet. Die letzte bekannt gewordene entstand an der Westküste von Mexico, als das Wasser dort vollkommen verschmutzt war. Sie verursachte den Tod von Milliarden Fischen, Schellfischen und Schildkröten. Sogar die Entenmuscheln wurden ausgerottet. Über eine Strecke von 200 Meilen wurde die Küste geschlossen, und Hunderte von Mexikanern und Touristen starben an Fischvergiftung. Der Fisch war von einer Spezies vergifteter Dinoflagellaten befallen.«

»Ich bin durch eine Rote Flut getaucht«, bemerkte Pitt, »und mir ist nichts passiert.«

»Glücklicherweise sind Sie durch eine der vielen harmlosen Sorten geschwommen«, erklärte Chapman. »Es gibt jedoch eine kürzlich entdeckte mutierte Spezies, die das tödlichste biologische Gift produziert, das wir kennen. Kein Meereslebewesen, das damit in Berührung kommt, überlebt. Ein paar Gramm davon, gleichmäßig verteilt, würde jedes menschliche Leben auf der Erde vernichten.«

»So schlimm?«

Chapman nickte.

»Und als ob die Sache mit dem Gift nicht schon schlimm genug wäre«, fügte Sandecker hinzu, »fressen sich diese kleinen Widerlinge gegenseitig in einer wahren Orgie auf und vermindern drastisch den Sauerstoffgehalt des Wassers. Die Folge ist, daß sämtliche Fische und Algen ersticken.«

»Das ist aber noch nicht alles«, fuhr Chapman fort. »Siebzig Prozent des Sauerstoffnachschubs verdanken wir Diatomeen, winzigen Pflanzenformen, die ähnlich wie Algen im Meer leben. Der Rest stammt von der Vegetation auf dem Land. Wenn die Dinoflagellaten in solchen Massen auftreten, daß sich Rote Fluten bilden, töten sie die

Diatomeen ab. Keine Diatomeen, kein Sauerstoff. Die Tragödie daran ist, daß wir selbstverständlich vom Vorhandensein von Sauerstoff ausgehen. Wir denken gar nicht darüber nach, daß eine leichte Instabilität des Sauerstoffhaushalts wegen fehlender Produktion der Pflanzen oder wegen der Verbrennung von Kohlendioxid unseren letzten Atemzug bedeuten könnte.«

»Gibt's eine Möglichkeit, daß sie sich gegenseitig auffressen und verschwinden?« fragte Giordino.

Chapman schüttelte den Kopf. »Sie gleichen die Verluste mit einer Rate von zehn zu eins aus.«

»Aber die Roten Fluten gehen doch schließlich zurück und verschwinden?« hakte Gunn nach. »Oder sie sterben völlig aus, wenn sie mit der kühleren Meeresströmung in Kontakt kommen.«

Sandecker nickte. »Unglücklicherweise sind wir nicht mit normalen Verhältnissen konfrontiert. Der mutierte Mikroorganismus, mit dem wir es zu tun haben, scheint gegenüber Temperaturschwankungen immun zu sein.«

»Sie behaupten also, daß es keine Hoffnung gibt, daß die Rote Flut vor der Küste Afrikas sich zurückbildet und verschwindet?«

»Nicht, wenn sie sich selbst überlassen wird«, erwiderte Chapman. »Die Dinoflagellaten vermehren sich in einer astronomischen Rate. Statt mehreren Tausend pro Gallone Wasser haben wir es inzwischen mit fast einer Milliarde zu tun. Ein derartiges Anwachsen wurde nie zuvor beobachtet. Im Moment können wir nichts dagegen unternehmen.«

»Gibt's Vermutungen, wo die Rote Flut ihren Anfang genommen hat?« fragte Pitt.

»Wir glauben, daß ein unbekanntes Gift mit dem Niger ins Meer fließt und bewirkt, daß diejenigen Dinoflagellaten, die im Meer leben, mutieren und ihre Reproduktionszyklen vervielfältigen.«

»Wie bei einem Athleten, der Steroide nimmt«, bemerkte Giordino trocken.

»Oder Aphrodisiaka«, grinste Gunn.

»Wenn diese Rote Flut sich über die Ozeane verteilt, wird sich auf der Meeresoberfläche ein dichter Teppich von giftigen Dinoflagellaten legen«, erklärte Chapman. »Die Sauerstoffversorgung wird so verringert, daß Leben nicht mehr möglich sein wird.«

»Da zeichnen Sie ein düsteres Bild, Dr. Chapman«, stellte Gunn fest.

»Horrorvision scheint mir die bessere Bezeichnung«, erklärte Pitt ruhig.

»Kann man sie nicht chemisch zerstören?« fragte Giordino.

»Mit einem Pestizid?« wollte Chapman wissen. »Das könnte die Sache sogar noch verschlimmern. Es wäre besser, man würde dafür sorgen, daß die Quelle versiegt.«

»Existiert für diese Katastrophe ein Zeitplan?« wandte Pitt sich an Chapman.

»Falls die Giftzufuhr ins Meer nicht innerhalb der nächsten vier Monate gestoppt werden kann, ist es zu spät.« Er drückte einen Knopf auf der Fernbedienung. Eine Farbgrafik erschien. »Die Computerhochrechnungen haben ergeben, daß Millionen von Menschen in acht, höchstens zehn Monaten langsam ersticken werden. Kleinkinder mit geringen Lungenkapazitäten sind die ersten: zu schwach, um schreien zu können, wird sich ihre Haut blau verfärben, bevor sie ins Koma fallen. Das wird für diejenigen, die als letzte dran glauben müssen, kein schöner Anblick sein.«

Giordino warf ihm einen ungläubigen Blick zu. »Es ist fast unmöglich, sich eine Welt ohne Sauerstoff vorzustellen.«

Pitt stand auf, trat näher an die Projektionswand heran und studierte die nackten Zahlen, die die verbleibende Zeit für die Menschheit darstellten. Dann drehte er sich um und sah Sandecker an. »Alles scheint darauf hinauszulaufen, daß Rudi und ich mit einem kleinen Forschungsboot so lange flußaufwärts fahren und Wasserproben analysieren, bis wir auf die Giftquelle stoßen, die für das Entstehen der Roten Flut verantwortlich ist. Danach müßten wir uns noch überlegen, wie wir sie zum Versiegen bringen.«

Sandecker nickte. »In der Zwischenzeit wird die NUMA eine Substanz entwickeln, mit der man die Rote Flut neutralisieren kann.«

Pitt studierte eine Karte des Niger, die an der Wand hing. »Und wenn wir diese Quelle nicht in Nigeria ausmachen?«

»Dann fahren Sie weiter flußaufwärts.«

»Mitten durch Nigeria, in Richtung Nordosten, dorthin, wo der Fluß die Grenze zwischen Benin und Niger bildet und weiter bis nach Mali.«

»Wenn das nötig ist«, betonte Sandecker.

»Wie sieht die politische Lage in diesen Ländern aus?« wollte Pitt wissen.

»Ich muß zugeben, die ist etwas instabil.«

»Was bezeichnen Sie denn als etwas instabil?« fragte Pitt skeptisch.

»Nigeria«, erklärte Sandecker, »hat mit 120 Millionen Einwohnern die höchste Bevölkerung in Afrika und befindet sich mitten in einem Aufstand. Die neugewählte demokratische Regierung wurde im vergangenen Monat vom Militär gestürzt. Es war der achte Putsch in 20 Jahren, die zahllosen mißlungenen Umsturzversuche nicht mitgezählt. Das Landesinnere ist durch Bürgerkrieg und die Konflikte zwischen Moslems und Christen zerrissen. Die Opposition bringt Beamte um, die der Korruption und schlechten Verwaltung beschuldigt werden.«

»Hört sich nach einer lustigen Gegend an», murmelte Giordino. »Ich kann es gar nicht erwarten, den Pulverdampf in der Nase zu spüren.«

Sandecker ignorierte ihn. »Die Volksrepublik Benin stöhnt unter der strengen Diktatur von Präsident Ahmed Tougouri. Auf dem gegenüberliegenden Flußufer, in Niger, kann sich das Staatsoberhaupt nur mit Hilfe von Libyens Muammar Ghaddafi, der es auf die Uranminen des Landes abgesehen hat, an der Macht halten. Das Land befindet sich in einer Dauerkrise. Guerillas, wohin man schaut. Ich empfehle, daß Sie sich in der Flußmitte halten, wenn Sie diese beiden Länder passieren.«

»Und Mali?« bohrte Pitt weiter.

»Präsident Tahir ist vernünftig, doch er hängt von General Zateb Kazim ab, dessen Drei-Mann-Militärjunta das Land ausplündert. Kazim ist ein gerissener Diktator, der unter dem Deckmantel einer ordentlich gewählten Regierung agiert.«

Pitt und Giordino wechselten einen zynischen Blick und schüttelten ermattet die Köpfe.

»Sehen Sie ein Problem?« wollte Sandecker wissen.

»Eine Vergnügungsreise den Niger flußaufwärts«, wiederholte Pitt die Worte des Admirals. »Wir müssen nur 1000 Kilometer einen Fluß befahren, an dessen Ufer es von blutrünstigen Rebellen nur so wimmelt. Wir müssen bewaffneten Patrouillenbooten ausweichen und obendrein auftanken, ohne verhaftet und als ausländische Spione exekutiert zu werden. Und nebenbei nehmen wir noch ein paar Wasserproben. Kein Problem, Admiral. Kein Problem, wenn man davon absieht, daß es sich um ein Himmelfahrtskommando handelt.«

»Ja«, stimmte Sandecker ungeduldig zu. »Es könnte wirklich so aussehen, doch mit ein bißchen Glück sollten Sie ungeschoren davonkommen.«

»Wohl kaum, wenn mir der Kopf weggeblasen wird.«

»Haben Sie schon mal an den Einsatz von Satellitensensoren gedacht?« fragte Gunn.

»Sind nicht genau genug«, erwiderte Chapman.

»Wie sieht's mit einem Düsenjäger im Tiefflug aus?« erkundigte sich Giordino.

Chapman schüttelte den Kopf. »Dasselbe. Es funktioniert nicht, wenn wir die Sensoren mit Überschallgeschwindigkeit durchs Wasser ziehen. Ich weiß das nur zu gut. Ich habe an einem entsprechenden Experiment teilgenommen.«

»An Bord der *Sounder* gibt es erstklassige Labors«, erklärte Pitt. »Warum läuft das Schiff nicht ins Delta ein und versucht zumindest Anhaltspunkte in bezug auf Art und Stärke der Vergiftung zu ermitteln?«

»Das haben wir getan«, erwiderte Chapman, »doch ein nigerianisches Kanonenboot hat uns schon hundert Kilometer vor der Flußmündung abgedrängt. Das war zu weit entfernt für eine präzise Analyse.«

»Der Einsatz kann nur von einem kleinen, gut ausgestatteten Boot aus durchgeführt werden«, erklärte Sandecker. »Von einem, das die gelegentlich auftretenden Stromschnellen und seichten Stellen bewältigen kann. Einen anderen Weg gibt's nicht.«

»Hat unser Außenministerium sich an die betreffenden Regierungen gewandt und gebeten, den Fluß von einem Forschungsteam überprüfen zu lassen, um Millionen Menschenleben retten zu können?« fragte Gunn.

»Ja. Die Nigerianer und Malier lehnten das Ersuchen rundweg ab. Angesehene Wissenschaftler sind nach Westafrika gereist, um den Regierungen dort die Situation zu erklären. Die afrikanischen Führer haben ihnen nicht geglaubt, im Gegenteil, sie haben die Wissenschaftler sogar ausgelacht. Man kann ihnen keinen Vorwurf daraus machen. Sie können einfach nicht in derart großen Zusammenhängen denken.«

»Wurde keine hohe Sterbensrate unter den Menschen festgestellt, die das Flußwasser getrunken haben?« fragte Gunn.

»Keine übermäßige jedenfalls«, antwortete Sandecker.

»Im Niger schwimmt mehr herum als nur ein paar Chemikalien. Die Städte entlang des Flusses befördern auch ihre Abwässer und Abfälle hinein. Die Eingeborenen werden sich hüten, das Wasser zu trinken.«

Pitt ahnte Böses, und das gefiel ihm keineswegs. »Sie halten also eine verdeckte Aktion für die einzige Möglichkeit, die Giftquelle ausfindig zu machen?«

»Das tue ich allerdings«, erwiderte Sandecker eigensinnig.

»Dann hoffe ich, Sie haben einen Plan, der sämtliche Eventualitäten abdeckt.«

»Natürlich habe ich einen Plan.«

»Dürfen wir dann erfahren, wie wir es schaffen sollen, die Giftquelle ausfindig zu machen und trotzdem irgendwie am Leben zu bleiben?« fragte Gunn ruhig.

»Das ist kein großes Geheimnis«, erklärte Sandecker geduldig. »Man wird Sie für drei reiche Franzosen halten, die nach Investitionsmöglichkeiten in Westafrika Ausschau halten und das Angenehme mit dem Nützlichen verbinden.«

Gunn schien erschüttert, Giordino verblüfft. In Pitts Miene spiegelte sich verhaltene Wut.

»Das also«, stellte er fest, »ist Ihr Plan.«

»Ja, und obendrein ein verdammt guter.«

»Der Plan ist verrückt. Das mache ich nicht mit.«

»Ich auch nicht«, knurrte Giordino. »Ich sehe ungefähr so französisch aus wie Al Capone.«

»Ich nehme auch nicht teil«, fügte Gunn hinzu.

»Jedenfalls nicht in einem langsamen, unbewaffneten Boot«, stellte Pitt entschieden fest.

Sandecker schien gegen die Meuterei immun. »Das erinnert mich an etwas. Das Beste habe ich vergessen. Das Boot. Wenn Sie das Boot sehen, das garantiere ich, werden Sie Ihre Meinung ändern.«

12

Wenn Pitt von einem Boot geträumt hätte, das höchste Leistung, jeden erdenklichen Komfort und genügend Feuerkraft, um es mit der amerikanischen Sechsten Flotte aufzunehmen, in sich vereint, dann wäre dieser Traum mit dem Boot, das Sandecker ihm versprochen hatte, in Erfüllung gegangen. Ein Blick auf die schnittige Linienführung, die unglaubliche Größe der Maschinen und die unvorstellbar gut getarnte Bewaffnung genügte, und Pitt hatte sein Herz verloren.

Die *Kalliópe*, die ihren Namen der Muse der epischen Dichtung und der Wissenschaft verdankte, war ein Meisterwerk an aerodynamischer Eleganz aus Fiberglas und rostfreiem Stahl. Das Boot war von den Ingenieuren der NUMA entworfen und unter strikten Sicherheitsmaßnahmen in einer Werft in Lousiana gebaut worden. Ihr 18 Meter langer Rumpf hatte einen niedrigen Schwerpunkt, und durch den flachen Schiffsboden hatte sie einen Tiefgang von nur anderthalb Metern. Für die Fahrrinnen im Oberlauf des Niger war die *Kalliópe* wie geschaffen. Sie wurde von drei V-12-Zylinder Dieselmotoren angetrieben, die das Boot mit einer Höchstgeschwindigkeit von 70 Knoten über das Wasser trieben. Das Design war kompromißlos. Das Boot war einzigartig, gebaut für einen speziellen Einsatz.

Pitt stand am Ruder und genoß die unvergleichliche Kraft und die absolut ruhige Fahrt der Sportjacht, die mit 30 Knoten durch das trübe, graublaue Wasser des Nigerdeltas dahinschoß. Während das Ufer vorbeizog, beobachtete er aufmerksam das Gewässer voraus. Gelegentlich wandte er die Augen ab, blickte auf eine Karte, auf der die Untiefen eingezeichnet waren und überprüfte die Digitalanzeige des Echolots. Bisher war er nur an einem Patrouillenboot vorbeigekommen, doch dessen Mannschaft hatte beim Anblick der Jacht, die über die Oberfläche des Wassers dahinschoß, nur begeistert gewunken. Ein Militärhubschrauber hatte neugierig über ihnen gekreist, und ein Militärflugzeug, eine in Frankreich gebaute Mirage, war heruntergekommen, um einen Blick auf das Boot zu werfen. Offensichtlich zufriedengestellt, war sie dann weitergeflogen. Bisher hatte es keine Versuche gegeben, sie aufzuhalten oder ihre Reise zu verzögern.

Unten, im geräumigen Innern, saß Rudi Gunn in einem kleinen, maßgeschneiderten Labor, das von einem fachübergreifenden Team von Wissenschaftlern geplant worden war. Es enthielt die hochentwickelten, kompakten Instrumente, die von der NUMA für die Erforschung des Weltraumes entwickelt worden waren. Das Laboratorium diente nicht nur zur Überprüfung von Wasserproben, sondern auch zur Übermittlung der gesammelten Daten via Satellit an eine Gruppe von NUMA-Wissenschaftlern, denen umfangreiche Datenbanken zur Verfügung standen, um komplizierte chemische Verbindungen zu analysieren.

Gunn, Wissenschaftler durch und durch, stürzte sich Hals über Kopf in die Arbeit und vertraute darauf, daß Pitt und Giordino jegliche Störung oder Unterbrechung von ihm fernhalten würden.

Maschinen und Waffensysteme fielen in Giordinos Aufgabenbereich. Um das Brüllen der Maschinen zu dämpfen, trug er einen Kopfhörer. Er saß auf einer gepolsterten Bank im Maschinenraum und war dabei, die verschiedenen Kisten auszupacken, die einen tragbaren Raketenwerfer mit den dazugehörigen Raketen enthielten. Die Rapier war eine neue Allzweckwaffe, mit der man Flugzeuge unterhalb der Schallgeschwindigkeit, Schiffe, Panzer und Bunker angreifen beziehungsweise bekämpfen konnte. Sie konnte von der Schulter aus abgefeuert werden oder, auf einen Vierfuß montiert, an ein zentrales Feuerleitsystem angeschlossen werden. Giordino paßte die montierten Einzelteile ins Gehäuse ein, so daß der Raketenwerfer später durch die Panzerluken der Kuppel, die sich über dem Maschinenraum befand, das Feuer eröffnen konnte. Die Kuppel sah auf den ersten Blick aus wie ein normales Oberlicht. Der unauffällige Aufbau überragte das Achterdeck um gut einen Meter und konnte in einem Winkel von 220 Grad geschwenkt werden. Nachdem Giordino Raketenwerfer und Visiereinrichtung montiert und dann die Raketen in ihre Gehäuse geschoben hatte, wandte er sich dem Säubern und Laden des kleinen Arsenals an Automatikgewehren und Handfeuerwaffen zu. Danach leerte er eine Kiste mit Werfergranaten aus und lud vier davon vorsichtig in das dicke Magazin des kurzläufigen automatischen Granatwerfers.

Die Männer gingen ihren jeweiligen Aufgaben mit strenger Effizienz und absoluter Konzentration nach. Nur so konnten der Erfolg ihres Einsatzes und ihr Überleben gesichert werden. Admiral Sandekker hatte seine Männer sorgsam ausgewählt. Eine bessere Mannschaft für diese nahezu unmögliche Aufgabe hätte er nicht finden können. Er setzte absolutes Vertrauen in sie.

Kilometer um Kilometer ließen sie hinter sich. Das Hochland von Kamerun und die Yoruba-Berge am Südufer des Flusses schimmerten im feuchten Dunst. Regenwälder wechselten sich mit Akazien und Mangroven entlang der Küste ab. Dörfer und Kleinstädte tauchten auf und blieben zurück, als die *Kalliópe* mit mächtiger Bugwelle vorbeirauschte.

Der Schiffsverkehr auf dem Fluß war lebhaft. Man sah sämtliche nur denkbaren Schiffstypen, vom Kanu über alte, tuckernde Fähren, die mit winkenden Passagieren bedenklich überladen waren, bis hin zu kleinen, rostübersäten Frachtschiffen, die von einem Hafen zum anderen fuhren. Der aus ihren Schornsteinen quellende Rauch verlor sich in der sanften, aus Norden wehenden Brise. Pitt war klar, daß dieses Bild der Ruhe nicht ewig dauern würde. Hinter jeder Flußbiegung konnte eine lebensbedrohende Gefahr lauern.

Um die Mittagszeit fuhren sie unter der großen, 1404 Meter langen Brücke hindurch, die den Fluß zwischen der Stadt Onitsha, einem Handelsknotenpunkt, und dem ländlichen Ort Asaba überspannte. Katholische Kathedralen überragten die belebten, von Industriebetrieben gesäumten Straßen Onitshas. An den Docks entlang des Ufers lagen zahllose Schiffe, die Nahrungsmittel und Güter stromabwärts transportierten und Importgüter vom Delta des Niger aus stromaufwärts beförderten.

Pitt konzentrierte sich auf den Schiffsverkehr und grinste über die geballten Fäuste und die ärgerlichen Flüche, die der *Kalliópe* nachgeschleudert wurden, als sie bedenklich nahe an kleinen Booten vorbeirauschte und diese im Heckwasser tanzen ließ. Nachdem der Hafen hinter ihnen lag, entspannte Pitt sich und begann seine Finger zu massieren. Seit sechs Stunden stand er am Ruder, doch er fühlte sich weder angestrengt noch müde. Der Sessel hinter den Armaturen war so komfortabel wie der in einem Vorstandsbüro, und das Steuern ging so mühelos wie bei der Servolenkung einer Luxuslimousine.

Giordino tauchte mit einer Flasche Coors-Bier und einem Thunfischsandwich auf. »Hab' mir gedacht, du könntest eine kleine Stärkung gebrauchen. Du hast nichts gegessen, seit wir von der *Sounder* aus losgefahren sind.«

»Danke. Bei dem Lärm der Maschinen konnte ich nicht hören, wie mir der Magen knurrt.« Pitt übergab das Ruder seinem Freund und machte eine Kopfbewegung zum Bug hin. »Paß auf diesen Schlepper mit den Lastkähnen auf. Der braucht die gesamte Fahrrinne.«

»Ich werde mich gut backbord halten«, bestätigte Giordino.

»Sind wir bereit, Entermannschaften abzuwehren?« grinste Pitt.

»Na klar. Hast du schon ein paar Halsabschneider gesichtet?«

Pitt schüttelte den Kopf. »Wir sind bloß einige Male von der nigerianischen Luftwaffe überflogen worden, und die Besatzungen der Patrouillenboote haben freundlich gewunken. Alles in allem ein fauler Tag auf dem Wasser.«

»Dann müssen die örtlichen Behörden den Köder des Admirals geschluckt haben.«

»Wir wollen hoffen, daß die Länder weiter flußaufwärts ihn genauso gierig schlucken.«

Giordino deutete mit dem Daumen auf die Trikolore am Heck. »Ich würde mich besser fühlen, wenn wir im Rücken die Stars and Stripes, das Außenministerium, Ralph Nader, die Denver Broncos und eine Kompanie Marineinfanterie hätten.«

»Das Schlachtschiff *Iowa* wäre auch nicht schlecht.«

»Ist das Bier kalt? Ich habe die Kiste erst vor einer Stunde im Kühlschrank verstaut.«

»Kalt genug«, erwiderte Pitt zwischen zwei Bissen. »Irgendwelche aufregenden Entdeckungen von Rudi?«

Giordino schüttelte den Kopf. »Der ist im Nirwana der Chemie verschwunden. Ich hab' versucht, mich mit ihm zu unterhalten, aber er hat mich abblitzen lassen.«

»Ich glaube, ich schau mal nach ihm.«

Giordino gähnte. »Paß auf, daß der dich nicht hochkant rausschmeißt.«

Pitt lachte und stieg in Gunns Labor hinunter. Der kleine NUMA-Wissenschaftler hatte die Brille auf die Stirn hochgeschoben und studierte gerade einen Computerausdruck. Giordino hatte Gunn mißverstanden. Er war guter Laune.

»Glück gehabt?« erkundigte sich Pitt.

»In diesem Fluß ist jeder nur denkbare Dreck zu finden«, erwiderte Gunn. »Er ist weitaus verschmutzter als Hudson, James und Cayuhoga in ihren schlimmsten Tagen.«

»Sieht kompliziert aus«, bemerkte Pitt und blickte sich in der Kabine um, die vom Boden bis zur Decke mit hochempfindlichen Geräten bestückt war. »Welche Funktionen haben diese Apparate?«

»Wo hast du das Bier her?«

»Willst du eins?«

»Klar.«

»Giordino hat eine Kiste im Kühlschrank verstaut. Warte mal eben.«

Pitt zog an der Tür zur Kombüse den Kopf ein, kam dann zurück und reichte Gunn eine kühle Bierflasche.

Gunn nahm ein paar Schlucke und seufzte. Dann sagte er: »Okay, um deine Frage zu beantworten. Unsere Suche teilt sich in drei Abschnitte auf. Für den ersten benötigen wir einen automatischen Brutapparat für Mikroorganismen. Dieses Gerät hier brauche ich, um Wasserproben aus dem Fluß in Reagenzgläsern mit Proben der Roten Flut, die wir vor der Küste genommen haben, zu vermischen. Der automatische Brutapparat verfolgt dann optisch das Wachstum der Dinoflagellaten. Nach ein paar Stunden verrät mir der Computer, wie stark Vermehrung und Wachstum sind. Danach folgt ein kleines Zahlenspiel, und ich habe eine grobe Schätzung, wie weit wir noch von der Quelle unseres Problems entfernt sind.«

»Also ist der Nährboden der Roten Flut nicht in Nigeria zu finden?«

»Die Zahlen lassen darauf schließen, daß die Quelle weiter flußaufwärts zu suchen ist.«

Gunn ging um Pitt herum und trat an ein paar quadratische, kistenförmige Apparate, ungefähr in der Größe kleiner Fernsehgeräte, die anstelle des Bildschirms eine Tür hatten. »Diese beiden Instrumente dienen zur Bestimmung der Giftspuren oder der Zusammensetzung des Giftes, das uns Kopfzerbrechen macht. Um es kurz zu machen: Ich nehme einfach die Wasserproben und packe sie da hinein. Dann extrahiert und analysiert das System automatisch die enthaltenen Stoffe. Die Resultate werden anschließend von unseren Bordcomputern ausgewertet.«

»Und was verraten sie dir genau?« fragte Pitt.

»Das System bestimmt die synthetische und organische Verschmutzung einschließlich Lösungen, Pestizide, PCB's, Dioxine und eine Reihe weiterer Chemikalien und chemischer Verbindungen. Das Gerät wird uns, jedenfalls hoffe ich das, Anhaltspunkte zu der giftigen Verbindung liefern, die bewirkt, daß die Rote Flut mutiert und angeregt wird.«

»Was ist, wenn es sich bei dem Gift um eine metallische Verbindung handelt?«

»In diesem Fall verlassen wir uns auf ein gekoppeltes Plasma-/Massenspektrometer«, erklärte Gunn und deutete auf ein zweites Instrument. »Es dient zur automatischen Identifizierung aller Metalle und anderer Elemente, die im Wasser zu finden sind.«

»Sieht dem anderen sehr ähnlich«, stellte Pitt fest.

»Beruht im wesentlichen auf demselben Prinzip, unterscheidet sich jedoch in der verwendeten Technologie. Auch dieses Instrument bestücke ich mit Wasserproben, drücke auf den Knopf und überprüfe alle zwei Kilometer den Fortlauf des Versuchs.«

»Und was hat dir der Apparat bisher verraten?«

Gunn schwieg und rieb sich die rotgeränderten Augen. »Daß der Niger die Hälfte aller bekannten Metalle mit sich führt; von Kupfer über Quecksilber bis zu Gold und Silber, ja sogar Uran. Allesamt in einer Konzentration, die über dem Durchschnitt liegt.«

»Wird nicht einfach sein, alles im Griff zu halten«, murmelte Pitt.

»Zuletzt«, ergänzte Gunn, »werden die Daten an unsere Forscher bei der NUMA überspielt, die meine Ergebnisse in ihren eigenen Labors überprüfen und darauf achten, daß ich nichts übersehen habe.«

Für Pitt war es unvorstellbar, daß Gunn irgend etwas übersehen könnte. Sein alter Freund war mehr als nur ein kompetenter Wissenschaftler und Analytiker. Er war ein Besessener, für den das Wort »aufgeben« nicht existierte.

»Gibt's schon Hinweise auf die chemische Zusammensetzung des Gifts?« fragte Pitt.

Gunn trank sein Bier aus. »Gift ist eine relativ ungenaue Bezeichnung. Die Chemie kennt keine giftigen Verbindungen, sondern nur unterschiedliche Grade giftiger Wirkung.«

»Und?«

»Ich habe jede Menge verschiedener Verschmutzungen und natürlich auftretender Verbindungen bestimmt. Sowohl auf Metall- als auch auf organischer Basis. Die Geräte zeigen sehr hohe Konzentrationen von Pestiziden an, die in den Vereinigten Staaten längst aus dem Handel genommen wurden, in weiten Teilen der Dritten Welt aber noch verwendet werden. Doch es war mir noch nicht möglich, die synthetischen chemischen Verbindungen zu bestimmen, die die Veränderung bei den Dinoflagellaten bewirken. Im Moment weiß ich nicht einmal, wonach ich suche. Ich kann nur die Spuren verfolgen wie ein Spürhund.«

»Je weiter wir kommen, desto heißer wird die Fährte«, überlegte Pitt. »Ich hatte gehofft, du hättest inzwischen einen Anhaltspunkt. Je tiefer wir ins Landesinnere vorstoßen, desto schwieriger wird die Rückfahrt. Besonders dann, wenn sich die Militärs der einzelnen Länder einmischen.«

»Befreunde dich schon mal mit dem Gedanken, daß wir das Gift möglicherweise gar nicht aufspüren«, erklärte Gunn gereizt. »Du ahnst gar nicht, wie viele Chemikalien es hier gibt. Die Zahl der bekannten chemischen Verbindungen übersteigt die Grenze von sieben Millionen, und allein die US-Firmen entwickeln jede Woche mehr als 6000 neue.«

»Die können aber doch nicht allesamt giftig sein.«

»Ab einer bestimmten Konzentration entwickeln alle diese Verbindungen ein gewisses Giftpotential. In der entsprechenden Dosis ist alles, was man schluckt, einatmet oder injiziert bekommt, giftig. Selbst Wasser kann tödlich sein, wenn man genug davon trinkt. Ein Übermaß würde die notwendigen Elektrolyten aus dem Körpergewebe schwemmen.«

Pitt sah ihn an. »Dann gibt es also absolut keine Garantie?«

»Nein«, Gunn schüttelte den Kopf. »Ich weiß nur, daß wir die Stelle, an der das Gift in den Fluß gelangt, noch nicht erreicht haben. Seit wir ins Delta eingefahren sind und die Hauptarme des unteren Niger passiert haben, reagieren die Dinoflagellaten außerordentlich stark auf die Wasserproben. Doch ich habe noch keinerlei Anhaltspunkte, weshalb. Die einzig positive Meldung ist die, daß ich bakterielle Mikroorganismen als Ursache ausschließen kann.«

»Wieso?«

»Dadurch, daß ich die Wasserproben sterilisiert habe. Die Vernichtung der Bakterien hat die Vermehrungsrate der kleinen Schädlinge kein bißchen verringert.«

Pitt gab Gunn einen leichten Schlag auf die Schulter. »Wenn jemand das Ganze in den Griff kriegt, bist du das, Rudi.«

»O ja, ich werd' schon dahinterkommen«. Gunn setzte seine Brille ab und putzte die Gläser. »Egal, ob unbekannt, teuflisch und unnatürlich, ich werd's rauskriegen. Das verspreche ich dir.«

Am Nachmittag, eine Stunde nachdem sie die nigerianische Grenze hinter sich gelassen hatten und auf einem Flußstück fuhren, das die Grenze zwischen Benin und Niger bildete, verließ sie ihr Glück. Pitt beobachtete schweigend den Fluß voraus. Dichter, grüner Dschungel, feucht und abweisend, bildete das Ufer. Graue Wolken färbten das Wasser bleifarben. Der Fluß verlief in leichten Biegungen und schien sich zu krümmen wie die knöchernen Finger des Todes.

Bei Giordino, der am Steuer stand, zeigten sich in den Augenwinkeln die ersten Fältchen der Erschöpfung. Pitt stand neben ihm und beobachtete einen einsamen Kormoran, der vor ihnen entspannt im Aufwind segelte. Plötzlich begannen seine Flügel zu flattern, und er verschwand zwischen den Bäumen am Ufer.

Pitt griff nach dem Fernglas auf dem Tisch und entdeckte den Bug eines Schiffes, das von der nächsten Flußbiegung noch größtenteils verdeckt wurde. »Die Einheimischen kommen uns besuchen«, meldete er.

»Ich sehe es.« Giordino stand auf, hielt eine Hand zum Schutz vor der Sonne über die Augen, und später nach vorn. »Stimmt nicht. Es sind zwei Boote.«

»Sie halten genau auf uns zu. Haben die Kanonen auf uns gerichtet und wollen wohl Ärger machen.«

»Welche Flagge führen sie?«

»Benin«, erwiderte Pitt. »Scheint sich um Boote russischen Ursprungs zu handeln.« Pitt legte das Fernglas beiseite und breitete eine Karte aus, auf der die westafrikanische Luftwaffen- und Marineeinheiten aufgeführt waren. »Ein Flußkanonenboot, bewaffnet mit zwei 30-Millimeter-Kanonen. Feuerkraft 500 Schuß pro Minute.«

»Sieht gar nicht gut aus«, murmelte Giordino kurz. Er warf einen Blick auf die Flußkarte. »In 40 Kilometern hätten wir Benin hinter uns und kämen in die Gewässer Nigers. Mit etwas Glück und Vollgas könnten wir am Abend die Grenze erreichen.«

»Das Glück können wir vergessen. Die Jungs dort drüben sehen nicht so aus, als wollten sie uns ungeschoren vorbeifahren lassen. Das ist keine Routineinspektion. Die haben ja die Waffen bereits auf uns gerichtet.«

Giordino warf einen Blick zurück und deutete nach achtern zum Himmel. »Die Falle schnappt zu. Dahinten wartet der Geier.«

Pitt drehte sich um und sah einen Helikopter, der, kaum zehn Meter über der Wasseroberfläche, gerade um die letzte Flußbiegung flog. »Damit sind sämtliche Zweifel, ob es sich nicht doch um einen Freundschaftbesuch handeln könnte, beseitigt.«

»Riecht nach einem Hinterhalt«, stellte Giordino ruhig fest.

Pitt alarmierte Gunn, der aus seiner mit Elektronik vollgestopften Kabine auftauchte und über die Lage unterrichtet wurde.

»Das habe ich fast schon erwartet«, stellte er fest.

»Die haben auf uns gelauert«, erklärte Pitt. »Das hier ist kein Zufall. Selbst wenn die uns nur abfangen und das Boot beschlagnahmen wollen, werden sie uns als Spione erschießen, wenn sie erst einmal feststellen, daß wir ebenso wenig Franzosen sind wie der Hintergrundchor von Bruce Springsteen. Die gesamten Daten, die wir bis jetzt zusammengetragen haben, müssen in die Hände von Sandecker und Chapman gelangen. Die Kerle da sind auf Ärger aus und werden sich von uns nicht täuschen lassen. Es heißt also: wir oder die.«

»Ich könnte den Hubschrauber ausschalten und mit etwas Glück auch das erste Boot«, sagte Giordino. »Ich kann's aber nicht mit allen dreien aufnehmen. Vorher machen die Kleinholz aus uns.«

»Okay, ich habe folgenden Plan«, erklärte Pitt ruhig und hielt die näher kommenden Kanonenboote im Auge. Giordino und Gunn hörten ihm aufmerksam zu. Als er geendet hatte, sah er sie an. »Noch Fragen?«

»Die sprechen hier in der Gegend Französisch«, meinte Gunn. »Wie sieht's mit deinem Vokabular aus?«

Pitt zuckte die Achseln. »Ich tu so, als ob.«

»Auf geht's«, knurrte Giordino. Seine Stimme klang eiskalt und erwartungsvoll.

Auf seine Freunde konnte er sich absolut verlassen, dachte Pitt. Gunn und Giordino waren zwar nicht professionell ausgebildete Mitglieder eines Teams der Special Forces, doch sie waren kompetent und tapfer, und im Kampf hatte er sie gerne an seiner Seite. Selbst wenn er einen Raketenzerstörer mit einer zweihundertköpfigen Mannschaft befehligt hätte, hätte Pitt sich nicht sicherer fühlen können.

»In Ordnung«, murmelte er und lächelte grimmig. »Alles fertig machen. Viel Glück!«

Admiral Pierre Matabu stand auf der Brücke des führenden Kanonenboots und beobachtete durch ein Fernglas die über den Fluß gleitende Yacht. Er wirkte wie ein Jäger, der ein leichtes Ziel im Visier hatte. Matabu war klein, rundlich, Mitte 30 und trug eine pompöse Phantasieuniform mit unzähligen Auszeichnungen. Als Kommandeur der Flotte Benins, eine Stellung, die er seinem Bruder, Präsident Tougouri, verdankte, befehligte er 400 Seeleute, zwei Flußkanonenboote und drei hochseetüchtige Patrouillenboote. Seine Erfahrung vor der Ernennung zum Admiral beschränkte sich auf drei Jahre Arbeit als Handlanger auf einer Flußfähre.

Behanzin Ketou, der Kommandant des Schiffes, stand schräg hinter ihm. »Es war ein kluger Schachzug, von der Hauptstadt hierherzufliegen, um persönlich das Kommando zu übernehmen, Admiral.«

»Ja«, strahlte Matabu. »Mein Bruder wird hocherfreut sein, wenn ich ihm eine neue Jacht zum Geschenk mache.«

»Die Franzosen sind genau um die Zeit eingetroffen, die Sie vorhergesagt haben.« Ketou war groß, schlank und hielt sich kerzengerade. »Ihre Vorahnung ist wirklich bemerkenswert.«

»Sehr rücksichtsvoll von denen, meiner durch Gedankenübertragung übermittelten Forderung nachzukommen«, brüstete sich Matabu. Er erwähnte nicht, daß seine Agenten ihn alle zwei Stunden über die Position des Schiffes in Kenntnis gesetzt hatten, seit die *Kalliópe* ins Delta des Nigers eingelaufen war. Der glückliche Umstand, daß das Schiff die Gewässer Benins erreicht hatte, war die Erfüllung eines Traums.

»Es muß sich um sehr wichtige Persönlichkeiten handeln, wenn sie ein derartiges Boot besitzen.«

»Es handelt sich um feindliche Agenten.«

In Ketous Miene spiegelten sich Unsicherheit und Skepsis. »Für feindliche Agenten benehmen sie sich reichlich auffällig.«

Matabu setzte das Fernglas ab und fixierte Ketou. »Wagen Sie es nicht, meine Informationen in Frage zu stellen, Commander. Sie können mir ruhig glauben, wenn ich Ihnen sage, daß diese Fremden Teil einer Verschwörung sind, um die natürlichen Ressourcen unseres Vaterlandes an sich zu reißen.«

»Sollen sie verhaftet und in der Hauptstadt abgeurteilt werden?«

»Nein, Sie werden sie erschießen, nachdem Sie das Schiff geentert und Beweise für ihre Schuld gefunden haben.«

»Wie bitte, Sir?«

»Ich habe vergessen zu erwähnen, daß Ihnen die Ehre zuteil wird, die Entermannschaft zu befehligen«, erklärte Matabu von oben herab.

»Wir können sie doch nicht exekutieren«, protestierte Ketou. »Die Franzosen werden eine Untersuchung verlangen, wenn sie erfahren, daß einige einflußreiche Staatsangehörige ermordet wurden. Ihr Bruder ist vielleicht nicht –«

»Sie werden die Leichen in den Fluß werfen und meine Befehle nicht in Frage stellen«, unterbrach ihn Matabu kalt.

Ketou gab nach. »Wie Sie wünschen, Admiral.«

Matabu blickte wieder durchs Fernglas. Die Jacht war nur noch 200 Meter entfernt und wurde langsamer. »Teilen Sie die Entermannschaft ein. Ich persönlich werde die Spione zum Beidrehen auffordern und ihnen den Befehl erteilen, Ihre Mannschaft zu empfangen.«

Ketou sprach kurz mit seinem Ersten Offizier, der die Kommandos über ein Megaphon dem Kapitän des zweiten Kanonenboots übermittelte. Dann richtete er seine Aufmerksamkeit wieder auf die sich nähernde Yacht. »Irgend etwas stimmt da nicht«, wandte er sich an Matabu. »Außer dem Rudergänger ist niemand zu sehen.«

»Die europäischen Mistkerle liegen wahrscheinlich betrunken unter Deck. Die argwöhnen nicht das Geringste.«

»Seltsam, daß unsere Gegenwart sie nicht beunruhigt und sie auch nicht auf unsere Kanonen reagieren.«

»Schießen Sie nur, wenn sie versuchen zu entkommen«, warnte Matabu seinen Kommandanten. »Ich will das Boot unbeschädigt haben.«

Ketou richtete das Fernglas auf Pitt. »Der Rudergänger lächelt und winkt uns zu.«

»Dem wird das Lachen schon vergehen«, stellte Matabu mit gebleckten Zähnen fest. »In ein paar Minuten hat er ausgelächelt.«

»›Immer hereinspaziert‹, sagte die Spinne zu den drei Fliegen«, murmelte Pitt vor sich hin, winkte und strahlte über das ganze Gesicht.

»Hast du etwas gesagt?« fragte Giordino in der Kuppel des Raketenwerfers.

»Hab' nur mit mir selber gesprochen.«

»Ich kann durch die Bullaugen am Bug nicht das Geringste erkennen«, meldete sich Gunn aus der vorderen Kabine. »Was soll ich unter Feuer nehmen?«

»Halte dich bereit, die Mannschaften an der Kanone querab an Steuerbord auf mein Kommando hin auszuschalten«, erwiderte Pitt.

»Wo ist der Hubschrauber?« fragte Giordino, der nichts sehen konnte, bevor nicht der Schild des Turms weggeklappt wurde.

Pitt warf einen Blick zum Himmel. »Er schwebt 100 Meter entfernt, genau achtern, ungefähr 50 Meter über der Wasseroberfläche.«

Keiner der drei Männer zweifelte auch nur eine Sekunde daran, daß die Kanonenboote und der Hubschrauber sie nicht ungeschoren ihres Weges ziehen lassen würden. Sie schwiegen und lauerten gespannt auf den Kampf, der allein ihr Überleben sichern konnte. Jedes Gefühl der Angst verschwand, während sie dem Unvermeidlichen entgegenfuhren. Pitt, Giordino und Gunn waren fest entschlossen zu gewinnen. Sie gehörten nicht zu jener Sorte von Menschen, die nachgaben und die andere Wange hinhielten. Drei bewaffnete Einheiten standen gegen sie, doch der Überraschungseffekt lag bei ihnen.

Pitt schob den Granatwerfer in eine Nische neben seinem Sessel. Dann, während sein Blick zwischen den beiden feindlichen Booten hin- und herging, nahm er das Gas bis zum Leerlauf zurück. Den Hubschrauber ignorierte er. Wenn das Gefecht begann, würde Giordino sich darum kümmern. Er war jetzt nahe genug, um die Offiziere besser sehen zu können und erkannte schnell, daß der fette Schwarze, der in seiner Operettenuniform auf der Brücke des Kanonenboots stand, das Kommando hatte. Sein Blick traf auch die Augen des Todesengels, der ihn aus den schwarzen Mündungen der Kanonen, die allesamt auf ihn gerichtet waren, anstarrte.

Pitt hatte keine Ahnung, um wen es sich bei dem auf der Brücke herumstolzierenden Offizier handeln mochte, der ihn jetzt durch ein Fernglas beobachtete. Es war ihm auch egal. Doch er war dankbar, daß sein Gegner einen taktischen Fehler begangen hatte. Er hatte versäumt, mit seinen beiden Booten die Fahrrinne des Flusses zu blockieren, was ein Entkommen wirkungsvoll hätte vereiteln können.

Die Bugwelle der *Kalliópe* fiel in sich zusammen, als das Boot sich zwischen die beiden Kanonenboote schob, die bereits gestoppt hatten und mit der Strömung dahintrieben. Pitt nahm das Gas nur so weit zurück, daß die *Kalliópe* gerade noch etwas Fahrt machte. Kaum fünf Meter zu beiden Seiten ragten die Rümpfe der Kanonenboote empor. Von seinem Cockpit aus sah Pitt, daß die meisten Matrosen lässig dastanden und nur mit Pistolen bewaffnet waren, keiner mit einem Automatikgewehr. Sie sahen aus, als warteten sie auf einem Schießstand, bis sie an der Reihe wären. Pitt warf Matabu einen unschuldigen Blick zu.

»Bonjour!«

Matabu beugte sich über die Reling und rief auf französisch zurück, Pitt solle sein Boot stoppen und die Entermannschaft an Bord nehmen.

Pitt verstand kein Wort. Er rief: »Pouvez-vous me recommander un bon restaurant?«

»Was hat Dirk gesagt?« erkundigte sich Giordino bei Gunn.

»Mein Gott«, stöhnte Gunn. »Er hat sich gerade bei dem Obermacker erkundigt, ob der ihm ein gutes Restaurant empfehlen kann.«

Die Kanonenboote trieben an beiden Seiten langsam weiter, während Pitt die Yacht gegen die Strömung in Position hielt. Wieder befahl Matabu Pitt, anzuhalten und sich entern zu lassen.

Pitt versteifte sich innerlich, doch nach wie vor wirkte er entgegenkommend und gutgelaunt. »J'aimerais une bouteille de Martin Ray Chardonnay.«

»Und was hat er jetzt gesagt?« wollte Giordino wissen.

Gunn klang irgendwie verzagt. »Ich glaube, er hat gerade eine Flasche kalifornischen Wein bestellt.«

»Als nächstes wird er fragen, ob er sich ein Glas Dijon-Senf ausleihen kann«, vermutete Giordino.

»Er versucht wahrscheinlich, sie abzulenken, bis sie an uns vorbeigetrieben sind.«

An Bord des Kanonenbootes sahen sich Matabu und Ketou fassungslos an, als Pitt, diesmal in seiner Muttersprache rief: »Ich verstehe kein Suaheli. Sprechen Sie Englisch?«

Wütend und erbittert schlug Matabu auf die Reling. Er war nicht daran gewöhnt, daß jemand Späße mit ihm trieb. In gebrochenem Englisch, das Pitt mit Müh' und Not verstehen konnte, erwiderte er hochtrabend: »Ich bin Admiral Pierre Matabu, Befehlshaber der Flotte Benins. Stoppen Sie Ihre Maschinen, und drehen Sie zur Inspektion bei. Drehen Sie bei, oder ich werde das Feuer eröffnen lassen.«

Pitt nickte aufgeregt und signalisierte mit beiden Armen Verstehen. »Ja, ja. Nicht schießen. Bitte schießen Sie nicht.«

Das Cockpit der *Kalliópe* befand sich mittlerweile auf der Höhe des Hecks von Matabus Kanonenboot. Pitt hielt gerade genug Abstand zwischen den beiden Booten, daß es selbst einem Weitspringer mit Olympiaformat kaum möglich gewesen wäre, die Kluft zu überwinden. Zwei Matrosen warfen in Richtung Heck und Bug Leinen herüber, doch Pitt machte keinerlei Anstalten, sie aufzunehmen.

»Machen Sie die Leinen fest«, befahl Ketou.

»Sind zu weit weg.« Pitt zuckte die Schultern. Er hob eine Hand und beschrieb einen Halbkreis. »Warten Sie, ich wende.«

Er wartete die Antwort nicht ab, sondern schob die Gashebel vor, ließ das Ruder herumwirbeln, so daß die Yacht hinter dem Kanonenboot in einem Bogen von 180 Grad herumkam, bevor sie wieder Kurs aufnahm und auf der anderen Seite des Kanonenboots längs ging. Zufrieden bemerkte Pitt, daß die 30-Millimeter-Kanonen nicht weit genug gesenkt werden konnten, um das Cockpit der *Kalliópe* unter Beschuß zu nehmen.

Mit hämischem Blick starrte Matabu auf Pitt herab. Ein triumphierendes Grinsen umspielte seine dicken Lippen. Ketou wirkte weit weniger begeistert als sein Vorgesetzter. In seiner Miene spiegelte sich Mißtrauen.

Ruhig, immer noch lächelnd, wartete Pitt, bis Giordinos Turm sich genau in Höhe des Maschinenraums des Kanonenboots befand. Eine Hand am Steuerrad, faßte er lässig unter seinen Sessel und griff nach dem Granatwerfer. Dann sprach er leise ins Mikrophon, das an seinem Kopfhörer befestigt war.

»Helikopter genau voraus. Kanonenboot an Steuerbord. Okay, Gentlemen. Es geht los. Macht sie fertig!«

Während Pitt noch sprach, ließ Giordino den Schild, der den Turm über dem Maschinenraum tarnte, fallen und feuerte eine Rapierrakete ab, die den Treibstofftank des Hubschraubers traf. Gunn tauchte aus der vorderen Deckluke auf, zwei modifizierte M-16 Sturmgewehre in jeder Armbeuge, hielt die Griffe fest umklammert und drückte ab. Mündungsfeuer blitzten. Die Matrosen an den beiden 30-Millimeter-Kanonen wurden wie von einem Sturmwind weggefegt. Pitt richtete die Mündung des Granatwerfers in die Luft und feuerte die erste Granate über Matabus Boot hinweg auf das zweite Kanonenboot. Sie prallte von einer Winsch ab, schlug im Fluß ein und explodierte donnernd unter der Wasseroberfläche.

Matabu war auf das fürchterliche Spektakel und die Explosionen rings um ihn herum überhaupt nicht vorbereitet. Ihm schien es, als bräche die Welt auseinander. Sein Bewußtsein nahm nur am Rande die Vernichtung des Hubschraubers wahr. Er zerplatzte in einem riesigen Feuerball, gefolgt von einer pilzförmigen Explosionswolke. Die Wrackteile regneten in einem feurigen Sturzbach in den Fluß.

»Die weißen Schweine haben uns getäuscht!« schrie Ketou voller Wut darüber, daß er den Köder geschluckt hatte. Er rannte zur Reling und drohte mit geballter Faust zur *Kalliópe* herüber. »Kanonen senken. Feuer frei!« brüllte er seinen Bedienungsmannschaften zu.

»Zu spät!« kreischte Matabu. Der Admiral war außer sich vor Panik, stand bewegungslos da und sah zu, wie seine Männer unter den Feuerstößen von Gunns Waffen zusammenbrachen und starben. Die Matrosen lagen zusammengekrümmt da, Blut strömte über das Deck. Die noch unverwundeten Männer befanden sich in einem Zustand des Schocks. Wie Lämmer im Sturm drängten sie sich zusammen, starr vor Furcht und fielen, ohne einen Schuß zur Gegenwehr abzugeben. Als der Turm über dem Heck der Yacht herumschwang und eine weitere Rakete auf das Kanonenboot abfeuerte, erkannte Matabu, daß er gleich sterben würde.

Beinahe im gleichen Moment traf Pitts dritte Granate. Sie schlug auf einer Stahlstrebe auf und fuhr wie durch ein Wunder als Querschläger durch eine offene Luke. Donnernd explodierte sie im Schiffsinnern und ließ Munition und Granaten im Magazin in die Luft fliegen. Ein Pilz aus Rauch, Trümmern, gesplitterten Wanten, Ventilatoren, Stücken von Rettungsbooten und zerfetzten Körpern war das Ergebnis. Das Kanonenboot hörte einfach auf zu existieren. Die Detonationswelle folgte mit der Wucht eines Vorschlaghammers, ließ Matabus Schiff gegen die Yacht krachen und riß Pitt von den Beinen.

Giordinos Rakete jagte den Maschinenraum des Kanonenboots in einem Wirbel von zerfetztem Stahl und Holzsplittern in die Luft. Durch ein riesiges Loch im Schiffsboden schoß das Wasser, und das Kanonenboot sackte schnell weg. Das gesamte Schiffsinnere war ein flammendes Inferno. Die Feuerzungen leckten aus den zerstörten Bullaugen. Dichte, ölige Rauchfahnen kräuselten sich in der Luft und trieben auf das bewaldete Flußufer zu.

Da sich in der Nähe der Kanonen oder auf Deck niemand mehr auf den Beinen befand, feuerte Gunn seine letzten Kugeln auf die beiden Gestalten auf der Brücke ab. Zwei trafen Matabu in die Brust. Er fuhr hoch, stand einen Moment da, die Hände um die Brückenreling geklammert, und starrte dumpf auf das Blut, das seine fleckenlose Uniform verunzierte. Dann brach er langsam zusammen. Ein fetter, regloser Klumpen.

Einige Sekunden lang senkte sich eine umheimliche Ruhe über den Fluß, gestört nur vom leisen Knistern des brennenden Öls an der Wasseroberfläche. Dann drang plötzlich, wie ein Kreischen aus tiefster Hölle, ein schmerzerfüllter Schrei über das Wasser.

13

»Weiße Schweine!« schrie Ketou. »Ihr habt meine Mannschaft umgebracht.« Er stand da, den grauen Himmel im Rücken, vollkommen benommen von dem Schock über das Gemetzel um ihn herum. Aus einer Wunde an seiner Schulter sickerte Blut.

Gunn musterte ihn über die Läufe seiner leergeschossenen Waffen hinweg. Einen Moment sah Ketou ihn an, dann fixierte er Pitt, der sich gerade vom Deck aufrappelte und nach dem Ruder griff.

»Weiße Schweine!« wiederholte Ketou.

»Geschieht Ihnen recht!« überschrie Pitt das Knistern der Flammen. »Wir waren schneller.« Dann fügte er hinzu: »Verlassen Sie Ihr Schiff. Wir kommen längsseits und nehmen Sie –«

Blitzschnell schoß Ketou den Niedergang hinunter und rannte aufs Heck zu. Das Kanonenboot hatte starke Backbordschlagseite, das Dollbord war schon überspült. Ketou stolperte über das schräge Deck.

»Erledige ihn, Rudi«, befahl Pitt über sein Mikrofon. »Der läuft auf die Kanone am Heck zu.«

Gunn sagte kein Wort, tauchte in die vordere Kabine hinunter und schnappte sich eine Remington TR870 Automatik. Pitt schob die Gashebel bis zum Anschlag nach vorn, ließ das Ruder nach Backbord herumwirbeln und brachte die *Kalliópe* in einem scharfen Bogen herum, so daß der Bug wieder flußaufwärts wies. Die Propeller griffen, unter dem Heck schäumte das Wasser, und die *Kalliópe* schoß nach vorne wie ein Rennpferd, wenn das Gatter beiseite schwingt.

Im Fluß trieben nur noch Wrackteile und Öllachen. Commander Ketous Kanonenboot befand sich bereits auf seiner letzten Fahrt zum Grund des Flusses. Das Wasser stand Ketou bereits bis zum Knie, als er die 30-Millimeter-Kanonen erreichte, sie auf die fliehende Yacht richtete und auf den Abzugsknopf drückte.

»Al!« schrie Pitt.

Giordino feuerte aus seinem Turm eine Rakete. Einen Streifen orangefarbener Gase und weißen Rauches hinter sich herziehend, schoß sie auf das Kanonenboot zu. Doch Pitts abruptes Rudermanöver und die Fliehkraft der plötzlich einsetzenden Beschleunigung hatten Giordino vom Ziel abgebracht. Die Rakete zischte über das sinkende Kanonenboot hinweg und explodierte in den Bäumen am Ufer.

Gunn tauchte neben Pitt im Cockpit auf, zielte sorgfältig und nahm Ketou über das Heck des Bootes hinweg unter Feuer. Die Zeit schien stillzustehen, als das Schrot gegen den Geschützstand prasselte und den Kommandanten des Kanonenbootes traf. Sie waren schon zu weit entfernt, um den Haß und die ohnmächtige Wut im schwitzenden Gesicht des Schwarzen noch wahrnehmen zu können. Sie konnten auch nicht erkennen, daß er sterbend über der Visiereinrichtung zusammenbrach und seine leblose Hand auf den Feuerknopf fiel.

Ein Feuerstoß jagte der *Kalliópe* hinterher. Pitt drehte scharf nach Steuerbord ab, doch das Schlachtenglück lag diesmal nicht auf seiner Seite. Die Einschläge rasten über das Wasser auf das fliehende Boot zu und zerfetzten das oben hinter dem Cockpit montierte Gehäuse, das die Parabolantenne zur Satellitenkommunikation, die Funkantennen und das Navigationssystem barg. Die Trümmer segelten ins Wasser. Die vordere Windschutzscheibe des Cockpits zerbarst und verschwand. Gunn warf sich aufs Deck, doch Pitt konnte sich nur über das Steuerrad ducken und warten, bis das Stahlgewitter vorbei war. Die beiden Männer hörten über dem Donner der unter Vollgas laufenden Maschinen die Einschläge gar nicht. Doch sie sahen die Trümmer, die um sie herumflogen.

Als Giordino wieder freie Sicht hatte, feuerte er seine letzte Rakete ab. Das tief im Wasser liegende Heck des Kanonenbootes verschwand plötzlich in einer Wolke aus Rauch und Flammen. Es hinterließ einen großen Kreis Wasserblasen und einen Ölteppich. Der Flottenbefehlshaber von Benin mitsamt seinen Streitkräften hatte aufgehört zu existieren.

Pitt mußte sich zwingen, den Blick von dem mit Trümmern übersäten Fluß achtern abzuwenden, um sich um das eigene Boot und seine Freunde zu kümmern. Gunn kam taumelnd auf die Beine. Er blutete aus einer Kopfwunde. Giordino tauchte aus dem Maschinenraum auf. Er wirkte wie jemand, der gerade vom Handballplatz kam, schwitzend und erschöpft, aber jederzeit zu einem neuen Spiel aufgelegt.

Er deutete flußaufwärts. »Jetzt sitzen wir in der Tinte«, schrie er in Pitts Ohr.

»Vielleicht auch nicht«, brüllte Pitt zurück. »Bei dieser Geschwindigkeit erreichen wir Niger in 20 Minuten.«

»Hoffentlich haben wir keine Zeugen zurückgelassen.«

»Da würde ich mich nicht drauf verlassen. Selbst wenn es keine Überlebenden gibt, wird doch jemand vom Ufer aus das Gefecht beobachtet haben.«

Gunn griff nach Pitts Arm und brüllte: »Sobald wir in Niger sind, mach langsamer. Wir wollen die Überprüfung wieder aufnehmen.«

»Verstanden«, stimmte Pitt zu. Er warf einen schnellen Blick zur Satellitenantenne und den Funkantennen. Erst jetzt bemerkte er, daß sie nicht mehr da waren. »Eine Kontaktaufnahme mit dem Admiral und ein vollständiger Bericht müssen wohl ausfallen.«

»Somit können die NUMA-Labors auch meine Daten nicht mehr empfangen«, stellte Gunn traurig fest.

»Schade, daß wir ihn nicht davon unterrichten können, daß seine Vergnügungsreise sich in einen Horrortrip verwandelt hat«, knurrte Giordino.

»Wir sind verloren, wenn wir keinen Ausweg finden«, stellte Pitt grimmig fest.

»Ich wünschte, ich könnte das Gesicht des Admirals sehen«, Giordino grinste bei dem Gedanken, »wenn er hört, daß wir sein Boot kaputt gemacht haben.«

»Das wirst du noch«, schrie Gunn, die Hände zu einem Megaphon geformt, während er in seine Elektronikkabine hinabstieg. »Verlaß dich darauf.«

Was für eine Scheiße, dachte Pitt. Sie waren erst anderthalb Tage im Einsatz und hatten bereits mindestens 30 Mann getötet, einen Helikopter abgeschossen und zwei Kanonenboote versenkt. Und das alles unter dem Motto ›Rettet die Menschheit‹, überlegte er sarkastisch. Jetzt gab es kein Zurück mehr. Sie mußten die Giftquelle finden, bevor die Streitkräfte Nigers oder Malis sie endgültig stoppten. Egal, ihr Leben war ohnehin nicht mehr wert als das Papier eines inflationären Dollars.

Er warf einen Blick auf den kleinen Radarschirm hinter dem Cockpit. Wenigstens da hatten sie Glück gehabt. Der Schirm war unbeschädigt und drehte sich noch. Es wäre schlimm gewesen, wenn sie den Fluß nachts oder bei schlechter Sicht ohne das Radar hätten befahren müssen. Der Verlust der satellitengestützten Navigationsanlage bedeutete, daß sie die Position, an der das Gift in den Fluß eintrat, anhand von Landmarken bestimmen mußten. Doch sie waren unverletzt, das Boot funktionierte noch und schoß mit fast 70 Knoten flußaufwärts. Im Augenblick bestand Pitts einzige Sorge darin, auf Treibholz oder einen unter Wasser liegenden Baumstumpf zu prallen. Eine Kollision bei dieser Geschwindigkeit würde den Schiffsboden aufreißen und das Boot in ein wirbelndes, sich überschlagendes Wrack verwandeln.

Glücklicherweise war der Fluß von Treibholz frei. Nach weiteren 18 Minuten liefen sie in die Republik Niger ein. Der Himmel war wolkenlos, und auf dem Fluß waren keine Militärboote zu sehen. Vier Stunden später machten sie im Hafen der Hauptstadt Niamey fest. Nachdem sie Treibstoff an Bord genommen und das Geplapper der Zöllner hatten über sich ergehen lassen, durften sie weiterfahren.

Während die Gebäude von Niamey und die John-F.-Kennedy-Brücke, die den Fluß überspannte, hinter ihrem Heck zurückblieben, stellte Giordino gutgelaunt fest: »So weit, so gut. Schlimmer können die Dinge sich nicht mehr entwickeln.«

»Überhaupt nicht gut«, erklärte Pitt, der am Steuer stand. »Und die Dinge können sich sehr wohl noch verschlimmern.«

Giordino sah ihn an. »Wieso die schlechte Laune? Die Leute in dieser Gegend scheinen nichts gegen uns zu haben.«

»Das Ganze hat sich zu problemlos abgespielt«, erklärte Pitt langsam. »So funktioniert das nicht in diesem Teil der Welt. Ganz bestimmt nicht in Afrika. Und ganz sicher nicht nach unserer Einlage mit den Kanonenbooten von Benin. Ist dir nicht aufgefallen, daß weder Polizei noch Militär zu sehen waren, als wir den Zöllnern unsere Pässe und Schiffspapiere vorgelegt haben?«

»Zufall?« Giordino zuckte die Schultern. »Vielleicht auch Schlendrian.«

»Nichts von beidem.« Pitt schüttelte ernst den Kopf. »Ich habe das Gefühl, daß irgend jemand sein Spielchen mit uns treibt.«

»Du glaubst, daß die Behörden in Niger von unserem Zusammenstoß mit der Flotte Benins wußten?«

»Hier verbreiten sich Nachrichten schnell. Ich bin ziemlich sicher, daß das Militär von Benin die Regierung von Niger informiert hat.«

Giordino war nicht überzeugt. »Warum haben die Beamten uns dann nicht verhaftet?«

»Keine Ahnung«, mußte Pitt zugeben.

»Sandecker?« vermutete Giordino. »Vielleicht hat er interveniert.«

Pitt schüttelte den Kopf. »Der Admiral mag in Washington ein einflußreicher Mann sein, doch sicherlich nicht hier.«

»Dann ist jemand hinter etwas her, das wir besitzen.«

»Scheint in diese Richtung zu laufen.«

»Aber was könnte das sein?« fragte Giordino gereizt. »Unsere Daten über die Umweltverschmutzung?«

»Bis auf Sandecker, Chapman und uns drei kennt niemand den Grund des Einsatzes. Es muß etwas anderes sein, es sei denn, es gibt eine undichte Stelle.«

»Und was?« Pitt grinste. »Was hälst du von unserem Boot?«

»Die *Kalliópe*!« Giordino wollte es nicht glauben. »Da mußt du dir schon einen besseren Grund einfallen lassen.«

»Nein«, erwiderte Pitt ausdruckslos. »Denk mal darüber nach. Ein ganz spezielles Boot. Heimlich gebaut. Fährt 70 Knoten und hat genug Feuerkraft, um einen Hubschrauber und zwei Kanonenboote innerhalb von drei Minuten zu vernichten. Jeder westafrikanische Führer würde alles dafür geben, um es zu bekommen.«

»Okay, das akzeptiere ich«, murmelte Giordino nachdenklich. »Aber wenn jemand so hinter der *Kalliópe* her ist, warum wurde sie nicht in Niger beschlagnahmt, als wir während des Nachtankens an Land waren?«

»Ich hab' die Vermutung, daß jemand das so arrangiert hat.«

»Wer?«

»Keine Ahnung.«

»Weshalb?«

»Kann ich nicht sagen.«

»Und wann wird das Beil fallen?«

»Sie haben uns erlaubt, bis hierher zu fahren, also wird die Antwort in Mali zu suchen sein.«

Giordino blickte Pitt an. »Folglich nehmen wir nicht den gleichen Weg, auf dem wir gekommen sind.«

»Die einfache Fahrkarte haben wir gelöst, als wir die Flotte von Benin versenkt haben.«

»Ich war immer schon der Überzeugung, daß die Anreise den meisten Spaß macht.«

»Der Spaß ist vorbei, wenn du makaber genug bist, das Ganze so zu bezeichnen.« Pitt ließ seinen Blick über die Flußufer schweifen. Die grüne Vegetation hatte einer Wüste mit Dornenbüschen, Kies und gelbem Sand Platz gemacht. »Sieht man sich die Gegend so an, könnte man glatt auf den Gedanken kommen, daß wir das Boot gegen Kamele tauschen müssen, wenn wir die Heimat jemals wiedersehen wollen.«

»Mein Gott«, stöhnte Giordino. »Kannst du dir vorstellen, daß ich auf einer derartigen Mißgeburt reite? Als vernünftiger Mann war ich schon immer der Meinung, daß der liebe Gott die Pferde nur deshalb erschaffen hat, damit sie in Western herumgaloppieren.«

»Wir werden es schaffen«, erklärte Pitt. »Der Admiral wird Himmel und Hölle in Bewegung setzen, um uns nach Hause zu bringen, wenn wir erst mal die Giftquelle entdeckt haben.«

Giordino sah sich um und warf einen sehnsüchtigen Blick flußabwärts. »So ist das also«, murmelte er gedehnt.

»So ist was?«

»Die legendären Abenteurer fahren den Fluß hoch und verlieren die Paddel.«

Pitts Lippen verzogen sich zu einem hinterhältigen Grinsen. »Sollten wir nicht, nachdem wir nun an diesem Punkt angekommen sind, die Trikolore einziehen und unsere eigene Flagge hissen?«

»Wir haben Befehl, unsere Nationalität nicht zu offenbaren«, protestierte Giordino. »Wir können unseren geheimen Einsatz nicht unter dem Sternenbanner durchführen.«

»Wer hat denn etwas von den ›Stars and Stripes‹ gesagt?«

Giordino wußte, daß er an der Nase herumgeführt wurde. »Okay, darf ich dann fragen, welche Flagge du hissen willst?«

»Die hier.« Pitt griff in eine Schublade des Brückentischs und warf Giordino eine zusammengefaltete, schwarze Flagge zu. »Ich habe sie mir bei einer Kostümparty vor einigen Monaten ausgeliehen.«

Giordino mimte den Erschreckten. »Du hast wirklich vor, die Piratenflagge zu hissen?«

»Warum nicht?« fragte Pitt überrascht zurück. »Ich halte es nur für recht und billig, wenn wir Furore machen, auch die entsprechende Flagge zu hissen.«

14

»Wir sind schon eine feine Gruppe international renommierter Detektive in Sachen Umweltverschmutzung«, grummelte Hopper, während er den Sonnenuntergang über den Seen und der Sumpflandschaft am Oberlauf des Niger beobachtete. »Bis jetzt haben wir nur die typische Unbekümmertheit der Bewohner der Dritten Welt in bezug auf ihre Sanitäreinrichtungen entdeckt.«

Eva saß auf einem Campingstuhl vor einem kleinen Ölofen, der die abendliche Kühle abwehren sollte. »Ich habe nach den meisten bekannten Giftsorten gefahndet, doch keinerlei Spuren gefunden. Wie auch immer diese Phantomerkrankung beschaffen sein mag, sie ist äußerst schwer nachzuweisen.«

Neben ihr saß ein älterer Mann. Er war groß, kräftig, hatte stahlgraues Haar, hellblaue Augen und machte einen abgeklärten, ruhigen Eindruck. Dr. Warren Grimes, ein Neuseeländer, war der leitende Seuchenexperte bei diesem Projekt. Nachdenklich musterte er ein Glas Soda. »Auch ich habe nichts finden können. Jede Kultur, die ich im Umkreis von 500 Kilometern überprüft habe, war frei von krankheitserregenden Mikroorganismen.«

»Gibt es etwas, das wir übersehen haben könnten?« fragte Hopper und ließ sich auf einen gepolsterten Klappstuhl fallen.

Grimes zuckte die Schultern. »Ohne Krankheitsopfer kann ich weder Untersuchungen noch Autopsien durchführen. Ohne Kranke kann ich auch keine Spuckeproben nehmen und analysieren. Ich benötige bestimmte Anhaltspunkte, um Symptome zu vergleichen oder eine Krankengeschichte zu erstellen.«

»Wenn jemand an Vergiftung stirbt«, erklärte Eva, »dann jedenfalls nicht hier.«

Hopper wandte sich von dem hellorangefarbenen Licht am Horizont ab. »Könnte es sein, daß die Fälle nicht vorhanden waren oder es sich um Übertreibungen handelte?«

»Bei den Vereinten Nationen sind nur vage Berichte eingegangen«, erinnerte Grimes ihn.

»Ohne gesicherte Daten und genau bestimmte Gebiete, die wir bearbeiten könnten, erweist sich das Ganze als ein Schlag ins Wasser.«

»Ich glaube, hier handelt es sich um ein Verschleierungsmanöver«, erklärte Eva plötzlich.

Sie schwiegen. Hopper sah erst Eva, dann Grimes an.

»Wenn es tatsächlich so ist, dann ist es ein verdammt gutes«, murmelte Grimes schließlich.

»Ich bin mir nicht sicher, ob ich nicht auch dieser Meinung bin«, erklärte Hopper, dessen Neugierde erwacht war. »Die Gruppen in Niger, im Tschad und im Sudan haben auch nichts feststellen können.«

»Dies alles weist darauf hin, daß die Quelle der Vergiftung in Mali und nicht in anderen Ländern zu suchen ist«, sagte Eva.

»Man kann zwar die Opfer begraben«, meinte Grimes. »Doch man kann die Spuren des Giftes nicht beseitigen. Wenn die hier in der Gegend zu finden wären, hätten wir sie aufgespürt. Meine persönliche Ansicht ist, daß man uns an der Nase herumgeführt hat.«

Eva musterte ihn ruhig. »Wenn man die Opfer der Krankheit verschwinden lassen kann, dann kann man auch die Berichte fälschen.«

»Ja«, Hopper nickte. »Da ist Eva auf etwas gestoßen. Ich habe Kazim und seiner Bande von Anfang an nicht getraut. Nehmen wir mal an, die haben die Berichte verändert und die Umweltverschmutzung ist gar nicht dort zu suchen.«

»Eine Möglichkeit, der man nachgehen sollte«, gab Grimes zu. »Wir haben uns auf die feuchtesten, dichtest besiedelten Gebiete des Landes konzentriert, weil wir gefolgert haben, daß dort die Krankheit und die Verschmutzung am verbreitetsten ist.«

»Wohin fahren wir von hier aus?« fragte Eva.

»Zurück nach Timbuktu«, erklärte Hopper mit fester Stimme. »Haben Sie die Mienen der Leute bemerkte, die wir befragt haben, bevor wir uns in Richtung Süden auf den Weg gemacht haben? Die waren nervös und hatten Angst. Man konnte es ihnen ansehen. Es ist gut möglich, daß man sie bedroht hat, damit sie den Mund halten.«

»Besonders die Tuaregs aus der Wüste«, erinnerte sich Grimes.

»Sie meinen, besonders deren Frauen und Kinder«, fügte Eva hinzu. »Die haben sich geweigert, untersucht zu werden.«

Hopper schüttelte den Kopf. »Die Schuld liegt bei mir. Ich habe die Entscheidung getroffen, die Wüste links liegenzulassen. Das war ein Fehler.«

»Sie sind Wissenschaftler, kein Verhaltensforscher«, beruhigte Grimes ihn.

»Ja«, stimmte ihm Hopper zu. »Ich bin Wissenschaftler, doch ich habe es nicht gern, wenn mich jemand zum Narren hält.«

»Der Hinweis, den wir allesamt übersehen haben«, warf Eva ein, »war die gönnerhafte Art Captain Batuttas.«

Grimes warf ihr einen Blick zu. »Das stimmt. Da haben Sie schon wieder ins Schwarze getroffen, meine Liebe. Batuttas Kooperationswille war schier grenzenlos.«

»Stimmt«, nickte Hopper. »Er hat sich förmlich überschlagen, als er uns gestattete, hierher zu fahren, weil er wußte, daß wir Hunderte von Kilometern vom Schauplatz entfernt sein würden.«

Grimes trank sein Sodawasser aus. »Ist sicher interessant, sein Gesicht zu sehen, wenn Sie ihm mitteilen, daß wir in die Wüste fahren und von vorne beginnen wollen.«

»Der wird am Funkgerät sitzen, um Colonel Mansa zu benachrichtigen, bevor ich meinen Satz beendet habe.«

»Wir könnten ihn belügen«, schlug Eva vor.

»Lügen, weshalb?« fragte Hopper.

»Um ihn zu täuschen, ihn abzulenken.«

»Interessant.«

»Wir sollten Batutta sagen, daß sich unsere Aufgabe erledigt hat, daß wir keine Anzeichen für eine Kontamination entdeckt haben, zurückfahren, unsere Zelte abbrechen und heimfliegen.«

»Das verstehe ich nicht. Wozu sollte das gut sein?«

»Offensichtlich hat das Team seine Aufgabe abgeschlossen und gibt auf«, erklärte Eva. »Batutta winkt uns beim Start der Maschine erleichtert hinterher. Nur, wir fliegen nicht nach Kairo. Wir landen in der Wüste und machen uns wieder an die Arbeit. Nur diesmal ohne Wachhund.«

Die beiden Männer brauchten ein paar Sekunden, um Evas Vorschlag nachzuvollziehen. Hopper lehnte sich vor und grübelte angestrengt nach. Grimes wirkte vollkommen verblüfft.

»Das geht einfach nicht«, meinte er schließlich, beinahe bedauernd. »Man kann mit dem Flugzeug nicht so einfach mitten in der Wüste landen. Dazu ist eine Landebahn von mindestens 1000 Metern notwendig.«

»In der Sahara gibt es jede Menge Stellen, die Hunderte von Kilometern absolut flach sind«, hielt Eva dagegen.

»Das Ganze ist zu riskant«, beharrte Grimes stur. »Wenn Kazim davon Wind bekommt, wird uns das schlecht bekommen.«

Eva warf Grimes einen scharfen Blick zu und wandte sich Hopper zu. In Hoppers Miene zeichnete sich ein leises Lächeln ab. »Es ist sehr wohl möglich«, sagte sie überzeugt.

»Nicht alles, was möglich ist, ist auch angebracht.«

Hopper schlug mit der Faust derart fest auf die Lehne seines Campingstuhls, daß diese fast brach. »Bei Gott. Ich glaube, es ist ein Versuch wert.«

Grimes starrte ihn an. »Das kann doch nicht Ihr Ernst sein?«

»Doch, absolut. Natürlich liegt die endgültige Entscheidung bei unserem Piloten und seiner Crew. Doch mit dem entsprechenden Anreiz, einem fetten Bonus, glaube ich, können wir die Männer dazu überreden.«

»Sie vergessen etwas«, erklärte Grimes.

»Und was?«

»Welche Transportmittel sollen wir nach der Landung benutzen?«

Eva deutete mit dem Kopf auf den kleinen vierradangetriebenen Mercedes, den ihnen Colonel Mansa in Timbuktu zur Verfügung gestellt hatte. »Der Mercedes müßte eigentlich durch die Ladeluke passen.«

»Die befindet sich zwei Meter über dem Boden«, erwiderte Grimes. »Wie wollen Sie den denn an Bord hieven?«

»Wir benutzen eine Rampe und fahren ihn hoch«, erklärte Hopper gutgelaunt.

»Das alles muß vor den Augen von Batutta ablaufen.«

»Kein unlösbares Problem.«

»Das Fahrzeug ist Eigentum des Militärs von Mali. Wie wollen Sie sein Fehlen erklären?«

»Eine reine Nebensächlichkeit«, Hopper zuckte die Schultern. »Colonel Mansa wird davon in Kenntnis gesetzt, daß räuberische Nomaden den Wagen geklaut haben.«

»Das ist doch verrückt«, meinte Grimes.

Hopper stand plötzlich auf. »Dann ist alles klar. Gleich morgen früh beginnen wir mit unserem Täuschungsmanöver. Eva, Ihnen überlasse ich es, unsere Kollegen zu informieren. Ich kümmere mich um Batutta und zerstreue seinen Argwohn, indem ich mich über unseren Mißerfolg auslasse.«

»Wo wir schon über unseren Aufpasser reden«, sagte Eva und sah sich im Camp um, »wo versteckt er sich nur?«

»In diesem hübschen kleinen Wagen mit den Funkgeräten«, erwiderte Grimes. »Da lebt er praktisch drin.«

»Komisch, daß er immer genau dann verschwindet, wenn wir diskutieren.«

»Ist doch verdammt zuvorkommend von ihm, würde ich sagen.« Grimes stand auf und streckte sich. Er warf einen verstohlenen Blick auf den Wagen mit der Funkausrüstung und setzte sich wieder, als er Batutta nicht sah. »Keine Spur von ihm. Wahrscheinlich sitzt er drinnen und schaut fern.«

»Oder am Funkgerät, um Colonel Mansa die letzten Neuigkeiten über uns durchzugeben«, sagte Eva.

»Er kann nicht viel zu berichten haben«, lachte Hopper. »Er hält sich nie lange genug bei uns auf, um mitzubekommen, was wir im Schilde führen.«

Captain Batutta erstattete seinem Vorgesetzten nicht Bericht. Jedenfalls nicht in diesem Moment. Er saß in seinem Lastwagen und hatte Kopfhörer auf, die an ein extrem empfindliches Abhörgerät angeschlossen waren. Die Antenne mit dem Verstärker war auf dem Dach des Fahrzeugs montiert und auf den Ofen im Camp gerichtet, der mitten zwischen den geparkten Wagen der Kolonne stand. Batutta beugte sich vor und korrigierte den Winkel der Empfangsantenne.

Jedes Wort, das Eva und ihre beiden Kollegen sprachen, jedes Murmeln und Geflüster wurde ohne die geringste Verzerrung übertragen und aufgezeichnet. Batutta hörte zu, bis die Unterhaltung beendet war und das Trio auseinanderging. Eva machte sich auf, die übrigen Mitglieder der Truppe zu instruieren, Hopper und Grimes gingen sich Karten von der Wüste anschauen.

Batutta griff zum Telefon und wählte eine Nummer. Eine halbverschlafene Stimme meldete sich.

»Sicherheitshauptquartier, Gao Distrikt.«

»Captain Batutta. Verbinden Sie mich mit Colonel Mansa.«

»Sofort, Sir«, erwiderte die Stimme beflissen.

Es dauerte fast fünf Minuten, bis sich Mansa meldete. »Ja, Captain.«

»Die Wissenschaftler der UN planen ein Täuschungsmanöver.«

»Was für ein Täuschungsmanöver?«

»Sie wollen vorgeben, keine Spur von Kontamination oder Krankheitsopfern gefunden zu haben –«

»Dann war General Kazims brillanter Plan, sie aus den verseuchten Gegenden fernzuhalten, also erfolgreich«, unterbrach ihn Mansa.

»Bis jetzt, ja«, erklärte Batutta, »doch allmählich durchschauen sie den Plan des Generals. Dr. Hopper beabsichtigt, den Abbruch des Projekts bekanntzugeben. Dann will er mit seinen Leuten nach Timbuktu zurückfahren, von wo aus sie mit ihrem Charterflugzeug nach Kairo fliegen wollen.«

»Der General wird hocherfreut sein.«

»Nicht, wenn er erfährt, daß Hopper gar nicht die Absicht hat, Mali zu verlassen.«

»Wie bitte?« fragte Mansa.

»Sie wollen den Piloten bestechen, damit er in der Wüste landet, und dann nochmals unsere Nomadensiedlungen auf Vergiftungserscheinungen untersuchen.«

Mansa hatte plötzlich eine trockene Kehle. »Das ist ja entsetzlich. Der General wird wütend sein, wenn er davon erfährt.«

»Das ist aber doch nicht unsere Schuld.«

»Sie kennen seinen Zorn. Der trifft Schuldige wie Unschuldige.«

»Wir haben unsere Pflicht getan«, erwiderte Batutta ungerührt.

»Halten Sie mich über Hoppers Vorhaben auf dem laufenden«, befahl Mansa. »Ich werde dem General persönlich Bericht erstatten.«

»Hält er sich nicht in Timbuktu auf?«

»Nein, in Gao. Glücklicherweise befindet er sich auf der Jacht von Yves Massarde, die im Fluß, vor der Stadt, vor Anker liegt. Ich nehme ein Militärflugzeug und bin in einer halben Stunde dort.«

»Viel Glück, Colonel.«

»Bleiben Sie an Hopper dran. Informieren Sie mich über jeden Wechsel in seiner Planung.«

»Zu Befehl.«

Mansa legte auf, starrte auf das Telefon und versuchte sich über die

Komplikationen, die sich aus Batuttas Bericht ergeben konnten, klarzuwerden. Wenn der Plan nicht aufgeflogen wäre, hätte Hopper sie täuschen und die Opfer der Vergiftung in der Sahara, wo man bisher nicht nachgeforscht hatte, entdecken können. Das wäre bös gewesen. Captain Batutta hatte ihn vor einer üblen Lage bewahrt, möglicherweise vor einer falschen Beschuldigung wegen Hochverrats und der anschließenden Exekution. Auf diese Weise entledigte sich Kazim normalerweise der Offiziere, die ihn enttäuscht hatten. Das war knapp gewesen. Wenn er andererseits Kazim in der richtigen Stimmung erwischte, wäre jetzt eine Beförderung in den Generalstab möglich.

Mansa rief seiner Ordonanz im Vorzimmer zu, seine Ausgehuniform bereitzulegen und ein Flugzeug startbereit machen zu lassen. Ein Gefühl wachsender Euphorie stieg in ihm auf. Mit dieser Beinahekatastrophe würde sich die Gelegenheit ergeben, die ausländischen Eindringlinge endgültig auszuschalten.

Ein Motorboot wartete bereits am Steg unterhalb der Moschee, als Mansa aus dem Militärfahrzeug stieg. Ein Matrose in Uniform machte Bug- und Heckleinen los und sprang ins Cockpit hinunter. Er drückte auf den Anlasser, und der mächtige Citroën-V8-Bootsmotor erwachte brüllend zum Leben.

Massardes Jacht lag an ihrem Buganker in der Flußmitte. In den kleinen Wellen der Strömung reflektierten die Lichter.

Mansa war noch nie an Bord gewesen, doch er hatte Geschichten von der gläsernen Wendeltreppe gehört, die von den weitläufigen Räumen des Eigners zum Hubschrauber-Flugdeck hinunterführte; von den zehn prächtigen Salons, die mit französischen Antiquitäten ausgestattet waren; von dem hohen Speiseraum mit den Wandbehängen aus der Zeit Ludwigs XIV., die aus einem Loireschloß stammten; der Sauna, den Whirlpools und der Cocktailbar in einem Aussichtsraum, der sich drehte. Außerdem gab es da noch die elektronischen Kommunikationssysteme, die Massarde mit seinem weltweiten Imperium verbanden. Es war ein Schiff wie kein zweites auf der Welt.

Während der Colonel aus dem Boot stieg und über Gangway und Treppenstufen aus Teakholz zum Deck hochstieg, hoffte er, daß er einiges von dem luxuriösen Schiff zu Gesicht bekommen würde.

Doch seine Hoffnung wurde enttäuscht, denn Kazim erwartete ihn an Deck, neben der Gangway. Er hielt ein halbvolles Glas Champagner in der Hand und machte sich nicht die Mühe, Mansa ebenfalls eins anzubieten.

»Ich hoffe, Ihre Unterbrechung meiner geschäftlichen Konferenz mit Monsieur Massarde ist so dringend, wie Sie in Ihrer Botschaft zum Ausdruck brachten«, begrüßte ihn Kazim in kühlem Ton.

Mansa salutierte zackig und gab eine knappe, präzise Zusammenfassung, wobei er die Angelegenheit in einem günstigen Licht darstellte und die Details von Batuttas Bericht über die Gruppe der UN-Wissenschaftler ausschmückte. Dabei vermied er es sorgsam, den Captain zu erwähnen.

Kazim hörte aufmerksam und neugierig zu. Die dunklen Augen musterten nachdenklich die glitzernden Lichter der Jacht, die sich im Wasser spiegelten. Auf seiner Stirn erschien eine Sorgenfalte, doch die verschwand wieder, als er grimmig vor sich hinlächelte.

Als Mansa schließlich fertig war, fragte Kazim: »Wann werden Hopper und seine Gruppe in Timbuktu zurückerwartet?«

»Wenn sie morgen früh losfahren, müßten sie am späten Nachmittag eintreffen.«

»Mehr als genug Zeit, die Pläne des guten Doktors zu vereiteln.« Er warf Mansa einen eiskalten Blick zu. »Ich gehe davon aus, daß Sie einen äußerst enttäuschten und verständnisvollen Eindruck hinterlassen, wenn Hopper Ihnen vom Fehlschlag seiner Untersuchungen berichtet.«

»Ich werde mein Bestes tun«, versicherte Mansa.

»Befinden sich sein Flugzeug und seine Crew noch in Timbuktu?«

Mansa nickte. »Die Piloten wohnen im Hotel Azalai.«

»Sie haben gesagt, daß Hopper ihnen einen Bonus zahlen will, wenn sie sich bereit erklären, nördlich von hier in der Wüste zu landen?«

»Ja, genau das hat er zu den anderen gesagt.«

»Wir müssen das Flugzeug in unsere Hand bekommen.«

»Sie wünschen, daß ich den Piloten eine höhere Bestechungssumme anbiete als Hopper?«

»Das wäre Geldverschwendung«, knurrte Kazim. »Bringen Sie die Männer um.«

Einen derartigen Befehl hatte Mansa bereits erwartet. Er zuckte nicht mit der Wimper. »Zu Befehl, Sir.«

»Und ersetzen Sie die Männer durch Piloten unserer Luftwaffe, dic ihnen in Größe und Aussehen ähnlich sind.«

»Ein meisterhafter Plan, General.«

»Und informieren Sie Dr. Hopper dahingehend, ich bestünde darauf, daß Captain Batutta als mein persönlicher Vertreter bei der Weltgesundheitsorganisation die Gruppe nach Kairo begleitet. Er wird ein Auge auf die Operation haben.«

»Welche Befehle soll ich unseren Ersatzpiloten erteilen?«

»Befehlen Sie ihnen«, erklärte Kazim unbewegt, »Dr. Hopper und seine Gruppe in der Nähe von Asselar abzusetzen.«

»Asselar.« Mansa zog das Wort in die Länge wie Gummi. »Mit Sicherheit werden Hopper und seine Leute von den mutierten Wilden dort umgebracht. Genauso wie die Gruppe Touristen.«

»Das«, erklärte Kazim kühl, »liegt in der Hand Allahs.«

»Und wenn sie unvorhergesehenerweise überleben sollten?« erkundigte sich Mansa vorsichtig.

Der Schimmer des Bösen in Kazims Miene ließ Mansa schaudern. Der General grinste, und in seinen Augen lag kaltes Amüsement. »Dann wartet immer noch Tebezza auf sie.«

TEIL II

Toter Winkel

Reise der Kalliópe Niger aufwärts

15. Mai 1996
New York City

15

Auf dem Luftwaffenstützpunkt Floyd Bennett Field am Ufer der Jamaica Bay, New York, lehnte ein Mann, der wie ein Hippie aus den sechziger Jahren gekleidet war, an einem Jeep Wagoneer, der auf einem verlassenen Teil am Ende der Landepiste parkte. Blinzelnd beobachtete er über eine Halbbrille hinweg das türkisfarbene Flugzeug, das durch den leichten Morgennebel rollte und zehn Meter von ihm entfernt anhielt. Er richtete sich auf, als Sandecker und Chapman aus dem NUMA-Jet ausstiegen, und ging auf sie zu, um sie zu begrüßen.

Der Admiral bemerkte den Wagen und nickte zufrieden. Er hatte für Limousinen nichts übrig und bestand für sich persönlich auf einem Jeep. Er schenkte dem Direktor der NUMA-Computerabteilung in Levisjacke und mit Pferdeschwanz ein kurzes Lächeln. Hiram Yaeger war der einzige Mitarbeiter aus dem engeren Stab des Generals, der jegliche Kleiderordnung ignorierte und dem man das nicht übelnahm.

»Vielen Dank, daß Sie uns abgeholt haben, Hiram. Tut mir leid, daß ich Sie so kurzfristig von Washington abziehen mußte.«

Yaeger ging mit ausgestreckter Hand auf ihn zu. »Keine Ursache, Admiral. Ein bißchen Urlaub von meinen Computern kann ich gut vertragen.« Dann legte er den Kopf in den Nacken und sah Dr. Chapman an. »Darcy, wie war der Flug von Nigeria hierher?«

»Die Decke der Kabine war zu niedrig und der Sessel zu kurz«, beklagte sich der hochgewachsene Toxikologe. »Und obendrein hat der Admiral mich beim Gin Rommée zehn zu vier geschlagen.«

»Kommen Sie, ich helfe Ihnen das Gepäck im Wagen zu verstauen. Dann fahren wir nach Manhattan.«

»Haben Sie einen Termin mit Hala Kamil ausmachen können?« fragte Sandecker.

Yaeger nickte. »Kurz nachdem Sie mir die Ankunftszeit mitgeteilt hatten, habe ich mit der Verwaltung der UN telefoniert. Generalsekretärin Kamil hat ihren Terminkalender umgeworfen, um uns dazwischenquetschen zu können. Ihr Sekretär war äußerst erstaunt, daß sie das für uns getan hat.«

Sandecker lächelte. »Wir kennen uns seit langem.«

»Sie wird uns um halb elf empfangen.«

Der Admiral warf einen Blick auf seine Uhr. »In anderthalb Stunden. Genug Zeit für ein Frühstück.«

»Klingt verlockend«, erklärte Chapman und gähnte. »Ich bin halb verhungert.«

Yaeger nahm die Allee vom Flughafen aus, bog an der Coney Island Avenue ab und hielt vor einem Café. Sie nahmen in einer Nische Platz und gaben ihre Bestellung bei einer Kellnerin auf, die Dr. Chapmans riesige Gestalt entgeistert anstarrte.

»Was darf's denn sein, meine Herren?«

»Kaffee, Quark und Brötchen«, bestellte Sandecker.

Chapman entschied sich für ein Salamiomelette, während Yaeger sich mit einem Hefeteilchen begnügte. Schweigend saßen die Männer da und hingen ihren Gedanken nach, bis die Kellnerin den Kaffee servierte. Sandecker rührte in seiner Tasse und lehnte sich dann zurück.

»Was halten Ihre Computer von der Roten Flut?« fragte er Yaeger.

»Die Hochrechnungen sehen ziemlich ernst aus«, erwiderte der Computerexperte und spielte nachdenklich mit seiner Gabel. »Die Satellitenfotos liefern mir laufend die neuesten Daten über die Ausbreitung. Das Wachstum ist atemberaubend. Erinnert an die alte Geschichte mit dem Pfennig, der, wenn die Summe jeden Tag verdoppelt wird, nach einem Monat zur Milliarde wird. Die Rote Flut vor der Küste Westafrikas verdoppelt sich alle vier Tage. Um vier Uhr heute morgen bedeckte sie eine Fläche von 240 000 Quadratkilometern.«

»Oder 100 000 Quadratmeilen, wenn wir im alten Maß rechnen.«

»Bei dieser Wachstumsrate wird sie in drei bis vier Wochen den gesamten Südatlantik bedecken«, rechnete Chapman.

»Haben Sie eine Ahnung, welche Ursache dahintersteckt?« fragte Yaeger.

»Nur, daß es sich wahrscheinlich um eine organometallische Verbindung handelt, die für die Mutation der Dinoflagellaten verantwortlich ist und auf diese Weise die Rote Flut bewirkt.«

»Organometallisch?«

»Eine Kombination von metallischer und organischer Substanz«, erklärte Chapman.

»Haben Sie eine bestimmte Verbindung im Auge, die in Frage kommen könnte?«

»Noch nicht. Wir haben zwar bereits Dutzende von Giftstoffen bestimmt, doch von denen scheint keiner die Ursache zu sein. Im Augenblick können wir nur vermuten, daß ein metallisches Element irgendwie mit synthetischen Verbindungen gekoppelt wurde oder chemische Abfallprodukte in den Niger abgeleitet wurden.«

»Könnte sich um Abfallstoffe einer biotechnischen Versuchsanstalt handeln«, vermutete Yaeger.

»In Westafrika gibt es keine biotechnischen Versuchsanstalten«, erklärte Sandecker überzeugt.

»Irgendwie wirkt dieser unbekannte Stoff als eine Art Katalysator«, fuhr Chapman fort. »Bei der Entstehung der Roten Flut verhält er sich beinahe wie ein Hormon, das für ein rasantes Wachstum und einen unvorstellbar hohen Giftgehalt sorgt.«

Das Gespräch erstarb, als die Kellnerin auf einem Tablett das Frühstück brachte. Dann ging sie wieder, kam mit einer Kaffeekanne zurück und schenkte nach.

»Besteht die Möglichkeit, daß es sich um eine bakterielle Reaktion als Folge organischer Umweltverschmutzung handeln könnte?« erkundigte Yaeger sich und musterte übellaunig sein Hefeteilchen, das frischer hätte sein können.

»Abwässer dienen Algen zwar als Nährstoffe – ebenso wie Dung den Landpflanzen«, erklärte Chapman, »doch nicht in diesem Fall. Hier haben wir es mit einer ökologischen Schädigung zu tun, die so weit reichend ist, daß eine Verursachung durch Menschen ausgeschlossen werden kann.«

Sandecker bestrich sein Brötchen mit Quark und belegte es mit Räucherlachs. »Während wir hier sitzen und uns den Bauch vollstopfen, entsteht eine Rote Flut, gegen die sich die von den Irakern 1991 verursachte Ölpest vollkommen harmlos ausnimmt.«

»Und wir können nichts dagegen tun«, räumte Chapman ein. »Ohne entsprechende Wasserproben kann ich bezüglich der chemischen Verbindung allenfalls Vermutungen anstellen. Wenn Rudi Gunn nicht die Nadel im Heuhaufen findet – oder denjenigen, der sie dort versteckt hat –, sind uns die Hände gebunden.«

»Was gibt's denn Neues?« fragte Yaeger.

»Neues wovon?« erkundigte sich Sandecker zwischen zwei Bissen.

»Von unseren drei Freunden auf dem Niger«, konkretisierte Yaeger und wunderte sich, daß Sandecker so unbeteiligt wirkte. »Die Übertragung der Daten ist gestern plötzlich abgebrochen.«

Der Admiral sah sich verstohlen im Café um, um sich zu vergewissern, daß niemand zuhörte. »Die waren in einen kleinen Zwischenfall mit zwei Kanonenbooten und einem Hubschrauber der Marine von Benin verwickelt.«

»In einen kleinen Zwischenfall!« platzte Yaeger fassungslos heraus. »Wie, zum Teufel, ist das passiert? Wurden sie verletzt?«

»Wir können nur davon ausgehen, daß ihnen nichts passiert ist«, erwiderte Sandecker vorsichtig. »Das Boot sollte geentert werden. Um die Mission nicht zu gefährden, blieb ihnen keine andere Wahl, als den Kampf aufzunehmen. Während des Gefechts muß dann wohl die Kommunikationsanlage ausgefallen sein.«

»Das würde erklären, warum keine Daten mehr übertragen werden«, stellte Yaeger fest und beruhigte sich wieder.

»Satellitenaufnahmen der National Security Agency«, fuhr Sandecker fort, »zeigen, daß sie die beiden Schiffe und den Hubschrauber vernichtet haben und über die Grenze nach Mali entkommen sind.«

Yaeger hatte plötzlich keinen Hunger mehr. »Die kommen doch niemals mehr aus Mali raus. Das ist ein Himmelfahrtskommando. Ich habe von den Mitgliedern der dortigen Regierung Computerprofile anfertigen lassen. Was die Verletzung von Menschenrechten angeht, hält der Militärbefehlshaber von Mali den Rekord. Wenn Pitt und die beiden anderen gefaßt werden, hängt man sie an der nächsten Dattelpalme auf.«

»Genau aus diesem Grund haben wir das Treffen mit der Generalsekretärin der UN vereinbart«, erklärte Sandecker.

»Wenn das was nützt.«

»Die Vereinten Nationen sind unsere einzige Hoffnung, die Gruppe und die gesammelten Daten wieder aus Mali rauszubringen.«

»Wie komme ich nur auf den Gedanken, daß diese Überprüfung des Niger mit niemandem abgestimmt worden ist?« fragte Yaeger süffisant.

»Wir konnten die Politiker von der Dringlichkeit nicht überzeugen«, erklärte Chapman frustriert. »Sie haben darauf bestanden, ein Sonderkomitee einzusetzen, das sich der Angelegenheit annehmen sollte. Kann man sich das vorstellen? Die Welt steht am Abgrund, und unsere hochgeehrten gewählten Volksvertreter spreizen die Federn, glucken am Konferenztisch und stimmen das große Gegackere an.«

»Was Darcy damit sagen möchte«, erklärte Sandecker und lächelte über Chapmans Wortwahl, »ist, daß wir die Dringlichkeit dem Präsidenten, dem Staatssekretär und verschiedenen führenden Politikern im Kongreß klargemacht haben. Alle haben sie es abgelehnt, die westafrikanischen Staatschefs unter Druck zu setzen, uns zu erlauben, ihr Flußwasser zu analysieren.«

Yaeger starrte ihn an. »Dann haben Sie also, um die Nase vorne zu behalten, Pitt, Giordino und Gunn heimlich losgeschickt.«

»Eine andere Möglichkeit gab es nicht. Die Zeit läuft ab. Wir mußten die Regierung übergehen. Wenn diese Operation durchsikkert, komme ich wirklich in Schwierigkeiten.«

»Das ist ja noch schlimmer, als ich dachte.«

»Aus dem Grund brauchen wir die Unterstützung der Vereinten Nationen«, erklärte Chapman. »Erhalten wir von dort keine Hilfe, besteht die Möglichkeit, daß Pitt, Giordino und Gunn in einem Gefängnis in Mali enden, aus dem es kein Entkommen mehr gibt.«

»Und die Daten, auf die wir so dringend angewiesen sind«, erklärte Sandecker, »verschwinden mit ihnen.«

Yaeger wirkte traurig. »Sie haben die Männer geopfert, Admiral. Sie haben ganz bewußt unsere engsten Freunde geopfert.«

Sandeckers Miene war granithart. »Glauben Sie nicht, ich würde nicht Tag und Nacht mit mir hadern, daß ich diese Entscheidung getroffen habe? Wenn man berücksichtigt, was auf dem Spiel steht, wem hätten Sie denn diese Aufgabe anvertrauen wollen? Wen hätten Sie nigeraufwärts geschickt?«

Yaeger rieb sich die Schläfen, dann nickte er und antwortete: »Ja, Sie haben natürlich recht. Es sind die Besten. Wenn jemand das Unmögliche möglich zu machen vermag, dann Pitt.«

»Da bin ich aber froh, daß Sie mir zustimmen«, knurrte Sandekker übellaunig. Wieder sah er auf seine Uhr. »Wir sollten bezahlen und uns auf den Weg machen. Ich möchte die Generalsekretärin ungern warten lassen. Vor allem dann nicht, wenn ich drauf und dran bin, vor ihr auf die Knie zu fallen, weil ich sie um etwas bitten will«.

Hala Kamil, die ägyptische Generalsekretärin der Vereinten Nationen, erinnerte in ihrer geheimnisvollen Schönheit an Nofretete. Sie war 47 Jahre alt, groß, schlank, hatte schimmernde schwarze Augen und langes, dunkelbraunes Haar. Der Teint ihres feingeschnittenen Gesichts war makellos. Die Bürde des hohen Amtes hatte weder ihrer Schönheit noch ihrem jugendlichen Aussehen etwas anhaben können.

Hala stand auf und kam um ihren Schreibtisch herum, als Sandekker und seine Begleiter in ihr Büro im UN-Gebäude geführt wurden. »Admiral Sandecker, wie schön, Sie wiederzusehen.«

»Die Freude ist ganz auf meiner Seite, Frau Generalsekretärin.« In der Gesellschaft schöner Frauen ging Sandecker richtig aus sich heraus. Er erwiderte ihren festen Händedruck und verbeugte sich. »Vielen Dank, daß Sie mich empfangen.«

»Ganz erstaunlich, Admiral. Sie haben sich überhaupt nicht verändert.«

»Und Sie sehen sogar jünger aus.«

Sie schenkte ihm ein entzückendes Lächeln. »Lassen wir die Komplimente mal beiseite. Wir sind beide nicht jünger geworden. Es ist lange her.«

»Fast fünf Jahre.« Dann wandte er sich um und stellte Chapman und Yaeger vor.

Hala schenkte weder Chapmans Größe noch Yaegers Aussehen besondere Beachtung. Sie war daran gewöhnt, die verschiedensten Menschen aus hundert Nationen in den abenteuerlichsten Kleidern zu treffen. Sie deutete auf eine Sitzgruppe. »Bitte nehmen Sie Platz.«

»Ich will mich kurzfassen«, erklärte Sandecker ohne jedes Vorgeplänkel. »Ich brauche Ihre Hilfe in einer dringenden Angelegenheit im Zusammenhang mit einer im Entstehen begriffenen Umweltverseuchung, die die Existenz der Menschheit in Frage stellen könnte.«

Ihre dunklen Augen blickten ihn skeptisch an. »Sie treffen da eine sehr schwer wiegende Feststellung, Admiral. Wenn das lediglich eine weitere Umschreibung für den Treibhauseffekt ist, dann bin ich immun dagegen.«

»Etwas viel Schlimmeres«, erwiderte Sandecker ernst. »Bis zum Ende des Jahres wird der größte Teil der Weltbevölkerung nur noch Erinnerung sein.«

Hala sah die Männer an, die ihr gegenübersaßen. Ihre Mienen waren entschlossen. Sie fing an, dem Admiral Glauben zu schenken. Zwar wußte sie nicht genau, weshalb, doch sie kannte ihn gut genug, um zu wissen, daß er keinen Hirngespinsten nachjagte.

»Bitte fahren Sie fort«, bat sie kurz.

Sandecker ließ Chapman und Yaeger zu Wort kommen, die von der Entdeckung der atemberaubenden Ausbreitung einer Roten Flut berichteten. Nach 20 Minuten bat Hala um Entschuldigung und drückte auf einen Knopf der Gegensprechanlage auf ihrem Schreibtisch. »Sarah, würden Sie bitte den Botschafter Perus anrufen und ihm sagen, mir sei eine dringende Sache dazwischengekommen. Fragen Sie ihn, ob es ihm recht ist, wenn wir das Treffen auf morgen, dieselbe Zeit verlegen würden.«

Sie wandte sich an Chapman. »Was diese entsetzliche Bedrohung betrifft, da bestehen keinerlei Zweifel?«

»Nein. Wenn die Rote Flut sich ungehindert über die Ozeane verbreitet, wird sie die Produktion des zum Leben notwendigen Sauerstoffs unterdrücken.«

»Und diese Aussicht läßt die Giftigkeit noch vollkommen außer acht«, fügte Yaeger hinzu, »die mit Sicherheit den Tod aller Meeresle-bewesen und der Menschen, die damit in Berührung kommen, herbeiführt.«

Hala sah Sandecker an. »Wie hat der Kongreß, wie haben Ihre Wissenschaftler reagiert? Sicherlich macht man sich in Regierungskreisen und bei den Umweltschützern doch große Sorgen.«

»Natürlich macht man sich Sorgen«, erwiderte Sandecker. »Wir haben unsere Beweise dem Präsidenten und Mitgliedern des Kongresses vorgelegt, doch die Mühlen der Bürokratie mahlen langsam. Komitees haben sich der Angelegenheit angenommen. Entscheidungen werden nicht getroffen. Das Schreckensszenario liegt einfach jenseits aller Vorstellungskraft. Die können den ungeheuren Wettlauf mit der Zeit nicht begreifen.«

»Natürlich haben wir unsere vorläufigen Untersuchungsergebnisse an Ozeanographen und Kontaminologen weitergegeben«, erklärte Chapman, »doch solange wir den genauen Grund dieser Verseuchung des Meeres nicht kennen, gibt es wenig, was wir zur Lösung des Problems anbieten können.«

Hala schwieg. In gewisser Weise war sie machtlos. Ihre Stellung als Generalsekretärin der Vereinten Nationen war eher mit der Position einer Herrscherin eines fiktiven Königreiches zu vergleichen. Ihre Aufgabe bestand darin, die diversen friedenserhaltenden Aufgaben im Auge zu behalten und die zahlreichen Handels- und Hilfsprogramme zu beaufsichtigen. Sie konnte dirigieren, doch sie hatte keine Befehlsgewalt.

Über den Kaffeetisch hinweg musterte sie Sandecker. »Ich kann Ihnen nichts weiter anbieten als die Kooperation der Umweltorganisation der Vereinten Nationen. Eine andere Möglichkeit sehe ich nicht.«

Sandecker fühlte sich jetzt sicherer, und seine Stimme klang drängend, tief, gepreßt und entschieden. »Ich habe ein Boot mit einer Gruppe Männer nigeraufwärts geschickt, um das Wasser zu analysieren. Es handelt sich um den Versuch, die Ursache, die sich hinter der explosionsartigen Verbreitung der Roten Flut verbirgt, zu ergründen.«

Halas dunkle Augen schimmerten kühl und durchdringend. »War Ihr Boot für die Versenkung der Kanonenboote von Benin verantwortlich?« fragte sie.

»Ihr Wissensstand ist hochaktuell.«

»Ich erhalte Zusammenfassungen von Berichten, die auf der ganzen Welt gesammelt werden.«

»Ja, das war ein Schiff der NUMA«, gab Sandecker zu.

»Sie wissen doch, vermute ich, daß es sich bei dem Admiral, der während des Gefechts ums Leben kam, um den Stabschef der Flotte Benins und gleichzeitig um den Bruder des Präsidenten gehandelt hat.«

»Habe ich gehört.«

»Soviel ich weiß, fuhr Ihr Boot unter der Flagge Frankreichs. Die Durchführung verdeckter Aktionen unter fremder Flagge könnte dazu führen, daß Ihre Leute von den Westafrikanern als Spione erschossen werden.«

»Meine Männer waren sich dieser Gefahr bewußt und haben sich freiwillig gemeldet. Sie wissen, daß es auf jede Stunde ankommt, wenn wir die Rote Flut eindämmen wollen, bevor sie einen Ausbreitungsgrad erreicht hat, den wir mit den technologischen Möglichkeiten, die uns zur Verfügung stehen, nicht mehr eindämmen können.«

»Leben Ihre Männer noch?«

Sandecker nickte. »Nach den mir vorliegenden Informationen haben sie die Kontamination über die Grenze Malis hinweg verfolgt und nähern sich jetzt der Stadt Gao. Niemand hat sie seit dem Zwischenfall belästigt.«

»Welche Regierungsmitglieder wissen darüber Bescheid?«

Sandecker nickte zu Chapman und Yaeger hinüber. »Nur wir drei und die Männer auf dem Boot. Außerhalb der NUMA niemand, außer Ihnen.«

»General Kazim, der Chef der Sicherheitskräfte Malis, ist kein Dummkopf. Inzwischen wird er von dem Gefecht mit der Flotte Benins erfahren haben, und sein Geheimdienst wird ihn vom Eindringen Ihrer Männer in sein Land in Kenntnis gesetzt haben. In dem Augenblick, in dem sie anlegen, wird er sie verhaften.«

»Genau das ist der Grund, weshalb ich zu Ihnen gekommen bin.«

So, das war's also, dachte Hala. »Was wollen Sie von mir, Admiral?«

»Ihre Hilfe, um meine Männer zu retten.«

»Ich ahnte schon, daß es darauf hinauslaufen würde.«

»Es ist lebenswichtig, daß sie, sobald sie die Quelle der Kontamination entdeckt haben, gerettet werden.«

»Wir brauchen die von ihnen zusammengetragenen Daten unbedingt«, betonte Chapman.

»Dann geht's Ihnen wohl eher um die Rettung der Daten«, erwiderte sie kalt.

»Es entspricht nicht meiner Art, tapfere Männer im Stich zu lassen«, erklärte Sandecker und schob sein Kinn vor.

Hala schüttelte den Kopf. »Tut mir leid, Gentlemen. Ich habe Verständnis für die verzweifelte Situation, in der Sie stecken. Doch ich kann nicht das Ansehen meines Amtes dadurch aufs Spiel setzen, daß ich meine Macht mißbrauche, um an einer illegalen, grenzübergreifenden Aktion teilzunehmen, egal wie entscheidend sie sein mag.«

»Nicht einmal, wenn es sich bei den Männern, die Sie retten, um Dirk Pitt, Al Giordino und Rudy Gunn handelt?«

Ihre Augen wurden weit, dann lehnte sie sich in ihrem Sessel zurück, und für einen Moment verloren sich ihre Gedanken in der Vergangenheit. »Jetzt verstehe ich«, murmelte sie leise. »Sie benutzen mich genauso, wie Sie sie benutzt haben.«

»Ich veranstalte keinen Wohltätigkeitsball«, erklärte Sandecker ausdruckslos, »ich versuche nur, den Tod unzähliger Menschen zu vermeiden.«

»Sie lassen mir keine Wahl, oder?«

»Wenn's notwendig ist, nein.«

Chapman zog die Augenbrauen in die Höhe. »Tut mir leid, ich kann nicht folgen.«

Hala starrte ins Leere und sagte leise: »Vor ungefähr fünf Jahren haben die drei Männer, die Sie nigeraufwärts geschickt haben, mich vor Terroristen gerettet. Sie haben mir nicht nur einmal, sondern zweimal das Leben gerettet. Beim ersten Mal auf einem Berg in Breckenridge in Colorado, das zweite Mal bei einer verlassenen Mine in der Nähe eines Gletschers in der Magellanstraße. Admiral Sandecker appelliert an mein Gewissen, daß ich mich revanchiere.«

»Ich glaube, ich erinnere mich«, sagte Yaeger und nickte. »Das war während der Suche nach der verschollenen Bibliothek von Alexandria.«

Sandecker stand auf, ging zu Hala hinüber und setzte sich neben sie. »Werden Sie uns helfen, Frau Generalsekretärin?«

Regungslos wie eine Statue saß Hala da. Sie atmete kaum.

»In Ordnung«, sagte sie leise. »Ich verspreche Ihnen, daß ich alles Menschenmögliche tun werde, um unsere Freunde aus Westafrika herauszubekommen. Ich hoffe nur, wir kommen nicht zu spät, und sie sind noch am Leben.«

Sandecker wandte sich ab. Er wollte nicht, daß sie die Erleichterung in seinen Augen wahrnahm. »Ich danke Ihnen, Frau Generalsekretärin. Ich bin Ihnen zu großem Dank verpflichtet.«

16

»Kein Lebenszeichen?« Grimes starrte auf die Ruinen von Asselar. »Nicht mal ein Hund oder eine Ziege?«

»Sieht völlig verlassen aus«, erwiderte Eva und schirmte ihre Augen mit der Hand ab.

»So tot wie ein plattgewalzter Frosch auf der Autobahn«, murmelte Hopper. Er musterte das Dorf durch ein Fernglas.

Sie standen auf einem kleinen Hügel, inmitten der Felswüste, von dem aus man einen guten Blick auf Asselar hatte. Die einzigen Anzeichen, daß hier Menschen gewesen sein mußten, waren Reifenspuren, die von Nordosten aus in das Dorf hineinführten. Seltsamerweise schienen sie nicht mehr herauszuführen. Hitzewellen ließen die Ruinen verschwimmen. Eva kam es vor, als läge eine verlassene Stadt aus ferner Vergangenheit vor ihr. Eine eigenartige Stille, die sie beunruhigte, lag über dem Ort.

Hopper wandte sich an Batutta. »Sehr freundlich von Ihnen, Captain, daß Sie sich kooperativ gezeigt und uns gestattet haben, hier zu landen, doch ganz offensichtlich handelt es sich bei diesem Ort um eine Geisterstadt.«

Batutta, der am Steuer des Mercedes Geländewagens saß, zuckte bedauernd die Schultern. »Eine Karawane, die von den Salzminen in Taoudenni gekommen ist, hat berichtet, hier sei eine Seuche ausgebrochen. Etwas anderes ist mir nicht bekannt.«

»Kann wohl nicht schaden, wenn wir uns das mal näher ansehen«, sagte Grimes.

Eva war einverstanden und nickte. »Um sicherzugehen, sollten wir das Brunnenwasser analysieren.«

»Wenn Sie bitte von hier aus laufen würden«, bat Batutta, »dann fahre ich zum Flugzeug zurück und bringe die übrigen her.«

»Das ist nett von Ihnen, Captain.« Hopper war einverstanden. »Sie können dann auch gleich die Ausrüstung mitbringen.«

Ohne zu antworten, fuhr Batutta, mit durchdrehenden Rädern eine Staubwolke aufwirbelnd, davon und steuerte über die mit Gestrüpp bewachsene Ebene auf das Flugzeug zu, das auf einem langen, flachen Stück des Geländes niedergegangen war und dort wartete.

»Verdammt komisch, daß der sich plötzlich so anbietet«, murmelte Grimes.

Eva nickte. »Viel zu eifrig, wenn Sie mich fragen.«

»Das kümmert mich wenig«, stellte Grimes fest und warf einen Blick auf den stillen Ort. »Wenn das ein amerikanischer Western wäre, würde ich sagen, wir laufen geradewegs in einen Hinterhalt.«

»Egal, ob Hinterhalt oder nicht«, sagte Hopper unbeeindruckt, »kommen Sie, wir schauen mal nach den Einwohnern.« Er ging mit langen Schritten bergab und schien die Mittagssonne und die Hitze, die vom felsbedeckten Boden reflektiert wurde, gar nicht zu bemerken. Eva und Grimes zögerten einen Augenblick und folgten ihm dann.

Zehn Minuten später erreichten sie die engen Straßen Asselars. In den schmalen Gassen war nichts zu sehen, außer haufenweise Dreck. Plötzlich kam eine leichte, heiße Brise auf, und Verwesungsgestank stieg in ihre Nasen. Der üble Gestank wurde mit jedem Schritt durchdringender. Er schien aus dem Innern der Häuser zu kommen.

Hopper vermied es, irgendein Gebäude zu betreten, bevor sie den Marktplatz erreichten. Hier bot sich ihren Augen ein alptraumhaftes, grauenhaftes, unbeschreibliches Szenario: Überall verstreut lagen die Überreste menschlicher Skelette; Schädel, die wie zum Verkauf aufgereiht waren; dunkle, getrocknete Haut, an einem Baum auf dem Marktplatz aufgehängt und voller Fliegenschwärme.

Evas erster Gedanke war, daß sie an den Ort eines Massakers gelangt waren, für das eine Gruppe Bewaffneter verantwortlich gewesen sein mußte. Doch diese Theorie mußte sie schnell fallenlassen, weil dazu die Anordnung der Schädel und die abgezogene Haut nicht paßten. Hier war etwas passiert, das die übliche Grausamkeit einer blutrünstigen Soldateska oder von Wüstenbanditen bei weitem übertraf. Ein Schauer lief ihr über den Rücken, als sie einen Knochen als Humerus, als Oberarmknochen eines Menschen identifizierte und erkannte, daß der Knochen absichtlich abgetrennt und abgenagt worden war – und zwar, nach den Abdrücken zu urteilen, von menschlichen Gebissen.

»Kannibalismus«, flüsterte sie entsetzt.

Aus irgendeinem Grund schienen das Summen der Fliegen und die Entdeckung Evas die tödliche Stille, die über dem Ort lag, noch zu verstärken. Grimes nahm ihr sanft den Knochen aus der Hand und warf einen prüfenden Blick darauf.

»Sie hat recht«, wandte er sich an Hopper. »Ein paar bestialische Irre müssen diese armen Teufel verspeist haben.«

»Dem Gestank nach zu urteilen«, erklärte Hopper und zog die Nase kraus, »gibt's hier nicht nur Skelette. Sie und Eva warten hier. Ich werde die Häuser überprüfen und nachsehen, ob ich noch einen Überlebenden finde.«

»Sieht nicht so aus, als habe man hier für Fremde viel übrig«, weigerte sich Grimes. »Ich schlage vor, wir machen uns auf die Socken und laufen zum Flugzeug zurück, bevor wir auf dem örtlichen Speisezettel auftauchen.«

»Unsinn«, erwiderte Hopper entschlossen. »Wir haben es hier mit einem extremen Fall abnormen Verhaltens zu tun. Dieses kann sehr wohl von der toxischen Kontamination herrühren, nach der wir suchen. Bevor ich nicht den Grund dafür gefunden habe, werde ich hier nicht verschwinden.«

»Ich gehe mit Ihnen«, unterstützte ihn Eva resolut.

Grimes zuckte die Schultern. Er war von altem Schrot und Korn und würde sich nicht von einer Frau den Rang ablaufen lassen. »In Ordnung. Wir machen uns zusammen auf die Suche.«

Hopper gab ihm einen Klaps auf den Rücken. »Ausgezeichnet, Grimes. Es soll mir eine Ehre sein, mit Ihnen zusammen im selben Suppentopf zu landen.«

Im ersten Haus, das sie betraten, fanden sie zwei Leichen, einen Mann und eine Frau, die seit mindestens einer Woche tot waren. Die Körperflüssigkeit war infolge der Hitze bereits verdunstet, die Haut hatte sich zusammengezogen und war runzlig. Nach einer flüchtigen Untersuchung der Überreste war Hopper klar, daß diese beiden nicht an einer Dosis schnell wirkenden Gifts gestorben waren, sondern solche Qualen hatten erleiden müssen, daß sie den Tod als Erlösung empfunden haben mußten.

»Man kann nicht viel sagen, bevor nicht eine pathologische Untersuchung durchgeführt wurde«, erklärte Hopper.

Grimes blickte auf die beiden Opfer, seine Miene war ruhig und gelassen. »Diese Leute hier sind schon einige Zeit tot. Wenn man vernünftige Ergebnisse erzielen will, braucht man ein frischeres Opfer.«

In Evas Ohren klangen die Worte kalt und geschäftsmäßig. Sie machte sich allein auf die Suche und betrat ein Haus auf der gegenüberliegenden Seite der Straße.

Sie ging durch den Eingang, der aufwendiger gestaltet war als die übrigen. Dahinter lag ein L-förmiger, sauber gefegter Hof, der, verglichen mit den Höfen der anderen Häuser, die voller Unrat waren, fast fehl am Platze wirkte. Doch in diesem Haus war der Gestank besonders übel. Eva tränkte ein Taschentuch mit Wasser aus einer Feldflasche, die sie am Gürtel hängen hatte, preßte es gegen ihre Nase und ging dann vorsichtig von Raum zu Raum. Die Wände waren weiß gekalkt, mit hoher Balkendecke. Durch die zahlreichen Fenster, die alle zum Hof hinausgingen, fiel hell das Tageslicht ein.

Es handelte sich um eines der prächtigeren Häuser der Stadt. Womöglich gehörte es einem Händler, schloß Eva aus den geschnitzten Stühlen und Tischen, die seltsamerweise noch unberührt dastanden und nicht, wie in anderen Häusern, kreuz und quer zertrümmert auf dem Boden lagen. Langsam schob sie sich um die Ecke. Mühsam rang sie nach Atem, stand vor Ekel wie angewurzelt da. In dem Raum, offenbar handelte es sich um die Küche, waren menschliche Glieder zu einem grotesken Stapel aufgeschichtet.

Eva unterdrückte mühsam den Brechreiz und fühlte sich plötzlich leer, war erschöpft und hatte Angst. Sie wandte sich von dem scheußlichen Anblick ab und stolperte in ein Schlafzimmer. Hier traf sie der nächste Schock. Bewegungslos stand sie da und starrte auf den Mann auf dem Bett, der mit offenen Augen dalag, als wolle er sich ausruhen. Sein Kopf lag auf einem Kissen, seine Arme waren zu beiden Seiten ausgestreckt, die Handflächen nach oben. Er starrte sie aus blicklosen Augen an, das Weiße hellrosa, die Iris dunkelrot verfärbt. Einen entsetzlichen Augenblick lang hatte sie den Eindruck, er lebe noch. Doch seine Brust bewegte sich nicht beim Atmen, und seine teuflisch verfärbten Augen blinzelten nicht.

Eva stand da und sah ihn lange an. Schließlich nahm sie ihren ganzen Mut zusammen, ging auf das Bett zu und tastete mit den Fingerspitzen nach der Schlagader an seinem Hals. Sie fand keinen Puls. Sie beugte sich vor und hob seinen Arm. Die Totenstarre hatte kaum eingesetzt. Dann zuckte sie hoch, als sie plötzlich Schritte hinter sich hörte. Sie fuhr herum und sah Hopper und Grimes.

Sie gingen an ihr vorbei und starrten auf die Leiche. Dann lachte Hopper plötzlich. Das Gelächter schallte durchs ganze Haus. »Mein Gott, Grimes. Sie brauchen ein frisches Opfer für die Autopsie, und da liegt es.«

Nachdem er das Forscherteam der Vereinten Nationen mitsamt ihrer tragbaren Analyse-Ausrüstung im Dorf abgesetzt hatte, parkte Batutta den Mercedes neben dem Flugzeug. Das Innere des Cockpits und die Passagierkabine hatten sich im Sonnenschein schnell in einen Brutkasten verwandelt, und die Mannschaft lagerte unter einem Flügel im Schatten. In Gegenwart der Wissenschaftler hatten sich die Männer Batutta gegenüber gleichgültig verhalten, doch jetzt sprangen sie auf und salutierten.

»Befindet sich noch jemand im Flugzeug?« erkundigte sich Batutta.

Der Pilot schüttelte den Kopf.

Batutta grinste den Piloten an, der die Uniform einer Luftfahrtgesellschaft mit drei Ärmelstreifen trug. »Eine ausgezeichnete Vorstellung, Lieutenant Djemaa. Dr. Hopper hat den Köder geschluckt. Sie haben ihn, als Sie vorgaben, es handle sich bei Ihren Männern um eine Ersatzcrew, in die Irre geführt.«

»Dank Ihnen, Captain, und dank meiner aus Südafrika stammenden Mutter, die mich Englisch gelehrt hat.«

»Ich muß das Funkgerät benutzen, um mit Colonel Mansa Kontakt aufzunehmen.«

»Wenn Sie mir ins Cockpit folgen wollen, stelle ich Ihnen die Frequenz ein.«

Obwohl Lieutenant Djemaa die Seitenfenster des Cockpits offen gelassen hatte, nahm die Hitze Batutta fast den Atem. Er ließ sich in den Sitz fallen und litt still, während der Pilot der malischen Luftwaffe mit Colonel Mansas Hauptquartier Verbindung aufnahm. Sobald der Kontakt hergestellt war, übergab Djemaa das Mikrophon an Batutta und verließ erleichtert das stickige Cockpit.

»Hier ist Falke-eins. Ende.«

»Ich bin dran, Captain«, meldete sich die vertraute Stimme Mansas. »Sie können den Code beiseite lassen. Ich bezweifle, daß wir von Feindagenten abgehört werden. Wie sieht's aus?«

»Die Bewohner von Asselar sind alle tot. Die Weißen operieren ungehindert im Ort. Ich wiederhole, die Bewohner sind tot.«

»Diese Kannibalen haben sich gegenseitig umgebracht, stimmt's?«

»Ja, Colonel. Bis zur letzten Frau und zum letzten Kind. Dr. Hopper und seine Gruppe glauben, daß alle vergiftet wurden.«

»Haben sie dafür Beweise?«

»Noch nicht. Im Augenblick analysieren sie das Wasser des Brunnens und führen an den Opfern Autopsien durch.«

»Spielt keine Rolle. Unterstützen Sie sie. Sobald die Wissenschaftler ihre kleinen Experimente abgeschlossen haben, fliegen Sie die Gruppe nach Tebezza. General Kazim hat bereits für ein Empfangskomitee gesorgt.«

Batutta konnte sich gut vorstellen, was der General mit Hopper im Sinn hatte. Er verachtete den großen Kanadier, er verachtete sie allesamt. »Ich werde dafür sorgen, daß sie in guter Verfassung eintreffen.«

»Führen Sie Ihren Einsatz ordnungsgemäß durch, und ich verspreche Ihnen, daß Sie befördert werden.«

»Vielen Dank, Colonel. Ende.«

Grimes richtete sich im Haus des Toten, den Eva entdeckt hatte, häuslich ein. Es handelte sich um das größte und sauberste Gebäude des Ortes. Er führte die pathologische Untersuchung an der Leiche durch, die im Schlafzimmer aufgefunden worden war, während Eva sich um die Bluttests kümmerte. Hopper analysierte die verschiedenen Brunnen, die die knappe Wasserversorgung des Ortes sicherstellten. Die übrigen Mitglieder der Gruppe fingen mit der Analyse von Gewebe und Knochenfragmenten an, die von einer Reihe von Toten stammten. In einem großen Lagerhaus jenseits des Marktplatzes fanden sie die demolierten Landrover der Reisegesellschaft, deren Mitglieder massakriert worden waren. Die Wissenschaftler setzten die Fahrzeuge ein, um Nachschub zwischen dem Ort und dem Flugzeug hin- und herzubefördern. Captain Batutta spazierte umher und versuchte, nicht im Weg zu stehen.

Der Gestank der Toten war derart durchdringend, daß an Schlaf nicht zu denken war. Die Wissenschaftler arbeiteten deshalb die Nacht durch und weiter bis zum nächsten Abend, bevor sie eine Pause machten. Das Camp wurde in der Nähe des Flugzeugs errichtet. Nach einer kurzen Ruhezeit und einem Abendessen aus der Dose nahmen die Mitglieder der Weltgesundheitsbehörde um den Ölofen herum Platz, um sich für den Temperatursturz von 60 Grad, ausgehend von der Tageshitze von 44 Grad, zu wappnen. Batutta spielte den gutgelaunten Gastgeber, brühte einen bitteren afrikanischen Tee auf und hörte aufmerksam zu, während die Wissenschaftler sich entspannten und ihre Aufzeichnungen miteinander verglichen.

Hopper zündete sich seine Pfeife an und nickte Grimes zu. »Ich schlage vor, Sie beginnen, Warren, und geben uns einen Überblick über die Ergebnisse Ihrer Untersuchung des kürzlich Verstorbenen.«

Grimes ließ sich von einem seiner Assistenten ein Clipboard reichen und warf im Licht der Coleman-Laterne einen kurzen Blick darauf. »Während meiner langjährigen Tätigkeit bin ich noch niemals auf derart viele und komplexe Fragen gestoßen. Die rote Verfärbung der Augen, sowohl der Iris als auch des Weißen im Auge. Die Bronzeverfärbung des Hautgewebes. Blutgerinnsel in den Herzkammern, im Gehirn und in den Extremitäten. Nierenschäden. Ungewöhnlich hoher Hämoglobinspiegel. Narbenbildung an Leber und Magen. Degeneration des Fettgewebes. Kein Wunder, daß diese Menschen Amok gelaufen sind und sich gegenseitig aufgefressen haben. Wenn man alle diese Krankheiten zusammennimmt, dann entsteht im Ergebnis leicht eine unkontrollierte Psychose.«

»Unkontrolliert?« fragte Eva.

»Das Opfer wird bei einem immer stärker werdenden Krankheitsbefall allmählich verrückt, besonders wenn das Hirn mehr und mehr in Mitleidenschaft gezogen wird. Schließlich verwandelt der Mensch sich in einen Berserker, wie die Anzeichen von Kannibalismus beweisen. Nach meiner Einschätzung ist es ein Wunder, daß er überhaupt so lange gelebt hat.«

»Und was schließen Sie daraus?« hakte Hopper nach.

»Der Tod wurde durch eine massive Polycythemia verursacht, eine Krankheit, deren Ursache unbekannt ist und deren Symptome vermehrte rote Blutkörperchen und ein ansteigender Hämoglobinspiegel im Blutkreislauf sind. In diesem Fall handelt es sich um eine massive Infusion roter Blutkörperchen, die zu irreparablen Schäden bei den inneren Organen führte. Und da gleichzeitig die Blutgerinnungswerte für einen Herzschlag oder Schlaganfall noch zu hoch waren, finden wir überall im Körper Blutgerinnsel. Besonders sichtbar sind sie in der Haut und den Augen. Der gleiche Effekt würde bei einer extrem hohen Dosierung von Vitamin B-12 eintreten, das, wie Sie alle wissen, für die Bildung roter Blutkörperchen lebenswichtig ist.«

Hopper wandte sich an Eva. »Sie haben die Bluttests durchgeführt. Wie steht's mit den Zellen selbst? Weisen die noch die normale Form auf, flach, rund, eine Delle in der Mitte?«

Eva schüttelte den Kopf. »Nein, sie hatten eine Form, wie ich sie noch nie zuvor gesehen habe. Beinahe dreieckig, mit sporenförmigen Auswüchsen. Wie Dr. Hopper bereits bemerkte, war ihre Anzahl unglaublich hoch. Im Blut eines gesunden Erwachsenen finden wir rund 5,2 Millionen rote Blutkörperchen pro Kubikmillimeter. Die Anzahl im Blut des Opfers lag dreimal so hoch.«

Grimes sagte: »Ich darf hinzufügen, daß ich Anzeichen für eine Arsenvergiftung entdeckt habe, die ihn früher oder später ebenfalls umgebracht hätte.«

Eva nickte. »Ich habe Warrens Diagnose überprüft. In den Blutproben fand sich eine ungewöhnlich starke Arsenkonzentration, und der Kobaltspiegel war gleichfalls zu hoch.«

»Kobalt?« Hopper fuhr von seinem Stuhl hoch.

»Das ist kein Wunder«, erklärte Grimes, »Vitamin B-12 enthält fast viereinhalb Prozent Kobalt.«

»Die von Ihnen beiden gefundenen Ergebnisse stützen die Resultate meiner eigenen Analyse des Brunnenwassers«, sagte Hopper. »In einer Tasse fanden sich genug Arsen und Kobalt, um ein Kamel damit zu vergiften.«

»Der Wasserspiegel«, stellte Eva fest und blickte nachdenklich auf den rotglühenden Ofen. »Das Wasser muß sich langsam durch eine geologische Ablagerung von Kobald und Arsen hindurchgearbeitet haben.«

»Das ist jedoch nur die Spitze des Eisberges«, warnte Grimes. »Selbst die Kombination beider Elemente könnte diese Wirkung nicht nach sich ziehen. Eine weitere Substanz oder Verbindung, die wir noch nicht kennen, hat in bezug auf den Kobalt- und Arsengehalt als Katalysator gewirkt und den toxischen Wirkungsgrad derart erhöht, daß sich die roten Blutkörperchen unkontrolliert vermehrt haben.«

»Und mutiert sind«, fügte Eva hinzu.

»Es ist noch verworrener«, warf Hopper ein. »Meine Analyse zeigt weiterhin sehr hohe Spuren von Radioaktivität.«

»Interessant«, meinte Grimes desinteressiert. »Aber wenn man sich zu lange einer erhöhten Strahlung aussetzt, dann führt das normalerweise doch zu einer Verminderung der roten Blutkörperchen. Bei meinen Untersuchungen habe ich nichts entdeckt, was auf eine ständige radioaktive Bestrahlung schließen läßt.«

»Nehmen wir mal an, daß die Radioaktivität erst kürzlich in das Brunnenwasser gelangte«, argumentierte Eva.

»Das wäre eine Möglichkeit«, gab Grimes zu. »Doch diese Annahme klärt die Frage nach der geheimnisvollen Substanz immer noch nicht.«

»Unsere Ausrüstung ist beschränkt.« Hopper zuckte die Schultern. »Wenn wir es mit einer neuen Bakterienart oder einer Verbindung selten vorkommender Chemikalien zu tun haben, werden wir die Ursachen hier vor Ort unmöglich bestimmen können.«

»Ein synthetisches Abfallprodukt«, murmelte Eva gedankenverloren. Dann machte sie eine Handbewegung, die die Wüste einschloß. »Wo kann es wohl herstammen? Bestimmt nicht aus dieser Gegend.«

»Von der Müllverbrennungsanlage in Fort Foureau?« schlug Grimes vor.

Hopper musterte schweigend seine Pfeife. »Liegt 200 Kilometer im Nordwesten. Ein bißchen zu weit entfernt, als daß sich das Gift gegen die vorherrschenden Winde verbreitet und ausgerechnet in den Brunnen dieses Ortes abgelagert haben könnte. Und das erklärt die hohe Strahlungsbelastung auch nicht. Die Anlage von Fort Foureau ist nicht zur Aufnahme radioaktiver Abfälle eingerichtet. Außerdem werden die gefährlichen Materialien verbrannt, so daß sie unmöglich ins Grundwasser eindringen und derart weit transportiert werden können, ohne daß die tödlichen Chemikalien vom Erdboden absorbiert worden wären.«

»Na gut«, sagte Eva. »Wie soll's weitergehen?«

»Wir packen zusammen und fliegen mit unseren Proben über Kairo nach Paris. Den Toten nehmen wir ebenfalls mit. Wenn wir ihn gut einwickeln und kühl lagern, müßte er eigentlich in brauchbarem Zustand in Kairo eintreffen, wo wir ihn auf Eis legen können.«

Hopper drehte sich um und sah Batutta an, der nichts gesagt hatte, sondern offensichtlich gelangweilt dasaß und zuhörte. Unter seinem Hemd zeichnete ein Tonbandgerät jedes Wort auf.

»Captain Batutta.«

»Dr. Hopper.«

»Wir haben beschlossen, gleich morgen früh nach Ägypten zu fliegen. Ist Ihnen das recht?«

Batutta setzte ein strahlendes Lächeln auf und zwirbelte ein Ende seines Schnurrbarts. »Tut mir leid. Ich muß zurückbleiben und meine Vorgesetzten über die Lage im Ort in Kenntnis setzen. Sie können gerne nach Kairo fliegen.«

»Wir können Sie doch nicht einfach hier zurücklassen.«

»In den Fahrzeugen ist genug Treibstoff. Ich werde einen der Landrover nehmen und nach Timbuktu zurückfahren.«

»Das sind mehr als 400 Kilometer. Kennen Sie den Weg?«

»Ich bin in der Wüste aufgewachsen«, erwiderte Batutta. »Ich werde bei Sonnenaufgang losfahren, so daß ich Timbuktu gegen Abend erreiche.«

»Wird die Änderung des Plans Sie bei Colonel Mansa in Schwierigkeiten bringen?« fragte Grimes.

»Ich hatte Befehl, mich um Sie zu kümmern«, beruhigte ihn Batutta. »Denken Sie nicht weiter darüber nach. Es tut mir nur leid, daß ich Sie nicht nach Kairo begleiten kann.«

»Das wär's dann«, erklärte Hopper und stand auf. »Gleich morgen früh packen wir unsere Ausrüstung zusammen und starten Richtung Ägypten.«

Die Zusammenkunft war vorüber, und während die Wissenschaftler zu ihren Zelten gingen, blieb Batutta am Ofen sitzen. Er schaltete das versteckte Tonbandgerät ab, zog eine Taschenlampe hervor und blinkte zweimal zum Cockpit hinüber. Eine Minute später kletterte der Pilot über die Leiter herab und kam auf Batutta zu.

»Sie haben signalisiert?« fragte er leise.

»Die weißen Schweine wollen morgen verschwinden«, erklärte Batutta.

»Dann werde ich Tebezza anfunken und denen dort die bevorstehende Ankunft melden.«

»Und erinnern Sie die Leute daran, daß sie Dr. Hopper und seiner Mannschaft einen angemessenen Empfang bereiten.«

Dem Piloten schauderte. »Tebezza ist grauenvoll. Sobald die Passagiere festgesetzt sind, werde ich losfliegen. Ich habe nicht vor, mich dort länger als notwendig aufzuhalten.«

»Sie haben Befehl, zum Flughafen Bamako zurückzufliegen«, erklärte Batutta.

»Gerne.« Der Pilot nickte kurz. »Gute Nacht, Captain.«

Eva hatte noch einen kurzen Spaziergang gemacht, um die klare Luft und den Sternenteppich am Firmament zu genießen. Sie kam gerade rechtzeitig zurück, um zu sehen, wie der Pilot auf die Maschine zuging und Batutta am Ofen zurückließ.

Viel zu entgegenkommend und servil, dachte sie. Das wird Ärger geben. Sie schüttelte den Kopf und wies den Gedanken von sich. Wieder mal ihre mißtrauische weibliche Ader. Was konnte er schon tun, um sie aufzuhalten? Waren sie erst einmal in der Luft, würde alles gut. Der Gedanke, nie mehr hierher zurückkehren zu müssen, beruhigte sie. Und dennoch warnte sie ein Gefühl tief in ihrem Innern, eine Art Intuition, sich nicht zu sicher zu wähnen.

17

»Wie lange verfolgen die uns schon?« fragte Giordino, rieb sich den Schlaf aus den Augen und konzentrierte sich auf das Bild auf dem Radarschirm.

»Ich habe sie vor ungefähr 75 Kilometern entdeckt, kurz nachdem wir die Grenze nach Mali überquert haben«, erwiderte Pitt. Er stand neben dem Steuerrad, das er lässig mit einer Hand bediente.

»Hast du erkennen können, wie sie bewaffnet sind?«

»Nein. Das Boot hielt sich 100 Meter weit in einem Seitenarm des Flusses verborgen. Ich habe lediglich eine deutliche Reflexion auf dem Radarschirm bemerkt, die mir verdächtig vorkam. Sobald wir nach einer Flußbiegung außer Sicht waren, sind sie in die Fahrrinne eingelaufen und haben sich an unsere Fersen geheftet.«

»Könnte sich um eine Routinepatrouille handeln.«

»Boote auf Routinepatrouille verbergen sich nicht unter Tarnnetzen.«

Giordino warf einen Blick auf die Entfernungsskala auf dem Radarbildschirm. »Sie versuchen nicht den Abstand zu verringern.«

»Die haben ja auch Zeit.«

»Armes, altes Kanonenboot«, meinte Giordino bedauernd, »es hat noch keine Ahnung, daß es bald auf dem Schrotthaufen landen wird.«

»Tut mir leid, aber da gibt es Komplikationen«, sagte Pitt langsam. »Das Kanonenboot ist nicht der einzige Bluthund auf unserer Fährte.«

»Die haben Freunde mitgebracht?«

»Das Militär von Mali entbietet einen stählernen Willkommensgruß.« Pitt sah zum blauen und wolkenlosen Nachmittagshimmel empor. »Eine Staffel malischer Düsenjäger kreist östlich von uns.«

Giordino entdeckte sie sofort. Die gleißende Sonne spiegelte sich in den Cockpits. »Französische Mirages. Das neue, weiterentwikkelte Modell, glaube ich. Sechs – nein, sieben – knapp sechs Kilometer entfernt.«

Pitt drehte sich um und deutete über den Fluß hinweg nach Westen. »Und die Staubwolke da, zwischen der Hügelkette, die entlang des Flusses verläuft. Die stammt von einem Konvoi Panzerfahrzeuge.«

»Wie viele?« fragte Giordino und überschlug in Gedanken den Vorrat an Raketen, der ihm noch zur Verfügung stand.

»Als sie über eine Ebene fuhren, habe ich vier gezählt.«

»Keine Panzer?«

»Unsere Geschwindigkeit beträgt 30 Knoten. Panzer könnten da nicht mithalten.«

»Diesmal werden wir wohl niemanden überraschen«, stellte Giordino nüchtern fest. »Die Nachricht, daß wir Stacheln haben, ist uns wohl vorausgeeilt.«

»In Anbetracht ihres Zögerns, in unsere Reichweite zu geraten, ist das wohl offensichtlich.«

»Die Frage, die sich stellt, ist: Wann wird dieser, wie hieß er nochmal –?«

»Zateb Kazim?«

»Wie auch immer«, Giordino zuckte die Schultern, »seinen Eröffnungszug machen?«

»Wenn er gerissener ist als der Admiral, diese Pappfigur, und wenn er die *Kallíópe* für sein Privatvergnügen konfiszieren will, dann braucht er nur zu warten. Irgendwann ist der Fluß zu Ende.«

»Und der Treibstoff.«

»Der auch.«

Pitt schwieg und blickte auf den breiten, langsam dahinfließenden Niger, der sich durch die sandige Ebene wand. Am Horizont versank die goldgelbe Sonne. Blaue und weiße Störche segelten in der heißen Nachmittagsluft oder stolzierten auf ihren langen Beinen durch die Tümpel. Fische sprangen aus dem Wasser und glitzerten wie Miniaturfeuerwerke, als die *Kallíópe* über das Wasser jagte. Eine Pinasse glitt an ihnen vorüber. Sie hatte einen schwarzen Rumpf, Heck und Bug waren kunstvoll bemalt, und das Segel wurde kaum gefüllt. Ein paar Besatzungsmitglieder schliefen auf Reissäcken unter einem ausgefransten Sonnensegel, während andere ruderten. Eine heitere, pittoreske Szene. Pitt konnte sich kaum vorstellen, daß flußaufwärts Tod und Verderben auf sie lauerten.

Giordino unterbrach Pitt in seinen Gedanken. »Hast du nicht gesagt, daß diese Frau, die du in Ägypten getroffen hast, nach Mali fahren wollte?«

Pitt nickte. »Sie gehört zu einer Gruppe von Wissenschaftlern der Weltgesundheitsorganisation, die nach Mali geflogen ist, um eine seltsame Epidemie zu untersuchen, die in den Wüstensiedlungen ausgebrochen ist.«

»Schade, daß du dich nicht mit ihr treffen kannst«, sagte Giordino grinsend. »Du könntest im Mondschein mit ihr in der Wüste sitzen, den Arm um sie legen, ihr von den neuesten Ausgrabungen erzählen und den Sand durch die Finger rinnen lassen.«

»Wenn das deine Vorstellung von einer heißen Verabredung ist, dann wundert's mich nicht, daß es bei dir so selten klappt.«

»Wie kann man denn sonst eine Geologin unterhalten?«

»Biochemikerin«, korrigierte Pitt ihn.

Giordino wurde plötzlich ernst. »Ist es dir schon mal in den Sinn gekommen, daß sie und ihre Kollegen nach demselben Gift suchen könnten wie wir auch?«

»Der Gedanke ist mir gekommen, ja.«

In diesem Moment schoß Rudi Gunn aus seinem Labor. Er wirkte erschöpft, doch er strahlte übers ganze Gesicht. »Hab's gefunden«, rief er triumphierend.

Giordino sah ihn an und begriff gar nichts.

»Was gefunden?«

Gunn antwortete nicht. Er grinste wie ein Honigkuchenpferd.

Pitt ahnte es sofort. »Du hast es gefunden?«

»Den Übeltäter, der die Rote Flut verursacht?« murmelte Giordino.

Gunn nickte.

»Ich wollte schon fast aufgeben«, erklärte Gunn. »Doch den Durchbruch brachte meine Fahrlässigkeit. Ich hatte Hunderte von Wassserproben mittels der Gaschromatographie analysiert, doch ich hatte die Trennsäule nicht so häufig gereinigt, wie ich es eigentlich hätte tun sollen. Als ich schließlich die Ergebnisse überprüfte, fand ich eine Kobaltablagerung im Teströhrchen. Ich war vollkommen überrascht, daß zusammen mit der organischen Schmutzablagerung auch ein Metall herausgefiltert worden war. Nach stundenlangen mühseligen Experimenten, Modifikationen und Tests habe ich eine seltene organometallische Verbindung entdeckt, die im wesentlichen eine Kombination aus einer veränderten synthetischen Aminosäure mit Kobalt darstellt.«

»Kommt mir spanisch vor.« Giorgino zuckte die Schultern. »Was ist das, eine Aminosäure?«

»Das Zeug, aus dem Proteine bestehen.«

»Wie kann es in den Fluß gelangt sein?« fragte Pitt.

»Weiß ich nicht«, erwiderte Gunn. »Ich vermute, die synthetische Aminosäure stammt aus einem gentechnischen Labor, dessen Abfälle zusammen mit Chemikalien und radioaktivem Müll am Entstehungsort abgelagert werden. Die Vorstellung, daß diese Stoffe auf natürlichem Weg zusammentreffen und dann eine so wirkungsvolle Verbindung eingehen, daß diese, wenn sie das Meer erreicht, die Rote Flut verursacht, scheint abwegig. Ich glaube, sie entsteht an einem bestimmten Ort.«

»Könnte es sich um eine Deponie handeln, auf der auch radioaktiver Müll entsorgt wird?«

Gunn nickte. »Ich habe im Wasser eine recht hohe radioaktive Strahlung festgestellt. Doch die trägt nur zur bereits vorhandenen Verschmutzung bei und hat mit der Zusammensetzung unserer chemischen Verbindung nichts zu tun. Aber es besteht definitiv ein Zusammenhang.«

Pitt sagte nichts, sondern musterte auf dem Radarschirm wieder das Bild des Kanonenboots, das sich immer noch achtern außer Sichtweite hielt. Es schien noch weiter zurückgefallen zu sein. Er wandte sich um und suchte den Himmel nach den Düsenjägern ab. Noch immer flogen sie langsame Bogen, versuchten Treibstoff zu sparen und die *Kalliópe* aus sicherer Entfernung zu bewachen. Der Fluß hatte sich auf mehrere Kilometer verbreitert. Pitt hatte die Panzerfahrzeuge aus den Augen verloren.

»Unsere Aufgabe ist erst zur Hälfte erfüllt«, stellte er fest. »Als nächstes müssen wir den Punkt finden, an dem das Gift in den Niger gelangt. Die Malier scheinen es nicht eilig zu haben, uns auf die Pelle zu rücken. Also werden wir die Überprüfung flußaufwärts fortsetzen und versuchen, die Sache durchzuziehen, bevor sie uns einen Strich durch die Rechnung machen.«

»Wie können wir Chapman und Sandecker von unserem Fund verständigen? Unser Übermittlungssystem ist zerstört«, fragte Giordino.

»Ich werde mir etwas überlegen.«

Gunn nickte und verschwand wieder im Labor.

Dankbar überließ Pitt Giordino das Ruder, streckte sich unter dem Sonnensegel auf einer Matte aus und versuchte, etwas Schlaf nachzuholen.

Als er aufwachte, war die Sonne bereits zu einem Drittel am Horizont untergegangen, und doch hatte man das Gefühl, die Luft habe sich um zehn Grad erwärmt. Ein schneller Blick auf den Radarschirm zeigte, daß ihnen das Kanonenboot immer noch folgte, doch die Kampfflugzeuge waren auf Heimatkurs gegangen, um in der Basis aufzutanken. Langsam werden sie sorglos, dachte Pitt. Die Malier mußten den Eindruck gewonnen haben, daß ihre Beute in der Falle saß. Weshalb sonst drehten die Kampfflugzeuge ab, ohne von einer anderen Staffel abgelöst zu werden. Pitt stand auf, reckte sich, und Giordino reichte ihm einen Becher Kaffee.

»Hier, davon solltest du wach werden. Guter ägyptischer Kaffee mit richtigem Bodensatz.«

»Wie lange habe ich geschlafen?«

»Ungefähr zweieinhalb Stunden.«

»Sind wir schon an Gao vorbeigefahren?«

»Vor ungefähr 50 Kilometern. Du hast eine Superjacht verpaßt, mit jeder Menge Bikinischönheiten, die mir über die Reling Kußhändchen zugeworfen haben.«

»Du willst mich verarschen.«

Giordino hob drei Finger. »Großes Ehrenwort. Das war das phantastischste Hausboot, das ich je zu Gesicht bekommen habe.«

»Stellt Rudi immer noch einen hohen Giftgehalt fest?«

Giordino nickte. »Er sagt, die Konzentration werde mit jedem Kilometer, den wir zurücklegen, stärker.«

»Dann müßten wir nahe dran sein.«

»Er glaubt, wir fahren fast über die Quelle.«

Einen Augenblick flackerte etwas in Pitts Augen auf.

Giordino musterte ihn neugierig. »Dein Blick gefällt mir gar nicht.«

Pitt fing sich wieder. »Ich habe gerade nur daran gedacht, wie wir den großmäuligen Despoten einer Bananenrepublik daran hindern können, sich für seine Orgien die *Kalliópe* unter den Nagel zu reißen.«

»Und wie, glaubst du, kriegst du den gierigen Schimmer aus Kazims Augen?«

Pitt grinste. »Durch einen dreckigen Trick, mit dem er ganz und gar nicht rechnet.«

Kurz vor Sonnenuntergang rief Gunn von unten hoch: »Wir haben sauberes Wasser erreicht. Meine Instrumente zeigen keinerlei Kontamination mehr an.«

Pitt und Giordino drehte sich sofort um und suchten beide Ufer ab.

An dieser Stelle verlief der Fluß in einem leichten Bogen von Nordwesten nach Südosten. Dörfer oder Uferstraßen waren nicht in Sicht. Vor ihren Augen lag nur eine Einöde, die sich in jede Himmelsrichtung bis zum Horizont ausbreitete.

»Nichts«, murmelte Giordino. »Absolut nichts.«

Gunn tauchte auf und sah nach achtern. »Irgend etwas entdeckt?«

»Sieh doch selbst.« Giordino machte eine umfassende Armbewegung. »Nichts, nichts als Sand.«

»Im Osten gibt es eine geologische Bruchstelle«, sagte Pitt und wies auf eine breite Senke, die das Ufer teilte. »Sieht aus, als hätte sie einmal Wasser geführt.«

»Aber nicht zu unseren Lebzeiten«, erwiderte Gunn. »Könnte ein Nebenarm gewesen sein, der während der Regenzeit Wasser geführt hat.«

Ernst musterte Giordino das alte Strombett. »Rudi muß an den Knopf mit dem Videospiel gekommen sein. Hier fließt kein Gift in den Fluß.«

»Wendet und fahrt nochmal flußaufwärts, damit ich meine Daten überprüfen kann«, verlangte Gunn.

Pitt kam der Bitte nach und fuhr mehrere Meilen flußauf- und flußabwärts. Er begann nahe am Ufer und arbeitete sich dann über die Fahrrinne hinweg zur gegenüberliegenden Seite vor, bis die Propeller des Bootes Schlick vom ansteigenden Grund des Flusses aufwirbelten. Der Radarschirm zeigte, daß das Kanonenboot gestoppt hatte. Der Kapitän und die Offiziere fragten sich wahrscheinlich, was die Mannschaft der *Kalliópe* wohl im Schilde führte.

Gunn schob nach dem letzten Durchlauf seinen Kopf durch die Luke. »Die stärkste Konzentration zeigte sich an der Mündung dieses breiten, trockenen Seitenarms am Ostufer. Ganz sicher.«

Sie warfen einen zweifelnden Blick auf das seit Jahrhunderten ausgetrocknete Flußbett. Der felsübersäte Grund schlängelte sich nordwärts auf eine Reihe niedriger Wüstendünen zu. Niemand sagte ein Wort, als Pitt auf Leerlauf schaltete und das Boot mit der Strömung treiben ließ.

»Es gibt jenseits dieses Punktes keinerlei toxische Rückstände?« vergewisserte sich Pitt.

»Keine«, erwiderte Gunn ausdruckslos. »Die Konzentration steigt unmittelbar unterhalb des trockenen Flußlaufs an, und oberhalb ist sie verschwunden.«

»Möglicherweise ein natürliches Abfallprodukt des Bodens«, vermutete Giordino.

»Diese teuflische Verbindung ist auf gar keinen Fall ein Naturprodukt«, murmelte Gunn. »Soviel ist sicher.«

»Könnte es der unterirdische Abfluß eines Chemiewerks sein, das vielleicht hinter den Dünen liegt?« fragte Pitt.

Gunn zuckte die Schultern. »Das kann man ohne weitergehende Überprüfung nicht sagen. Unseren Teil der Aufgabe haben wir erfüllt. Jetzt liegt es an den Kontaminationsspezialisten, die restlichen Teilchen des Puzzles zusammenzusetzen.«

Pitt warf einen Blick über das Heck hinweg auf das Kanonenboot, das gerade in Sicht kam. »Unser Wachhund zerrt an der Kette. Es wäre nicht klug, wenn wir denen zeigen würden, was wir im Schilde führen. Am besten setzen wir unsere Fahrt fort, als wollten wir nur die Gegend genießen.«

»Schöne Gegend«, grunzte Giordino. »Dagegen ist Death Valley der reinste Garten Eden.«

Pitt schob die Gashebel nach vorn, die *Kalliópe* hob den Bug aus dem Wasser und schoß mit dumpfem Röhren davon. Kaum zwei Minuten später war das Kanonenboot weit im Kielwasser der Jacht zurückgeblieben. Jetzt, dachte Pitt, folgt der vergnügliche Teil.

18

General Kazim saß in einem Ledersessel am Ende eines Konferenztischs. Neben ihm hatten zwei Minister Malis und sein Generalstabschef Platz genommen. Auf den ersten Blick erweckten die moderne Malerei an den seidenbespannten Wänden und der dicke Teppich den Eindruck, der Konferenzraum befände sich in einem schicken Büro in einem modernen Gebäude. Die einzigen Anzeichen, die dagegen sprachen, waren die leicht gewölbten Wände und der gedämpfte Klang von Düsenmotoren.

Der elegant ausgestattete Airbus A 300 war nur eines der zahlreichen Geschenke, die Yves Massarde Kazim gemacht hatte. Im Gegenzug hatte Kazim dem Franzosen erlaubt, seine weitgespannten industriellen Interessen in Mali zu verfolgen, ohne irgendwelche Gedanken auf nebensächliche Details wie Gesetze und Auflagen verwenden zu müssen. Was Massarde auch immer wünschte, Kazim lieferte es – jedenfalls solange die Konten des Generals im Ausland wuchsen und er seine teuren Spielzeuge zur Verfügung gestellt bekam.

Der Airbus diente dem General und seinem Hofstaat nicht nur als privates Transportmittel, sondern war darüber hinaus auch mit einer Elektronik ausgerüstet, so daß er als militärische Kommandozentrale dienen konnte; hauptsächlich, um möglichen Korruptionsbeschuldigungen seitens der kleinen, aber lautstarken Opposition in Präsident Tahirs Parlament zuvorzukommen.

Kazim hörte schweigend zu, während sein Stabschef, Colonel Sghir Cheik, detailliert beschrieb, wie die Kanonenboote und der Helikopter in Benin vernichtet worden waren. Dann reichte er Kazim zwei Fotos von der Jacht. »Auf dem ersten Bild«, machte Cheik ihn aufmerksam, »fährt die Jacht unter der Trikolore. Doch seit sie in unser Land eingedrungen ist, fährt sie unter einer Piratenflagge.«

»Was ist denn das für ein Unsinn?« fragte Kazim unwirsch.

»Das wissen wir nicht«, gestand Cheik. »Der französische Botschafter schwört, daß dieses Boot seiner Regierung unbekannt und ein Franzose als Eigner nicht registriert ist. Was die Piratenflagge betrifft, das ist uns ein Rätsel.«

»Sie müssen herausbekommen, woher das Boot stammt.«

»Unsere Geheimdienstquellen waren nicht in der Lage, Hersteller oder Heimatland zu nennen. Die Linien und der Entwurf sind den größeren Jachtwerften in Amerika und Europa unbekannt.«

»Japan oder China vielleicht«, überlegte Malis Außenminister, Messaoud Djerma.

Cheik zupfte an seinem Bart und schob sich die getönte Designerbrille zurecht. »Unsere Agenten haben auch die Werften in Japan, Hongkong und Taiwan, die Jachten mit Geschwindigkeiten von mehr als 50 Stundenkilometern herstellen, überprüft. Keiner Werft war ein derartiges Boot bekannt.«

»Sie haben überhaupt keine Informationen über die Eindringlinge?« fragte Kazim ungläubig.

»Überhaupt keine.« Cheik hob die Hände. »Es ist, als seien sie vom Himmel gefallen.«

»Eine harmlos wirkende Jacht, die Flaggen wechselt wie eine Frau die Kleider, fährt nigeraufwärts«, knurrte Kazim kalt, »versenkt die halbe Flotte Benins inklusive ihres Admirals und dringt in unsere Gewässer vor, ohne sich die Mühe zu machen, für die Zollabfertigung anzuhalten, und Sie sitzen hier und erzählen mir, daß mein Geheimdienst weder die Nationalität der Werft noch des Eigners herausfinden kann?«

»Tut mir leid, General«, erwiderte Cheik nervös. Seine kurzsichtigen Augen vermieden den eisig starrenden Blick Kazims. »Vielleicht, wenn es mir gestattet gewesen wäre, in Niamey einen Agenten an Bord zu schicken ...«

»Es hat schon genug gekostet, die nigerianischen Beamten zu bestechen, damit sie, während das Boot auftankte, in die andere Richtung guckten. Das letzte, was ich hätte brauchen können, wäre ein idiotischer Agent gewesen, der irgendeinen Zwischenfall verursacht.«

»Haben sie auf unsere Funkkontakte reagiert?« fragte Djerma.

Cheik schüttelte den Kopf. »Unsere Anrufe wurden nicht beantwortet. Jegliche Kommunikation wurde ignoriert.«

»Was, in Allahs Namen, wollen die?« fragte Seyni Gashi. Der Chef von Kazims Generalstab sah eher wie ein Kameltreiber als wie ein Soldat aus. »In welchem Auftrag kurven die da herum?«

»Es scheint, daß die Lösung dieses Rätsels die geistige Potenz meines Geheimdienstes bei weitem übersteigt«, stellte Kazim unzufrieden fest.

»Warum entern wir das Boot nicht einfach und beschlagnahmen es?« fragte Außenminister Djerma. »Schließlich befindet es sich in unseren Gewässern.«

»Genau das hat Admiral Matabu versucht, und jetzt liegt er auf dem Grund des Flusses.«

»Das Boot ist mit Raketenwerfern bestückt«, betonte Cheik. »Sehr wirkungsvollen, wenn man das Ergebnis betrachtet.«

»Ganz sicher haben wir doch die notwendige Feuerkraft –«

»Mannschaft und Boot sitzen auf dem Niger in der Falle«, unterbrach ihn Kazim. »Sie können nicht wenden und 1000 Kilometer zurück zum Meer fahren. Es ist ihnen sicher klar, daß jeder Fluchtversuch für unsere Flugzeuge und die Landartillerie ein Grund sind, sie zu versenken. Wir warten ab. Und wenn ihnen der Treibstoff ausgeht, besteht ihre einzige Chance darin, sich zu ergeben. Dann werden unsere Fragen beantwortet.«

»Können wir ganz sicher davon ausgehen, daß man die Mannschaft davon überzeugt, daß sie den Grund ihres Einsatzes offenbaren muß?« fragte Djerma.

»Sicher«, erwiderte Cheik. »Und auch sonst noch einiges.«

Der Copilot kam aus dem Cockpit und nahm Haltung an. »Wir haben das Boot in Sichtweite, Sir.«

»Endlich können wir uns das rätselhafte Schiff selbst ansehen«, meinte Kazim.

Die enormen Anstrengungen und die Enttäuschung, die genaue Giftquelle nicht benennen zu können, hatten Pitt erschöpft und seine Wachsamkeit beeinträchtigt.

Giordino hörte das ferne Pfeifen von Düsenmotoren als erster. Er sah hoch und entdeckte das Flugzeug knapp 200 Meter über dem Fluß. Im blauen Abenddunst blitzten die Positionslichter. Beim Näherkommen sah man, daß es sich um eine große Passagiermaschine handelte, deren Rumpf an der Seite mit den malischen Nationalfarben lackiert war. Als Eskorte hätten zwei oder drei Jäger genügt: dieses Flugzeug wurde von zwanzig begleitet. Zunächst sah es so aus, als beabsichtige der Pilot, den Fluß entlang geradewegs auf die *Kalliópe* zuzufliegen, doch in einem Abstand von zwei Kilometern begann die Maschine zu kreisen, wobei sie sich in langsamen Spiralen näherte. Die Jägereskorte ging auf eine größere Höhe und flog dort Warteschleifen.

Als die Maschine – Pitt hatte inzwischen das große Radargehäuse an ihrer Nase ausgemacht und das Flugzeug als fliegenden Kommandostand identifiziert – kaum 100 Meter entfernt war, konnte man an den Backbordfenstern Gesichter sehen, die heruntersahen und jedes Detail der Jacht studierten.

Pitt stieß einen langen, leisen Seufzer aus und winkte. Dann verbeugte er sich wie ein Zirkusdirektor. »Treten Sie näher, Herrschaften. Schauen Sie sich das Piratenschiff und seine Besatzung fröhlicher Flußratten ruhig an. Genießen Sie den Anblick, doch bitte machen Sie nichts kaputt. Sie könnten sich verletzen.«

»Kaum zu glauben.« Giordino hockte sprungbereit auf der Leiter, die zum Maschinenraum führte, um möglichst schnell an seinen Raketenwerfer zu kommen, und blickte hinauf zu dem kreisenden Flugzeug. »Wenn der jetzt auch noch mit den Flügeln wackelt, schieße ich ihn ab.«

Gunn hockte lässig auf Deck in einem Sessel und schwenkte grüßend die Kaffeetasse. »Wenn euch nichts einfällt, wie wir uns unsichtbar machen können, dann schlage ich vor, wir tragen es mit Humor.«

»Wir sind im Nachteil, okay«, erklärte Pitt und schüttelte den Rest von Müdigkeit ab. »Dagegen können wir nichts machen. Die haben genug Feuerkraft, um aus der *Kalliope* Kleinholz zu machen.«

Gunn sah zu dem flachen Ufer und der dahinterliegenden öden Landschaft hinüber. »Hat keinen Zweck, das Boot auflaufen zu lassen und einen Fluchtversuch zu unternehmen. Das Gebiet ist vollkommen flach. Wir würden keine 50 Meter weit kommen.«

»Also, was tun wir?« fragte Giordino.

»Wir ergeben uns und hoffen das Beste«, forderte Gunn wenig überzeugt.

»Selbst in die Enge getriebene Ratten beißen um sich und versuchen zu entkommen«, erklärte Pitt. »Ich bin für eine letzte Geste, möglicherweise eine nutzlose, doch was soll's. Wir drohen ihnen mit der Faust, geben Vollgas und machen, daß wir fortkommen. Wenn ihnen das nicht paßt, machen wir Kanonenfutter aus ihnen.«

»Das machen die eher aus uns«, maulte Giordino.

»Meint ihr das tatsächlich so?« Gunn traute seinen Ohren kaum.

»Quatsch«, sagte Pitt gutgelaunt. »Meiner Mutter Sohn will nicht sterben. Ich wette, Kazim ist so scharf auf das Boot, daß er die nigerianischen Beamten geschmiert hat, damit sie es nach Mali weiterfahren lassen, und er es in die Pfoten kriegt. Wenn ich damit recht habe, will er nicht den mindesten Kratzer oder die kleinste Beule am Rumpf.«

»Du setzt aufs falsche Pferd«, widersprach Gunn. »Wenn du ein Flugzeug abschießt, stichst du in ein Hornissennest. Kazim wird alles, was er hat, hinter uns herjagen.«

»Das hoffe ich doch.«

»Du bist ja verrückt«, erklärte Giordino mißtrauisch.

»Die Kontaminationsdaten«, erklärte Pitt geduldig. »Deswegen sind wir hier. Ihr erinnert euch doch noch?«

»Daran brauchst du uns nicht zu erinnern«, erklärte Gunn und suchte nach einem Sinn in Pitts Worten, der offenbar unter Realitätsverlust litt. »Was hast du denn jetzt wieder ausgebrütet?«

»So sehr ich es auch hasse, ein wunderschönes, vollkommenes Boot zu zerstören, so ist doch ein Ablenkungsmanöver die einzige Möglichkeit, wie einer von uns entkommen und die Ergebnisse dieser Operation aus Afrika herausschmuggeln kann, um sie Sandecker und Chapman zukommen zu lassen.«

»Dein Wahnsinn hat Methode«, gab Giordino zu. »Red weiter.«

»Keine große Sache«, erklärte Pitt. »In einer Stunde ist es dunkel. Wir ändern unseren Kurs und fahren so lange Richtung Gao, bis Kazim das Spielchen leid ist. Rudi geht von Bord und schwimmt ans Ufer. Dann kümmern wir uns um das Feuerwerk und flüchten flußabwärts wie ein Fuchs mit der Meute auf den Fersen.«

»Das Kanonenboot hat da noch ein Wörtchen mitzureden, oder?« erinnerte ihn Gunn.

»Das kannst du vergessen. Wenn mein Timing stimmt, sind wir an der Flotte Malis vorbei, bevor die das mitkriegt.«

Giordino musterte ihn über den Rand seiner Sonnenbrille hinweg. »Hört sich an, als könnte es klappen. Wenn die Sache steigt, wird von den Maliern niemand aufs Wasser achten.«

»Und warum ausgerechnet ich?« wollte Gunn wissen. »Warum nicht einer von euch?«

»Weil du der Qualifizierteste bist«, erklärte Pitt. »Außerdem bist du ein hinterhältiger, listiger und windiger Typ. Wenn es jemand schafft, sich bis zum Flughafen von Gao durchzuschlagen und auszufliegen, dann du. Außerdem bist du der ausgebildete Chemiker. Das allein gibt dir die Ehre, die Giftsubstanz zu benennen und den Punkt zu bestimmen, an dem das Gift in den Fluß eintritt.«

»Wir könnten versuchen, uns zu unserer Botschaft in die Hauptstadt Bamako durchzuschlagen.«

»Keine Chance. Bamako liegt 600 Kilometer entfernt.«

»Dirk hat recht«, stimmte Giordino zu. »Seine und meine grauen Zellen zusammengenommen wären nicht in der Lage, dir die Formel für Badezimmerseife zu nennen.«

»Ich werde nicht abhauen und zulassen, daß ich beide euch für mich opfert«, insistierte Gunn.

»Red keinen Unsinn«, erwiderte Giordino unbewegt. »Du weißt genau, daß Dirk und ich nicht die Absicht haben, gemeinsam Selbstmord zu begehen.« Er wandte sich an Pitt. »Stimmt doch, oder?«

»Das kannst du laut sagen«, meinte Pitt lässig. »Nachdem wir Rudis Abgang vertuscht haben, präparieren wir die *Kalliópe* so, daß Kazim nie im Leben in den Genuß ihres Luxus kommt. Danach verlassen wir das Schiff und begeben uns auf der Suche nach der Giftquelle auf eine Reise quer durch die Sahara.«

»Was machen wir?« Giordino war fassungslos. »Eine Reise?«

»Du hast ein unglaubliches Talent, die Dinge einfach darzustellen«, erklärte Gunn.

»Quer durch die Sahara«, murmelte Giordino.

»Reisen bildet«, meinte Pitt gutgelaunt.

»Ich habe mich doch geirrt«, klagte Giordino. »Er will, daß wir uns selbst vernichten.«

»Uns selbst vernichten?« wiederholte Pitt. »Mein Freund, das waren die magischen Worte.«

19

Pitt warf noch einen letzten Blick zu den Flugzeugen, die immer noch ziellos Warteschleifen flogen. Sie hatten keinerlei Angriffsabsicht erkennen lassen und wollten wohl auch jetzt nicht angreifen. Wenn die *Kalliópe* erst ihre Fahrt flußabwärts aufgenommen hatte, würde Pitt keine Zeit mehr haben, die Flugzeuge im Auge zu behalten.

Er wandte den Blick ab und musterte die Flagge, die er an dem Mast aufgezogen hatte, an dem früher die Satellitenantenne befestigt gewesen war. Die kleine Piratenflagge am Heck hatte er eingeholt, nachdem er in einem Flaggenschrank das Sternenbanner gefunden hatte. Die US-Flagge war groß, fast zwei Meter lang. Doch da sich im Augenblick kein Lüftchen regte, hing sie schlaff herunter.

Er blickte nach achtern hinüber zur Gefechtskuppel. Die Geschützluken waren geschlossen. Giordino brachte die verbliebenen sechs Raketen an den Treibstofftanks an und schloß sie an einen Zeitzünder an. Gunn, das wußte Pitt, war unten und stopfte die Datenbänder mit den Analysedaten und aufgezeichneten Wasserproben in einen Plastiksack, den er fest verschnürte und anschließend zusammen mit ein paar Nahrungsmitteln und der Überlebensausrüstung in einem kleinen Rucksack verstaute.

Pitt wandte seine Aufmerksamkeit wieder dem Radarschirm zu und prägte sich die Position des malischen Kanonenbootes ein. Es fiel ihm erstaunlich leicht, seine Müdigkeit zu überwinden. Jetzt, da der Kurs endgültig festgelegt war, stieg sein Adrenalinspiegel.

Er holte tief Atem, schob die Gashebel vor und ließ das Ruder nach Backbord herumwirbeln.

Den Männern, die die *Kalliópe* aus der Luft beobachteten, kam es vor, als schösse das Boot plötzlich aus dem Wasser, um in der Luft eine volle Drehung zu machen. Mitten auf dem Fluß beschrieb die *Kalliópe* einen engen Bogen und stürmte dann mit voller Kraft in einer Wolke aus Gischt und Schaum flußabwärts. Wie ein gezogenes Schwert hob sich ihr Bug über das Wasser. Gleichzeitig tauchte das Heck tief ein, und hinter der *Kalliópe* schoß eine gewaltige Welle in die Höhe.

Das Sternenbanner entfaltete sich und flatterte im plötzlich einsetzenden Gegenwind. Pitt wußte, daß er gegen jede Regierungsanweisung verstieß, weil er die Flagge in einem fremden Land während einer illegalen Operation führte. Das Außenministerium würde Zeter und Mordio schreien, wenn sich aufgeregte malische Diplomaten die Haare raufen und scharfe Protestnoten einreichen würden. Weiß Gott, das würde einen Aufstand im Weißen Haus geben. Doch das kümmerte ihn einen Dreck.

Die Würfel waren gefallen. Vor ihm lockte das schwarze Band des Flusses. Nur das schwache Licht der Sterne wurde von der ruhigen Oberfläche reflektiert. Um die Fahrrinne nicht zu verfehlen, verließ sich Pitt nicht allein auf seine Nachtsicht, sondern kontrollierte beständig auch Radarschirm und Tiefenmesser. Wenn er das Boot mit voller Fahrt auf Grund setzte, würden nur noch Splitter übrig bleiben.

Das Tachometer, dessen Nadel die 70-Knoten-Markierung erreicht hatte und sich jetzt zitternd darüber bewegte, ignorierte er. Er brauchte auch nicht auf den Drehzahlmesser zu schauen, um zu wissen, daß er sich im roten Bereich befand. Die *Kalliópe* gab alles, was in ihr steckte – als ob sie ahnte, daß sie nie mehr den Heimathafen anlaufen würde.

Als sich das Kanonenboot beinahe im Zentrum des Radarschirms befand, spähte Pitt nach vorn in die Dunkelheit. Er konnte so gerade die Silhouette des Schiffes erkennen, das quer zur Fahrtrichtung lag und versuchte, ihm den Weg abzuschneiden. Das Kanonenboot führte keine Positionslichter, doch Pitt bezweifelte keinen Augenblick, daß die Geschütze auf die *Kalliópe* gerichtet waren.

Er beschloß, eine Finte nach Steuerbord zu machen, um die Kanoniere zu täuschen, und das Kanonenboot dann dicht vor dem Bug zu passieren. Die Malier hatten die Initiative, doch Pitt verließ sich darauf, daß Kazim nicht die Absicht hatte, eine der leistungsfähigsten Rennjachten der Welt mutwillig zu beschädigen. Der General stand nicht unter Zeitdruck. Ihm blieben noch mehrere hundert Kilometer Flußlauf, um das fliehende Boot zu stoppen.

Pitt stellte sich breitbeinig hin, die Hände fest um das Ruder geklammert, und bereitete sich auf die schnellen Ausweichmanöver vor. Aus irgendeinem unerfindlichen Grund erinnerten ihn das Brüllen der unter Vollgas laufenden Diesel-Turbomaschinen und das Heulen des Windes an den letzten Akt von Wagners Götterdämmerung. Jetzt fehlten nur noch Donner und Blitz.

Und die folgten unverzüglich.

Das Kanonenboot eröffnete das Feuer. Eine Geschoßgarbe fegte mit ohrenbetäubendem Lärm durch die Nacht, traf die *Kalliópe* und fraß sich in ihren Rumpf.

Völlig überrascht, bemerkte Kazim an Bord seines fliegenden Kommandostands den unerwarteten Angriff. Ihn packte die Wut.

»Wer hat dem Kapitän den Befehl gegeben, das Feuer zu eröffnen?« wollte er wissen.

Cheik war verblüfft. »Er muß auf eigene Verantwortung gehandelt haben.«

»Befehlen Sie ihm, das Feuer sofort einzustellen. Ich will das Boot unbeschädigt in die Hand bekommen.«

»Zu Befehl, Sir«, bestätigte Cheik, sprang auf und rannte in die Kommunikationskabine.

»Idiot!« knirschte Kazim mit wutverzerrtem Gesicht. »Meine Order waren eindeutig. Kein Gefecht, bevor ich es nicht sage. Ich will, daß der Kapitän und seine Offiziere wegen Befehlsverweigerung sofort exekutiert werden.«

Messaoud Djerma, der Außenminister, warf Kazim einen mißbilligenden Blick zu. »Sind das nicht sehr drastische Maßnahmen?«

Kazim starrte Djerma drohend an. »Nicht für die, die Befehle mißachten.«

Djerma schien unter dem mörderischen Blick des Überlegenen zu schrumpfen. Kein Mann, der Frau und Kinder hatte, wagte es, Kazim zu widersprechen. Diejenigen, die die Wünsche des Generals in Frage stellten, verschwanden auf Nimmerwiedersehen.

Ganz langsam wandte Kazim seine Augen von Djerma ab und konzentrierte sich wieder auf das Geschehen auf dem Fluß.

Die in der Dunkelheit der Wüste geisterhaft glühenden Leuchtspurgeschosse flitzten über das Wasser und verfehlten die *Kalliópe* an Backbord. Es klang, als hätten Dutzende von Kanonen gleichzeitig das Feuer eröffnet. Die Einschläge peitschten wie Hagel durchs Wasser.

Vor diesem ersten Sperrfeuer gab es kein Entkommen. Es blieb kaum Zeit zu reagieren. Vollkommen überrascht, duckte sich Pitt und ließ im selben Moment das Ruder herumwirbeln, um dem tödlichen Feuersturm zu entkommen. Die *Kalliópe* gehorchte und war einen Augenblick lang in Sicherheit – bis die Geschützmannschaften das Ziel wieder aufgenommen hatten. Erneut pfiffen orangefarbene Schnüre über den Fluß und trafen das mit Höchstgeschwindigkeit laufende Boot, rissen den Stahlrumpf auf und zerfetzten die aus Fiberglas bestehenden Aufbauten. Das Donnern der Einschläge erinnerte an einen Autoreifen, der auf der Fahrbahn über Reflektoren rumpelt.

Rauch und Flammen schossen aus den Einschußlöchern im Vorschiff, wo die Geschoßgarben die Nylonleinen in Brand gesteckt hatten. Das Armaturenbrett explodierte, die Splitter pfiffen Pitt um die Ohren. Glücklicherweise wurde er nicht getroffen, doch er merkte, wie ihm etwas Feuchtes über die Wange lief. Er verfluchte seine Dummheit, daß er geglaubt hatte, die Malier wollten die *Kalliópe* nicht zerstören, und bedauerte zutiefst, daß Giordino die Raketen aus den Abschußrampen entfernt und an den Treibstofftanks angebracht hatte. Ein Treffer im Maschinenraum, und von ihnen würde allenfalls noch etwas Fischfutter übrigbleiben.

Er befand sich jetzt so nahe am Kanonenboot, daß er im Schein des Mündungsfeuers den orangefarbenen Zeiger seiner alten Doxa-Taucheruhr hätte ablesen können.

Wild ließ er das Ruder herumwirbeln, und die beschädigte Jacht schoß in kaum zwei Metern Entfernung am Bug des Kanonenboots vorüber. Die Heckwelle der *Kalliópe* brachte das Kriegsschiff derart zum Rollen, daß die Geschützmannschaften nicht mehr zielen konnten und die Granaten harmlos in den Himmel schossen.

Dann, ganz unvermittelt, wurde das Feuer eingestellt. Pitt verschwendete keinen Gedanken daran, den Grund herauszufinden. Er blieb auf Zickzackkurs, bis das Kanonenboot weit hinter ihm in der Dunkelheit zurückgeblieben war. Erst als er sich überzeugt hatte, daß sie sich in Sicherheit befanden und das noch funktionierende Radargerät keine angreifenden Flugzeuge zeigte, entspannte er sich und atmete tief durch.

Giordino tauchte neben ihm auf. In seiner Miene spiegelte sich Sorge. »Bist du okay?«

»Bis auf die Tatsache, daß ich einen Trottel aus mir gemacht habe, ja. Wie steht's mit dir und Rudi?«

»Gut, abgesehen von ein paar Schrammen, die ich deinen lausigen Manövern zu verdanken habe. Rudi hat einen Schlag auf den Kopf abgekriegt, als es ihn in einer scharfen Kurve von den Beinen gehauen hat, doch das hat ihn nicht davon abgehalten, das Feuer im Bug zu bekämpfen.«

»Ein zäher kleiner Bursche.«

Giordino knipste eine Taschenlampe an und richtete sie auf Pitts Gesicht. »Hast du gewußt, daß ein Glassplitter in deiner häßlichen Visage sitzt?«

Pitt nahm eine Hand vom Ruder und tastete vorsichtig über seine Wangen. »Du kannst ihn besser sehen als ich. Zieh ihn raus.«

Giordino schob den Griff der Taschenlampe zwischen seine Zähne, richtete den Lichtstrahl auf Pitts Verletzung und griff behutsam mit Daumen und Zeigefinger nach dem Splitter. Dann zog er ihn mit einem schnellen Ruck heraus. »Größer, als ich dachte«, meinte er. Er warf das Glasstück über Bord und holte einen Erste-Hilfe-Kasten aus dem Cockpit. Nachdem er mit drei Stichen die Wunde genäht und anschließend verbunden hatte, trat Giordino einen Schritt zurück und bewunderte sein Werk. Pitt hielt nach wie vor Fluß und Instrumente im Auge. »Na, siehst du. Eine brillante Operation, die dazu beiträgt, den Ruhm Dr. Albert Giordinos, dem Wüstenarzt, zu mehren.«

»Welche Großtat ist denn als nächstes auf medizinischem Gebiet zu erwarten?« fragte Pitt gerade, als er den schwachen, gelben Schein einer Laterne ausmachte, das Gas wegnahm und mit der *Kalliópe* einen weiten Bogen beschrieb. Nur knapp verfehlte er eine Pinasse, die im Dunkeln segelte.

»Welche wohl? Du bekommst natürlich die Rechnung.«

»Ich schick dir mit der Post einen Scheck.«

Gunn kam von unten, einen Eiswürfel gegen eine dicke Beule an seinem Hinterkopf gepreßt. »Dem Admiral wird das Herz brechen, wenn er erfährt, was wir mit seinem Boot angestellt haben.«

»Ich glaube, tief im Innern hat er nicht damit gerechnet, es jemals wiederzusehen«, vermutete Giordino.

»Ist das Feuer gelöscht?« fragte Pitt Gunn.

»Glimmt noch. Ich werde mich darum kümmern, sobald ich den Rauch aus meinen Lungen habe.«

»Gibt's unten irgendwelche Lecks?«

Gunn schüttelte den Kopf. »Die meisten Treffer haben wir weiter oben abbekommen. Unter der Wasserlinie wurden wir nicht getroffen. Die Bilge ist trocken.«

»Sind die Flugzeuge noch in der Nähe? Auf dem Radar kann ich nur eins ausmachen.«

Giordino hob den Kopf und suchte den Himmel ab. »Nur die Passagiermaschine beobachtet uns noch«, bestätigte er. »Es ist zu dunkel, um die Jäger ausmachen zu können. Sie befinden sich außer Hörweite, doch meine Nase sagt mir, daß sie sich noch in der Gegend herumtreiben.«

»Wie weit noch bis Gao?« fragte Gunn.

»Ungefähr 80 Kilometer«, schätzte Pitt. »Selbst bei dieser Geschwindigkeit dauert es noch über eine Stunde, bis wir die Lichter der Stadt zu Gesicht bekommen.«

»Vorausgesetzt, die Typen da oben lassen uns in Frieden«, sagte Giordino und hob seine Stimme um zwei Oktaven, um Wind und Motorengeräusche zu übertönen.

Gunn deutete auf das tragbare Funkgerät, das sich auf einer Ablage befand. »Wäre nicht verkehrt, wenn wir die ein bißchen an der Nase herumführten.«

Pitt grinste im Dunkeln. »Ja, ich meine, jetzt ist es an der Zeit, den Hörer abzunehmen.«

»Warum nicht?« spann Giordino den Gesprächsfaden weiter. »Ich bin gespannt, was die uns zu sagen haben.«

»Wenn wir uns mit ihnen unterhalten, könnte uns das die Zeit verschaffen, die wir benötigen, um Gao zu erreichen«, riet Gunn. »Wir müssen noch ziemlich weit fahren.«

Pitt übergab das Ruder an Giordino und drehte die Lautstärke am Funkgerät voll auf, damit die Männer trotz des Lärms die Unterhaltung mitverfolgen konnten. »Guten Abend«, meldete er sich gutgelaunt, »womit können wir Ihnen behilflich sein?«

Eine kurze Pause. Dann antwortete eine Stimme auf französisch.

»Ich hasse das«, murmelte Giordino.

Pitt sah, während er sprach, zum Flugzeug hoch. »Non parlez vous français.«

Gunn zog die Brauen hoch. »Weißt du, was du da gesagt hast?«

Pitt warf ihm einen unschuldigen Blick zu. »Ich habe sie darüber informiert, daß ich nicht Französisch spreche.«

»Vous heißt ihr«, belehrte ihn Gunn. »Du hast ihm gerade klargemacht, daß er kein Französisch kann.«

»Egal, er wird's schon begreifen.«

Wieder meldete sich die Stimme über den Lautsprecher. »Ich verstehe Englisch.«

»Na prima«, erwiderte Pitt. »Fahren Sie fort.«

»Identifizieren Sie sich.«

»Nach Ihnen.«

»Nun gut. Ich bin General Zateb Kazim, Vorsitzender des obersten Militärrats von Mali.«

Bei dieser Aussage drehte sich Pitt um und sah Giordino und Gunn an. »Der Häuptling persönlich.«

»Ich wollte schon immer mal von einem Würdenträger begrüßt

werden«, erklärte Giordino sarkastisch. »Hätte niemals gedacht, so etwas mitten in der Pampa zu erlebenl«

»Identifizieren Sie sich«, wiederholte Kazim. »Kommandieren Sie ein amerikanisches Schiff?«

»Edward Teach, Kapitän der *Queen Anne's Revenge*.«

»Ich habe die Universität Princeton besucht«, erwiderte Kazim trocken. »Die Person des Piraten Blackbeard ist mir bekannt. Hören Sie also mit dem Unsinn auf und ergeben Sie sich.«

»Und wenn ich andere Pläne habe?«

»Dann werden Sie und Ihre Mannschaft von Jagdbombern der malischen Luftstreitkräfte vernichtet.«

»Wenn die nicht besser schießen als die Kanonenboote Ihrer Marine«, stichelte Pitt, »dann brauchen wir uns keine Sorgen zu machen.«

»Veranstalten Sie keine Spielchen«, sagte Kazim, und seine Stimme klang plötzlich scharf. »Wer sind Sie, und was haben Sie in meinem Land verloren?«

»Wir sind Touristen auf einem kleinen Angelurlaub.«

»Drehen Sie bei, und übergeben Sie Ihr Schiff unverzüglich!« knurrte Kazim.

»Nein, das werde ich nicht tun«, erwiderte Pitt höflich.

»Sie und Ihre Mannschaft werden mit Sicherheit sterben, wenn Sie dem Befehl nicht Folge leisten.«

»Dann gehen Sie eines Bootes verlustig, wie es auf der Welt kein zweites gibt. Einzigartig. Ich nehme an, Sie haben gewisse Vorstellungen von seinen Fähigkeiten.«

Das plötzlich einsetzende Schweigen verriet Pitt, daß er mitten ins Schwarze getroffen hatte.

»Ich habe die Berichte über den Zwischenfall, an dem mein verstorbener Freund, Admiral Matabu, beteiligt war, gelesen. Die Feuerkraft Ihres Boots ist mir bekannt.«

»Dann wissen Sie auch, daß wir Ihr Kanonenboot aus dem Wasser hätten pusten können.«

»Ich bedauere, daß gegen meinen Befehl auf Sie geschossen wurde.«

»Wir können auch Ihren lahmen fliegenden Befehlsstand vom Himmel holen«, bluffte Pitt.

Kazim war kein Dummkopf. Diese Möglichkeit hatte er bereits bedacht. »Ich sterbe, Sie sterben. Und was haben wir davon?«

»Ich brauche etwas Zeit, um darüber nachzudenken. Sagen wir bis Gao?«

»Ich bin ein großzügiger Mensch«, antwortete Kazim ungewöhnlich geduldig. »Doch in Gao werden Sie geradewegs zum Anlegeplatz der städtischen Fähre fahren und festmachen. Wenn Sie weiterhin auf Ihrem dummen Vorhaben, zu fliehen, beharren, wird meine Luftwaffe Sie in die Hölle der Ungläubigen befördern.«

»Verstehe, General. Sie haben sich kristallklar ausgedrückt.« Pitt schaltete das Funkgerät aus und grinste übers ganze Gesicht. »Ich liebe es, ein gutes Geschäft abzuschließen.«

Die Lichter Gaos schimmerten kaum fünf Kilometer entfernt in der Dunkelheit. Pitt übernahm von Giordino das Steuer und nickte Gunn zu. »Mach dich bereit, ins Wasser zu springen, Rudi.«

Zögernd blickte Gunn auf das schäumende Wasser. »Nein, nicht bei der Geschwindigkeit.«

»Keine Angst«, beruhigte Pitt ihn. »Ich gehe auf zehn Knoten runter. Du läßt dich auf der dem Flugzeug abgewandten Seite über Bord gleiten. Sobald du fort bist, gebe ich wieder Gas.« Dann drehte er sich zu Giordino um. »Beruhige Kazim. Lenk ihn ab.«

Giordino ging ans Funkgerät und bat in gedämpftem Ton: »Könnten Sie Ihre Bedingungen wiederholen, General?«

»Stellen Sie Ihren sinnlosen Fluchtversuch ein, übergeben Sie in Gao Ihr Boot, und Ihnen wird nichts geschehen. Das sind die Bedingungen.«

Während Kazim sprach, lenkte Pitt die *Kalliópe* näher an das Ufer heran, an dem die Stadt lag. Die Anspannung im Cockpit und seine eigenen Befürchtungen verstärkten sich und übertrugen sich auf seinen Freund. Er überlegte, daß Gunn verschwunden sein mußte, bevor er durch die schimmernden Lichter der Stadt Gao, die sich im dunklen Wasser spiegelten, entdeckt werden konnte. Und seine Befürchtungen bestanden zu Recht. Es ging darum zu vermeiden, die Malier durch sein Manöver mißtrauisch zu machen. Das Echolot zeigte, daß der Grund schnell seichter wurde. Er nahm das Gas weg und lenkte den Bug der *Kalliópe* wieder ins tiefe Wasser. Die Geschwindigkeit sank so schnell, daß er nach vorne gegen das Armaturenbrett geschleudert wurde.

»Jetzt«, schrie Pitt Gunn zu. »Auf geht's und viel Glück!«

Ohne ein Wort des Abschieds faßte der kleine NUMA-Wissenschaftler nach den Riemen seines Rucksacks, ließ sich über die Reling rollen und war verschwunden. Beinahe im gleichen Moment gab Pitt wieder Vollgas.

Giordino hielt nach achtern Ausschau, doch Gunn war im dunklen Fluß nicht mehr zu sehen. Zufrieden, daß sein Freund nur noch die 50 Meter, die das Boot vom Ufer getrennt hatten, schwimmend zurücklegen mußte, drehte er sich um und nahm die Unterhaltung mit General Kazim wieder auf.

»Wenn Sie uns die sichere Ausreise aus Ihrem Land zusagen, dann gehört das Boot Ihnen. Jedenfalls das, was davon übrig ist, nachdem Ihr Kanonenboot es in der Mangel hatte.«

Kazim verriet keinerlei Mißtrauen wegen der kurzen Unterbrechung der rasenden Fahrt. »Ich akzeptiere«, erwiderte er sanft, doch damit täuschte er niemanden.

»Wir haben keine Lust in einem schmutzigen Fluß im Kugelhagel zu sterben.«

»Eine weise Entscheidung«, bekräftigte Kazim. Die Worte waren höflich, doch in seiner Stimme klangen Feindschaft und Triumph mit. »Es bleibt Ihnen allerdings auch keine andere Wahl.«

Pitt hatte die böse Ahnung, sein Blatt überreizt zu haben. Er und auch Giordino zweifelten nicht im geringsten daran, daß Kazim sie umbringen und ihre Leichen den wilden Tieren zum Fraß vorwerfen wollte. Ihre Chancen, am Leben zu bleiben, waren derart dürftig, daß kein Spieler auch nur einen Penny auf sie gesetzt hätte.

Sein Plan, wenn man ihn überhaupt als solchen bezeichnen konnte, würde ihnen ein paar Stunden Zeit verschaffen, mehr nicht. Langsam verfluchte er sich, weil er sich eingebildet hatte, sie würden damit durchkommen.

Doch einen Moment später tauchte plötzlich und unerwartet in der Nacht die Rettung auf.

20

Giordino tippte auf Pitts Schulter und deutete flußabwärts. »Dieses Licht da, Steuerbord, das kommt von diesem irren Hausboot, von dem ich dir erzählt habe. An dem wir vorhin vorbeigekommen sind. Das Ding ist ausgerüstet wie die Jacht eines Milliardärs, komplett mit Hubschrauber und einer Menge hübscher Frauen.«

»Glaubst du, die haben ein satellitengestütztes Kommunikationssystem an Bord, das wir benutzen könnten, um Washington zu verständigen?«

»Ich wäre nicht mal überrascht, wenn die Telex an Bord hätten.«

Pitt drehte sich um und grinste Giordino an. »Da wir keine sonstigen dringenden Verpflichtungen haben, weshalb schauen wir nicht mal rein?«

Giordino lachte und gab ihm einen Klaps auf den Rücken. »Ich mache die Zünder scharf.«

»Dreißig Sekunden dürften genügen.«

»In Ordnung.«

Giordino reichte Pitt das Funkgerät und kletterte die Leiter hinunter in den Maschinenraum. Pitt gab gerade den Kurs in einen Computer ein und schaltete die automatische Steuerung ein, als Giordino schon wieder auftauchte. Glücklicherweise war der Fluß hier breit und gerade, so daß die *Kalliópe* eine ganze Strecke unbemannt weiterlaufen konnte, nachdem sie von Bord gegangen waren.

Er nickte Giordino zu. »Fertig?«

»Sag los!«

»Da fällt mir noch etwas ein.« Pitt griff zum Funkgerät. »General Kazim? Ich habe mich anders entschieden. Sie können das Boot nun doch nicht haben. Einen schönen Abend noch.«

Giordino grinste. »Es geht eben nichts über eine gute Erziehung.«

Pitt warf lässig das Funkgerät über Bord und wartete, bis die *Kalliópe* auf der Höhe des Hausboots angekommen war. Dann nahm er das Gas weg.

Sobald die Nadel auf 20 Knoten gefällen war, schrie er: »Jetzt!«

Giordino brauchte nicht lange überredet zu werden. Er lief über das Achterdeck und sprang über das Heck. Mitten in der Hecksee kam er auf; sein Eintauchen ging in der Gischt unter. Pitt zögerte gerade so lange, um wieder Vollgas geben zu können, bevor er sich, zu einer Kugel zusammengerollt, seitwärts über die Reling fallen ließ. Der plötzliche Aufprall erfolgte mit einer derartigen Wucht, daß ihm fast die Luft wegblieb. Glücklicherweise war das Wasser lauwarm und hüllte ihn ein wie eine dicke Decke. Er achtete sorgsam darauf, kein Wasser des vergifteten Flusses zu schlucken. Ihre Lage war düster genug, ohne auch noch todkrank zu werden.

Er rollte sich gerade rechtzeitig auf den Rücken, um mitansehen zu können, wie die *Kalliópe* pfeilschnell in die Dunkelheit schoß. Ein verlassenes Boot, das nur noch wenige Augenblicke existieren würde. Pitt paddelte auf der Stelle und wartete darauf, daß die Raketen und Treibstofftanks explodierten. Er mußte nicht lange warten. Selbst aus einem Kilometer Entfernung war die Explosion ohrenbetäubend, und die Schockwelle traf seinen Körper wie ein unsichtbarer Schlag. In einem riesigen orangefarbenen Ball schossen die Flammen empor, als die treue *Kalliópe* in tausend Stücke gerissen wurde. Innerhalb von 30 Sekunden war die Jacht spurlos verschwunden.

Eine seltsame Ruhe herrschte jetzt, da das Donnern der Motoren und der Explosion jenseits des Ufers über der Wüste verhallt war. Die einzigen Geräusche stammten von Kazims fliegendem Kommandostand und von den sanften Klängen eines Klaviers, die von dem Hausboot herüberkamen.

Giordino schwamm in Seitenlage an ihm vorbei. »Was hältst du vom Schwimmen? Du siehst aus, als würdest du zu Fuß gehen.«

»Das tue ich nur bei besonderen Gelegenheiten.«

Giordino deutete mit einer Hand zum Himmel. »Meinst du, wir haben sie getäuscht?«

»Im Augenblick, ja. Doch die kommen schon schnell genug dahinter.«

»Sollen wir jetzt die Party sprengen?«

Pitt rollte sich herum und schwamm locker in Brustlage los. »Na klar.«

Beim Schwimmen musterte er das Hausboot. Es war das ideale Fahrzeug, um den Fluß zu befahren. Das Boot konnte nicht mehr als gut einen Meter Tiefgang haben. Design und Linienführung erinnerten Pitt an einen alten Mississippidampfer, ähnlich der *Robert E. Lee*, nur daß hier keine Schaufelräder zu sehen und die Aufbauten sehr viel moderner waren. Die einzige wirkliche Übereinstimmung bestand im Ruderhaus, vorne, über dem Vorderdeck. Mit einem hochseetüchtigen Rumpf hätte das Boot zur Klasse der Mega-Jachten gezählt. Er musterte den schlanken Hubschrauber, der in der Mitte des Achterdecks stand, das dreistöckige gläserne Atrium mit seinen Tropenpflanzen und die hochmoderne Antennenanlage, die hinter dem Ruderhaus montiert war. Das Hausboot war ein Traum.

Sie waren noch 20 Meter von der Gangway des Hausboots entfernt, als das Kanonenboot mit voller Fahrt flußabwärts rauschte. Pitt konnte die schattenhaften Gestalten der Offiziere auf der Brücke erkennen. Sie alle hielten angestrengt Ausschau auf den Explosionsherd und schenkten dem Wasser außerhalb der Lichtkegel ihrer Scheinwerfer nicht die geringste Beachtung. Pitt bemerkte aber eine Gruppe Matrosen am Bug, und ihm war klar, daß die Männer das Wasser nach Überlebenden absuchten. Sie hielten automatische Waffen in den Händen, deren Sicherungshebel ganz bestimmt auf Feuerposition umgelegt waren.

Bevor er unter der Bugwelle des Kanonenbootes hindurchtauchte, entdeckte Pitt aus dem Augenwinkel eine Gruppe Passagiere, die plötzlich auf dem Promenadendeck des Hausboots auftauchte. Die Leute unterhielten sich aufgeregt und deuteten auf die Stelle, an der die *Kalliópe* in die Luft geflogen war. Das Hausboot und seine unmittelbare Umgebung waren durch Flutlichtscheinwerfer, die am Oberdeck angebracht waren, hell erleuchtet. Pitt tauchte wieder auf, hielt inne, und blieb unmittelbar am Rand der beleuchteten Fläche im Dunkeln.

»Weiter kommen wir nicht, ohne entdeckt zu werden«, sagte er zu Giordino, der, einen Meter entfernt, auf dem Rücken trieb.

»Also kein großartiger Auftritt?« fragte Giordino.

»Es kommt mir diskreter vor, Admiral Sandecker von unserer Lage in Kenntnis zu setzen, bevor wir die Party sprengen.«

»Wie üblich könntest du recht haben, bist ein schlauer Kerl«, stimmte Giordino zu. »Der Eigner könnte uns für Diebe in der Nacht halten – was wir zweifellos auch sind – und uns in Ketten legen lassen, was er sicher ohnehin tun wird.«

»Ich schätze den Abstand auf 20 Meter. Wie steht's mit deiner Luft?«

»Ich kann ebenso lange die Luft anhalten wie du.«

Pitt holte ein paarmal tief Atem, hyperventilierte, um das Kohlendioxid in seinen Lungen zu minimieren, atmete dann tief jeden Kubikmillimeter Sauerstoff ein, bevor er unter Wasser verschwand.

Er wußte, daß Giordino ihm folgte. Deshalb ging er tief runter und kämpfte dort gegen die allgegenwärtige Strömung an. Er hielt sich weiter tief, fast drei Meter unter der Oberfläche, und schwamm auf den Rumpf des Hausboots zu. Der stärker werdende Lichtschein verriet ihm, daß er näher kam. Als ihn ein Schatten traf, wußte er, daß er sich unter der Wölbung des Rumpfes befand. Er tastete nach oben, bis seine Finger den Bewuchs berührten, der sich am Boden des Schiffes gebildet hatte. Dann schob er sich behutsam seitwärts, bis er unmittelbar neben dem Aluminiumrumpf auftauchte.

Tief atmete er die Nachtluft ein und sah nach oben. Es war unmöglich, ungesehen über die Gangway an Bord zu gelangen. Giordino tauchte auf und erfaßte sofort die Lage.

Schweigend deutete Pitt unter den Rumpf. Er hielt die Hände auseinander, um den Tiefgang des Schiffes anzudeuten. Giordino verstand, nickte, und beide holten wieder tief Luft. Dann ließen sie sich nach vorne rollen, verschwanden leise außer Sicht und tauchten unter den Rumpf des Schiffes. Das Hausboot war so breit, daß es fast eine Minute dauerte, bis sie auf der anderen Seite wieder auftauchten.

Die Backborddecks lagen leer und verlassen da. Von der Explosion der *Kalliópe* angezogen, war jeder nach Steuerbord gelaufen. Ein Gummifender lief rund um den Rumpf, und Pitt und Giordino benutzten ihn, um sich an Bord zu hieven. Zwei Sekunden brauchte Pitt, um sich einen groben Überblick über das Hausboot zu verschaffen. Sie mußten weiter nach oben. Gefolgt von Giordino, stieg er vorsichtig eine Treppe zum nächsten Deck empor. Nach einem schnellen Blick durch ein großes Fenster in einen Speisesalon, der in Größe und Eleganz dem eines Luxusrestaurants entsprach, stiegen sie weiter nach oben, bis sie auf dem Deck, das sich unmittelbar unter dem Ruderhaus befand, angekommen waren.

Pitt schob vorsichtig eine Tür auf und sah in einen verschwenderisch ausgestatteten Salon. Glas, elegant geschwungenes Metall, Leder in

Gold- und Gelbtönen. An der Wand befand sich eine gut gefüllte Bar.

Der Barkeeper war nicht da. Wahrscheinlich sah er sich zusammen mit den anderen draußen das Spektakel an. An einem Klavier mit schimmernden Messingbeschlägen saß eine langhaarige, braungebrannte Blondine mit nackten Beinen und schmalen Hüften. Sie trug ein hautenges, schwarzes Minikleid und spielte gerade eine langsame Version von »The Last Time I Saw Paris«. Sie spielte miserabel und sang dazu mit rauchiger Stimme. Über den Tasten standen in einer Reihe vier leere Martinigläser. Sie sah aus, als habe sie seit Sonnenaufgang in Gin gebadet. Sie hörte mitten im Refrain auf und musterte Pitt und Giordino aus samtgrünen Augen, die allerdings halb geschlossen waren.

»Welche Katze hat euch beide denn angeschleppt?« murmelte sie.

Pitt erblickte Giordino und sich im Spiegel hinter der Bar. Zwei Männer in tropfnassen T-Shirts und Shorts, deren Haar am Kopf klebte und die sich seit gut einer Woche nicht mehr rasiert hatten. Man konnte der jungen Frau wirklich nicht übelnehmen, daß sie in ihren Augen aussahen wie halbersoffene Ratten. Er hob einen Finger an die Lippen, damit sie schwieg, griff nach ihrer Hand und gab ihr einen Handkuß. Dann ging er an ihr vorbei und verschwand durch eine Tür in einen Gang.

Giordino blieb stehen, schenkte ihr einen lüsternen Blick und zwinkerte ihr zu. »Mein Name ist Al«, flüsterte er in ihr Ohr. »Ich liebe dich und komme wieder.«

Dann war auch er verschwunden.

Der Gang schien endlos lang zu sein. Seitliche Abzweigungen verloren sich in jeder Richtung. Für jemanden, der sich unvermittelt hier wiederfand, war dies ein richtiges Labyrinth. Wenn das Hausboot von außen schon riesig wirkte, dann war es im Innern überwältigend.

»Wir könnten ein paar Motorräder und eine Straßenkarte gebrauchen«, murmelte Giordino.

»Wenn mir das Boot gehörte«, sagte Pitt, »würde ich mir Büro und Kommunikationszentrum im vorderen Teil des Oberdecks einrichten. Von da aus hätte man einen schönen Blick über den Bug.«

»Ich glaube, ich heirate die Klavierspielerin.«

»Jetzt nicht«, erwiderte Pitt müde. »Komm, wir gehen nach vorne und überprüfen dabei die Türen.«

Die einzelnen Abteilungen ließen sich leicht zuordnen, denn die Türen waren mit massiven Messingplatten beschriftet. Wie Pitt vermutet hatte, trug die Tür am Ende des Ganges die Inschrift »Privatbüro Mr. Massarde«.

»Muß sich um den Kerl handeln, dem dieser schwimmende Palast gehört«, stellte Giordino fest.

Pitt antwortete nicht, sondern trat ein. Jedes Vorstandsmitglied eines bedeutenden westlichen Unternehmens wäre beim Anblick der Büroräume auf diesem Hausboot, das mitten in der Wildnis ankerte, grün vor Neid geworden. Das Zentrum bildete ein antiker spanischer Konferenztisch mit zehn Sesseln, deren Polsterung in den blassen Farben der Meisterweber aus der Navajo-Reservation gehalten war. Schmuckstücke und Bilder an den Wänden stammten aus dem Südwesten Amerikas. Lebensgroße Skulpturen der Hopi Kachina, aus riesigen Pappelwurzeln geschnitzt, standen in geräumigen Nischen zwischen den Schotts. Die Decke war mit Latillas verkleidet, kleinen Zweigen, die man über Vigas, Stämmen, die normalerweise das Dach stützten, angeordnet hatte. Die Fenster waren dicht verhangen. Einen Augenblick lang mochte Pitt nicht glauben, daß er sich auf einem Boot befand.

Eine Sammlung feiner Zeremonientöpferei und spiralförmig geflochtener Körbe stand auf langen Regalen hinter dem riesigen Schreibtisch aus sonnengebleichtem Holz. Ein komplettes Kommunikationssystem war in einen Trastero, einen Schrank aus dem 19. Jahrhundert, eingebaut.

Der Raum war leer, und Pitt verlor keine Zeit. Eilig ging er auf die Telefonkonsole zu, setzte sich und musterte einen Augenblick lang die komplizierte Anordnung der Bedienungsknöpfe. Dann drückte er die Zahlen. Als er mit Land und Stadt fertig war, fügte er Sandeckers Privatnummer hinzu und lehnte sich zurück. Der Lautsprecher in der Konsole gab eine Folge von Klicken und Klacken von sich. Dann kam zehn Sekunden lang überhaupt kein Geräusch. Schließlich erklang das typische Summen eines angewählten Telefonanschlusses in Amerika aus dem Lautsprecher.

Nach zehnmaligem Läuten wurde Pitt nervös. »Um Gottes Willen, weshalb geht niemand dran?« fragte er frustriert.

»In Washington ist es fünf Stunden später als in Mali. Hier haben wir Mitternacht, also nehme ich an, er liegt noch im Bett und schläft.«

Pitt schüttelte den Kopf. »Nicht Sandecker. Der schläft während einer Krise niemals.«

»Wäre besser, wenn er dranginge«, drängte Giordino. »Die Meute folgt im Gang bereits unseren Wasserspuren.«

»Halt sie mir vom Leib«, sagte Pitt.

»Was, wenn die Pistolen haben?«

»Mach dir darüber Gedanken, wenn es so weit ist.«

Giordino sah sich im Raum um und warf einen Blick auf die indianischen Kunstschätze. »Halt sie mir vom Leib, sagt er«, grunzte Giordino. »Mir wird's gehen wie Custer in Montana.«

Schließlich meldete sich eine Frauenstimme. »Büro Admiral Sandecker.«

Pitt griff sich den Hörer. »Julie?«

Julie Wolff, Sandeckers Privatsekretärin, schnappte nach Luft. »Oh, Mr. Pitt. Sind Sie das?«

»Ja. Ich habe nicht erwartet, daß Sie sich zu nachtschlafender Zeit im Büro aufhalten.«

»Seit der Kontakt zu Ihnen abgebrochen ist, haben wir alle kein Auge mehr zugetan. Gott sei Dank, Sie leben. Alle bei der NUMA sind ganz krank vor Sorge. Geht's Mr. Giordino und Mr. Gunn auch gut?«

»Ja. Ist der Admiral in der Nähe?«

»Er konferiert mit einer UN-Einsatzgruppe, wie man Sie aus Mali herausschmuggeln könnte. Ich hol' ihn sofort.«

Kaum eine Minute später meldete sich Sandeckers Stimme. Gleichzeitig hörte man lautes Klopfen an der Tür. »Dirk?«

»Ich habe keine Zeit für einen ausführlichen Lagebericht, Admiral. Bitte schalten Sie Ihren Rekorder an.«

»Läuft.«

»Rudi hat die Chemikalie bestimmen können. Er hat die aufgezeichneten Daten und schlägt sich zum Flughafen von Gao durch. Von dort aus will er das Land verlassen. Wir haben die Stelle gefunden, an der das Gift in den Niger fließt. Die genaue Position befindet sich in Rudis Aufzeichnungen. Das Problem ist, daß die eigentliche Quelle an einem unbekannten Ort im Norden, in der Wüste zu suchen ist. Al und ich bleiben hier und versuchen diesen Ort ausfindig zu machen. Übrigens, wir haben die *Kalliópe* zerstört.«

»Die Eingeborenen werden ungemütlich«, schrie Giordino quer durch den Raum. Er stemmte sich mit einer beachtlichen Kraft gegen die Tür.

»Wo befinden Sie sich?« wollte Sandecker wissen.

»Jemals etwas von einem reichen Typen namens Massarde gehört?«

»Yves Massarde, ein französischer Konzernchef. Den kenne ich.«

Bevor Pitt nähere Erklärungen abgeben konnte, sprang die Tür auf und sechs stämmige Matrosen fielen wie Rugbyspieler über Giordino her. Die ersten drei schickte er zu Boden, bevor er selber unter einem Berg von Leibern begraben wurde.

»Wir sind in Massardes Hausboot eingedrungen«, erklärte Pitt schnell. »Tut mir leid, Admiral, ich muß jetzt Schluß machen.« Pitt legte in aller Ruhe den Hörer auf, drehte den Sessel um und sah dem Mann entgegen, der hinter seiner Mannschaft den Raum betrat.

Yves Massarde war tadellos gekleidet. Er trug ein weißes Dinnerjackett mit einer gelben Rose im Knopfloch. Eine Hand ruhte in einer der Seitentaschen, den Ellenbogen hatte er leicht nach außen gewinkelt. Unbewegt ging er um die geschundenen Matrosen herum, die ihr Bestes gaben, um Giordino am Boden zu halten. Dann blieb er stehen und blickte sich im Raum um. In seinem Mundwinkel hing eine Gauloise Bleu. Er sah sich einem Mann mit kühlen Augen gegenüber, der hinter seinem Schreibtisch saß, die Arme in eisiger Gleichgültigkeit verschränkt hatte und ihn mit milder Neugierde musterte. Massarde war ein guter Menschenkenner. Dieser Mann, das spürte er sofort, gehörte zur gefährlichen Sorte.

»Guten Abend«, begrüßte Pitt ihn höflich.

»Amerikaner oder Engländer?« wollte Massarde wissen.

»Amerikaner.«

»Was tun Sie an Bord meines Bootes?«

Die festen Lippen verzogen sich zu einem leichten Lächeln. »Ich mußte ganz dringend mal telefonieren. Ich hoffe, mein Freund und ich haben Ihnen keine Umstände gemacht. Ich würde mich glücklich schätzen, wenn ich Ihnen den Anruf und die Beschädigungen an Ihrer Tür ersetzen dürfte.«

»Sie hätten wie ein Gentleman fragen können, ob Sie an Bord kommen und telefonieren dürfen.« Massardes Ton verriet deutlich, daß er alle Amerikaner für Hinterwäldler hielt.

»So, wie wir im Augenblick aussehen, hätten Sie uns wohl kaum in Ihr Büro eingeladen.«

Massarde dachte darüber nach und lächelte verhalten. »Nein, wahrscheinlich nicht. Da haben Sie ganz recht.«

Pitt nahm einen Füllfederhalter aus einem antiken Tintenfaß, schrieb ein paar Zeilen auf einen Block, riß das Blatt ab, stand auf und reichte es Massarde. »Sie können die Rechnung an diese Adresse schicken. Ich habe die Unterhaltung mit Ihnen genossen, doch wir sind sehr in Eile.«

Massardes Hand tauchte mit einer kleinen Automatik aus der Tasche auf. Er richtete die Mündung auf Pitts Stirn. »Ich muß darauf bestehen, daß Sie bleiben und meine Gastfreundschaft genießen, bevor ich Sie den Sicherheitsbehörden von Mali überstelle.«

Giordino wurde mit roher Kraft auf die Beine gestellt. Ein Auge schwoll schon zu, und ein dünner Blutfaden sickerte aus einem Nasenloch. »Wollen Sie uns in Ketten legen?« fragte er Massarde.

Der Franzose musterte Giordino wie einen Bären im Zoo. »Ja, ich glaube, es ist besser, wenn Sie gefesselt werden.«

Giordino sah Pitt an. »Siehst du«, murmelte er dumpf, »ich hab's dir gesagt.«

21

Sandecker betrat wieder den Konferenzraum im NUMA-Gebäude und nahm Platz. Er wirkte optimistischer als noch vor zehn Minuten. »Sie leben«, stellte er knapp fest.

Am Tisch, dessen Fläche von einer großen Karte der westlichen Sahara und mit Berichten der Nachrichtendienste über das Militär und die Sicherheitskräfte Malis bedeckt war, saßen zwei Männer. Sie sahen Sandecker an und nickten beifällig.

»Dann machen wir mit der Rettungsaktion weiter wie geplant«, stellte der ältere der beiden klar. Der Mann hatte straff zurückgekämmtes graues Haar, harte, topasfarbene Augen und ein großes rundes Gesicht.

General Hugo Bock war ein weitblickender Mann, der auch dementsprechend plante: Ein Soldat mit bemerkenswerten Fähigkeiten, für Sondereinsätze wie geschaffen. Bock war Kommandeur einer kaum bekannten Einheit mit dem Namen UNICRATT, eine Abkürzung für United Nations International Critical Response and Tactical Team. Die Gruppe setzte sich aus Angehörigen von neun Nationen zusammen, gut ausgebildeten, extrem motivierten Kämpfern, die geheime Einsätze im Namen der UN durchführten, die der Öffentlichkeit niemals bekannt wurden. Bock hatte in der Bundeswehr eine bemerkenswerte Karriere gemacht und war in Ländern der Dritten Welt als Berater ein vielbeschäftigter Mann gewesen, der Regierungen seine Dienste während revolutionärer Unruhen oder Grenzstreitigkeiten gerne zur Verfügung stellte.

Sein Stellvertreter, Colonel Marcel Levant, war ein hochausgezeichneter Veteran der französischen Fremdenlegion. Er sah aus wie ein Aristokrat aus dem vergangenen Jahrhundert. Levant hatte die Kadettenanstalt von Saint Cyr besucht, überall in der Welt Dienst getan, und war aus dem kurzen Wüstenkrieg gegen den Irak im Jahre 1991 als Held zurückgekehrt. Er besaß ein intelligentes, beinahe schönes Gesicht. Obwohl er fast 36 Jahre alt war, erweckten seine schlanke Gestalt, die langen, braunen Haare, ein dichter, perfekt gestutzter Schnurrbart und seine großen, grauen Augen den Eindruck, als habe er gerade an der Universität sein Examen gemacht.

»Wissen Sie, wo Ihre Männer stecken?« wandte sich Levant an Sandecker.

»Ja«, erwiderte Sandecker. »Der eine versucht sich an Bord eines Flugzeugs in Gao zu schmuggeln. Die anderen beiden befinden sich auf einem Hausboot auf dem Niger, das Yves Massarde gehört.«

Als Levant den Namen hörte, sah er überrascht auf. »Ah, ja, der Skorpion.«

»Ist Ihnen der Mann bekannt?« fragte Bock.

»Nur sein Ruf. Yves Massarde ist ein international erfolgreicher Unternehmer, der ein Vermögen zusammengerafft hat, das auf annähernd zwei Milliarden Dollar geschätzt wird. Er hat den Spitznamen Skorpion, weil eine Reihe seiner Konkurrenten und Geschäftspartner auf mysteriöse Weise verschwunden sind und er auf diese Art und Weise Alleineigentümer mehrerer großer lukrativer Unternehmen wurde. Er steht im Ruf, absolut rücksichtslos zu sein, und ist der französischen Regierung ein Dorn im Auge. Eine schlechtere Gesellschaft hätten Ihre Freunde sich kaum aussuchen können.«

»Ist er kriminell?« fragte Sandecker.

»Das ist ziemlich sicher. Doch er hinterläßt keine Beweise, die später vor Gericht gegen ihn verwandt werden könnten. Freunde bei Interpol haben mir erzählt, seine Akte sei einen Meter dick.«

»In der Sahara gibt's so viele Menschen«, murmelte Bock, »weshalb mußten Ihre Leute ausgerechnet auf diesen Kerl stoßen?«

»Wenn Sie Dirk Pitt und Al Giordino kennen würden«, Sandecker zuckte müde die Schultern, »dann wüßten Sie's.«

»Ich begreife immer noch nicht, wieso Generalsekretärin Kamil zugestimmt hat, daß wir Ihre Leute aus Mali herausholen«, sagte Bock. »Die Einsätze von UNICRATT erfolgen normalerweise bei internationalen Krisen unter absoluter Geheimhaltung. Wie kommt es, daß dem Leben der drei NUMA-Wissenschaftler eine so große Bedeutung beigemessen wird?«

Sandecker sah Bock in die Augen. »Glauben Sie mir, General, keiner Ihrer früheren Einsätze war so wichtig wie dieser hier. Die wissenschaftlichen Daten, die diese Männer in Westafrika gesammelt haben, müssen so schnell wie möglich in unsere Labors nach Washington gebracht werden. Unsere Regierung will aus Gründen, die allein Gott kennt, in die Sache nicht verwickelt werden. Hala Kamil hat glücklicherweise die Dringlichkeit der Situation erkannt und Ihren Einsatz gestattet.«

»Darf ich fragen, welcher Art diese Daten sind?« erkundigte sich Levant.

Der Admiral schüttelte den Kopf. »Das kann ich Ihnen nicht sagen.«

»Handelt es sich um eine geheime Angelegenheit, die nur die Vereinigten Staaten betrifft?«

»Nein, sie betrifft jeden Mann, jede Frau und jedes Kind auf der Welt.«

Bock und Levant blickten sich fragend an.

Einen Augenblick später wandte Bock sich wieder an Sandecker. »Sie haben gesagt, daß sich Ihre Männer getrennt haben. Diese Tatsache macht einen erfolgreichen Einsatz außerordentlich schwierig. Wir gehen ein hohes Risiko ein, wenn wir unsere Einheit aufspalten.«

»Wollen Sie damit sagen, daß Sie nicht alle meine Männer herausholen können?« fragte Sandecker ungläubig.

»Was General Bock damit zum Ausdruck bringen möchte«, erklärte Levant, »ist die Tatsache, daß wir bei zwei gleichzeitig durchgeführten Einsätzen das doppelte Risiko eingehen. Der Überraschungseffekt wird halbiert. Wir haben zum Beispiel wesentlich größere Erfolgschancen, wenn wir unsere Anstrengungen darauf konzentrieren, die beiden Männer von Massardes Hausboot zu holen, weil es unwahrscheinlich ist, daß das Boot von schwerbewaffnetem Militär bewacht wird. Und wir kennen den Liegeplatz. Was den Flughafen angeht, das steht auf einem ganz anderen Blatt. Wir wissen überhaupt nicht, wo sich Ihr Mann ...«

»Rudi Gunn«, sagte Sandecker. »Sein Name ist Rudi Gunn.«

»Wo Gunn sich versteckt«, fuhr Levant fort. »Unser Team würde wertvolle Zeit verschwenden, wenn die Männer ihn suchen müßten. Weiterhin wird der Flugplatz sowohl von Zivilflugzeugen als auch von der Luftwaffe Malis benutzt. Jeder, der das Land vom Flughafen in Gao aus verlassen will, muß ein Mordsglück haben, wenn ihm das heil gelingt.«

»Ich soll also eine Wahl treffen?«

»Um in unserer Planung unvorhergesehene Schwierigkeiten berücksichtigen zu können«, erklärte Levant, »müssen wir wissen, welche Rettungsaktion Priorität hat.«

Bock sah Sandecker an. »Die Wahl liegt bei Ihnen, Admiral.«

Sandecker blickte auf die Karte von Mali, die auf dem Tisch ausgebreitet war, und konzentrierte sich auf die rote Linie im Niger, die den Kurs der *Kalliópe* bezeichnete. Wie er sich entscheiden würde, daran bestand kaum Zweifel. Allein die chemische Analyse war wichtig. Pitts letzte Worte, Giordino und er würden zurückbleiben und die Suche nach der Giftquelle fortsetzen, machten ihm zu schaffen. Er nahm eine der speziell für ihn hergestellten Zigarren aus dem Lederetui und zündete sie gemächlich an. Lange und nachdenklich schaute er auf den Punkt, der die Stadt Gao markierte, bevor er seinen Blick wieder Bock und Levant zuwandte.

»Gunn hat Priorität«, stellte Sandecker ausdruckslos fest.

Bock nickte. »In Ordnung.«

»Aber wie können wir sicher sein, daß Gunn es nicht vielleicht schon geschafft hat, an Bord eines Flugzeugs das Land zu verlassen?«

Levant zuckte die Schultern. »Mein Stab hat die Flugpläne bereits überprüft. Die nächste Maschine der Air Mali oder einer anderen Fluggesellschaft, die ein Ziel außerhalb des Landes ansteuert, geht planmäßig erst in vier Tagen. Vorausgesetzt, der Flug wird nicht gestrichen, was keineswegs selten der Fall ist.«

»In vier Tagen«, wiederholte Sandecker unglücklich. »Gunn kann sich unmöglich vier Tage lang verstecken. Allenfalls 24 Stunden. Danach ist es mehr als wahrscheinlich, daß die Sicherheitskräfte von Mali ihn schnappen.«

»Es sei denn, er spricht Arabisch oder Französisch wie ein Eingeborener«, sagte Levant.

»Kein Gedanke«, erwiderte Sandecker.

Bock tippte mit dem Finger auf die Karte von Mali. »Colonel Levant kann mit einer Einheit von 40 Mann innerhalb von zwölf Stunden in Gao landen.«

»Wäre möglich, werden wir aber nicht tun«, wiegelte Levant ab. »In zwölf Stunden geht in Mali gerade die Sonne auf.«

»Tut mir leid«, korrigierte Bock sich. »Ich werde auf keinen Fall unsere Einheit bei Tageslicht zum Einsatz bringen.«

»Je länger wir warten«, erklärte Sandecker scharf. »desto größer sind Gunns Chancen, gefaßt und erschossen zu werden.«

»Ich verspreche Ihnen, daß meine Männer und ich unser Bestes tun werden, um Ihren Mann da rauszuholen«, sagte Levant ernst, »doch nicht um jeden Preis.«

»Verpatzen Sie die Sache bloß nicht.« Sandecker sah Levant ruhig an. »Er ist im Besitz von Informationen, die für uns alle lebenswichtig sind.«

Bock wirkte skeptisch, während er sich Sandeckers Worte durch den Sinn gehen ließ. Dann wurde sein Blick hart. »Ich warne Sie, Admiral. Egal, ob der Einsatz von der Generalsekretärin sanktioniert wurde oder nicht – wenn ein paar von meinen Männern sinnlos sterben müssen, nur um einen von Ihren da rauszuholen, dann sollte das einen guten Grund haben. Andernfalls wird es jemand mit mir persönlich zu tun bekommen.«

Wer dieser jemand sein würde, war absolut deutlich. Sandecker zuckte mit keiner Wimper. Er hatte einen alten Freund, der bei einem der Geheimdienste arbeitete, um einen Gefallen gebeten und Ablichtungen von Akten der UNICRATT-Einheit bekommen. Diese Männer standen auch bei anderen Spezialeinheiten in hohem Ansehen. Unerschrocken, kampfesmutig, gnadenlos. Es gab keine besseren Soldaten. Jeder einzelne diente seinem Vaterland und übermittelte nebenbei Informationen über die geheimen Einsätze im Rahmen der Vereinten Nationen. Sandecker hatte auch ein psychologisches Profil von General Bock gesehen und wußte genau, worauf er sich einließ.

Er beugte sich über den Tisch vor und musterte Bock aus eiskalten Augen. »Jetzt hören Sie mir mal zu, Sie grober Klotz. Mir ist es scheißegal, wie viele Männer Sie verlieren, wenn Sie Gunn aus Mali herausholen. Nur holen Sie ihn raus. Wenn Sie's vermasseln, fresse ich Sie zum Frühstück.«

Bock langte ihm keine. Er saß einfach da, starrte Sandecker unter buschigen, grauen Augenbrauen an, und der amüsierte Blick in seinen Augen erinnerte an einen Grizzly, der drauf und dran war, sich das Kalb des Ranchers zu Gemüte zu führen. Der Admiral war halb so groß wie er, und ein Kampf wäre schnell vorbei gewesen. Dann lachte der Deutsche und entspannte sich.

»Na, da wir jetzt beide wissen, wo wir stehen, warum machen wir nicht weiter und entwickeln einen idiotensicheren Plan?«

Sandecker grinste und lehnte sich in seinem Sessel zurück. Er bot Bock eine seiner dicken Zigarren an. »Ist ein Vergnügen, mit Ihnen zusammenzuarbeiten, General. Hoffentlich erweist sich die Verbindung als fruchtbar.«

Hala Kamil stand auf der Treppe des Waldorf Astoria Hotels und wartete auf ihren Wagen. Sie kam gerade von einem Abendessen, das der Botschafter Indiens ihr zu Ehren bei den Vereinten Nationen gegeben hatte. Es nieselte, und die Lichter der Stadt spiegelten sich in der Nässe der Straße. Als der lange schwarze Lincoln am Randstein hielt, trat sie unter dem Regenschirm, den der Portier trug, vor, raffte den langen Rock zusammen und stieg graziös im Fond des Wagens ein.

Ismail Yerli saß bereits drinnen. Er nahm ihre Hand und küßte sie. »Tut mir leid, daß wir uns auf diese Weise treffen müssen«, entschuldigte er sich, »doch es wäre zu riskant, wenn wir zusammen gesehen würden.«

»Es ist lange her, Ismail«, sagte Hala. Ihre großen Augen schimmerten vor Freude. »Du bist mir aus dem Weg gegangen.«

Er warf einen Blick nach vorne, zum Chauffeur, und vergewisserte sich, daß die Trennscheibe geschlossen war. »Ich hielt es deinetwegen für das beste, einfach aus deinem Leben zu verschwinden. Du hast zu viel erreicht und zu hart dafür arbeiten müssen, als daß du dies alles wegen eines Skandals verlieren dürftest.«

»Wir hätten diskret sein können«, sagte Hala leise.

Yerli schüttelte den Kopf. »Die Liebesaffären mächtiger Männer werden weitgehend ignoriert. Doch eine Frau in deiner Position – die Medien und Klatschkolumnisten würden dich in jedem Land durch den Dreck ziehen.«

»Ich mag dich nach wie vor sehr, Ismail.«

Er legte seine Hand auf die ihre. »Und ich dich ebenso. Doch ich will nicht der Grund für deinen Sturz sein.«

»Deshalb also hast du mich verlassen«, stellte sie verletzt fest. »Wie außerordentlich rücksichtsvoll von dir.«

»Ja«, erwiderte er ohne Zögern. »Um Schlagzeilen wie ›Generalsekretärin der UN ist Geliebte eines französischen Agenten bei der Weltgesundheitsbehörde‹ zu vermeiden. Meine Vorgesetzten in der zweiten Abteilung des nationalen Verteidigungsstabes wären ebenfalls nicht sonderlich glücklich, wenn ich enttarnt würde.«

»Wir haben doch bis jetzt unsere Beziehung geheimhalten können«, protestierte sie, »weshalb kann das nicht so weitergehen?«

»Es geht nicht.«

»Jeder weiß, daß du Türke bist. Wer sollte wohl dahinterkommen, daß die Franzosen dich rekrutiert haben, als du an der Istanbuler Universität studiert hast?«

»Jeder, der tief genug gräbt, stößt auf Geheimnisse. Regel Nummer eins für einen guten Agenten ist, weder zu verstohlen noch zu offensichtlich zu arbeiten. Ich habe meine Legende aufs Spiel gesetzt, als ich mich in dich verliebte. Wenn britische, russische oder amerikanische Geheimdienste von unserer Beziehung Wind bekämen, würden deren Schnüffler nicht ruhen, bis sie eine Akte mit intimen Details zusammengetragen hätten, die sie dann benutzen würden, um dich zu erpressen.«

»Das ist bis jetzt noch nicht passiert«, bemerkte sie unbekümmert.

»Nein, und das wird auch nicht passieren«, stellte er fest. »Aus genau diesem Grund dürfen wir uns außerhalb des UN-Gebäudes nicht treffen.«

Hala wandte sich ab und sah aus dem Fenster, das voller Regentropfen war. »Weshalb bist du überhaupt gekommen?«

Yerli holte tief Atem. »Ich möchte dich um einen Gefallen bitten.«

»Etwas in bezug auf die Vereinten Nationen oder deine französischen Vorgesetzten?«

»Es betrifft beide.«

Sie hatte das Gefühl, ihr Innerstes würde nach außen gekehrt. »Du benutzt mich nur, Ismail. Du spielst mit meinen Gefühlen, damit du deine kleinen Spielchen als Spion durchziehen kannst. Du bist eine skrupellose Ratte.«

Er sagte nichts.

Sie gab nach, aber das hatte sie bereits vorher gewußt. »Was willst du von mir?«

»Da gibt es eine Gruppe Wissenschaftler der Weltgesundheitsbehörde«, erklärte er in geschäftsmäßigem Ton, »die Berichten über seltsame Erkrankungen in der Wüste von Mali nachgehen.«

»Ich erinnere mich an dieses Projekt. Es stand während einer Routinesitzung vor einigen Tagen auf der Tagesordnung. Dr. Frank Hopper leitet die Forschungsarbeiten.«

»Stimmt.«

Hala nickte. »Hopper ist ein sehr anerkannter Wissenschaftler. Was hast du damit zu tun?«

»Meine Aufgabe besteht darin, ihre Reise zu koordinieren, mich um die Logistik zu kümmern. Essen, Transportmittel, Laborausstattung und so weiter.«

»Du hast immer noch nicht gesagt, was du von mir willst.«

»Ich möchte, daß du Dr. Hopper und seine Wissenschaftler sofort zurückrufst.«

Sie drehte sich um und sah ihn erstaunt an. »Weshalb?«

»Weil sie in großer Gefahr sind. Ich habe aus guten Quellen gehört, daß sie von westafrikanischen Terroristen ermordet werden sollen.«

»Ich glaube dir nicht.«

»Es stimmt«, beharrte er ernst. »Man wird eine Bombe in ihrem Flugzeug verstecken und sie über der Wüste zünden.«

»Für welche Ungeheuer arbeitest du bloß?« fragte sie erschüttert. »Weshalb kommst du damit zu mir? Warum hast du Dr. Hopper nicht gewarnt?«

»Ich habe es versucht, doch er hat sämtliche Kommunikationsversuche ignoriert.«

»Kannst du nicht die Behörden von Mali überreden, die Warnung weiterzugeben und der Gruppe Schutz zu gewähren?«

Yerli zuckte die Schultern. »General Kazim betrachtet das Team als ausländische Eindringlinge und kümmert sich einen Dreck um deren Sicherheit.«

»Ich wäre dumm, wenn ich annähme, da stecke nicht mehr dahinter als eine schlichte Bombendrohung.«

Er sah sie an. »Vertraue mir, Hala. Meine einzige Sorge gilt Dr. Hopper und seinen Leuten.«

Hala wollte ihm so gerne glauben, doch tief in ihrem Innern wußte sie, daß er log. »Scheint, daß heutzutage jeder in Mali nach Kontamination forscht. Und alle fordern sie dringend Rettung und Evakuierung.«

Yerli wirkte überrascht, sagte aber kein Wort, sondern wartete auf ihre Erklärung.

»Admiral Sandecker ist zu mir gekommen und hat mich um den Einsatz unseres UNICRATT-Teams gebeten, um drei seiner Leute vor den Sicherheitskräften Malis zu retten.«

»Die Amerikaner haben Mali auf eine mögliche Umweltverschmutzung überprüft?«

»Ja. Offensichtlich handelte es sich um eine verdeckte Operation, doch das Militär in Mali hat dazwischengefunkt.«

»Wurden sie gefaßt?«

»Vor vier Stunden war das noch nicht der Fall.«

»Wo haben die gesucht?«

Yerli schien erregt, und Hala bemerkte den drängenden Tonfall seiner Stimme. »Am Niger.«

Yerli faßte nach ihrem Arm, und seine Augen wurden eiskalt. »Ich muß mehr darüber hören.«

Zum ersten Mal merkte sie, wie sie fröstelte. »Die Männer waren auf der Suche nach einer chemischen Verbindung, die das Entstehen der Roten Flut vor der Küste Afrikas bewirkt.«

»Ich habe darüber in der Zeitung gelesen. Weiter.«

»Man hat mir berichtet, sie hätten ein Boot, das mit einem Labor zu chemischen Analysen ausgestattet war, benutzt, um die Chemikalie bis zu dem Punkt zu verfolgen, an dem sie in den Fluß gelangt.«

»Haben sie die Stelle gefunden?« wollte er wissen.

»Wenn man Admiral Sandecker glauben will, dann haben sie die Spur bis zur Stadt Gao in Mali verfolgt.«

Yerli schien nicht überzeugt. »Dabei kann es sich nur um eine Desinformation handeln. Dahinter muß sich etwas anderes verbergen.«

Sie schüttelte den Kopf. »Der Admiral ist kein berufsmäßiger Lügner wie du.«

»Du behauptest, die NUMA steckt hinter der Operation?«

Hala nickte.

»Nicht die CIA oder einer der anderen amerikanischen Geheimdienste?«

Sie zog ihren Arm zurück und lächelte abfällig. »Willst du damit sagen, deine Geheimdienstquellen in Westafrika hatten keine Ahnung, daß die Amerikaner vor ihrer Nase operierten?«

»Sei doch nicht kindisch. Was für spektakuläre Geheimnisse sollte ein heruntergekommenes Land wie Mali schon haben, für die sich die Amerikaner interessieren könnten?«

»Irgend etwas muß es geben. Warum sagst du mir nicht, was es ist?«

Yerli schien abgelenkt und antwortete ihr nicht sofort. »Nichts . . . natürlich nichts.«

Er klopfte an die Scheibe, um den Chauffeur auf sich aufmerksam zu machen. Dann deutete er in Richtung Fahrbahnrand.

Der Chauffeur hielt vor einem großen Bürogebäude. »Du verläßt mich?« In ihrer Stimme schwang Verachtung mit.

Er drehte sich zu ihr und sah sie an. »Tut mir wirklich leid. Kannst du mir vergeben?«

Irgend etwas in ihrem Innern zerbrach in diesem Augenblick. Sie schüttelte den Kopf. »Nein, Ismail. Ich vergebe dir nicht. Wir werden uns nie mehr wiedersehen. Ich erwarte, daß dein Rücktrittsgesuch morgen früh auf meinem Schreibtisch liegt. Wenn nicht, werde ich dich aus der UN rausschmeißen.«

»Trägst du da nicht ein bißchen dick auf?«

Hala sah plötzlich klar. »Deine Interessen liegen nicht auf seiten der Weltgesundheitsbehörde. Auch den Franzosen gegenüber verhältst du dich allenfalls zu 50 Prozent loyal. Du hast lediglich deinen eigenen finanziellen Vorteil im Auge.« Sie beugte sich über ihn hinweg und stieß die Tür auf. »Raus jetzt!«

Ruhig stieg Yerli aus und blieb auf dem Bürgersteig stehen. Hala, Tränen in den Augen, zog die Tür zu und warf keinen einzigen Blick zurück, während der Fahrer den Gang einlegte und sich wieder in den Verkehr einfädelte.

Yerli wünschte, er könnte Bedauern oder Schmerz empfinden, doch dazu war er zu sehr Profi. Sie hatte recht, er hatte sie benutzt. Seine Zuneigung ihr gegenüber war gespielt gewesen. Er hatte sich rein sexuell von ihr angezogen gefühlt. Sie war ein Objekt, wie so viele andere Frauen, die sich in Männer verlieben, die sie gleichgültig behandeln. Und erst jetzt würde ihr langsam klarwerden, welchen Preis sie dafür zahlen mußte.

Er betrat die Bar des Algonquin Hotels, bestellte einen Drink und benutzte dann das öffentliche Telefon. Er wählte eine Nummer und wartete, bis sich jemand am anderen Ende der Leitung meldete.

»Ja?«

Er senkte seine Stimme und sagte in vertraulichem Ton: »Ich habe wichtige Informationen für Mr. Massarde.«

»Woher kommen Sie?«

»Aus der Nähe der Ruinen von Pergamon.«

»Aus der Türkei?«

»Ja«, bestätigte Yerli knapp. Er traute Telefonen nicht, und für kindische Codes hatte er nicht das geringste übrig. »Ich bin in der Bar des Hotels Algonquin. Wann kann ich Sie erwarten?«

»Ist ein Uhr zu spät?«

»Nein. Ich gönne mir ein spätes Abendessen.«

Yerli legte nachdenklich auf. Was wußten die Amerikaner über Massardes Anlage in der Wüste bei Fort Foureau? Hatten die amerikanischen Geheimdienste eine Ahnung von dem, was sich tatsächlich hinter der Müllverbrennungsanlage verbarg, oder schnüffelten sie bereits dort unten herum? Wenn das so wäre, waren die Auswirkungen katastrophal. Der Sturz der französischen Regierung wäre nur die geringste Folge.

22

Hinter ihm lag schwarze Dunkelheit, vor sich sah er die Lichter von Gao. Gunn mußte noch zehn Meter schwimmen, bis er mit dem Fuß den Schlamm des Flußbodens berührte. Langsam, ganz vorsichtig, griff er nach unten, berührte den Schlick mit seinen Händen und zog sich durch das flache Wasser, bis er sich in unmittelbarer Nähe des Ufers befand. Dort wartete er, lauschte und spähte in die Dunkelheit über der Uferböschung.

Das Ufer stieg in einem Winkel von zehn Grad an und endete an einem niedrigen Steinwall. Dahinter lag eine Straße. Gunn robbte durch den Sand und genoß die Wärme auf seiner nassen Haut. Dann hielt er inne, rollte sich auf die Seite und ruhte sich ein paar Minuten aus. Seine Gestalt war in der Dunkelheit kaum auszumachen, und er wähnte sich verhältnismäßig sicher. Gunn hatte einen Krampf im rechten Bein, und seine Arme fühlten sich taub und schwer an.

Er griff nach hinten und tastete nach dem Rucksack. In dem Augenblick, in dem er wie eine Kanonenkugel im bewegten Wasser gelandet war, hatte er befürchtet, er sei ihm vom Rücken gerissen worden. Doch die Riemen schnitten noch fest in seine Schultern.

Jetzt sprang er auf, rannte geduckt auf die Mauer zu und ließ sich dahinter auf die Knie fallen. Müde spähte er über den Rand hinweg und suchte die Straße ab. Autos waren nicht zu sehen. Doch auf der schlecht gepflasterten Straße, die geradewegs in die Stadt führte, entdeckte er jede Menge Fußgänger.

Da waren noch mehr Menschen: verschwommene Gestalten, manche standen im Licht der Laternen und unterhielten sich vergnügt mit ihren Bekannten auf den Dächern der Nachbarhäuser. Die tauchten wahrscheinlich auf wie die Maulwürfe, dachte Gunn, um die Kühle des Abends zu genießen.

Er beobachtete den Strom der Fußgänger auf der Straße und versuchte sich den Rhythmus ihrer Bewegungen einzuprägen. In ihren weiten, wehenden Gewändern schienen sie über die Straße zu schweben wie Geister. Er entledigte sich seines Rucksacks, schnürte ihn auf, entnahm ihm ein weißes Bettuch und zerriß es nach einem bestimmten Muster. Dann hüllte er sich darin ein wie in eine Djellaba, das knöchellange Kleidungsstück mit Ärmeln und Kapuze. Einen Modepreis würde er damit sicherlich nicht gewinnen, dachte er, doch im dämmrigen Licht der Straße würde diese Verkleidung ausreichen, um unerkannt von einem Ort zum anderen zu gelangen. Er überlegte, ob er seine Brille absetzen sollte, entschied sich aber dagegen und zog statt dessen die Kapuze vor, so daß sie den Rahmen verdeckte. Gunn war kurzsichtig und konnte einen fahrenden Bus auf 20 Meter nicht mehr erkennen.

Dann schob er den Rucksack unter seine Robe und schnallte ihn um die Hüften, so daß er wie ein Spitzbauch aussah. Anschließend setzte er sich auf die Mauer und schwang die Beine auf die andere Seite. Lässig überquerte er die Straße, bog in eine kleine Nebenstraße ab und mischte sich unter die Bürger von Gao, die ihren Abendspaziergang machten. Zwei Häuserblocks weiter stand er an der Hauptkreuzung. Die einzigen Fahrzeuge, die die Straßen belebten, waren ein paar klapprige Taxen, ein oder zwei alte Busse, ein paar verbeulte Mopeds und jede Menge Räder.

Wäre schön, wenn man einfach ein Taxi anhalten und sich zum Flughafen fahren lassen könnte, dachte er, doch das würde Aufmerksamkeit erregen. Er hatte sich anhand der Karte die Gegend eingeprägt und wußte, daß sich der Flughafen ein paar Kilometer außerhalb der Stadt befand. Er überlegte, ob er ein Fahrrad klauen sollte, doch auch diesen Gedanken verwarf er schnell. Der Diebstahl würde wahrscheinlich entdeckt und gemeldet, und er wollte auf keinen Fall Spuren hinterlassen. Wenn Polizei und Sicherheitskräfte keinen Grund zur Annahme hatten, daß sich ein Fremder in ihrer Mitte befand, dann hatten sie auch keinen Grund, nach ihm zu fahnden.

Gemächlich spazierte Gunn durch die Innenstadt, vorbei am Marktplatz, am heruntergekommenen Hotel Atlantide und den Händlern, die ihre Waren gegenüber vom Hotel, unter Arkaden, anboten. Der Gestank war alles andere als exotisch. Gunn genoß die Brise, die die meisten Gerüche der Stadt in die Wüste wehte. Verkehrsschilder gab es nicht, so daß Gunn sich auf seinem Weg durch die sandigen Straßen am Nordstern orientierte.

Die Menschen trugen Gewänder in satten Grün- und Blautönen und grellem Gelb. Die Männer hatten entweder eine Djellaba an oder einen Kaftan. Eine ganze Reihe trug auch Jacke und Hose. Einige waren barhäuptig, doch die meisten Köpfe verbargen sich unter dicht geschlungenen blauen Tüchern. Viele Frauen trugen elegante Roben, andere lange, geblümte Kleider. Kaum eine war verschleiert.

Die ganze Zeit über unterhielten sie sich lebhaft, doch seltsam leise. Überall rannten Kinder umher, die ganz unterschiedlich gekleidet waren. Gunn hatte Schwierigkeiten, angesichts all der Armut das ungeheuer aktive Sozialleben zu begreifen.

Er hielt den Kopf gesenkt und sein Gesicht durch die Kapuze verdeckt, so daß man seine weiße Hautfarbe nicht erkennen konnte. Er ließ sich in der Menge treiben, bis er die belebte Innenstadt hinter sich gelassen hatte. Niemand beachtete ihn. Für den Fall, daß er unerwarteterweise angehalten und befragt werden würde, wollte er sich als Tourist ausgeben, der dem Flußlauf des Niger folgte.

Er kam an einem Straßenschild vorbei, das einen Pfeil und die Zeichnung eines Flugzeugs aufwies. Der Weg zum Flughafen gestaltete sich einfacher, als er es sich vorgestellt hatte.

Nachdem er durch die etwas wohlhabenderen Wohngebiete der Händler gekommen war, gelangte er in die dahinter liegenden Slums. Seit er den Fluß hinter sich gelassen hatte, verstärkte sich in Gunn immer mehr das Gefühl, daß Gao eine Stadt war, in der sich mit zunehmender Dämmerung in den sandigen Straßen das Grauen breitmachte. Jetzt spürte er zum ersten Mal die neugierigen und feindseligen Blicke der Menschen, die vor ihren halbverfallenen Häusern saßen.

Er bog in eine enge, menschenleere Allee ein, blieb stehen und nahm einen Revolver aus seinem Rucksack. Es handelte sich um einen kurzläufigen Smith & Wesson, Kaliber .38, der früher einmal seinem Vater gehört hatte. Sein Instinkt warnte ihn, daß dies keine Gegend sei, durch die man nachts ging, wenn man den nächsten Morgen erleben wollte.

Ein Lastwagen, vollbeladen mit Ziegelsteinen, fuhr vorbei und wirbelte eine Sandwolke auf. Sobald er merkte, daß der LKW in die Richtung fuhr, in die auch er mußte, ließ Gunn jegliche Vorsicht fallen, sprintete los und warf sich auf die Ladefläche.

Nach dem Gestank der Stadt empfand er die Dieselabgase fast als Erleichterung. Von seinem Aussichtspunkt auf dem LKW entdeckte Gunn ein paar rote Lichter, die einige Kilometer links vor ihm aufblinkten. Während der Lastwagen sich ihnen näherte, erkannte er ein paar Flutlichtscheinwerfer, dic auf dem Dach eines Flughafengebäudes angebracht waren, zwei Hallen und ein dunkles Flugfeld.

»Ein toller Flughafen«, murmelte er vor sich hin, »die machen das Licht aus, wenn nichts läuft.«

Im Scheinwerferlicht des Lastwagens tauchte eine Senke auf, und der Fahrer fuhr langsamer. Gunn nutzte die Gelegenheit und sprang ab. Der Lastwagen fuhr weiter in die Dunkelheit hinein. Gunn folgte seinen Rücklichtern, bis er auf eine asphaltierte Straße stieß und ein Holzschild ihm in drei Sprachen verriet, daß er den internationalen Flughafen von Gao erreicht hatte.

»International«, las Gunn laut vor, »das will ich doch stark hoffen.«

Er marschierte am Rand der Zugangsstraße entlang und hielt sich für den unwahrscheinlichen Fall, daß ein Fahrzeug vorbeikommen könnte, etwas abseits. Für übertriebene Vorsicht bestand kein Anlaß. Das Flughafengebäude war dunkel und der Parkplatz leer. Bei näherem Hinsehen sanken seine Hoffnungen. Er hatte schon bessere Schuppen gesehen als diese Holzhütte mit dem rostigen Wellblechdach. Um auf den in der Nähe stehenden, baufälligen Kontrollturm zu steigen und dort zu arbeiten, brauchte man Mut, denn die Stahlträger waren fast durchgerostet. Gunn ging um die Gebäude herum und erreichte schließlich die geteerte Fläche des Rollfelds. Unter Flutlichtscheinwerfern, auf der anderen Seite des Flugfelds, standen acht Düsenjäger und ein Transporter der malischen Luftwaffe.

Er entdeckte zwei bewaffnete Posten, die vor einer Hütte Wache hielten, und blieb stehen. Ein Soldat saß dösend auf einem Stuhl, der andere hatte sich gegen die Wand gelehnt und rauchte eine Zigarette.

Na großartig, dachte Gunn. Jetzt hatte er es auch noch mit dem Militär zu tun.

Er warf einen Blick auf seine Chronosport Taucheruhr. Es war zwanzig nach elf. Plötzlich fühlte er sich müde. Bis hierher hatte er sich durchgeschlagen, nur um zu einem verlassenen Flughafen zu kommen, der aussah, als sei hier seit Wochen ein Flugzeug weder gelandet noch gestartet. Und als ob das nicht schon schlimm genug wäre, wurde das Flugfeld obendrein von Sicherheitskräften der Luftwaffe bewacht. Er hatte keine Ahnung, wie lange es dauern mochte, bis er entdeckt oder verhungern oder verdursten würde.

Gunn stellte sich auf eine lange Wartezeit ein. Es wäre nicht gut, sich hier bei Tageslicht herumzutreiben. Er marschierte hundert Meter zurück, bis er in einer kleinen Senke auf die Trümmer einer längst vergessenen Hütte stieß, hob mit seinen Händen eine Kuhle aus, legte sich hinein und zog ein paar verrottete Balken über sich. Ihm war es völlig egal, ob in der Kuhle Ameisen oder Skorpione hausten. Er war todmüde.

Innerhalb von 30 Sekunden war er eingeschlafen.

Pitt und Giordino wurden von Massardes Mannschaft roh herumgestoßen und gefesselt. Dann zwangen kurze Ketten, die um eine Dampfleitung herumliefen, sie in eine knieende Position. Hilflos saßen sie in der Bilge fest, unter schweren Stahlplatten, die über ihnen den Boden des Maschinen- und Aggregateraums bildeten. Ein Wachposten mit Maschinenpistole ging langsam über ihren Köpfen auf und ab, seine Schritte waren auf dem Stahlboden deutlich zu hören.

An ein Entkommen war nicht zu denken. Es war nur eine Frage der Zeit, bis sie General Kazims Sicherheitspolizei übergeben werden würden, und dies kam einem Todesurteil gleich.

Die Luft in der Bilge war stickig, und man konnte kaum atmen. Die von der Dampfleitung stammende feuchte Hitze bewirkte, daß Pitt und Giordino aus allen Poren schwitzten. Giordino war nach zwei Stunden in diesem Höllenloch schlapp und total erschöpft. Selbst in einer Sauna hatte er eine derartige Luftfeuchtigkeit noch nicht erlebt. Der Durst, eine Folge des Flüssigkeitsverlusts, brachte ihn fast um den Verstand.

Er sah zu Pitt hinüber, um festzustellen, wie sein Freund die

Qualen ertrug. Soweit er feststellen konnte, zeigte Pitt keinerlei Reaktion. Sein schweißüberströmtes Gesicht wirkte nachdenklich und zufrieden. Er musterte gerade einen Satz Schraubenschlüssel, die säuberlich nebeneinander achtern am Schott hingen. Die Kette, die mit seinen Handschellen verbunden war, ließ sich wegen einer Strebe nicht über die Dampfleitung ziehen. Deshalb kam er nicht an die Schraubenschlüssel. Nachdenklich schätzte er die Entfernung ab, die ihn von den Werkzeugen trennte. Hin und wieder wandte er seine Aufmerksamkeit dem Posten zu, dann konzentrierte er sich wieder auf die Schraubenschlüssel.

»Ein schöner Mist, den du uns da wieder eingebrockt hast, Stanley«, sagte Giordino, Oliver Hardy zitierend.

»Tut mir leid, Ollie. Aber es geschah zum Wohle der Menschheit«, erwiderte Pitt grinsend.

»Meinst du, Rudi hat es geschafft?«

»Wenn er nicht aufgefallen ist und einen kühlen Kopf behalten hat, besteht kein Grund, anzunehmen, daß er im Schlamassel steckt, so wie wir.«

»Was glaubst du, will der französische Krösus damit erreichen, daß er uns so schwitzen läßt?« überlegte Giordino und wischte sich mit dem Arm den Schweiß vom Gesicht.

»Weiß nicht«, erwiderte Pitt, »doch ich nehme an, wir werden bald erfahren, wieso er uns nicht der Polizei übergeben hat.«

»Das muß wirklich ein Geizkragen sein, wenn er sich so darüber aufregt, daß wir sein Telefon benutzt haben.«

»Meine Schuld«, stellte Pitt gutgelaunt fest. »Ich hätte ein R-Gespräch führen sollen.«

»Na ja, das konntest du ja nicht riechen.«

Pitt warf Giordino einen bewundernden Blick zu. Es war erstaunlich, daß der untersetzte Italiener, der sich am Rande der Ohnmacht befand, immer noch Sinn für Humor zeigte.

Während der folgenden quälenden Minuten in ihrer glühendheißen Zelle konzentrierten sich Pitts Gedanken auf ihre Flucht. Im Moment allerdings war in dieser Beziehung keinerlei Optimismus angebracht. Sie beide hatten bei weitem nicht die Kraft, die Ketten zu sprengen, und weder Giordino noch er besaßen das Geschick, die Schlösser ihrer Handschellen zu öffnen.

In Gedanken ging er Dutzende von Möglichkeiten durch und verwarf eine nach der anderen. Keine würde funktionieren, ohne daß gewisse Voraussetzungen gegeben waren.

Er unterbrach seine Grübeleien, als der Wachposten eine der Bodenplatten aufschwingen ließ und einen Schlüssel von seinem Gürtel hakte, um die Handschellen aufzuschließen, die mit den Ketten verbunden waren. Vier Matrosen warteten im Maschinenraum. Sie beugten sich nach unten und zogen Giordino und Pitt hoch, führten sie durch den Maschinenraum, dann eine Treppe empor und einen mit Teppich ausgelegten Gang des Hausboots entlang. Einer der Matrosen klopfte an eine Teaktür, öffnete sie und schob die Gefangenen in den Raum.

Yves Massarde saß in der Mitte einer ausladenden Ledercouch, rauchte einen Zigarillo und hielt einen Cognacschwenker in der Hand. Ein dunkelhäutiger Mann in Offiziersuniform saß ihm gegenüber und trank Champagner. Keiner der Männer stand auf, als Pitt und Giordino barfuß, nur mit Shorts und T-Shirts bekleidet, schweißüberströmt vor ihnen standen.

»Dies also sind die armen Kerle, die Sie aus dem Fluß gefischt haben?« erkundigte sich der Offizier und musterte sie aus schwarzen, kalten und ausdruckslosen Augen.

»Sie sind ohne Einladung an Bord gekommen«, erwiderte Massarde. »Ich habe sie erwischt, als sie gerade meine Kommunikationsanlage benutzten.«

»Halten Sie es für möglich, daß sie eine Nachricht durchgegeben haben?«

Massarde nickte. »Ich kam zu spät, um es verhindern zu können.«

Der Offizier setzte sein Glas auf einem Beistelltisch ab, stand auf, durchquerte den Raum und blieb unmittelbar vor Pitt stehen. Er war größer als Giordino, doch gut zehn Zentimeter kleiner als Pitt.

»Wer von Ihnen hatte auf dem Fluß mit mir in Kontakt gestanden?« fragte er.

Jetzt begriff Pitt. »Sie müssen General Kazim sein.«

»Das bin ich.«

»Da sieht man wieder, daß man einen Menschen nicht nach seiner Stimme beurteilen kann. Ich hatte Sie mir eher wie Rudolph Valentino vorgestellt, statt dessen sehen Sie aus wie Willie das Wiesel–«

Pitt duckte sich und drehte sich seitwärts, als Kazim mit haßverzerrtem Gesicht plötzlich ausholte und ihm mit seinem Stiefel in die Hoden treten wollte. Doch Kazims Wut verwandelte sich in Überraschung, als Pitt blitzschnell nach dem Bein griff, den Fuß mitten in der Luft erwischte und umklammerte.

Pitt bewegte sich nicht und ließ Kazims Bein auch nicht los, so daß der General mit dem anderen Bein die Balance halten mußte. Dann schob er den wütenden Kazim langsam nach hinten, bis er wieder in seinen Sessel fiel.

Es war totenstill im Zimmer. Kazim war geschockt. Er war so daran gewöhnt, daß die Leute in seiner Gegenwart vor Angst zitterten, daß er auf eine derartige körperliche Niederlage nicht sofort reagieren konnte. Sein Atem ging schnell, sein Mund war ein weißer, schmaler Strich, das Gesicht hochrot vor Wut. Nur die Augen schimmerten dunkel, kalt und leer.

Langsam zog er eine Pistole aus dem Gürtelholster. Automatisch registrierte Pitt, daß es sich um eine ältere Waffe, eine 9-Millimeter Beretta NATO, Modell 92SB, handelte. Kazim legte mit dem Daumen den Sicherungshebel um und richtete die Mündung auf Pitt. Unter dem dichten Schnurrbart spielte ein eiskaltes Lächeln.

Pitt warf Giordino einen blitzschnellen Blick zu und erkannte, daß sein Freund bereit war, sich auf Kazim zu stürzen. Dann konzentrierte er sich auf Kazims Hand, wartete auf die leiseste Anspannung, das winzigste Krümmen des Zeigefingers und bereitete sich darauf vor, nach rechts wegzutauchen. Dies hätte die Gelegenheit zu einem Fluchtversuch sein können, aber Pitt war klar, daß er jeden Vorteil verspielt hatte, weil er Kazim zu sehr gereizt hatte. Man mußte davon ausgehen, daß Kazim ein guter Schütze war, und auf diese geringe Entfernung würde er nicht vorbeischießen. Pitt wußte, daß er schnell genug war, um dem ersten Treffer zu entgehen, doch Kazim würde blitzschnell das Ziel korrigieren. Er wollte ihn verstümmeln. Nichts in den bösartigen Augen des Generals ließ darauf schließen, daß er ihn kurzerhand erschießen würde.

Doch bevor überhaupt etwas passieren konnte, machte Massarde eine lässige Handbewegung und sagte in durchdringendem Ton: »Ich darf Sie bitten, Ihre Exekutionen an einem anderen Ort durchzuführen, General. Ganz sicher nicht in meinem Salon.«

»Der Große wird sterben«, zischte Kazim.

»Alles zu seiner Zeit, mein Freund«, erwiderte Massarde und goß sich lässig noch einen Cognac ein. »Ich wäre Ihnen wirklich verbunden, wenn Sie das Blutvergießen auf meinem Nazlini Navajo Teppich vermeiden würden.«

»Ich kaufe Ihnen einen neuen«, knurrte Kazim.

»Haben Sie mal daran gedacht, daß es der Mann auf einen schnellen, leichten Tod abgesehen haben könnte? Es ist doch offensichtlich, daß er Sie reizen wollte, um dem qualvollen Tod durch Folterung zu entgehen.«

Ganz langsam senkte sich die Pistole, und Kazims teuflisches Lächeln wurde zur Grimasse. »Sicher. Genau darauf hatte er es abgesehen. Sie haben recht.«

Massarde zuckte die Schultern. »Die Amerikaner nennen sowas ›das kleinere Übel wählen‹. Diese Männer verbergen etwas. Etwas sehr Wichtiges. Wir könnten beide davon profitieren, wenn es uns gelänge, sie zum Sprechen zu bringen.«

Kazim stand auf, ging zu Giordino hinüber und hob die Pistole wieder. Diesmal drückte er den Lauf gegen Giordinos rechtes Ohr. »Wollen mal sehen, ob Sie jetzt gesprächiger sind als auf Ihrem Boot.«

Giordino zuckte mit keiner Wimper. »Was für ein Boot?« fragte er unschuldig.

»Das Boot, das Sie verlassen haben, kurz bevor es in die Luft geflogen ist.«

»Ach, das Boot meinen Sie.«

»Worin bestand Ihre Aufgabe? Weshalb sind Sie nigeraufwärts bis Mali gefahren?«

»Wir haben die Lebensgewohnheiten der Aale studiert und sind einem Schwarm dieser kleinen, schleimigen Teufel bis zu ihren Laichgründen gefolgt.«

»Und die Waffen an Bord Ihres Bootes?«

»Waffen, Waffen?« Giordino ließ die Unterlippe hängen und hob, als verstünde er nicht, worum es ging, die Schultern. »Wir hatten keine Waffen.«

»Haben Sie den Zwischenfall mit der Flußpatrouille in Benin vergessen?«

Giordino schüttelte den Kopf. »Keine Ahnung, was Sie meinen.«

»Ein paar Stunden in den Verhörräumen meines Hauptquartiers in Bamako werden Ihrem Erinnerungsvermögen auf die Sprünge helfen.«

»Nicht gerade der passende Ort für unkooperative Ausländer, das kann ich Ihnen versichern«, sagte Massarde.

»Hör auf, den Mann zu verarschen«, sagte Pitt und sah Giordino an. »Erzähl ihm die Wahrheit.«

Giordino drehte sich um und starrte Pitt verblüfft an. »Bist du verrückt?«

»Vielleicht kannst du die Folter ertragen. Ich kann es nicht. Allein beim Gedanken an die Schmerzen wird mir übel. Wenn du General Kazim nicht erzählst, was er wissen will, tue ich es.«

Nur für eine Sekunde verlor sich Giordinos ausdrucksloser Blick, dann war er wieder da. Diesmal sprühten seine Augen vor Wut. »Du Schwein. Du Verräter –«

Seine Beschimpfungen brachen abrupt ab, als Kazim ihn mit der Pistole ins Gesicht schlug, so daß die Haut am Kinn aufplatzte. Er taumelte zwei Schritte nach hinten, fing sich und griff dann an wie ein wütender Bulle. Kazim hob die Pistole und richtete sie zwischen Giordinos Augen.

Jetzt passiert's, dachte Pitt kühl, völlig überrascht von Giordinos plötzlichem Temperamentsausbruch. Blitzschnell trat er Kazim in den Weg, griff nach Giordinos Armen und umklammerte seinen Freund. »Beruhige dich, um Gottes Willen!«

Massarde drückte unbeobachtet einen Knopf auf einer kleinen Konsole neben der Couch. Noch bevor jemand etwas sagen oder eine Bewegung machen konnte, schoß eine Gruppe Matrosen in den Raum und stürzte sich auf die beiden Männer. Pitt bemerkte den Ansturm flüchtig aus dem Augenwinkel und hatte kaum Zeit, sich auf den Aufprall vorzubereiten. Ohne sich zu wehren, weil das ohnehin zwecklos gewesen wäre und er seine Kräfte aufsparen wollte, ließ er sich überwältigen. Anders Giordino. Er drosch wild um sich und fluchte dabei wie ein Verrückter.

»Bringt den da zurück in die Bilge«, schrie Massarde, sprang auf und deutete auf Giordino.

Pitt merkte, wie der Druck nachließ, als die Wachen sich auf den

Kampf mit Giordino konzentrierten, um ihn zu überwältigen. Einer der Matrosen schwang einen Totschläger und ließ ihn auf die Stelle zwischen Nacken und Giordinos Ohr krachen. Ein schmerzerfülltes Grunzen, und Giordino wurde ohnmächtig. Die Wachen faßten ihn unter den Achseln und schleiften ihn aus dem Raum.

Kazim richtete die Pistole auf Pitt, der noch am Boden lag. »Also, da Sie eine höfliche Unterhaltung den Schmerzen vorziehen, warum beginnen Sie nicht damit, indem Sie mir Ihren richtigen Namen nennen?«

Pitt wälzte sich auf die Seite und setzte sich. »Pitt, Dirk Pitt.«

»Und das soll ich glauben?«

»Ein Name so gut wie jeder andere.«

Kazim wandte sich an Massarde. »Haben Sie die Männer durchsuchen lassen?«

Massarde nickte. »Sie hatten weder Ausweise noch irgendwelche sonstigen Papiere bei sich.«

Angewidert musterte Kazim Pitt. »Vielleicht können Sie mir verraten, aus welchem Grund Sie ohne Paß nach Mali eingereist sind?«

»Kein Problem, General«, stieß Pitt schnell hervor. »Mein Partner und ich sind Archäologen. Wir hatten den Auftrag einer französischen Stiftung, den Flußlauf des Niger nach antiken Schiffswracks abzusuchen. Unsere Pässe sind verlorengegangen, als wir von einem Ihrer Patrouillenboote beschossen und versenkt wurden.«

»Echte Archäologen würden wie verängstigte Kinder um Gnade winseln, wenn sie zwei Stunden lang in einer Dampfzelle angekettet gewesen wären. Sie beide sind abgehärtet, furchtlos und derart arrogant, daß es sich bei Ihnen nur um feindliche Agenten handeln kann –«

»Um welche Stiftung geht es?« warf Massarde ein.

»Die Gesellschaft zur Durchführung historischer Ausgrabungen«, erwiderte Pitt.

»Kenne ich nicht.«

Pitt hob bedauernd die Hände. »Was soll ich dazu sagen?«

»Seit wann forschen Archäologen nach antiken Fundstücken und bedienen sich dazu einer Superjacht, die mit Raketenwerfern und automatischen Waffen ausgerüstet ist?« fragte Kazim sarkastisch.

»Es ist nie ein Fehler, sich gegen Piraten oder Terroristen zu wappnen.« Pitt lächelte dümmlich.

In diesem Augenblick klopfte es an der Tür. Einer von Massardes Matrosen trat ein und reichte ihm eine Nachricht. »Wollen Sie antworten, Sir?«

Massarde überflog den Inhalt und nickte. »Richten Sie meine Grüße aus, er möge seine Nachforschungen fortsetzen.«

Nachdem der Matrose verschwunden war, fragte Kazim: »Gute Nachrichten?«

»Außerordentlich informativ«, sagte Massarde selbstzufrieden. »Von meinem Agenten bei den Vereinten Nationen. Es scheint, daß diese Männer zur NUMA, zur National Underwater and Marine Agency in Washington gehören. Ihre Aufgabe bestand darin, die Quelle einer chemischen Kontamination ausfindig zu machen, die ihren Ursprung im Niger hat und für die rasche Ausbreitung einer Roten Flut verantwortlich ist, nachdem sie sich ins Meer ergißt.«

»Ein Ablenkungsmanöver«, sagte Kazim verächtlich, »mehr nicht. Die haben nach etwas viel Wichtigerem gesucht als nach einer Umweltverschmutzung. Ich tippe auf Öl.«

»Genau das hat auch mein Agent in New York vermutet. Er hat ebenfalls auf eine verdeckte Operation getippt, doch seine Informationsquelle hält das für unwahrscheinlich.«

Kazim warf Massarde einen mißtrauischen Blick zu. »Es handelt sich doch hoffentlich nicht um ein Leck in Fort Foureau?«

»Nein, unmöglich«, erwiderte Massarde, ohne zu zögern. »Die Entfernung zu meiner Anlage ist zu groß, als daß der Niger betroffen sein könnte. Nein, es kann sich nur um eine Ihrer geheimen Unternehmungen handeln, über die Sie mich bisher nicht in Kenntnis gesetzt haben.«

Kazims Miene wurde starr und ausdruckslos. »Wenn jemand für die Umweltverschmutzung von Mali verantwortlich ist, alter Freund, dann sind Sie das.«

»Unmöglich«, stellte Massarde knapp fest. Er sah Pitt an. »Finden Sie dieses Gespräch interessant, Mr. Pitt?«

»Ich weiß nicht, worüber Sie sich unterhalten.«

»Bei Ihrem Partner und Ihnen muß es sich um wichtige Persönlichkeiten handeln.«

»Eigentlich nicht. Im Augenblick sind wir ganz gewöhnliche Gefangene.«

»Was meinen Sie mit wichtig?« fragte Kazim.

»Mein Agent hat gleichfalls berichtet, daß die Vereinten Nationen eine spezielle Eliteeinheit in Marsch gesetzt haben, um die hier rauszuholen.«

Kazim wirkte nur für eine Sekunde lang überrascht. Dann fing er sich wieder. »Eine Spezialeinheit soll hier eingesetzt werden?«

»Wahrscheinlich ist sie schon auf dem Weg, nachdem Mr. Pitt mit seinem Vorgesetzten Kontakt aufgenommen hat.« Massarde warf erneut einen Blick auf die Nachricht. »Meinem Agenten zufolge handelt es sich dabei um einen gewissen Admiral James Sandecker.«

»Mir scheint, weitere Täuschungsmanöver sind zwecklos.« Der elegante Raum des Hausbootes war klimatisiert, und Pitt zitterte jetzt unkontrolliert, nachdem er die fürchterliche Hitze in der Bilge hatte ertragen müssen. Doch etwas anderes machte ihm noch mehr zu schaffen: der Schock, daß Massarde der gesamte Hintergrund ihres Einsatzes bekannt war. Er versuchte sich vorzustellen, wer sie verraten haben mochte, doch auf Anhieb fiel ihm niemand ein.

»Na, so clever und unbeeindruckt sind wir gar nicht mehr, nachdem die Tarnung aufgeflogen ist, stimmt's?« Kazim goß sich ein Glas von Massardes ausgezeichnetem Champagner ein. Dann sah er plötzlich auf. »Wo sollte das Rendezvous mit der UN-Einheit stattfinden, Mr. Pitt?«

Pitt versuchte den Eindruck zu erwecken, als habe er keine Ahnung. Jetzt saß er in der Falle. Der Flughafen von Gao war ganz offenbar der Treffpunkt. Er wollte Gunn nicht in Gefahr bringen, doch jetzt mußte er sich darauf verlassen, daß Kazim tatsächlich so dumm war, wie er aussah.

»Auf dem Flughafen von Gao, im Morgengrauen. Wir sollten am westlichen Ende der Landebahn warten.«

Kazim starrte Pitt einen Augenblick unverwandt an, dann schlug er ihn plötzlich mit dem Lauf der Beretta quer über die Stirn. »Verdammter Lügner!« knurrte er.

Pitt zog den Kopf ein und verbarg sein Gesicht in den Armen. »Es ist wahr, ich schwör's.«

»Lügner«, wiederholte Kazim. »Die Landebahn von Gao verläuft von Norden nach Süden. Es gibt kein westliches Ende.«

Pitt atmete langsam aus und seufzte. Dann schüttelte er zögernd den Kopf. »Ich vermute, es ist zwecklos zu schweigen. Früher oder später werden Sie es doch aus mir herausholen.«

»Bedauerlich für Sie, stehen mir die Methoden zur Verfügung, genau das zu erreichen.«

»Na gut«, sagte Pitt, »entsprechend Admiral Sandeckers Anweisungen sollten wir, nachdem das Boot zerstört war, zu einer weiten Senke ungefähr 20 Kilometer südlich von Gao marschieren. Ein Helikopter aus Niger wird dort hinfliegen.«

»Welches Signal wurde vereinbart, daß der Hubschrauber sicher landen kann, um Sie abzuholen?«

»Ein Signal war überflüssig. Die Stelle ist vollkommen abgelegen. Mir wurde gesagt, der Hubschrauber würde die Gegend mit seinen Landescheinwerfern absuchen, bis er uns gefunden habe.«

»Welche Uhrzeit?«

»Vier Uhr morgens.«

Kazim warf ihm einen langen, durchdringenden Blick zu. Dann sagte er zögernd: »Wenn Sie mich wieder belogen haben, werden Sie es schwer bereuen.«

Er steckte die Beretta weg und wandte sich an Massarde. »Wir haben keine Zeit zu verlieren. Ich muß mich um die Willkommenszeremonie kümmern.«

»Es wäre klug, Zateb, wenn Sie sich nicht mit den Vereinten Nationen einlassen würden. Ich rate Ihnen dringend ab, sich mit deren Eingreiftruppe anzulegen. Wenn Pitt und sein Freund nicht auftauchen, wird der Helikopter nach Niger zurückfliegen. Falls Sie den Hubschrauber abschießen und die Männer an Bord umbringen, stoßen Sie in ein Hornissennest.«

»Die dringen in mein Land ein.«

»Ein lächerliches Argument.« Massarde wedelte mit der Hand. »Nationalstolz steht Ihnen nicht. Der Verlust von Unterstützung und Zahlungen für Ihre, wie soll man sie bezeichnen – ruchlosen Unternehmungen – wiegt die Befriedigung Ihrer Blutrünstigkeit nicht auf. Ich würde sie in Ruhe lassen.«

Kazim schenkte ihm ein gezwungenes Grinsen und lachte trocken. »Yves, Sie bringen mich um sämtliche Freuden des Daseins.«

»Während Sie Millionen Francs beiseite bringen.«

»Das ist zu bedenken«, beruhigte sich Kazim.

Massarde nickte in Pitts Richtung. »Außerdem können Sie mit dem hier und seinem Freund immer noch Ihren Spaß haben. Ich bin sicher, die beiden erzählen Ihnen, was Sie wissen wollen.«

»Die packen noch vor Mittag aus.«

»Bestimmt.«

»Vielen Dank, daß Sie sie bereits in ihrer Sauna vorgekocht haben.«

»War mir ein Vergnügen.« Massarde ging auf eine Seitentür zu. »Wenn Sie mich jetzt bitte entschuldigen, ich muß mich um meine Gäste kümmern. Die habe ich viel zu lange vernachlässigt.«

»Behalten Sie Mr. Pitt und Mr. Giordino noch für eine Weile in Ihrem Dampfraum. Mir wäre es lieb, wenn die beiden gänzlich weichgekocht wären, bevor ich sie in mein Hauptquartier in Bamako bringen lasse.«

»Wie Sie wünschen«, stimmte Massarde zu. »Ich gebe Befehl, Mr. Pitt wieder in die Bilge zu bringen.«

»Ich bin Ihnen zu Dank verpflichtet, Yves, mein Freund, daß Sie Pitt und Giordino geschnappt haben und mir übergeben.«

Massarde nickte. »War mir ein Vergnügen.«

Noch bevor sich die Tür hinter Massarde geschlossen hatte, konzentrierte Kazim sich wieder auf Pitt. In seinen schwarzen Augen lag unverhohlene Feindseligkeit. Pitt konnte sich nicht erinnern, je in einem Gesicht eine derartige Bösartigkeit gesehen zu haben.

»Genießen Sie Ihren Aufenthalt in der Bilge, Mr. Pitt. Später werden Sie dann leiden, und zwar mehr, als Sie es sich in den schrecklichsten Alpträumen vorstellen können.«

Wenn Kazim erwartet hatte, daß Pitt vor Furcht zitterte, sah er sich enttäuscht. Pitt wirkte absolut ruhig. Er strahlte wie jemand, der gerade den Haupttreffer in der Lotterie gelandet hatte. Pitt freute sich, denn der General hatte ihm, ohne es zu wissen, den Schlüssel zu seinen Fluchtplänen geliefert. Die Tür stand einen Spalt weit offen, und Pitt würde hindurchschlüpfen.

23

Eva war zu aufgedreht, um schlafen zu können und bemerkte deshalb als erste, daß das Flugzeug sich im Sinkflug befand. Obwohl die Piloten so behutsam wie möglich zu Werke gegangen waren, spürte Eva die leichte Schubrücknahme der Düsenmotoren und wußte, daß das Flugzeug an Höhe verloren hatte, weil sich plötzlich der Druck auf ihre Ohren verstärkte.

Sie warf einen Blick aus dem Fenster, doch draußen lag alles im Dunkeln. Unten, in der menschenleeren Wüste, war kein Licht zu entdecken. Sie sah auf ihre Uhr. Zehn Minuten nach Mitternacht. Erst vor eineinhalb Stunden hatten sie die letzten Ausrüstungsgegenstände und Giftproben an Bord verstaut und waren von Asselar aus gestartet.

Eva stand auf und ging durch den Gang nach hinten. Hopper hatte sich ans Ende der Kabine zurückgezogen, um ungestört seine Pfeife rauchen zu können. Sie trat an seinen Sitz und rüttelte ihn sanft wach. »Frank, irgend etwas stimmt nicht.«

Hopper hatte einen leichten Schlaf. Er fuhr hoch und sah sie fragend an. »Was haben Sie gesagt?«

»Das Flugzeug geht runter. Ich glaube, wir landen.«

»Unsinn«, knurrte er. »Bis Kairo sind es noch fünf Stunden.«

»Nein, ich habe gehört, wie die Triebwerke leiser wurden.«

»Die Piloten haben wahrscheinlich Schub weggenommen, um Treibstoff zu sparen.«

»Wir verlieren an Höhe. Ich bin mir sicher.«

Hopper reagierte auf ihren ernsten Ton, setzte sich auf, neigte den Kopf und lauschte auf das Motorengeräusch. Dann beugte er sich über seine Armlehne und schaute den Gang entlang nach vorne. »Ich glaube, Sie haben recht. Die Nase scheint leicht abwärts gerichtet zu sein.«

Eva nickte zum Cockpit hinüber. »Während des ganzen Fluges haben die Piloten die Tür offengelassen. Jetzt ist sie geschlossen.«

»Komisch. Trotzdem glaube ich, wir machen uns zu viele Gedanken.« Er warf die Decke zurück und erhob sich steif. »Schadet aber sicher nicht, wenn wir mal nachsehen.«

Eva folgte ihm den Gang entlang zur Cockpittür. Hopper drehte am Knopf, und plötzlich huschte ein Anflug von Sorge über seine Miene. »Das verdammte Ding ist verschlossen.« Er klopfte gegen die Tür, wartete einen Augenblick, doch niemand antwortete. »Irgend etwas stimmt da nicht. Besser, Sie wecken die anderen.«

Eva eilte den Gang entlang und rüttelte die übrigen Mitglieder des Teams wach. Grimes war der erste, der neben Hopper stand.

»Wieso landen wir?« fragte er Hopper.

»Ich habe nicht den leisesten Schimmer. Die Piloten scheinen nicht sonderlich gesprächig zu sein.«

»Vielleicht handelt es sich um eine Notlandung?«

»Wenn das der Fall ist, behalten sie es für sich.«

Eva lehnte sich über einen Sitz und spähte in die Dunkelheit. Mehrer Lampen schimmerten einige Kilometer voraus in der Nacht. »Lichter vor uns«, rief sie.

»Wir könnten die Tür eintreten«, schlug Grimes vor.

»Wozu?« wollte Hopper wissen. »Wenn die Piloten landen wollen, gibt es keine Möglichkeit, sie davon abzuhalten. Keiner von uns kann ein Passagierflugzeug fliegen.«

»Dann können wir nichts tun, als wieder Platz zu nehmen und uns anzuschnallen«, stellte Eva fest.

Sie hatte die Worte noch nicht ausgesprochen, als die Scheinwerfer aufflammten und die gesichtslose Wüste anstrahlten. Das Fahrwerk wurde ausgefahren, der Pilot beschrieb einen engen Bogen, und hielt auf einen noch nicht erkennbaren Landestreifen zu. Die Wissenschaftler hatten sich gerade angeschnallt, als die Räder auf die harte Sandoberfläche trafen und die Schubumkehr erfolgte. Der weiche Grund bewirkte genug Rollwiderstand, so daß das Flugzeug, ohne daß der Pilot die Bremsen betätigen mußte, schnell langsamer wurde. Langsam rollte die Maschine auf eine Reihe Flutlichtlampen neben der Piste zu und kam zum Halten.

»Ich frage mich, wo wir sind«, murmelte Eva.

»Das werden wir bald herausfinden«, erklärte Hopper und ging entschlossen auf die Cockpittür zu. Noch bevor er sie erreicht hatte, flog sie auf, und der Pilot betrat die Kabine.

»Was hat diese Zwischenlandung zu bedeuten?« wollte Hopper wissen. »Ist etwas nicht in Ordnung?«

»Hier steigen Sie aus«, erwiderte der Pilot langsam.

»Was sagen Sie da? Sie sollten uns nach Kairo fliegen.«

»Meine Befehle lauten, Sie in Tebezza abzusetzen.«

»Dies ist ein Flugzeug, das von den Vereinten Nationen gechartert wurde. Sie sind verpflichtet, uns dorthin zu fliegen, wohin wir wollen. Tebezza, oder wie Sie es nennen, gehört ganz sicher nicht zu unseren Zielen.«

»Betrachten Sie es als ungeplante Zwischenlandung«, erwiderte der Pilot stur.

»Sie könnnen uns nicht einfach mitten in der Wüste absetzen. Wie sollen wir von hier aus nach Kairo weiterreisen?«

»Die entsprechenden Arrangements wurden getroffen.«

»Und was ist mit unserer Ausrüstung?«

»Die wird bewacht werden.«

»Unsere Proben müssen so schnell wie möglich ins Labor der Weltgesundheitsorganisation nach Paris gebracht werden.«

»Damit habe ich nichts zu tun. Würden Sie jetzt bitte Ihre persönlichen Sachen zusammenpacken und das Flugzeug verlassen?«

»Das werden wir nicht tun«, erwiderte Hopper von oben herab.

Der Pilot schob ihn beiseite und ging den Gang entlang zum Hinterausgang. Er entriegelte die Heckklappe und betätigte einen großen Schalter. Die Hydraulikpumpen summten, und der hintere Boden senkte sich langsam und verwandelte sich in eine Treppe, die bis auf den Boden reichte. Dann hob der Pilot einen großkalibrigen Revolver, den er hinter seinem Rücken verborgen hatte, und richtete ihn auf die verdutzten Wissenschaftler.

»Raus aus dem Flugzeug«, befahl er kurz angebunden.

Hopper ging auf den Piloten zu, bis er unmittelbar vor ihm stand. Den Lauf des Revolvers, der sich in seinen Magen bohrte, ignorierte er einfach. »Wer sind Sie? Weshalb tun Sie das?«

»Ich bin Lieutenant Abubakar Babanandi, Luftwaffe Mali, und ich handele auf Befehl meiner Vorgesetzten.«

»Und wer sind die?«

»Es handelt sich um den Obersten Militärrat.«

»Sie meinen General Kazim. Der hat hierzulande das Sagen –«

Hopper stöhnte schmerzerfüllt auf, als Lieutenant Babanandi ihm die Mündung des Revolvers hart in den Magen stieß. »Machen Sie keinen Ärger, Doktor. Verlassen Sie die Maschine, oder ich erschieße Sie an Ort und Stelle.«

Eva faßte nach Hoppers Arm. »Tun Sie, was er sagt, Frank. Lassen Sie nicht zu, daß Ihr Stolz Sie umbringt.«

Hopper schwankte, die Hände instinktiv gegen den Magen gepreßt. Babanandi schien unbeeindruckt, doch Eva entdeckte in seinen Augen eher Angst als Feindseligkeit. Ohne noch etwas zu sagen, schob Babanandi Hopper grob auf die oberste Stufe.

»Ich warne Sie. Trödeln Sie nicht.«

Zwanzig Sekunden später kam Hopper, auf Eva gestützt, unten an und sah sich um.

Ein halbes Dutzend Männer, Köpfe und Gesichter unter dem indigoblauen, mehrfach geschlungenen Tuch der Tuaregs verborgen, kamen heran, bildeten einen Halbkreis um Hopper und blieben stehen. Sie waren allesamt hochgewachsen und wirkten bedrohlich. Die Männer trugen lange, wehende schwarze Roben und waren mit Schwertern bewaffnet, die sie in Scheiden am Gürtel trugen. Außerdem hielten sie Automatikgewehre in den Händen, deren Mündungen auf Hoppers Brust gerichtet waren.

Ein hochgewachsener Mann mit hellhäutigen Händen erschien. Sein Umhang war purpurn, doch der Schleier weiß. Hopper reichte dem Fremden gerade bis zur Schulter.

In seiner Begleitung befand sich eine Frau mit einer Figur wie ein Panzer. Sie trug ein schmutziges weites Kleid, das kurz über den Knien endete und Beine freigab, deren Umfang an Brückenpfeiler erinnerte. Sie war im Gegensatz zu den übrigen ohne Schleier. Obwohl sie dunkelhäutig wie die im Süden wohnenden Afrikaner war und ihr Haar wollig, hatte sie hohe Wangenknochen, ein rundes Kinn und eine scharf geschnittene Nase. Ihre Augen waren klein und gemein und der Mund beinahe so breit wie das ganze Gesicht. Sie wirkte kalt und sadistisch – ein Eindruck, der durch die gebrochene Nase und die vernarbte Stirn noch verstärkt wurde. Dieses Gesicht mußte früher einmal schwer in die Mangel genommen worden sein. In einer Hand hielt sie einen dicken Lederriemen mit einem kleinen Knoten am Ende. Sie musterte Hopper wie ein Folterknecht der Inquisition, der abschätzte, ob sein Opfer wohl in die Eiserne Jungfrau passen würde.

»Was ist das hier für ein Ort?« fragte Hopper, ohne zu zögern.

»Tebezza«, antwortete der hochgewachsene Mann.

»Das weiß ich bereits. Doch wo liegt Tebezza?«

Die Antwort kam in englischer Sprache, mit einem, wie Hopper vermutete, nordirischen Akzent. »Tebezza liegt am Ende der Wüste und am Anfang der Hölle. Hier schürfen Sklaven und Gefangene nach Gold.«

»So etwas wie in den Salzminen von Taoudenni«, stellte Hopper fest und musterte die auf ihn gerichteten Gewehre, während er sprach. »Macht es Ihnen etwas aus, die Schießwaffen nicht in mein Gesicht zu halten?«

»Die sind notwendig, Dr. Hopper.«

»Keine Angst. Wir sind nicht hergekommen, um Ihr Gold zu stehlen –« Hopper brach mitten im Satz ab. Er blinzelte, wurde blaß und fragte verblüfft: »Sie kennen meinen Namen?«

»Ja, wir haben Sie erwartet.«

»Wer sind Sie?«

»Mein Name ist Selig O'Bannion. Ich bin der leitende Ingenieur der Mine.« O'Bannion wandte sich um und wies mit dem Kopf zu der Dicken. »Melika, meine Aufseherin. Das bedeutet soviel wie Königin. Sie und Ihre Leute werden ihren Befehlen gehorchen.«

Zehn Sekunden lang wurde die Stille nur vom leisen Surren der Turbinen unterbrochen. Dann stieß Hopper hervor: »Befehle? Wovon, zum Teufel, reden Sie überhaupt?«

»Sie wurden mit Empfehlungen von General Zateb Kazim hierher geschickt. Es ist sein ausdrücklicher Wunsch, daß Sie in den Minen arbeiten.«

»Das ist Kidnapping!« keuchte Hopper.

O'Bannion schüttelte geduldig den Kopf. »Wohl kaum, Dr. Hopper. Sie und Ihre Gruppe UN-Wissenschaftler werden nicht wegen eines Lösegeldes oder als Geiseln festgehalten. Sie wurden zur Zwangsarbeit in den Minen von Tebezza verurteilt. Sie werden nach Gold schürfen.«

»Sie sind ja ganz und gar verrückt –« fing Hopper an und taumelte gegen die Treppe zurück, als Melika ihm mit dem Lederriemen einen brutalen Schlag übers Gesicht versetzte. Er tastete nach der Schwellung, die sich auf seiner Wange bildete.

»Deine erste Lektion als Sklave, du unverschämtes Schwein«, stieß die Frau hervor. »Von jetzt an sprichst du nur noch, wenn du die Erlaubnis dazu hast.«

Sie hob den Riemen, um Hopper noch einen Schlag zu versetzen, doch O'Bannion griff nach ihrem Arm. »Langsam, Frau. Laß ihnen Zeit, sich an den Gedanken zu gewöhnen.« Er musterte die übrigen Wissenschaftler, die die Treppe herabgestiegen waren und nun um Hopper herumstanden. Sie wirkten schockiert, und in ihren Augen lag Angst. »Ich möchte sie am ersten Arbeitstag in guter Verfassung haben.«

Zögernd ließ Melika den Riemen sinken. »Ich fürchte, du verlierst dein dickes Fell, Selig. Die sind nicht aus Porzellan.«

»Sie sind Amerikanerin«, stellte Eva fest.

Melika grinste. »Stimmt, Schätzchen. Zehn Jahre Oberaufseherin im Frauengefängnis von Corona, Kalifornien. Du kannst mir glauben, nirgends geht es härter zu als dort.«

»Melika kümmert sich besonders um die weiblichen Arbeitskräfte«, erklärte O'Bannion. »Ich bin sicher, sie wird dafür sorgen, daß du in die Gemeinschaft aufgenommen wirst.«

»Frauen arbeiten in den Minen?« fragte Hopper ungläubig.

»Ja, eine ganze Reihe, zusammen mit ihren Kindern«, erwiderte O'Bannion nüchtern.

»Sie verletzen die Menschenrechte«, stieß Eva verärgert hervor.

Melika warf O'Bannion einen teuflischen Blick zu. »Darf ich?«

Er nickte. »Sicher.«

Die massige Frau stieß Eva den Griff des Lederriemens in den Magen, so daß sie sich krümmte. Dann ließ sie den Riemen auf ihren Nacken heruntersausen. Eva klappte zusammen wie ein nasser Sack und wäre mit dem Gesicht auf den Boden geschlagen, wenn Hopper sie nicht aufgefangen hätte.

»Sie werden bald erfahren, daß auch der geringste Widerspruch sinnlos ist«, erklärte O'Bannion. »Es ist besser, Sie kooperieren und sorgen dafür, daß die Ihnen noch verbleibende Zeit auf Erden so schmerzlos wie möglich ist.«

Hopper riß ungläubig den Mund auf. »Wir sind anerkannte Wissenschaftler der Weltgesundheitsorganisation. Sie können uns nicht ohne weiteres exekutieren.«

»Exekutieren, mein lieber Doktor?« erwiderte O'Bannion lässig. »Nichts dergleichen. Ich beabsichtige lediglich, daß Sie sich zu Tode schuften.«

24

Der Plan funktionierte, genau wie Pitt gehofft hatte. Nachdem der Wachposten ihn wieder in die heiße Bilge zu Giordino geschubst hatte, verhielt er sich folgsam und hilfsbereit, indem er die Hände hob, so daß die Wache die Kette an seinen Handschellen, die um die Dampfleitung lief, verschließen konnte. Dieses Mal allerdings hielt Pitt die Hände auf der anderen Seite der Befestigungsstrebe hoch. Überzeugt, Pitt fest angekettet zu haben, ließ der Mann mit lautem Krachen die Stahlfalltür über seinen beiden Gefangenen, die in der drückenden Atmosphäre des kleinen Raums zurückblieben, zufallen.

Giordino hockte gleichgültig in einer Pfütze und massierte sich den Kopf. Im dichten Dunst konnte Pitt ihn kaum erkennen. »Wie ist es gelaufen?« erkundigte sich Giordino.

»Massarde und Kazim stecken unter einer Decke. Die beiden sind Partner bei irgendwelchen schmierigen Geschäften. Massarde bezahlt den General dafür, daß er ihm irgendwelche Gefallen tut. So viel ist klar. Darüber hinaus habe ich wenig in Erfahrung bringen können.«

»Ich hab' noch eine Frage.«

»Schieß los.«

»Wie kommen wir aus dieser Sauna raus?«

Pitt hob seine Hände und grinste. »Im Handumdrehen.«

Da er jetzt auf der anderen Seite der Befestigungsstrebe angekettet war, schob er die Kette das Dampfrohr entlang, bis er das Gestell am hinteren Schott erreichte, das mehrere Schraubenschlüssel in verschiedenen Größen enthielt. Er griff nach einem und probierte ihn an der Mutter aus, die am Schott zur Befestigung des Dampfrohrs montiert war. Er war zu groß, doch der nächste paßte perfekt. Er umklammerte den Griff und zog. Die Mutter war verrostet und ließ sich nicht lösen. Pitt machte eine kleine Pause, stemmte dann seine Füße gegen ein Stahlrohr, packte den Schraubenschlüssel mit beiden

Händen und zerrte mit aller Kraft. Die erste Vierteldrehung beanspruchte seine ganze Kraft. Dann löste sich die Mutter mit jeder Drehung leichter. Als sie schließlich ganz locker war und nur noch ein oder zwei Umdrehungen im Gewinde saß, machte Pitt halt und wandte sich zu Giordino um.

»Okay, ich kann sie lösen. Wenn wir Glück haben, handelt es sich um eine Niederdruckleitung, die die Salons oben heizt. Wenn nicht, werden wir, wenn ich sie abschraube, wissen, wie sich ein Hummer im Topf mit kochendem Wasser fühlt. Egal, es gibt auch so genug Dampf, uns garzukochen, wenn wir nicht machen, daß wir verdammt schnell hier rauskommen.«

Giordino stand auf, die Knie gebeugt, den Kopf gesenkt. Dennoch berührten seine schwarzen Locken die Stahldecke. »Wenn ich den Wachposten in die Hand bekomme, kümmere ich mich um alles weitere.«

Pitt nickte schweigend und löste die Mutter mit ein paar schnellen Drehungen. Dann benutzte er die Kette an seinen Handschellen, um sich an die Dampfleitung zu hängen und setzte sein ganzes Gewicht ein, um sie so zu verbiegen, daß sie unterbrochen wurde. Eine Dampfwolke trat zischend aus und füllte im Nu den kleinen Raum. Innerhalb von Sekunden war der Wasserdampf so dicht, daß Pitt und Giordino nicht mehr das geringste voneinander sehen konnten. Mit einer schnellen Bewegung zog Pitt seine Kette über das Ende der herabbaumelnden Dampfleitung und verbrannte sich dabei die Handrücken.

Giordino und er fingen an zu schreien und gegen den Boden der Deckplatten zu klopfen. Der Wachposten reagierte völlig verwirrt, als er den zischenden Dampf zwischen den Ritzen der Deckplatte hervorquellen sah. Er reagierte genau, wie Pitt es erwartet hatte, und hob die Klappe im Boden. Eine Dampfwolke hüllte ihn ein. Pitts unsichtbare Hände griffen nach oben, packten ihn und zogen ihn herunter. Der Wachposten landete mit dem Kopf voraus und knallte gegen einen Stahlträger. Sofort verlor er das Bewußtsein.

Eine Sekunde später hatte Pitt den bewegungslosen Händen das automatische Gewehr entwunden. Weitere fünf Sekunden später hatte Giordino, ohne das Geringste sehen zu können, die Taschen des Wachpostens durchsucht und den Schlüssel zu ihren Handschellen ertastet. Während Giordino sich befreite, schwang Pitt sich katzengleich auf das über ihnen liegende Deck, kauerte schußbereit und ließ den Lauf des Gewehrs hin- und herschwenken. Der Maschinenraum war leer. Abgesehen von dem Wachposten, taten keine weiteren Matrosen Dienst.

Pitt drehte sich um, ging in die Knie, wischte sich die Wassertropfen von den Brauen und spähte in den Wasserdampf. »Kommst du?«

»Nimm mal den Wachposten an«, grunzte ein unsichtbarer Giordino durch den Nebel. »Ist ja nicht nötig, daß der arme Kerl hier unten krepiert.«

Pitt griff nach unten und bekam ein paar Arme zu fassen. Er zog den bewußtlosen Matrosen in den Maschinenraum hoch und legte ihn auf den Boden. Als nächstes griff er nach Giordinos Handgelenken, zog auch ihn aus dem Höllenpfuhl und stöhnte, weil er plötzlich die Schmerzen an den Händen spürte.

»Deine Hände sehen aus wie gekochte Shrimps«, stellte Giordino fest.

»Ich muß sie mir verbrüht haben, als ich die Kette über das Ende der Leitung gezogen habe.«

»Wir sollten sie mit irgend etwas verbinden.«

»Keine Zeit.« Er hob seine gefesselten Hände. »Würdest du mir den Gefallen tun?«

Giordino schloß schnell Pitts Kette und Handschellen auf. Dann hielt er den Schlüssel in die Höhe, bevor er ihn in die Tasche steckte. »Ein Andenken. Man weiß ja nie, wann man mal wieder verhaftet wird.«

»Betrachtet man den Schlamassel, in dem wir stecken, dürfte es nicht lange dauern«, murmelte Pitt. »Massardes Passagiere werden sich bald beklagen, daß ihnen zu kalt ist – besonders die Frauen mit schulterfreien Kleidern. Man schickt einen Matrosen los, der sich des Problems annehmen soll und sofort entdecken wird, daß wir verschwunden sind.«

»Dann ist es Zeit für einen stilvollen und diskreten Abgang.«

»Auf jeden Fall diskret.« Pitt ging zu einer Luke, zog sie auf und blickte auf ein Außendeck, das nach achtern bis zum Heck des Boots verlief. Er trat hinaus, blieb an der Reling stehen und warf einen Blick nach oben. Durch die Panoramascheiben sah er Leute in

Abendkleidung beim Drink, die sich unterhielten und überhaupt keine Ahnung von den Qualen hatten, die Pitt und Giordino im Maschinenraum, fast direkt unter ihren Füßen, hatten erleiden müssen.

Er gab Giordino einen Wink, ihm zu folgen, und die beiden Männer schlichen über das Deck, krochen geduckt an den Bullaugen vorbei, die zu den Mannschaftsquartieren gehörten, bis sie zu einer Treppe kamen. Sie verbargen sich im Schatten unter den Stufen und spähten durch die Öffnung nach oben. Unter den Bogenlampen, wie im hellen Tageslicht, stand Massardes Privathubschrauber, dessen burgunderrote und weiße Lackierung sich deutlich gegen den schwarzen Himmel abhob. Er war auf dem Dach über dem großen Salon vertäut. Vollkommen verlassen stand er da, kein Matrose war in der Nähe.

»Unser Transportmittel wartet bereits«, murmelte Pitt.

»Besser als Schwimmen«, stimmte Giordino ihm bei. »Wenn der Franzose geahnt hätte, daß er es mit ein paar alten Air-Force-Piloten zu tun hat, hätte er den nie unbewacht da stehen lassen.«

»Sein Fehler, unser Glück«, sagte Pitt gutgelaunt. Er stieg die Treppe hinauf, musterte das Deck und warf einen Blick in die Bullaugen in der Nähe, um zu kontrollieren, ob sich dort jemand aufhielt. Die wenigen Leute in den Kabinen kümmerten sich nicht darum, was draußen vor sich ging. Ruhig überquerte er das Deck, machte die Tür zum Cockpit auf und stieg ein. Giordino zog die Bremsklötze weg und entfernte die Vertäuung, bevor er Pitt folgte, die Tür schloß, und es sich im rechten Sitz bequem machte.

»Was haben wir denn hier?« murmelte er und musterte das Armaturenbrett.

»Eine französische Ecureuil, zwei Turbinen, ziemlich neues Modell«, erwiderte Pitt. »Ich weiß zwar nicht, welches, aber wir haben keine Zeit für die Bedienungsanleitung. Wir übergehen die Checkliste, lassen die Maschine warmlaufen und hauen ab.«

Wertvolle zwei Minuten verstrichen beim Warmlaufen, doch als Pitt die Bremsen löste und die Rotorblätter sich langsam zu drehen anfingen und weiter bis auf Startgeschwindigkeit beschleunigten, ertönte kein Alarm. Die Zentrifugalkräfte ließen den Hubschrauber auf seinen Rädern erzittern. Wie die meisten Piloten brauchte Pitt die französischen Beschriftungen auf den Skalen, Instrumenten und Bedienungshebeln nicht zu übersetzen. Er wußte, was sie bedeuteten. Derartige Kontrollinstrumente waren überall gleich und bargen kein Problem für ihn.

Ein Matrose tauchte auf und starrte neugierig durch die große Windschutzscheibe. Giordino winkte ihm zu und lächelte freundlich, während der Matrose dastand und nicht wußte, was er tun sollte.

»Der Kerl weiß nicht, wer wir sind«, stellte Giordino fest.

»Hat er eine Waffe?«

»Nein, doch seine Kameraden, die gerade die Treppe hochstürmen, scheinen welche zu haben.«

»Wird Zeit, daß wir uns vom Acker machen.«

»Alle Anzeigen im grünen Bereich«, bestätigte Giordino.

Pitt zögerte nicht länger. Er holte tief Luft, ließ den Hubschrauber aufsteigen, verharrte einen Moment lang über dem Deck, bevor er die Nase der Maschine senkte, Gas gab und in den Horizontalflug ging. Das Hausboot blieb zurück, ein Lichtermeer im schwarzen Wasser. Pitt hielt sich in einer Höhe von knapp 10 Metern und ging in eine Kurve, die ihn flußabwärts führte.

»Wohin fliegen wir?« fragte Giordino.

»Zu der Stelle, von der Rudi meinte, daß dort das Gift in den Niger fließt.«

»Fliegen wir dann nicht in die falsche Richtung? Diese Stelle liegt gut hundert Kilometer flußaufwärts.«

»Ist nur ein Täuschungsmanöver, um die Hunde von der Fährte abzulenken. Sobald wir Gao sicher hinter uns gelassen haben, drehe ich nach Süden ab, und wir fliegen über die Wüste zurück, so daß wir 30 Kilometer stromaufwärts wieder auf den Fluß treffen.«

»Warum fliegen wir nicht am Flughafen vorbei, sammeln Rudi ein und machen, daß wir aus dem Land rauskommen?«

»Dagegen spricht eine Reihe von Gründen«, erklärte Pitt und deutete mit dem Kopf auf die Treibstoffanzeige. »Zum einen haben wir nicht genug Treibstoff, um mehr als 200 Kilometer weit zu fliegen. Zweitens werden die Jagdflugzeuge Malis, wenn Massarde und sein Kumpel Kazim erst einmal Alarm gegeben haben, mit ihren Radars Jagd auf uns machen und uns entweder zur Landung zwingen oder vom Himmel pusten. Ich schätze, das Ganze dauert höchstens eine Viertelstunde. Und drittens glaubt Kazim, wir wären nur zu zweit. Je mehr Abstand wir zwischen Rudi und uns bringen, desto größer sind seine Chancen, mit den Proben zu entkommen.«

»Hast du dir das gerade alles ausgedacht«, beschwerte sich Giordino, »oder bist du der letzte in einer Reihe großer Propheten?«

»Betrachte mich einfach als deinen vertrauten, häuslichen Ränkeschmied«, erwiderte Pitt herablassend.

»Du solltest als Märchenerzähler auf dem Jahrmarkt auftreten«, empfahl Giordino ihm trocken.

»Ich habe uns aus dem Dampfbad befreit und vom Boot runtergebracht, stimmt's?«

»Und jetzt fliegen wir über die Sahara, bis uns der Treibstoff ausgeht. Danach marschieren wir quer durch die größte Wüste der Welt und suchen nach einem unbekannten Gift, bis wir schließlich vom malischen Militär aufgegriffen werden und in den Folterkammern landen.«

»Du hast vielleicht ein Talent zur Schwarzmalerei«, stellte Pitt sarkastisch fest.

»Dann korrigier' mich bitte.«

»In Ordnung«, nickte Pitt. »Sobald wir die Stelle erreichen, an der das Gift in den Fluß gelangt, verstecken wir den Hubschrauber.«

Giordino sah ihn an. »Im Fluß?«

»Allmählich fänst du an zu begreifen.«

»Ich will nicht schon wieder in diesem stinkenden Fluß rumpaddeln – nicht schon wieder.« Giordino schüttelte stur den Kopf. »Du hast ja ein Rad ab.«

»Klagen, nichts als Klagen«, stellte Pitt gutgelaunt fest und fügte dann ernst hinzu: »Jedes Flugzeug in Mali, das startbereit ist, wird nach unserem Vogel suchen. Wenn wir ihn im Fluß versenken, fehlt denen der Ausgangspunkt, unsere Verfolgung aufzunehmen. Die allerletzte Richtung, von der Kazim glaubt, daß wir sie einschlagen, dürfte die Wüste sein. Außerdem wird er gar nicht für möglich halten, daß wir gerade dort nach toxischer Kontamination suchen.«

»Gerissen«, stellte Giordino fest, »beschreibt deinen Charakter am besten.«

Pitt griff nach unten und zog eine Karte aus einer Tasche, die an seinem Sitz befestigt war. »Übernimm mal den Knüppel, während ich den Kurs abstecke.«

»Okay«, bestätigte Giordino, während er die Kontrollkonsole zu sich herüberzog.

»Bring die Maschine auf eine Höhe von 100 Meter und behalte den Kurs über dem Fluß für die nächsten fünf Minuten bei. Dann drehst du auf zwei-sechs-null Grad.«

Giordino folgte Pitts Anweisungen.

»Achte nach dem Abdrehen auf dunkle Schatten am Horizont. Wir wollen auf keinen Fall an einer vorspringenden Felswand enden.«

Nur 20 Minuten waren vergangen, seit sie Gao weiträumig umflogen hatten, als sie bereits ihr Ziel erreichten. Massardes Hubschrauber schoß wie ein Phantom durch die Nacht, unsichtbar, ohne Kennlichter. Giordino war ein ausgezeichneter Pilot, und Pitt navigierte. Die Wüste unter ihnen war öde und flach, die wenigen Schatten stammten von Felsen oder kleinen Erhebungen. Die beiden Männer waren fast erleichtert, als das schwarze Wasser des Niger wieder in ihrem Blickfeld auftauchte.

»Was sind das für Lichter an Steuerbord?« fragte Giordino.

Pitt sah nicht auf, sondern hielt den Blick auf die Karte gerichtet. »Auf welcher Seite des Flusses?«

»Der nördlichen.«

»Müßte Bourem sein, eine kleine Stadt, an der wir mit dem Boot vorbeigekommen sind, kurz bevor wir wieder auf sauberes Wasser trafen. Umflieg die Stadt weiträumig.«

»Wo wollen wir die Maschine versenken?«

»Flußaufwärts, unmittelbar außer Hörweite der Einheimischen.«

»Gibt's irgendeinen Grund, daß wir uns genau diese Stelle aussuchen?« erkundigte sich Giordino mißtrauisch.

»Es ist Samstag abend. Wir könnten mal in die Stadt marschieren, um zu sehen, was dort los ist.«

Giordino holte Luft, um etwas Entsprechendes zu erwidern, ließ es dann aber bleiben und konzentrierte sich darauf, den Hubschrauber zu fliegen. Aufmerksam musterte er die Maschinen- und Fluginstrumente auf dem Armaturenbrett. Er näherte sich jetzt der Flußmitte, nahm leicht Gas weg, gab etwas Ruder und richtete die Nase des Hubschraubers flußaufwärts. Der Helikopter schwebte bewegungslos in der Luft.

»Hast du die Schwimmweste dabei?« fragte Giordino.

»Die würde ich nie vergessen«, nickte Pitt. »Geh runter.«

Zwei Meter über dem Wasser stellte Giordino die Maschinen ab, während Pitt die Treibstoffzufuhr unterbrach und die Elektronik ausschaltete. Yves Massardes wunderbarer Hubschrauber taumelte wie ein verwundeter Schmetterling und landete dann leise klatschend im Wasser. Er trieb so lange an der Oberfläche, daß Pitt und Giordino die Türen öffnen und mit einem weiten Sprung ins Wasser tauchen konnten. Dann schwammen sie mit mächtigen Zügen los, um den immer noch langsam wirbelnden Rotorblättern zu entkommen. Das Wasser erreichte jetzt die offenen Türen und flutete ins Innere. Der Hubschrauber glitt mit einem Seufzer, den die aus der Passagierkabine entweichende Luft auslöste, unter die Wasseroberfläche.

Niemand hatte ihn kommen hören, und niemand sah ihn versinken. Ebenso wie die *Kalliópe* war auch er in dem weichen Schlick des Flußbettes gelandet, der ihn eines Tages wie ein Leichentuch vollkommen einhüllen würde.

25

Es handelte sich zwar nicht gerade um die Polo Lounge des Beverly Hill Hotels, doch jemand, der zweimal im Fluß gelandet war, in einem Dampfbad gar gekocht wurde und dem vom anschließenden zweistündigen Gestolpere durch die dunkle Wüste die Füße weh taten, hätte sich über keine Kneipe mehr freuen können.

Die beiden Männer hatten das Gefühl, eine Höhle zu betreten – massive Lehmwände, festgetretener Boden. Die lange Theke auf Betonsteinen, die als Bar diente, war in der Mitte so durchgebogen, daß man den Eindruck hatte, jedes Glas, das darauf stand, käme sofort in Richtung Mitte ins Rutschen. Hinter der vergammelten Theke war ein Brett in die Wand eingelassen, das einer seltsamen Kombination von Gefäßen und Ventilen Platz bot, die offenbar zum Kaffee- und Teekochen diente. Daneben standen fünf unterschiedlich geleerte Likörflaschen mit verdächtigen Banderolen. Dabei mußte es sich um den Vorrat für die wenigen Touristen handeln, die sich in den Ort verirrten, vermutete Pitt, denn Moslems durften das Zeug ja nicht trinken.

An einer Wand stand ein kleiner Ofen, der nicht nur eine behagliche Wärme, sondern auch einen durchdringenden Geruch verströmte, den weder Pitt noch Giordino bislang als Kameldung identifiziert hatten. Die Stühle machten den Eindruck, als hätten sie weit bessere Zeiten erlebt. Die Tische sahen nicht viel besser aus, rauchgeschwärzt, verbrannt von unzähligen Kippen, vollgeschmiert mit Kritzeleien, die zum Teil noch aus der französischen Kolonialzeit stammten. Für die trübe Beleuchtung im kleinen Gastraum sorgten zwei Glühbirnen, deren Leitungen von Nägeln im Dachbalken gehalten wurden. Sie flackerten schwach, weil der alte Dieselgenerator des Dorfes nicht mehr viel Strom abgab.

Pitt setzte sich, Giordino im Schlepptau, an einen leeren Tisch, wandte seine Aufmerksamkeit von der Einrichtung ab und musterte die Gäste. Er war erleichtert, daß keiner der Anwesenden Uniform trug. In der Gaststube hatte sich eine Reihe von Einheimischen eingefunden, Flußschiffer, Fischer, Dorfbewohner und eine Gruppe, die Pitt für Bauern hielt. Frauen waren nicht zugegen. Ein paar der Männer tranken Bier, doch die meisten schlürften gesüßten Kaffee oder Tee aus kleinen Tassen. Nach einem flüchtigen Blick auf die Neuankömmlinge nahmen sie ihre Unterhaltung wieder auf und konzentrierten sich auf ein Spiel, das Domino ähnelte.

Giordino beugte sich über den Tisch und murmelte: »Sieht so deine Vorstellung von einer heißen Nacht in der Stadt aus?«

»In der Not . . .«

Ein dunkelhäutiger Mann mit dichtem, schwarzem Haar und einem riesigen Schnurrbart, offenbar der Besitzer des Etablissements, kam zu ihrem Tisch. Er blieb stehen und blickte sie stumm an. Offensichtlich wartete er auf die Bestellung.

Pitt hielt zwei Finger in die Höhe und sagte: »Bier.«

Der Besitzer nickte und ging an die Bar zurück. Giordino sah zu, wie er zwei Flaschen deutsches Bier aus einem verbeulten Blechkühlschrank nahm, sich umdrehte und Pitt einen zweifelnden Blick zuwarf.

»Würdest du mir verraten, wie du die bezahlen willst?« fragte Giordino.

Pitt grinste, bückte sich unter den Tisch, schlüpfte aus seinem linken Nike und zog etwas aus der Sohle. Dann sah er sich mit kühlen, aufmerksamen Augen im Raum um. Keiner der übrigen Gäste ließ das leiseste Interesse an ihm oder Giordino erkennen. Vorsichtig öffnete er die Hand, so daß nur Giordino etwas sehen konnte. Er hielt ein dickes Bündel malischer Währung in seiner Hand.

»Francs der CFA«, stellte er ruhig fest. »Der Admiral hat an alles gedacht.«

»Okay, Sandecker hat an alles gedacht«, gab Giordino zu, »doch wieso hat er dir das Bündel Geld anvertraut und nicht mir?«

»Ich hab' die größeren Füße.«

Der Besitzer kam zurück und stellte die Bierflaschen auf den Tisch. »Dix francs«, grunzte er.

Pitt reichte ihm einen Geldschein. Der Mann hielt ihn vor eine der Glühbirnen, musterte ihn und rieb mit einem dreckigen Daumen über den Aufdruck. Als dieser nicht verschmierte, nickte er und trollte sich.

»Er hat zehn Francs verlangt«, sagte Giordino. »Du hast ihm zwanzig gegeben. Wenn er dich für reich hält, wird wahrscheinlich das halbe Dorf über uns herfallen, bevor wir aufbrechen können.«

»Genau darauf hab' ich's abgesehen«, erwiderte Pitt. »Es ist nur noch eine Frage der Zeit, bevor der Obergauner des Ortes Blut wittert und seine Opfer umkreist.«

»Kaufen oder verkaufen wir?«

»In der Hauptsache kaufen wir. Wir brauchen ein Transportmittel.«

»Zuerst kommt aber ein herzhaftes Essen. Ich hab' Hunger wie ein Bär nach dem Winterschlaf.«

Sie tranken gerade ihr drittes Bier, als ein junger Mann, nicht älter als 18 Jahre, die Bar betrat. Er war groß, schlank, hielt sich leicht gebückt und hatte ein sanftes, ovales Gesicht mit traurig blickenden Augen. Seine Haut war tiefschwarz, das Haar dicht. Er trug ein gelbes T-Shirt unter einem offenen, weißen Baumwollhemd und Khakihosen. Er warf einen schnellen, prüfenden Blick auf die Gäste, dann konzentrierte er seine Aufmerksamkeit auf Pitt und Giordino.

»Geduld ist die Tugend der Bettler«, murmelte Pitt, »doch bald werden wir erlöst werden.«

Der junge Mann blieb am Tisch stehen und nickte ihnen zu. »Bonsoir.«

»Guten Abend«, erwiderte Pitt.

Die traurigen Augen blinzelten überrascht. »Sie sind Engländer?«

»Neuseeländer«, log Pitt.

»Ich bin Mohammed Digna. Möglicherweise kann ich den Gentlemen helfen, ihr Geld umzutauschen.«

»Wir verfügen bereits über einheimische Währung«, zuckte Pitt die Schultern.

»Brauchen Sie einen Führer, jemanden, der Ihnen Probleme mit Zoll, Polizei oder Regierungsbeamten abnimmt?«

»Nein, ich denke nicht.« Pitt deutete einladend auf einen freien Stuhl. »Wollen Sie uns nicht bei einem Drink Gesellschaft leisten?«

»Gerne, danke.« Digna sprach mit dem Besitzer des Lokals ein paar Sätze in französischer Sprache und nahm Platz.

»Sie sprechen sehr gut Englisch«, lobte Giordino.

»Ich habe die Grundschule in Gao besucht und danach das College in der Hauptstadt Bamako. Dort schloß ich als Bester meiner Klasse ab«, erklärte der junge Mann stolz. »Ich spreche vier Sprachen. Außer meinem Heimatdialekt Bambara noch Französisch, Englisch und Deutsch.«

»Dann sind Sie besser dran als ich«, erwiderte Giordino. »Ich komme gerade so mit Englisch durch.«

»Was sind Sie von Beruf?« fragte Pitt.

»Mein Vater ist Häuptling eines in der Nähe gelegenen Dorfes. Ich bin als Vermögensverwalter und Leiter des Exportgeschäfts tätig.«

»Und dennoch besuchen Sie Bars und bieten Touristen Ihre Dienste an«, murmelte Giordino mißtrauisch.

»Mir macht es Spaß, mit Ausländern zusammenzusein, weil ich dadurch meine Sprachkenntnisse erweitern kann«, erwiderte Digna ohne Zögern.

Der Besitzer kam und stellte eine kleine Tasse Tee vor Digna hin.

»Wie transportiert Ihr Vater seine Güter?« fragte Pitt.

»Er besitzt ein paar Renault-Lastwagen.«

»Kann man einen davon mieten?« hakte Pitt nach.

»Wollen Sie ein Geschäft eröffnen?«

»Nein, mein Freund und ich möchten eine kurze Reise nach Norden unternehmen und uns die Wüste ansehen, bevor wir nach Neuseeland zurückkehren.«

Digna schüttelte den Kopf. »Das ist leider unmöglich. Die Lastwagen meines Vaters sind heute nachmittag mit einer Ladung Textilien und Früchte nach Mopti gefahren. Außerdem darf kein Ausländer ohne eine spezielle Genehmigung in die Wüste reisen.«

Pitt wandte sich an Giordino. Er machte einen traurigen und enttäuschten Eindruck. »Schade, vor allem, wenn man bedenkt, daß wir um die halbe Welt geflogen sind, um die Wüstennomaden auf dem Rücken ihrer Kamele zu sehen.«

»Ich kann meiner alten, weißhaarigen Mutter nie mehr ins Gesicht sehen«, stöhnte Giordino. »Sie hat die Hälfte ihrer Ersparnisse geopfert, nur damit ich mir das Leben in der Wüste ansehen kann.«

Pitt schlug mit der Hand auf den Tisch und sprang auf. »Na gut, dann fahren wir zu unserem Hotel in Timbuktu zurück.«

»Haben die Gentlemen einen Wagen?« erkundigte sich Digna.

»Nein.«

»Wie sind Sie denn von Timbuktu hierher gekommen?«

»Mit dem Bus«, erwiderte Giordino zögernd, beinahe fragend.

»Sie meinen, auf einem Lastwagen, der auch Passagiere befördert.«

»Genau«, bekräftige Giordino glücklich.

»Vor morgen mittag werden Sie keine Transportmöglichkeit nach Timbuktu finden«, erklärte Digna.

»Es muß doch irgendein Vehikel in Bourem geben, das man mieten kann«, stellte Pitt fest.

»Bourem ist eine arme Stadt. Die meisten Einwohner gehen zu Fuß oder fahren Motorrad. Nur wenige Familien können sich ein Auto leisten, das nicht andauernd repariert werden muß. Der einzige Wagen in gutem Zustand, der sich im Augenblick in Bourem befindet, ist General Zateb Kazims Privatlimousine.«

Digna hätte ebensogut in ein Wespennest stechen können. Pitt und Giordino hatten denselben Gedanken. Sie fuhren zusammen und entspannten sich sofort wieder. Die beiden Männer sahen sich an und grinsten verschmitzt.

»Was macht sein Wagen denn hier?« erkundigte sich Giordino unverfänglich. »Wir haben ihn doch gestern erst in Gao gesehen?«

»Meistens benutzt der General einen Hubschrauber oder eine Militärmaschine«, erklärte Digna. »Doch durch Städte und Dörfer läßt er sich gerne in seinem Privatwagen von seinem Chauffeur fahren. Der Chauffeur fuhr mit dem Wagen auf der neuen Schnellstraße von Bamako nach Gao, als er ein paar Kilometer außerhalb von Bourem eine Panne hatte. Das Auto wurde hierher abgeschleppt.«

»Und inzwischen repariert?« erkundigte sich Pitt, trank einen Schluck Bier und schien weiter nicht interessiert.

»Der einzige Mechaniker im Ort ist heute abend fertig geworden. Ein Stein hatte den Kühler durchschlagen.«

»Ist der Chauffeur schon nach Gao abgefahren?« fragte Pitt leichthin.

Digna schüttelte den Kopf. »An der Straße von hier nach Gao wird noch gebaut. Eine Nachtfahrt kann gefährlich sein. Er wollte keine zweite Panne riskieren. Morgen, in aller Frühe, will er losfahren.«

Pitt sah ihn an. »Woher wissen Sie das alles?«

Digna strahlte. »Meinem Vater gehört die Werkstatt, und ich leite sie. Der Chauffeur und ich haben zusammen zu Abend gegessen.«

»Wo hält sich der Chauffeur jetzt auf?«

»Im Haus meines Vaters. Als sein Gast.«

Pitt wechselte das Thema und kam auf die örtlichen Betriebe zu sprechen. »Gibt's in der Gegend Chemiefabriken?«

Digna lachte. »Bourem ist viel zu arm, als daß hier etwas anderes hergestellt würde als Handarbeiten und Tuch.«

»Wie steht's mit einer Deponie?«

»Die gibt es in Fort Foureau. Doch das liegt Hunderte von Kilometern weiter im Norden.«

Es entstand eine Pause, und plötzlich fragte Digna: »Wieviel Geld haben Sie dabei?«

»Ich weiß es nicht«, antwortete Pitt ehrlich. »Hab's nicht gezählt.«

Pitt bemerkte, wie Giordino ihm einen warnenden Blick zuwarf und dann zu vier Männern hinübersah, die an einem Tisch in der Ecke saßen. Pitt folgte Giordinos Blick, und bemerkte, wie die Männer sich schnell abwandten. Das mußte eine Falle sein, dachte er. Er musterte den Besitzer, der zeitunglesend an der Theke lehnte und schloß ihn als Gangster aus. Die übrigen Gäste unterhielten sich angeregt untereinander. Die Chancen standen fünf gegen zwei. Gar nicht so übel, dachte Pitt.

Er trank sein Bier aus und stand auf. »Zeit, daß wir aufbrechen.«

»Schöne Grüße an den Häuptling«, sagte Giordino und schüttelte Digna die Hand.

Der junge Malier lächelte unentwegt, doch seine Augen schimmerten hart. »Sie können nicht gehen.«

»Machen Sie sich unseretwegen keine Sorgen«, winkte Giordino ab. »Wir schlafen im Straßengraben.«

»Geben Sie mir Ihr Geld«, sagte Digna leise.

»Der Sohn des Häuptlings bettelt«, stellte Pitt trocken fest. »Sie müssen für Ihren Vater eine große Enttäuschung sein.«

»Beleidigen Sie mich nicht«, erwiderte Digna kühl. »Geben Sie mir Ihr Geld, oder Ihr Blut wird fließen.«

Giordino beachtete ihn nicht weiter, sondern ging zum Ende der Theke. Die vier Männer waren aufgestanden und schienen auf ein Zeichen von Digna zu warten. Es kam aber nicht. Die Malier wirkten verwirrt, daß ihre Opfer keinerlei Furcht zeigten.

Pitt beugte sich über den Tisch, so daß er Digna in die Augen sehen konnte. »Weißt du, was mein Freund und ich mit einer miesen Ratte wie dir machen?«

»Sie können Mohammed Digna nicht beleidigen und weiterleben«, stieß dieser verächtlich hervor.

»Wir begraben sie«, fuhr Pitt in ruhigem Ton fort, »mit einem Stück Schweinefleisch im Mund.«

Die abscheulichste Vorstellung für einen gläubigen Moslem ist, mit einem Schwein in Berührung zu kommen. Schweine gelten als die unsaubersten Geschöpfe, und der bloße Gedanke, ewige Zeiten im Grab mit einem Stück Schinken im Mund verbringen zu müssen, reichte, um Digna die schlimmsten Alpträume zu bereiten. Pitt wußte, daß diese Drohung ebenso wirkungsvoll war, wie wenn man einem Vampir einen Knoblauchzopf unter die Nase gehalten hätte.

Sekundenlang saß Digna völlig starr da und keuchte, als würde man ihm die Luft abschnüren. Seine Gesichtsmuskeln spannten sich, und er bleckte in unbeherrschter Wut die Zähne. Dann sprang er auf und zog ein langes Messer unter seinem Umhang hervor.

Er war zu langsam und kam zu spät.

Pitts Faust traf sein Kinn wie ein Hammer. Der Malier flog zurück und krachte gegen einen Tisch, an dem Männer beim Dominospiel saßen. Die Steine flogen durch die Luft, und Digna landete als bewußtloses Bündel auf dem Boden. Seine Gefolgsleute kamen heran und umkreisten Pitt vorsichtig. Drei hatten häßliche Messer mit gekrümmter Klinge in den Händen, während der vierte sich mit erhobener Axt näherte.

Pitt schnappte sich seinen Stuhl, ging auf den ersten der Angreifer los und brach dem Mann den rechten Arm und die Schulter. Ein schriller Schmerzensschrei, dann ging in der Gaststube alles drunter und drüber. Die erschrockenen Gäste versuchten sich im Gewühl durch die enge Tür hindurch nach draußen in Sicherheit zu bringen. Ein zweiter Schmerzensschrei ertönte von dem Mann mit der Axt. Eine gutgezielte Flasche Whisky, von Giordino geworfen, hatte den Kerl mit voller Wucht im Gesicht getroffen.

Pitt griff nach den Tischbeinen und schwang den Tisch über seinem Kopf. Im selben Augenblick trat Giordino neben ihn. Seine Hand umklammerte den Hals einer gesplitterten Flasche.

Die Angreifer blieben stehen. Jetzt war das Kräfteverhältnis ausgeglichen. Dumpf starrten sie auf ihre beiden Genossen. Der eine kniete, schwankte leise vor und zurück und hielt sich den verletzten Arm, der andere saß im Schneidersitz da, hatte die Hände vors Gesicht geschlagen, und durch die Finger tropfte Blut. Ein weiterer, flüchtiger Blick auf ihren bewußtlosen Anführer genügte, und sie zogen sich langsam in Richtung Tür zurück. Blitzschnell waren sie verschwunden.

»Keine große Sache«, murmelte Giordino. »In den Straßen New Yorks hätten diese Halunken sich nicht mal fünf Minuten behaupten können.«

»Paß auf die Tür auf«, sagte Pitt. Dann wandte er sich an den Barbesitzer, der vollkommen unbeteiligt dastand, die Seiten seiner Zeitung umblätterte und sich benahm, als gehörten Schlägereien zu den normalen Attraktionen eines jeden Abends. »Le garage?« fragte Pitt.

Der Besitzer hob den Kopf, strich sich über den Schnurrbart und deutete wortlos mit dem Daumen vage nach Süden.

Pitt warf ein paar Francs auf die durchhängende Theke, um den Schaden zu begleichen und sagte: »Merci.«

»Die Kneipe wächst einem direkt ans Herz«, stellte Giordino fest. »Tut mir fast leid, gehen zu müssen.«

»Dann sieh sie dir halt nochmal genau an.« Pitt warf einen Blick auf seine Uhr. »Nur noch vier Stunden bis zur Dämmerung. Laß uns abhauen, bevor hier Alarm gegeben wird.«

Sie verließen die düstere Bar, umrundeten den hinteren Teil des Gebäudes, drückten sich in die Schatten und blickten vorsichtig um die Ecken. Pitt merkte bald, daß sie übervorsichtig waren: Es gab kaum Straßenlaternen, die Häuser waren dunkel, und ihre Bewohner schliefen.

Sie erreichten eines der größeren Lehmziegelgebäude der Stadt. Es handelte sich um eine Art Lagerhaus, mit einem breiten Eisentor vorne und Doppeltüren an der Rückseite. Der angrenzende Hof sah aus wie ein Autofriedhof. Ungefähr 30 alte Wagen standen dort in einer Reihe und waren derart ausgeschlachtet, daß außer Karosserie und Rahmen kaum noch Teile übrig waren. Räder und verschmutzte Motoren waren in einer Ecke des Hofs, neben einigen Öltonnen, gestapelt. Getriebe und Differentiale lagen in der Nähe des Gebäudes; der Boden ringsumher war öldurchtränkt.

Die beiden Männer fanden ein Tor im Zaun, das mit einer dicken Schnur zugebunden war. Giordino hob einen scharfkantigen Stein auf, zerschnitt die Schnur und zog das Gatter auf. Vorsichtig gingen sie auf die Türen zu, horchten auf die Geräusche eines Wachhundes und suchten in der Dunkelheit nach einer Alarmanlage. Offenbar brauchte man sich hier wegen Diebstählen keine Sorgen zu machen, dachte Pitt. Wenn es so wenige Autos im Ort gab, dann würde jeder, der ein Teil klaute, um eine Reparatur durchzuführen, automatisch verdächtigt werden.

Die Doppeltüren waren verriegelt, und das rostige Schloß war abgeschlossen. Giordino packte es mit seinen kräftigen Händen und riß daran. Der Schäkel gab nach. Er sah Pitt an und grinste.

»Ein Kinderspiel. Der Zylinder war alt und ausgeleiert.«

»Wenn ich es für möglich hielte, daß wir hier jemals wegkämen«, stellte Pitt fest, »würde ich dich für einen Orden vorschlagen.«

Leise zog er eine der Türen so weit auf, daß sie eintreten konnten.

Am Ende der Werkstatt befand sich eine Grube, wo die Mechaniker von unten an den Wagen arbeiten konnten. Dann gab es noch ein kleines Büro und einen Raum, der mit Werkzeug und Maschinen vollgestopft war. Drei Personenwagen und zwei Lastwagen, deren Reparatur noch nicht abgeschlossen war, beanspruchten den restlichen Platz der freien Fläche. Doch es war der Wagen, der mitten in der Werkstatt stand, der Pitt magisch anzog. Er faßte durch das Fenster eines Lastwagens und schaltete die Scheinwerfer ein. Ihr Licht fiel auf einen Wagen aus der Zeit vor dem Zweiten Weltkrieg, mit eleganter Linienführung und einer rosa-magenta Lackierung.

»Mein Gott«, murmelte Pitt bewundernd, »ein Avions Voisin.«

»Ein was?«

»Ein Voisin. Die Wagen wurden zwischen 1919 und 1939 von Gabriel Voisin in Frankreich hergestellt. Sehr selten.«

Giordino schritt um den Wagen herum und studierte die einzigartige Karosserie. Die Limousine hatte ungewöhnliche Türgriffe, drei Scheibenwischer, die über der Windschutzscheibe montiert waren, Chromleisten zwischen den vorderen Kotflügeln und dem Kühler und eine geflügelte Kühlerfigur. »Sieht eigenartig aus.«

»Macht nichts. Diese Rarität wird uns von hier fortbringen.«

Pitt nahm hinter dem Steuer, das sich auf der rechten Seite befand, auf dem im Art-déco-Design gepolsterten Fahrersitz Platz. Im Zündschloß steckte ein Schlüssel. Er drehte ihn um und beobachtete, wie die Tankanzeige sich langsam bis zur Markierung »voll« bewegte. Als nächstes drückte er auf den Knopf, der den Elektromotor in Gang setzte, der unter dem Kühler montiert war, und gleichzeitig als Anlasser und Generator diente. Man hörte keinen Laut. Das einzige Anzeichen, daß die Maschine plötzlich lief, war ein fast unhörbares Husten und etwas Rauch, der aus dem Auspuff drang.

»Läuft wirklich leise, das Ungetüm«, bemerkte Giordino.

»Anders als die modernen Motoren mit Hubventilen«, erklärte Pitt, »wurde dieser Wagen von einem Motor mit Muffenventilen, einer Entwicklung von Knight, angetrieben. Die Motoren waren damals wegen ihres ruhigen Laufs sehr beliebt.«

Giordino musterte das klassische Automobil mit sichtbarer Skepsis. »Du hast tatsächlich vor, mit dieser alten Karre durch die Wüste zu fahren?«

»Der Tank ist voll, und es ist immer noch besser, als auf einem Kamel zu reiten. Such mal ein paar leere Behälter, füll sie mit Wasser und schau nach, ob du etwas zu essen auftreiben kannst.«

»Ich habe doch starke Zweifel«, erklärte Giordino und warf einen angewiderten Blick auf die vergammelte Werkstatt, »daß dieses Unternehmen einen Automaten für Speisen und Getränke hat.«

»Tu dein Bestes.«

Pitt öffnete die Türen auf der Hinterseite des Gebäudes und schob das Tor des Zaunes so weit auf, daß der Wagen hindurchpaßte. Dann überprüfte er die Limousine, um sich zu vergewissern, daß Öl und Wasser nachgefüllt und die Reifen ordentlich aufgepumpt waren, besonders der Reservereifen.

Giordino tauchte mit einem halben Kasten im Lande hergestellter Limonade und etlichen Wasserflaschen wieder auf. »Durst dürften wir keinen leiden, doch das Beste, was die Lebensmittelabteilung zu bieten hatte, waren zwei Dosen Ölsardinen, die ich in einem Schreibtisch gefunden habe.«

»Hat keinen Sinn, daß wir uns hier noch länger aufhalten. Verstau die Sachen auf dem Rücksitz, und dann machen wir, daß wir wegkommen.«

Giordino gehorchte und nahm auf dem Beifahrersitz Platz. Pitt legte mit dem Schaltknüppel, der seitwärts aus der Lenksäule ragte, den ersten Gang ein, gab behutsam Gas und fuhr langsam aus der Werkstatt. Der 60 Jahre alte Voisin bewegte sich ruhig und leise vorwärts.

Pitt fuhr langsam zwischen den Autowracks hindurch, passierte das Tor und fuhr dann vorsichtig eine Allee entlang, bis er zu einer schmalen, unbefestigten Straße kam, die parallel zum Niger in Richtung Westen verlief. Er bog ab und folgte den Wagenspuren. Langsam, nicht schneller als 25 Kilometer in der Stunde, kroch der Voisin dahin, bis er außer Sichtweite des Ortes war. Erst jetzt schaltete Pitt die Scheinwerfer ein und beschleunigte.

»Wäre nicht schlecht, wenn wir eine Straßenkarte hätten«, bemerkte Giordino.

»Eine Karte der Karawanenwege wäre noch besser. Wir können es nicht riskieren, auf der Hauptstraße zu bleiben.«

»Solange dieser Pfad am Fluß entlangführt, besteht keine Gefahr.«

»Sobald wir die Senke erreichen, in deren Umgebung Gunns Instrumente die Kontamination entdeckt haben, biegen wir ab und folgen ihr nordwärts.«

»Ich wäre nicht gerne in der Nähe, wenn der Chauffeur Kazim klarmacht, daß man ihm sein bestes Stück geklaut hat.«

»Der General und Massarde werden annehmen, daß wir auf die nächstgelegene Grenze zufahren. Das ist die von Niger«, sagte Pitt. »Die Wüste ist die allerletzte Richtung, von der sie annehmen, daß wir sie auf unserer Flucht einschlagen.«

»Ich muß zugeben«, grummelte Giordino, »daß ich mich nicht auf diese Reise freue.«

Pitt auch nicht. Es war eine hirnrissige Idee, die so gut wie keine Überlebenschancen bot. Im Scheinwerferlicht vor ihnen lag eine flache Landschaft, mit vereinzelten, kleinen braungemusterten Felsbrocken. Die Lichtkegel erfaßten die flüchtigen Schatten der Mannabäume, die wie Geister durch die Nacht huschten.

Ein überaus einsamer Ort zum Sterben, dachte Pitt.

26

Die Sonne ging auf, und gegen zehn Uhr morgens erreichte die Temperatur bereits 32 Grad. Ein leichter Wind blies aus südlicher Richtung. Rudi Gunn liebte und haßte diese Brise gleichzeitig. Der Windhauch erfrischte ihn, doch wirbelte er auch den Sand auf, der sich in Gunns Nase und Ohren festsetzte. Er zog sich den Umhang dichter um den Kopf, um den Sand abzuwehren und drückte die Sonnenbrille fester gegen sein Gesicht, um seine Augen zu schützen. Dann nahm er eine kleine Plastikflasche aus seinem Rucksack und trank die Hälfte daraus. Er hatte neben dem Terminalgebäude eine lecke Wasserleitung entdeckt; es bestand also kein Grund für ihn, den Wasservorrat zu rationieren.

Der Flughafen wirkte genauso verlassen wie in der Nacht zuvor. Auf der Seite, die das Militär nutzte, waren die Wachposten abgelöst worden, doch in der Nähe der Hangars und an den Schaltern war keinerlei Betrieb festzustellen. Er sah, wie ein Mann auf einem Motorrad heranfuhr und auf den Tower kletterte. Ein gutes Zeichen. Niemand, der seine Sinne noch halbwegs beisammen hatte, würde in einem hochgelegenen Glaskäfig ausharren, wenn nicht ein Flugzeug erwartet würde.

Über Gunns Versteck im Sand kreiste ein Falke. Gunn warf einen vorsichtigen Blick nach oben und zog dann noch ein paar alte Balken als Deckung über seinen Körper. Danach beobachtete er weiter das Flugfeld. Auf dem Landestreifen, vor dem Terminal, hatte ein Lastwagen gehalten. Zwei Männer stiegen aus und luden ein paar Holzklötze ab, die offenbar dazu dienen sollten, die Räder eines Flugzeugs nach der Landung zu blockieren. Gunn wartete jetzt gespannt und überlegte sich, wie er sich am besten zum Flugzeug schleichen konnte, wenn es abgestellt war. Er prägte sich den Weg genau ein mit jeder einzelnen Senke und jedem einzelnen Strauch, den er als Dekkung nutzen konnte.

Dann lehnte er sich zurück, bereitete sich auf die immer stärker werdende Hitze vor und schaute zum Himmel hoch. Der Falke hatte jetzt einen Regenpfeifer im Auge, der im Zickzack auf den Fluß zuflog. Ein paar Schäfchenwolken trieben am blauen Himmel. Gunn war so in seine Beobachtungen versunken, daß er zuerst das leise Summen, das einen näher kommenden Jet ankündigte, gar nicht wahrnahm. Dann plötzlich erspähte er ein Glitzern und setzte sich auf. Die Sonne wurde von einem winzigen Punkt am Himmel reflektiert. Er wartete, paßte genau auf, ob das Glitzern wieder auftauchte – diesmal war es tiefer, in der Nähe des Horizonts. Es handelte sich um ein Flugzeug im Landeanflug, das aber noch zu weit entfernt war, um als solches erkannt zu werden. Es mußte ein Passagierflugzeug sein, vermutete er, sonst hätte man auf dem zivilen Teil des Flughafens keine Vorbereitungen getroffen.

Er schob die Bretter, die ihm Schatten spendeten, zurück, setzte den Rucksack auf und machte sich bereit, über die freie Fläche zu sprinten. Sein Herz pochte wild, während er den schimmernden Himmel beobachtete, bis das Flugzeug nur noch einen Kilometer weit entfernt war. Die Sekunden schlichen dahin, bis er endlich Typ und Beschriftung ausmachen konnte. Es handelte sich um einen Airbus, in den hellen und dunklen Streifen der Air Afrique lackiert.

Der Pilot überflog den Anfang der Landebahn, setzte auf und

bremste. Dann rollte er zum Terminal und brachte den riesigen Airbus zum Stehen. Die Düsenmotoren liefen weiter, während die beiden Männer vom Bodenpersonal die Räder mit den Bremsklötzen sicherten und eine Leiter zum Hauptausstieg schoben.

Anschließend stellten sie sich unten neben die Gangway und warteten darauf, daß die Passagiere ausstiegen, doch die Flugzeugtür wurde nicht sofort geöffnet. Gunn rannte los auf den Seitenstreifen der Landebahn zu. Nach 50 Metern blieb er in der Deckung einer kleinen Akazie stehen und musterte das Flugzeug erneut.

Endlich schwang die vordere Tür beiseite, und eine Stewardeß stieg die Treppe hinunter. Sie ging an den beiden Maliern vom Bodenpersonal vorbei, ohne sie eines Blickes zu würdigen, und schritt zielstrebig auf den Kontrollturm zu. Die Malier achteten nicht mehr auf das Flugzeug, sondern starrten ihr mit unverhohlener Neugierde nach. Am Fuße des Turms angekommen, zog sie aus ihrer Schultertasche eine kleine Zange und kappte seelenruhig die Energie- und Kommunikationsleitungen, die vom Tower zur Abflughalle führten. Danach winkte sie in Richtung Cockpit.

Am Ende des Rumpfes senkte sich plötzlich eine Rampe. Gleichzeitig hörte man das gedämpfte Geräusch eines Motors. Dann schoß ein Fahrzeug, das in Gunns Augen wie ein Dünenbuggy aussah, die Rampe herunter. In einer engen Kurve raste es auf das Häuschen der Wachposten auf der vom Militär benutzten Seite des Flughafens zu.

Gunn hatte früher einmal zusammen mit Pitt und Giordino an einem Querfeldeinrennen in Arizona teilgenommen, doch ein derartig geländegängiges Fahrzeug hatte er noch nie gesehen. Ein normales Chassis oder eine Karosserie waren nicht zu erkennen. Das Fahrzeug schien aus zusammengeschraubten Streben zu bestehen und wurde von einem frisierten V-8 Rodeck-Motor angetrieben, einer fünfeinhalb Liter Maschine, wie sie bei amerikanischen Dragstern eingesetzt wurde. Der Fahrer saß auf dem Fahrersitz, unmittelbar vor dem Mittelmotor. Etwas oberhalb von ihm hockte ein Soldat hinter einer bösartig aussehenden sechsläufigen Maschinenkanone vom Typ Vulcan. Ein weiterer Schütze saß mit Blick zum Heck über der Hinterachse hinter einem 5.56-Millimeter-Maschinengewehr, einem Stoner 63. Gunn erinnerte sich, daß diese Fahrzeuge während des Wüstenkrieges von amerikanischen Spezialeinheiten hinter den Linien der Iraker sehr wirkungsvoll eingesetzt worden waren.

Dem Fahrzeug folgte eine Gruppe schwerbewaffneter Männer in unbekannten Uniformen die Rampe hinab, die sich blitzschnell die beiden Malier vom Bodenpersonal griffen und das Abfluggebäude besetzten.

Die beiden malischen Luftwaffensoldaten auf dem vom Militär genutzten Teil des Flughafens starrten fasziniert dem seltsamen Fahrzeug entgegen, das auf sie zuraste. Erst, als es nur noch 100 Meter von ihnen entfernt war, erkannten sie die Bedrohung. Sie legten ihre Gewehre an, wurden jedoch mit einem blitzschnellen Feuerstoß vom vorderen Schützen mit seiner Vulcan niedergestreckt.

Dann beschrieb der Fahrer eine enge Kurve, und die beiden Schützen konzentrierten ihr Feuer auf die acht malischen Jagdflugzeuge, die auf der Landebahn abgestellt waren. Anders als in Kriegszeiten, in denen mit einer ständigen Bedrohung gerechnet werden mußte, standen die Flugzeuge nicht in Splitterschutzboxen, sondern waren, wie zur Inspektion, in Reih und Glied nebeneinander aufgestellt. Das schwerbewaffnete Fahrzeug kam näher und nahm die Jäger aus den Automatikwaffen unter mörderisches Feuer. In schneller Folge explodierte Flugzeug auf Flugzeug unter starker Feuer- und Rauchentwicklung, als die Kugeln ihre Treibstofftanks zerfetzten.

Völlig verblüfft, beobachtete Gunn das Schreckensszenario. Er kauerte hinter dem schlanken Stamm der Akazie, als handle es sich um eine Betonwand. Die ganze Operation dauerte kaum sechs Minuten. Das schwerbewaffnete geländegängige Fahrzeug fuhr eilig wieder auf das Passagierflugzeug zu und bezog neben dem Eingang der Abflughalle Position. Dann kam ein Offizier in Uniform die Gangway herab. In der Hand hielt er einen Gegenstand, den Gunn für ein Megaphon hielt.

Der Offizier hielt sich das Megaphon vor den Mund und rief, wobei seine Stimme das flammende Inferno auf der gegenüberliegenden Seite des Flughafens übertönte: »Mr. Gunn! Bitte zeigen Sie sich. Wir haben nicht viel Zeit.«

Gunn war verblüfft. Er zögerte, weil er nicht wuße, ob es sich bei dem Ganzen nicht um eine komplizierte Falle handeln könnte.

Schnell verwarf er diesen Gedanken. General Kazim würde kaum seine Luftwaffe vernichten, nur um einen einzigen Mann in die Gewalt zu bekommen. Dennoch schwankte er.

»Mr. Gunn«, dröhnte die Stimme des Offiziers nochmals über das Flugfeld. »Wenn Sie mich hören können, bitte ich Sie, sich zu beeilen. Sonst müssen wir ohne Sie abfliegen.«

Diese Aufforderung genügte. Gunn sprang hinter der Akazie vor und rannte schreiend und wild winkend über den unebenen Boden auf das Passagierflugzeug zu.

»Wartet! Ich komme.«

Der unbekannte Offizier, der ihn angerufen hatte, lief wie ein ungeduldiger Passagier, der über die Verspätung verärgert war, auf dem Asphalt hin und her. Als Gunn im Dauerlauf auf ihn zukam und stehenblieb, musterte er den Wissenschaftler von der NUMA wie einen dahergelaufenen Bettler. »Guten Morgen. Sind Sie Rudi Gunn?«

»Das bin ich«, erwiderte Gunn und keuchte vor Erschöpfung und Hitze. »Und wer sind Sie?«

»Golonel Marcel Levant.«

Gunn warf einen bewundernden Blick auf die Soldaten der Eliteeinheit, die die unmittelbare Umgebung des Flugzeugs sicherten. Sie wirkten wie harte Burschen, die, wenn sie jemanden umlegten, erst hinterher Fragen stellten. »Was für eine Einheit ist das?«

»Eine taktische Eingreiftruppe der Vereinten Nationen«, erwiderte Levant.

»Woher kennen Sie meinen Namen und wußten, wo Sie mich finden würden?«

»Admiral James Sandecker hat von einem gewissen Dirk Pitt eine Nachricht erhalten, derzufolge Sie sich in der Nähe des Flughafens versteckt halten und es dringend notwendig sei, Sie herauszuholen.«

»Der Admiral hat Sie losgeschickt?«

»Mit dem Segen der Generalsekretärin«, erwiderte Levant. »Doch woher weiß ich, daß Sie wirklich Rudi Gunn sind?«

Gunn machte eine Handbewegung, die die umliegende, kahle Gegend umfaßte. »Was glauben Sie denn, zum Teufel, wie viele Rudi Gunns sich zufällig in dieser Wüstengegend aufhalten und auf Sie warten?«

»Papiere oder irgendwelche Beweise für Ihre Identität haben Sie nicht zufällig dabei?«

»Meine Ausweise liegen wahrscheinlich auf dem Boden des Niger. Sie müssen mir einfach vertrauen.«

Levant reichte das Megaphon einer Ordonnanz und nickte in Richtung Flugzeug. »Sammeln und an Bord gehen«, befahl er kurz angebunden. Dann wandte er sich wieder an Gunn und musterte ihn mit einem bemerkenswerten Mangel an Herzlichkeit. »Kommen Sie an Bord, Mr. Gunn. Wir haben keine Zeit mehr für weitschweifige Unterhaltungen.«

»Wohin fliegen Sie mich?«

Levant verdrehte die Augen und sagte: »Nach Paris. Von dort aus werden Sie mit der Concorde nach Washington gebracht, wo bereits ein paar sehr bedeutende Persönlichkeiten darauf lauern, sich mit Ihnen zu unterhalten. Das ist alles, was Sie wissen müssen. Setzen Sie sich jetzt bitte in Bewegung. Wir haben keine Zeit.«

»Weshalb die Eile?« wollte Gunn wissen. »Offensichtlich haben Sie doch deren Luftwaffe zerstört.«

»Nur eine Staffel, fürchte ich. Rund um die Hauptstadt Bamako sind drei weitere stationiert. Wenn die erst einmal alarmiert sind, könnten sie uns abfangen, bevor wir den Luftraum Malis verlassen haben.«

Der bewaffnete Buggy war bereits wieder an Bord, und jetzt stiegen auch die Soldaten eilig ein. Die Stewardeß, die so mutig die Verbindungskabel zum Tower gekappt hatte, packte Gunn am Arm und schob ihn die Gangway hoch.

»Wir haben leider kein Erster-Klasse-Abteil mit entsprechendem Essen und Champagner, Mr. Gunn«, erklärte sie gutgelaunt, »aber wir haben kaltes Bier und Salamisandwiches an Bord.«

»Sie wissen gar nicht, wie sehr ich mich darauf freue«, lächelte Gunn.

Eigentlich hätte er sich erleichtert fühlen müssen, als er an Bord ging, statt dessen erfaßte ihn plötzlich eine Woge der Angst. Pitt und Giordino hatte er zu verdanken, daß er in die Freiheit flog. Sie hatten sich für ihn geopfert. Wie in aller Welt war es ihnen wohl gelungen, an ein Funkgerät zu kommen und mit Sandecker Kontakt aufzunehmen, grübelte er.

Bevor er das Flugzeug betrat, zögerte er einen Augenblick, drehte sich um und warf einen Blick auf die öde, sandige und steinige Leere. Von seiner erhöhten Position aus konnte er deutlich den Niger erkennen, der kaum einen Kilometer entfernt, im Westen lag.

Wo mochten sie in diesem Augenblick sein? In welcher Lage?

Er riß sich zusammen und betrat die Kabine. Die kühle Luft der Klimaanlage traf seinen verschwitzten Körper wie ein Schlag. Seine Augen tränten, als das Flugzeug abhob und an den in Flammen stehenden Düsenjägern vorbei an Höhe gewann.

Colonel Levant, der neben Gunn saß, bemerkte dessen sorgenvolle Miene. Prüfend musterte er Gunn. »Sie scheinen gar nicht froh zu sein, aus dieser Scheiße rauszukommen.«

Gunn sah aus dem Fenster. »Ich habe gerade an die Männer gedacht, die ich zurückgelassen habe.«

»Pitt und Giordino. Gute Freunde von Ihnen?«

»Seit vielen Jahren.«

»Warum sind sie nicht mit Ihnen gekommen?« fragte Levant.

»Sie hatten noch etwas zu erledigen.«

Levant schüttelte den Kopf. Das verstand er nicht. »Entweder sind die beiden sehr tapfer oder sehr dumm.«

»Dumm nicht«, erwiderte Gunn. »Ganz gewiß nicht.«

»Sie werden mit Sicherheit in der Hölle landen.«

»Sie kennen die beiden nicht.« Gunn grinste gequält. »Wenn jemand zur Hölle fahren und mit einem Glas Tequila auf Eis wieder auftauchen kann«, erklärte er mit neuerwachter Zuversicht, »dann ist das Dirk Pitt.«

27

Die sechs Elitesoldaten von General Kazims Leibwache nahmen Haltung an, als Massarde aus der Barkasse an den Kai kletterte. Ein Major trat vor und salutierte. »Monsieur Massarde?«

»Was ist?«

»General Kazim hat darum gebeten, daß ich Sie sofort zu ihm begleite.«

»Weiß er nicht, daß ich in Fort Foureau gebraucht werde und es nicht mag, wenn mein Zeitplan umgeworfen wird?«

Der Major verbeugte sich höflich. »Ich glaube, seine Bitte um eine Unterredung mit Ihnen ist äußerst dringend.«

Massarde zuckte gelangweilt die Schultern und nickte dem Major zu, er möge vorgehen. »Bitte, nach Ihnen.«

Der Major gab dem Sergeanten einen knappen Befehl. Dann schritt er über die alten, ausgebleichten Planken des Kais auf einen großen Lagerschuppen zu, gefolgt von Massarde und seinen Leibwachen.

»Bitte hier entlang«, sagte der Major, deutete auf eine Ecke des Lagerhauses und bog in eine enge Gasse ein.

Dort stand ein Mercedes-Lastwagen mit Anhänger. Es handelte sich um General Kazims privates Kommando- und Wohngefährt. Massarde mußte ein paar Stufen hinaufgehen und weiter durch eine Tür, die sich sofort hinter ihm schloß.

»General Kazim befindet sich in seinem Büro«, erklärte der Major, öffnete eine weitere Tür und trat beiseite. Nach der Hitze draußen hatte man das Gefühl, eine Kühlkammer zu betreten. Kazim mußte die Klimaanlage auf vollen Touren laufen haben, vermutete Massarde. Die kugelsicheren Fensterscheiben waren von Vorhängen verdeckt, und er blieb einen Augenblick stehen, damit sich seine Augen nach dem hellen Sonnenlicht an das Dunkel gewöhnen konnten.

»Kommen Sie, Yves, nehmen Sie Platz«, bat Kazim, der am Schreibtisch saß und gerade den Hörer eines der vier Telefone auflegte.

Massarde lächelte und blieb stehen. »Weshalb die vielen Wachen? Erwarten Sie einen Anschlag?«

Kazim erwiderte das Lächeln. »Angesichts der Ereignisse der letzten Stunden schien die Verstärkung der Wache angebracht.«

»Haben Sie meinen Hubschrauber gefunden?« fragte Massarde ohne Umschweife.

»Noch nicht.«

»Wie kann ein Hubschrauber in der Wüste verlorengehen? Er hatte nur für eine halbe Stunde Treibstoff.«

»Es scheint, daß die beiden Amerikaner, denen Sie das Entkommen ermöglichten –«

»Mein Hausboot ist nicht darauf eingerichtet, Gefangene zu beherbergen«, knurrte Massarde. »Sie hätten die Männer übernehmen sollen, als Sie die Gelegenheit dazu hatten.«

Kazim starrte ihn an. »Egal, mein Freund. Es wurden Fehler gemacht. Es scheint, daß die Agenten der NUMA nach Bourem geflogen sind, nachdem sie Ihren Hubschrauber geklaut haben. Dort haben sie ihn im Fluß versenkt, sind ins Dorf marschiert und haben mir meine Limousine gestohlen.«

»Ihren alten Voisin?« Massarde betonte *Vahsaan*.

»Ja«, bestätigte Kazim mit schmalen Lippen. »Die Amerikaner sind mit meinem Wagen abgehauen.«

»Und Sie haben ihn nicht wiedergefunden oder die beiden festgenommen?«

»Nein.«

Jetzt endlich nahm Massarde Platz, und in den Ärger über den Verlust seines Hubschraubers mischte sich das Vergnügen über den Diebstahl von Kazims wertvollem Automobil. »Was ist aus dem Rendezvous mit dem Hubschrauber südlich von Gao geworden?«

»Sehr zu meinem Bedauern bin ich auf diesen Trick hereingefallen. Die Einheit, die 20 Kilometer südlich im Hinterhalt lag, hat vergeblich gewartet. Auch die motorisierte Radareinheit hat kein Anzeichen eines Flugzeugs entdecken können. Statt dessen sind sie mit einem Linienflugzeug auf dem Flughafen von Gao gelandet.«

»Weshalb wurden Sie nicht alarmiert?«

»Es schien sich nicht um eine Angelegenheit der Staatssicherheit zu handeln«, erwiderte Kazim. »Erst eine Stunde vor Sonnenaufgang wurde das Büro der Air Afrique davon in Kenntnis gesetzt, daß ein Flugzeug außerplanmäßig landen würde, weil eine Touristengruppe die Stadt besichtigen und eine Rundfahrt auf dem Niger machen wollte.«

»Die Angestellten der Gesellschaft haben das geschluckt?« fragte Massarde ungläubig.

»Weshalb nicht? Routinemäßig haben sie bei der Zentrale in Algier nachgefragt und die Bestätigung bekommen.«

»Was ist dann passiert?«

»Den Aussagen der Flugaufsicht und des Bodenpersonals zufolge identifizierte sich das Flugzeug mit den Farben der Air Afrique beim Anflug korrekt. Nachdem es gelandet und zum Terminal gerollt war, tauchte allerdings plötzlich eine Einheit schwerbewaffneter Soldaten mitsamt einem bewaffneten Fahrzeug aus dem Innern des Rumpfes auf und nahm die Wachen des Militärareals, noch bevor sie sich überhaupt wehren konnten, unter Feuer. Dann zerstörte das bewaffnete Fahrzeug eine ganze Staffel, acht meiner Jäger.«

»Ja, die Explosionen haben jeden an Bord des Hausboots aufgeweckt«, bestätigte Massarde. »Wir haben den Rauch aufsteigen sehen und dachten, ein Flugzeug wäre abgestürtzt. Haben das Bodenpersonal oder die Flugaufsicht die Angreifer identifizieren können?«

»Sie trugen unbekannte Uniformen ohne Rangabzeichen oder Insignien.«

Massardes Miene wurde ernst. »Das kann nicht einfach bloß ein Einsatz sein, um Kontaminationen aufzuspüren. Das klingt eher nach einem Anschlag der Rebellen. Die sind gerissener und stärker, als Sie es für möglich halten.«

Kazim wehrte mit einer Handbewegung ab. »Ein paar abtrünnige Tuaregs, die mit dem Schwert auf dem Kamelrücken kämpfen. Kaum das, was man unter einer gut ausgebildeten Eliteeinheit mit entsprechender Kampfkraft versteht.«

»Vielleicht hat es sich um Söldner gehandelt?«

»Und mit welchem Geld sollen die bezahlt worden sein?« Kazim schüttelte den Kopf. »Nein, hierbei handelte es sich um einen sorgsam geplanten Einsatz, der von Berufssoldaten durchgeführt wurde. Die Zerstörung der Düsenjäger diente nur dem Zweck, die Bedrohung eines Gegenangriffs oder eines Abfangmanövers auszuschalten, nachdem einer der NUMA-Agenten an Bord genommen worden war.«

Massarde warf Kazim einen übellaunigen Blick zu. »Haben Sie nicht eine Kleinigkeit vergessen, die Sie mir noch erzählen wollten?«

»Die beiden Männer vom Bodenpersonal haben berichtet, daß der Anführer der Angreifer nach jemandem namens Gunn gerufen hat. Dieser Mann tauchte dann aus der Wüste auf, wo er sich versteckt gehalten hatte. Nachdem Gunn an Bord gegangen war, startete das Flugzeug in nordwestlicher Richtung und ist nach Algerien geflogen.«

»Hört sich an wie das Drehbuch eines zweitklassigen Films.«

»Machen Sie keine Witze, Yves.« Kazims Ton klang ruhig, doch schwang eine gewisse Schärfe mit. »Sämtliche Anzeichen deuten auf eine Verschwörung hin, bei der es um weit mehr gehen muß als um die

Suche nach Öl. Ich bin fest davon überzeugt, daß unser beider Interessen von einer ausländischen Macht bedroht werden.«

Massarde zögerte, sich Kazims Theorie voll anzuschließen. Das geringe gegenseitige Vertrauen lag im Respekt begründet, den jeder vor der Gerissenheit und Macht des anderen hatte. Bei dem Spiel, das Kazim spielte, würde der General am Ende der Verlierer sein. Massarde blickte in die Augen eines Schakals, während Kazim in die Augen eines Fuchses sah.

»Wie kommen Sie auf diesen abwegigen Gedanken?« fragte Massarde sarkastisch.

»Wir wissen jetzt, daß drei Männer auf dem Boot gewesen sein müssen. Ich vermute, die Explosion sollte als Ablenkungsmanöver dienen. Zwei kamen an Bord Ihres Hausbootes, während der dritte, bei dem es sich um diesen Gunn handeln muß, zur Küste schwamm und sich bis zum Flughafen durchschlug.«

»Der Angriff war so unglaublich gut und zeitlich knapp geplant, daß es sich bei der Mitnahme dieses Gunn um einen reinen Zufall handeln muß.«

»Die Planung des Ablaufs und dessen Durchführung war deshalb so ausgezeichnet, weil erstklassige Profis dahintersteckten«, erwiderte Kazim gedehnt. »Die Einheit wurde höchstwahrscheinlich von diesem Agenten, der sich Dirk Pitt nennt, über Zeitpunkt und Ort, wo Gunn sich versteckt hielt, informiert.«

»Woher wollen Sie das wissen?«

Kazim zuckte die Schultern. »Ich vermute es.« Er sah Massarde an. »Haben Sie bereits vergessen, daß Pitt Ihr Satelliten-Kommunikationssystem benutzt hat, um seinen Vorgesetzten, Admiral James Sandecker, zu informieren? Das war der Grund, weshalb die beiden an Bord Ihres Bootes gekommen sind.«

»Doch dieser Umstand liefert keine Erklärung dafür, weshalb sie nicht den Versuch unternommen haben, zusammen mit Gunn zu entkommen.«

»Offensichtlich haben Sie die Männer erwischt, bevor sie den Fluß durchschwimmen und sich mit Gunn am Flughafen treffen konnten.«

»Warum sind sie dann nicht geflohen, nachdem sie meinen Hubschrauber gestohlen hatten? Die Grenze zu Niger liegt nur 150 Kilometer entfernt. Ich finde es wenig plausibel, weiter ins Landesinnere zu fliegen, den Hubschrauber zu versenken und anschließend Ihren Wagen zu klauen. In dieser Gegend gibt es keine Brücken, also können sie nicht nach Süden zur Grenze fahren. In welche Richtung könnten sie sonst gefahren sein?«

Kazims kalte Augen musterten ihn unverwandt. »Vielleicht in eine, die niemand vermutet.«

Massardes Augenbrauen zogen sich zusammen. »Nach Norden, in die Wüste hinein?«

»Wohin sonst?«

»Absurd.«

»Ich habe für jede bessere Theorie ein offenes Ohr.«

Massarde schüttelte skeptisch den Kopf. »Was für einen Grund könnten zwei Männer haben, einen 60 Jahre alten Wagen zu stehlen und damit in die größte Wüste der Welt zu fahren? Das wäre reiner Selbstmord.«

»Bis jetzt kennen wir ihre Beweggründe nicht«, gab Kazim zu. »Die beiden sind Teil einer Geheimoperation. Soviel ist sicher. Doch deren Ziel ist uns nicht bekannt.«

»Militärische Geheimnisse?« fragte Massarde.

Kazim schüttelte den Kopf. »Sämtliche geheimen Unterlagen, die mein Militärprogramm betreffen, sind zweifellos bei der CIA abgelegt. In Mali gibt es keine geheimen Projekte, die für eine ausländische Nation von Interesse sein könnten, nicht einmal für unsere Nachbarländer.«

»Es gibt zwei, die Sie vergessen haben.«

Kazim warf Massarde einen neugierigen Blick zu. »Worauf spielen Sie an?«

»Auf Fort Foureau und Tebezza.«

»Wenn sie es auf diese beiden Projekte abgesehen haben, wieso schnüffeln sie dann mehr als 300 Kilometer weit im Süden herum?«

»Das weiß ich nicht. Doch mein Agent bei den Vereinten Nationen behauptet steif und fest, daß sie nach einer chemischen Kontamination fahnden, die ihren Ursprung im Niger hat und, nachdem das Gift ins Meer geschwemmt wird, für die enorme Verbreitung der Roten Flut verantwortlich ist.«

»Eine abwegige Vorstellung. Ich halte das Ganze für eine falsche Fährte.«

»Die nur zu gut von den wirklichen Absichten, nämlich dem Eindringen in Fort Foureau und einer Dokumentation der Verletzung der Menschenrechte in Tebezza ablenken könnte«, warf Massarde ein.

Kazim schwieg. In seiner Miene spiegelten sich Zweifel.

Massarde fuhr fort: »Nehmen wir mal an, daß Gunn wichtige Informationen bei sich hatte, als er außer Landes geflogen wurde. Wieso sonst sollte eine derartig komplexe Operation in Szene gesetzt werden, während die beiden anderen nach Norden in die Richtung unserer beiden gemeinsamen Projekte fahren?«

»Wir werden die Antwort bekommen, wenn ich sie fasse«, erklärte Kazim, und in seinem Ton schwang Wut mit. »Sämtliche zur Verfügung stehenden Militär- und Polizeieinheiten haben bereits die Straßen und Kamelpfade gesperrt, die außer Landes führen. Meiner Luftwaffe habe ich darüber hinaus Befehl erteilt, im Norden über der Wüste Aufklärungsflüge durchzuführen. Ich habe die Absicht, jede Möglichkeit abzudecken.«

»Eine weise Entscheidung«, lobte Massarde.

»Ohne Nachschub werden sie es keine zwei Tage in der Hitze der Wüste aushalten.«

»Ich habe Vertrauen in Ihre Methoden, Zateb. Zweifellos sitzen die Männer bereits morgen um diese Zeit in Ihren Verhörzellen.«

»Schon eher, denke ich ...«

»Das ist sehr beruhigend«, erklärte Massarde lächelnd.

Doch insgeheim war ihm klar, daß die beiden kein leicht zu erlegendes Wild sein würden.

Captain Batutta nahm Haltung an und salutierte. Colonel Mansa erwiderte seinen Gruß mit einer lässigen Handbewegung.

»Die Wissenschaftler der Vereinten Nationen sitzen in Tebezza gefangen«, meldete Batutta.

Ein leichtes Lächeln umspielte Mansas Lippen. »Ich nehme an, O'Bannion und Melika haben sich gefreut, frische Arbeiter für die Minen zu bekommen.«

Batutta wirkte angewidert. »Diese Melika ist eine grausame Hexe. Ich beneide keinen Mann, der ihre Knute zu spüren bekommt.«

»Und keine Frau«, fügte Mansa hinzu. »Bei Bestrafungen macht sie keinen Unterschied. Ich gebe Dr. Hopper und seiner Gruppe vier Monate, bis alle unter dem Sand begraben sind.«

»General Kazim wird der letzte sein, der darüber Tränen vergießt.«

Die Tür flog auf, und Lieutenant Djemaa, der malische Luftwaffenoffizier, der die Maschine der Wissenschaftler geflogen hatte, trat ein und salutierte. Mansa sah zu ihm auf. »Alles glattgegangen?«

Djemaa grinste. »Ja, Sir. Wir sind nach Asselar zurückgeflogen, haben die notwendige Anzahl an Leichen ausgegraben und an Bord genommen. Dann sind wir nach Norden geflogen, wo mein Copilot und ich mit dem Fallschirm über der Tanezrouftwüste abgesprungen sind. Gut 100 Kilometer vom nächsten Karawanenpfad entfernt.«

»Und das Flugzeug ist nach dem Absturz verbrannt?« fragte Mansa.

»Ja, Sir.«

»Haben Sie das Wrack inspiziert?«

Djemaa nickte. »Nachdem der Fahrer des Wagens, den Sie dort stationiert hatten, eintraf, sind wir zur Absturzstelle gefahren. Ich hatte die Instrumente so eingestellt, daß die Maschine senkrecht abschmierte. Sie explodierte beim Aufschlag und hat einen zehn Meter tiefen Krater hinterlassen. Abgesehen von den Düsenmaschinen gab es kein Wrackteil, das größer war als ein Schuhkarton.«

Mansa grinste übers ganze Gesicht. »General Kazim wird sehr zufrieden sein. Sie beide erwartet eine Beförderung.«

Er sah Djemaa an. »Und Sie, Lieutenant, werden die Suchaktion nach Hoppers Flugzeug befehligen.«

»Wieso soll ich eine Suche durchführen, wenn ich schon weiß, wo sich die Maschine befindet?« fragte Djemaa verblüfft.

»Weil wir unseren guten Willen zeigen wollen, indem wir das Wrack finden«, erklärte Mansa. »Und dann werden wir die Untersuchung internationalen Flugsicherungsexperten übergeben, die weder genügend menschliche Überreste finden werden, um eine Identifikation durchzuführen, noch genügend Beweisstücke, die den Grund des Absturzes verraten könnten.« Er musterte Djemaa eindringlich. »Vorausgesetzt, Lieutenant, Sie haben ganze Arbeit geleistet.«

»Ich habe persönlich den Flugschreiber entfernt«, versicherte Djemaa ihm.

»Gut. Dann können wir jetzt die Besorgnis unserer Regierung über das Verschwinden der Wissenschaftler gegenüber den internationalen Medien äußern und den Verlust der UN-Mitarbeiter lautstark bedauern.«

28

Die Nachmittagshitze war drückend. Pitt saß in einer engen Senke im Schatten des Avions Voisin. Die ungeheure Ebene aus Fels und Sand, die im grellen Licht der Sonne lag, blendete ihn. Ihm fehlte eine Sonnenbrille. Abgesehen von den Vorräten, die sie in der Werkstatt in Bourem zusammengerafft hatten, besaßen sie nichts außer den Kleidungsstücken, die sie am Körper trugen.

Giordino gerade dabei, mit den Werkzeugen, die er im Kofferraum gefunden hatte, Auspufftopf und Schalldämpfer abzubauen, damit der Wagen eine höhere Bodenfreiheit bekam. Den Reifendruck hatten sie schon reduziert, um im Sand eine bessere Haftung zu erreichen. Der alte Voisin hatte sich bis zu dieser Stelle durch die unwirtliche Gegend bewegt wie eine ältliche Schönheit, die durch die Bronx spaziert: mit Stil, doch völlig deplaziert.

Pitt und Giordino fuhren nachts im Licht der Sterne, wenn es kühl war. Die Höchstgeschwindigkeit betrug kaum zehn Kilometer, und jede Stunde hielten sie an und ließen den Motor abkühlen. An das Einschalten der Scheinwerfer war nicht zu denken. Die Leuchtkegel hätten von einem aufmerksamen Beobachter in einem Flugzeug, das außerhalb der Hörweite flog, ausgemacht werden können. Der Beifahrer mußte ziemlich oft aussteigen und vor dem Wagen hergehen, um die Bodenbeschaffenheit zu prüfen. Einmal wären sie beinahe in einer tiefen Senke gelandet, und zweimal hatten sie den Wagen ausgraben müssen, weil sie in Treibsand geraten waren. Tagsüber versteckten sie sich im Flußbett und in Senken und tarnten den Wagen mit einer dünnen Sandschicht und dürren Sträuchern, so daß er mit dem Wüstenboden verschmolz und aus der Luft wie eine kleine, mit Strauchwerk besetzte Düne wirkte.

»Hättest du lieber ein Glas kaltes, sprudelndes Wüstenwasser oder bevorzugst du das erfrischende Zischen einer malischen Limonade?«

Giordino grinste und hielt in der einen Hand eine Flasche des einheimischen Gebräus und in der anderen eine Tasse des nach Salpeter schmeckenden Leitungswassers, das er in der Garage abgefüllt hatte.

»Ich kann den Geschmack nicht ausstehen«, erklärte Pitt, nahm die Tasse Wasser und rümpfte die Nase. »Aber es wird ratsam sein, wenn wir mindestens drei Liter am Tag trinken.«

»Meinst du nicht, wir sollten den Vorrat rationieren?«

»Nicht, solange wir genug Vorrat haben. Wenn wir das Wasser horten und nur dann und wann einen kleinen Schluck trinken, werden wir um so schneller austrocknen. Mir scheint es ratsamer, wir trinken, wenn wir Durst haben, und machen uns Sorgen, wenn wir kein Wasser mehr haben.«

»Wie wär's mit einem feinen Mittagessen. Sardinen?«

»Klingt irre gut.«

»Jetzt fehlt nur noch der Salatteller.«

»Du meinst den mit Sardellen?«

»Ich konnte Sardinen und Sardellen noch nie auseinanderhalten.«

Nachdem er seine Sardine verschlungen hatte, leckte sich Giordino die Finger ab. »Ich komme mir vor wie ein Idiot. Da sitze ich mitten in der Wüste und esse Fisch.«

Pitt grinste. »Sei dankbar, daß wir die Dosen haben.« Dann legte er den Kopf schräg und horchte angestrengt.

»Hörst du etwas?« fragte Giordino.

»Ein Flugzeug.« Pitt wölbte die Hände hinter den Ohren. »Dem Geräusch nach zu urteilen ein niedrig fliegender Jet.«

Er robbte den Hang hoch, bis er den Rand erreichte, und versteckte sich hinter einer kleinen Tamariske, so daß Kopf und Gesicht im Schatten der Pflanze verschwanden. Dann suchte er langsam und aufmerksam den Himmel ab.

Das dumpfe Dröhnen der Düsenmotoren war jetzt deutlich zu hören. Pitt suchte den Sektor ab, aus dem die Schallwellen an sein Ohr brandeten. Ungefähr drei Kilometer entfernt, bemerkte er vor dem Hintergrund der öden Wüste plötzlich eine Bewegung. Pitt identifizierte das Flugzeug als eine alte amerikanische Phantom mit den Insignien der malischen Luftwaffe, die in einer Höhe von weniger als hundert Meter dahinflog. Die Maschine mit braunem Tarnanstrich, der sich kaum gegen die gelbgraue Landschaft abhob, erinnerte an einen riesigen Geier. Der Pilot flog in großen Bögen, ganz so, als verriete ihm sein sechster Sinn, daß sich das Opfer in der Nähe befand.

»Siehst du sie?« fragte Giordino.

»Eine F-4 Phantom«, antwortete Pitt.

»Welcher Kurs?«

»Nähert sich von Süden.«

»Meinst du, der ist hinter uns her?«

Pitt drehte sich um und musterte die Palmenzweige, die an der Stoßstange hinter den Rädern festgebunden waren und die der Wagen hinter sich herzog, um die Reifenspuren zu verwischen. Die parallelen Spuren im Sand, die den Hang abwärts mitten in die Senke führten, waren beinahe vollkommen verweht. »Die Suchmannschaft in einem langsam fliegenden Hubschrauber könnte vielleicht unsere Spur ausmachen, aber bestimmt nicht der Pilot eines Düsenjägers. Ihm fehlt die vertikale Bodensicht, und er muß Kurven fliegen, wenn er etwas erkennen will. Und er fliegt zu schnell und in zu großer Bodennähe, um ein paar undeutliche Reifenspuren ausmachen zu können.«

Der Jäger donnerte auf die Senke zu und war jetzt nahe genug, daß man die unterschiedlichen Farben des Tarnanstrichs vor dem blauen Himmel erkennen konnte. Giordino kroch unter den Wagen, und Pitt zog sich die Zweige der Tamariske über Kopf und Schultern. Er beobachtete, wie der Pilot unter Donnergetöse eine Kurve beschrieb und die scheinbar menschenleere Sahara unter sich absuchte.

Pitt hielt den Atem an und wartete gespannt. Der Kurs führte die Phantom direkt über die Senke, in der sie sich versteckt hatten. Dann schoß die Maschine über sie hinweg, der Luftzug traf sie wie ein Sturmwind und wirbelte Sand auf. Pitt fühlte, wie die heißen Abgase der Turbinen über ihn hinwegbrandeten.

Er fürchtete schon das Schlimmste, als er der Maschine nachsah. Doch der Pilot setzte seine langsame, kreisende Suche fort, als habe er nichts bemerkt. Pitts Augen verfolgten das Flugzeug, bis es hinter dem Horizont verschwunden war. Er wartete noch ein paar Minuten, weil er damit rechnete, der Pilot hätte etwas Verdächtiges entdecken und einen weiten Bogen beschreiben können, bevor er erneut die Senke überfliegen würde, um sein Opfer zu überraschen.

Doch der Klang der Düsenmotoren verebbte schließlich in der Ferne, und die Wüste lag wieder totenstill da.

Pitt rutschte den Hang hinunter und genoß wieder den Schatten, den der Voisin warf. Giordino krabbelte unter der Karosserie hervor.

»Das war knapp«, stellte er fest und wischte sich ein paar Ameisen vom Arm.

Pitt zeichnete mit einem kleinen, vertrockneten Stock Muster in den Sand. »Entweder haben wir Kazim, als wir uns nach Norden wandten, nicht getäuscht, oder er geht keinerlei Risiko ein.«

»Muß ihn verrückt machen, daß ein Wagen mit einer derart auffälligen Lackierung in der flachen, farblosen Wüste nicht gefunden werden kann.«

»Erfreut ist er bestimmt nicht«, pflichtete Pitt ihm bei.

»Ich wette, er hat mordsmäßig getobt, als er bemerkte, daß der Wagen gestohlen wurde und wir die Übeltäter waren«, lachte Giordino.

Pitt schirmte seine Augen mit der Hand ab und blickte nach Westen, wo gerade die Sonne unterging. »In einer Stunde wird es dunkel sein, dann können wir weiterfahren.«

»Wie sieht die Gegend vor uns aus?«

»Wenn wir erst einmal aus dieser Senke heraus sind und das Flußbett wieder erreicht haben, dann scheint die weitere Strecke aus flachem Sandboden mit vereinzelten Felsbrocken zu bestehen. Wir müssen nur aufpassen, daß uns scharfkantige Steine nicht die Reifen aufschlitzen. Ansonsten dürfte die Weiterfahrt kein Problem sein.«

»Was schätzt du, wie weit wir seit Bourem gekommen sind?«

»Dem Tachometer zufolge 116 Kilometer. Luftlinie, schätze ich etwa 90 Kilometer.«

»Und immer noch nicht der geringste Hinweis auf eine chemische Produktionsanlage oder eine Mülldeponie.«

»Nicht mal eine leere Tonne.«

»Ich glaube, es hat wenig Sinn weiterzufahren«, erklärte Giordino. »Es ist einfach nicht möglich, daß chemische Abfälle 90 Kilometer weit über ein trockenes Flußbett in den Niger transportiert werden.«

»Sieht nach einem Fehlschlag aus«, gab Pitt zu.

»Wir können immer noch versuchen, die algerische Grenze zu erreichen.«

Pitt schüttelte den Kopf. »Nicht genug Benzin. Die letzten 200 Kilometer bis zur Trans-Sahara-Piste müßten wir laufen, wenn wir per Anhalter in die Zivilisation gelangen wollten. Wir wären verdurstet, bevor wir die Hälfte geschafft hätten.«

»Welche Möglichkeiten bleiben uns dann noch?«

»Wir fahren weiter.«

»Wie weit?«

»Bis wir finden, wonach wir suchen. Selbst wenn wir wieder zurückfahren müssen.«

»In beiden Fällen werden von uns nur noch Knochen übrigbleiben.«

»Dann haben wir zumindest erreicht, daß dieser Teil der Wüste als Quelle der Kontamination ausscheidet«, erklärte Pitt emotionslos und starrte auf den Sand zu seinen Füßen, als suche er eine Vision.

Giordino sah ihn an. »Im Laufe der Jahre haben wir beide gemeinsam viel durchgemacht. Wäre verdammt schade, wenn wir am Arsch der Welt enden würden.«

Pitt grinste ihn an. »Bis jetzt hat der Meister mit der Sense noch nicht angeklopft.«

»Wird verdammt peinlich sein, was über uns in den Schlagzeilen stehen wird«, meinte Giordino niedergeschlagen.

»Und das wäre?«

»Zwei Direktoren der National Underwater and Marine Agency in der Sahara vermißt. Welcher Leser, der alle Tassen im Schrank hat, würde das wohl glauben? ... Hast du gerade etwas gehört?«

Pitt stand auf. »Ich hab's gehört.«

»Jemand, der auf Englisch vor sich hinsingt. Mein Gott, vielleicht sind wir schon tot.«

Die Sonne verschwand am Horizont, während sie nebeneinander dastanden und der Stimme lauschten, die etwas trällerte, das Pitt und Giordino als »My Darling Clementine« erkannten. Die Worte wurden, während sich der unsichtbare Sänger näherte, immer deutlicher.

»You are lost and gone forever, dreadful sorry Clementine.«

»Er kommt den Fluß entlang«, murmelte Giordino und griff nach einem schweren Schraubenschlüssel.

Pitt sammelte ein paar Felsbrocken, um sie als Wurfgeschosse verwenden zu können. Leise bezogen sie Stellung zu beiden Seiten des sandbedeckten Wagens, kauerten sprungbereit, um sofort angreifen zu können, und warteten darauf, daß der Unbekannte um die nahe Biegung im Flußbett kommen würde.

»In a cavern, in a canyon, excavating for a mine...« Die Gestalt eines Mannes, der ein Tier hinter sich herzog, tauchte im Schatten des Hanges auf. »Lived a miner forty-niner and his daughter Clementine...«

Die Stimme brach ab, als der Mann den sandbedeckten Wagen erspähte. Bei dem unerwarteten Anblick des getarnten Fahrzeuges blieb er stehen und musterte den Voisin eher neugierig als überrascht. Dann trat er näher heran und zog das widerspenstige Tier an einer Leine hinter sich her. Er blieb neben dem Wagen stehen, streckte die Hand aus und wischte den Sand vom Dach.

Pitt und Giordino standen langsam auf und starrten den Fremden wie den Bewohner eines fernen Planeten an. Diese Figur gehörte gar nicht in die Sahara. Der Mann schien sich zur falschen Zeit am falschen Ort zu befinden.

»Vielleicht hat er heutzutage gar keine Sense mehr bei sich«, murmelte Giordino.

Der Mann war gekleidet wie ein Goldsucher im Wilden Westen. Zerknautschter alter Stetson, Hosenträger, Jeans, die in abgeschabten Lederstiefeln steckten. Er trug ein rotes Halstuch, das den unteren Teil seines Gesichts verdeckte und ihm das Aussehen eines Banditen verlieh.

Bei dem Tier, das er hinter sich herzog, handelte es sich nicht um ein Kamel, sondern um ein Maultier, das eine solche Ladung auf dem Rücken trug, daß der Packen fast so groß wie das Tier selbst schien. Das Gepäck bestand aus Vorräten, einschließlich mehrerer bauchiger Wasserbehälter, Decken, Kochgeschirr, Pickel und Schaufel und einer halbautomatischen Winchester.

»Ich wußte es«, flüsterte Giordino erschrocken. »Wir sind gestorben und in Disneyland gelandet.«

Der Fremde zog das Halstuch nach unten und entblößte einen weißen Schnurrbart und Vollbart. Seine Augen waren beinahe so grün wie die von Pitt, seine Brauen weiß, und das Haar, das unter dem Stetson hervorlugte, war braun und mit grauen Strähnen durchsetzt.

Er war hochgewachsen, beinahe so groß wie Pitt, doch eher füllig. Ein freundliches Lächeln umspielte seine Lippen.

»Ich hoffe doch, daß Ihr Jungs meine Sprache sprecht«, begrüßte er sie fröhlich, »denn ich könnte, weiß Gott, ein bißchen Gesellschaft brauchen.«

29

Fassungslos sahen Pitt und Giordino sich an, dann starrten sie ungläubig auf den alten Wüstenfuchs.

»Wo kommen Sie denn her?« platzte Giordino heraus.

»Dasselbe könnte ich Sie fragen«, erwiderte der Fremde. Er waf einen Blick auf den mit Sand getarnten Voisin. »Hat das Flugzeug nach euch Jungs Ausschau gehalten?«

»Was geht Sie das an?« fragte Pitt.

»Wenn Sie beide das Frage-und-Antwort-Spiel spielen wollen, mache ich mit.«

Der Unbekannte sah kaum wie ein Nomade aus, und da er wie ein Amerikaner redete, entschied sich Pitt schnell dazu, ihm zu vertrauen. »Mein Name ist Dirk Pitt, und mein Freund hier ist Al Giordino. Und ja, die Malier suchen nach uns.«

Der alte Mann zuckte die Schultern. »Kein Wunder. Die haben für Ausländer in dieser Gegend nichts übrig.« Verwundert sah er den Voisin an. »Wie, um Gottes Willen, ist es Ihnen gelungen, so weit querfeldein zu fahren?«

»Das war nicht leicht, Mister . . .«

Der Fremde trat näher und streckte eine rauhe Pranke aus. »Im allgemeinen nennt mich jeder Kid.«

Pitt lächelte und schüttelte ihm die Hand. »Wie kommt ein Mann in Ihrem Alter zu diesem Namen?«

»Vor vielen Jahren bin ich nach der Goldsuche jedes Mal in diese Kneipe in Jerome, Arizona, eingekehrt. Und wenn ich meinen Hintern auf den Barhocker schob, haben meine Saufkumpane mich immer mit den Worten ›He, Kid, da bist du ja wieder‹ begrüßt. Irgendwie ist der Name hängengeblieben.«

Girodino musterte Kids Gefährten. »In diesem Teil der Welt scheint mir ein Maultier fehl am Platz. Wäre ein Kamel nicht praktischer?«

»Zunächst einmal«, erklärte Kid hörbar verschnupft, »handelt es sich bei Mr. Periwinkle nicht um ein Maultier, sondern um einen Packesel. Und um einen verdammt zähen dazu. Kamele können zwar ohne Wasser weitere Strecken zurücklegen, aber auch der Packesel ist für den Einsatz in der Wüste gezüchtet worden. Mr. Periwinkle habe ich vor acht Jahren in Nevada eingefangen und gezähmt, und als ich in die Sahara gereist bin, habe ich ihn auf dem Schiff mit rübergebracht. Er ist nicht halb so hinterhältig wie ein Kamel, frißt weniger und kann genauso viel Last tragen. Außerdem ist er nicht so hoch und deshalb viel leichter zu beladen.«

»Ein schönes Tier«, beschwichtigte Giordino.

»Sie beide sehen aus, als wollten Sie gleich aufbrechen. Ich hatte gehofft, wir könnten uns zusammensetzen und etwas erzählen. Ich habe seit einem Araber, der nach Timbuktu wollte, um ein paar Kamele zu verkaufen, seit Wochen keine Menschenseele gesehen. Ich hätte niemals für möglich gehalten, daß ich hier auf Amerikaner treffen würde.«

Giordino warf Pitt einen Blick zu. »Wäre vielleicht nicht verkehrt, wenn wir uns mit jemandem unterhielten, der die Gegend kennt.«

Pitt nickte, zog den hinteren Wagenschlag auf und lud Kid mit einer Handbewegung ein. »Wie wär's, wollen Sie nicht Platz nehmen?«

Kid starrte auf die Ledersitze, als bestünde die Polsterung aus Gold. »Ich kann mich gar nicht mehr erinnern, wann ich das letzte Mal in einem weichen Sessel gesessen habe. Vielen Dank.« Er zog den Kopf ein, stieg in den Wagen und seufzte vor Vergnügen.

»Leider haben wir nur eine Dose Sardinen, doch wir würden uns glücklich schätzen, sie mit Ihnen zu teilen«, bot Giordino mit einer Großzügigkeit an, wie Pitt sie selten bei ihm erlebt hatte.

»Nein, für das Abendessen bin ich zuständig. Ich habe jede Menge Konservendosen dabei. Wie wär's mit Gulasch?«

Pitt lächelte. »Sie können sich gar nicht vorstellen, wie gerne wir Ihre Einladung annehmen. Sardinen entsprechen absolut nicht unseren Vorstellungen von einem Picknick in der Wildnis.«

»Wir könnten das Gulasch mit etwas Limonade runterspülen«, schlug Giordino vor.

»Ihr habt Limonade? Wie sieht's denn mit Wasser aus?«

»Das reicht noch für ein paar Tage«, erwiderte Giordino.

»Falls Sie knapp dran sind, gibt es einen Brunnen, der ungefähr zehn Meilen nördlich liegt.«

»Wir sind für jede Hilfe dankbar«, erklärte Pitt.

»Mehr, als Sie ahnen«, fügte Giordino hinzu.

Die Sonne war untergegangen, und der Himmel schimmerte im Zwielicht. Mit Einbruch der Nacht konnte man die Luft wieder besser atmen. Kid hatte Mr. Periwinkle, der am Rand einer kleinen Düne etwas Gras entdeckt hatte und sich daran gütlich tat, angebunden. Dann hatte er dem Gulaschkonzentrat etwas Wasser zugefügt und das Ganze, sehr zur Erleichterung von Pitt, zusammen mit ein paar Bisquits über einem Coleman-Ofen gegart. Wenn Kazim nachts ein Flugzeug losgeschickt hätte, um sie aufzuspüren, dann hätte auch ein kleines offenes Feuer – egal, wie die Hänge der Senke es verdeckt hätten – sie mit Sicherheit verraten. Der alte Goldsucher kramte auch Blechteller und Besteck hervor.

Pitt wischte die Überreste seines Gulaschs mit einem Bisquit auf und lobte das Essen in den höchsten Tönen. Es war erstaunlich, wie sehr eine nahrhafte Mahlzeit die Lebensgeister wieder zu wecken vermochte, dachte er. Nach dem Essen ließ Kid eine halbvolle Flasche Old Overholft Whisky herumgehen.

»Also, wenn's euch nichts ausmacht, Jungs, dann erzählt mir mal, weshalb ihr mit einem Auto, das genauso alt aussieht wie ich, im schlimmsten Teil der Sahara herumfahrt.«

»Wir suchen die Quelle einer chemischen Kontamination, die den Niger verseucht und dann ins Meer gespült wird«, erwiderte Pitt geradeheraus.

»Das ist mal was Neues. Wo soll das Zeug denn herkommen?«

»Entweder aus einer chemischen Produktionsanlage oder einer Entsorgungseinrichtung.«

Kid schüttelte den Kopf. »So etwas gibt's hier nicht.«

»Gibt es überhaupt irgendwelche größeren Industrieanlagen in diesem Teil der Sahara?« fragte Giordino.

»Ich glaube nicht, abgesehen vielleicht von Fort Foureau, das ziemlich weit im Nordwesten liegt.«

»Die Solare Müllverbrennungsanlage, die von den Franzosen betrieben wird?«

Kid nickte. »Ein riesiges Ding. Mr. Periwinkle und ich sind vor etwa sechs Monaten daran vorbeigekommen. Wurden fortgejagt. Überall Wachen. Man hätte denken können, die produzieren dort heimlich Atombomben.«

Pitt nahm einen Schluck Whisky, genoß das Brennen in der Kehle und das Gefühl wohliger Wärme im Magen. Er reichte die Flasche an Giordino weiter. »Fort Foureau ist zu weit vom Niger entfernt, als daß die Anlage den Fluß verseuchen könnte.«

Kid saß einen Augenblick schweigend da. Schließlich sah er Pitt an und zwinkerte. »Könnte doch sein, wenn sie genau über dem Oued Zarit läge.«

Pitt beugte sich vor und wiederholte: »Oued Zarit?«

»Ein legendärer Fluß, der quer durch Mali verlief, bis er vor 130 Jahren im Sand versank. Die Nomaden in der Gegend, ich selbst übrigens auch, glauben, daß der Oued Zarit immer noch unterirdisch verläuft und in den Niger mündet.«

»Wie eine wasserführende Schicht.«

»Eine was?«

»Eine geologische Schicht, die es dem Wasser erlaubt, durch Poren und Öffnungen zu sickern«, erwiderte Pitt. »Besteht normalerweise aus Kies oder porösem Sandstein.»

»Ich habe noch nie von einem Fluß gehört, der verschwindet und trotzdem seinen Lauf unter der Erde fortsetzt«, sagte Giordino.

»Ist gar nicht so ungewöhnlich«, erklärte Kid. »Der größte Teil des Mojave River verläuft unter der Mojavewüste Kaliforniens, bevor er in einen See mündet. Ein Goldsucher soll eine Höhle gefunden haben, die mehrere hundert Meter tief auf den unterirdischen Flußlauf trifft. Der Legende nach soll er tonnenweise Waschgold entlang des Wassers gefunden haben.«

Pitt wandte sich um und warf Giordino einen durchdringenden Blick zu. »Was hältst du davon?«

»Klingt, als käme nur Fort Foureau in Frage«, erwiderte Giordino ernst.

»Möglich. Ein unterirdischer Strom, der von der Müllverbrennungsanlage bis zum Niger verläuft, könnte das Gift transportieren.«

Kid deutete auf die Senke. »Ich nehme an, Jungs, ihr wißt, daß diese Senke zu dem früheren Flußbett führt.«

»Das wissen wir«, versicherte ihm Pitt. »Wir sind dem Flußbett den größten Teil der vergangenen Nacht vom Niger aus gefolgt. Wir haben uns hier nur versteckt, um der Hitze des Tages und den Suchtrupps der Malier zu entgehen.«

»Scheint, als hättet ihr die bis jetzt an der Nase rumgeführt.«

»Und was treibt Sie hierher?« fragte Giordino Kid und reichte ihm die Whiskyflasche. »Suchen Sie nach Gold?«

Kid musterte nachdenklich das Etikett auf der Flasche, als fiele ihm der Entschluß, seine Beweggründe zu offenbaren, nicht leicht. Dann zuckte er die Schultern und schüttelte den Kopf. »Ich suche nach Gold, ja. Ich schürfe aber nicht danach. Ich nehme an, es macht nichts, wenn ich euch die Geschichte erzähle. Die Wahrheit ist, ich suche nach dem Wrack eines Schiffes.«

Pitt musterte ihn mit unverhohlenem Mißtrauen. »Ein Wrack ... ein Wrack hier, mitten in der Sahara?«

»Ein Kanonenboot der Konföderierten, um genau zu sein.«

Vollkommen fassungslos saßen Pitt und Giordino da und wünschten, sie hätten im Kofferraum des Voisin eine Zwangsjacke liegen. Inzwischen war es fast dunkel, doch der ernste Ausdruck in Kids Augen war unverkennbar.

»Selbst auf das Risiko hin, begriffsstutzig zu sein«, sagte Pitt skeptisch, »würde es Ihnen etwas ausmachen, uns zu erklären, wie ein Kriegsschiff aus dem Bürgerkrieg hierher gelangt sein soll?«

Kid nahm einen herzhaften Schluck aus der Flasche. Dann entrollte er eine Decke auf dem Sand, streckte sich darauf aus und verschränkte die Hände hinter dem Kopf. »Die Geschichte begann im April 1865, eine Woche bevor Lee vor Grant kapitulierte. Ein paar Meilen unterhalb von Richmond nahm das konföderierte Panzerschiff *Texas* die Archive der konföderierten Regierung, die das Ende nahen sah, an Bord. Zumindest hieß es, es habe sich um die Archive gehandelt. In Wirklichkeit war es Gold.«

»Sind Sie sicher, daß es sich nicht um einen Mythos, wie bei so vielen anderen Schatzgeschichten, handelt?« fragte Pitt.

»Kurz vor seinem Tod hat Präsident Jefferson Davis persönlich gesagt, daß der Staatsschatz der konföderierten Staaten nachts an Bord der *Texas* geschafft wurde. Zusammen mit den Mitgliedern seines Kabinetts hatte er gehofft, das Gold durch die Seeblockade der Nordstaaten ins Ausland schmuggeln zu können, wo man eine Exilregierung bilden und von dort aus den Krieg fortsetzen wollte.«

»Aber Davis wurde gefangengenommen und eingekerkert«, stellte Pitt fest.

Kid nickte. »Die Idee der Konföderation ging unwiderruflich unter.«

»Und die *Texas*?«

»Das Schiff lieferte, auf seinem Weg den James River flußabwärts, der halben Flotte der Nordstaaten und den Forts bei Hampton Roads ein mörderisches Gefecht, erreichte die Chesapeake Bay und entkam in den Atlantik. Das letzte, was man von Schiff und Mannschaft sah, war, wie es in einer Nebelbank verschwand.«

»Und Sie glauben, die *Texas* überquerte das Meer und fuhr den Niger flußaufwärts?« hakte Pitt nach.

»Stimmt genau«, erwiderte Kid überzeugt. »Ich habe die zeitgenössischen Augenzeugenberichte von französischen Kolonialisten und Eingeborenen überprüft. Geschichten von einem Ungeheuer ohne Segel, das an ihren Dörfern auf dem Fluß vorbeigefahren ist. Nach der Beschreibung des Kriegsschiffs und nach Überprüfung der Daten, wann es gesichtet wurde, bin ich zu der Überzeugung gelangt, daß es sich um die *Texas* gehandelt haben muß.«

»Wie konnte ein Panzerschiff dieser Größe und Tonnage derart weit in die Sahara fahren, ohne zu stranden?« fragte Giordino.

»Das war in den Tagen vor dem Jahrhundert der Dürre. Damals fiel in diesem Teil der Wüste Regen, und der Niger führte sehr viel mehr Wasser als heute. Der Oued Zarit bildete einen der Seitenarme. Er erstreckte sich vom Ahaggar Gebirge im Nordosten über 600 Meilen bis zum Niger. Die Berichte französischer Forscher und Militärexpeditionen besagen, daß er tief genug war, um von großen Schiffen befahren zu werden. Ich vermute, daß die *Texas* vom Niger aus in den Oued Zarit eingelaufen ist und schließlich strandete, als der Wasserspiegel bei Einsetzen der Sommerhitze zu sinken begann.«

»Selbst bei einer anständigen Flußtiefe scheint es unmöglich, daß ein schweres Panzerschiff so weit vom Meer aus ins Landesinnere fahren konnte.«

»Die *Texas* war für militärische Einsätze auf dem James River konstruiert worden. Sie hatte einen flachen Boden und geringen Tiefgang. Für Mannschaft und Schiff war es nicht ungewöhnlich, mit den engen Biegungen und der geringen Tiefe eines Flusses fertig zu werden. Das Wunder besteht darin, daß es ihr gelungen ist, das offene Meer zu überqueren, ohne bei hohem Wellengang oder Sturm zu sinken wie die *Monitor*.«

»Während der sechziger Jahre des vergangenen Jahrhunderts hätte ein Schiff jede Menge einsamer Küsten in Nord- und Zentralamerika anlaufen können«, gab Pitt zu bedenken. »Wieso sollte man es riskieren, das Gold zu verlieren, indem man den gefährlichen Ozean überquerte und dann in einen Fluß einlief, der nicht einmal kartographiert war?«

Kid zog eine Zigarre aus der Hemdtasche und zündete sie mit einem Streichholz an. »Sie müssen doch zugeben, daß die Flotte der Nordstaaten niemals auf den Gedanken gekommen wäre, tausend Meilen flußaufwärts in Afrika nach der *Texas* zu suchen.«

»Wahrscheinlich nicht, aber das scheint auch reichlich extrem.«

»Das meine ich auch«, stellte Giordino fest. »Man hätte doch wohl kaum mitten in der Wüste eine neue Regierung bilden können.«

Pitt sah Kid nachdenklich an. »Hinter dieser gefährlichen Reise mußte sich mehr verbergen als bloß eine Ladung Gold.«

»Es gab da ein Gerücht.« Der leichte Wechsel im Tonfall konnte kaum ausweichend genannt werden, doch er war deutlich zu bemerken. »Lincoln war an Bord der *Texas*, als sie Richmond verließ.«

»Doch nicht Abraham Lincoln?« Giordino verschluckte sich fast.

Kid nickte schweigend.

»Wer hat sich denn diese Räuberpistole ausgedacht?« fragte Pitt und lehnte einen weiteren Schluck Whisky ab.

»Ein Captain der konföderierten Kavallerie, ein gewisser Neville Brown, hat im Jahre 1908 gegenüber einem Arzt in Charleston, South Carolina, auf dem Totenbett eine Aussage gemacht. Er behauptete, seine Einheit habe Lincoln gefangengenommen und an Bord der *Texas* gebracht.

»Phantasien eines Sterbenden«, murmelte Giordino ganz und gar nicht überzeugt. »Lincoln muß die Concorde genommen haben, damit er rechtzeitig im Ford's Theater eintraf, um von John Wilkes Booth erschossen zu werden.«

»Ich kenne nicht die ganze Geschichte«, gab Kid zu.

»Eine faszinierende Story«, stellte Pitt fest, »aber kaum ernst zu nehmen.«

»Für die Sache mit Lincoln kann ich nicht garantieren», erwiderte Kid starrköpfig, »doch ich verwette Mr. Periwinkle und den Rest meiner Ausrüstung, daß die *Texas*, die Skelette der Mannschaft und das Gold hier irgendwo unter dem Sand liegen. Seit fünf Jahren durchquere ich die Wüste und suche nach den Überresten, und, so wahr mir Gott helfe, ich werde das Schiff finden oder bei dem Versuch sterben.«

In dem Blick, den Pitt dem alten Goldsucher zuwarf, lag Sympathie und Respekt. Eine derartige Zielstrebigkeit, ja Besessenheit hatte er selten erlebt. Von Kid ging eine solche Überzeugungskraft aus, daß ihn der Mann an den alten Goldgräber in »Der Schatz der Sierra Madre« erinnerte.

»Wenn das Schiff unter einer Düne vergraben ist, wie wollen Sie es dann finden?« fragte Giordino.

»Ich habe einen leistungsfähigen Metalldetektor, einen Fisher 1265X.«

Pitt konnte nichts weiter sagen als: »Dann wünsche ich, daß ein glücklicher Stern Sie zur *Texas* führt und daß sich Ihre Hoffnungen erfüllen.«

Kid lag gedankenverloren auf seiner Decke und sprach eine Weile kein Wort. Schließlich mahnte Giordino: »Wird Zeit, daß wir aufbrechen, wenn wir bis zum Morgengrauen noch eine Strecke fahren wollen.«

Der Motor des Voisin lief bereits leise, als Pitt und Giordino sich 20 Minuten später von Kid und Mr. Periwinkle verabschiedeten. Der alte Goldsucher hatte darauf bestanden, daß sie einige Pakete Lebensmittelkonzentrate aus seinem Vorrat mitnahmen. Auch hatte er ihnen grob eine Karte mit dem Verlauf des alten Flußbetts skizziert und die einzelnen Landmarken sowie den einzigen Brunnen auf ihrem Weg zur Müllverbrennungsanlage von Fort Foureau eingezeichnet.

»Wie weit ist es?« fragte Pitt.

Kid zuckte die Schultern. »Ungefähr 110 Meilen.«

»170 Kilometer auf dem Tachometer«, rechnete Giordino um.

»Ich hoffe, Jungs, ihr findet, wonach ihr sucht.«

Pitt schüttelte ihm die Hand und lächelte. »Sie auch.« Er stieg in den Voisin, machte es sich hinter dem Steuer bequem, und fast tat es ihm leid, den alten Mann verlassen zu müssen.

Giordino zögerte einen Augenblick, als er sich verabschiedete. »Vielen Dank für Ihre Gastfreundschaft.«

»War mir ein Vergnügen.«

Dann drehte sich Giordino um und nahm auf dem Beifahrersitz Platz. Während Pitt die Kupplung kommen ließ und der Voisin über den flachen Boden der Senke rollte, drehte er sich nach hinten, um zu winken. Doch der alte Mann und sein treuer Lastesel wurden schnell von der Nacht verschlungen.

TEIL III

Geheimnisse der Wüste

18. Mai 1996
Washington, D.C.

30

Die Concorde der Air France landete auf dem Dulles Airport und rollte zu einem unauffälligen Hangar der U. S. Regierung in der Nähe der Frachtterminals. Der Himmel war bewölkt, doch die Landebahn war trocken, und es sah nicht nach Regen aus. Gunn verließ das schlanke Flugzeug umgehend, eilte die fahrbare Gangway hinab und lief auf einen wartenden schwarzen Ford zu, in dem zwei uniformierte Beamte der städtischen Polizei saßen. Die ganze Zeit über umklammerte er den Rucksack, als sei er ein Stück von ihm selbst. Dann wurde er mit Sirenengeheul und Blaulicht zum Hauptquartier der NUMA in die Hauptstadt gefahren.

Gunn fühlte sich auf dem Rücksitz des dahinrasenden Polizeiwagens wie ein verhafteter Gangster. Während sie die Rochambeau Memorial Brücke überquerten, kam ihm der Potomac River ungewöhnlich grün und bleifarben vor. Die Fußgänger, die er nur verschwommen wahrnahm, waren gegen das Blaulicht und die Sirene immun. Sie sahen nicht einmal hin, als der Ford an ihnen vorbeischoß.

Der Fahrer hielt nicht vor dem Haupteingang, sondern fuhr mit quietschenden Reifen um die Westecke des NUMA-Gebäudes und dann eine Rampe hinunter, die in eine Parkebene führte. Vor einem Lift hielt der Ford abrupt an. Zwei Sicherheitsbeamte traten vor, rissen den Wagenschlag auf, brachten Gunn zum Fahrstuhl und fuhren mit ihm in den vierten Stock. Nach ein paar Schritten über einen Gang blieben die Sicherheitsbeamten stehen und öffneten eine Tür, die zum weitläufigen Konferenzraum der NUMA führte, der mit den modernsten Projektionsapparaten ausgestattet war.

Einige Damen und Herren saßen an einem langen Mahagonitisch. Ihre Aufmerksamkeit konzentrierte sich auf Dr. Chapman, der vor einem Bildschirm stand, auf dem der mittlere Atlanik entlang des Äquators in Westafrika abgebildet war, und mitten in einem Vortrag begriffen war.

Jedes Geräusch im Raum verstummte, als Gunn eintrat. Admiral Sandecker sprang auf, eilte auf ihn zu und begrüßte ihn wie einen Bruder, den er seit Ewigkeiten nicht mehr gesehen hatte.

»Gott sei Dank, Sie haben's geschafft«, rief er. Derart aufgeregt hatte man ihn selten gesehen. »Wie war der Flug von Paris hierher?«

»So allein in der Concorde habe ich mich wie ein Aussätziger gefühlt.«

»Militärflugzeuge waren nicht sofort verfügbar. Das Chartern einer Concorde war das Vernünftigste, um Sie schnell hierher zu befördern.«

»Prima, solange die Steuerzahler davon nichts erfahren.«

»Wenn die wüßten, daß ihre Existenz davon abhängen könnte, würden sie sich wohl kaum beschweren.«

Sandecker stellte Gunn den Anwesenden vor. »Ich glaube, Sie kennen die meisten.«

Dr. Chapman und Hiram Yaeger kamen auf ihn zu, schüttelten ihm die Hand und waren offensichtlich hocherfreut, ihn wiederzusehen. Dann wurde er Dr. Muriel Hoag vorgestellt, Leiterin der NUMA-Abteilung für Meeresbiologie, und Dr. Evan Holland, dem Umweltschutzexperten der NUMA.

Muriel Hoag war hochgewachsen und hatte die Figur eines halb verhungerten Models. Ihr rabenschwarzes Haar war zurückgekämmt und zu einem festen Knoten geschlungen. Die braunen Augen funkelten hinter einer Brille mit runden Gläsern. Make-up hatte sie nicht aufgelegt. Spielt auch keine Rolle, dachte Gunn. Selbst das komplette Programm in einem Schönheitssalon von Beverly Hills wäre vergebene Liebesmüh gewesen.

Evan Holland war Chemiker und Umweltexperte und sah aus wie ein Basset. Die Ohren waren zwei Nummern zu groß für seinen Schädel, und er hatte eine lange Nase mit runder Spitze. Die Augen blickten tieftraurig. Doch Hollands äußere Erscheinung täuschte. Er gehörte zum Kreis der anerkanntesten Experten für Umweltverschmutzung.

Die beiden anderen, Chip Webster, Analytiker der NUMA für

Satellitenaufnahmen, und Keith Hodge, den Leiter der ozeanographischen Abteilung, kannte Gunn bereits.

Er wandte sich an Sandecker. »Da hat sich jemand viel Mühe gemacht, um mich aus Mali herauszubringen.«

»Hala Kamil persönlich hat den Einsatz einer UN-Eingreiftruppe genehmigt.«

»Der Offizier, der den Einsatz befehligte, ein gewisser Colonel Levant, schien nicht besonders begeistert, als er mich begrüßte.«

»Colonel Levant und General Bock, sein Vorgesetzter, waren nicht leicht zu überzeugen«, gab Sandecker zu. »Doch als ihnen die Wichtigkeit Ihrer Daten bekannt war, haben sie uneingeschränkt kooperiert.«

»Eine perfekt geplante Operation«, stellte Gunn fest. »Unglaublich, daß man so etwas über Nacht durchziehen kann.«

Falls Gunn gedacht hatte, daß Sandecker ihm Einzelheiten verraten würde, sah er sich enttäuscht. Jede Falte im Gesicht des Admirals verriet seine Ungeduld. In der Nähe stand ein Tablett mit Kaffee und Kuchen, doch der Admiral dachte gar nicht daran, Gunn etwas anzubieten. Er griff ihn beim Arm und schob ihn eilig auf einen Stuhl zu, der am Kopfende des langen Konferenztischs stand.

»Kommen wir zur Sache«, erklärte er knapp. »Wir alle sind auf Ihre Entdeckung gespannt, welche chemische Verbindung die explosionsartige Verbreitung der Roten Flut verursacht.«

Gunn öffnete seinen Rucksack. Ganz vorsichtig packte er die Glasampullen mit den Wasserproben aus und legte sie auf ein Tuch. Dann zog er die Disketten hervor und schob sie beiseite. Schließlich blickte er auf.

»Hier habe ich die Wasserproben und die mit Hilfe der an Bord befindlichen Instrumente und Computer ausgewerteten Resultate. Durch reines Glück ist es mir gelungen, den Verursacher der Roten Flut als eine ungewöhnliche metallorganische Verbindung zu identifizieren. Es handelt sich um die Kombination einer synthetischen Aminosäure mit Kobalt. Im Wasser fand ich darüber hinaus Spuren von Radioaktivität, doch ich glaube nicht, daß diese in unmittelbarem Zusammenhang mit der Wirkung des Giftstoffes auf die Rote Flut zu sehen sind.«

»Wenn man bedenkt, welche Hindernisse Sie überwinden mußten«, warf Chapman ein, »dann ist es ein Wunder, daß Sie überhaupt die Ursache ergründen konnten.«

»Glücklicherweise wurde bei dem Zusammenstoß mit der Marine von Benin keines meiner Geräte beschädigt.«

»Ich habe eine Anfrage der CIA auf den Tisch bekommen«, erklärte Sandecker mit grimmigem Lächeln, »ob wir etwas über eine unautorisierte Aktion in Mali wüßten. Das war, nachdem Sie die Hälfte der Seestreitkräfte Benins und einen Hubschrauber vernichtet hatten.«

»Was haben Sie denen gesagt?«

»Ich habe gelogen, was das Zeug hält. Bitte fahren Sie fort.«

»Der Beschuß eines Kanonenboots hatte jedoch zur Folge, daß unser Datenübertragungssystem zerstört wurde. Damit war es mir unmöglich, meine Resultate an Hiram Yaegers Computernetzwerk weiterzuleiten.«

»Ich würde gerne Ihre Wasserproben überprüfen. Hiram kann derzeit Ihre Daten kontrollieren«, bat Chapman.

Yaeger ging zu Gunn und griff behutsam nach den Disketten. »Ich kann sowieso nicht viel zu dieser Konferenz beitragen, deshalb werde ich mich schon mal an die Arbeit machen.«

Sobald der Computerexperte den Raum verlassen hatte, sah Gunn Chapman an. »Ich habe meine Resultate doppelt und dreifach überprüft. Ich bin sicher, daß Ihr Labor und Hiram meinen Fund bestätigen werden.«

Chapman bemerkte die Schärfe in Gunns Stimme. »Glauben Sie mir, ich ziehe Ihr Vorgehen und Ihre Daten nicht im geringsten in Zweifel. Sie, Pitt und Giordino haben ganze Arbeit geleistet. Nur Ihnen haben wir es zu verdanken, daß wir wissen, womit wir es zu tun haben. Jetzt kann der Präsident seinen Einfluß geltend machen und Druck auf Mali ausüben, damit die Umweltverschmutzung an der Quelle gestoppt wird. Ihre Ergebnisse werden uns Zeit verschaffen, um Wege zu finden, wie die Auswirkungen neutralisiert und einer weiteren Verbreitung der Roten Flut Einhalt geboten werden kann.«

»Kein Grund, den Champagner zu entkorken«, warnte Gunn ernst. »Obwohl wir das Gift bis zu der Stelle verfolgen konnten, an der es in den Niger gelangt, und obwohl wir seine Zusammensetzung kennen, war es uns doch unmöglich, die Quelle auszumachen.«

Sandecker trommelte mit den Fingern auf dem Tisch. »Pitt hat mir die schlechte Nachricht übermittelt, bevor wir unterbrochen wurden. Ich bitte um Entschuldigung, daß ich diese Information nicht weitergegeben habe. Ich hatte mich auf die Satellitenüberwachung verlassen.«

Muriel Hoag blickte Gunn in die Augen. »Ich verstehe nicht, wie Sie die Verbindung in einem 1000 Kilometer langen Flußlauf erfolgreich verfolgen konnten und dann an Land jede Spur verloren.«

»Ganz einfach.« Gunn zuckte erschöpft die Schultern. »Nachdem wir die Stelle mit der höchsten Konzentration hinter uns gelassen hatten, sackten die Anzeigen auf Normalwerte, und die Instrumente zeigten eine ganz normale Verschmutzung an. Wir sind mehrere Male flußaufwärts und -abwärts gefahren, um das Phänomen zu bestätigen. Wir haben auch in sämtliche Richtungen Ausschau gehalten. Eine gefährliche Müllkippe, ein Lager mit Chemikalien oder eine chemische Fabrik gab es weder am Ufer noch im Landesinnern. Kein Gebäude, keine Leitungen, nichts. Nur öde Wüste.«

»Könnte es sein, daß eine ehemalige Müllkippe zugeschüttet worden ist?« mutmaßte Holland.

»Wir haben keinerlei Anzeichen für Erdarbeiten entdecken können«, erwiderte Gunn.

»Hat möglicherweise Mutter Natur das Gift zusammengebraut?« fragte Chip Webster.

Muriel Hoag lächelte. »Wenn die Tests Mr. Gunns Analyse einer synthetischen Aminosäure bestätigen, dann ist diese von einem biotechnischen Labor produziert worden. Auf keinen Fall von Mutter Natur. Und irgendwo, irgendwie wurde sie zusammen mit Chemikalien, die Kobalt enthalten, gelagert. Es ist nicht das erste Mal, daß das zufällige Zusammentreffen von Chemikalien eine noch nicht bekannte Verbindung zur Folge hat.«

»Wie, um alles in der Welt, kann eine derartig exotische Verbindung plötzlich mitten in der Sahara auftreten?« wunderte sich Chip Webster.

»Und in den Ozean gelangen, wo sie das Wachstum der Dinoflagellaten beschleunigt«, fügte Holland hinzu.

Sandecker sah Keith Hodge an. »Wie sieht der letzte Bericht bezüglich des Ausbreitens der Roten Flut aus?«

Der Ozeanograph war um die 60 Jahre alt. Er hatte ein schmales

Gesicht mit hohen Wangenknochen und eine ausdruckslose Miene. Seine dunkelbraunen Augen waren vollkommen unbewegt. Mit der entsprechenden zeitgenössischen Kleidung hätte er wie das lebende Abbild eines Porträts aus dem 18. Jahrhundert ausgesehen.

»In den vergangenen vier Tagen hat sich die Verbreitung um 30 Prozent erhöht. Ich befürchte, daß die Wachstumsrate unsere schlimmsten Befürchtungen übertrifft.«

»Aber wenn Dr. Chapman eine chemische Verbindung kreieren kann, um das Gift zu neutralisieren, und wir die Quelle finden und ausschalten können, wäre es dann nicht möglich, die Ausbreitung der Flut in den Griff zu bekommen?«

»Es wäre gut, wenn das schnell passierte«, erwiderte Hodge. »Bei der derzeitigen Wachstumsrate würden wir sonst in einem Monat erleben, daß sich die Rote Flut von alleine und ohne den Zufluß aus dem Niger weiter ausbreitet.«

»Das wäre ja drei Monate früher als angenommen«, stellte Muriel Hoag erschüttert fest.

Hodge zuckte hilflos die Achseln. »Wenn man es mit einem unbekannten Phänomen zu tun hat, dann besteht die einzige Gewißheit darin, daß alles ungewiß ist.«

Sandecker drehte sich auf seinem Stuhl seitwärts und warf einen Blick auf die Vergrößerung einer Satellitenaufnahme von Mali, die an die Wand projiziert wurde. »Wo tritt die Verbindung in den Niger ein?« fragte er Gunn.

Gunn stand auf, nahm einen Zeigestock zur Hand und beschrieb auf der Leinwand einen kleinen Kreis am Ufer des Niger, oberhalb von Gao. »Ungefähr hier. An der Mündung eines ausgetrockneten Flusses, der früher einmal in den Niger lief.«

Chip Webster betätigte ein paar Knöpfe auf einer Konsole und vergrößerte die von Gunn markierte Gegend. »Keinerlei Gebäude zu sehen. Sieht nicht bewohnt aus. Außerdem kann ich keine Ausbaggerung erkennen, die darauf hinweisen, daß hier Gräben gezogen wurden, um gefährliche Materialien zu vergraben.«

»Wirklich ein Rätsel«, murmelte Chapman. »Woher, zum Teufel, kann dieses gefährliche Zeug bloß stammen?«

»Pitt und Giordino sind noch vor Ort und suchen danach«, erinnerte Gunn die Anwesenden.

»Haben wir in letzter Zeit Berichte bekommen, wie es ihnen geht und wo sie sich aufhalten?« fragte Hodge.

»Nichts, seit Pitt von Yves Massardes Boot aus angerufen hat«, erwiderte Sandecker.

Hodge blickte von seinem Notizblock auf. »Yves Massarde? Ach Gott, doch nicht diese Ratte.«

»Kennen Sie ihn?«

Hodge nickte. »Ich bin ihm im Zusammenhang mit der chemischen Verunreinigung des Mittelmeeres vor der Küste Spaniens vor vier Jahren begegnet. Eines seiner Schiffe, das krebserzeugende Chemikalien, PCB's, zur Endlagerung in Algerien bestimmt, transportierte, brach in einem Sturm auseinander und sank. Ich persönlich glaube, das Schiff wurde absichtlich versenkt, um sowohl die Versicherungssumme zu kassieren als auch die Ladung loszuwerden. Wie sich später herausstellte, hatte die algerische Verwaltung überhaupt nicht die Absicht, den Abfall zur Endlagerung anzunehmen. Dann fing Massarde das Lügen und Betrügen an und ließ sich jede nur denkbare juristische Finte einfallen, um sich der Verantwortung für die Beseitigung der Schweinerei zu entziehen. Wenn man dem Kerl die Hand schüttelt, zählt man am besten die Finger, bevor man ihn aus den Augen verliert.«

Gunn wandte sich an Webster. »Die Spionagesatelliten können doch vom All aus die Buchstaben in einer Zeitung erkennen. Warum können wir nicht einen davon über der Wüste nördlich von Gao in der Umlaufbahn stationieren und nach Pitt und Giordino Ausschau halten?«

Webster schüttelte den Kopf. »Negativ. Die Leute von der National Security Agency haben die leistungsfähigsten Satelliten über China im Einsatz und verfolgen dort die Raketenstarts. Außerdem werden der Bürgerkrieg in der Ukraine und die Grenzstreitigkeiten zwischen Syrien und dem Irak beobachtet. Sie sind nicht bereit, uns einen Satelliten zur Verfügung zu stellen. Das neueste Modell eines GeoSat steht mir zur Verfügung. Doch es ist die Frage, ob der Satellit einen Menschen vor einer unebenen Fläche, wie sie die Sahara aufweist, ausmachen kann.«

»Würden sich die beiden nicht gegen eine Sanddüne abheben?« fragte Chapman.

Webster schüttelte den Kopf. »Niemand, der die Sahara durchquert und noch seine fünf Sinne beisammen hat, würde über den weichen Sand einer Düne marschieren. Selbst die Nomaden umgehen sie. Ein Marsch durch die Dünen bedeutet den sicheren Tod. Pitt und Giordino sind klug genug, das zu wissen.«

»Aber Sie werden doch eine Suche und Überprüfung durchführen?« insistierte Sandecker.

Webster nickte. Er war ziemlich kahl und hatte einen kurzen Hals. Mit dem mächtigen Bauch, der über seinem Gürtel lag, hätte er unter der Rubrik »vorher« in einer Diät-Reklame Modell stehen können. »Ein enger Freund von mir ist als Analytiker und Experte für Wüstenbeobachtung im Pentagon beschäftigt. Ich glaube, ich kann ihn überreden, daß er sich unsere GeoSat-Photos mit seiner neuesten Vergrößerungstechnik einmal anschaut.«

»Ich danke Ihnen für Ihre Unterstützung«, sagte Sandecker ernst.

»Wenn Pitt und Giordino sich in der Wüste aufhalten, dann kann er sie, sofern das überhaupt möglich ist, aufspüren«, versprach Webster ihm.

»Hat Ihr Satellit eine Spur von dem Flugzeug mit den Seuchenexperten entdecken können?« fragte Muriel.

»Nein, bis jetzt noch nicht, leider. Beim letzten Überflug von Mali war nichts zu sehen außer einer kleinen Rauchwolke am Bildrand. Hoffentlich bekommen wir beim nächsten Umlauf ein detaillierteres Bild. Es könnte sich natürlich auch bloß um das Freudenfeuer von Nomaden handeln.«

»In diesem Teil der Sahara gibt es nicht genug Holz für ein Freudenfeuer«, stellte Sandecker nüchtern fest.

Gunn hatte der Unterhaltung nicht folgen können. »Um welche Wissenschaftler geht's überhaupt?«

»Um eine Gruppe von der Weltgesundheitsorganisation, die in Mali eingesetzt wurde«, erklärte Muriel. »Die Wissenschaftler haben nach der Ursache für den Ausbruch seltsamer Erkrankungen gesucht, die aus Nomadensiedlungen in der Wüste gemeldet worden sind. Ihr Flugzeug ist irgendwo zwischen Mali und Kairo verschwunden.«

»Gehörte eine Frau zu dieser Gruppe? Eine Biochemikerin?«

»Ja, eine gewisse Dr. Eva Rojas«, erwiderte Muriel. »Ich habe früher mal mit ihr zusammen gearbeitet, während eines Projekts auf Hawaii.«

»Kennen Sie sie?« fragte Sandecker Gunn.

»Ich nicht, aber Pitt. Er war in Kairo mit ihr verabredet.«

»Vielleicht besser, wenn er es nicht weiß«, erklärte Sandecker. »Er hat auch so schon genug Probleme, am Leben zu bleiben.«

»Der Absturz wurde noch nicht bestätigt«, sagte Holland optimistisch.

»Vielleicht mußten sie in der Wüste landen und haben überlebt«, sagte Muriel hoffnungsvoll.

Webster schüttelte den Kopf. »Ich fürchte, in diesem Fall ist der Wunsch der Vater des Gedankens. Wahrscheinlich hat General Zateb Kazim seine dreckigen Pfoten im Spiel.«

»Pitt und Giordino haben sich mit dem General über Funk unterhalten, kurz bevor ich ins Wasser gesprungen bin«, erinnerte sich Gunn. »Scheint sich um einen richtigen Widerling zu handeln.«

»So rücksichtslos wie jeder Diktator im Nahen Osten«, bestätigte Sandecker. »Und doppelt so schwierig zu handhaben. Der würde mit unseren Diplomaten nicht mal sprechen, geschweige denn sich treffen, wenn man ihm nicht zuvor einen fetten Scheck aus dem Etat für Wirtschaftshilfe überreicht.«

»Die Vereinten Nationen kümmern ihn einen Dreck, und er lehnt jegliche Hilfslieferungen für seine Landsleute ab«, fügte Muriel hinzu.

Webster nickte. »Und Menschenrechtler, die dumm genug sind, in Mali einzureisen und zu protestieren, verschwinden spurlos.«

»Massarde und er sind dick befreundet«, sagte Hodge. »Zusammen haben die beiden das Land so ausgeplündert, daß es vollkommen verarmt ist.«

Sandeckers Züge wurden hart. »Geht uns nichts an. Es wird weder einen Malier noch einen Westafrikaner, noch sonst jemanden mehr geben, wenn es uns nicht gelingt, die Rote Flut aufzuhalten. Im Augenblick spielt nichts anderes eine Rolle.«

Chapman meldete sich zu Wort. »Da uns jetzt die Daten zur Verfügung stehen und wir sie intensiv auswerten können, ist es vielleicht möglich, daß wir eine Lösung finden – vorausgesetzt, wir konzentrieren uns ganz auf diese Aufgabe und arbeiten zusammen.«

»Beeilen Sie sich«, empfahl Sandecker mit schmalen Augen. »Sie haben 30 Tage Zeit. Sollten Sie versagen, nun – eine zweite Chance werden wir nicht bekommen.«

31

Eine frische Brise fuhr durch die Blätter der Bäume, die entlang der Promenade oberhalb des Hudson Rivers standen. Ismail Yerli beobachtete durch ein Fernglas einen kleinen graublauen Vogel, der sich mit dem Kopf nach unten an einem Ast festgeklammert hatte. Yerlis ganze Aufmerksamkeit schien nur dem kleinen Tier zu gelten, so daß er offenbar nicht bemerkte, wie sich ihm von hinten ein Mann näherte. Tatsächlich war er bereits vor zwei Minuten auf den Näherkommenden aufmerksam geworden.

»Ein weißbrüstiger Kleiber«, stellte der hochgewachsene, recht attraktive Unbekannte fest. Er ließ sich auf einem flachen Stein neben Yerli nieder. Sein hellbraunes Haar war ordentlich gekämmt, mit einem wie vom Lineal gezogenen Scheitel auf der linken Seite. Gleichgültig musterte er den Vogel aus wäßrig blauen Augen.

»Die mattschwarze Färbung auf dem Hinterkopf deutet auf ein Weibchen hin«, erklärte Yerli, ohne das Fernglas abzusetzten.

»Wahrscheinlich ist das Männchen in der Nähe. Kümmert sich vielleicht um das Nest.«

»Sehr gut, Bordeaux«, erwiderte Yerli. »Ich wußte gar nicht, daß Sie Ornithologe sind.«

»Bin ich auch nicht. Was kann ich für Sie tun, Pergamon?«

»Sie haben doch verlangt, daß dieses Treffen stattfindet.«

»Aber nicht im Freien bei einem Wind, der einem durch Mark und Bein fährt.«

»Ein Treffen in einem Feinschmeckerrestaurant entspricht nicht meinen Vorstellungen von einem geheimen Einsatz.«

»Ich habe nie viel davon gehalten, im Verborgenen zu arbeiten und in Slums zu leben«, erwiderte Bordeaux trocken.

»Es ist nicht klug, sich zu sehr zu exponieren.«

»Meine Aufgabe ist, die Interessen eines Mannes zu vertreten, der, das möchte ich betonen, mich außerordentlich gut bezahlt. Das FBI wird kein Auge auf mich haben, es sei denn, ich würde der Spionage verdächtigt. Und da unsere Arbeit – zumindest meine – nicht darin besteht, den Amerikanern irgendwelche Geheimnisse zu stehlen, sehe ich keinen Grund, mich in der stinkenden Masse unsichtbar zu machen.«

Yerli paßte Bordeauxs Art nicht, wie er die Geheimdienstarbeit schlechtmachte. Obwohl die beiden sich kannten und auf Anweisung von Yves Massarde im Laufe der Jahre oft zusammengearbeitet hatten, kannte keiner von beiden den Namen des anderen, und keiner hatte bisher den Versuch unternommen, ihn in Erfahrung zu bringen. Bordeaux leitete die verdeckten geschäftlichen Aktivitäten von Massarde Enterprises in den Vereinigten Staaten. Yerli, den er nur als Pergamon kannte, übermittelte ihm oft Informationen, die für die internationalen Unternehmen Massardes außerordentlich wichtig waren. Dafür bezog er zu seinem Gehalt als französischer Agent sehr ordentliche Bezüge. Ein Arrangement, das von Yerlis Vorgesetzten toleriert wurde, da Massarde in Frankreich enge Verbindungen zu vielen Kabinettsmitgliedern pflegte.

»Sie werden unvorsichtig, mein Freund.«

Bordeaux zuckte die Achseln. »Mir geht der Umgang mit diesen ungeschliffenen Amerikanern auf die Nerven. New York ist die reinste Sickergrube. Das Land reibt sich im Rassenkampf auf und fällt auseinander. Irgendwann werden auch in den Vereinigten Staaten die Streiterein beginnen, die wir heute in Rußland und den Staaten des Commonwealth erleben. Ich sehne mich nach Frankreich zurück, der einzigen zivilisierten Nation der Welt.«

»Ich habe gehört, einer der NUMA-Leute ist aus Mali entkommen«, sagte Yerli und wechselte abrupt das Thema.

»Dieser Idiot von Kazim hat ihn durch die Finger schlüpfen lassen«, erwiderte Bordeaux.

»Haben Sie meine Warnungen nicht an Mr. Massarde weitergegeben?«

»Natürlich habe ich ihn gewarnt. Und er hat seinerseits General Kazim alarmiert. Zwei weitere Männer wurden von Mr. Massarde auf seinem Hausboot gefangengenommen. Doch Kazim in seiner hochtrabenden Art war zu dumm, nach dem dritten Agenten zu suchen.

Der Mann ist entkommen und wurde von einer Eingreiftruppe der Vereinten Nationen aus dem Land geflogen.«

»Was hält Mr. Massarde von der Situation?«

»Er ist gar nicht glücklich angesichts des ernsthaften Risikos, das die Überprüfung seiner Unternehmungen in Fort Foureau durch eine internationale Kontrollkommission darstellen könnte.«

»Das wäre nicht gut. Wenn eine Entdeckung der Arbeit und die Schließung der Anlage droht, dann bedeutet dies auch eine Bedrohung für das französische Atomprogramm.«

»Mr. Massarde ist sich dessen wohl bewußt«, erwiderte Bordeaux kühl.

»Was ist mit den Wissenschaftlern der Weltgesundheitsorganisation? Die Morgenzeitungen haben berichtet, ihr Flugzeug werde vermißt.«

»Einer von Kazims besseren Einfällen«, erwiderte Bordeaux. »Er hat den Absturz in einem unbewohnten Teil der Wüste vorgetäuscht.«

»Vorgetäuscht? Ich habe Hala Kamil vor einem geplanten Bombenanschlag gewarnt, der das Flugzeug, Hopper und seine Gruppe vernichten sollte.«

»Eine leichte Änderung Ihres Plans, um in Zukunft die Wissenschaftler der Weltgesundheitsorganisation von weiteren Nachforschungen abzuschrecken«, erklärte Bordeaux. »Das Flugzeug ist tatsächlich abgestürzt, doch die Leichen an Bord waren nicht diejenigen von Dr. Hopper und den übrigen.«

»Sie leben also noch?«

»Sie sind so gut wie tot. Kazim hat sie nach Tebezza geschickt.«

Yerli nickte. »Sie wären besser schnell gestorben, als in den Minen von Tebezza als Sklaven zu krepieren.« Er schwieg und dachte nach. Schließlich sagte er: »Ich glaube, Kazim hat einen Fehler gemacht.«

»Die sind dort gut aufgehoben«, erwiderte Bordeaux gleichgültig. »Niemand entkommt von Tebezza. Die verschwinden in den Minen und tauchen niemals mehr auf.«

Yerli nahm ein Kleenex aus seiner Manteltasche und wischte die Linsen seines Fernglases sauber. »Hat Hopper irgendwelche Hinweise gefunden, die Fort Foureau Schaden zufügen könnten?«

»Genügend, um das Interesse wieder aufflammen zu lassen und

weitere Nachforschungen anzustellen, wenn sein Bericht veröffentlicht worden wäre.«

»Was wissen wir über den NUMA-Agenten, der entkommen ist?«

»Er heißt Gunn und ist Stellvertretender Direktor der National Underwater and Marine Agency.«

»Ein einflußreicher Mann.«

»Ja.«

»Wo ist er jetzt?«

»Wir haben das Flugzeug verfolgen können, das ihn nach Paris gebracht hat, wo er an Bord einer Concorde gegangen und nach Washington geflogen ist. Von dort aus wurde er direkt ins Hauptquartier der NUMA gefahren. Meinen Informanten zufolge befand er sich vor 40 Minuten noch im Gebäude.«

»Ist bekannt, ob er wichtige Informationen aus Mali herausschmuggeln konnte?«

»Welche Daten er, wenn überhaupt, vom Niger mitgebracht hat, ist uns völlig unbekannt. Doch Mr. Massarde ist ziemlich sicher, daß nichts, was die Operation in Fort Foureau in Gefahr bringen kann, entdeckt werden konnte.«

»Kazim müßte ein leichtes Spiel haben, die beiden anderen Amerikaner zum Reden zu bringen.«

»Kurz bevor ich losgegangen bin, um Sie zu treffen, habe ich noch eine Nachricht erhalten. Unglücklicherweise sind sie ebenfalls entkommen.«

Yerli warf Bordeaux einen irritierten Blick zu. »Wer hat das denn vermasselt?«

Bordeaux zuckte die Achseln. »Ist doch egal, wer Schuld daran hat. Ehrlich gesagt, wichtig ist nur, daß sie sich im Land aufhalten. Kann sich nur um Stunden handeln, bis Kazims Suchtrupps sie gefaßt haben.«

»Ich sollte nach Washington fliegen und versuchen, die Leute von der NUMA auszuhorchen. Wenn ich die richtigen Fäden ziehe, könnte ich in Erfahrung bringen, ob mehr hinter dieser absurden Untersuchung einer Umweltverschmutzung steckt.«

»Lassen Sie das«, erwiderte Bordeaux kühl. »Mr. Massarde hat eine andere Aufgabe für Sie.«

»Hat er das mit meinen Vorgesetzten im Nationalen Verteidigungsstab abgestimmt?«

»Die offizielle Freistellung für andere Aufgaben wird Sie innerhalb der nächsten Stunde erreichen.«

Yerli sagte nichts, sondern hielt sein Fernglas auf den kleinen Kleiber gerichtet, der sich immer noch kopfüber am Ast festhielt und mit dem Schnabel die Borke des Stammes bearbeitete. »Was hat Mr. Massarde denn vor?«

»Er möchte, daß Sie in Mali als Verbindungsoffizier zu General Kazim fungieren.«

Yerli zeigte keinerlei Reaktion. Er beobachtete weiterhin den Vogel. »Ich mußte vor Jahren einmal acht Monate lang im Sudan Dienst tun. Eine fürchterliche Gegend. Obwohl die Leute dort recht freundlich waren.«

»Einer der Jets von Massarde Enterprises wartet auf dem La Guardia Airport. Sie sollen heute abend um sechs Uhr an Bord gehen.«

»Dann werde ich also Amme für Kazim spielen, um ihn an weiterem Blödsinn zu hindern.«

Bordeaux nickte. »Es geht um zu viel, als daß man diesem Irren erlauben dürfte, Amok zu laufen.«

Yerli verstaute das Fernglas im Köcher. »Ich habe mal geträumt, ich würde in der Wüste sterben«, erklärte er ruhig. »Ich bete zu Allah, daß es nur das war ... ein Traum.«

In einem fensterlosen Zimmer in einem abgelegenen Teil des Pentagongebäudes legte Tom Greenwald, Major der Air Force, den Hörer auf die Gabel. Er hatte seine Frau informiert, daß er nicht zum Abendessen kommen würde. Er entspannte sich eine Minute lang, um seine Gedanken von der Fotoanalyse der Kämpfe zwischen chinesischen Armeeeinheiten und Rebellen zu lösen und auf die vor ihm liegende Aufgabe zu konzentrieren.

Der von den Kameras des GeoSat aufgenommene und von Chip Webster von der NUMA durch einen Boten geschickte Film war bearbeitet und dann in das hochentwickelte Projektions- und Vergrößerungsgerät des Militärs eingefädelt worden. Greenwald hatte es sich in einem Sessel bequem gemacht, in dessen Armlehne eine Konsole eingebaut war. Er zog eine Dose Diät Pepsi auf und fing an, die Skalen und Knöpfe der Konsole zu bedienen, während er auf einen TV-Monitor von der Größe einer kleinen Filmleinwand starrte.

Greenwald führte mittels der Konsole Einstellungen und Korrekturen durch, während ein Foto nach dem anderen auf dem Bildschirm auftauchte und computergestützt vergrößert wurde. Die Fotos zeigten verschiedene Gegenden der Wüste im Norden Malis. Bald schon bemerkte Greenwald kleine Flecken, die Flugzeuge darstellten, und einen Kamelpfad, der sich von den Salzminen von Taoudenni in südlicher Richtung auf Timbuktu zu wand.

Während die Bilder sich vom Niger aus weiter nördlich verlagerten und die Aufnahmen schließlich die Azaouad zeigten, eine wüste Gegend von Dünen und Leere, bemerkte Greenwald immer weniger Anzeichen menschlicher Präsenz. Er entdeckte Knochen von Tieren, die um einsame Quellen verstreut lagen, doch ein aufrecht stehender Mensch war sehr schwer auszumachen, selbst mit den ausgezeichneten Elektroniksystemen.

Nach kanpp einer Stunde rieb sich Greenwald die müden Augen und massierte sich die Schläfen. Er hatte nicht die geringste Spur von den beiden Männern gefunden. Die Fotos des nördlichsten Suchgitters wurden ebenfalls erfolglos überpüft und abgehakt. Bis bestenfalls hierher, so hatte Webster angenommen, hätten sie zu Fuß kommen können.

Greenwald hatte das Seine zur Suche beigetragen und wollte gerade aufgeben, um nach Hause zu seiner Frau zu fahren, als er sich für einen letzten Versuch entschied. Eine jahrelange Erfahrung hatte ihn gelehrt, daß sich das Objekt nie dort befand, wo man es suchte. Er sortierte die Satellitenfotos aus, die die abgelegeneren Gegenden der Azaouad zeigten, und ließ sie schnell durchlaufen.

Die Einöde schien so tot wie das Tote Meer.

Fast hätte er es übersehen. Er hätte es bestimmt übersehen, wenn er nicht das unbestimmte Gefühl gehabt hätte, daß dieses winzige Objekt sich von seiner Umgebung unterschied. Es hätte als Felsen oder eine kleine Düne durchgehen können, doch der Umriß war nicht so ungleichmäßig wie eine geologische Formation, die von der Natur gebildet wird. Die Linien waren gerade und ganz deutlich. Seine Hand bewegte sich über eine Reihe von Knöpfen, und das Objekt wurde vergrößert und erschien schärfer auf dem Bildschirm.

Greenwald wußte, daß da etwas nicht stimmte. Er war zu sehr Experte, als daß er sich hätte täuschen lassen. Während des Kriegs mit dem Irak war er dank seines perfekten Gespürs, versteckte Bunker, Panzer und Geschützstellungen der Iraker auszumachen, zu einer lebenden Legende geworden.

»Ein Wagen«, murmelte er vor sich hin. »Ein mit Sand getarnter Wagen, damit man ihn nicht erkennen kann.«

Bei genauerem Hinsehen bemerkte er zwei winzige Punkte daneben. Greenwald wünschte, er hätte das Foto eines Spionagesatelliten vor sich. Dann hätte er die Zeit auf den Zifferblättern der Armbanduhren seiner Zielpersonen erkennen können. Doch die Kameras des GeoSat waren für die hohe Auflösung nicht konstruiert. Selbst mittels der Feineinstellung konnte er die beiden Punkte lediglich als zwei Menschen identifizieren.

Greenwald lehnte sich zurück und grübelte einen Moment lang über seine Entdeckung nach. Dann ging er zum Telefon und wählte eine Nummer. Geduldig wartete er und hoffte, daß sich nicht eine Stimme auf Band mit der Bitte, eine Nachricht zu hinterlassen, melden würde. Nach dem fünften Läuten meldete sich atemlos ein Mann.

»Hallo.«

»Chip?«

»Ja. Bist du das, Tom?«

»Warst du joggen?«

»Meine Frau und ich haben uns im Hof mit den Nachbarn unterhalten«, erklärte Webster. »Ich bin wie der Teufel losgerannt, als ich das Telefon hörte.«

»Ich habe etwas, das dich interessieren könnte.«

»Meine beiden Männer. Du hast sie tatsächlich auf den Fotos des GeoSat entdeckt?«

»Sie befinden sich mehr als 100 Kilometer weiter nördlich, als du angenommen hast«, erklärte Greenwald.

Stille. »Bist du sicher, daß du sie nicht versehentlich mit zwei Nomaden verwechselst?« fragte Webster. »Die Männer, die ich meine, hätten niemals in 48 Stunden so weit durch die sengende Hitze der Wüste marschieren können.«

»Die sind nicht marschiert, sondern gefahren.«

»Gefahren? Mit einem Auto?« fragte Webster verdattert.

»Einzelheiten sind schwer auszumachen. Sieht aus, als tarnten sie den Wagen tagsüber mit Sand, um Suchflugzeugen zu entgehen, und führen nachts. Es muß sich um die beiden Männer handeln, nach denen du suchst. Wer sonst sollte sich die Mühe machen, in einer Gegend Versteck zu spielen, in der nicht mal Gras wächst.«

»Kannst du mir sagen, ob sie auf die Grenze zufahren?«

»Nein, außer sie hätten einen miserablen Orientierungssinn. Die beiden halten sich mitten in Nordmali auf. Die nächste Grenze ist 350 Kilometer weit entfernt.«

Webster brauchte einige Zeit, bevor er antwortete. »Es muß sich um Pitt und Giordino handeln. Doch, wo zum Teufel, haben die einen Wagen aufgetrieben?«

»Scheinen pfiffige Burschen zu sein.«

»Die müßten eigentlich schon längst die Suche nach der Ursache der Umweltverschmutzung aufgegeben haben. Was ist bloß in die gefahren?«

Diese Frage konnte Greenwald nicht beantworten. »Vielleicht wollen sie von Fort Foureau aus anrufen«, vermutete er halb scherzhaft.

»Sie sind auf dem Weg zur französischen Solarverbrennungsanlage?«

»Sie haben nur noch 50 Kilometer vor sich. Und in der Gegend ist es der einzige Vorposten der westlichen Zivilisation.«

»Vielen Dank, Tom«, sagte Webster ernst. »Ich schulde dir einen Gefallen. Wie wär's, wenn wir zusammen mit unseren Frauen zu Abend essen würden?«

»Ein guter Vorschlag. Such ein Restaurant aus und ruf mich an, wann und wo.«

Greenwald legte den Hörer auf und konzentrierte sich wieder auf das unscharfe Objekt und die beiden winzigen Gestalten daneben.

»Ihr beide müßt verrückt sein«, murmelte er.

Dann schaltete er das System aus und ging nach Hause.

32

Die Sonne ging auf, und eine Hitzewelle überflutete die Sahara. Man hatte das Gefühl, die Tür eines Ofens wäre plötzlich aufgesprungen. Die kühle Nachtluft verschwand wie eine vorüberziehende Wolke.

Pitt, der dicht am Kamm einer Düne lag, fast vollkommen im Sand vergraben, konzentrierte sich auf die enorme Solar-Müllverbrennungsanlage von Fort Foureau. Der ganze Komplex schien unwirklich. Es handelte sich nicht schlicht um eine von Menschen erschaffene Technologieanlage, sondern um eine blühende Produktionsstätte inmitten einer Landschaft, die schon vor langer Zeit dem Angriff von Dürre und Hitze erlegen war.

Pitt drehte sich behutsam um, als er hinter sich das leichte Geräusch von fließendem Sand hörte. Giordino robbte wie eine Eidechse die Düne empor.

»Genießt du die Aussicht?« fragte er.

»Komm und sieh dich mal um. Ich wette, du bist beeindruckt.«

»Das einzige, was mich im Augenblick beeindrucken würde, wäre ein Strand mit einer ordentlichen Brandung.«

»Paß auf deinen Lockenkopf auf«, warnte Pitt. »Ein schwarzes Haarbüschel vor dem gelbweißen Sand fällt auf wie ein Skunk, der auf einem Zaunpfahl hockt.«

Giordino ließ sich eine Handvoll Sand über den Kopf rieseln und grinste wie ein Dorftrottel. Dann schob er sich neben Pitt und blickte über den Dünenkamm hinweg. »Meine Güte«, murmelte er erschlagen. »Wenn ich's nicht besser wüßte, würde ich glauben, das wäre eine Stadt auf dem Mond.«

»Die öde Landschaft kommt hin«, gab Pitt zu, »aber es fehlt die Glaskuppel.«

»Die Anlage ist fast so groß wie Disneyworld.«

»Ich schätze sie auf 20 Quadratkilometer.«

»Da wird Fracht angeliefert«, stellte Giordino fest und deutete auf einen langen Zug, dessen Wagen von vier Dieselloks gezogen wurden. »Die Geschäfte müssen gutgehen.«

»Massardes Giftzug«, sagte Pitt nachdenklich. »Ich schätze, 120 Wagen, voll mit Giftabfällen.«

Giordino nickte in Richtung der Reflektoren, deren Oberflächen die Sonnenstrahlen bündelten und die ein ausgedehntes Gebiet beanspruchten. »Die sehen aus wie Sonnenreflektoren.«

»Konzentratoren«, verbesserte ihn Pitt. »Sie dienen dazu, die Sonnenstrahlen aufzufangen, zu bündeln, und entwickeln eine ungeheure Hitze und Energie. Diese Energie wird dann in einem chemischen Reaktor konzentriert und zerstört den Giftmüll vollkommen.«

»Sind wir nicht helle«, zog Giordino Pitt auf. »Seit wann bist du ein Experte, was Sonnenlicht betrifft?«

»Ich war mal mit einem Mädchen befreundet, das als Ingenieurin am Institut für Solarenergie gearbeitet hat. Sie hat mir damals die Forschungseinrichtungen gezeigt. Das war vor einigen Jahren, als die Nutzung von Solarenergie zur Abfallbeseitigung noch in den Kinderschuhen steckte. Scheint, daß Massarde diese Technologie inzwischen zur Perfektion gebracht hat.«

»Ich vermisse etwas«, sagte Giordino.

»Und das wäre?«

»Der ganze Hintergrund. Warum die Mühe und die zusätzlichen Kosten, um eine derartige Anlage mitten im größten Sandkasten der Erde zu errichten? Ich persönlich hätte sie in der Nähe großer Industriekomplexe gebaut. Muß ein irres Geld gekostet haben, die Teile über den halben Ozean und anschließend noch 1600 Kilometer quer durch die Wüste zu transportieren.«

»Eine sehr vernünftige Überlegung«, gab Pitt zu. »Das frage ich mich auch. Wenn die Verbrennungsanlage von Fort Foureau ein solches Meisterstück ist, das im Kreise der Umweltexperten auf keinerlei Kritik gestoßen ist, dann ergibt es einfach keinen Sinn, daß die Anlage nicht an günstigerer Stelle errichtet wurde.«

»Du hältst es immer noch für möglich, daß von hier aus das Gift in den Niger gelangt?« fragte Giordino.

»Eine andere Quelle haben wir nicht gefunden.«

»Diese Geschichte von dem alten Goldsucher über den unterirdischen Fluß könnte die Erklärung sein.«

»Die Sache hat nur einen Haken«, gab Pitt zu bedenken.

»Vertrauensselig warst du noch nie«, murmelte Giordino.

»Die Theorie, was den unterirdischen Fluß angeht, könnte schon stimmen. Ich bezweifle nur, daß Giftstoffe austreten können.«

»Stimmt«, nickte Giordino. »Das wird kaum gehen, wenn das Zeug vollkommen verbrannt wird.«

»Genau.«

»Dann ist Fort Foureau gar nicht das, was zu sein es vorgibt?«

»Meiner Ansicht nach nicht.«

Giordino drehte sich um und musterte Pitt mißtrauisch. »Ich hoffe, du hast nicht vor, daß wir da unten rumspazieren wie zwei Feuerwehrleute bei der Inspektion.«

»Ich dachte eher an Einbruch.«

»Wie sollen wir denn da reinkommen? Aufs Tor zufahren und um Besucherausweise bitten?«

Pitt nickte in Richtung des Güterzuges, der gerade langsam über ein Abstellgleis rollte, das parallel zu einer Entladestation im Innern der Anlage verlief. »Wir nehmen den Zug.«

»Und wie entkommen wir?« fragte Giordino mißtrauisch.

»Da das Benzin des Voisins zur Neige geht, sagen wir Mali Lebewohl und verschwinden in Richtung Sonnenuntergang. Das jedenfalls ist das Ende des Drehbuchs. Wir nehmen den Expreß, der in Gegenrichtung nach Mauretanien fährt.«

Giordino verzog das Gesicht. »Du erwartest von mir, daß ich ein Erster-Klasse-Ticket für einen Güterwagen löse, der bis zum Rand mit giftigen Chemikalien beladen ist? Ich bin zu jung, um mich in meine Einzelteile aufzulösen.«

Pitt zuckte die Achseln und grinste. »Du mußt halt aufpassen, daß du nichts berührst.«

Fassungslos schüttelte Giordino den Kopf. »Hast du die Hindernisse bedacht, die sich uns in den Weg legen?«

»Hindernisse sind dazu da, überwunden zu werden«, stellte Pitt leichthin fest.

»Beispielsweise Elektrozäune, Wagen mit Dobermännern, Patrouillen mit automatischen Waffen, Flutlichtscheinwerfer, die das Ganze taghell erleuchten?«

»Ja, jetzt da du mich darauf aufmerksam machst.«

»Seltsam«, überlegte Giordino, »daß eine Müllverbrennungsanlage bewacht werden muß wie ein Atombombenarsenal.«

»Ein Grund mehr, die Anlage zu inspizieren«, erwiderte Pitt gelassen.

»Du willst deinen Entschluß nicht lieber überdenken und nach Hause fahren, solange ich noch mitmache?«

»Wart's doch ab.«

Giordino hob die Hände. »Du bist noch verrückter als dieser alte Goldsucher mit seiner Mär vom konföderierten Panzerschiff, das, mit Abraham Lincoln am Steuer, unter dem Wüstensand vergraben liegt.«

»Wir beide haben viel gemein«, erwiderte Pitt ungerührt. Er rollte auf die Seite und deutete auf ein Gebäude, das in ungefähr sechs Kilometern Entfernung unweit der Bahngleise lag. »Siehst du das alte, verlassene Fort?«

Giordino nickte. »Du meinst das Fort, das an *Beau Geste*, Gary Cooper und die Fremdenlegion erinnert? Ja, das sehe ich.«

»Davon hat Fort Foureau seinen Namen«, sagte Pitt. »Die Wälle liegen nicht mehr als 100 Meter von den Bahngleisen entfernt. Sobald es dunkel ist, gehen wir dort in Deckung und warten, bis wir auf einen einlaufenden Zug aufspringen können.«

»Selbst für einen professionellen Tramper fährt der zu schnell.«

»Eile mit Weile«, erklärte Pitt. »Die Lokomotiven werden, unmittelbar bevor sie das alte Fort erreichen, langsamer. Dann fahren sie, wenn sie die Sicherheitsanlagen erreichen, im Schneckentempo weiter!«

Giordino musterte die Anlage, die der Zug durchfahren mußte, bevor er den eigentlichen Industriekomplex erreichte. »Ich wette hundert zu eins, daß eine ganze Armee von Wachposten jeden einzelnen Wagen checkt.«

»Übervorsichtig werden die nicht sein. Die Überprüfung von mehr als hundert Güterwagen, von denen jeder mit Giftfässern beladen ist, ist nicht gerade eine Aufgabe, in die man sich Hals über Kopf hineinstürzt. Außerdem, wer wäre schon so verrückt, sich in einem davon zu verstecken?«

»Du bist der einzige, der mir gerade einfällt«, erwiderte Giordino trocken.

»Ich habe für jeden besseren Vorschlag, wie wir an dem Elektrozaun, den Dobermännern, den Flutlichtscheinwerfern und Patrouillen vorbeikommen, ein offenes Ohr.«

Giordino warf Pitt gerade einen langen, übellaunigen Blick zu, als er plötzlich zusammenfuhr, den Kopf hob und in die Richtung sah, aus der das Rotorengeräusch eines anfliegenden Hubschraubers drang.

Auch Pitt schaute auf. Der Hubschrauber kam aus Süden und hielt genau auf sie zu. Es handelte sich um ein elegantes Zivilmodell, das an dem Schriftzug ›Massarde Enterprises‹ am Rumpf leicht identifiziert werden konnte.

»Verdammt!« fluchte Giordino. Er warf einen Blick zurück auf den Haufen Sand, mit dem sie den Voisin getarnt hatten. »Wenn er noch ein bißchen tiefer kommt, bläst er den Sand vom Wagen.«

»Nur, wenn er direkt darüber hinwegfliegt«, sagte Pitt. »Halt den Kopf unten und beweg dich nicht.«

Ein aufmerksamer Beobachter, dem die verdächtig geformte Düne aufgefallen wäre, hätte sie entdecken können. Doch der Pilot konzentrierte sich auf den Landeplatz neben dem Verwaltungsgebäude der Anlage und beachtete die seltsamen Spuren im Sand oder die eigenartige Form der Düne unter sich gar nicht. Der einzige Passagier im Helikopter war in einen Finanzbericht vertieft und sah nicht aus dem Fenster.

Der Hubschrauber flog direkt über sie hinweg, ging leicht in die Kurve und steuerte den Landeplatz an. Kurze Zeit später kamen die Rotoren zum Halt, die Passagiertür öffnete sich, und ein Mann stieg aus. Ohne Fernglas und gut einen halben Kilometer entfernt, identifizierte Pitt die Person, die jetzt zielstrebig auf das Verwaltungsgebäude zuging.

»Ich glaube, unser Freund ist rechtzeitig eingetroffen, um uns Schwierigkeiten zu machen«, stellte er fest.

Giordino hatte die Hand über die Augen gelegt und spähte. »Zu weit weg, um sicher zu sein, doch ich glaube, du hast recht. Schade, daß er die Klavierspielerin vom Boot nicht mitgebracht hat.«

»Kannst du die nicht vergessen?«

Giordino warf Pitt einen verletzten Blick zu. »Weshalb sollte ich?«

»Du kennst ja nicht mal ihren Namen.«

»Die Liebe wird alles überwinden«, erwiderte Giordino zuversichtlich.

»Dann überwinde deinen Liebesschmerz und laß uns bis zum Einbruch der Nacht ausruhen. Wir müssen noch einen Zug erwischen.«

Die Dämmerung in der Wüste ist nur kurz, die Nacht bricht schnell herein. Nur das leise Knacken des abkühlenden Motors durchbrach die eigenartige Ruhe. Die trockene Wüstenluft brachte nicht mehr die Hitze und den Sand des Tages, und am obsidianfarbenen Himmel funkelten unzählige Sterne. Sie waren in der Entfernung so klar zu erkennen, daß Pitt tatsächlich die roten von den blauen und grünen unterscheiden konnte. Selbst auf dem Ozean hatte er niemals den Himmel so klar gesehen.

Zum letzten Mal tarnten sie in der Senke den Wagen und wanderten dann im Sternenlicht zum Fort. Dabei verwischten sie ihre Fußspuren sorgsam mit einem Palmwedel. Sie kamen am früheren Friedhof der Fremdenlegion vorbei und schritten unter den zehn Meter hohen Mauern entlang bis zum Haupttor. Die riesigen, massiven, von der Sonne ausgebleichten Holzflügel waren angelehnt. Sie traten ein und standen auf dem dunklen, verlassenen Paradeplatz.

Es gehörte nicht viel Phantasie dazu, sich eine Einheit Fremdenlegionäre vorzustellen, die in Reih und Glied angetreten war und in ihren blauen Jacken, den weißen, weiten Hosen und dem weißen Käppi darauf wartete, gegen eine Horde Tuaregs in den glühend heißen Wüstensand hinauszumarschieren.

Im Vergleich zu den üblichen Festungen der Fremdenlegion handelte es sich hier um einen kleinen Vorposten. Die Wände, jede 30 Meter lang, formten ein perfektes Quadrat. Am Fuß waren sie gut drei Meter dick, der obere Rand war als Brustwehr ausgeführt, um den Verteidigern Deckung zu geben. Fünfzehn Mann würden leicht als Besetzung ausreichen.

Das Innere des Forts war verlassen: Überbleibsel der abrückenden französischen Soldaten und Abfälle von Nomaden, die während der Sandstürme hinter den Mauern Schutz gesucht hatten, fanden sich auf dem Paradeplatz und in den Mannschaftsquartieren. An einer Wand war Material gestapelt, das die Bahnarbeiter zurückgelassen hatten: Zementschwellen, verschiedene Werkzeuge, einige Fässer mit Öl und einen Gabelstapler in überraschend gutem Zustand.

»Wie würde es dir gefallen, wenn du hier ein Jahr lang stationiert wärst?« murmelte Giordino.

»Ich würd's keine Woche aushalten«, erwiderte Pitt und musterte das Fort.

Die Zeit schlich dahin, während sie auf den Zug warteten. Die Chancen, daß die chemische Verbindung, die Gunn als Ursache für die Ausbreitung der Roten Flut entdeckt hatte, aus der Solar-Müllverbrennungsanlage stammte, waren gut bis sehr gut. Nach ihrem Zusammenstoß mit Massarde wußte Pitt, daß ein Anklopfen am Tor und die leichthin geäußerte Bitte, die Anlage überprüfen zu dürfen, sicher nicht mit einer herzlichen Umarmung und einem festen Händedruck angenommen werden würde. Sie mußten heimlich in den Komplex eindringen und handfeste Beweise finden.

Irgend etwas Übles verbarg sich hinter der Fassade von Fort Foureau. Vordergründig diente die Anlage dazu, Millionen von Tonnen giftiger Abfälle, die in aller Welt entstanden, Herr zu werden.

Plötzlich hörte Pitt in der Ferne ein Geräusch. Giordino wachte aus seinem leichten Schlaf auf.

Wortlos sahen sie sich an und standen auf.

»Ein Zug«, stellte Giordino fest.

Pitt warf einen Blick auf das Leuchtzifferblatt seiner Doxa-Taucheruhr. »Zwanzig nach elf. Wir haben genügend Zeit, die Anlage zu inspizieren und vor Tagesanbruch wieder zu verschwinden.«

»Vorausgesetzt, die Züge nach Mauretanien fahren fahrplanmäßig ab«, warnte Giordino.

»Bis jetzt sind sie genau alle drei Stunden vorbeigekommen. Massarde legt Wert auf Pünktlichkeit.« Pitt stand auf und klopfte den Sand ab. »Auf geht's. Ich möchte nicht am verlassenen Bahnsteig stehen.«

»Würde mir gar nichts ausmachen.«

»Halte dich gebückt«, warnte Pitt. »Die Wüste reflektiert das Sternenlicht, und das Gelände zwischen dem Fort und den Gleisen ist gut einsehbar.«

»Ich werde wie eine Fledermaus durch die Dunkelheit huschen«, versicherte ihm Giordino. »Aber was ist, wenn ein bissiger Hund oder ein scharfäugiger Wachposten mit Maschinenpistole etwas dagegen hat?«

»Wir suchen Beweise dafür, daß Fort Foureau nur eine Fassade ist«, erklärte Pitt mit fester Stimme. »Einer von uns muß entkommen und Sandecker warnen – selbst wenn das bedeutet, daß einer von uns sich für den anderen aufopfern muß.«

Giordinos Miene war sorgenvoll, als er Pitt schweigend ansah.

Dann ertönte das Pfeifen der Diesellok und kündigte die bevorstehende Einfahrt in die Sicherheitsanlage an. Er deutete in Richtung der Gleise. »Wir machen uns besser auf die Socken.«

Pitt nickte schweigend. Dann traten sie durch das große Tor und rannten auf die Schienen zu.

33

Ein verlassener Renault-Lastwagen stand mutterseelenallein auf halbem Wege zwischen Fort und Gleisen. Alles, was man hatte ausbauen können, war seit langem verschwunden. Reifen, Steuerrad, Motor, Getriebe und Differential, selbst die Windschutzscheibe und die Türen waren ausgebaut worden, um sie als Teile oder Schrott zu verkaufen.

Das Fahrzeug erweckte in Pitt und Giordino ein ganz eigenartiges Gefühl. Doch es bot ein perfektes Versteck, als der lange Güterzug näher kam. Pitt ging hinter dem Lastwagen in Deckung, um dem Lichtkegel der Diesellokomotive zu entgehen.

Der schwenkbare Scheinwerfer über der Lokomotive fuhr über die Wüste und erfaßte jeden Felsbrocken, jeden Grashalm im Umkreis von nahezu einem Kilometer. Sie kauerten und vermieden den Lichtstrahl, bis die Lokomotiven mit, wie Pitt schätzte, beinahe 50 Stundenkilometern vorbeigedonnert waren. Die Lokführer bremsten jetzt, während sie auf die Sicherheitsstation zufuhren. Als die letzten Güterwagen am Lastwagen vorbeikamen, schätzte Pitt die Geschwindigkeit auf 15 Stundenkilometer – langsam genug, daß sie aufspringen konnten.

Sie verließen ihre Deckung hinter dem ausgeschlachteten Wagen und rannten die letzten paar Meter auf die Gleise zu, duckten sich und beobachteten die in Richtung Fort Foureau vorbeirumpelnden Tieflader, die mit riesigen Containern bestückt waren. Jetzt war auch der letzte Wagen in Sicht. Doch dabei handelte es sich nicht um einen normalen Personenwagen für die Zugbegleiter, sondern um einen Panzerwagen mit schweren Maschinengewehren auf Drehlafetten, die offenbar von Männern des Werkschutzes bemannt waren. Massarde läßt niemanden in seine Karten gucken, dachte Pitt. Die Eskorte bildeten wahrscheinlich hochbezahlte Söldner.

Weshalb diese aufwendigen Sicherheitsmaßnahmen? Die meisten Regierungen kümmerten sich gar nicht um die chemische Abfallbeseitigung. Sabotageakte oder versehentliche Abkippung in der Mitte der Wüste würden von den internationalen Medien oder den Umweltschützern kaum bemerkt werden. Weshalb die starke Bewachung? Sie diente sicherlich nicht dem Schutz vor Banditen oder Terroristen.

Nach einer Charakteranalyse Yves Massardes hätte Pitt darauf getippt, daß der französische Industrielle beide Seiten gegeneinander ausspielte: auf der einen Seite würde er die malischen Rebellen unterstützen, auf der anderen Seite Kazim mit Geld überhäufen.

»Wir versuchen's mit dem zweitletzten Güterwagen vor dem Panzerwagen«, sagte er zu Giordino. »Wenn wir auf den letzten aufspringen, könnte uns ein aufmerksamer Wachposten entdecken, der in Fahrtrichtung Ausschau hält.«

Giordino nickte.

Sie richteten sich auf und rannten neben den Gleisen her. Pitt hatte die Geschwindigkeit falsch eingeschätzt: Der Zug fuhr fast doppelt so schnell, wie sie laufen konnten. An Stehenbleiben oder Aufgeben war nicht zu denken. Wenn sie wegrannten, würden die Wachen sie wahrscheinlich im Licht des Scheinwerfers, der am hinteren Ende des Panzerwagens montiert war und einen großen Halbkreis auf die Gleise hinter dem Zug warf, ausmachen können.

Sie gaben alles, was in ihnen steckte. Pitt war größer und hatte längere Arme. Er erwischte das Geländer einer Leiter, wurde nach vorne gerissen und hievte sich, den Schwung ausnutzend, auf den Güterwagen.

Giordino griff nach vorne und verpaßte die hintere Leiter des Wagens nur um wenige Zentimeter. Das Gleisbett bestand aus Kiesel, auf denen man nur schwer rennen konnte. Er drehte sich um, um einen schnellen Blick nach hinten zu werfen. Seine einzige Hoffnung lag jetzt darin, auf den Wagen unmittelbar vor dem Panzerwagen mit den Wachen zu springen.

Giordino kam es vor, als ob sich die Leiter, die von dem Tieflader vorsprang, mit Schallgeschwindigkeit näherte. Er sah nach unten, wo die stählernen Räder in verdächtiger Nähe dahinrollten. Entweder er griff daneben und würde überrollt oder er würde von den Wachen erschossen werden. Keine der beiden Vorstellungen gefiel ihm.

Als die Leiter vorbeiflitzte, ergriff er mit beiden Händen eine Sprosse und wurde von den Beinen gerissen. Verzweifelt klammerte er sich fest, während seine Beine in der Luft ruderten. Giordino ließ mit einer Hand los und griff nach der nächsten Sprosse. Dann zog er seine Füße nach, bis sie auf der unteren Sprosse Halt fanden.

Pitt wartete einen Augenblick, um Atem zu schöpfen, und kletterte dann aufs Dach des Containers. Erst jetzt, beim Umdrehen, entdeckte er, daß Giordino nicht da war, wo er hätte sein sollen. Er warf einen Blick nach unten, sah die dunkle Gestalt, die sich an der Seite des Güterwagens festklammerte, und erkannte den weißen Schimmer von Giordinos verbissenem und entschlossenem Gesicht.

Pitt mußte hilflos zusehen, wie Giordino dort einige Sekunden lang bewegungslos hing und sich an die Leiter des Containers klammerte, während der Güterwagen schwankend dahinratterte. Er wandte den Kopf um und blickte den Zug entlang. Die vordere Lokomotive befand sich nur noch einen Kilometer von der Sicherheitsstation entfernt. Dann ließ ihn sein sechster Sinn herumfahren, nach hinten blicken, und er erstarrte.

Ein Wachposten stand auf einer kleinen Plattform am Ende des Panzerwagens. Die Hände hatte er auf das Geländer gelegt und sah zu, wie unter seinen Füßen die Wüste dahinsauste. Er schien in Gedanken versunken. Er mußte nur den Kopf wenden und den Zug entlangschauen, und um Giordino war es geschehen.

Der Wachposten streckte sich, drehte sich um und trat wieder in die angenehme Kühle des Panzerwagens.

Giordino verlor keine Zeit mehr und kletterte die Leiter zum Container hoch. Dort legte er sich hin und preßte seinen Körper gegen das Dach. Er atmete schwer. Die Luft war immer noch heiß und trug den Gestank vom Auspuff der Dieselmotoren mit sich. Giordino wischte sich den Schweiß von der Stirn, und seine Augen suchten auf dem vor ihm fahrenden Güterwagen nach Pitt.

»Spring rüber«, überschrie Pitt den Lärm des polternden Güterzuges.

Vorsichtig, auf Händen und Knien krabbelnd, warf Giordino einen Blick nach unten auf die schemenhaft vorbeihuschenden Betonschwellen und Schienen. Er wartete einen Augenblick, um Mut zu schöpfen, stand dann auf, nahm kurz Anlauf und sprang. Seine Füße verfehlten den vorderen Wagen um einen halben Meter, und er landete mit ausgestreckten Armen auf dem Dach. Als er sich nach Hilfe umsah, war keine da.

Pitt, der volles Vertrauen in das athletische Können seines Freundes setzte, musterte mit kühler Miene die Klimaanlage auf dem Container, die dafür sorgte, daß die hochbrennbaren Chemieabfälle infolge der enormen Hitze auf ihrem Weg durch die Wüste nicht in Brand gerieten. Es handelte sich um ein besonders leistungsfähiges Aggregat. Sein Kompressor wurde von einem kleinen Benzinmotor angetrieben, dessen gedämpftes Auspuffgeräusch man kaum hörte.

Während die Lichter der Sicherheitsstation vor ihnen schimmerten, dachte Pitt darüber nach, wie sie einer Entdeckung entgehen konnten. Er hielt es nicht für wahrscheinlich, daß die Wachposten den Zug abschreiten würden, wie die Bahnpolizei das in den dreißiger Jahren während der Depression getan hatte, als sie mit Schlagstöcken bewaffnet Bahnhöfe und Züge nach Landstreichern und Diebesgut abgesucht hatte. Massardes Wachposten würden sich auch nicht auf Hunde verlassen. Kein Hund würde angesichts des durchdringenden Gestanks der Chemikalien und der Dieselabgase einen Menschen wittern.

TV-Kameras, entschied Pitt. Der Zug fuhr einfach durch eine Anlage von Fernsehkameras, die im Innern des Gebäudes angebracht waren. Zweifellos würde Massarde sich auf moderne Überwachungseinrichtungen verlassen.

»Hast du etwas zum Schraubenziehen dabei?« fragte er, ohne Giordinos Erscheinen besonders zu würdigen.

»Du fragst, ob ich einen Schraubenzieher dabei habe?« erkundigte sich Giordino ungläubig.

»Ich will die Schrauben dieses großen Verkleidungsblechs an der Seite der Klimaanlage lösen.«

Giordino griff in seine Taschen, die nach der Durchsuchung von Massardes Matrosen auf dem Hausboot kaum noch etwas enthielten. Doch er fand ein 25-Cent-Stück und ein 10-Cent-Stück. Er reichte Pitt die beiden Münden. »Das ist im Augenblick alles, was ich für dich tun kann.«

Pitt tastete das große Seitenblech schnell ab, und seine Finger fühlten die Schraubenköpfe, mit denen das Blech befestigt war. Es waren zehn Schlitzschrauben, glücklicherweise keine mit Kreuzschlitz. Das 25-Cent-Stück war zu groß, doch die kleinere Münze paßte perfekt. Fieberhaft, so schnell sich seine Finger bewegen konnten, begann er die Schrauben herauszudrehen.

»Du hast dir einen eigenartigen Zeitpunkt ausgesucht, um die Klimaanlage zu reparieren«, stellte Giordino neugierig fest.

»Ich setze darauf, daß die Wachen Fernsehkameras benutzen, um nach Durchreisenden wie uns Ausschau zu halten. Hier oben entdecken sie uns mit Sicherheit. Unsere einzige Chance, durch die Sicherheitsstation zu kommen, ist die, uns hinter der Verkleidung zu verstecken. Das Blech ist groß genug, daß wir beide dahinter passen.«

Der Zug kroch jetzt nur noch, und die Hälfte der Güterwagen hatte schon den Bahnhof vor der Sicherheitsstation passiert. »Du beeilst dich besser«, sagte Giordino besorgt.

Schweiß tröpfelte Pitt von der Stirn. Unaufhaltsam näherte sich ihr Wagen den Fernsehkameras. Drei Viertel des Zuges hatten bereits die Sicherheitsstation passiert, und Pitt mußte noch drei Schrauben lösen.

Noch zwei, noch eine. Der Wagen vor ihnen fuhr in die Sicherheitsschleuse ein. Verzweifelt griff er nach dem Blech, bog es um und riß die letzte Schraube aus ihrer Führung.

»Schnell, setz dich mit dem Rücken gegen die Klimaanlage«, befahl er Giordino.

Beide schoben sich, so weit es ging, in das Gehäuse. Dann hielten sie das Blech wie einen Schild vor sich.

»Glaubst du, dadurch läßt sich jemand täuschen?« fragte Giordino zweifelnd.

»Fernsehkameras vermitteln ein zweidimensionales Bild. Solange sie direkt auf uns gerichtet sind, täuschen wir jeden Betrachter.«

Der Güterwagen rollte mit dem Container in einen weißgestrichenen Tunnel, in dem Fernsehkameras Boden, Seiten und Dach des Wagens überprüften. Die behelfsmäßige Tarnung war nicht besonders gelungen, doch Pitt verließ sich darauf, daß die Wache angesichts der monotonen Aufgabe, auf dem Bildschirm eine endlose

Reihe Güterwaggons abzusuchen, nicht sonderlich aufpassen würde. Man verlor mit der Zeit die Konzentration.

Pitt und Giordino hockten da und warteten auf das Schrillen von Klingeln und das Heulen der Sirenen, doch nichts passierte. Der Güterwagen rollte wieder in die Nacht hinein und wurde auf ein Abstellgleis gezogen, das neben einer endlosen Laderampe aus Beton verlief. Eine Reihe von Ladekränen stand, gleichfalls auf Schienen, auf der Laderampe.

»Meine Güte«, Giordino wischte sich über die Stirn, »das möchte ich nicht nochmal mitmachen.«

Pitt grinste, gab Giordino einen freundlichen Klaps auf den Rükken, drehte sich um und musterte das Zugende. »Freu dich nicht zu früh. Unsere Freunde sind auch noch da.«

Bewegungslos blieben sie auf dem Dach sitzen und hielten die Blechabdeckung der Klimaanlage fest, während der Panzerwagen abgekoppelt und von einer elektrischen Winde fortgezogen wurde. Die vier Diesellokomotiven wurden ebenfalls abgekoppelt und fuhren auf ein Abstellgleis zu, auf dem bereits eine Reihe leerer Güterwagen auf die Rückreise zur Hafenstadt in Mauretanien warteten.

Da sie im Augenblick sicher waren, blieben Pitt und Giordino an Ort und Stelle und warteten in aller Ruhe ab, was als nächstes passieren würde. Auf der Laderampe, die von riesigen Bogenlampen hell erleuchtet wurde und menschenleer zu sein schien, standen seltsame Wagen, die wie gedrungene Käfer aussahen. Jeder hatte vier Räder ohne Reifen, eine flache, ebene Laderampe und nur einen kleinen, kastenförmigen Vorsprung am Bug, der Scheinwerfer und eine in Fahrtrichtung eingebaute Linse enthielt.

Pitt wollte gerade wieder die Verkleidung der Klimaanlage anschrauben, als er plötzlich über seinem Kopf eine Bewegung bemerkte. Glücklicherweise entdeckte er die TV-Kamera, die neben der Rampe auf einem Pfosten montiert war, noch rechtzeitig, bevor sie einen vollen Kreis beschrieben und sie erfaßt hatte. Er warf einen schnellen Blick über die Laderampe und entdeckte vier weitere Kameras.

»Bleib unten«, warnte er Giordino. »Die haben eine ferngesteuerte Überwachungsanlage hier.«

Sie duckten sich wieder hinter das Abdeckblech und überlegten die nächsten Schritte, als plötzlich die Lichter der Kräne aufblitzten und ihre Elektromotoren zu summen begannen. Kabinen für Kranführer gab es nicht. Sie alle wurden von einem Kommandozentrum ferngesteuert. Die Kräne fuhren am Zug entlang, senkten dann horizontale Metallstäbe ab, die genau in die Führungen an den oberen Ecken der Container paßten. Das kurze Tuten eines Signalhorns folgte, und die Kräne hoben den großen Container an, schwangen ihn über die Laderampe und senkten ihn auf einen der niedrigen Transportwagen. Die Metallstäbe wurden entfernt, und die Kräne fuhren auf den nächsten Container zu.

Die folgenden Minuten blieben Pitt und Giordino hinter dem Abdeckblech versteckt. Sie bewegten sich auch nicht, als der Kran direkt über ihnen aufragte, die Metallstäbe eingeführt wurden und der Container angehoben wurde. Pitt war beeindruckt, daß diese ganze Operation ohne jede menschliche Aufsicht derart reibungslos ablief. Nachdem ihr Container auf dem Transportwagen stand, setzte sich dieser ruhig in Bewegung, rollte über die Laderampe und verschwand in einem Tunnel, der sich in engen Kehren tief in die Erde wand.

»Wer lenkt denn?« murmelte Giordino.

»Ein Roboter«, erklärte Pitt. »Wird von einem Kontrollzentrum überwacht, das sich irgendwo auf der Anlage befindet.«

Schnell brachten sie die Verkleidung wieder an und schraubten sie fest. Dann krochen sie bis zum vorderen Rand und beobachteten die Szene, die sich vor ihnen abspielte.

»Ich muß zugeben«, sagte Giordino leise, »etwas derartig Effizientes habe ich noch nie gesehen.«

Pitt pflichtete ihm bei. Der sich windende, abschüssige Pfad war ein Wunder der Ingenieurskunst und führte an mehreren Ebenen vorbei tief ins Erdinnere unter der Wüste.

Pitt musterte die großen Schilder über den Ebenen. Sie trugen allesamt französische Schriftzüge und Symbole. Die oberen Etagen waren biologischem Müll vorbehalten, die weiter unten liegenden für Abfall chemischen Ursprungs. Pitt überlegte, was der Container, auf dem sie fuhren, wohl enthalten mochte.

Das Geheimnis wurde immer größer. Weshalb hatte man einen Reaktor zur Müllverbrennung so tief unter der Erde errichtet? Pitts

Ansicht nach hätte sich die Anlage über der Erde in der Nähe der Solarkonzentratoren befinden müssen.

Schließlich endete ihre Fahrt in einer Höhle von ungehcurem Ausmaß. Dic Decke war gut vier Stockwerke hoch, und Felsentunnels führten, wie die Speichen eines Rades, in sämtliche Richtungen. Pitt hatte den Eindruck, daß hier ein Phänomen der Natur von Menschenhand zu einem enormen Grubenprojekt genutzt worden war.

Pitt war aufs äußerste gespannt. Immer noch überraschte es ihn, daß keine Menschen zu sehen waren, weder Arbeiter noch Bedienungspersonal für die Maschinen. Jede Bewegung in diesem unterirdischen Lager wurde automatisch gesteuert. Der Elektrotransporter folgte wie eine Drohne dem vor ihm fahrenden und bog in einen der Seitentunnels ab, der mit einem roten Zeichen mit schwarzem Diagonalbalken, das an der Decke angebracht war, gekennzeichnet war. Von vorne ertönten Geräusche, die sich als Echos brachen.

»Lebhafter Verkehr«, sagte Giordino und deutete auf eine Reihe von Transportern, die aus der Gegenrichtung kamen. Die Türen ihrer Container standen offen, so daß man sehen konnte, daß sie leer waren.

Nach etwa einem Kilometer wurde der Wagen langsamer, und der Lärm nahm zu. Hinter der nächsten Biegung fuhr er in eine weitläufige Kammer, die mit Tausenden vom Boden bis zur Decke gestapelten kastenartigen Zementbehältern gefüllt war. Sie alle trugen einen gelben Anstrich und schwarze Markierungen. Ein Roboter lud die Fässer aus den Frachtcontainern aus und stapelte sie.

Pitt knirschte leise mit den Zähnen. In wachsendem Entsetzen starrte er auf das Geschehen und wünschte sich plötzlich, er wäre woanders – an jedem beliebigen Ort, nur nicht mehr in dieser entsetzlichen Höhle.

Die Fässer waren mit dem Symbol für Radioaktivität gekennzeichnet. Giordino und er waren über das Geheimnis von Fort Foureau gestolpert. Eine unterirdische Lagerstätte für radioaktiven Müll von unerhörtem Ausmaß.

Massarde warf einen letzten Blick auf den Monitor und schüttelte verwundert den Kopf. Dann wandte er sich an Felix Verenne, seinen Assistenten.

»Diese Männer sind unglaublich«, murmelte er.

»Wie haben die bloß die Sicherheitsvorkehrungen überwinden können?« überlegte Verenne.

»Mit der gleichen Methode, mit der sie von meinem Hausboot geflohen, General Kazims Wagen gestohlen und quer durch die halbe Sahara gefahren sind. Mit Gerissenheit und ungeheurer Sturheit.«

»Sollen wir ihr Entkommen aus der Lagerkammer vereiteln?« fragte Verenne. »Wir könnten sie dort unten gefangen halten, bis sie an radioaktiver Verseuchung sterben.«

Massarde dachte einen Augenblick nach und schüttelte den Kopf. »Nein, schicken Sie die Wachen raus, um sie abzufangen. Säubern Sie die beiden, um jegliche Radioaktivität zu entfernen, und bringen Sie sie her. Ich würde mich gerne noch mit Mr. Pitt unterhalten, bevor ich ihn mir endgültig vom Hals schaffe.«

34

Massardes Wachen erwischten sie 20 Minuten später, als sie in einem leeren Transportwagen aus der unterirdischen Mülldeponie wieder an die Oberfläche fuhren. Vom Dach des Containers waren sie in den leeren Innenraum gesprungen. Eine verborgene Überwachungskamera hatte sie in einem unachtsamen Moment erfaßt.

Sekunden bevor der Container auf den Güterwagen verladen wurde, riß jemand die Tür auf. Widerstand war zwecklos, ein Fluchtversuch ausgeschlossen. Die Überraschung war gut geplant und vollkommen.

Zehn, Pitt zählte sie blitzschnell, zehn Männer standen bedrohlich ruhig da und hielten Maschinenpistolen auf die beiden Unbewaffneten gerichtet. Wie ein Blitzschlag traf Pitt die Erkenntnis, versagt zu haben. Plötzlich hatte er den bitteren Geschmack der Niederlage auf der Zunge. Einmal von Massarde erwischt zu werden, konnte man auf das Konto Erfahrung abbuchen. Ein zweites Mal gefaßt zu werden, war verdammte Dummheit. Er musterte die Wachen, verspürte keinerlei Angst, nur Wut, daß sie erwischt worden waren.

Giordino und ihm blieb nichts anderes übrig, als auf Zeit zu spielen und zu hoffen, daß man sie nicht exekutierte, bevor sich eine weitere

Fluchtgelegenheit, egal wie aussichtsreich, ergeben würde. Sie hoben langsam die Hände und verschränkten sie im Nacken.

»Ich hoffe, Sie verzeihen unser Eindringen«, sagte Pitt gelassen, »wir haben nach einem Duschraum gesucht.«

»Sie wollen doch nicht, daß uns etwas passiert«, fügte Giordino hinzu.

»Ruhe. Halten Sie den Mund. Alle beide!« Die Stimme gehörte einem Offizier der Sicherheitskräfte in einer tadellos gebügelten Uniform, der das rote Käppi des französischen Militärs trug. Die Stimme war rauh und kalt, sein Englisch fast ohne jeden Akzent. »Mir wurde gesagt, Sie seien gefährlich. Denken Sie bloß nicht an Flucht. Meine Männer sind nicht dazu ausgebildet, widerspenstige Gefangene bloß zu verwunden.«

»Was soll denn das?« fragte Giordino und warf dem Offizier einen unschuldigen Blick zu. »Sie benehmen sich ja, als hätten wir ein Faß mit altem Dioxin geklaut.«

Der Offizier überging Giordinos Bemerkung. »Identifizieren Sie sich.«

Pitt sah ihn an. »Ich bin Rocky, und mein Freund heißt –« »Bullwinkle«, beendete Giordino die Vorstellung.

Ein verkniffenes Lächeln umspielte die Lippen des Offiziers. »Zweifellos passendere Namen als Dirk Pitt und Al Giordino.«

»Wenn Sie uns bereits kennen, weshalb fragen Sie dann?« wollte Pitt wissen.

»Mr. Massarde hat Sie bereits erwartet.«

»Die letzte Gegend, von der sie annehmen werden, daß wir dorthin fliehen, ist die Wüste«, machte sich Giordino über Pitt lustig. »Hast dich ein bißchen verschätzt, was?«

Pitt zuckte leicht die Achseln. »Hab wohl einen Blick ins falsche Drehbuch geworfen.«

»Wie haben Sie unsere Absperrung überwunden?« fragte der Offizier.

»Wir haben den Zug genommen«, erwiderte Pitt und versuchte gar nicht erst zu lügen.

»Die Türen der Container werden nach dem Beladen mittels einer Kombination verschlossen. Während der Fahrt hätten Sie nicht gewaltsam ins Innere vordringen können.«

»Sie sollten den Männern, die die Monitore überwachen, Anweisung geben, die Klimaanlagen auf den Dächern zu beachten. Ist ganz einfach, ein Verkleidungsblech abzuschrauben und als Deckung zu benutzen.«

»Tatsächlich?« Captain Brunone war höchst interessiert. »Außerordentlich clever. Ich werde dafür sorgen, daß Ihre Art des Eindringens Eingang in unser Sicherheitshandbuch findet.«

»Bin hochgeehrt«, grinste Pitt.

Die Augen des Offiziers verengten sich zu Schlitzen. »Sie werden sich nicht lange darüber freuen können.« Er machte eine Pause und sprach in ein Funktelefon: »Mr. Massarde?«

»Ja«, Massardes Stimme erklang durch den Lautsprecher.

»Captain Charles Brunone, Sir. Chef der Sicherheitsabteilung.«

»Pitt und Giordino?«

»Gefaßt.«

»Haben sie Widerstand geleistet?«

»Nein, Sir. Sie haben sofort aufgegeben.«

»Bringen Sie die beiden bitte in mein Büro, Captain.«

»Ja, Sir. Sobald sie entseucht wurden.«

Pitt wandte sich an Brunone. »Wäre es hilfreich, wenn wir sagten, es tut uns leid?«

»Mir scheint, amerikanischer Humor ist nicht unterzukriegen«, erwiderte Brunone kalt. »Sie können sich bei Mr. Massarde persönlich entschuldigen, doch da Sie seinen Hubschrauber zerstört haben, würde ich mich an Ihrer Stelle nicht darauf verlassen, daß die Entschuldigung angenommen wird.«

Yves Massarde lächelte nicht oft, doch jetzt, als Pitt und Giordino in sein weitläufiges Büro geführt wurden, lächelte er. Er lehnte sich in seinem Ledersessel zurück, die Ellenbogen auf der Armlehne, Hände unter dem Kinn verschränkt und zeigte das zufriedene Lächeln des Totengräbers angesichts einer Typhusepidemie.

Felix Verenne stand am Fenster, von dem man einen guten Blick über die Anlage hatte. Seine Augen waren vollkommen ausdruckslos, wie die Linsen einer Kamera. In seinem Gesicht stand der Ärger geschrieben, die Lippen hatte er zusammengepreßt. Seine Mimik stand im krassen Gegensatz zum amüsierten Blick seines Chefs.

»Ausgezeichnete Arbeit, Captain Brunone«, lobte Massarde. »Sie haben die beiden unverletzt erwischt.« Lauernd blickte er die Männer an, die in sauberen, weißen Overalls vor ihm standen. Er musterte ihre gebräunten Gesichter, registrierte ihre ausgezeichnete physische Verfassung und bewunderte ihr völlig sicheres Auftreten. Die gleiche Indifferenz war ihm bereits an Bord seines Hausboots aufgefallen. »Also haben sie sich kooperativ verhalten?«

»Wie Schulkinder«, erwiderte Brunone steif. »Sie haben das getan, was ihnen befohlen wurde.«

»Sehr klug von ihnen«, murmelte Massarde zufrieden. Er schob seinen Sessel nach hinten, stand auf, kam um den Schreibtisch herum und blieb vor Pitt stehen. »Ich muß Sie zu Ihrer Fahrt quer durch die Wüste beglückwünschen. General Kazim bezweifelte, daß Sie beide auch nur zwei Tage durchhalten würden. Eine bemerkenswerte Leistung, auf feindlichem Gebiet in so kurzer Zeit so weit zu kommen.«

»Auf General Kazims Voraussagen würde ich mich kaum verlassen«, erwiderte Pitt gutgelaunt.

»Sie haben meinen Hubschrauber gestohlen und im Fluß versenkt, Mr. Pitt. Das wird Ihnen noch leid tun.«

»Sie haben uns an Bord Ihres Hausboots schäbig behandelt, deshalb haben wir mit gleicher Münze heimgezahlt.«

»Und was ist mit General Kazims wertvollem, altem Wagen passiert?«

»Nachdem der Motor den Geist aufgegeben hatte, haben wir ihn verbrannt«, log Pitt.

»Sie scheinen die häßliche Angewohnheit zu haben, die wertvollen Besitztümer Ihrer Mitmenschen zu zerstören.«

»Schon als Kind habe ich alle meine Spielsachen kaputtgemacht«, erwiderte Pitt leichthin. »Hat meinen Vater fast in den Wahnsinn getrieben.«

»Ich kann mir jederzeit einen neuen Hubschrauber kaufen, doch General Kazim kann seinen Avions Voisin nicht ersetzen. Genießen Sie die Ihnen verbleibende Zeit, bevor seine Sadisten Sie in seinen Folterkammern auseinandernehmen.«

»Was für ein Glück, daß ich Masochist bin«, stellte Giordino ungerührt fest.

Nur eine Sekunde lang wirkte Massarde amüsiert, dann wurde er neugierig. »Was haben Sie entdeckt, das Sie bewogen hat, die halbe Sahara zu durchqueren, um nach Fort Foureau zu gelangen?« wollte er wissen.

»Wir haben Ihre Gesellschaft auf dem Hausboot derart genossen, daß wir dachten, wir statten Ihnen einen weiteren Besuch ab –«

Massarde holte aus und versetzte Pitt mit dem Handrücken einen wütenden Schlag durchs Gesicht, wobei sein Brillantring dessen rechte Wange tief aufriß. Pitts Kopf flog zur Seite, doch er selbst blieb felsenfest auf dem Teppich stehen. »Soll das heißen, Sie fordern mich zum Duell?« fragte er mit verbissenem Grinsen.

»Nein. Das bedeutet, daß ich Sie langsam in eine Tonne mit Salpetersäure versenke, bis Sie reden.«

Pitt warf Giordino einen Blick zu, sah dann wieder Massarde an und zuckte die Achseln. »Na gut, Massarde. Sie haben ein Leck.«

Massarde runzelte die Stirn. »Bitte genauer.«

»Ihr Müll, die Chemikalien, die Sie verbrennen sollen, sickern ins Grundwasser, das von einem unterirdischen Flußlauf, der sich unter einem ausgetrockneten Flußbett befindet, weiterbefördert wird und jeden Brunnen zwischen Fort Foureau und dem Niger verseucht. Vom Niger wird das Gift in den Atlantik befördert, wo es eine Katastrophe auslöst, die wahrscheinlich das gesamte Leben im Meer zerstören wird. Das ist nur der Anfang. Wir sind dem alten Flußbett gefolgt und haben entdeckt, daß der Flußlauf genau unterhalb von Fort Foureau verlief.«

»Wir befinden uns fast 400 Kilometer vom Niger entfernt«, sagte Verenne. »Es ist unmöglich, daß Wasser unter der Wüste so weit fließen kann.«

»Woher wollen Sie das wissen?« fragte Pitt. »Fort Foureau ist das einzige Projekt, die einzige Anlage in Mali, in die chemische und radioaktive Abfälle geliefert werden. Die Verbindung, die die Katastrophe verursacht, kann nur von hier, der einzig vorhandenen Quelle, stammen. Nachdem ich jetzt weiß, daß Sie den Müll verstekken, anstatt ihn zu verbrennen, habe ich daran nicht mehr den geringsten Zweifel.«

Massardes Mundwinkel verrieten seine Irritation. »Sie haben unrecht, Mr. Pitt. Wir verbrennen tatsächlich Müll in Fort Foureau.

Eine beträchtliche Menge. Kommen Sie ins Nebenzimmer, dann zeige ich es Ihnen.«

Captain Brunone trat zurück und forderte Pitt und Giordino mit einer Handbewegung auf, Massarde zu folgen.

Sie betraten einen Raum, in dessen Mitte ein dreidimensionales Modell der Müllverbrennungsanlage von Fort Foureau zu sehen war. Es handelte sich um eine kunstvolle Arbeit mit filigranen Details.

»Ist das jetzt lebensecht oder bloß Fantasia?« fragte Pitt.

»Was Sie vor sich sehen, ist das genaue Abbild«, versicherte Massarde ihm.

»Und Sie werden uns eine ungeschminkte Darstellung geben, wie die Anlage funktioniert.«

»Eine, die Sie mit ins Grab nehmen können«, stellte Massarde klar. Er griff nach einem langen Ebenholzstock und wies mit der Spitze auf ein großen Gebiet im Süden der Anlage, das mit großen Modulen, die auf die Sonne ausgerichtet waren, bedeckt war. »Wir sind, was unsere Energie angeht, vollkommen autark«, begann Massarde. »Wir produzieren unsere Elektrizität mittels dieses photovoltaischen Gittersystems, das aus flachen einzelnen Solarzellen aus polykristallinem Silikon besteht und vier Quadratkilometer bedeckt. Ist Ihnen das photovoltaische System bekannt?«

»Ich habe gehört, daß es sich schnell zur ökonomischsten Energiequelle der Welt entwickelt«, erwiderte Pitt. »Soweit ich weiß, handelt es sich um eine Solartechnologie, mit der die Sonnenkraft auf direktem Wege in elektrische Energie umgewandelt wird.«

»Ganz recht«, sagte Massarde. »Wenn das Sonnenlicht oder das, was die Wissenschaftler als solare Photonenenergie bezeichnen, nach ihrer 115 Millionen Kilometer weiten Reise durchs Weltall die Oberfläche dieser Zellen trifft, wird eine solche Menge Strom erzeugt, daß wir, sollten Expansionswünsche bestehen, eine Anlage betreiben könnten, die dreimal so groß ist wie die vorhandene.« Er schwieg und deutete mit dem Zeigestock auf ein Gebäude in der Nähe des Gittersystems. »Hier sind die Generatoren untergebracht, die von der gewonnenen Energie angetrieben werden, und ein Batterie-Subsystem, das diese Energie für die Nacht speichert oder für den unwahrscheinlichen Fall, daß in der Sahara einmal die Sonne nicht scheinen sollte.«

»Effizient«, bemerkte Pitt. »Ein wirkungsvolles Energiesystem.

Aber das Netzwerk Ihrer Solarkollektoren arbeitet nicht mit demselben Wirkungsgrad, oder?«

Massarde warf Pitt einen nachdenklichen Blick zu. Er fragte sich, wieso dieser Mann ihm immer einen Schritt voraus war. Er deutete mit dem Zeigestock auf ein Feld neben dem Netzwerk der Solarzellen, das die Parabolspiegel enthielt, die Pitt tags zuvor entdeckt hatte.

»Das tun sie sehr wohl«, erwiderte er eisig. »Die von mir entwickelte solare Thermaltechnologie zur Vernichtung von Sondermüll ist die fortschrittlichste aller Industrienationen. Dieses Feld liefert eine Lichtkonzentration, die höher ist als die von 80000 Sonnen. Dieses hochintensive Sonnenlicht, oder besser Photonenenergie, wird dann auf den ersten von zwei Quarzreaktoren gerichtet.« Massarde machte eine Pause und tippte mit dem Zeigestock auf ein kleines Gebäude. »Der erste zerlegt den Giftmüll bei 950 Grad Celsius in harmlose chemische Verbindungen. Der zweite Reaktor verbrennt bei 1200 Grad Celsius sämtliche Rückstände. Die Vernichtung aller bekannten chemischen Giftstoffe ist vollkommen und endgültig.«

Pitt warf Massarde einen Blick zu, in dem sich Respekt mit Zweifeln mischten. »Dies alles klingt sehr überlegt und klar. Doch wenn es sich bei Ihrer Müllverbrennungsanlage um ein derart hochtechnisiertes Wunder handelt, weshalb verstecken Sie dann Millionen von Tonnen Müll unter der Erde?«

»Nur sehr wenigen Leuten ist die wachsende Zahl der Chemikalien, die in aller Welt verbreitet werden, bekannt. Bis heute gibt es über sieben Millionen künstlich hergestellte Verbindungen. Und jede Woche erfinden die Chemiker zehntausend neue. Gegenwärtig fallen auf der ganzen Welt jährlich mehr als zwei Milliarden Tonnen Giftmüll an. Dreihundert Millionen Tonnen allein in den Vereinigten Staaten, 600 Millionen Tonnen in Europa und Rußland. Diese Menge wiederum kann verdoppelt werden, wenn man Südamerika, Afrika, Japan und China hinzuzählt. Einiges an Müll wird in Verbrennungsöfen vernichtet. Der größte Teil jedoch wird illegal abgelagert oder ins Wasser abgekippt. Es ist einfach kein Platz vorhanden. Hier in der Sahara, fernab der belebten Städte und der Landwirtschaft, habe ich eine sichere Anlage errichtet, zu der die Industrie aus aller Welt ihren Sondermüll schicken kann. Im Moment kann Fort Foureau jährlich über vierhundert Millionen Tonnen vernichten. Mehr geht nicht, jedenfalls so lange nicht, wie meine Thermalverbrennungsanlagen in der Wüste Gobi und Australien, die den Müll aus China und Fernost vernichten werden, nicht fertiggestellt sind. Nur zu Ihrer Kenntnisnahme, ich besitze eine weitere Anlage in den Vereinigten Staaten, die in zwei Wochen ihre Arbeit aufnehmen wird.«

»Sehr lobenswert, doch das entschuldigt nicht die Tatsache, daß Sie den Müll, den Sie nicht vernichten können, vergraben und dafür Geld verlangen.«

Massarde nickte. »Eine Frage der Kosten, Mr. Pitt. Es ist billiger, Sondermüll zu vergraben, als ihn zu vernichten.«

»Und das gleiche machen Sie auch mit den atomaren Rückständen«, warf Pitt ihm vor.

»Müll ist Müll. Der einzige Unterschied zwischen verstrahltem Müll und Giftmüll liegt darin, daß der eine Menschen durch radioaktive Strahlung und der andere mittels Vergiftung tötet.«

»Vergraben und vergessen, und zur Hölle mit den Konsequenzen.«

Massarde zuckte gleichgültig die Achseln. »Irgendwo muß der Müll bleiben. Mein Vaterland betreibt das gewaltigste Atomenergieprogramm der Welt. Nur die Vereinigten Staaten liegen noch vorn. Zwei atomare Endlagerungsstätten sind bereits in Betrieb. Die eine in Soulaines, die andere in La Manche. Unglücklicherweise ist keine der beiden auf die Lagerung von radioaktivem Müll mit langer Halbwertszeit oder hoher Strahlung angelegt. Plutonium 239 beispielsweise hat eine Halbwertszeit von 24000 Jahre. Es gibt aber auch atomare Rückstände, die hundertmal längere Halbwertszeiten haben. Kein Behälter überdauert mehr als zehn oder zwanzig Jahre. Wie Sie anläßlich Ihres unaufgeforderten Eindringens in unsere unterirdischen Lagerstätten bemerkt haben werden, wird stark verstrahlter Atommüll hierher geliefert und gelagert.«

»Dann ist Ihre Solar-Verbrennungsanlage trotz ihrer hehren Ausführungen nur eine Legende.«

Massarde lächelte kaum merklich. »In gewisser Weise, ja. Doch wie ich schon erklärte, vernichten wir tatsächlich eine sehr große Menge Müll.«

»Nur vordergründig«, erwiderte Pitt mit kalter, anklagender Stimme. »Ich muß Sie bewundern, Massarde, daß es Ihnen gelungen ist, diese Anlage, die eigentlich ganz anderen Zwecken dient, vor den

Augen der international tätigen Geheimdienste hochzuziehen. Wie haben Sie denn die Spionagesatelliten getäuscht, während Sie die Lagerräume ausgehoben haben?«

»War gar nicht schwierig«, erwiderte Massarde arrogant. »Nachdem ich die Eisenbahn gebaut hatte, um Bauarbeiter und Material heranzukarren, fingen wir mit der Ausschachtung unter dem ersten Gebäude an. Der Aushub wurde heimlich entfernt und auf die leeren Güterwagen geladen, die nach Mauretanien zurückfuhren. Dort wurde der Inhalt zur Landaufschüttung in der Nähe der Hafenstadt gebraucht. Ein sehr lukratives Geschäft, das auch heute noch andauert, darf ich hinzufügen.«

»Äußerst geschickt. Sie werden für den Müll bezahlt, der angeliefert wird – und für Sand und Felsen, den Sie in die Gegenrichtung schicken.«

»Ich suche immer nach Synergieeffekten«, erklärte Massarde philosophisch.

»Niemand hat eine Ahnung, und niemand beklagt sich«, sagte Pitt. »Keine Umweltschutzorganisationen drohen, Ihre Anlage zu schließen. Es gibt keinen Aufruhr in der Öffentlichkeit, daß Sie das Grundwasser verseuchen. Niemand stellt Ihre Arbeitsweise in Frage, besonders die Unternehmen nicht, die den Giftmüll produzieren und nur zu froh sind, ihn um jeden Preis loszuwerden.«

Verenne sah Pitt ausdruckslos an. »Unter den Unternehmen, die den Umweltschutz predigen, gibt es kaum welche, die konkrete Maßnahmen treffen«, stellte er kühl fest. »Jedermann ist schuldig, Mr. Pitt. Jeder, der die Vorteile chemischer Verbindungen genießt, sei es Benzin, Plastik, Wasserfilter oder die Haltbarmachung von Lebensmitteln. In diesem Fall ist das Gericht insgeheim der Meinung, den Schuldigen trifft keine Schuld. Kein Mensch und keine Behörde kann diese Gefahr kontrollieren oder abwenden. Es handelt sich um eine permanente Bedrohung, der man nicht entgehen kann.«

»Sie verschlimmern das Ganze nur, indem Sie davon profitieren. Statt eine Lösung anzubieten, produzieren Sie eine Ente.«

»Ente?«

»Ja, dadurch, daß Sie Giftmüll in Betonbehältern in mehrere Kilometer tiefen Lagerräumen endlagern, die sich in geologisch stabilen Felsformationen befinden, weit unter dem Grundwasserspiegel.« Pitt wandte sich Massarde zu. »In meinen Augen sind Sie nichts weiter als ein Betrüger, der überhöhte Preise für eine minderwertige Leistung verlangt, die das menschliche Leben bedroht.«

Massarde lief rot an, doch er hatte sich vollkommen unter Kontrolle. »Die Bedrohung durch ein Leck, das in fünfzig oder hundert Jahren das Leben von ein paar Nomaden gefährdet, spielt eine untergeordnete Rolle.«

»Das ist leicht gesagt«, erwiderte Pitt höhnisch. »Doch das Leck ist da, und die Nomaden sterben bereits, während wir uns unterhalten. Und wir vergessen auch, daß das, was Sie hier geschaffen haben, für alle Lebewesen auf der Welt eine Bedrohung darstellt.«

Der Vorwurf, für den Untergang der Welt verantwortlich zu sein, machte keinen Eindruck. Doch bei der Erwähnung der sterbenden Nomaden fiel Massarde etwas ein. »Arbeiten Sie mit Dr. Frank Hopper und der Gruppe Wissenschaftler von der Weltgesundheitsbehörde zusammen?«

»Nein, Giordino und ich arbeiten allein.«

»Aber Sie kennen sie.«

Pitt nickte. »Ich kenne eine Biochemikerin, wenn Sie das glücklich macht.«

»Dr. Eva Rojas«, stellte Massarde fest und beobachtete Pitts Reaktion.

Pitt ahnte die Falle, doch da er nichts zu verlieren hatte, ließ er sich auf das Spiel ein. »Ganz recht vermutet.«

Massarde war ein Meister der Verschleierung und der Intrige, doch seine größte Begabung war die der Kombination. »Ich darf eine weitere Vermutung äußern. Sie waren der Mann, der sie in der Nähe von Kairo vor General Kazims Leuten gerettet hat.«

»Ich war zufällig in der Nähe, ja. Sie sind im falschen Geschäft, Massarde. Sie hätten Wahrsager werden sollen.«

Für Massarde wurde die Unterhaltung zunehmend langweilig. Er war an Widerspruch nicht gewöhnt. Für jemanden, dessen Tagesgeschäft die Leitung eines weltumspannenden Firmenimperiums war, bedeutete die Beschäftigung mit zwei unwillkommenen Eindringlingen reine Zeitverschwendung. Man klammerte das Problem aus und übergab die Sache seinen Angestellten.

Er nickte Verenne zu. »Unsere Unterhaltung ist beendet. Bitte sorgen Sie dafür, daß General Kazim diese Männer in Gewahrsam nimmt.«

Verennes unbewegte Miene verzog sich zu einem Lächeln. »Mit Vergnügen.«

Captain Brunone war nicht aus dem gleichen Holz geschnitzt wie Massarde oder Verenne. Aus einer traditionsreichen französischen Offiziersfamilie stammend, hatte er zwar für das dreifache Gehalt seinen Abschied genommen, sich aber eine gewisse Ehre bewahrt. »Verzeihen Sie, Mr. Massarde, aber ich würde General Kazim nicht mal eine Ratte übergeben. Diese Männer mögen schuldig sein, weil sie hier unbefugt eingedrungen sind, doch sicher verdienen sie es nicht, von ignoranten Barbaren zu Tode gequält zu werden.«

Massarde dachte kurz über Brunones Worte nach. »Sie haben ganz recht«, erwiderte er und gab seltsamerweise nach. »Wir können uns nicht auf die gleiche Stufe stellen wie der General und seine Schlächter.« Ein Schimmern zeigte sich in seinen Augen, als er Pitt und Giordino anstarrte. »Bringen Sie die beiden zu den Goldminen von Tebezza. Er kann Dr. Rojas beim Schürfen Gesellschaft leisten.«

»Was ist mit Kazim?« fragte Verenne. »Wird er keinen Ärger machen, weil er sie nicht für die Zerstörung seines Wagens zahlen lassen kann?«

»Spielt keine Rolle«, erwiderte Massarde vollkommen unbeeindruckt. »Wenn er erfahren hat, wo sie stecken, sind sie längst tot.«

35

Der Präsident musterte Sandecker über seinen Schreibtisch hinweg. »Wieso bin ich davon nicht früher informiert worden?«

»Mir wurde gesagt, es handle sich um eine zweitrangige Angelegenheit, die eine Änderung Ihres Zeitplans nicht rechtfertigt.«

Der Präsident richtete seinen Blick auf Earl Willover, den Stabschef des Weißen Hauses. »Ist das wahr?«

Willover, fast kahl, mit Brille, um die fünfzig, mit einem mächtigen roten Schnurrbart, rutschte in seinem Sessel hin und her, beugte sich dann vor und sah Sandecker an. »Ich habe die Theorie betreffend der

Roten Flut vom Wissenschaftsrat nachprüfen lassen. Der Rat war nicht der Meinung, daß es sich um eine weltweite Bedrohung handelt.«

»Welchc Erklärung haben die dann für dieses unglaubliche Wachstum, das sich mitten im Atlantik zeigt?«

Willover erwiderte den Blick des Präsidenten ungerührt. »Angesehene Ozeanologen sind der Meinung, das Wachstum ist temporär, und die Rote Flut wird bald wieder, wie früher schon, verschwinden.«

Willovers Leitung der Verwaltungsabteilung erinnerte an Horatius, der, ganz auf sich gestellt, gegen die gesamte Etruskerarmee die Brücke nach Rom halten mußte. Nur die wenigsten drangen bis ins Büro des Präsidenten vor, und nur sehr wenige entgingen Willovers Zorn, wenn sie ihren Besuch zu sehr ausdehnten, die Kühnheit besaßen, anderer Meinung zu sein als der Präsident, oder gar seine Politik in Zweifel zogen. Es verstand sich von selbst, daß kaum ein Kongreßmitglied für diesen Flaschenhals etwas übrig hatte.

Der Präsident blickte auf die Satellitenfotos vom Atlantik, die auf seinem Schreibtisch ausgebreitet waren. »Mir scheint es ganz offensichtlich, daß es sich hierbei um ein Phänomen handelt, das man nicht einfach ignorieren kann.«

»Normalerweise verschwindet eine solche Rote Flut, wenn man sie sich selbst überläßt«, erklärte Sandecker, »doch an der Westküste Afrikas wird sie von einer Verbindung aus synthetischer Aminosäure und Kobalt gespeist, die das Wachstum in ungeheurem Maße steigert.«

Der Präsident, ein ehemaliger Senator aus Montana, machte den Eindruck, als sei er eher im Sattel als hinter einem Schreibtisch zu Hause. Er war hochgewachsen, schlank, mit einer gedehnten Sprechweise und hellblauen Augen. Jeden Gegenüber sprach er mit »Sir« oder mit »Ma'am« an. Wann immer er sich in Washington loseisen konnte, zog er sich auf seine Ranch in der Nähe des Schlachtfeldes am Yellowstone River zurück, dort, wo Custer gekämpft hatte. »Wenn diese Bedrohung wirklich so ernst ist, wie Sie behaupten, dann steht das Wohl der gesamten Menschheit auf dem Spiel.«

»Wenn überhaupt, dann haben wir wahrscheinlich die potentielle Gefahr eher unterschätzt«, erwiderte Sandecker. »Unsere Computerexperten haben die Expansionsdaten auf den neuesten Stand gebracht. Wenn wir der Verbreitung nicht Einhalt gebieten, wird bis Ende nächsten Jahres jedes Lebewesen an Sauerstoffmangel verendet sein. Möglicherweise schon früher.«

»Das ist ja lächerlich«, erregte sich Willover. »Tut mir leid, Admiral, aber das dürfte doch wohl die Übertreibung des Jahrhunderts sein.«

Sandecker warf Willover einen scharfen Blick zu.

»Ich neige nicht zu Übertreibungen, und die bevorstehende Vernichtung ist eine Tatsache. Wir unterhalten uns hier nicht über das Ozonloch und seine Auswirkungen auf Hautkrebserkrankungen in zweihundert Jahren. Es geht auch nicht um einen Vulkanausbruch, eine unbekannte Seuche, einen Atomkrieg oder den katastrophalen Einschlag eines Meteoriten. Wenn die Rote Flut nicht gestoppt wird, und das schnell, dann wird sie den gesamten Sauerstoff der Atmosphäre aufbrauchen und damit die Vernichtung eines jeden Lebewesens auf der Erde herbeiführen.«

»Sie zeichnen ein düsteres Bild, Sir«, stellte der Präsident fest. »Das scheint kaum vorstellbar.«

»Die Fakten sprechen eine eindeutige Sprache«, erwiderte Sandecker geduldig.

»Ihr Zeitplan hört sich nach Taktik an«, griff Willover ihn an. »Selbst wenn Sie sich nicht irren, bleibt unseren Wissenschaftlern genügend Zeit, um eine Lösung zu finden.«

»Wir haben keine Zeit. Lassen Sie mich das auf einfache Art und Weise demonstrieren. Stellen Sie sich vor, die Rote Flut könnte ihre Fläche jede Woche verdoppeln. Wenn man es zuläßt, daß sie sich ungehindert verbreitet, würde sie jeden Quadratkilometer des Ozeans in hundert Wochen bedecken. Folgt man der Ansicht, daß sich die Geschichte wiederholt, dann werden die Regierungen dieses Problem so lange beiseite schieben, bis die Hälfte der Ozeane bedeckt ist. Erst dann werden sie ein Notprogramm verabreden, um die Rote Flut in den Griff zu bekommen. Meine Frage an Sie, Mr. President, und an Sie, Mr. Willover, ist die, in welcher Woche wird das sein, und wieviel Zeit bleibt der Welt, um die Katastrophe abzuwenden?«

Der Präsident und Willover sahen sich verwirrt an.

»Die Antwort lautet: Die Ozeane werden in der 99. Woche zur

Hälfte von der Roten Flut bedeckt sein, und Ihnen bleibt nur noch eine Woche Zeit, um zu reagieren.«

Der Präsident betrachtete die Horrorvision jetzt aus einem anderen Blickwinkel. »Ich glaube, wir beide haben Sie verstanden, Admiral.«

»Die Rote Flut läßt keinen Rückgang erkennen«, fuhr Sandecker fort. »Der Grund ist uns bekannt. Das ist ein erster Schritt in die richtige Richtung. Unser nächstes Problem liegt darin, die Quelle der Umweltvergiftung auszuschalten. Anschließend forschen wir nach einer weiteren Verbindung, die das Wachstum entweder verhindern oder verlangsamen soll.«

»Entschuldigen Sie, Mr. President, wir müssen uns kurz fassen. Sie haben mit den Fraktionsführern im Senat eine Verabredung zum Mittagessen.«

»Sollen warten«, erwiderte der Präsident unwirsch. »Haben Sie eine Ahnung, woher dieses Zeug stammt, Admiral?«

Sandecker schüttelte den Kopf. »Bis jetzt noch nicht. Wir vermuten, daß es von der französischen Solar-Verbrennungsanlage in der Sahara über einen unterirdischen Strom in den Niger fließt.«

»Wie können wir uns vergewissern?«

»Mein Direktor für Spezialprojekte und sein Stellvertreter befinden sich gegenwärtig in Fort Foureau.«

»Stehen Sie mit den Männern in Kontakt?«

Sandecker zögerte. »Nicht direkt.«

»Woher wollen Sie das dann wissen?« hakte Willover nach.

»Ein Spionagesatellit hat sie identifiziert, als sie an Bord eines einlaufenden, mit Giftmüll beladenen Zuges die Absperrungen der Anlage überwanden.«

»Ihr Direktor für Spezialprojekte«, überlegte der Präsident. »Handelt es sich dabei um Dirk Pitt?«

»Ja, und Al Giordino.«

Einen Augenblick lang starrte der Präsident versonnen in den Raum, während er sich erinnerte. Dann lächelte er. »Pitt war derjenige, der uns aus diesem Schlamassel mit der Kaiten-Atombombendrohung herausgeholfen hat.«

»Richtig.«

»War er zufällig auch für den Zwischenfall mit der Flotte von Benin auf dem Niger verantwortlich?« fragte Willover.

»Ja, doch die Verantwortung dafür trage ich«, erklärte Sandecker. »Da meine Warnungen in den Wind geschlagen wurden und ich weder von Ihrem Stab noch vom Pentagon Unterstützung bekam, habe ich Pitt und zwei weitere meiner besten Männer nigeraufwärts geschickt, um die Quelle zu ergründen, aus der das Gift stammt.«

»Sie haben eine ungenehmigte Operation im Ausland befohlen«, explodierte Willover wütend.

»Ich habe Hala Kamil überreden können, mir eine UN-Eingreiftruppe zur Verfügung zu stellen, die nach Mali geflogen ist und meinen Chefwissenschaftler mitsamt seinen Daten sicher aus dem Land gebracht hat.«

»Sie haben unsere gesamte Afrikapolitik aufs Spiel gesetzt.«

»Ich wußte gar nicht, daß wir sowas haben«, gab Sandecker zurück. Er hatte keine Angst vor Willover, und in seinen Augen blitzte die Abneigung.

»Sie überschreiten Ihre Befugnisse, Admiral. Das könnte schwerwiegende Auswirkungen auf Ihre Karriere haben.«

Sandecker ging einem Streit nur ungern aus dem Weg. »Ich bin Gott, meinem Vaterland und meinem Präsidenten verpflichtet. Sie und meine Karriere nehmen auf meiner Liste ungefähr Rang 86 ein.«

»Meine Herren«, unterbrach der Präsident, »bitte, meine Herren.« Die Sorgenfalten auf seiner Stirn waren eher Theater als Zeichen echten Ärgers. Insgeheim genoß er es, wenn sich seine Beamten und Regierungsmitglieder in die Haare gerieten. »Ich bin überzeugt, daß wir uns in einer sehr ernsten Situation befinden, und es wäre besser, wenn wir alle gemeinsam an der Lösung des Problems arbeiten würden.«

Willover stieß einen Seufzer der Erschöpfung aus. »Ich werde selbstverständlich Ihre Anweisungen befolgen.«

»Solange ich nicht herumschreien muß, damit mich jemand hört«, erklärte Sandecker ruhig, »und solange ich mich darauf verlassen kann, die notwendige Unterstützung zu erhalten, um die Quelle verstopfen zu können, werden Sie mit mir leichtes Spiel haben.«

»Was schlagen Sie vor, sollen wir tun?« fragte der Präsident.

»Die NUMA-Wissenschaftler arbeiten bereits rund um die Uhr an der Entwicklung einer Chemikalie, die die Rote Flut entweder neutralisiert oder zerstört und dabei die Meeresökologie nicht aus der

Balance bringt. Wenn Pitt beweisen sollte, daß die Kontamination tatsächlich von Fort Foureau ausgeht, Mr. President, liegt es an Ihnen, alles in Ihrer Macht Stehende zu unternehmen, die Anlage stillzulegen.«

Es entstand eine Pause. Dann sagte Willover langsam: »Selbst in Anbetracht der finsteren Aussichten, wenn wir für den Augenblick annehmen, daß der Admiral recht hat, wird es nicht einfach sein, eine milliardenschwere Anlage zu schließen, die der französischen Industrie gehört und in einem souveränen Staat liegt.«

»Wir hätten einiges zu erklären«, gab der Präsident zu, »wenn ich der Air Force den Befehl gäbe, die Anlage in Schutt und Asche zu legen.«

Der Präsident sah Sandecker an. »Wie steht's mit den Wissenschaftlern in den übrigen Ländern? Sind die sich schon der Problematik bewußt?«

»Nicht im vollem Ausmaß«, erwiderte der Admiral. »Noch nicht.«

»Wie sind Sie überhaupt dahintergekommen?«

»Erst vor zwölf Tagen hat einer der NUMA-Experten für Meeresströmung auf Fotos, die von unseren SeaSat-Kameras aufgenommen worden waren, eine ungewöhnlich große Fläche der Roten Flut ausgemacht und ist dem Phänomen auf den Grund gegangen. Durch die schnelle Ausbreitung völlig überrascht, hat er mich sofort in Kenntnis gesetzt. Nach einer sorgsamen Überprüfung der Angelegenheit habe ich entschieden, nicht an die Öffentlichkeit zu gehen, solange wir das Problem nicht unter Kontrolle bringen können.«

»Sie hatten kein Recht, die Sache selbst in die Hand zu nehmen«, knurrte Willover.

Sandecker zuckte die Achseln. »Das offizielle Washington schenkte meinen Warnungen kein Gehör. Ich hatte den Eindruck, keine andere Wahl zu haben, als auf eigene Faust zu handeln.«

»Welche unmittelbaren Maßnahmen schlagen Sie vor?« fragte der Präsident.

»Im Augenblick können wir kaum etwas tun, außer Daten zusammenzutragen. Generalsekretärin Hala Kamil hat sich bereit erklärt, die führenden Ozeanographen der Welt zu einem vertraulichen Gespräch ins Hauptquartier der UN nach New York einzuladen. Mich hat sie dazugebeten, um die Situation zu erläutern und ein internationales Komitee von Meereswissenschaftlern zu gründen, das die Anstrengungen koordinieren und für den Austausch der Daten sorgen soll, so lange wir nach einer Lösung suchen.«

»Sie haben freie Hand, Admiral. Bitte setzen Sie mich von den Fortschritten in Kenntnis, egal ob bei Tag oder Nacht.« Dann wandte der Präsident seine Aufmerksamkeit Willover zu. »Sie alarmieren Doug Oates im Außenministerium und meinen Nationalen Sicherheitsrat. Falls Fort Foureau tatsächlich dafür verantwortlich sein sollte und wir seitens der betroffenen Länder keine Unterstützung bekommen, greifen wir ein und kümmern uns selbst um die Anlage.«

Willover sprang auf. »Mr. President, ich rate dringend zur Geduld. Ebenso wie die Wissenschaftler bin ich der Meinung, daß diese Meeresseuche oder wie man sie auch betiteln mag, wieder verschwindet.«

»Ich vertraue auf Admiral Sandeckers Einschätzung«, erklärte der Präsident und sah Willover in die Augen. »In all den Jahren, die ich in Washington verbracht habe, habe ich es nie erlebt, daß der Admiral grundlos Krach geschlagen hätte.«

»Vielen Dank, Mr. President«, sagte Sandecker. »Es gibt jedoch noch eine Angelegenheit, die ich Ihrer Aufmerksamkeit empfehlen möchte.«

»Und die wäre?«

»Wie ich bereits erwähnte, sind Pitt und Al Giordino in die Anlage von Fort Foureau eingedrungen. Sollten die Männer von den Maliern oder den französischen Sicherheitskräften gefaßt werden, wäre es wegen der Informationen, die sie gesammelt haben, außerordentlich wichtig, daß sie gerettet würden.«

»Bitte, Mr. President«, insistierte Willover. »Wenn wir einen Einsatz der Army Special Forces oder der Delta Group riskieren, die Rettungsaktion in der Wüste schiefgeht und die Medien Wind davon bekommen, hätte das einen schlimmen politischen Rückschlag zur Folge.«

Der Präsident nickte nachdenklich. »In diesem Punkt stimme ich mit Earl überein. Tut mir leid, Admiral, doch wir müssen uns etwas anderes einfallen lassen, um Ihre Leute zu retten.«

»Sie sagten doch, eine UN-Einheit habe den Mann, der die Daten über die Umweltverschmutzung des Nigers zusammengetragen hat, in Sicherheit gebracht«, fragte Willover.

»Hala Kamil hat uns sehr geholfen, als sie der UN-Eingreiftruppe Befehl gab einzugreifen.«

»Dann müssen Sie sich eben noch einmal an sie wenden, wenn Pitt und Giordino gefaßt werden.«

»Die werden mich steinigen«, erklärte der Präsident, »wenn ich Amerikaner in Marsch setze, um in der Wüste das Blut von Franzosen zu vergießen.«

Sandeckers Miene spiegelte seine Enttäuschung wider. »Ich bezweifle, daß ich Hala überreden kann, die Truppe ein zweites Mal hinzuschicken.«

»Ich werde sie persönlich bitten«, versprach der Präsident.

Barsch bemerkte Willover: »Nicht alles geht so, wie Sie es wollen, Admiral.«

Sandecker stieß einen müden Seufzer aus. Die fürchterlichen Konsequenzen der sich rasant ausbreitenden Roten Flut waren noch nicht in ihrem ganzen Ausmaß erkannt worden. Mit jeder Stunde, die verstrich, erwies sich seine Mission als zäher, widriger und frustrierender. Er stand auf und sah den Präsidenten und Willover an. Seine Stimme war eiskalt.

»Bereiten Sie sich aufs Schlimmste vor. Wenn es uns nicht gelingt, die Rote Flut zu stoppen, steht uns allen der Untergang bevor.«

Dann drehte sich Sandecker um und verließ schweigend den Raum.

Tom Greenwald saß in seinem Büro und vergrößerte mit dem Computer die Bilder, die er vom Pyramider-Spionagesatelliten erhalten hatte. Von der Bodenkontrolle hatte er dessen Umlaufbahn geringfügig ändern lassen, so daß der Satellit nun über den Teil der Sahara flog, in dem er den Wagen und die Gestalten von Pitt und Giordino auf den Fotos des alten GeoSat entdeckt hatte. Keiner seiner Vorgesetzten hatte ihm die Erlaubnis dazu erteilt, doch solange er den Satelliten in wenigen Umläufen wieder den Bürgerkrieg in der Ukraine beobachten lassen konnte, würde es niemandem auffallen. Außerdem waren die Kämpfe zu kleinen Scharmützeln abgeflaut, und nur der Vizepräsident schien die Bilder interessant zu finden.

Der Nationale Sicherheitsrat des Präsidenten kümmerte sich um andere Dinge, beispielsweise um die geheime atomare Aufrüstung Japans.

Greenwald verstieß aus reiner Neugierde gegen seine Befehle. Er wollte deutlichere Fotos von den beiden Männern haben, die er einige Stunden zuvor mit dem Zug in die Anlage hatte fahren sehen. Mit Hilfe des Pyramider konnte er nun eine positive Identifikation vornehmen. Seine Analyse zeigte eine tragische Entwicklung der Ereignisse.

Auf den Bildern war deutlich zu erkennen, wie die beiden Männer unter Bewachung zu einem Hubschrauber geführt wurden.

Tom griff zum Telefon und wählte eine Nummer. Nach zweimaligem Läuten meldete sich Chip Webster im Gebäude der NUMA.

»Hallo.«

»Chip? Hier ist Tom Greenwald.«

»Was hast du Neues für mich, Tom?«

»Schlechte Nachrichten. Eure Männer wurden gefangengenommen.«

»Ganz und gar nicht das, was ich zu hören gehofft hatte«, erwiderte Webster. »Verdammt!«

»Mir liegen deutliche Bilder vor, wie sie in Handschellen, eskortiert von einem Dutzend bewaffneter Wachen, in einem Helikopter verstaut wurden.«

»Konntest du den Kurs bestimmen?« fragte Webster.

»Mein Satellit ist eine Minute, nachdem der Hubschrauber abgehoben hat, außer Sicht gekommen. Ich vermute, er fliegt in Richtung Nordosten.«

»Weiter in die Wüste hinein?«

»Sieht so aus«, erwiderte Greenwald. »Wenn sich was Neues ergibt, rufe ich sofort an.«

»Vielen Dank, Tom. Ich stehe tief in deiner Schuld.«

Greenwald legte auf und starrte das Bild auf dem Monitor an. »Arme Schweine«, murmelte er vor sich hin. »Ich möchte nicht in ihrer Haut stecken.«

36

In Tebezza gab es diesmal kein Empfangskomitee. Pitt und Giordino waren offensichtlich nicht wichtig genug, um von den örtlichen Würdenträgern begrüßt zu werden. Zwei Tuaregs, die Gewehre im Anschlag, übernahmen sie schweigend, während ein dritter ihnen eiserne Fesseln anlegte. Dem Zustand der Ketten und Handschellen nach zu urteilen, hatten sie bereits verschiedenen Besitzern gedient.

Pitt und Giordino wurden auf die Ladefläche eines kleinen Renault-Lastwagens verfrachtet. Einer der Tuaregs fuhr, die beiden anderen saßen ebenfalls hinten, die Gewehre quer über den Oberschenkeln, und hielten ihre Augen, die sich hinter dem indigoblauen Kopftuch verbargen, wachsam auf die beiden Gefangenen gerichtet.

Während der Motor ansprang und der Lastwagen sich vom Landestreifen entfernte, beachtete Pitt die Wachen kaum. Der Hubschrauber, der sie von Fort Foureau hergeflogen hatte, stieg gleich wieder in die Backofenhitze auf. Pitt kalkulierte bereits die Chancen einer Flucht. Prüfend musterten seine Augen die umliegende Gegend. Nirgendwo waren Zäune zu sehen, auch keine Baracken für die Wachen. Jeder Versuch, gefesselt 400 Kilometer offene Wüste zu durchqueren, machte besondere Sicherheitsmaßnahmen überflüssig. Dennoch ließ Pitt sich nicht entmutigen. Die Fluchtaussichten mochten gering sein, doch ganz auszuschließen waren sie nicht.

So weit das Auge reichte, gab es nichts als die reine, nackte Wüste. Nur im Westen überragte ein Felsenplateau die braunen Dünen. Es war ein heimtückisches Land und strahlte dennoch eine Schönheit aus, die sich nur schwer beschreiben ließ. Das Land erinnerte Pitt an die Hintergrundlandschaft des alten Films »Song of the Desert«.

Er saß mit dem Rücken gegen das Seitenteil der Ladefläche gelehnt und reckte den Hals, um an der Fahrerkabine vorbei einen Blick nach vorne zu werfen. Die Straße, wenn man sie überhaupt so bezeichnen konnte, bestand nur aus Reifenspuren, die auf das Plateau zuliefen. Gebäude waren in der Einöde nicht zu sehen; auch keine Ausrüstungsgegenstände oder Fahrzeuge. Kein Anzeichen für ein Bergwerk. Er fragte sich schon, ob es sich bei der Mine von Tebezza um einen Mythos handeln mochte.

Nach 20 Minuten wurde der Lastwagen langsamer und bog in eine enge Schlucht ein, die sich durch das Plateau fortsetzte. Der Sand, der in die Schlucht geweht worden war, war so weich, daß Gefangene und Wärter zusammen aussteigen und helfen mußten, den Lastwagen wieder auf festeren Grund zu schieben. Nach fast einem Kilometer bog der Fahrer in eine Höhle ein, deren Eingang gerade so groß war, daß der Lastwagen durchfahren konnte. Dann kamen sie in eine weite Halle, die aus dem Felsen geschlagen worden war.

Der Fahrer hielt vor einem hell erleuchteten Tunnel an. Die Wachen sprangen ab. Pitt und Giordino gehorchten den stummen Gesten der Gewehrmündungen und stiegen, durch die Fesseln behindert, schwerfällig aus. Man gab ihnen mit Winken zu verstehen, sie sollten im Tunnel weitergehen, und das taten sie. Sie waren dankbar, der Sonne entronnen zu sein, und sich wieder in einer kühlen unterirdischen Atmosphäre zu befinden.

Die Halle ging in einen Korridor mit kannelierten Wänden und gefliestem Boden über. Sie wurden an einer Reihe von Gewölben vorbeigeführt, die aus dem Felsen gehauen und mit alten, geschnitzten Türen verschlossen waren. Die Wachen blieben am Ende des Korridors vor einer großen Doppeltür stehen, öffneten sie, und schoben Pitt und Giordino hinein. Die beiden Männer waren völlig überrascht, als sie sich plötzlich auf einem dicken, blauen Teppich in einem luxuriösen Vorzimmer befanden, wie man es auch in den Vorstandsetagen in der Fifth Avenue in New York hätte finden können. Die Wände waren blaßblau gestrichen und mit Fotografien von atemberaubenden Sonnenauf- und -untergängen dekoriert. Riesige Chromleuchten mit grauen Schirmen erhellten das Zimmer.

Mitten im Raum befand sich ein Akazienschreibtisch mit passendem Sofa und Sesseln, die mit grauem Leder bezogen waren. In den hinteren Ecken standen, als bewachten sie das Allerheiligste, in stolzer Pose die Bronzestatuen eines Tuaregs und seiner Frau. Die Luft war kühl, aber nicht dumpf. Pitt hatte den Eindruck, als rieche er ein leichtes Orangenaroma.

Hinter dem Schreibtisch saß eine sehr attraktive Frau mit hellgrauen Augen und langem, schwarzem Haar, das hinter der Lehne ihres Stuhls bis zur Hüfte herabwallte. Sie hatte mediterrane Gesichtszüge, doch Pitt hätte nicht sagen können, aus welchem Land sie stammte. Sie blickte auf und musterte die beiden Männer einen Augenblick lang gleichgültig, als handelte es sich um Vertreter. Dann stand sie auf. Sie hatte einen traumhaften Körper und trug ein elegantes Kleid, dessen Silhouette an einen Sari erinnerte. Die Frau öffnete die Tür zwischen den Skulpturen und bat sie schweigend mit einer Handbewegung hineinzugehen.

Pitt und Giordino betraten einen großen Raum mit hoher Decke, dessen vier Wände Bücherregale bildeten, die man aus dem Felsen geschlagen hatte. Der ganze Raum war eine gigantische Skulptur. Ein riesiger, halbrunder Schreibtisch aus Stein wuchs aus dem Boden. Die Arbeitsfläche war mit technischen Zeichnungen und Papieren bedeckt. Vor dem Schreibtisch standen zwei lange Steinbänke, die durch einen elegant geformten niedrigen Tisch getrennt waren. Abgesehen von den Büchern und den Sachen auf dem Schreibtisch war der einzige Gegenstand, der nicht aus Stein war, das hölzerne Modell eines Minenschachtes.

Ein außerordentlich hochgewachsener Mann stand auf der gegenüberliegenden Seite in ein Buch vertieft. Er trug die rote Robe eines Nomaden und ein weißes Kopftuch. Unter seinem Umhang schauten unpassenderweise ein paar Cowboystiefel aus Schlangenleder hervor. Pitt und Giordino standen eine ganze Weile da, bevor er sich umdrehte und ihre Gegenwart mit einem flüchtigen Blick zur Kenntnis nahm. Dann konzentrierte er sich wieder auf das Buch, so, als hätten ihn seine Besucher bereits wieder verlassen.

»Schön haben Sie's hier«, bemerkte Giordino laut, und seine Stimme hallte. »Muß eine Stange Geld gekostet haben.«

»Ein paar Fenster wären nicht schlecht«, schloß Pitt sich an und studierte die Bücherregale. Dann blickte er nach oben. »Ein Oberlicht würde für größeren Lichteinfall sorgen.«

O'Bannion schob das Buch lässig ins Regal zurück und sah die beiden amüsiert und neugierig an. »Man müßte sich 120 Meter weit durch massiven Felsen vorarbeiten, bevor man die Oberfläche und das Sonnenlicht erreichen würde. Das wäre die Ausgabe nicht wert. Für meine Arbeiter habe ich wichtigere Aufgaben.«

»Wollten Sie nicht Sklaven sagen?« fragte Pitt.

O'Bannion zuckte leicht die Achseln. »Sklaven, Arbeiter, Gefangene – in Tebezza sind sie alle gleich.«

Pitt war noch nie mit jemandem zusammengetroffen, der ihn um einen halben Meter überragte. Er mußte den Kopf in den Nacken legen, um seinem Kerkermeister in die Augen sehen zu können.

»Und wir sind die Neuzugänge in Ihrer Drohnenarmee.«

»Wie Mr. Massarde Sie zweifellos informiert hat, ist die Arbeit in den Minen wesentlich weniger schmerzhaft als die Folter durch die Schurken General Kazims. Sie sollten sich glücklich schätzen.«

»Es besteht nicht zufällig die Hoffnung auf Begnadigung, Mr . . .?«

»Mein Name ist Selig O'Bannion. Ich leite die Mine. Nein, keine Begnadigung! Wenn Sie erst einmal in den Schächten verschwunden sind, kommen Sie nicht mehr heraus.«

»Nicht einmal zur Beerdigung?« fragte Giordino ohne die geringste Furcht.

»Für diejenigen, die von uns gehen, haben wir ein unterirdisches Gewölbe«, erklärte O'Bannion.

»Sie sind genauso ein Mörder wie Kazim«, erklärte Pitt. »Vielleicht noch schlimmer.«

»Ich habe von Ihren Heldentaten unter Wasser gelesen, Mr. Pitt«, erwiderte O'Bannion und überging Pitts beleidigende Worte. »Es ist höchst erfreulich, jemanden hier zu haben, dessen Intellekt dem meinen entspricht. Vor allem Ihre Berichte über den Bergbau unter Wasser fand ich außerordentlich interessant. Sie müssen von Zeit zu Zeit mit mir zu Abend essen und mir von Ihren Unterwasserprojekten erzählen.«

Pitts Miene wurde eisig. »Privilegien, so kurz nach der Gefangennahme? Nein danke, lieber würde ich mit einem Kamel speisen.«

O'Bannions Lippen verzogen sich leicht nach unten. »Wie Sie wünschen, Mr. Pitt. Vielleicht ändern Sie Ihre Meinung, wenn Sie einige Tage unter Melikas Fuchtel gearbeitet haben.«

»Unter wem?«

»Meiner Aufseherin. Sie hat eine ungewöhnlich grausame Ader. Sie beide sind in einem guten körperlichen Zustand. Ich nehme deshalb an, wenn wir uns das nächste Mal sehen, hat sie Sie in kriecherisches Ungeziefer verwandelt.«

»Eine Frau?« fragte Giordino neugierig.

»Eine Frau, wie Sie keine mehr erleben werden.«

Pitt sagte nichts. Die Welt wußte über die berüchtigten Salzminen in der Sahara Bescheid. Die »Arbeit in den Salzminen« war längst zu einem Synonym für elende Schufterei geworden. Doch eine ganz und gar unbekannte Goldmine war etwas Neues. Zweifellos hatte General Kazim seine Hand im Spiel, doch die Anlage sah eher nach einem weiteren Unternehmen von Yves Massarde aus. Die Solar-Verbrennungsanlage und die Goldmine und, weiß Gott, was sonst noch alles. Dies hier war ein Konzern, der wie die Arme einer Krake überall hinreichte. Das Ziel war Macht.

O'Bannion ging zu seinem Schreibtisch und betätigte einen Knopf auf einer kleinen Konsole. Die beiden Wachposten betraten den Raum und blieben hinter Pitt und Giordino stehen. Giordino warf Pitt einen schnellen Blick zu, suchte nach einem Nicken oder einer Augenbewegung als Zeichen für den gemeinsamen Angriff auf die beiden Wachen. Doch Pitt stand reglos da. Ihm war klar, daß er all seine Sinne darauf konzentrieren mußte, Sandecker das Geheimnis von Fort Foureau zuzuspielen.

»Ich würde gern wissen, für wen ich arbeite«, sagte Pitt.

»Haben Sie das nicht gewußt?« fragte O'Bannion trocken.

»Massarde und seinen Kumpel, Kazim?«

»Zwei von dreien. Nicht schlecht.«

»Wer ist der dritte?«

»Ich natürlich«, erwiderte O'Bannion geduldig. »Eine höchst befriedigende Lösung. Massarde Enterprises liefert die Ausrüstung und sorgt für die Vermarktung des Goldes. Kazim besorgt die Arbeitskräfte, und ich leite die Minenoperation – was nur fair ist, da ich die Goldader entdeckt habe.«

»Und mit welchem Prozentsatz ist das malische Volk daran beteiligt?«

»Mit null Prozent natürlich«, erwiderte O'Bannion lässig. »Was soll ein Volk von Bettlern mit Reichtümern anfangen, die ihm plötzlich in den Schoß fallen? Die Malier würden das Geld durchbringen oder von gerissenen ausländischen Geschäftsleuten, die jeden Trick kennen, aufs Kreuz gelegt werden. Nein, den Armen geht's besser, wenn sie arm bleiben.«

»Kennen diese Menschen Ihre Einstellung?«

O'Bannions Blick verriet Verdruß. »Was wäre das für eine langweilige Welt, wenn wir alle reich wären.«

Pitt hakte weiter nach. »Und wie viele Menschen sterben hier jährlich?«

»Das ist unterschiedlich. Zweihundert, mal dreihundert. Das hängt von Epidemien und Grubenunglücken ab. Darüber führe ich wirklich nicht Buch.«

»Erstaunlich, daß die Arbeiter nicht streiken«, sagte Giordino.

»Keine Arbeit, kein Essen«, erwiderte O'Bannion lapidar. »Und Malika bringt die Leute normalerweise auf Trab, indem sie den Anführern die Haut vom Leib peitscht.«

»Mit Pickel und Schaufel habe ich überhaupt keine Erfahrung«, meldete sich Giordino zu Wort.

»Darin werden Sie schnell zum Experten. Wenn nicht, oder wenn Sie Ärger machen, versetzt man Sie in die Sonderabteilung.« O'Bannion schwieg und warf einen Blick auf seine Uhr. »Sie haben noch Zeit für eine 15-Stunden-Schicht.«

»Wir haben seit gestern nichts gegessen«, beschwerte sich Pitt.

»Sie werden auch heute nichts essen.« O'Bannion nickte den Wachen zu. »Nehmt sie mit.«

Die Wachen stießen sie aus dem Raum. Abgesehen von der Empfangsdame und zwei Männern in beigefarbenen Overalls mit Grubenhelmen auf dem Kopf, die sich in französischer Sprache unterhielten und ein Stück Erz unter einem Vergrößerungsglas untersuchten, waren keine weiteren Menschen zu sehen, bis sie einen eleganten Aufzug mit Teppichboden und Chromwänden erreichten. Die Türen gingen auf, und der Fahrstuhlführer, ein Tuareg, winkte sie herein. Ratternd schlossen sich die Türen. Von den Wänden des Schachts wurde das Summen der Maschinen zurückgeworfen, während sie nach unten fuhren.

Obwohl der Aufzug schnell abwärts fuhr, schien die Fahrt endlos. Schwarze Höhlen schossen vorbei; die runden Öffnungen markierten die Eingänge zu den oberen Stollen. Pitt schätzte, daß sie mehr als einen Kilometer in die Tiefe gefahren waren, als der Aufzug langsamer wurde und schließlich hielt. Der Fahrstuhlführer öffnete die Tür. Vor ihnen lag ein enger Stollen, der sich im Fels verlor. Die beiden Wachen führten sie zu einer schweren Eisentür. Einer der Männer zog einen Schlüsselbund aus seinem Umhang, wählte einen Schlüssel aus und drehte ihn im Schloß. Pitt und Giordino wurden gegen die Tür geschoben, so daß sie sich öffnete. Im Innern befand sich ein sehr viel größerer Stollen, über dessen Boden schmale Gleise führten. Die Wachposten verschlossen die Tür wieder und ließen Pitt und Giordino einfach stehen.

Routinemäßig musterte Giordino die Tür. Sie war gut vier Zentimeter dick, und an der Innenseite befand sich kein Griff, sondern nur das Schlüsselloch. »Diesen Ausgang werden wir nicht benutzen, es sei denn, wir könnten einen Schlüssel klauen.«

»Das ist kein Zugang für die Arbeiter«, erklärte Pitt. »Der ist für O'Bannion und seinen Hofstaat reserviert.«

»Dann müssen wir einen neuen Ausweg finden. Offensichtlich transportieren sie das Erz durch einen anderen Schacht nach oben.«

Pitt warf einen nachdenklichen Blick auf die Tür. »Nein, ich glaube, das wird nicht gehen. Wir nehmen entweder diesen Fahrstuhl, oder wir kommen hier nicht wieder raus.«

Bevor Giordino antworten konnte, drangen vom entgegengesetzten Ende des Stollens das Surren eines Elektromotors und das klackernde Geräusch von Stahlrädern auf Schienen an ihr Ohr. Eine kleine Elektrolokomotive, die einen langen Zug leerer Loren hinter sich herzog, tauchte auf und hielt an. Eine Negerin stieß sich vom Fahrersitz und blieb vor den beiden Männern stehen.

Pitt hatte noch nie eine Frau gesehen, deren Körper fast so breit wie lang war. Sie war, dachte er, das häßlichste Weib, das ihm je unter die Augen gekommen war. Sie hätte einen trefflichen Wasserspeier abgegeben, wie man ihn von den Dachüberhängen mittelalterlicher Kathedralen her kannte. In der einen Hand hielt sie einen schweren Lederriemen, der aussah, als sei er ein Teil von ihr. Ohne ein Wort zu sagen, trat sie auf Pitt zu.

»Ich bin Melika, Vorarbeiterin in den Minen. Man gehorcht mir, ohne zu fragen. Hast du das verstanden?«

Pitt lächelte. »Ist für mich eine ganz neue Erfahrung, von jemandem Befehle entgegenzunehmen, der mich an eine Kröte mit Gewichtsproblemen erinnert.«

Er sah, wie der Lederriemen durch die Luft pfiff, doch es war zu spät, sich zu ducken oder den Schlag abzuwehren. Er traf ihn an der Schläfe. Sterne flimmerten vor seinen Augen, und er taumelte zurück, bis er mit dem Rücken gegen einen Stützbalken stieß. Der Schlag hatte ihn mit einer solchen Wucht getroffen, daß er fast ohnmächtig geworden wäre.

»Scheint so, daß heute jeder auf mir rumprügelt«, stieß Pitt schmerzhaft stöhnend hervor.

»Eine Nachhilfestunde im Gehorchen«, knurrte sie. Dann schleuderte sie mit einer raschen Bewegung den Riemen rückhändig gegen Giordinos Kopf. Doch sie war nicht schnell genug. Anders als Pitt war er vorgewarnt. Mit eisernem Griff fing er ihr Handgelenk ab und hielt es in der Luft fest.

Melika hatte die Kraft eines Ochsen. Nie hätte sie sich vorstellen können, daß ein Mann derart fest zupacken könnte. In ihren aufgerissenen Augen lag zuerst Überraschung, dann Ungläubigkeit und zum Schluß Wut. Mit seiner anderen Hand entwand Giordino ihr den Lederriemen, so wie man einem Hund den Stock wegnimmt, und warf ihn in eine der Loren.

»Du Dreckschwein«, zischte sie. »Dafür wirst du büßen.«

Giordino schürzte die Lippen und warf ihr einen Kuß zu. »Haß-Liebe-Beziehungen sind die besten.«

Seine Vorwitzigkeit kam ihm teuer zu stehen. Er bemerkte nicht die plötzliche Veränderung in ihrem Blick, wie sie den Fuß hob und ihm ihr Knie in die Hoden rammte. Giordino ließ ihr Handgelenk los, knickte ein, fiel zur Seite und wand sich stumm vor Schmerzen.

Melika grinste satanisch. »Ihr Dummköpfe habt euch in eine Hölle verbannt, wie ihr sie euch nicht vorstellen könnt.« Sie schnappte sich ihren Lederriemen, deutete auf eine leere Lore und sagte nur: »Rein!«

Fünf Minuten später hielt der Zug mit den Erzloren an und fuhr dann rückwärts in einen Stollen. Die an den Holzstempeln angebrachten Lampen verloren sich im dunklen Schatten der Tiefe. Dies sah nach einem neuen Abbau aus. Männerstimmen übertönten den Lärm des Zuges, und einen Moment später flackerte hinter der nächsten Biegung das Licht von Helmlampen auf. Die Männer wurden von Tuaregwachen mit Peitschen und Gewehren angetrieben und sangen mit müden, rauhen Stimmen. Es handelte sich um Neger, einige gehörten zu den Stämmen im Süden, andere zu den Wüstenstämmen. Zombies in alten Horrorfilmen wirkten gesünder als diese armen Teufel. Sie bewegten sich langsam, schlurfend. Die meisten trugen alte, zerrissene Shorts. Ihre Körper waren schweißüberströmt und mit Gesteinsstaub überdeckt. Ihre schimmernden Augen und die Rippen, die deutlich hervortraten, verrieten, daß sie Hunger litten. Alle trugen Spuren von Peitschenhieben, und einer ganzen Reihe fehlten Finger. Ein paar hatten schmutzige Bandagen um die Stümpfe gewickelt. Der schwache Gesang verklang, als das Licht ihrer Lampen hinter der nächsten Biegung verlosch.

Die Gleise endeten vor einem Berg Felsbrocken, die offenbar von der eben vorbeigekommenen Sprengmannschaft losgesprengt worden waren. Melika koppelte die Lokomotive ab. »Raus!« befahl sie.

Pitt half Giordino über den scharfen Rand des Wagens zu klettern und stützte ihn, während sie dastanden und das lebende Faß von Sklaventreiberin wütend anschauten.

Ihre dicken Lippen verzogen sich zu einem hämischen Grinsen. »Bald seht ihr auch aus wie dieser Abschaum.«

»Vielleicht sollten Sie ein paar Vitaminpillen und Panzerhandschuhe verteilen«, riet ihr Giordino, der sich plötzlich aufrichtete, das Gesicht blaß vor Schmerzen.

Melika hob ihren Riemen und schlug damit quer über seine Brust. Giordino verzog keine Miene. Diese Männer waren noch nicht gebrochen, dachte sie. Doch es war nur eine Frage von Tagen, bis auch sie auf die Stufe von Tieren hinabsinken würden. »Die Sprengmannschaft hat immer Verluste«, stellte sie kühl fest. »Bei dem Job verliert man schon mal das eine oder andere Glied.«

»Erinnern Sie mich bloß daran, daß ich mich nicht freiwillig melde«, murmelte Pitt.

»Ladet diese Felsbrocken in die Loren. Wenn ihr fertig seid, könnt ihr essen und schlafen. Eine Wache wird euch unregelmäßig kontrollieren. Wenn sie euch schlafend vorfindet, arbeitet ihr Extraschichten.«

Pitt zögerte. Ihm lag eine Frage auf der Zunge. Doch er hielt sie zurück. Jetzt war es an der Zeit, sich zurückzunehmen. Giordino und er starrten auf das tonnenweise aufgetürmte Gestein und warfen sich einen Blick zu. Es schien für zwei Männer, von Fesseln behindert, eine hoffnungslose Knochenarbeit, die sie in weniger als 48 Stunden zu bewältigen hatten.

Melika kletterte auf die Elektrolok und nickte zu einer TV-Kamera hinüber, die auf einen Kreuzbaum montiert war. »An Flucht braucht ihr gar nicht erst zu denken. Ihr werdet ständig überwacht. Nur zwei Männern ist es bisher gelungen, den Minen zu entkommen. Ihre Knochen wurden später von Nomaden gefunden.«

Sie kicherte wie eine Hexe und fuhr durch den Stollen davon. Die beiden sahen ihr nach, bis sie verschwunden und jegliches Geräusch verklungen war. Dann hob Giordino die Hände und ließ sie wieder fallen. »Ich glaube, jetzt sitzen wir richtig in der Scheiße«, murmelte er und zählte traurig 35 leere Loren.

Pitt hob die Kette an, die seine Hand- und Fußfesseln miteinander verband, und ging langsam zu einem hohen Stapel Rundhölzer, die darauf warteten, im Schacht eingesetzt zu werden, nachdem er weiter vorangetrieben worden war. Er schätzte die Länge des Holzes und die einer Lore. Dann nickte er.

»Es müßte möglich sein, mit dem Beladen in sechs Stunden fertig zu sein.«

Giordino sah ihn mißgelaunt an. »Wenn du das glaubst, dann meldest du dich besser nochmal für den Physik-Grundkurs an.«

»Ein kleiner Trick, den ich gelernt habe, als ich noch die High-School besuchte und im Sommer Himbeeren pflücken mußte«, erklärte Pitt.

»Ich hoffe, du kannst die Überwachungskameras täuschen«, stöhnte Giordino.

Pitt grinste hinterhältig. »Sieh zu, dann kannst du was lernen.«

37

Die Wachen kamen und gingen in unregelmäßigen Abständen, so wie Melika es versprochen hatte. Selten blieben sie länger als eine Minute und waren zufrieden, als sie sahen, daß die Gefangenen so fieberhaft die Loren beluden, als gelte es, einen Rekord zu brechen. Nach sechseinhalb Stunden waren sämtliche 35 Wagen randvoll mit Erzgestein beladen.

Giordino schob sich in Sitzposition hoch, den Rücken gegen einen Stempel gelehnt. »You load 16 tons and what do you get?« fragte er und zitierte den Song.

»Another day older and deeper in dept«, beendete Pitt den Vers.

»So also hast du die Himbeeren gepflückt.«

Pitt setzte sich neben Giordino und lächelte. »Während einer Fahrt durch die Staaten mit einem Freund zusammen, haben wir eines Sommers bei einer Farm in Oregon angehalten, die nach Beerenpflückern suchte. Wir brauchten Benzin, hielten das für leichtverdientes Geld und haben uns gemeldet. Die haben 50 Cents für einen Korb gezahlt, der, wenn ich mich recht erinnere, acht kleine Schachteln enthielt. Was wir nicht wußten, war, daß Himbeeren viel kleiner und weicher sind als Erdbeeren. Selbst wenn wir auf Teufel komm raus pflückten, dauerte es eine Ewigkeit, bis ein Korb voll war.«

»Also habt ihr den Korb mit Erde gefüllt und eine Schicht Himbeeren oben drauf gepackt.«

Pitt lachte. »Mit dieser Methode sind wir auf einen durchschnittlichen Stundenlohn von 36 Cents gekommen.«

»Was, glaubst du, passiert, wenn die alte Hexe merkt, daß wir die Rundhölzer unten in die Loren gepackt haben und nur ein paar Lagen Gestein obendrauf, damit sie vollbeladen aussehen?«

»Das wird sie nicht glücklich machen.«

»Auch die Idee, eine Handvoll Staub gegen die Linse der Fernsehkamera zu werfen, damit wir nicht deutlich zu erkennen sind, war nicht schlecht. Haben die Wachen gar nicht gemerkt.«

»Ich habe einen derartigen Durst, daß ich Staub trinken könnte.«

»Wenn wir nicht bald Wasser bekommen, werden wir nicht mehr in der Lage sein, einen Ausbruchversuch zu wagen.«

Giordino warf einen prüfenden Blick auf seine Ketten und dann auf die Schienen. »Ich frage mich, ob wir unsere Ketten zerschneiden können, indem wir sie auf die Gleise legen und einen Wagen darüber rollen lassen.«

»Daran hab' ich bereits vor fünf Stunden gedacht«, erwiderte Pitt. »Sie sind zu dick. Abgesehen von einer richtigen Diesellok der Union Pacific könnte nichts diese Ketten knacken.«

»Ich hasse Besserwisser«, grummelte Giordino.

Pitt hob ein Stück Erzgestein auf und betrachtete es nachdenklich im Schein der Deckenleuchten. »Ich bin kein Geologe, doch ich halte das für goldhaltiges Quarz. Beurteilt man das Gestein nach den

Körnchen und dem Abrieb, dann stammt es aus einer ziemlich reichen Ader.«

»Massardes Anteil geht ganz sicher für die Expansion seines dreckigen Imperiums drauf.«

Pitt schüttelte verneinend den Kopf. »Nein, er würde nicht damit um sich werfen und sich Probleme mit dem Finanzamt aufladen. Ich wette, er verwandelt es nicht in Bargeld, sondern hortet irgendwo die Barren. Da er Franzose ist, tippe ich auf die Jungfern-Inseln.«

»Tahiti?«

»Oder Bora Bora oder Mooréa. Nur Massarde oder sein Helfershelfer, Verenne, wissen genau, wo.«

»Wenn wir hier rauskommen, dann könnten wir uns vielleicht in die Südsee auf Schatzsuche begeben.«

Plötzlich fuhr Pitt hoch und hielt einen Finger vor den Mund. »Da kommt wieder eine Wache«, sagte er.

Giordino spitzte die Ohren und blickte den Stollen entlang. Doch der Wachposten war noch nicht in Sicht. »Das war sehr geschickt von dir, auf der anderen Seite der Biegung Kies auf den Boden zu streuen. Der knirscht, wenn sie sich nähern.«

»Komm, wir tun so, als seien wir bei der Arbeit.«

Sie sprangen auf und gaben vor, eifrig Erz auf die bereits randvollen Loren zu schaufeln. Ein Tuaregwachposten kam um die Biegung und sah ihnen eine Minute lang zu. Als er sich umdrehte, um seine Runde fortzusetzen, rief Pitt hinter ihm her.

»He, wir sind fertig. Sieh mal, alles beladen. Zeit für den Feierabend.«

»Wir haben Hunger und Durst«, meldete sich Giordino zu Wort.

Die Augen des Wachpostens schossen über die Reihe der Loren. Mißtrauisch schritt er den Zug ab. Er warf einen Blick auf den Riesenberg Erz, der noch auf dem Stollenboden lag und kratzte sich am Kopf. Dann zuckte er die Achseln und gab mit seiner Maschinenpistole Pitt und Giordino zu verstehen, sich Richtung Stolleneingang in Bewegung zu setzen.

»Gesprächig sind die hier nicht«, grunzte Giordino.

»Deshalb sind sie schwer zu bestechen.«

Im Hauptstollen angekommen, folgten sie dem Schmalspurgleis, das über eine lange Steigung ins Innere des Plateaus führte. Ein

Erzzug mit einem Wachposten, der die Lokomotive fuhr, kam rumpelnd in Sicht. Sie mußten sich mit dem Rücken gegen die rauhe Wand pressen, damit er vorbeifahren konnte. Kurz darauf erreichten sie eine künstliche Höhle, in der sich die Schienenstränge aus anderen Querstollen vor einem Aufzug trafen, der vier Loren auf einmal transportieren konnte.

»Wohin bringen die das Erz?« fragte Giordino.

»Es wird wahrscheinlich zu einer der oberen Ebenen befördert, wo es zu Pulver zermahlen und das Gold gewonnen und raffiniert wird.«

Die Wachen führten sie zu einem massiven Eisentor. Es diente ganz sicher nicht dazu, Hühner festzuhalten. Zwei weitere Tuaregs warteten auf der anderen Seite. Sie nickten und mußten jeden Muskel anspannen, um das Tor aufzustemmen. Dann gaben sie Pitt und Giordino mit einem Wink zu verstehen hineinzugehen. Einer der Wachposten reichte ihnen dreckige Blechbecher, die halb mit brackigem Wasser gefüllt waren.

Pitt warf einen Blick in den Becher und sah dann den Wachposten an. »Wie ausgefallen! Wasser, in das die Fledermäuse gekotzt haben.«

Die Wache verstand zwar die Worte nicht, doch der Mann erkannte mühelos Pitts wütenden Blick. Er griff wieder nach dem Becher, schüttete das Wasser in den Dreck und beförderte Pitt mit einem Tritt in die Kammer.

»Das wird dich lehren, einem geschenkten Gaul ins Maul zu schauen«, sagte Giordino und grinste breit, als er seinen Becher ebenfalls auskippte.

Ihr neues Heim war zehn Meter breit, 30 Meter lang und wurde von vier winzigen Glühbirnen erhellt. Hölzerne Pritschen waren zu viert übereinander an den Wänden montiert. Das Verlies, um nichts anderes handelte es sich, hatte keine Lüftung, und der Gestank war gräßlich. Die einzigen Sanitäreinrichtungen waren einige Löcher, die man an der hinteren Wand in den Boden gehauen hatte. Zwei lange Eßtische mit groben Holzbänken standen mitten im Raum. Pitt schätzte, daß mehr als 300 Menschen in dieser ekelerregenden Atmosphäre hausten.

Diejenigen, die auf den nächstgelegenen Pritschen lagen, machten auf Pitt einen halbtoten Eindruck. Ihre Mienen waren ausdruckslos. Zwanzig Männer hockten am Tisch, fraßen aus einem Gemeinschaftstopf wie ausgehungerte Maden. Keines der Gesichter wirkte verängstigt oder besorgt; die Männer hatten das Stadium normaler Empfindungen hinter sich gelassen; Hunger und Erschöpfung hatten sie völlig ausgemergelt. Sie bewegten sich automatisch wie lebendige Leichname; ihre Augen blickten unterwürfig und ergeben. Niemand schenkte Pitt und Giordino auch nur die geringste Beachtung, während sich die beiden durch dieses Meer menschlichen Elends hindurchschoben.

»Nicht gerade ein Frühstückstreiben hier«, murmelte Giordino.

»Das Humanitätsprinzip scheint hier keine allzu große Rolle zu spielen«, stellte Pitt angewidert fest. »Das ist schlimmer, als ich es mir vorgestellt hatte.«

»Viel schlimmer«, pflichtete Giordino ihm bei und hielt sich die Nase zu beim vergeblichen Versuch, dem Gestank zu entgehen. »Das Elendsviertel von Kalkutta ist nichts gegen dieses Drecksloch.«

»Hast du Hunger?«

Giordino zuckte angesichts der Überreste der dünnen Suppe, die an den Seiten des Topfes festgebacken war, zusammen. »Mein Hunger hat gerade seinen Bankrott erklärt.«

Die mangelnde Belüftung in der kerkerartigen Höhle steigerte die von den dicht nebeneinander liegenden Körpern ausgehende Wärme und Luftfeuchtigkeit schier ins Unerträgliche. Doch plötzlich lief es Pitt eiskalt den Rücken hinunter. Einen Moment lang fielen Trotz und Wut von ihm ab, und Schrecken und Leiden schienen sich zu verlieren, als er die Gestalt erkannte, die sich über eine Pritsche in der unteren Reihe an der rechten Wand beugte. Er lief hinüber und ging neben einer Frau in die Knie, die sich um ein krankes Kind kümmerte.

»Eva«, sagte er leise.

Sie war durch Schwerstarbeit und Hunger knochendürr. Ihr Gesicht war bleich und von Schrammen und Abschürfungen übersät. Doch sie drehte sich um, und in ihren Augen schimmerte Mut.

»Was wollen Sie?«

»Eva, ich bin's, Dirk.«

Sie begriff nicht. »Lassen Sie mich in Ruhe«, murmelte sie. »Das kleine Mädchen hier ist schrecklich krank.«

Er nahm ihre Hand in die seine und rückte näher. »Sieh mich an. Ich bin Dirk Pitt.«

Dann erkannte sie ihn und riß die Augen auf. »Oh, Dirk, bist du das wirklich?«

Er küßte sie und streichelte sanft über die Schrammen in ihrem Gesicht. »Wenn ich's nicht bin, dann spielt uns jemand einen üblen Streich.«

Giordino tauchte neben Pitt auf. »Eine Freundin von dir?«

Pitt nickte. »Dr. Eva Rojas. Die Dame, mit der ich in Kairo verabredet war.«

»Wie ist die hierhergekommen?« fragte Giordino verdattert.

»Ja, wie?« wollte Pitt wissen.

»General Kazim hat unser Flugzeug entführen lassen und uns hierhergebracht, damit wir in der Mine arbeiten.«

»Aber weshalb?« fragte Pitt. »Wieso wart ihr für ihn eine Bedrohung?«

»Die Gruppe Wissenschaftler von der Weltgesundheitsorganisation der Vereinten Nationen unter Leitung von Dr. Hopper war nahe daran, einen Giftstoff zu identifizieren, der die Dorfbewohner in der Wüste getötet hat. Wir befanden uns mit biologischen Proben auf dem Rückflug nach Kairo, wo wir sie analysieren wollten.«

Pitt blickte zu Giordino hoch. »Massarde hat uns gefragt, ob wir mit Dr. Hopper und seiner Gruppe zusammenarbeiten.«

Giordino nickte. »Ich erinnere mich. Er muß gewußt haben, daß Kazim sie bereits hier eingekerkert hatte.«

Sie tupfte mit einem feuchten Taschentuch die Stirn des kleinen Mädchens ab, lehnte plötzlich ihren Kopf gegen Pitts Brust und schluchzte. »Warum bist du nach Mali gekommen? Jetzt wirst du zusammen mit uns allen sterben.«

»Wir hatten eine Verabredung, erinnerst du dich?«

Pitt konzentrierte seine Aufmerksamkeit auf Eva und bemerkte daher die drei Männer nicht, die sich vorsichtig zwischen den Pritschen entlang auf sie zubewegten und sie umringten. Der Anführer war ein hochgewachsener Mann mit rotem Gesicht und buschigem Vollbart. Die beiden anderen waren hager und ausgelaugt. Der drohende Ausdruck auf ihren Gesichtern brachte Giordino unwillkürlich zum Grinsen, als er sich zu ihnen umdrehte. Ihr körperlicher Zustand war so mitleiderregend, daß er mit allen dreien gleichzeitig fertiggeworden wäre, ohne tief Luft holen zu müssen.

»Belästigen diese Männer Sie?« erkundigte sich der Rotgesichtige ritterlich bei Eva.

»Nein, nein, überhaupt nicht«, murmelte Eva. »Das ist Dirk Pitt, der mir in Ägypten das Leben gerettet hat.«

»Der Mann von der NUMA?«

»Genau der«, erwiderte Pitt. Er drehte sich nach Giordino um. »Das hier ist mein Freund, Al Giordino.«

»Mein Gott, was für eine Freude. Ich bin Frank Hooper und diese abgerissene Gestalt zu meiner Linken ist Warren Grimes.«

»Eva hat mir in Kairo viel von Ihnen erzählt.«

»Tut mir verdammt leid, daß wir uns unter derart widrigen Umständen kennenlernen.« Hopper musterte die tiefen Platzwunden auf Pitts Wangen und tastete dann nach der langen Narbe, die quer über sein Gesicht lief. »Scheint, als wären wir beide mit Melika aneinandergeraten.«

»Melika ist nur für die linke Seite verantwortlich. Die rechte Narbe ist anderen Ursprungs.«

Der dritte Mann trat vor und streckte die Hand aus. »Major Ian Fairweather«, stellte er sich vor.

Pitt schüttelte die ausgestreckte Hand. »Brite?«

Fairweather nickte. »Aus Liverpool.«

»Wie sind Sie denn hergekommen?«

»Ich habe Safaris durch die Sahara organisiert, bis eine meiner Gruppen von Dorfbewohnern, die an der Seuche erkrankt waren, massakriert wurde. Ich kam nur knapp mit dem Leben davon, und wurde, nachdem ich die Wüste durchquert hatte, in Gao ärztlich behandelt. Dort hat General Zateb Kazim mich verhaften lassen und hierhergeschickt, damit ich nicht erzählen konnte, was ich gesehen hatte.«

»Wir haben die Dorfbewohner, die Major Fairweather erwähnte, pathologisch untersucht«, erklärte Hopper. »Sie alle starben an einer geheimnisvollen chemischen Verbindung.«

»Eine Verbindung von synthetischer Aminosäure und Kobalt«, erklärte Pitt.

Hopper und Grimes waren völlig verdattert. »Was, was haben Sie da gesagt?« wollte Grimes wissen.

»Das Gift, das überall in Mali Tod und Krankheiten verursacht, ist eine organometallische Verbindung, die aus der Kombination einer veränderten, synthetischen Aminosäure und Kobalt besteht.«

»Woher wollen Sie das wissen?« fragte Hopper.

»Während Ihre Gruppe in der Wüste Nachforschungen anstellte, sind wir nigeraufwärts gefahren.«

»Und Sie haben das Zeug identifiziert«, stellte Hopper fest, und in seiner Miene lag ein Optimismus, der sich vorher nicht gezeigt hatte.

Pitt berichtete kurz vom explosionsartigen Wachstum der Roten Flut, der Expedition nigeraufwärts und dem geplanten Flug Rudi Gunns, der die Daten außer Landes bringen sollte.

»Gott sei Dank, Sie haben die Ergebnisse herausgeschafft«, murmelte Hopper.

»Die Quelle«, insistierte Grimes, »wo liegt die Quelle?«

»In Fort Foureau«, beantwortete Giordino die Frage.

»Unmöglich«, erwiderte Grimes. »Fort Foureau liegt Hunderte von Kilometern von der Gegend entfernt, wo die Vergiftungen aufgetreten sind.«

»Das Gift wird von einem unterirdischen Strom transportiert«, erklärte Pitt. »Al und ich haben uns innerhalb der Anlage umgesehen, bevor wir gefaßt wurden. Stark radioaktiver Müll und eine Abfallmenge, zehnmal so groß wie das, was verbrannt wird, wird in unterirdischen Deponien gelagert. Von dort aus gelangt das Gift in das Grundwasser.«

»Die Umweltschutzorganisation muß davon in Kenntnis gesetzt werden«, rief Grimes. »Der Schaden, den eine Deponie von der Größe Fort Foureaus verursachen kann, ist gar nicht abzuschätzen.«

»Genug geredet«, erklärte Hopper. »Die Zeit ist kostbar. Wir müssen die Ausführung unseres Ausbruchsplans für diese Männer in Angriff nehmen.«

»Was ist mit Ihnen?«

»Wir sind nicht in der Verfassung, die Wüste zu durchqueren. Die Schufterei in den Minen, zu wenig Schlaf und so gut wie kein Essen oder Trinken haben uns erschöpft. Wir schaffen es auf keinen Fall. Also haben wir die zweitbeste Lösung ins Auge gefaßt. Wir haben Vorräte gehortet und gebetet, daß jemand wie Sie, in guter körperlicher Verfassung, hier auftaucht.«

Pitt warf einen Blick auf Eva. »Ich kann sie nicht zurücklassen.«

»Dann bleiben Sie doch und sterben zusammen mit uns«, fuhr Grimes ihn an. »Sie sind die einzige Hoffnung für jeden einzelnen in diesem Höllenschlund.«

Eva griff nach Pitts Hand. »Du mußt gehen, und das schnell«, bat sie. »Bevor es zu spät ist.«

»Sie hat recht, müssen Sie wissen«, fügte Fairweather hinzu. »Achtundvierzig Stunden in den Stollen, und man hat Sie fertiggemacht. Schauen Sie uns an. Wir sind am Ende. Niemand von uns könnte fünf Kilometer Wüste hinter sich bringen, ohne zusammenzubrechen.«

Pitt blickte zu Boden. »Wie weit, glauben Sie denn, würden Al und ich ohne Wasser kommen? Zwanzig, vielleicht dreißig Kilometer weiter als Sie?«

»Wir haben nur Vorräte für eine Person horten können«, erklärte Hopper. »Wir überlassen es Ihnen, zu entscheiden, wer den Versuch wagt und wer bleibt.«

Pitt schüttelte den Kopf. »Al und ich gehen zusammen.«

»Zwei kommen niemals weit genug, um gerettet zu werden.«

»Um welche Strecken geht es überhaupt?« fragte Giordino.

»Die Trans-Sahara-Straße verläuft ungefähr vierhundert Kilometer östlich von hier und kreuzt die Grenze zu Algerien«, erwiderte Fairweather. »Nach dreihundert Kilometern werden Sie sich für den Rest der Strecke auf Ihr Glück verlassen müssen. Wenn Sie die Straße erst einmal erreicht haben, müßte es Ihnen gelingen, einen Wagen anzuhalten.«

Pitt neigte den Kopf, so als habe er Fairweather nicht richtig verstanden. »Ich habe da offensichtlich etwas nicht mitgekriegt. Sie haben nicht gesagt, wie wir die ersten dreihundert Kilometer zurücklegen sollen.«

»Sie stehlen, sobald Sie an die Oberfläche kommen, einen von O'Bannions Lastwagen. Mit dem müßten Sie so weit kommen.«

»Ein bißchen sehr optimistisch, was?« knurrte Pitt. »Was ist, wenn der Tank leer ist?«

»In der Wüste hat niemand einen leeren Tank«, stellte Fairweather überzeugt fest.

»Wir spazieren also einfach hier raus, drücken auf den Knopf im Fahrstuhl, fahren an die Oberfläche, klauen einen Lastwagen und verschwinden über die nächste Düne«, murrte Giordino. »Logo, daß das funktioniert.«

Hopper grinste. »Haben Sie einen besseren Plan?«

»Um ehrlich zu sein«, lachte Pitt, »uns fehlt sogar die Idee für den Entwurf.«

»Wir müssen uns beeilen«, warnte Fairweather. »Melika schickt jeden von uns innerhalb der nächsten Stunde an die Arbeit.«

Pitt sah sich in der Höhle der Gefangenen um. »Sind alle mit Sprengungen und dem Verladen von Erz beschäftigt?«

»Die politischen Gefangenen, zu denen auch wir gehören«, erwiderte Grimes, »schaufeln und verladen das Erz nach den Sprengungen. Die Kriminellen arbeiten auf den Ebenen, wo der Felsen zerkleinert und das Gold ausgewaschen wird. Aus ihnen wird auch die Sprengmannschaft rekrutiert. Arme Teufel, keiner von denen überlebt das lange. Wenn sie sich nicht selbst mit ihrem Sprengstoff hochjagen, dann sterben sie an dem Quecksilber und Zyanid, das beim Schmelzen und der Gewinnung des Goldes eingesetzt wird.«

»Wie viele Ausländer gibt es hier?«

»Von unserer Gruppe, ursprünglich sechs, sind noch fünf übrig. Eine wurde von Melika umgebracht, totgeprügelt.«

»Eine Frau?«

Hopper nickte. »Dr. Marie Victor, eine vor Lebhaftigkeit sprühende Dame. Sie gehörte zum Kreis der führenden Physiologen Europas.« Hoppers gutgelaunte Miene war wie weggewischt. »Sie war die dritte, seit wir hier ankamen. Zwei Frauen von französischen Ingenieuren in Fort Foureau wurden ebenfalls von Melika ermordet.« Er schwieg und warf einen traurigen Blick auf das einsame kleine Mädchen auf der Pritsche. »Die Kinder leiden am schlimmsten, und wir können nichts dagegen tun.«

Fairweather deutete auf eine Gruppe von Menschen, die sich um drei der Pritschen versammelt hatten. Vier Frauen und acht Männer. Eine der Frauen hielt einen kleinen Jungen von ungefähr drei Jahren an sich gepreßt.

»Mein Gott!« flüsterte Pitt. »Natürlich, vollkommen klar! Massarde konnte den Ingenieuren, die seine Anlage gebaut haben, nicht gestatten, nach Frankreich zurückzukehren und dort die Wahrheit auszuplaudern.«

»Wie viele Frauen und Kinder befinden sich insgesamt hier unten?« fragte Giordino wütend.

»Im Augenblick neun Frauen und vier Kleinkinder«, antwortete Fairweather.

»Siehst du«, sagte Eva leise, »je eher du fliehen und Hilfe bringen kannst, desto mehr Menschenleben wirst du retten.«

Pitt war überzeugt. Er drehte sich um und sah Hopper und Fairweather an. »Gut, dann verraten Sie mir Ihren Plan.«

38

Es war ein Plan, löchrig wie ein Schweizer Käse, das Vorhaben verzweifelter Männer, denen nur wenige oder gar keine Ressourcen zur Verfügung standen. Der Ablauf war stark vereinfacht, und das Ganze war so verrückt, daß es möglicherweise funktionieren konnte.

Eine Stunde später durchkämmten Melika und ihre Wachen das unterirdische Gewölbe und ließen die Sklaven im Hauptstollen antreten. Dort wurden sie in Arbeitsgruppen eingeteilt und zu ihren verschiedenen Arbeitsplätzen in der Mine eskortiert. Pitt hatte den Eindruck, daß es ihr ein teuflisches Vergnügen machte, ihren Riemen laut fluchend links und rechts auf ungeschütztes Fleisch knallen zu lassen und Männer und Frauen, die aussahen, als gehörten sie in Särge, unterschiedslos zu verprügeln.

»Diese Hexe wird niemals müde, die Hilflosen auszupeitschen«, zischte Hopper wütend.

»Wenn Sie glauben, daß die jetzt schon wütend ist«, murmelte Pitt, »dann warten Sie mal ab, bis sie herausfindet, daß Al und ich die Erzloren nur mit einer dünnen Gesteinsschicht beladen haben.«

Giordino und Hopper gingen neben Pitt her, der seinen Arm um Evas Taille gelegt hatte und sie nach draußen begleitete. Melika erblickte Pitt, machte einen Schritt auf ihn zu, blieb stehen, und warf Eva einen bösartigen Blick zu. Dann grinste sie. Jetzt war ihr klar, wie sie Pitt ärgern konnte: wenn sie Eva den Riemen spüren ließ.

Sie holte aus, doch Giordino trat dazwischen, und der Riemen klatschte ohrenbetäubend laut gegen seinen angespannten Bizeps.

Sah man von einem dunkelroten Striemen ab, der sofort zu bluten begann, so zeigte Giordino auch bei diesem Schlag, bei dem jeder andere sofort stöhnend nach seinem linken Arm gegriffen hätte, keinerlei Reaktion. Er warf ihr einen eiskalten Blick zu und fragte: »Ist das alles, was du drauf hast?«

Die Menge wurde totenstill. Die Gefangenen standen stocksteif da und warteten auf den Wutausbruch, der unweigerlich folgen mußte. Fünf Sekunden lang herrschte eisiges Schweigen. Dann fing Melika, völlig überrascht durch diese unerwartete Aufsässigkeit, an zu reagieren. Sie wurde puterrot vor Wut, grunzte auf wie ein verwundeter Bär und schlug mit ihrem Riemen nach Giordino.

»Reißen Sie sich zusammen!« tönte ein Befehl vom Eingang her.

Melika fuhr herum. Selig O'Bannion stand vor dem Kerker, ein Riese zwischen Zwergen. Mitten in der Bewegung hielt sie inne, zögerte und ließ den Riemen dann sinken. Sie sah O'Bannion gehorsam an, die Augen dunkel vor bitterer Enttäuschung. Sie erinnerte an einen Schläger, der nur deshalb von seinem Opfer ablassen mußte, weil zufällig der Streifenpolizist vorbeikam.

»Verletzen Sie Pitt und Giordino nicht«, befahl O'Bannion. »Ich möchte, daß diese beiden so lange am Leben bleiben, daß sie die anderen in den Begräbnisstollen bringen können.«

»Wo ist dabei der Witz?« fragte Pitt.

O'Bannion lachte leise und nickte Melika zu. »Wenn Pitt körperlich gebrochen wird, würde mir das wenig Vergnügen bereiten. Wenn er sich langsam in ein seelisches Wrack verwandelt, werden wir beide viel mehr Spaß haben. Achten Sie darauf, daß sie während der nächsten zehn Schichten zu leichter Ladetätigkeit eingeteilt werden.«

Melika nickte gehorsam. O'Bannion stieg auf eine Lokomotive und fuhr zur Inspektionstour in einen Stollen. »Raus, ihr stinkenden Schweine«, knurrte sie und schwang den blutdurchtränkten Riemen über ihrem häßlichen Kopf.

Eva stolperte und konnte sich kaum auf den Beinen halten, während Pitt sie dorthin begleitete, wo sich die Arbeiter sammelten. »Al und ich werden durchkommen«, versprach er ihr. »Aber du mußt durchhalten, bis wir mit ein paar Soldaten wiederkommen und dich und die anderen armen Teufel hier rausholen.«

»Jetzt habe ich einen Grund, am Leben zu bleiben«, sagte sie leise. »Ich werde warten.«

Er küßte sie leicht auf die Lippen und die Abschürfungen in ihrem Gesicht. Dann wandte er sich an Hopper, Grimes und Fairweather, die einen beschützenden Ring um sie gebildet hatten. »Paßt auf sie auf.«

»Das werden wir«, versicherte Hopper ihm und nickte.

»Ich wünschte, Sie würden nicht vom Originalplan abgehen«, sagte Fairweather. »Wenn Sie sich in einer der Erzloren verstecken, die zum Zerkleinern nach oben fahren, wäre das sicherer.«

Pitt schüttelte den Kopf. »Dann müßten wir die Ebene bewältigen, in der sich die Gesteinsmühlen befinden und die Goldgewinnung abläuft, bevor wir die Oberfläche erreichen würden. Ich halte die Chancen für schlecht. Die Vorstellung, den direkten Weg nach oben mit dem Lift für die leitenden Mitarbeiter zu wählen und durch die Ingenieurbüros zu entkommen, gefällt mir besser.«

»Wenn er die Wahl hat, durch die Hintertür zu huschen oder die Vordertür zu benutzen«, beklagte sich Giordino, »wird er sich immer für den stilvolleren Abgang entscheiden.«

»Haben Sie eine Ahnung, wie viele bewaffnete Wachen es hier gibt?« Pitt richtete seine Frage an Fairweather, weil der Major länger in den Minen gelitten hatte als Hopper und seine Leute.

Fairweather dachte einen Augenblick lang nach. »Zwischen zwanzig und fünfundzwanzig. Die Ingenieure sind ebenfalls bewaffnet. Von O'Bannion abgesehen habe ich sechs gezählt.«

Grimes reichte Giordino zwei kleine Kanister, die dieser unter seinem zerfetzten Hemd verbarg. »Das ganze Wasser, das wir aufgespart haben. Jeder hat seinen Teil gespendet. Wir haben es nur auf knapp zwei Liter gebracht. Tut mir leid, daß es nicht mehr ist.«

Giordino legte die Hände auf Grimes' Schultern. Er war außerordentlich bewegt über dieses Opfer. »Ich weiß, was Sie das gekostet hat. Danke.«

»Das Dynamit?« fragte Pitt Fairweather.

»Habe ich«, erwiderte Hopper und reichte Pitt verstohlen einen Sprengstoffstab zusammen mit einer Sprengkapsel. »Einer von der Sprengmannschaft hat es in seinem Schuh herausgeschmuggelt.«

»Noch zwei Sachen«, sagte Fairweather. »Eine Feile für Ihre Ketten. Die hat Grimes aus dem Werkzeugkasten einer der Lokomotiven gestohlen. Und ein Diagramm der Stollen, in dem auch die Überwachungskameras eingezeichnet sind. Auf der Rückseite habe ich in groben Umrissen eine Karte des Gebietes gezeichnet, das Sie durchqueren müssen, bevor Sie die Trans-Sahara-Straße erreichen.«

»Niemand kennt die Wüste so gut wie Ian«, bestätigte Hopper.

»Danke«, sagte Pitt. Tränen standen ihm in den Augen. »Wir werden unser Bestes geben, um mit Hilfe zurückzukommen.«

Hoppers Arm umfaßte Pitt. »Unsere Gedanken und guten Wünsche werden Sie begleiten.«

Fairweather schüttelte ihm die Hand. »Denken Sie daran, den Dünen aus dem Weg zu gehen. Versuchen Sie nicht, sie zu überqueren. Sie werden nur aufgehalten und sterben.«

»Viel Glück«, wünschte Grimes einfach.

Eine Wache kam heran und trennte mit seinem Gewehrkolben Pitt und Giordino von den anderen. Pitt beachtete ihn nicht, beugte sich herab und gab Eva einen Abschiedskuß.

»Denk daran«, erinnerte er sie, »du und ich und die Bucht von Monterey.«

»Ich werde mein verführerischstes Kleid tragen«, sagte sie lächelnd.

Bevor er noch mehr sagen konnte, drängte ihn der Wachposten weg. Als er den Ausgangsschacht erreicht hatte und sich umdrehte, um noch einmal zu winken, waren Eva und die anderen schon im Gewimmel der Sklaven und Aufseher untergetaucht.

Der Aufseher führte Pitt in den Stollen, in dem sie ein paar Stunden vorher Erz verladen hatten, und ließ die beiden dann alleine. Ein weiterer leerer Zug stand auf dem Gleis, neben einem neuen Berg soeben gesprengten Gesteins.

»Ich werd' so tun, als ob ich mich am Wettbewerb für den ›Helden der Arbeit‹ beteilige, während du dich, außerhalb der Reichweite der Überwachungskamera, um deine Ketten kümmerst«, sagte Pitt. Während Giordino seine Kette mit der von Grimes gelieferten Feile bearbeitete, warf Dirk Erzbrocken in die Loren.

Glücklicherweise war das Eisen alt und von schlechter Qualität. Die Feile fraß sich schnell durch das Glied, und Giordino zog die zerschnittene Kette aus den Ösen seiner Fesseln, so daß er nun Beine und Arme frei bewegen konnte. »Du bist dran«, sagte er.

Pitt warf die Kette über den Rand einer Erzlore, damit er sie besser festhalten konnte, und durchfeilte in weniger als zehn Minuten ein Kettenglied. »Um die Fesseln kümmern wir uns später, im Augenblick können wir uns wenigstens frei bewegen.«

Giordino ließ seine Kette lässig wie einen Propeller herumwirbeln. »Wer übernimmt die Wache, du oder ich?«

»Du«, erwiderte Pitt gutgelaunt und zog die kaputte Kette wieder durch die Ösen seiner Fesseln. »Ich täusche sie.«

Eine halbe Stunde später, als das Knirschen von Kies verriet, daß sich der Wachposten näherte, zog Pitt das Anschlußkabel aus der Überwachungskamera. Diesmal bogen zwei Tuaregs um die Ecke. Sie kamen zu beiden Seiten des Schienenstrangs auf sie zu, die Maschinenpistolen im Anschlag. Ihre starren Augen, die hinter dem Schlitz der Litham kaum sichtbar waren, blitzten kalt und unerbittlich.

»Da kommen gleich zwei zu Besuch«, flüsterte Giordino. »Und die sehen nicht aus, als handle es sich um einen Freundschaftsbesuch.«

Der Wachposten auf der rechten Seite der Schienen kam auf Pitt zu und rammte ihm aus purer Schikane den Lauf der Maschinenpistole in die Rippen. Er erntete nur ein überraschtes Heben der Augenbrauen. Pitt wich zurück und lächelte entwaffnend.

»Schön, daß ihr vorbeikommen konntet.«

Die Überraschung mußte gelingen, bevor die Wachen überhaupt merkten, daß sie angegriffen wurden. Pitt hatte die Worte kaum ausgesprochen, als er mit der Linken nach der Waffe griff, den Lauf zur Seite schob und ungeheuer treffsicher den Felsbrocken warf. Der Stein traf die Stirn des Wachpostens und setzte ihn sofort außer Gefecht. Der Mann taumelte nach hinten und brach über den Gleisen zusammen.

Einige Sekunden starrte der zweite Wachposten ungläubig auf seinen zu Boden gegangenen Kameraden. Noch nie war in Tebezza eine Wache von einem Sklaven angegriffen worden, und daß genau dies im Augenblick geschah, verblüffte ihn. Dann begriff er, daß er sich in einer lebensgefährlichen Situation befand und hob die Waffe, um zu feuern.

Pitt tauchte unter der Mündung weg, warf sich zur Seite und

angelte verzweifelt nach der Waffe des zusammengebrochenen Mannes. Aus dem Augenwinkel sah er das flüchtige Schimmern einer Kette, die von hinten wie das Springseil eines Kindes über den Kopf des Tuareg geschwungen wurde. Dann zog Giordino die beiden Enden straff wie eine Garotte. Seine Kraft hob den Mann von den Füßen, die Beine strampelten in der Luft. Die Maschinenpistole fiel klappernd auf die Gleise, als die Hände des Wachpostens wild nach der Kette griffen, die sich in seinen Hals schnitt.

Als das Treten sich in schwaches Zucken verwandelte, ließ Giordino die Kette los, und der Wachposten ging neben seinem ohnmächtigen Kameraden zu Boden. Dann schnappte Giordino sich die Waffe und richtete die Mündung auf den Stolleneingang.

»Wie rücksichtsvoll von uns, sie nicht umzubringen«, murmelte er.

»Nur eine Galgenfrist«, erwiderte Pitt. »Wenn Malika mit den beiden fertig ist, weil sie uns entkommen ließen, dann arbeiten sie Seite an Seite mit denen, die sie vorher geschlagen und gequält haben.«

»Wir können die Typen nicht hier rumliegen lassen, wo sie gefunden werden könnten.«

»Schmeiß sie in eine der leeren Loren und pack Steine drüber. Die wachen in den nächsten zwei Stunden kaum auf. Dann dürften wir uns schon auf unserer Fahrt quer durch die Wüste befinden.«

»Vorausgesetzt, man beeilt sich nicht mit der Reparatur der Kamera.«

Während Giordino sich daran machte, die Wachposten beiseite zu schaffen, warf Pitt einen Blick auf die Zeichnung der Mine, die er von Fairweather erhalten hatte. Er hätte nie im Leben den Weg zurück zum Privataufzug der Ingenieure gefunden – nicht bei den vielen Stollen, die sich in alle Himmelsrichtungen verzweigten.

Giordino beendete seine Aufgabe, hob die Maschinenpistolen auf und musterte sie mit prüfendem Blick. »5,56-Millimeter, Plastik und Fiberglas, Standardmodell der französischen Armee. Nette, kleine Waffe.«

»Keine Schießereien, wenn's geht«, bat Pitt. »Wir müssen vorsichtig sein, damit Melika so spät wie möglich merkt, daß wir abgehauen sind.«

Als sie aus dem Stollen, in dem sie gearbeitet hatten, heraustraten, durchquerten sie geradewegs den Hauptstollen und verschwanden in einem Zugang auf der gegenüberliegenden Seite. Sie achteten sorgsam darauf, den von Fairweather eingezeichneten Überwachungskameras auszuweichen, und erreichten 50 Meter weiter den nächsten Stollen, ohne einer Menschenseele begegnet zu sein. Niemand rief sie an, niemand griff sie an. Beim ersten Teil ihrer Flucht blieben sie unbehelligt.

Sie folgten den Bahngleisen, über die sie vom Aufzug aus in die Mine transportiert worden waren. An den Abzweigungen blieben sie stehen, damit Pitt einen Blick auf die Karte werfen konnte. Die wertvollen Sekunden, die sie dabei verloren, kamen ihnen vor wie Jahre.

»Hast du eine Idee, wo wir uns befinden?« fragte Giordino leise.

»Ich wünschte, ich hätte beim Reinkommen Brotkrumen gestreut« murmelte Pitt und hielt die Karte in die Nähe einer verstaubten Lampe. Plötzlich vernahmen sie ein Quietschen hinter ihnen aus dem Stollen. »Da kommt ein Zug«, stellte Giordino fest.

Pitt deutete auf einen Felsspalt auf der anderen Seite der Schienen, kaum zehn Meter entfernt. »Dort hinein, bis er vorbei ist.«

Blitzschnell verschwanden sie in dem Spalt und blieben plötzlich wie angewurzelt stehen. Ein entsetzlich durchdringender Geruch hing in dem Felsspalt. Verwesungsgestank. Vorsichtig und widerwillig gingen sie weiter, bis sie in eine größere Höhle kamen. Pitt hatte das Gefühl, eine Katakombe zu betreten. Es war stockfinster. Seine Hand ertastete an der Wand einen Lichtschalter, den er nach oben umlegte.

Es war tatsächlich eine Katakombe, ein unterirdischer Friedhof. Sie waren auf die Grabhöhle gestoßen, in der O'Bannion und Melika die Leichen der Arbeiter lagerten, die geschunden worden waren und gehungert hatten, bis der Tod als Erlösung eingetreten war. Durch die trockene Luft waren die Toten kaum verwest. Hier ging es nicht feierlich zu. Die Leichen waren roh aufeinandergestapelt, beinahe 30 Lagen hoch. Das Ganze wirkte gespenstisch, abartig – ein gräßlicher Anblick.

»Mein Gott«, keuchte Giordino. »Hier müssen mehr als tausend Tote liegen.«

»Wie geschickt«, knirschte Pitt, außer sich vor Wut, »O'Bannion und Melika brauchen sich nicht mal die Mühe zu machen, Gräber auszuheben.«

Pitt lief es eiskalt den Rücken herunter, als er sich vorstellte, daß man auch Eva, Dr. Hopper und die übrigen hier wie die anderen Leichen aufstapeln würde. Er schloß die Augen, doch die Vision verschwand nicht.

Erst als der Erzzug am Eingang der Gruft vorbeiratterte, konnte er das grausame Bild aus seinen Gedanken verbannen. Schließlich sagte er: »Komm, machen wir, daß wir an die Oberfläche kommen.« Seine Stimme klang so rauh, daß er sie selbst kaum erkannte.

Das Geräusch des Zuges verlor sich in der Ferne. Sie spähten vorsichtig um die Ecke, um sich davon zu überzeugen, daß keine Wachen in der Nähe waren, und rannten dann auf einen Seitenstollen zu, der auf Fairweathers Karte als Abkürzung zum Aufzug der Ingenieure eingezeichnet war. Sie hatten unglaubliches Glück. Dieser Schacht war triefend naß und der Boden mit Laufbrettern ausgelegt.

Pitt zog eines der Bretter hoch und starrte vergnügt auf die Pfütze, die sich darunter gesammelt hatte. »Cocktailstunde«, sagte er. »Trink so viel du kannst, damit wir die Kanister, die Hopper uns gegeben hat, nicht so schnell anbrechen müssen.«

»Mußt du mir nicht sagen«, erklärte Giordino, ging in die Knie und schlürfte das kühle Wasser aus seinen zusammengelegten Händen.

Sie liefen weiter. Jetzt waren sie erfrischt, und allmählich wurden sie guten Mutes. Eine Minute später stießen sie auf die Eisentür, die zum Aufzug führte. Giordino schob den dünnen Dynamitstab ins Schlüsselloch und schloß die Sprengkapsel an. Dann trat er zurück. Pitt hob einen Felsbrocken auf und zielte auf die Sprengkapsel. Er verfehlte sie.

»Stell dir einfach vor, du wirfst bei einem Fest ein hübsches Mädchen in den Swimming-Pool«, schlug Giordino trocken vor.

»Hoffen wir, daß die Explosion nicht die Wachen oder den Fahrstuhlführer alarmiert«, sagte Pitt und griff nach einem anderen Stein.

»Die werden das nur für das Echo einer Sprengung halten.«

Diesmal traf Pitts Wurf. Die Explosion folgte mit scharfem Knall, das Schloß wurde zerfetzt. Pitt und Giordino sprangen vor, zogen die Eisentür auf und betraten schnell den kurzen Gang, der zum Aufzug führte.

»Was ist, wenn es einen bestimmten Code gibt, durch den der Aufzug herbeigerufen wird?« fragte Giordino.

»Der Gedanke kommt etwas zu spät«, grunzte Pitt. »Wir müssen uns eben auf unseren eigenen Code verlassen.«

Er überlegte einen Moment und drückte dann neben der Tür auf den Knopf. Erst zweimal, dann dreimal, dann noch zwei weitere Male.

Hinter der Tür hörten sie, wie der Verriegelungsmechanismus einrastete und der Elektromotor summte. Der Aufzug kam von einer der oberen Ebenen herabgefahren.

»Du mußt ins Schwarze getroffen haben«, stellte Giordino fest und lächelte.

»Ich habe darauf gesetzt, daß jede Kombination funktioniert, solange man es vermeidet, ganz lang auf den Knopf zu drücken.«

Eine halbe Minute später öffneten sich die Türen. Der Fahrstuhlführer blickte hinaus und sah niemanden. Neugierig trat er über die Schwelle – und brach ohnmächtig zusammen, weil Pitt ihm mit dem Kolben der Maschinenpistole einen Schlag in den Nacken versetzt hatte. Giordino zog den Fahrstuhlführer schnell in die Kabine, während Pitt die Türen schloß.

»Alles einsteigen. Nächster Halt: Vorstandsetage«, rief er und drückte auf den obersten Knopf der Bedienungstafel.

»Kein Besuch bei der Gesteinsmühle und der Goldgewinnung?«

»Nur wenn du unbedingt darauf bestehst.«

»Ich verzichte«, knurrte Giordino.

Nebeneinander standen sie in der kleinen Kabine, beobachteten die aufleuchtenden Lämpchen über der Bedienungstafel und fragten sich, ob oben wohl eine ganze Armee von Tuaregkriegern auf sie warten würde, um mit ihnen kurzen Prozeß zu machen. Das Summen wurde leiser, und der Lift kam so behutsam zum Halten, daß man es kaum merkte.

Pitt entsicherte seine Maschinenpistole und nickte Giordino zu. »Fertigmachen.«

Die Tür öffnete sich. Niemand schoß. Ein Ingenieur und ein Wachposten gingen, in ein Gespräch vertieft, den Gang vor dem Aufzug entlang und hatten ihnen den Rücken zugewandt.

»Fast so, als wollten die, daß wir abhauen«, murmelte Giordino.

»Freu dich nicht zu früh«, warnte Pitt, »noch sind wir nicht draußen.«

Den Fahrstuhlführer konnten sie nirgendwo verstecken. Deshalb drückte Pitt den Knopf der untersten Ebene und schickte ihn auf die Reise. Dann schlichen sie, sich sorgsam außer Sichtweite haltend, hinter den beiden Männern her, bis diese in einem Raum hinter einer der alten, geschnitzten Türen verschwanden.

Der kannelierte Korridor lag genauso verlassen da wie vor 24 Stunden, als die Wachen sie hindurchgeführt hatten. Die Maschinenpistolen nach vorn gerichtet, hielten sie sich eng an der Wand und liefen weiter, bis der Korridor auf den Stollen stieß, der zur Galerie führte, wo die Lastwagen geparkt waren. Ein Tuareg auf einem Campingstuhl bewachte den Eingang. Er hockte ruhig da, rauchte Pfeife, las im Koran und erwartete aus der Richtung der Ingenieurbüros und der Unterkünfte nicht den geringsten Ärger.

Pitt und Giordino blieben stehen, um zu verschnaufen, und schauten sich in die Richtung um, aus der sie gekommen waren. Sie wurden nicht verfolgt. Dann konzentrierten sie sich auf die letzte Hürde. Das war die freie Fläche über gut 50 Meter, die offenbar nicht von den Kameras überwacht wurde.

»Ich laufe schneller als du«, wisperte Pitt und reichte Giordino seine Waffe. »Wenn er mich angreift, bevor ich bei ihm bin, schalt ihn aus.«

»Paß bloß auf, daß du nicht in meine Schußlinie kommst«, warnte Giordino.

Pitt zog die Schuhe aus und ging in die Hocke wie ein Sprinter beim Start, suchte mit den Füßen auf dem Boden festen Halt und rannte los. Pitt wußte, daß er eine gute Zielscheibe abgeben würde. Seine Tritte waren zwar kaum zu hören, aber die Akustik im Felsentunnel war gut. Er hatte fast 40 Meter zurückgelegt, als der Wachposten, vom Trappeln der Füße in seinem Rücken neugierig geworden, sich umdrehte und fassungslos dem Sklaven entgegenstarrte, der auf ihn zustürmte. Letzten Endes war es die verlangsamte Reaktion des

Tuareg, die Pitt rettete. Der Lauf der Maschinenpistole hob sich gerade in dem Augenblick, als Pitt sich nach vorne gegen den Wachposten warf. Der Mann schlug mit dem Kopf auf und wurde ohnmächtig.

Pitt rollte sich von seinem Gegner herunter und rang keuchend nach Atem. Er keuchte immer noch, als Giordino herankam und auf ihn hinabsah.

»Nicht schlecht für einen alten Mann von vierzig«, stellte er fest, streckte die Hand aus und zog Pitt auf die Beine.

»So was werde ich nicht nochmal versuchen. Nie mehr«. Pitt schüttelte entschieden den Kopf. Er warf einen Blick auf die lange, unterirdische Galerie. Zwei Renault-Lastwagen parkten nebeneinander in unmittelbarer Nähe des Tunnels, der draußen in die enge Schlucht führte. Dann sah er auf den Tuareg, der zusammengebrochen am Boden lag. »Du bist doch kräftig«, sagte er zu Giordino. »Trag ihn zum nächsten Lastwagen und schmeiß ihn auf die Ladefläche. Wir nehmen ihn mit. Wenn zufällig jemand vorbeikommt, wird er denken, dem Mann sei langweilig geworden und er habe seinen Posten verlassen, um sich die Beine zu vertreten.«

Giordino legte sich den Wachposten lässig über die Schulter und wuchtete ihn dann über die hintere Klappe auf die Ladefläche des ersten Lastwagens. Pitt stieg währenddessen ein und warf einen prüfenden Blick auf die Armaturen. Einen Zündschlüssel gab es nicht, die Zündung wurde ohne Schlüssel betätigt. Der Tank war, wie Fairweather es vorhergesehen hatte, voll. Er schaltete die Zündung ein und drückte auf den Anlasserknopf. Der Motor sprang sofort an.

»Gibt's eine Uhr am Armaturenbrett?« fragte Giordino.

Pitt schüttelte den Kopf. »Das hier ist ein billiges Modell, ohne jede Zusatzausstattung. Weshalb?«

»Diese verdammten Tuaregs haben mir die Uhr abgenommen. Mir ist jedes Zeitgefühl abhanden gekommen.«

Pitt zog einen Stiefel aus und zog seine Doxa-Taucheruhr aus ihrem Versteck im Absatz hervor. Er schob sie sich übers Handgelenk und hielt sie Giordino hin. »Zwanzig nach eins, nachts.«

»Es geht doch nichts über einen Aufbruch in aller Frühe.«

Pitt legte den ersten Gang ein, ließ die Kupplung kommen und lenkte den Lastwagen in den Ausgangstunnel. Er fuhr gerade so schnell, daß die Leerlaufdrehzahl kaum überschritten wurde und das Auspuffgeräusch niemanden mißtrauisch machte.

Die Wände waren so nah, daß sie fast die Seiten des Lastwagens berührten. Pitt konnten Kratzer im Lack zwar völlig egal sein, seine größte Sorge aber war, Geräusche zu erzeugen, die möglicherweise Aufmerksamkeit erregt hätten. Als sie ins Freie gelangten und durch die enge Schlucht fuhren, schaltete er hoch, gab Vollgas und knipste die Scheinwerfer an. Der Renault schoß heftig holpernd durch die Landschaft und zog eine wirbelnde Staubwolke hinter sich her.

Während der Hinfahrt hatte Pitt sich, als er den Lastwagen auf festeren Untergrund schieben mußte, die Landmarken in der Nähe eingeprägt, so daß er mit dem Lastwagen ohne Schwierigkeiten über das Felsplateau donnern und wegen der schnellen Fahrt auch nicht steckenbleiben konnte.

Er registrierte nicht den Duft der Freiheit, ebenso wenig die kalte Wüstenluft, und er verschwendete auch keinen Blick auf die Sterne am Himmel. Jeder Kilometer, den sie zwischen sich und die Verfolger legten, zählte; jede Minute war kostbar. Pitt fuhr wie der Teufel, holte alles aus dem Lastwagen heraus.

Giordino beschwerte sich nicht und bat ihn auch nicht, langsamer zu fahren. Er setzte grenzenloses Vertrauen in ihn, stemmte die Füße gegen das Armaturenbrett, klammerte sich mit den Händen am Sitz fest und biß während der holprigen Fahrt die Zähne zusammen. Seine Augen verfolgten die kaum sichtbaren Reifenspuren, die im Dunkel der hohen, steilen Felswände der Schlucht vor ihnen auftauchten.

Plötzlich, als der Lastwagen in die Wüste hinausschoß, tat sich ödes Flachland auf. Erst jetzt warf Pitt einen Blick zum Himmel und suchte den Nordstern, um sich daran zu orientieren. Sie fuhren nun nach Osten.

Den Punkt, an dem eine Rückkehr noch möglich gewesen wäre, hatten sie überschritten. Die Chancen, daß ihr selbstmörderischer Versuch gelingen könnte, waren so gering, daß ein Versagen unausweichlich schien. Doch eine andere Entscheidung wäre für Pitt undenkbar gewesen. Sie konnten nicht anhalten, bis sie eine Wasserquelle erreichten oder gerettet wurden.

Vor ihnen lagen 400 Kilometer Wüste, einladend, unheilvoll, tödlich. Der Kampf ums Überleben hatte begonnen.

39

Während der nächsten fünf Stunden, in denen es noch dunkel war fuhr Pitt mit dem Lastwagen durch die ehrfurchtgebietende Sandwüste, in der die Zeit nur wenig Bedeutung hat. Dies war wirklich eine Gegend, die keinerlei Kompromisse kannte. Man zitterte in der kalten Morgenluft, mußte wegen des feinen Sandes husten und wurde schließlich von der Sonne regelrecht gebraten. Pitt hatte das Gefühl, eine Welt betreten zu haben, die nicht zu seinem Universum gehörte.

Sie fuhren durch einen Teil der Sahara, der unter dem Namen Tanezrouft bekannt ist, große, ausgedehnte Wüstenflächen, beinahe 200 000 Quadratkilometer umfassend, unterbrochen nur von vereinzelten zerklüfteten Hängen und gelegentlich von einem Sandmeer.

Das war die Wüste in Reinkultur, in der überhaupt nichts wuchs.

Leben gab es dennoch. Motten tanzten im Licht der Scheinwerfer. Ein Paar Raben, die Totengräber der Wüste und gleichzeitig ihre Putzkolonne, wurden vom heranfahrenden Lastwagen gestört, schwangen sich in die Luft und gaben dabei ihrer Verärgerung lautstark Ausdruck. Große schwarze Käfer flohen über den Sand, um den Reifen zu entgehen – ab und zu auch ein Skorpion oder eine winzige, grüne Eidechse.

Die Leere rings um sie herum war eindrucksvoll. Die vielen hundert Kilometer, die sie noch vor sich hatten, Hunger, Durst und Entbehrungen, die noch auf sie warteten, machten Pitt zu schaffen. Das einzig Tröstliche war das eintönige Brummen des Renaultmotors. Er hatte nicht eine einzige Fehlzündung gehabt, seit sie von den Minen losgefahren waren, der Vierradantrieb arbeitete reibungslos und trug sie über den trügerischen Treibsand, in dem sie sonst steckengeblieben wären. Viermal mußte Pitt in tiefe, enge Wadis mit sanften Kieselbänken einfahren, bei denen er große Mühe hatte, den gegenüberliegenden Hang wieder hochzukommen. Oft konnte er unvermittelt auftauchende Erdspalten oder Felsbrocken nicht umfahren. Doch der robuste Lastwagen ließ sie nicht im Stich.

Sie nahmen sich nicht die Zeit, anzuhalten, auszusteigen und sich die Beine zu vertreten. Später, wenn sie den Lastwagen zurücklassen mußten, würden sie genügend Gelegenheit zum Marschieren haben.

Selbst dem Ruf der Natur folgten sie, ohne ihre Fahrt zu unterbrechen.

»Wie weit sind wir gefahren?« fragte Giordino.

Pitt warf einen Blick auf den Tageskilometerzähler. »102 Kilometer.«

Giordino sah ihn an. »Entweder hast du die falsche Abkürzung gewählt, oder wir bewegen uns im Kreis. Wir müßten inzwischen an die 200 Kilometer zurückgelegt haben. Haben wir uns verirrt?«

»Wir halten genau Kurs«, erwiderte Pitt selbstsicher. »Es liegt an Fairweathers Angaben. Er hat die Entfernungen in Luftlinie genannt. Doch es ist unmöglich, Luftlinie zu fahren. Wir mußten ja bereits einen Umweg von 40 Kilometern in Kauf nehmen, um zwei tiefe Schluchten und jede Menge Dünen zu umfahren.«

Giordino rutschte unruhig auf seinem Sitz hin und her. »Allmählich bekomme ich das ungute Gefühl, daß wir sehr viel weiter als 100 Kilometer durchs Niemandsland marschieren müssen.«

»Kein verlockender Gedanke«, pflichtete ihm Pitt bei.

»Gleich wird es hell. Dann können wir unseren Kurs nicht mehr nach den Sternen bestimmen.«

»Brauchen wir nicht. Mir ist endlich doch noch eingefallen, wie man sich selbst einen Behelfskompaß bauen kann. Stand im *Army Field Manual*.«

»Da bin ich aber froh«, gähnte Giordino. »Was sagt die Tankanzeige?«

»Etwas mehr als die Hälfte noch.«

Giordino drehte sich um und warf einen Blick auf den Tuareg, der gefesselt auf der Ladefläche lag. »Unser Freund sieht so glücklich aus wie ein Seemann, der shanghait wurde.«

»Er weiß es noch nicht, aber er wird dafür sorgen, daß wir der Verfolgung entgehen«, antwortete Pitt.

»Da ist er wieder, dieser hinterhältige Charakter. Der hört nicht auf, Pläne auszubrüten.«

Pitt warf einen kurzen Blick auf die Mondsichel. Vollmond wäre ihm zwar lieber gewesen, doch er war auch für das bißchen Licht dankbar, das der Mond warf, während er mit dem Lastwagen durch eine Gegend fuhr, die stark an eine Kraterlandschaft erinnerte. Er starrte angestrengt auf die im Scheinwerferlicht vor ihm liegende unebene Fläche. Plötzlich wurde der Wüstenboden glatt und funkelte wie ein Feuerwerk.

Der Renault fuhr über einen riesigen ausgetrockneten See, dessen Salzkristalle in den Scheinwerferkegeln in sämtlichen Farben des Regenbogens erstrahlten. Pitt legte den vierten Gang ein und war regelrecht in Hochstimmung, als der Renault mit fast 90 Stundenkilometern über die feste, flache Oberfläche raste.

Giordino übernahm das Steuer, als die Sonne scheinbar blitzschnell über dem Horizont aufging. Eine Stunde später ließ Pitt ihn anhalten und suchte auf der Ladefläche herum, bis er ein loses Rohr von ungefähr einem Meter Länge gefunden hatte. Das rammte er senkrecht in den Sand, so daß es einen Schatten warf. Danach sammelte er zwei kleine Steine, von denen er einen genau an das Ende des Schattens legte.

»Ist das dein Arme-Leute-Kompaß?« fragte Giordino und verfolgte im Schatten des Lastwagens Pitts Experiment.

»Beachte die Arbeit des Meisters.« Er setzte sich zu Giordino und wartete ungefähr zwölf Minuten, bevor er die Distanz, die der Schatten weitergewandert war, mit dem anderen Stein markierte. Danach verband er den ersten Stein mit dem zweiten durch eine gerade Linie, die er einen halben Meter weiter fortführte, stellte sich mit dem großen linken Zeh auf den ersten Stein und mit dem rechten großen Zeh auf die Stelle, an der der Strich endete. Er hob den linken Arm, deutete geradeaus und sagte: »Dort ist Norden.« Dann streckte er den rechten Arm zur Seite. »Da geht's nach Osten, zur Trans-Sahara-Straße.«

Giordino spähte an Pitts ausgestrecktem Arm entlang. »Ich sehe eine Düne, die wir als Landmarke nehmen können.«

Sie fuhren weiter und wiederholten die Prozedur jede Stunde. Gegen neun Uhr kam von Südosten her ein Wind auf, wirbelte Staubwolken auf und beschränkte die Sicht auf weniger als 200 Meter. Um zehn Uhr war der heiße Wind noch stärker geworden und drang trotz der hochgekurbelten Scheiben in die Fahrerkabine ein.

Das Barometer stieg und fiel wie ein Jojo. An diesem Tag kletterte die Temperatur innerhalb von drei Stunden von 15 auf 35 Grad und erreichte am Nachmittag 46 Grad. Pitt und Giordino hatten das Gefühl, durch einen Backofen zu fahren – so heiß und trocken fühlte sich die Luft beim Ein- und Ausatmen an. Die einzige Erleichterung brachte der Luftzug bei der Fahrt durch die öde und leere Landschaft.

Die Nadel des Wassertemperaturanzeigers zitterte einen Millimeter vor dem roten Strich, der ein Kochen signalisierte, doch der Kühler schien absolut dicht zu sein. Sie hielten jetzt jede halbe Stunde an, und Pitt bestimmte anhand des matten Schattens, den die Sonne im Dunst warf, die Richtung.

Er schraubte einen der Wasserkanister auf und reichte ihn Giordino. »Zeit, etwas zu trinken.«

»Wieviel?« erkundigte sich Giordino.

»Wir teilen es. Das wäre ein halber Liter für jeden von uns, so daß wir für morgen noch einen Liter haben.«

Giordino klemmte das Steuerrad zwischen seinen Beinen fest, schätzte seinen Teil Wasser ab und fing an zu trinken. Dann reichte er Pitt den Kanister zurück. »O'Bannion muß inzwischen seine Hunde von der Leine gelassen haben.«

»Wenn die mit einem Lastwagen des gleichen Typs unterwegs sind, können sie nicht aufgeholt haben. Es sei denn, es säße jemand am Steuer, der schon mal einen Grand Prix in der Formel Eins gewonnen hat.

»Weshalb haben wir nicht daran gedacht, Reservetreibstoff zu laden?«

»In der Nähe der geparkten Lastwagen standen keine Dieselfässer herum. Darauf habe ich geachtet. Sie müssen sie anderswo gelagert haben, und uns fehlte die Zeit für eine gründliche Suche.«

»O'Bannion könnte einen Hubschrauber geordert haben«, sagte Giordino, schaltete herunter und ließ den Lastwagen über eine niedrige Düne kriechen.

»Nur Fort Foureau und das malische Militär könnten ihm einen Helikopter zur Verfügung stellen. Ich nehme an, daß Kazim und Massarde die letzten sind, die er um Hilfe bittet. Er weiß ganz genau, daß die beiden nicht begeistert sind, wenn sie erfahren, daß ihm die Staatsfeinde Nummer eins und Nummer zwei kurz nach ihrer Einlieferung wieder entkommen sind.«

»Du hältst es also für unmöglich, daß O'Bannions Verfolgungstrupp uns abfangen kann, bevor wir die Grenze nach Algerien überschritten haben?«

»Die Männer können uns ebenso wenig durch einen Sandsturm hindurch verfolgen wie ein Mounti sein Opfer im Schneesturm.« Pitt deutete mit dem Daumen durch das Rückfenster. »Keinerlei Reifenspuren.«

Giordino warf einen Blick in den Rückspiegel und sah, wie der Wind die Reifenspuren verwehte. Er entspannte sich und setzte sich bequemer hin. »Du glaubst gar nicht, was für ein Vergnügen es ist, in Gesellschaft eines Wahrsagers zu reisen.«

»O'Bannion darf man allerdings keineswegs außer acht lassen. Wenn seine Männer zuerst die Trans-Sahara-Straße erreichen und dort patrouillieren, bis wir auftauchen, sitzen wir in der Tinte.«

Pitt trank den Kanister leer und warf ihn nach hinten. Der Tuareg hatte inzwischen das Bewußtsein wiedererlangt und musterte die beiden Männer im Fahrerhaus feindselig.

»Wie steht's mit dem Treibstoff?« fragte Pitt.

»Auf Null.«

»Zeit, daß wir eine falsche Fährte legen. Fahr in die Gegenrichtung und halte an.«

Giordino folgte der Anweisung und beschrieb eine enge Kurve Richtung Westen. »Von hier aus gehen wir zu Fuß?«

»Von hier aus gehen wir zu Fuß. Doch zuerst holen wir den Wachposten nach vorn und durchsuchen den Lastwagen nach jedem Gegenstand, der uns nützlich werden könnte, wie beispielsweise Tücher für den Kopf, um einen Sonnenstich zu vermeiden.«

Eine seltsame Mischung aus Angst und Haß brannte in den Augen des Wachpostens, als sie ihn auf den Vordersitz hievten, seinen Umhang in Streifen schnitten und ihn so fesselten, daß seine Hände und Füße Lenkrad und Pedale nicht erreichen konnten.

Anschließend durchsuchten sie den Lastwagen, fanden ein paar ölverschmierte Lappen und zwei Handtücher, die sie als Turbane verwandten. Dann band Pitt das Lenkrad fest, so daß es sich nicht bewegte, legte den zweiten Gang ein und sprang vom Lastwagen herunter. Der treue Renault kroch mit seinem verschnürten Passagier vorwärts und rumpelte wieder auf Tebezza zu, bis er im wehenden Sand verschwunden war.

»Du gibst ihm eine bessere Überlebenschance, als er sie uns gegeben hätte«, protestierte Giordino.

»Vielleicht, vielleicht auch nicht«, erwiderte Pitt ruhig.

»Wie weit, glaubst du, müssen wir marschieren?«

»Ungefähr 180 Kilometer«, antwortete Pitt, als würde es sich um einen Katzensprung handeln.

»Das sind fast 112 Meilen. Und dafür bleibt uns nur ein Liter Wasser, das so schlecht ist, daß es nicht einmal einen Kaktus zum Wachsen brächte«, beklagte sich Giordino. »Ich ahne schon, daß meine armen alten Knochen im Sand bleichen werden.«

»Konzentrier dich auf das Positive«, erwiderte Pitt und band sich seinen Behelfsturban um. »Du wirst reine Luft atmen, die Stille genießen und mit der Natur eins werden. Kein Smog, kein Verkehr, keine Menschen. Was könnte besser für die Seele sein?«

»Eine Flasche kühles Bier, ein Hamburger und ein Bad«, seufzte Giordino.

Pitt hielt vier Finger in die Höhe. »In vier Tagen wird dein Wunsch in Erfüllung gehen.«

»Wie gut bist du, wenn's darum geht, in der Wüste zu überleben?« erkundigte Giordino sich hoffnungsvoll.

»Ich habe mit zwölf mal mit den Pfadfindern ein Wochenende in der Mojave-Wüste gezeltet.«

Traurig schüttelte Giordino den Kopf. »Da braucht man sich ja keine Sorgen mehr zu machen.«

Pitt bestimmte die Richtung noch einmal, dann benutzte er das Kompaßrohr als Stock, senkte den Kopf gegen Wind und Sand und marschierte in die Richtung, die er für Osten hielt. Giordino hakte eine Hand in Pitts Gürtel, damit sie sich in einem plötzlichen Sandsturm nicht verlieren konnten und trottete hinter ihm her.

40

Die Konferenz im UN-Hauptquartier begann um 10 Uhr morgens hinter verschlossenen Türen und dauerte bis nach Mitternacht. Fünfundzwanzig der führenden Meeres- und Klimawissenschaftler und weitere 30 Biologen, Toxikologen und Umweltexperten saßen bei Hala Kamils kurzer Einführung gespannt da. Dann übergab sie das

Wort Admiral Sandecker, der sofort zur Sache kam und das Gespenst einer ökologischen Katastrophe an die Wand malte.

Im Anschluß daran stellte Sandecker Dr. Darcy Chapman vor, der nähere Angaben über die chemischen Ursachen für die sich rasch ausbreitende Rote Flut machte. Rudi Gunns Vortrag mit den neuesten Daten über die Umweltvergiftung schloß sich an. Hiram Yaeger faßte die Aussagen zusammen, zeigte Satellitenfotos der Roten Flut und reichte Statistiken herum, die das voraussichtliche Wachstum prognostizierten.

Die Einführungsvorträge dauerten bis zwei Uhr mittags. Als Yaeger wieder Platz nahm und Sandecker erneut ans Podium trat, hörte man die üblichen Proteste der Wissenschaftler, die selten mit den Theorien und Lösungsvorschlägen ihrer Kollegen einverstanden sind, nicht. Statt dessen lag ein eigenartiges Schweigen über dem Auditorium. Die wenigen Anwesenden, die vorher an dem Ausmaß der Katastrophe gezweifelt hatten, änderten jetzt ihre Meinung und unterstützten Sandeckers ernste Warnung.

Die Konferenz endete damit, daß Komitees und Forschungsteams gegründet wurden, um die Ressourcen zu bündeln und die Zusammenarbeit zu organisieren, damit die Informationen unverzüglich weitergeleitet würden.

Obwohl sie wußte, daß diese Bitte vergebens war, trat Hala Kamil nochmals ans Podium und bat die Wissenschaftler eindringlich, nicht mit den Vertretern der Medien zu sprechen, bevor die Situation nicht ansatzweise unter Kontrolle wäre. »Das Allerletzte, was wir jetzt brauchen können«, bekräftigte sie noch einmal ihre Bitte, »ist eine weltweite Panik«.

Frau Kamil beendete die Konferenz, indem sie den Termin für die nächste Zusammenkunft nannte. Die Wissenschaftler bildeten auf den Gängen Gruppen, unterhielten sich mit ungewöhnlich ruhigen Stimmen und verhaltenen Handbewegungen, während sie ihre persönliche Sicht der Dinge darlegten.

Sandecker lehnte sich müde in seinem Sessel zurück. Sein Gesicht war erschöpft, von tiefen Linien gezeichnet, und doch lagen in seiner Miene auch Willensstärke und Entschlußkraft. Endlich, so schien ihm, hatte er Erfolg gehabt und mußte seinem Fall nicht länger vor den tauben Ohren feindseliger Zuhörer Gehör verschaffen.

»Eine glänzende Präsentation«, sagte Hala Kamil.

Sandecker erhob sich halb, als Hala sich neben ihn setzte. »Ich hoffe, es hat gewirkt.«

Hala nickte und lächelte. »Sie haben die besten Köpfe, die es auf den Gebieten der Ozeanologie und der Umweltwissenschaften gibt, dazu inspiriert, gemeinsam an einer Lösung zu arbeiten, bevor es zu spät ist.«

»Informiert vielleicht, doch wohl kaum inspiriert.«

Sie schüttelte den Kopf. »Da irren Sie sich, Admiral. Alle Anwesenden haben die Dringlichkeit begriffen. Der unbedingte Wille, der Bedrohung Einhalt zu gebieten, war in allen Gesichtern zu sehen.«

»Nichts von alledem wäre geschehen, wenn Sie nicht gewesen wären. Mit der Klugheit einer Frau vermochten Sie die Gefahr zu erkennen.«

»Was in meinen Augen offensichtlich war, schien in den Augen anderer absurd«, bemerkte sie ruhig.

»Ich habe jetzt, da die Debatten und Kontroversen vorbei sind, ein besseres Gefühl. Wir können nun unsere Anstrengungen darauf konzentrieren, diese Sache zu stoppen.«

»Unser nächstes Problem ist, das Ganze geheim zu halten. Die Geschichte wird mit an Sicherheit grenzender Wahrscheinlichkeit innerhalb von 48 Stunden publiziert werden.«

»Wissenschaftler sind nicht gerade bekannt dafür, daß sie dichthalten«, nickte Sandecker.

Hala warf einen Blick auf das verlassene Auditorium. Der Geist der Zusammenarbeit war weit über das hinausgegangen, was sie in der Generalversammlung erlebt hatte. Möglicherweise bestand für eine Welt, die von derart vielen ethnischen Kulturen und Sprachen geteilt wurde, doch noch ein Hoffnungsschimmer.

»Wie sehen Ihre Pläne aus?« fragte sie.

Sandecker zuckte die Achseln. »Pitt und Giordino aus Mali herausholen.«

»Wie lange ist es her, daß sie auf dem Gebiet der Solar-Müllverbrennungsanlage gefaßt wurden?«

»Vier Tage.«

»Haben Sie seither irgendwelche Nachrichten erhalten?«

»Nein. In diesem Teil der Welt sind unsere Geheimdienste schwach vertreten, und wir haben keine Ahnung, wohin sie gebracht wurden.«

»Wenn sie Kazim in die Hand gefallen sind, befürchte ich das Schlimmste.«

Sandecker konnte den Verlust von Pitt und Giordino nicht akzeptieren. Er wechselte das Thema. »Haben die Experten Anhaltspunkte dafür gefunden, daß bei dem Absturz der Wissenschaftler der Weltgesundheitsbehörde nicht alles mit rechten Dingen zugegangen ist?«

Einen Moment lang antwortete sie nicht. »Das Wrack wird noch untersucht«, erklärte sie schließlich. »Doch den ersten Berichten zufolge wurde der Absturz nicht von einer Bombe verursacht. Bis jetzt ist das Ganze ein Rätsel.«

»Überlebende gab es nicht?«

»Nein, Dr. Hopper und die gesamte Besatzung wurden getötet.«

»Kaum zu glauben, daß Kazim nicht dahinterstecken sollte.«

»Er ist bösartig«, stellte Hala mit ernster, nachdenklicher Miene fest. »Auch ich glaube, daß er für den Absturz verantwortlich ist. Dr. Hopper muß etwas über die Epidemie herausbekommen haben, unter der ganz Mali leidet. Etwas, das Kazim geheimhalten wollte, besonders vor den ausländischen Regierungen, die ihn mit Hilfszahlungen unterstützen.«

»Vielleicht haben Pitt und Giordino die Antwort gefunden.«

Sie sah Sandecker an. In ihren Augen lag Mitgefühl. »Sie müssen sich mit dem Gedanken vertraut machen, daß die beiden auf Befehl Kazims exekutiert wurden.«

Wie ein von den Schultern gleitender Mantel schien die Müdigkeit von Sandecker abzufallen, und ein grimmiges Lächeln umspielte seine Lippen. »Nein«, sagte er langsam. »Pitts Tod werde ich nie akzeptieren, nicht, solange ich nicht persönlich seine Leiche identifiziert habe. Dazu war er einfach schon zu oft totgesagt.«

Hala griff nach Sandeckers Hand. »Wollen wir hoffen, daß er es auch diesmal schafft.«

Felix Verenne wartete auf dem Flughafen von Gao, als Ismail Yerli die Gangway herabkam. »Willkommen in Mali«, begrüßte er ihn und streckte die Hand aus. »Soviel ich weiß, haben Sie früher schon einmal einige Jahre hier verbracht.«

Yerli lächelte nicht, als er die Hand ergriff. »Tut mir leid, daß ich so spät komme, aber das Flugzeug von Massarde Enterprises, das Sie losgeschickt hatten, um mich in Paris abzuholen, hatte technische Probleme.«

»Das habe ich gehört. Ich hätte eine andere Maschine hingeschickt, doch Sie waren bereits mit der Air Afrique losgeflogen.«

»Ich war der Ansicht, daß Mr. Massarde mich so bald wie möglich hier sehen wollte.«

Verenne nickte. »Sie wurden von Bordeaux über Ihre Aufgaben instruiert?«

»Ich bin selbstverständlich über die unseligen Nachforschungen der Vereinten Nationen und der NUMA im Bilde, doch Bordeaux deutete lediglich an, meine Aufgabe würde darin bestehen, zu Kazim ein enges Verhältnis aufzubauen und ihn davon abzuhalten, Mr. Massardes Operationen in die Quere zu kommen.«

»Dieser Idiot hat die ganze Geschichte mit der Seucheninspektion vermasselt. Ein Wunder, daß die Medien davon noch keinen Wind bekommen haben.«

»Sind Hopper und seine Gruppe tot?«

»So gut wie. Sie schuften als Sklaven in der Sahara in einer geheimen Mine von Mr. Massarde.«

»Und die Eindringlinge von der NUMA?«

»Die wurden ebenfalls gefaßt und in die Mine geschickt.«

»Dann haben Mr. Massarde und Sie alles unter Kontrolle.«

»Genau aus diesem Grund hat Mr. Massarde nach Ihnen geschickt. Um weitere Fehlschläge von Kazim zu verhindern.«

»Wohin fliege ich von hier aus?« fragte Yerli.

»Nach Fort Foureau, wo Mr. Massarde Sie persönlich instruieren wird. Er wird ein Zusammentreffen mit Kazim arrangieren und diesem fürchterlichen kleinen Wicht Ihre Verdienste als Spion in den glühendsten Farben schildern. Kazim fährt auf Spionageromane total ab. Er wird die Gelegenheit benutzen, um sich Ihrer Dienste zu versichern. Dabei wird ihm nicht bewußt sein, daß Sie Mr. Massarde über alles, was er plant und tut, Bericht erstatten werden.«

»Wie weit ist es bis Fort Foureau?«

»Zweieinhalb Flugstunden mit dem Hubschrauber. Kommen Sie, wir holen Ihr Gepäck und machen uns auf den Weg.«

Ebenso wie die Japaner, die ihre Geschäfte betreiben, ohne die Produkte der Länder zu kaufen, deren Märkte sie beliefern, beschäftigte auch Massarde nur Franzosen als Ingenieure und Arbeiter. Er setzte auch bei den Transportmitteln und Ausrüstungen nur französische Fabrikate ein. Der in Frankreich gebaute Ecureuil Helikopter war genau dasselbe Modell, das Pitt im Niger versenkt hatte. Verenne befahl dem Piloten, Yerlis Gepäck zu holen und an Bord zu verstauen. Während er und der Türke, der keine Miene verzog, in den komfortablen Sesseln Platz nahmen, servierte ein Steward Hors d'oeuvres und Champagner.

»Ist das nicht ein bißchen übertrieben?« fragte Yerli. »Rollen Sie den Roten Teppich für jeden Besucher aus?«

»Anweisungen von Mr. Massarde«, erwiderte Verenne förmlich. »Von der amerikanischen Angewohnheit, Fruchtsäfte, Bier und Nüsse zu reichen, hält er gar nichts. Als Franzose besteht er darauf, einen raffinierteren Geschmack zur Schau zu stellen und französische Lebensart zu demonstrieren. Dabei spielt der Status unserer Besucher keine Rolle.«

Yerli hob sein Champagnerglas. »Auf Yves Massarde und seine Großzügigkeit.«

»Auf unseren Chef«, erwiderte Verenne. »Möge er die Großzügigkeit denjenigen gegenüber, die loyal sind, nie verlieren.«

Yerli leerte sein Glas mit einem Achselzucken und hielt es dem Steward zum Nachfüllen hin. »Gibt's von seiten der Umweltschutzgruppen irgendwelche Reaktionen auf unsere Operation in Fort Foureau?«

»Eigentlich nicht. Sie sitzen etwas in der Zwickmühle. Auf der einen Seite begrüßen sie unsere Selbstversorgung mit Solarenergie. Auf der anderen Seite haben sie eine Heidenangst, welchen Einfluß die Verbrennungsrückstände des Mülls auf die Wüstenluft haben werden.«

Yerli musterte die Bläschen in seinem Champagnerglas. »Wissen Sie genau, daß das Geheimnis von Fort Foureau noch sicher ist? Was ist, wenn die europäischen Regierungen und die Amerikaner Wind davon bekommen, was sich tatsächlich dahinter verbirgt?«

Verenne lachte. »Machen Sie Witze? Die meisten Regierungen der Industrieländer sind überglücklich, sich ohne das Wissen der Öffentlichkeit heimlich des gefährlichen Giftmülls entledigen zu können. Unter der Hand haben uns Bürokraten und Chefs von Nuklear- und Chemieunternehmen auf der ganzen Welt ihren Segen gegeben.«

»Die wissen davon?« fragte Yerli überrascht.

Verenne sah ihn amüsiert an. »Was glauben Sie denn, wer Massardes Klienten sind?«

41

Nachdem sie den Lastwagen zurückgelassen hatten, marschierten Pitt und Giordino in der Hitze des Nachmittags und der Kälte der Nacht weiter. Solange sie noch relativ ausgeruht waren, wollten sie so weit wie möglich kommen. Als sie schließlich anhielten und Rast machten, graute der Morgen. Sie vergruben sich im Sand, so daß ihre Körper vor der Hitze des Tages und der brennenden Sonne geschützt waren und der Flüssigkeitsverlust minimiert wurde. Der sanfte Druck des Sandes linderte darüber hinaus den Schmerz ihrer überanstrengten Muskeln.

Nach dem ersten Marschabschnitt waren sie ihrem Ziel 48 Kilometer näher gekommen. Die tatsächlich zurückgelegte Wegstrecke war größer, weil sie auf dem Wüstenboden im Zickzack zwischen den Sanddünen hindurchmarschiert waren. Am zweiten Abend brachen sie vor Sonnenuntergang auf, so daß Pitt das Rohr anbringen und ihre Marschrichtung bestimmen konnte. Bei Sonnenaufgang am nächsten Tag war die Trans-Sahara-Straße weitere 42 Kilometer näher gerückt. Bevor sie wieder unter die Sanddecke krochen, tranken sie die letzten Wassertropfen aus dem Kanister. Von jetzt an bis zu dem Zeitpunkt, an dem sie neues Wasser bekommen würden, trockneten ihre Körper langsam aus.

In der dritten Nacht mußten sie eine Dünenbarriere überwinden, die sich nach links und rechts ausdehnte, so weit das Auge reichte. Die Dünen, obwohl gefährlich, waren traumhaft schön. Ihre feinen, glatten Oberflächen wurden vom rastlosen Wind zu fragilen kleinen Wellen geformt. Pitt begriff ihre Eigenheiten schnell. Nach einem sanften Anstieg fiel die Düne normalerweise auf der anderen Seite steil ab. Sie marschierten praktisch auf den rasiermesserscharfen Kämmen, um den Auf- und Abstieg im weichen Sand zu vermeiden. War dies zu schwierig, liefen sie durch die Senken, wo der Sand fester war.

Am vierten Tag wurden die Dünen allmählich niedriger und gingen schließlich in weite Sandebenen über, die vollkommen öde und ohne Wasser war. Obwohl sie dankbar waren, in flaches Gebiet zu kommen, empfanden sie den Marsch doch als überaus anstrengend. Der Boden war mit zwei Arten von Sandwellen bedeckt. Die einen waren kurze, flache Wellen, die kein Problem darstellten. Doch die anderen waren groß und lagen weit auseinander; sie türmten sich genau in Schrittweite auf und ermüdeten so, als marschierte man über die Schwellen eines Schienenstrangs.

Die Marschzeiten wurden kürzer. Sie legten mehr und längere Erholungspausen ein. Beim Gehen hielten sie die Köpfe schweigend gesenkt. Wenn sie redeten, trocknete das nur ihren Mund aus. Der Sand nahm sie gefangen. Die Entfernung war ihr Gefängnis. Es war eine Gegend, in der jeder Kilometer genauso aussah wie der vorherige und die Zeit zur Ewigkeit wurde.

Zwanzig Kilometer weiter erhob sich ein Plateau. Die Sonne ging bereits auf, als sie beschlossen, den steilen Hang zu erklimmen, bevor sie sich für den Rest des Tages ausruhten. Vier Stunden später, die Sonne stand schon hoch über dem Horizont, kletterten sie schließlich über den Rand. Die Anstrengung hatte die wenigen Reserven, über die sie noch verfügten, völlig erschöpft. Nach der mörderischen Strapaze des Aufstiegs schlugen ihre Herzen wild, ihre Muskeln schmerzten, und sie keuchten, weil die Lungen nach mehr Luft verlangten.

Pitt war erschöpft und hatte Angst, sich zu setzen, weil er fürchtete, anschließend nicht mehr auf die Beine zu kommen. Müde stand er da und schwankte hin und her wie der Kapitän auf der Brücke seines Schiffes. Wenn die Ebene unter ihnen eine konturlose Öde gewesen war, dann lag die Oberfläche des Plateaus als sonnenverbrannter, grotesker Alptraum vor ihnen. Ein Meer unregelmäßig aufgetürmter, glühend heißer roter und schwarzer Felsen, dazwischen die rostübersäten obeliskartigen Auswüchse von Eisenerz, die sich nach Osten erstreckten, direkt in ihre Marschrichtung. Es war, als hätten sie eine

Stadt vor sich, die vor Jahrhunderten von einer Atomexplosion zerstört worden war.

»Welcher Teil des Hades ist das?« keuchte Giordino.

Pitt zog Fairweathers Karte hervor, die inzwischen völlig verknittert war, faltete sie auseinander und strich sie auf seinem Oberschenkel glatt. »Er hat's auf der Karte eingezeichnet, aber nicht näher bezeichnet.«

»Dann soll er von nun an als ›Giordinos Höcker‹ zu einem Begriff werden.«

Pitts trockene Lippen verzogen sich zu einem Lächeln. »Wenn du willst, daß der Name eingetragen wird, wende dich an das Internationale Institut für Geographie.«

Giordino ließ sich auf den Felsboden fallen und warf einen ausdruckslosen Blick über das Plateau. »Wie weit sind wir gekommen?«

»Ungefähr 120 Kilometer.«

»Noch 60 bis zur Trans-Sahara-Straße.«

»Außer das 1. Pittsche Gesetz gilt.«

»Und wie lautet das?«

»Wer sich auf die Karte eines anderen verläßt, muß zwanzig Kilometer weiter marschieren.«

»Du bist sicher, daß wir nicht irgendwo eine falsche Richtung eingeschlagen haben?«

Pitt schüttelte den Kopf. »Wir sind in einer geraden Linie marschiert.«

»Also wie weit noch?«

»Meiner Schätzung nach noch 80 Kilometer.«

Giordino blickte Pitt aus eingesunkenen Augen an. Sie waren rot vor Erschöpfung. Die Lippen waren gesprungen und geschwollen. »Das sind noch 50 Meilen. Die letzten 70 haben wir schon ohne einen Tropfen Wasser zurückgelegt.«

»Kam mir eher wie tausend Meilen vor.«

»Na«, murmelte Giordino, »ich muß sagen, der Ausgang scheint zweifelhaft. Ich glaube nicht, daß ich das schaffen werde.«

Pitt blickte von der Karte auf. »Ich hätte nie gedacht, daß ich das von dir hören würde.«

»Ich habe noch nie zuvor einen derart schrecklichen Durst gehabt. Früher war es ein Verlangen zu trinken. Jetzt ist es Besessenheit.«

»Noch zwei Nächte, und wir tanzen auf der Straße.«

Giordino schüttelte langsam den Kopf. »Wunschdenken. Wir können nicht ohne Wasser weitere 50 Meilen in dieser Hitze durchmarschieren.«

Pitt stand das Bild von Eva vor Augen, die als Sklavin in der Mine schuften mußte und von Malika gequält wurde. »Die werden alle sterben, wenn wir nicht durchkommen.«

»Du kannst aus einem Stein kein Blut pressen«, erklärte Giordino. »Ein Wunder, daß wir überhaupt so weit –« Er setzte sich auf und legte seine Hand über die Augen. Dann deutete er aufgeregt in Richtung einer unregelmäßigen Anhäufung riesiger Felsbrocken. »Dort, zwischen diesen Felsen, sieht das nicht aus wie der Eingang zu einer Höhle?«

Pitts Augen folgten der ausgestreckten Hand. Zwischen den Felsen befand sich tatsächlich eine dunkle Öffnung. Er griff nach Giordinos Hand und zog ihn auf die Beine. »Siehst du, unser Glück verbessert sich schon. Geht doch nichts über eine hübsche, kühle Höhle, wo man die heißeste Tageszeit verbringen kann.«

Die von den rotbraunen Felsen und den Eisenerzmassen reflektierte Hitze war mörderisch. Pitt und Giordino hatten das Gefühl, direkt über den Rost eines Grills zu laufen. Da sie keine Sonnenbrillen hatten, mußten sie die Augen zusammenkneifen und unter dem Tuch ihrer befehlsmäßigen Turbane verbergen. Sie blinzelten durch schmale Schlitze, die Blicke nur auf den Boden gerichtet.

Als sie zum Eingang der Höhle emporkletterten, achteten sie sorgfältig darauf, das Gestein nicht mit den Händen zu berühren, um sich nicht zu verbrennen. Der Eingang war teilweise zugeweht, und sie schaufelten kniend mit bloßen Händen den Sand zur Seite. Pitt mußte sich unter einem überhängenden Felsen hindurchducken, während Giodino aufrecht durch den Sand waten konnte.

Sie brauchten nicht zu warten, bis sich ihre Augen an das dämmrige Licht gewöhnt hatten. In der Höhle war es nicht dunkel. Ihr Inneres wurde von Sonnenstrahlen erleuchtet, die durch Öffnungen zwischen den weiter oben liegenden Felsen fielen.

Während Pitt tiefer ins Innere vordrang, tauchten plötzlich im Schatten über ihm zwei riesige Gestalten auf. Unwillkürlich zuckte er zurück und stieß mit Giordino zusammen.

»Du bist mir auf den Fuß getreten«, grunzte Giordino.

»Tut mir leid.« Pitt deutete auf die glatte Wand, auf der eine Gestalt mit einem Speer einen Büffel angriff. »Ich hatte nicht mit Gesellschaft gerechnet.«

Giordino warf über Pitts Schulter hinweg einen Blick auf den Speerwerfer, völlig überrascht, in einer derartigen Einöde auf Felsenmalerei zu stoßen. Langsam sah er sich in dieser Galerie prähistorischer und antiker Kunstwerke um.

»Ist das denn die Möglichkeit?« murmelte er.

Pitt trat näher an die mysteriösen Felsenbilder heran und entdeckte eine drei Meter hohe Figur mit einer Maske, deren Blumenmuster Kopf und Schulter verdeckte. Durst und Erschöpfung fielen von ihm ab, während er das Kunstwerk bewunderte. »Diese Malereien sind echt. Ich wünschte, ich wäre Archäologe und könnte die verschiedenen Stilrichtungen und Epochen bestimmen. Die ältesten sind anscheinend am Ende der Höhle, daran schließen sich die nachfolgenden Kulturen chronologisch bis in die jüngere Vergangenheit an.«

»Woher willst du das wissen?«

»Vor zehn- oder zwölftausend Jahren herrschte in der Sahara ein feuchtes, tropisches Klima. Der Pflanzenwuchs war sehr ausgeprägt. Man konnte in der Gegend sehr viel besser leben als heute.« Er deutete auf eine Gruppe von Gestalten. »Hierbei muß es sich um die älteste Malerei handeln, denn das Bild zeigt Jäger, die einen Büffel töten, der fast so groß ist wie ein Elefant und seit langer Zeit ausgestorben sein muß.«

Pitt ging zu einem anderen Bildnis, das sich über mehrere Quadratmeter erstreckte. »Hier sieht man Nomaden mit Vieh«, erklärte er und deutete mit der Hand auf die Malerei. »Die Zeit der Viehhaltung begann um etwa 5000 vor Christi Geburt. Die später entstandenen Kunstwerke verraten eine größere Kreativität und ein schärferes Auge fürs Detail.«

»Ein Flußpferd«, sagte Giordino und starrte auf ein Gemälde, das die gesamte Oberfläche eines flachen Felsens einnahm. »Es ist sicher eine Weile her, daß die in diesem Teil der Sahara gelebt haben.«

»Nicht in den vergangenen 3000 Jahren. Es fällt schwer, sich vorzustellen, daß diese Gegend früher mal eine ausgedehnte Grasfläche war, Heimat für alle möglichen Lebewesen vom Strauß über die Antilope bis hin zur Giraffe.«

Während sie weitergingen und sich vor ihren Augen auf dem Felsgestein der Wandel der Zeit in der Sahara abspulte, bemerkte Giordino: »Von da an sieht's so aus, als hätten die Künstler aufgehört, Vieh und Pflanzen zu zeichnen.«

»Schließlich hörten die Regenfälle auf, und das Land fing an auszutrocknen«, erklärte Pitt, der sich an einen lange zurückliegenden Kurs in Frühgeschichte erinnerte. »Nach 4000 Jahren ungezügelten Weidens war die Vegetation verschwunden, und die Wüste dehnte sich aus.«

Giordino ging vom Inneren der Höhle wieder in Richtung Eingang. »Das hier zeigt ein Wagenrennen.«

»Die Menschen aus dem Mittelmeerraum haben um 1000 vor Christi damit angefangen, Pferde und Wagen zu nutzen«, erklärte Pitt, »doch ich hatte keine Ahnung, daß sie so tief in die Wüste vorgedrungen sind.«

»Was folgt als nächstes, Herr Lehrer?«

»Die Kamelperiode«, antwortete Pitt, der gerade vor einem breiten Gemälde stand, das eine s-förmige Karawane mit fast 60 Kamelen zeigte. »Die wurden nach der persischen Eroberung im Jahre 525 vor Christi nach Ägypten gebracht. Auch die Römer benutzten Kamele, um mit ihren Karawanen die Wüste zu durchqueren und bis nach Timbuktu vorzudringen. Kamele wurden wegen ihrer unglaublichen Ausdauer seit Urzeiten hier eingesetzt.«

»Na, du Besserwisser«, foppte Giordino, »dann sag hierzu mal was.«

Pitt kam herüber, und seine Augen folgten Giordinos Blick. Ein paar Sekunden lang starrte Pitt verblüfft auf die Felsenmalerei. Das Bild war in geraden, kindlichen Linien ausgeführt. Ein Boot tanzte inmitten von Fischen und Krokodilen auf einem Fluß. Die Vorstellung, daß es sich bei der Hölle draußen früher einmal um eine fruchtbare Gegend gehandelt haben mußte und sich Krokodile in den heute ausgetrockneten Flußbetten tummelten, fiel schwer.

Ungläubig trat Pitt näher heran. Es waren weder die Krokodile noch die Fische, die ihn verblüfften, es war das Schiff, das auf den Wellen tanzte, die offenbar die Strömung des Flusses darstellen sollten. Das Boot hätte eigentlich wie eines der ägyptischen Segelboote aussehen müssen, doch es war vollkommen anders, viel moderner. Die Silhouette über dem Wasser ähnelte einer abgeflachten Pyramide, bei der man die Spitze parallel zum Rumpf abgeschnitten hatte. Runde Rohre stachen von den Seiten ab. Einige kleine Gestalten standen in unterschiedlichen Posen auf Deck unter einer, wie es schien, großen Flagge, die steif in einer Brise wehte. Das Schiff erstreckte sich beinahe vier Meter weit über die rauhe Oberfläche des Felsens.

»Ein Panzerschiff«, murmelte Pitt ungläubig. »Ein Panzerschiff der konföderierten Flotte.«

»Kann nicht sein. Nicht hier«, keuchte Giordino fassungslos.

»Doch, bestimmt«, erwiderte Pitt ausdruckslos. »Es muß sich um das Schiff handeln, von dem uns der alte Goldgräber erzählt hat.«

»Dann ist es also doch kein Mythos.«

»Die Künstler, die hier lebten, können unmöglich etwas gemalt haben, was sie nie gesehen haben. Das Schiff führt sogar die korrekte Kriegsflagge, die gegen Ende des Bürgerkriegs Verwendung fand.«

»Vielleicht hat ein ehemaliger Offizier der Konföderierten nach dem Krieg die Wüste durchwandert und das Schiff gemalt.«

»Er hätte nicht die lokale Kunstrichtung adaptiert«, stellte Pitt nachdenklich fest. »Die Malerei zeigt keinerlei westlichen Einfluß.«

»Was hältst du denn von diesen beiden Gestalten, die auf der Kasematte stehen?« fragte Giordino.

»Bei einem handelt es sich offensichtlich um einen Schiffsoffizier. Wahrscheinlich der Kapitän.«

»Und der andere?« flüsterte Giordino. Seine Miene verriet Unglauben. Pitt musterte die Gestalt neben dem Kapitän von Kopf bis Fuß. »Was glaubst du denn, um wen es sich handelt?«

»Ich traue meinen sonnengeschädigten Augen nicht. Ich dachte, du würdest es mir sagen.«

Pitt hatte Schwierigkeiten, gedankliche Umstände zu verarbeiten, die ihm vollkommen abwegig erschienen. »Wer immer auch der Künstler war«, murmelte er fasziniert und völlig irritiert, »er hat zumindest jemanden gemalt, der eine erstaunliche Ähnlichkeit mit Abraham Lincoln hat.«

42

Die Rast tagsüber in der Kühle der Höhle hatte Pitt und Giordino so weit erfrischt, daß sie sich körperlich in der Lage fühlten, einen letzten Versuch zu wagen und das öde, feindselige Land in einem einzigen Marschabschnitt zu durchqueren, um die Trans-Sahara-Straße zu erreichen. Sämtliche Gedanken und Mutmaßungen, die das legendäre Panzerschiff in der Wüste betrafen, wurden für den Augenblick beiseite geschoben, als sie sich innerlich auf die schier unmögliche Aufgabe vorbereiteten.

Am späten Nachmittag trat Pitt aus der Höhle in die Feuerglut der Sonne, um sein Rohr wieder einmal als Kompaß zur Richtungsbestimmung einzusetzen. Er wählte einen großen Felsbrocken, der sich ungefähr fünf Kilometer genau östlich vom Horizont abhob, und als Ziel für die erste Marschstunde dienen sollte.

Als er wieder in die angenehme Kühle der Höhle zurückkam, mußte er über die Erschöpfung, die Qual und auch über seine zunehmende Schwäche nicht nachdenken. Sein eigenes Elend spiegelte sich in den hohlen Augen Giordinos wider, in dessen verschmutzten Klamotten, doch vor allem in der Haltung eines Mannes, der nicht mehr konnte.

Sie hatten zusammen unzählige Gefahren überstanden, doch noch niemals hatte Pitt einen Giordino gesehen, der so geschlagen aussah. Der psychische Streß überwog allmählich die körperliche Robustheit. Giordino war Pragmatiker bis in die Knochen. Rückschläge und Widrigkeiten steckte er mit einer charakteristischen Sturheit weg; immer ging er mit dem Kopf durch die Wand. Aber anders als Pitt vermochte er sich nicht in eine Traumwelt zu versetzen, in der Qual und Verzweiflung von den Gedanken an Swimming-pools, tropische Drinks und kalte Buffets mit den herrlichsten Delikatessen verdrängt wurden.

Pitt erkannte, daß diese Nacht die letzte sein würde. Wenn sie die Wüste in ihrem tödlichen Spiel besiegen wollten, mußten sie ihren Überlebenswillen verdoppeln. Weitere 24 Stunden ohne Wasser würden sie erledigen. Er befürchtete stark, daß die Trans-Sahara-Straße gut 50 Kilometer zu weit entfernt lag.

Er gewährte Giordino eine weitere Stunde Ruhe, bevor er ihn aus seinem todesähnlichen Schlaf wachrüttelte. »Wir müssen jetzt aufbrechen, wenn wir vor Sonnenaufgang ein gutes Stück weiterkommen wollen.«

Giordino öffnete seine Augen nur halb und rappelte sich in Sitzposition auf. »Weshalb bleiben wir nicht einfach noch einen Tag hier und machen etwas langsamer?«

»Zu viele Frauen, Kinder und Männer verlassen sich drauf, daß wir durchkommen, zurückkehren und sie retten. Jede Stunde zählt.«

Das flüchtige Bild leidender Frauen und ängstlicher Kinder unten in den Goldminen von Tebezza genügte, um bei Giordino den dichten Nebel des Schlafes zu zerreißen und ihn taumelnd auf die Beine zu bringen. Dann machten sie auf Pitts Drängen ein paar Minuten Streckübungen, um ihre schmerzenden Muskeln und steifen Gelenke zu lockern. Sie warfen einen letzten Blick auf das Panzerschiff der Konföderierten und brachen dann über das riesige, leicht abfallende Plateau auf. Pitt ging voraus und steuerte den Felsen an, den er sich im Osten ausgesucht hatte.

Kein Lufthauch wirbelte den Sand auf. Die Wüste lag ruhig und lautlos vor ihnen. Die öde Landschaft schien bis in die Ewigkeit zu reichen, und über den Felsen, die wie Knochen eines Dinosauriers aus dem flachen Boden ragten, schimmerte in Wellen die Hitze des Tages. Nirgends eine Bewegung, sah man von den Schatten ab, die sich hinter den Felsbrocken bildeten, wuchsen und wie Geister in der einfallenden Dämmerung zum Leben zu erwachen schienen.

Sie marschierten sieben Stunden. Pitt und Giordino waren erschöpft und völlig geschwächt, sie zitterten unkontrolliert. Die extremen Temperaturschwankungen riefen in Pitt das Gefühl hervor, die vier Jahreszeiten an einem einzigen Tag zu erleben: die Hitze des Tages als Sommer, den Abend als Herbst, die Nacht als Winter und den Morgen als Frühling.

Das Gelände veränderte sich so allmählich, daß Pitt gar nicht wahrnahm, daß die hervorstechenden Fels- und Erzformationen kleiner wurden und schließlich ganz verschwanden. Erst als er stehenblieb, zur Richtungsbestimmung zu den Sternen emporblickte und anschließend nach vorne sah, bemerkte er, daß sie das leicht abfallende Plateau hinter sich gelassen hatten. Sie befanden sich nun in einer flachen Ebene, die von Wadis oder trockenen Flußläufen durchzogen wurde, die von längst versiegten Flüssen oder vergessenen Regenfluten ausgewaschen worden waren.

Durch die Erschöpfung verlangsamte sich ihr Marschtempo und wurde allmählich zu einem unbeholfenen Stolpern. Müdigkeit und Erschöpfung waren wie Gewichte, die auf ihren Schultern lasteten und mitgeschleppt werden mußten. Dennoch drangen sie langsam und stetig weiter nach Osten vor und verbrauchten die wenige Kraft, die ihnen noch geblieben war. Sie waren so schwach, daß sie nach einer Rast kaum noch auf die Beine kamen.

Pitt trieb sich mit der Vorstellung weiter, wie O'Bannion und Melika die Frauen und Kinder in dem Höllenloch der Mine quälten. Vor sich sah er, wie Melikas Riemen wuchtig auf hilflose Opfer und Sklaven, krank vor Hunger und Erschöpfung, hinuntersauste. Wie viele mochten gestorben sein, seit sie geflohen waren? Hatte man Eva schon in die Leichenhöhle gebracht? Nur diese dunklen Gedanken konnten ihn dazu bringen, über sich hinauszuwachsen, die Qual zu ignorieren und wie eine Maschine weiterzulaufen.

Pitt fand es eigenartig, daß er sich nicht daran erinnern konnte, wann er das letzte Mal gespuckt hatte, obwohl er kleine Kieselsteine lutschte, um den erbarmungslosen Durst zu lindern. Seine Zunge war zwar geschwollen wie ein trockener Schwamm, aber er konnte noch schlucken.

Sie erreichten ein schmales, sandiges Flußbett, das sich durch ein Tal zwischen felsbedeckten Hügeln hindurchschlängelte, und folgten ihm, bis es sich nach Norden wandte. Dann kletterten sie das Ufer hinauf und marschierten weiter Richtung Osten. Der nächste Tag brach an, und Pitt blieb stehen, um einen Blick auf Fairweathers Karte zu werfen, wobei er das zerknitterte Papier so hielt, daß der Lichtschein von Osten her darauf fiel. Die grobe Zeichnung zeigte einen ausgetrockneten See, der sich fast bis zur Trans-Sahara-Straße hinzog. Obwohl der ebene Boden das Marschieren erleichterte, sah Pitt nur eine mörderische Umgebung, in der sie eine sengende Hitze erwarten würde.

Die Qualen setzten sich fort. Ein paar Wolken erschienen am Himmel, verdeckten die aufgehende Sonne und gewährten den Männern fast zwei Stunden dankbar empfundene Erleichterung. Dann zogen die Wolken weiter, zerstreuten sich, und die Sonne war wieder da, heißer als je zuvor. Gegen Mittag waren Pitt und Giordino zu Tode erschöpft. Wenn die Hitze des Tages ihre gemarterten Körper nicht umbrachte, dann würde es mit Sicherheit die extreme Kälte einer langen Nacht tun.

Schließlich gelangten sie ganz unvermittelt an einen tiefen Einschnitt mit steilen Hängen, die sieben Meter weit unter die Oberfläche des ausgetrockneten Sees abfielen, und ihn fast wie ein künstlich angelegter Kanal durchschnitten. Pitt wäre fast hinabgestürzt, weil er nur vor sich auf den Boden gestarrt hatte. Stolpernd hielt er an und warf einen verzweifelten Blick auf dieses unerwartete Hindernis. Er hatte einfach nicht mehr die Kraft, da hinunter- und auf der anderen Seite wieder aus der Schlucht hochzuklettern. Giordino stolperte neben ihm und brach zusammen. Sein Körper wurde schlaff, bevor er auf dem Boden aufschlug und mit Kopf und Armen über dem Rand des Grabens liegen blieb.

Pitt warf einen Blick über den Einschnitt hinweg auf die ungeheure Leere der anderen Seite, und ihm war im gleichen Augenblick klar, daß ihr heldenhafter Kampf ums Überleben zu Ende war. Sie hatten nur 30 Kilometer zurückgelegt und noch weitere 50 vor sich.

Giordino drehte sich langsam um und sah seinen Freund an.

Pitt, obwohl völlig erschöpft, hielt sich phantastisch. Das zerfurchte, ernste Gesicht, seine kräftige Gestalt, die intensiven, durchdringenden opalgrünen Augen, die Raubvogelnase, um den Kopf ein staubiges weißes Handtuch geschlungen, das sein schwarzes, welliges Haar verdeckte – nichts von alledem deutete auf einen Mann hin, der die sichere Niederlage vor sich sah und dem Tod ins Auge blickte.

Er suchte den Boden der Schlucht in beide Richtungen ab, zögerte – und plötzlich schauten seine Augen, die durch den engen Schlitz seines Handtuchturbans blinzelten, völlig verwirrt. »Ich habe den Verstand verloren«, flüsterte er.

Giordino hob den Kopf. »Ich habe meinen bereits vor zwanzig Kilometern verloren.«

»Ich schwöre, ich sehe ...« Pitt schüttelte langsam den Kopf und rieb sich die Augen. »Das muß ein Wunder sein.«

Giordino warf einen Blick hinüber und sah nichts als einen riesigen, unendlichen Backofen. In der Ferne, unterhalb der flimmernden

Hitzewellen, schimmerte ein See. Die Fata Morgana dessen, wonach er sich so sehnte, war mehr als Giordino ertragen konnte. Er wandte den Blick ab.

»Siehst du es?« fragte Pitt.

»Wenn ich die Augen schließe«, krächzte Giordino schwach, »sehe ich eine Kneipe mit Tänzerinnen vor mir, die riesige Humpen mit eiskaltem Bier schwenken.«

»Es ist mein Ernst.«

»Meiner auch, doch wenn du diesen See da draußen meinst, dann vergiß ihn.«

»Nein«, erwiderte Pitt kurz, »ich meine das Flugzeug da unten in der Schlucht.«

Zuerst dachte Giordino, sein Freund habe nicht mehr alle Tassen im Schrank, doch dann rollte er sich langsam auf den Bauch und starrte in die Richtung hinunter, in die Pitt blickte.

Kein künstlich hergestellter Gegenstand wird in der Wüste zerstört oder verrottet. Das Schlimmste, was passieren kann, ist, daß durch wehenden Sand Metall glattgeschliffen wird. Dort, unmittelbar am gegenüberliegenden Ufer des ausgetrockneten Flußbetts, stand blankgescheuert und völlig ohne Rost, wie eine außerirdische Erscheinung, ein Flugzeugwrack.

»Siehst du es auch?« wiederholte Pitt. »Oder bin ich verrückt geworden?«

»Nicht, wenn ich nicht auch verrückt geworden bin«, stellte Giordino vollkommen verblüfft fest. »Sieht tatsächlich aus wie ein Flugzeug.«

»Dann existiert es wirklich.«

Pitt half Giordino auf die Beine, und sie stolperten den Rand der Schlucht entlang, bis sie direkt über dem Wrack standen. Die Bespannung des Rumpfes war erstaunlicherweise unbeschädigt, und sie konnten die Registriernummer deutlich erkennen. Der Aluminiumpropeller war zerfetzt worden, als er sich in die Erde gebohrt hatte, der Sternmotor mit seinen vorspringenden Zylindern war beim Aufprall ein Stück nach hinten ins Cockpit geschoben worden und hing schief in der abgeknickten Aufhängung, und das Fahrwerk war gebrochen. Doch abgesehen davon schien das Flugzeug kaum beschädigt zu sein. Pitt und Giordino sahen auch die Einkerbungen im

Boden, die das Flugzeug bei der Landung hinterlassen hatte, bevor es über den Rand auf den Grund des trockenen Flußbetts gestürzt war.

»Wie lange, glaubst du, liegt das schon hier?« krächzte Giordino.

»Mindestens fünfzig, vielleicht siebzig Jahre«, erwiderte Pitt.

»Der Pilot muß den Absturz überlebt und sich zu Fuß gerettet haben.«

»Er hat nicht überlebt«, erklärte Pitt. »Unter der Backbordtragfläche sieht man die Beine einer Leiche.«

Giordinos Blick richtete sich auf den linken Flügel. Im Schatten darunter sah man einen altmodischen Schnürstiefel aus Leder und den Teil einer zerknitterten Khakihose. »Glaubst du, es macht ihm etwas aus, wenn wir ihm Gesellschaft leisten? Er liegt im einzigen Schatten weit und breit.«

»Daran hab' ich auch schon gedacht«, sagte Pitt, kletterte über den Rand und rutschte die steile Böschung auf dem Hintern runter, wobei er die Knie anzog und die Füße als Bremse benutzte.

Giordino rutschte neben ihm her, und sie landeten gleichzeitig mit einer kleinen Lawine aus Kies und Staub unten im Flußbett. Ebenso wie bei der Entdeckung der Höhlenmalerei vergaßen sie auch jetzt jeglichen Durst, rappelten sich mühsam auf und gingen auf den toten Piloten zu.

Der untere Teil der Gestalt, die mit dem Rücken am Rumpf lehnte, war sandbedeckt. Eine behelfsmäßige Krücke, aus einer Tragflächenstrebe gebastelt, lag neben einem ausgestreckten Bein, an dessen Fuß der Stiefel fehlte. Daneben, halb bedeckt vom Sand, lag der Kompaß des Flugzeugs.

Der Pilot war erstaunlich gut erhalten. Hitze und Kälte hatten den Körper mumifiziert, so daß die Haut, die man sah, vollkommen glatt war und wie dunkles Leder wirkte. Das Gesicht zeigte deutlich erkennbar einen Ausdruck von Ruhe und Zufriedenheit, und die Hände, starr von 60 Jahren Reglosigkeit, waren friedlich über dem Magen gefaltet. Der typische Lederhelm der frühen Piloten lag zusammen mit der Fliegerbrille auf einem Bein. Schwarzes Haar, verfilzt, strähnig und staubig, nachdem es so lange den Elementen ausgesetzt gewesen war, fiel über die Schultern.

»Mein Gott«, murmelte Giordino fassungslos. »Das ist eine Frau.«

»Anfang Dreißig«, bemerkte Pitt. »Sie muß sehr attraktiv gewesen sein.«

»Wer sie wohl war?« überlegte Giordino.

Pitt ging um die Leiche herum und band ein Paket los, das am Türgriff des Cockpits festgebunden und in Öltuch gewickelt war. Vorsichtig zog er es auf, und das Logbuch der Pilotin kam zum Vorschein. Er schlug es auf und überflog die erste Seite.

»Kitty Mannock«, las Pitt laut vor.

»Kitty, wer?«

»Mannock, eine berühmte Pilotin, Australierin. Ihr Verschwinden wurde zu einem der größten Rätsel der Luftfahrt – übertroffen nur vom spurlosen Verschwinden Amelia Earharts.«

»Wie kommt es, daß sie hier liegt?« fragte Giordino, der seine Augen nicht vom Leichnam abwenden konnte.

»Sie hat auf ihrem letzten Flug versucht, den Rekord von London nach Kapstadt zu brechen. Als sie verschollen war, hat französisches Militär in der Sahara eine systematische Suche durchgeführt, doch man hat keine Spur von ihrem Flugzeug entdeckt.«

»Traurig, daß sie ausgerechnet in die einzige Senke im Umkreis von hundert Kilometern gestürzt ist. Man hätte sie leicht aus der Luft entdecken können, wenn sie auf dem Boden des ausgetrockneten Sees gelandet wäre.«

Pitt blätterte die Seiten des Logbuchs durch, bis sie nicht mehr beschrieben waren. »Sie ist am 10. Oktober 1931 abgestürzt. Ihr letzter Eintrag stammt vom 20. Oktober.«

»Sie hat zehn Tage überlebt«, murmelte Giordino bewundernd. »Kitty Mannock muß wirklich eine eiserne Lady gewesen sein.« Er streckte sich im Schatten der Tragfläche aus und seufzte erschöpft. Seine Lippen waren aufgesprungen und geschwollen. »Nach all der Zeit hat sie jetzt endlich Gesellschaft.«

Pitt hörte ihm nicht zu. Seine Gedanken beschäftigten sich mit einem abenteuerlichen Plan. Er schob das Logbuch in die Hosentasche und musterte die Reste des Flugzeugs. Den Motor beachtete er nicht, sondern überprüfte statt dessen das Fahrwerk. Obwohl die Streben beim Aufprall eingeknickt waren, schienen die Räder unbeschädigt, und die Reifen hatten kaum etwas abbekommen. Auch das kleine Rad am Heck der Maschine sah noch intakt aus.

Als nächstes überprüfte er die Tragflächen. Die Backbordtragfläche war etwas beschädigt, und wie es schien, hatte Kitty ein großes Stück der Bespannung herausgeschnitten, doch die andere war überraschend gut erhalten. Die Bespannung über Holmen und Rippen war hart, spröde und an Tausenden Stellen gesprungen, aber nicht zerrissen. Im Innern des Rumpfes fand er einen kleinen Werkzeugkasten, der auch einen Fuchsschwanz sowie Flickzeug für die Schläuche der Reifen und eine Luftpumpe enthielt.

Gedankenverloren stand er da und schien die extreme Hitze der Sonne gar nicht wahrzunehmen. Sein Gesicht war hager, sein Körper ausgetrocknet und ausgezehrt. Eigentlich hätte er in einem Krankenhausbett ruhig am Tropf liegen müssen. Der Alte mit Kapuze und Sense hatte seine Knochenhand schon nach ihm ausgestreckt. Doch Pitts Verstand arbeitete noch fehlerfrei und wägte das Für und Wider ab.

In diesem Augenblick beschloß er, nicht zu sterben.

Er ging um die Spitze der Tragfläche herum und kam auf Giordino zu. »Hast du mal ›Der Flug der Phoenix‹ von Elleston Trevor gelesen?«

Giordino sah ihn von unten blinzelnd an. »Nein, aber ich habe den Film mit James Stewart gesehen. Wieso? Du hast ja ein Rad ab, wenn du glaubst, daß du diese Mühle je wieder in die Luft bringst.«

»Ich will nicht fliegen«, erwiderte Pitt ruhig. »Ich habe das Flugzeug überprüft und glaube, daß es sich so ausschlachten läßt, daß wir einen Strandsegler bauen können.«

»Einen Strandsegler«, wiederholte Giordino erschöpft. »Klar, wir könnten auch eine Bar und einen Speisesalon einbauen.«

»Etwas Ähnliches wie einen Eissegler, nur daß das Ding auf Rädern fährt«, fuhr Pitt fort, ohne Giordinos Sarkasmus zu beachten.

»Was willst du denn als Segel benutzen?«

»Eine Tragfläche. Im Prinzip handelt es sich um einen elliptischen Flügel. Stellt man ihn hochkant, dann hat man ein Segel.«

»Wir haben nicht mehr genug Kraft«, widersprach Giordino. »Ein derartiger Umbau, wie du ihn vorschlägst, dauert Tage.«

»Nein, Stunden. Die Steuerbordtragfläche ist gut erhalten, die Bespannung noch intakt. Den Mittelteil des Flugzeugs, zwischen Cockpit und Schwanz, nehmen wir als Rumpf. Aus den Streben und Rippen können wir Ausleger bauen. Mit den beiden Rädern des

Fahrwerks und dem Heckrad bauen wir ein Dreirad. Und wir haben genügend Bedienungskabel für Takelage und Steuerung.«

»Wie steht's mit dem Werkzeug?«

»Im Cockpit habe ich eine Kiste gefunden. Nicht gerade das geeignetste, aber es sollte genügen.«

Giordino schüttelte langsam und nachdenklich den Kopf. Das einfachste wäre, Pitts Vorstellungen als Hirngespinste abzutun, sich zurückzulehnen und vom Tod friedvoll ins Jenseits befördert zu werden. Die Versuchung schien überwältigend. Doch tief in seinem Innern schlug ein Herz, das nicht aufgeben, und arbeitete ein Verstand, der nicht ohne Kampf sterben wollte. Mühsam, wie ein Kranker, der ein schweres Gewicht stemmen muß, rappelte er sich auf die Beine. Wegen der Erschöpfung und weil er schon zu lange der Hitze ausgesetzt war, konnte er nur noch mühsam und undeutlich sprechen. »Hat keinen Zweck, hier herumzuliegen und Trübsal zu blasen. Du löst die Tragflächenschrauben, und ich nehm' das Fahrwerk auseinander.«

43

Im Schatten einer Tragfläche skizzierte Pitt seinen Entwurf zum Bau eines Strandseglers, wozu er Teile des alten Flugzeugs verwenden wollte. Der Plan war unerhört simpel, von Männern ersonnen, die an der Schwelle des Todes standen, sich jedoch weigerten, diese Tatsache zu akzeptieren. Um das Fahrzeug bauen zu können, mußten sie noch einmal alles aus sich herausholen und Kräfte aktivieren, die sie längst verbraucht geglaubt hatten.

Segeln über Land war nichts Neues. Die Chinesen kannten es seit 2000 Jahren. Ebenso die Holländer, die Holzwagen mit Segeln ausgerüstet hatten, um kleinere Truppen zu verschieben. Amerikanische Bahnarbeiter hatten häufig Wagen mit Segeln ausgerüstet, um so auf den Gleisen die Prärie zu durchqueren. Anfang des 20. Jahrhunderts hatten die Europäer das Strandsegeln als Sport entdeckt. Heutzutage wurden Geschwindigkeiten bis zu 145 Kilometer in der Stunde erzielt.

Mit Hilfe der Werkzeuge nahmen Giordino und er während des brüllend heißen Nachmittags zunächst die einfachsten Arbeiten in Angriff und schoben die schwereren Aufgaben bis zum kühlen Abend auf. Den beiden Männern, deren Lieblingsbeschäftigung früher die Restaurierung alter Wagen und Flugzeuge gewesen war, ging die Arbeit leicht von der Hand. Sie waren effizient und machten keinen Handgriff zu viel, um das bißchen Energie, das ihnen noch geblieben war, zu schonen. Sie arbeiteten fieberhaft auf ihr Ziel hin und sprachen nur das Allernötigste, weil ihre geschwollenen Zungen und ausgetrockneten Gaumen jedes Wort zur Qual machten. Der Mond spendete für ihre Arbeit das notwendige Licht und warf ihre tanzenden Schatten gegen die Wand der Schlucht.

Ehrfürchtig vermieden sie es, Kitty Mannocks Leiche anzurühren. Sie arbeiteten in ihrer Nähe, ohne die geringste Gemütsbewegung zu zeigen. Ab und zu, wenn ihre vom Durst verwirrten Gedanken in eine Phantasiewelt abirrten, redeten sie mit ihr, als sei sie lebendig.

Giordino baute die beiden großen Räder des Fahrwerks und das kleine Heckrad aus, säuberte die Kugellager vom Sand und schmierte sie mit dem Öl aus dem Ölfilter des Motors. Die alten Gummireifen waren gesprungen und von der Sonne festgebrannt. Sie hatten zwar ihre Form behalten, doch es bestand keinerlei Hoffnung, daß man sie aufpumpen konnte. Giordino entfernte deshalb die brüchigen Schläuche, füllte das Reifeninnere mit Sand und montierte sie wieder auf die Räder.

Danach baute er für die Räder aus Rippen, die er aus dem beschädigten Flügel ausgebaut hatte, Ausleger, um eine breitere Spur zu bekommen. Als er damit fertig war, durchsägte er die Längssparren, die den Mittelteil des Rumpfes mit dem Schott unmittelbar hinter dem Cockpit verbanden. Mit dem Heckteil verfuhr er ebenso. Nachdem er den Mittelteil vorne und hinten abgetrennt hatte, montierte er unter das breitere, vordere Ende das Fahrwerk mit den beiden größeren Rädern. Die Räder waren nun an der weitesten Stelle zweieinhalb Meter vom Rumpf entfernt. Das andere Ende, das sich zum Heck hin verjüngte, bildete den vorderen Teil des Strandseglers und verlieh ihm eine gewisse Aerodynamik. Die letzten Arbeiten am Rumpf des Seglers betrafen eine bewegliche Schiene, die drei Meter über den Bug hinausragte, und an deren vorderem Ende das Heckrad montiert wurde. Das Fahrzeug würde jetzt jeden, der alt genug war, sich an so etwas zu erinnern, an einen Seifenkistenrennwagen aus den dreißiger Jahren erinnern.

Während Giordino den Rumpf zusammenschraubte, konzentrierte Pitt sich auf das Segel. Nachdem die Tragfläche vom Flugzeugrumpf abmontiert war, blockierte er Querruder und Klappen und zog den dicken Holm heraus, so daß er einen Mast bildete. Zusammen mit Giordino richtete er dann den Flügel in vertikaler Position aus und montierte den Mast in der Mitte des Rumpfes. Es war eine Arbeit, die durch das geringe Gewicht des von der Wüste ausgetrockneten Holzes und der Flügelbespannung erleichtert wurde. Am Ende stand ihnen ein Segel zur Verfügung, das sich drehen ließ. Als nächstes verwandte Pitt die Kontrollkabel, um Backstagleinen zu den von Giordino gebauten Auslegern und zum Bug zu führen, um den Mast abzustützen. Dann konstruierte er ein Steuer, das vom Innern des Rumpfes aus über die Flugzeugkontrollkabel mit der beweglichen Schiene verbunden wurde, an der das Bugrad montiert war. Zuletzt rüstete er das Segel mit einer Takelage aus.

Die letzten Feinheiten bestanden darin, die Pilotensitze aus- und im Cockpit des Strandseglers hintereinander einzubauen. Pitt griff nach dem Kompaß vom Instrumentenbrett des Flugzeuges und baute ihn neben dem Ruder ein. Das Rohr, das er bisher als Kompaß benutzt hatte, band er als Glücksbringer an den Mast.

Um drei Uhr morgens hatten sie ihre Arbeit beendet und ließen sich völlig erschöpft in den Sand fallen. Zitternd lagen sie in der bitteren Kälte und starrten ihr Meisterwerk an.

»Das geht nie im Leben«, murmelte Giordino, vollkommen erledigt.

»Der Strandsegler muß uns lediglich über den See befördern.«

»Hast du dir mal überlegt, wie wir ihn aus der Schlucht bekommen?«

»Ungefähr 50 Meter weiter im Tal ist das Gefälle des Ostufers so gering, daß man ihn nach oben zum Bett des ausgetrockneten Sees ziehen kann.«

»Wir können von Glück sagen, wenn wir uns allein so weit schleppen können, vom Strandsegler ganz zu schweigen. Und übrigens, es gibt keine Garantien, daß er überhaupt funktioniert.«

»Wir brauchen nur ein bißchen Wind«, erwiderte Pitt mit kaum hörbarer Stimme. »Wenn man von den vergangenen sechs Tagen ausgeht, dann dürften wir uns darüber keine Sorgen machen.«

»Es geht doch nichts über die Erfüllung eines Traumes.«

»Das Ding wird funktionieren«, erklärte Pitt resolut.

»Was, glaubst du, wiegt es?«

»Ungefähr 160 Kilo.«

»Auf welchen Namen sollen wir es taufen?« fragte Giordino.

»Taufen?«

»Ein Name. Der Strandsegler muß einen Namen haben.«

Pitt nickte zu Kitty hinüber. »Wenn wir aus dieser Klemme rauskommen, verdanken wir das nur ihr. Wie wär's mit *Kitty Mannock?*«

»Einverstanden.«

Die ersten Sonnenstrahlen trafen schon den Boden der Schlucht, als sie endlich erwachten. Allein das Aufrappeln erforderte eine beträchtliche Willensanstrengung. Schweigend nahmen sie Abschied von Kitty und taumelten zum vorderen Ende des Gefährts, das ihre letzte Hoffnung verkörperte. Pitt befestigte zwei Kabel am Bug des Strandseglers und reichte eines Giordino.

»Bist du bereit?«

»Scheiße, nein«, Giordino spuckte trocken.

Pitt grinste trotz seiner schmerzenden, aufgesprungenen und blutenden Lippen. Seine Augen suchten die Giordinos, forschten nach dem Aufflimmern, dem Zeichen, daß sie es schaffen würden. Es war da, aber nur ganz schwach. »Wer als erster oben ist.«

Giordino schwankte wie ein Betrunkener im Sturm, doch mit einem Wink signalisierte er, daß er verstanden hatte und murmelte gut gelaunt: »Du wirst meinen Staub schlucken müssen.« Dann legte er sich das Kabel über die Schulter, beugte sich vor, um zu ziehen, und fiel hin.

Der Strandsegler ließ sich so leicht bewegen wie ein Einkaufswagen auf den Fliesen eines Supermarktes und rollte fast über ihn hinweg.

Aus roten Augen blickte er überrascht zu Pitt auf. »Mein Gott, der bewegt sich ja leicht wie eine Feder.«

»Natürlich, es waren ja auch zwei erstklassige Mechaniker am Werk.«

Schweigend zogen sie den Strandsegler die Schlucht entlang, bis sie an einen Hang kamen, der in einer Steigung von 30 Grad hoch zum Grund des ausgetrockneten Sees führte.

Der Aufstieg war nur sieben Meter weit, doch auf die beiden Männer übte der Kamm des Hanges die gleiche Wirkung aus wie der Gipfel des Mount Everest. Sie hatten es nicht für möglich gehalten, eine weitere Nacht zu überleben, und doch standen sie jetzt hier, sicher, daß dies das letzte Hindernis zwischen dem Tod und ihrer Rettung war.

Pitt wagte den ersten Versuch, während Giordino sich ausruhte. Er band sich eines der Kabel um die Hüfte und fing an, wie ein betrunkener Käfer den Hang hochzukrabbeln. Zentimeter um Zentimeter schob er sich vor. Seine schmerzenden Muskeln protestierten. Arme und Beine versagten gleich schon zu Anfang des Aufstiegs, doch er zwang sie weiterzumachen. Die blutunterlaufenen Augen vor Erschöpfung fast geschlossen, das Gesicht vom Leiden gezeichnet, rangen die Lungen in qualvollen Atemzügen nach Luft, und sein Herz schlug bei der unmenschlichen Anstrengung wie ein Schmiedehammer.

Pitt durfte nicht anhalten. Wenn Giordino und er starben, dann hätten auch all die armen Schweine, die sich in Tebezza zu Tode schufteten, keine Chance mehr, und die Welt würde nie etwas von ihrem Schicksal erfahren. Er durfte nicht aufgeben, zusammenbrechen, schlappmachen – nicht jetzt, wo sie so dicht davor waren, dem Sensenmann ein Schnippchen zu schlagen. Wütend biß er die Zähne zusammen und kletterte weiter.

Giordino versuchte ihn anzufeuern, doch er brachte nur ein leises Krächzen heraus.

Dann, endlich krallten Pitts Finger sich um die Kante des Hanges, und er nahm noch einmal alle Kraft zusammen, um seinen erschöpften Körper zum Grund des ausgetrockneten Sees hochzuziehen.

Da lag er, halb bewußtlos, hörte nur seinen rauhen, keuchenden Atem und hatte das Gefühl, sein Herz sprenge die Brust.

Er wußte nicht, wie lange er da in der sengenden Sonne gelegen hatte, bis sich Atmung und Herzschlag wieder beruhigt hatten. Schließlich stemmte er sich hoch und sah den Hang hinunter. Giordino saß ruhig im Schatten des Strandseglers und winkte ihm schwach zu.

»Bereit zum Aufstieg?« fragte Pitt.

Giordino nickte müde, griff nach dem Kabel, preßte seinen Körper gegen die Böschung und machte sich geschwächt an den Aufstieg. Pitt schlang sich sein Kabelende über die Schulter und benutzte, indem er sich nach vorne beugte, sein Körpergewicht zum Ziehen, um selbst keine Energie mehr aufbringen zu müssen. Vier Minuten später, halb kriechend, halb von Pitt gezogen, ließ sich Giordino schwach wie ein Fisch, der zu lange gegen Haken und Leine gekämpft hatte, fast bewußtlos auf den flachen Grund fallen.

»Jetzt kommt der lustige Teil«, stachelte Pitt ihn müde an.

»Ich kann nicht mehr«, keuchte Giordino.

Pitt sah auf ihn hinunter. Giordino sah schon aus wie ein Toter. Seine Augen waren geschlossen, Gesicht und Zehn-Tage-Bart mit weißem Staub bedeckt. Wenn er Pitt nicht dabei helfen konnte, den Strandsegler aus der Schlucht hochzuziehen, dann würden sie an diesem Tag beide sterben.

Pitt kniete sich neben ihn und gab ihm eine kräftige Ohrfeige. »Jetzt laß mich nicht im Stich«, murmelte er rauh. »Wie willst du mit der tollen Klavierspielerin von Massarde ein Duett hinlegen, wenn du nicht deinen Arsch hochkriegst und dich ins Zeug legst?«

Giordinos Augen öffneten sich flatternd, und er rieb sich mit der Hand über die staubige Wange. Mit äußerster Willensanstrengung rappelte er sich auf, torkelte hin und her. Ohne jegliche Feindseligkeit starrte er seinen Freund an und schaffte es, trotz seines Elends zu grinsen. »Ich hasse es, wenn mich jemand durchschaut.«

»Andererseits ist das auch wieder ganz gut.«

Wie zwei abgezehrte Mulis im Geschirr nahmen sie die Zugleinen auf und schleppten sich vorwärts. Ihre Körper waren zu schwach, um mehr als ein paar Schritte hintereinander zu tun. Langsam, kaum wahrnehmbar, zogen sie den Strandsegler den Hang hinauf. Ihre Köpfe waren gesenkt, die Rücken gekrümmt, ihre Gedanken im Delirium des Durstes verloren. Es ging quälend voran.

Kurz darauf ließen sie sich auf die Knie fallen und krochen bemitleidenswert kläglich weiter. Giordino bemerkte, daß von Pitts Händen Blut tropfte. Das Kabel hatte die Handflächen aufgescheuert. Plötzlich gaben die Kabel nach, der Strandsegler war über den Rand des Abhangs gezogen und knallte von hinten gegen sie. Glücklicherweise hatte Pitt die Takelage gelöst, so daß das Segel im leichten Wind schwang und keine Antriebskraft entwickelte.

Pitt half Giordino in den Rumpf. Dann warf er einen schnellen Blick auf den Stoffetzen, den er an der Takelage befestigt hatte, und schmiß eine Handvoll Sand hoch, um die Windrichtung zu bestimmen. Der Wind blies aus Nordwest.

Der entscheidende Augenblick war gekommen. Pitt warf einen Blick auf Giordino, der eine schwache Handbewegung machte und in rauhem Flüsterton sagte: »Ablegen.«

Pitt stemmte sich gegen das Heck und schob das Fahrzeug an, bis es langsam über den Sand rollte. Nach ein paar stolpernden Schritten ließ er sich auf den hinteren Sitz fallen. Der Wind fiel leewärts, über seine linke Schulter, ein. Er gab etwas Leine und zog die Pinne an, um zu halsen. Jetzt lief der Strandsegler vor dem Wind. Während der Wind immer stärker ins Segel einfiel, fierte er auf, und die *Kitty Mannock* bewegte sich aus eigener Kraft. Ihre Geschwindigkeit nahm schnell zu, als Pitt das Segel noch mehr auffierte. Nach einem schnellen Blick auf den Flugzeugkompaß ging er dann auf einen neuen Kurs. Erschöpfung und Aufregung schienen seine scheinbar verkrusteten Arterien gleichzeitig zu durchfluten. Er trimmte den Strandsegler, der bald über den ausgetrockneten See schoß. Die Räder wirbelten Staubfahnen auf, und sie fuhren in absoluter Stille mit fast 60 Kilometern in der Stunde dahin.

In seiner Jugend, in Newport Beach, Kalifornien, hatte Pitt kleine Boote gesegelt, doch nie mit einer derartigen Geschwindigkeit. Während er vor dem Wind, der im Winkel von 45 Grad einfiel, dahinschoß, nahm er mit Hilfe der Leinen und kleiner Steuerkorrekturen an dem riesigen Segel die Feintrimmung vor. Ein schneller Blick auf seinen Kompaß verriet ihm, daß die nächste Halse nach Osten fällig war.

Jetzt, da er zunehmend sicherer wurde, mußte er sich zusammennehmen, um den schmalen Grat zwischen der Kontrolle über den Segler und einem Unfall nicht zu überschreiten. Eigentlich wollte er keine Rücksicht nehmen, doch die Vernunft warnte ihn, daß die *Kitty Mannock* nicht zu den stabilsten Strandseglern zählte und nur von 80 Jahre alten Kabeln und Schrauben zusammengehalten wurde.

Er lehnte sich zurück und beobachtete aufmerksam die kleinen

Staubfahnen, die über den flachen Boden des Sees fegten. Ein plötzlicher Windstoß oder eine einfallende Bö, und sie würden umschlagen und die Reise niemals fortsetzen können. Pitt wußte nur zu gut, daß sie auf Glück angewiesen waren. Eine Schlucht, die man nicht sah oder zu spät entdeckte, oder ein Felsbrocken, der ein Rad abriß – die gnadenlose Wüste mochte unzählige Katastrophen für sie bereithalten.

Nach einer halben Stunde suchte er mit schmerzenden Augen die eintönige Landschaft nach irgend etwas Auffälligem ab. Pitt machte sich Sorgen, daß sie über die Trans-Sahara-Straße hinwegbrausen könnten, ohne es zu merken. Eine Möglichkeit, die durchaus bestand, denn es handelte sich lediglich um eine von Norden nach Süden verlaufende Sandpiste. Wenn er die verpaßte, würden sie sich tatsächlich in der Unendlichkeit der Wüste verlieren.

Er konnte keine Fahrzeuge entdecken, und die Landschaft ging langsam wieder in Dünen über. Er rätselte, ob sie die Grenze nach Algerien bereits überschritten hatten. Längst waren die großen Karawanen, die früher einmal Gold, Ebenholz und Sklaven zwischen dem fruchtbaren Tal des Niger und dem Mittelmeer hin- und hertransportiert hatten, ohne Spuren zu hinterlassen, verschwunden. Statt dessen rollten ein paar Touristenautos, Lastwagen mit Ersatzteilen und Versorgungsgütern und gelegentlich eine Militärpatrouille durch die gottverlassene Gegend.

Wenn Pitt geahnt hätte, daß es die auf Karten fein säuberlich eingezeichnete rote Linie in Wirklichkeit gar nicht gab, daß sie nur in der Einbildung der Kartographen existierte, wäre er außerordentlich deprimiert gewesen. Wenn sie Glück hatten, würden sie auf zerstreute Tierknochen, einzelne, ausgeschlachtete Fahrzeuge und Reifenspuren, die noch nicht vom Sand verweht worden waren, treffen, die einzig sicheren Anhaltspunkte. Zusätzlich gab es noch alte Ölfässer, die in einem Abstand von vier Kilometern aufgestellt waren – immer vorausgesetzt, vorbeikommende Nomaden hatten sie nicht geklaut, um sie wiederzuverwenden oder in Gao zu verhökern.

Endlich entdeckte er rechts am Horizont einen von Menschenhand hergestellten Gegenstand, der sich als dunkler Fleck in den schimmernden Hitzewellen abzeichnete. Die Luft war klar und transparent wie Glas. Als sie näher kamen sahen sie, daß es sich um die Überbleibsel eines VW-Busses handelte. Jedes Teil, das nicht zur Karosserie oder zum Rahmen gehörte, war ausgebaut. Nur die bloße Hülle war noch übriggeblieben, und irgend jemand hatte mit Ölfarbe einen ironischen Spruch draufgesprüht. »Wo ist Lawrence von Arabien, wenn man ihn braucht?«

Jetzt wußte Pitt, daß sie die Piste erreicht hatten. Er wendete luvwärts und schlug einen neuen Kurs in Richtung Norden ein. Der Boden war jetzt sandig, mit gelegentlichem Kiesbelag. Dann und wann kamen sie über Treibsand, doch der Strandsegler war zu leicht, um einzusinken, und rauschte elegant darüber hinweg. Nur die Geschwindigkeit ließ etwas nach.

Nach zehn Minuten entdeckte Pitt ein Ölfaß, das sich am Horizont von seiner Umgebung abhob. Jetzt war er ganz sicher, daß sie sich auf der Piste befanden, und er segelte in Schlägen von jeweils zwei Kilometern nordwärts auf Algerien zu.

Giordino bewegte sich nicht mehr. Pitt griff nach vorne und schüttelte ihn an der Schulter, doch der Kopf fiel langsam zur Seite. Giordino hatte das Bewußtsein verloren und dämmerte vor sich hin. Pitt versuchte, zu schreien, seinen Freund wachzurütteln, doch ihm fehlten die Kräfte. Jetzt bemerkte auch er die Dunkelheit am Rande seines Blickfeldes, und er war sich bewußt, daß ihn nur noch Minuten von der Ohnmacht trennten.

In der Ferne hörte er Motorenlärm, doch da er vor sich nichts erkennen konnte, hielt er es für Einbildung. Das Geräusch wurde lauter, aber er konnte nach wie vor die Geräuschquelle nicht sehen.

Dann folgte ein mächtiges Hupen, und Pitt wandte müde den Kopf zur Seite. Neben ihm fuhr ein britischer Bedford-Lastwagen mit Anhänger. Der Fahrer, ein Araber, starrte neugierig und breit grinsend auf die beiden Figuren im Strandsegler herab. Pitt hatte gar nicht mitbekommen, daß der Lastwagen ihn überholte.

Der Fahrer lehnte sich aus dem Fenster, hielt eine Hand an den Mund und schrie: »Braucht ihr Hilfe?«

Pitt konnte nur schwach nicken.

Er hatte keine Anstalten gemacht, den Strandsegler zum Halten zu bringen. Er versuchte matt, die Schote dichtzuhalten und mit dem Strandsegler einen Aufschießer gegen den Wind zu machen, doch es gelang ihm nur, mit dem Segler beizudrehen. Seine Sinne funktionierten nicht normal, und er schätzte eine Bö vollkommen falsch ein. Er ließ die Schote los, doch es war zu spät. Wind und Schwerkraft nahmen ihm die Kontrolle über den Strandsegler, das Fahrzeug kippte, die Ausleger mit den Rädern wurden abgerissen, ebenso die Tragfläche, die als Segel gedient hatte, und Pitt und Giordino flogen wie ausgestopfte Stoffpuppen in einer Wolke von Staub und Trümmern in den Sand.

Der Araber fuhr dicht an sie heran und hielt an. Er sprang aus dem Fahrerhaus, rannte zum Unglücksort und beugte sich über die ohnmächtigen Männer. Sofort sah er, daß sie fast verdurstet waren, eilte zum Lastwagen zurück und kam mit vier Plastikflaschen Wasser wieder.

Unmittelbar nachdem er spürte, wie Wasser auf sein Gesicht traf und in seinen halb geöffneten Mund tröpfelte, erlangte Pitt das Bewußtsein wieder.

Auch Giordinos staubtrockener Körper erwachte wieder zum Leben. Es erschien ihnen unglaublich, wie schnell sie die Schwelle des Todes hinter sich ließen, nachdem sie genug getrunken hatten.

Der Araber bot ihnen auch Salztabletten und ein paar getrocknete Datteln an. Er hatte ein dunkles, intelligentes Gesicht und trug eine Baseballkappe ohne Aufschrift. Er hockte vor den beiden auf den Fersen und sah interessiert zu, wie Pitt und Giordino tranken und sich erholten.

»Seid ihr von Gao mit dem Fahrzeug hergesegelt?« wollte er wissen.

Pitt schüttelte den Kopf. »Von Fort Foureau«, log er. Er wußte noch immer nicht genau, ob sie sich auf algerischem Boden befanden. Auch konnte er dem Lastwagenfahrer nicht trauen, denn der würde sie vielleicht dem nächstgelegenen Posten der Sicherheitskräfte übergeben, wenn er wußte, daß sie von Tebezza entkommen waren. »Wo sind wir eigentlich genau?«

»Mitten in der Wüste Tanezrouft.«

»In welchem Land?«

»Na, Algerien natürlich. Was haben Sie denn gedacht?«

»Egal, solange es nicht Mali ist.«

Der Araber verzog das Gesicht. »In Mali leben böse Menschen. Böse Regierung. Die bringen viele Menschen um.«

»Wie weit ist es bis zum nächsten Telefon?« fragte Pitt.

»Adrar liegt 350 Kilometer nördlich. Dort gibt es ein Telefon.«

»Ist das ein kleines Dorf?«

»Nein, Adrar ist eine große Stadt, mit viel Fortschritt. Dort gibt es einen Flughafen mit einer regelmäßigen Verbindung nach Algier.«

»Fahren Sie in diese Richtung?«

»Ja, ich habe eine Ladung Konserven nach Gao gebracht, und jetzt bin ich auf dem Rückweg nach Algier.«

»Könnten Sie uns bis Adrar mitnehmen?«

»Es ist mir eine Ehre.«

Pitt sah den Fahrer an und lächelte. »Wie heißen Sie, mein Freund?«

»Ben Hadi.«

Pitt schüttelte dem Araber herzlich die Hand. »Ben Hadi«, sagte er leise, »Sie können es nicht wissen, aber indem Sie unser Leben retten, retten Sie auch das von einigen hundert anderen.«

TEIL IV

Erinnerungen an die Alamo

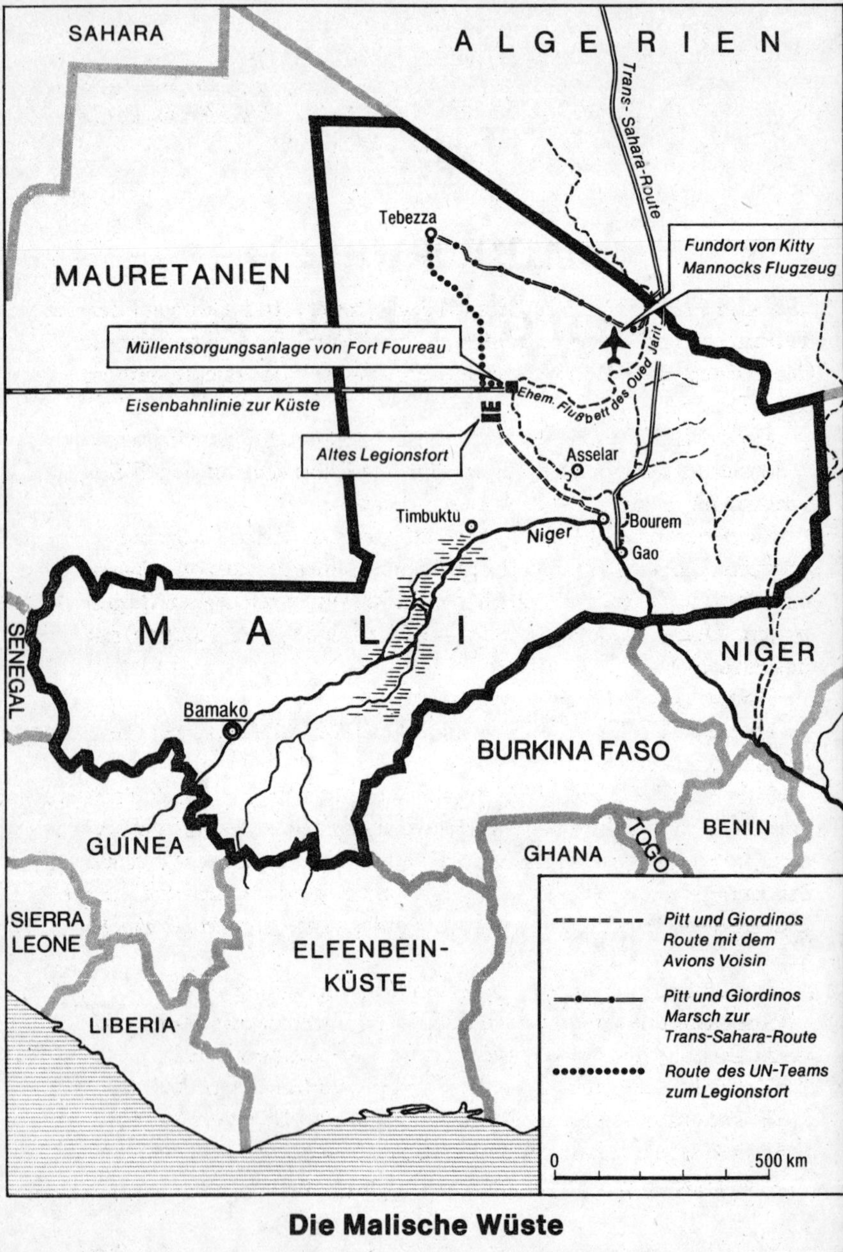

Die Malische Wüste

26. Mai 1996
Washington, D. C.

44

»Sie sind draußen!« schrie Hiram Yaeger, als er, Rudi Gunn auf den Fersen, in Sandeckers Büro platzte. Sandecker, der sich gerade mit den Kosten eines Unterwasserprojektes rumschlug, blickte irritiert auf. »Draußen?«

»Dirk und Al. Sie haben die Grenze zu Algerien überschritten.«

Sandecker sah plötzlich aus wie ein Kind, das sich auf den Weihnachtsmann freut. »Woher wissen Sie das?«

»Sie haben vom Flughafen einer Wüstenstadt, Adrar, angerufen«, antwortete Gunn. »Die Verbindung war schlecht, aber wir haben mitgekriegt, daß sie mit einen Linienflugzeug nach Algier fliegen wollen. Dort werden sie von der Botschaft aus wieder Kontakt mit uns aufnehmen.«

»Haben sie sonst noch etwas gesagt?«

Gunn sah Yaeger an und nickte. »Du hast mit Pitt gesprochen, bevor ich mit ihm telefoniert habe.«

»Pitts Stimme klang sehr schwach«, erklärte Yaeger. »Das Telefonnetz in der Wüste von Algerien ist kaum besser als die Verbindung von zwei Konservendosen mit einer Wachsschnur. Wenn ich ihn richtig verstanden habe, hat er darum gebeten, daß Sie eine Einheit der Special Forces anfordern, die mit ihm nach Mali zurückkehrt.«

»Hat er erklärt, wieso?« fragte Sandecker neugierig.

»Seine Stimme war zu undeutlich. Wir wurden dauernd unterbrochen. Das bißchen, was ich verstanden habe, klang verrückt.«

»Verrückt in welcher Hinsicht?« wollte Sandecker wissen.

»Er hat etwas über die Rettung von Frauen und Kindern aus einer Goldmine gesagt. Seine Stimme klang eigenartig drängend.«

»Das ergibt doch überhaupt keinen Sinn«, sagte Gunn.

Sandecker sah Yaeger an. »Hat Dirk verraten, wie es den beiden gelungen ist, aus Mali zu entfliehen?«

Yaeger wirkte völlig verwirrt. »Jetzt lachen Sie nicht, Admiral, aber ich kann schwören, daß er behauptet hat, auf einer Jacht zusammen mit einer gewissen Kitty Manning oder Manncock durch die Wüste gesegelt zu sein.«

Sandecker lehnte sich zurück und lächelte resigniert. »Wenn Sie Pitt und Giordino so gut kennen würden wie ich, würden Sie etwas Derartiges nicht ausschließen.« Dann verengten sich seine Augen plötzlich, und er fragte. »Könnte der Name Kitty Mannock gewesen sein?«

»Der Name kam undeutlich rüber, aber ja, ich glaube, das war er.«

»Kitty Mannock war in den zwanziger Jahren eine berühmte Pilotin«, erklärte Sandecker. »Sie hat weltweit eine Reihe von Langstreckenrekorden gebrochen, bevor sie über der Sahara verschollen ist. Ich glaube, das war im Jahre 1931.«

»In welcher Beziehung könnte sie wohl mit Pitt und Giordino stehen?«

»Keine Ahnung«, erwiderte Sandecker.

Gunn warf einen Blick auf seine Uhr. »Die Entfernung zwischen Adrar und Algier beträgt nur etwas über 1200 Kilometer. Wenn sie bereits in der Luft sind, dann müßten wir in anderthalb Stunden etwas von ihnen hören.«

»Weisen Sie unsere Kommunikationsabteilung an, eine direkte Verbindung zur Botschaft in Algerien herzustellen«, befahl der Admiral. »Und sagen Sie denen, sie sollen dafür sorgen, daß es sich um eine sichere Leitung handelt. Falls Pitt und Giordino über wichtige Daten gestolpert sind, die die Rote Flut betreffen, dann wünsche ich nicht, daß davon etwas an die Medien durchsickert.«

Als Pitt sich über das weltweite Kommunikationsnetz der NUMA meldete, versammelten sich Sandecker und die übrigen, einschließlich Dr. Chapman, um eine Telefonanlage, die das Gespräch aufzeichnete und Pitts Stimme über ein Lautsprechersystem verstärkte. Die meisten der in den letzten 90 Minuten aufgeworfenen Fragen wurden durch Pitts präzisen, eine Stunde dauernden Bericht beantwortet. Jeder saß da, lauschte aufmerksam und machte sich Notizen, während Pitt von den grauenhaften Begebenheiten und ihrem Überlebenskampf berichtete, nachdem sie sich am Niger von Gunn getrennt hatten. Detailliert beschrieb er den Betrug, den Fort Foureau darstellte. Schockiert vernahmen die Versammelten, daß Dr. Hopper und die Wissenschaftler der Weltgesundheitsorganisation als Sklaven in den Minen von Tebezza schuften mußten – zusammen mit den französischen Ingenieuren, ihren Frauen und Kindern und einer Reihe weiterer entführter Ausländer und politischer Gefangener General Kazims. Pitt beendete seinen Bericht mit der Darstellung, wie sie auf ihrem Marsch durch die Wüste glücklicherweise und zufällig auf Kitty Mannock und ihr seit langem verschollenes Flugzeug gestoßen waren. Seine Zuhörer lächelten unwillkürlich, als er beschrieb, wie sie den Strandsegler gebaut hatten.

Die Männer verstanden jetzt, wieso Pitt unbedingt mit einer bewaffneten Einheit nach Mali zurückkehren wollte. Die Beschreibung der gräßlichen und unmenschlichen Bedingungen, die in den Goldminen von Tebezza herrschten, entsetzte sie. Doch noch fassungsloser waren sie, als sie über das geheime Endlager für Atom- und Sondermüll in Fort Foureau unterrichtet wurden. Sie fragten sich, bei wie vielen der Müllverbrennungsanlagen von Massarde Enterprises es sich wohl um Tarnanlagen handeln mochte.

Anschließend setzte Pitt seine Zuhörer über die kriminelle Beziehung zwischen Yves Massarde und Zateb Kazim in Kenntnis. Er wiederholte, was er bei seinen Gesprächen mit Massarde und O'Bannion erfahren hatte.

Die entscheidende Frage wurde von Chapman gestellt. »Sie sind also völlig sicher, daß in Fort Foureau die Ursache für die Umweltvergiftung zu suchen ist, die zur Ausbreitung der Roten Flut führt?«

»Giordino und ich sind keine Experten in Grundwasserhydrologie«, erwiderte Pitt, »doch unserer Meinung nach besteht kaum ein Zweifel, daß der toxische Abfall, der nicht verbrannt, sondern unter dem Wüstenboden vergraben wird, ins Grundwasser wandert. Dieses Grundwasser speist einen unterirdischen Fluß, der unterhalb eines alten Flußbettes nach Süden verläuft und in den Niger mündet.«

»Wie konnten derart umfangreiche Ausschachtungen vorgenommen werden, ohne daß sie von Umweltschutzinspektoren bemerkt wurden?« fragte Yaeger.

»Oder auf Satellitenfotos entdeckt wurden?« ergänzte Gunn die Frage.

»Den Schlüssel dazu bilden die Eisenbahnstrecke und die Frachtcontainer«, erwiderte Pitt. »Erst nachdem ein umfangreiches Gebäude errichtet worden war, das zur Tarnung diente, begann die Operation, in deren Verlauf die Züge Atom- und Sondermüll heranbrachten und mit Gestein und Erde zur Landaufschüttung nach Mauretanien zurückfuhren. Soweit Al und ich das beobachtet haben, hat Massarde dabei bereits bestehende Höhlen im Sandstein genutzt.«

Einen Moment lang sagte niemand ein Wort, dann meinte Chapman: »Wenn diese Sache rauskommt, gibt das einen Riesenskandal, und die Untersuchungen werden kein Ende finden.«

»Hast du handfeste Beweise?« fragte Gunn Pitt.

»Wir können nur über das berichten, was wir innerhalb der Anlage gesehen und anschließend von Massarde gehört haben. Tut mir leid, mehr haben wir nicht zu bieten.«

»Sie haben Unglaubliches vollbracht«, stellte Chapman fest. »Ihnen verdanken wir, daß die Quelle der Umweltvergiftung endlich bekannt ist. Jetzt können wir Pläne entwickeln, um zu verhindern, daß das Gift weiterhin ins Grundwasser sickert.«

»Leichter gesagt als getan«, rief Sandecker ihm in Erinnerung. »Dirk und Al haben uns damit die Büchse der Pandora vor die Füße geworfen.«

»Der Admiral hat recht«, sagte Gunn. »Wir können nicht einfach nach Fort Foureau marschieren und die Anlage dichtmachen. Yves Massarde ist ein mächtiger, reicher Mann mit guten Verbindungen zu General Kazim und den höheren Chargen der französischen Regierung.«

»Und zu einer weiteren Reihe mächtiger Herren in Geschäftswelt und Regierungen«, fügte Gunn hinzu.

»Massarde interessiert mich im Augenblick erst in zweiter Linie«, unterbrach ihn Pitt. »Die vordringlichste Aufgabe besteht darin, den armen Teufeln in Tebezza zu helfen, bevor sie alle tot sind.«

»Sind Amerikaner darunter?« fragte Sandecker.

»Dr. Eva Rojas ist Amerikanerin.«

»Ist sie die einzige?«

»Soweit ich weiß, ja.«

»Wenn keiner der früheren Präsidenten es für notwendig gehalten hat, im Libanon einzugreifen, um unsere Geiseln rauszuholen, dann sehe ich keine Möglichkeit, daß der gegenwärtige Präsident eine Einheit der Special Force in Marsch setzt, um eine Amerikanerin zu retten.«

»Fragen kostet nichts«, schlug Pitt vor.

»Er hat schon abgelehnt, als ich ihn bat, Sie und Al aus Mali rauszuholen.«

»Hala Kamil hat uns schon einmal die Eingreiftruppe der Vereinten Nationen zur Verfügung gestellt«, erklärte Gunn. »Sicherlich wird sie einen Einsatz genehmigen, wenn es um die Rettung ihrer Wissenschaftler geht.«

»Hala Kamil ist eine Frau mit Prinzipien«, stellte Sandecker fest. »Idealistischer, als die meisten Männer, die ich kenne. Ich vertraue darauf, daß sie General Bock veranlassen wird, Colonel Levant und seine Männer ein zweites Mal nach Mali zu schicken.«

»Die Menschen sterben in den Minen wie die Fliegen«, sagte Pitt, und die Männer bemerkten die Erbitterung in seiner Stimme. »Weiß Gott, wie viele ermordet wurden, seit Al und ich entkommen sind. Jede Stunde zählt.«

»Ich werde mich mit der Generalsekretärin in Verbindung setzen und sie über den Stand der Dinge informieren«, versprach Sandecker. »Wenn Levant sich genauso beeilt wie bei der Rettung von Rudi, dann werden Sie ihm die Situation vermutlich noch vor dem Frühstück persönlich erklären können.«

Neunzig Minuten nachdem Sandecker Hala Kamil und General Bock angerufen hatte, waren Colonel Levant und seine Männer mitsamt ihrer Ausrüstung in der Luft und nahmen Kurs auf einen französischen Luftwaffenstützpunkt außerhalb von Algier.

General Hugo Bock sortierte Karten und Satellitenfotos auf seinem Schreibtisch und nahm dann ein altes Vergrößerungsglas zur Hand, das sein Großvater ihm, als er noch ein Junge war und Briefmarken sammelte, geschenkt hatte. Das Glas war blitzblank, ohne eine einzige Fluse und vergrößerte das Bild nicht mit der geringsten Verzerrung am Rand. Im Laufe seiner Karriere in der Armee hatte das Glas Bock als Talisman begleitet.

Er nahm einen Schluck Kaffee und fing damit an, das Gebiet innerhalb der kleinen Kreise, die er auf den Karten und Fotos als ungefähre Lage von Tebezza eingezeichnet hatte, zu überprüfen. Obwohl es sich bei Pitts Beschreibung um eine grobe Schätzung handelte, die Sandecker ihm per Fax hatte zukommen lassen, entdeckte der General bald den Landestreifen und den schwachen Verlauf der Straße, die zu der engen, das hohe Felsplateau spaltenden Schlucht führte.

Bock musterte die umliegende Wüste. Was er da sah, gefiel ihm überhaupt nicht. Der Einsatz, Gunn vom Flughafen abzuholen, war relativ einfach gewesen. Die UN-Einheit war von einer ägyptischen Luftwaffenbasis in der Nähe von Kairo gestartet und hatte lediglich in Gao landen, den Flughafen sichern, Gunn an Bord nehmen und so schnell wie möglich wieder verschwinden müssen. Tebezza erwies sich als eine viel schwerer zu knackende Nuß.

Levants Einheit mußte auf dem Landestreifen niedergehen, 20 Kilometer weit bis zum Eingang der Mine fahren, angreifen, unzählige Stollen und Höhlen sichern und weiß Gott wie viele Menschen zurück zur Landebahn transportieren.

Das Problem bestand darin, daß die Bodenoperationen zu lange dauern würden. Das Transportflugzeug war schutzlos den Angriffen von Kazims Luftwaffe ausgeliefert. Der Zeitplan schloß eine Hin- und Rückfahrt von 40 Kilometern mit ein; eine Reise, die über eine unbefestigte Wüstenpiste ging und die Chancen für einen Fehlschlag erheblich erhöhte.

Der Angriff selbst konnte nicht bis ins letzte Detail geplant werden, es gab zu viele unbekannte Variablen. Fraglich war es, ob man es schaffte, Kommunikation nach außen rechtzeitig zu unterbrechen. Bock sah keine Möglichkeit, den Einsatz in weniger als anderthalb Stunden durchzuführen. Zwei Stunden konnten den Mißerfolg bedeuten.

Seine Faust traf krachend auf den Schreibtisch. »Verdammt!« murmelte er wütend. »Keine Zeit für die Vorbereitung. Keine Zeit für eine ordentliche Planung. Ein Noteinsatz, um Menschenleben zu retten. Möglicherweise verlieren wir mehr Leute, als wir retten.«

Nachdem er die Operation aus jedem Blickwinkel überprüft hatte, stieß Bock einen Seufzer aus, griff nach dem Telefonhörer und wählte eine Nummer. Hala Kamils Sekretärin stellte ihn sofort durch.

»Ja, General«, meldete sie sich, »ich hatte nicht erwartet, daß Sie sich so bald melden. Gibt's Probleme mit dem Rettungseinsatz?«

»Eine ganze Reihe, Frau Generalsekretärin, fürchte ich. Wir haben viel zu wenig Leute. Colonel Levant wird Unterstützung brauchen.«

»Ich werde den Einsatz weiterer UN-Einheiten befehlen, wenn Sie das verlangen.«

»Uns stehen keine weiteren Einheiten zur Verfügung«, erklärte Bock. »Alle übrigen versehen den Sicherheitsdienst an der syrisch-israelischen Grenze oder bringen in den Gebieten Indiens, in denen Aufruhr und Bürgerkrieg herrschen, Menschen in Sicherheit. Colonel Levants Unterstützung muß von außerhalb der Vereinten Nationen kommen.«

Hala schwieg einen Augenblick und konzentrierte sich. »Äußerst schwierig«, gab sie schließlich zu, »ich weiß nicht, an wen ich mich wenden kann.«

»Was ist mit den Amerikanern?«

»Im Gegensatz zu seinen Vorgängern zögert der gegenwärtige Präsident damit, sich in die Probleme von Ländern der Dritten Welt einzumischen. Tatsächlich war er es, der mich gebeten hat, den Rettungseinsatz für die beiden Männer von der NUMA zu befehlen.«

»Warum wurde ich davon nicht in Kenntnis gesetzt?« wollte Bock wissen.

»Admiral Sandecker konnte mit genauen Angaben über ihren Aufenthaltsort nicht dienen. Während wir noch auf Hinweise warteten, befreiten sie sich aus eigener Kraft, so daß ein Rettungseinsatz überflüssig wurde.«

»Im Falle von Tebezza wird es sich nicht um eine schnelle, sichere Operation handeln«, erklärte Bock ernst.

»Können Sie mir den Erfolg des Einsatzes garantieren?« fragte Hala.

»Ich vertraue voll auf die Fähigkeiten meiner Männer, Frau Generalsekretärin, aber eine Garantie kann ich nicht übernehmen. Im Gegenteil, ich befürchte hohe Verluste.«

»Wir können nicht die Hände in den Schoß legen und nichts unternehmen«, erklärte Hala ernst. »Dr. Hopper und die von ihm geleitete Gruppe Wissenschaftler sind Angestellte der Vereinten Nationen. Wir haben die Pflicht, unsere Leute da rauszuholen.«

»Da stimme ich Ihnen zu«, sagte Bock, »doch mir wäre wohler, wenn wir für den Fall, daß Colonel Levant von malischen Militäreinheiten in die Enge getrieben wird, auf Unterstützung von außen zählen könnten.«

»Möglicherweise erklären sich die Engländer oder Franzosen dazu bereit –«

»Die Amerikaner könnten schneller reagieren«, unterbrach Bock sie. »Wenn es nach mir ginge, würde ich deren Delta Force anfordern.«

Hala schwieg. Sie zögerte, Zugeständnisse zu machen, weil sie wußte, daß sich der amerikanische Regierungschef als halsstarrig und unkooperativ erweisen würde. »Ich werde mit dem Präsidenten reden und ihm den Fall schildern«, gab Hala nach. »Mehr kann ich nicht tun.«

»Dann werde ich Colonel Levant dahingehend informieren, daß er, gesetzt den Fall, er beurteilt die Lage falsch oder begeht einen Irrtum, keine Hilfe erwarten kann.«

»Vielleicht hat er Glück.«

Bock atmete tief durch. Ein Schauer lief ihm über den Rücken. »Immer wenn ich mich auf mein Glück verlassen habe, Frau Generalsekretärin, dann ist etwas schrecklich schief gelaufen.«

St. Julien Perlmutter saß in seiner riesigen Bibliothek. Mindestens 200 Bücher lagen zu Haufen aufgetürmt auf dem Perserteppich oder stapelten sich auf dem alten Rollschreibtisch. Perlmutter hatte sich für den Tag angezogen, Seidenpyjama und Morgenrock, die Füße, die in Slippern steckten, lagen auf der unordentlichen Schreibtischplatte, und er schmökerte in einem Manuskript aus dem 17. Jahrhundert.

Perlmutter war der sagenumwobene Experte für Marinegeschichte. Seine Sammlung zeitgenössischer Berichte und Marineliteratur wurde als eine der besten auf der Welt eingestuft. Jeder Museumsdirektor im ganzen Land hätte sich ein Bein ausgerissen oder einen Blankoscheck angeboten, wenn er die umfangreiche Bibliothek hätte erwerben können. Geld spielte für einen Mann, der 50 Millionen Dollar geerbt hatte, jedoch keine Rolle, außer es ging darum, ein seltenes Werk zu erwerben, das seiner Sammlung noch fehlte.

Seine Leidenschaft für die Forschung übertraf bei weitem seine Leidenschaft für Frauen. Wenn es überhaupt jemanden gab, der aus dem Stegreif stundenlang über jedes Wrack, dessen Untergang aufgezeichnet worden war, sprechen konnte, dann St. Julien Perlmutter. Jedes Bergungsunternehmen und jeder Schatzjäger in Europa und Amerika stand früher oder später auf seiner Schwelle und bat ihn um Unterstützung.

Er war abstoßend häßlich und wog an die 180 Kilo – das Ergebnis von erstklassigem Essen, hochprozentigen Getränken und wenig oder gar keiner Bewegung, sah man vom gelegentlichen Greifen nach einem Buch oder dem Umblättern einer Seite ab. Er hatte lustige, himmelblaue Augen und ein rotes Gesicht, das sich hinter einem riesigen grauen Bart verbarg.

Sein Telefon klingelte, und er schob diverse Bücher beiseite, um dranzukommen. »Hier Perlmutter.«

»Julien, hier Dirk.«

»Dirk, mein Junge«, er schrie fast, »ist lange her, daß ich deine Stimme gehört habe.«

»Kann länger her sein als drei Wochen.«

»Wer zählt auf der Suche nach einem Wrack schon die Stunden?«

»Sicherlich weder du noch ich.«

»Weshalb kommst du nicht auf ein paar meiner berühmten Crêpes Perlmutter vorbei?«

»Ich fürchte, die würden kalt, bis ich da wäre«, erwiderte Pitt.

»Wo bist du?«

»In Algier.«

Perlmutter schnaubte. »Was hast du denn in diesem Drecksnest verloren?«

»Unter anderem bin ich auf der Suche nach einem Wrack.«

»Im Mittelmeer, vor der Küste Nordafrikas?«

»Nein, in der Sahara.«

Perlmutter kannte Pitt zu gut, um dessen Worte für einen Scherz zu halten. »Mir ist die Legende von dem Schiff in der kalifornischen Wüste bekannt, doch ich wußte nicht, daß sich auch eines in der Sahara befinden soll.«

»Ich bin auf drei verschiedene Quellen gestoßen, die darauf hinweisen«, erklärte Pitt. »Die erste war ein alter Amerikaner, der nach einem konföderierten Panzerschiff, der *Texas* suchte. Er war felsenfest davon überzeugt, daß das Schiff einen inzwischen ausgetrockneten Strom flußabwärts gelaufen und im Sandmeer verschollen ist. Vermutlich mit dem Geld der Konföderierten an Bord.«

»Wo triffst du nur immer auf solche Käuze?« lachte Perlmutter. »Und was für ein Wüstenkraut hat der Kerl geraucht?«

»Er behauptete auch, Lincoln habe sich an Bord befunden.«

»Jetzt gleitet die Geschichte in puren Humbug ab.«

»So seltsam es klingen mag, ich nehme ihm das ab. Danach bin ich nämlich auf zwei weitere Quellen gestoßen, die diese Legende stützen. Die eine war ein Felsengemälde in einer Höhle, das ein konföderiertes Kriegsschiff zeigte. Die zweite Quelle ist der Eintrag über einen Sichtkontakt im Logbuch, das ich in Kitty Mannocks Flugzeug fand.«

»Warte mal einen Augenblick«, sagte Perlmutter skeptisch. »Wessen Flugzeug?«

»Kitty Mannocks.«

»Du hast es gefunden! Mein Gott, die ist vor über 60 Jahren verschwunden. Du hast tatsächlich die Absturzstelle entdeckt?«

»Al Giordino und ich sind beim Durchqueren der Wüste über ihre Leiche und das Wrack gestolpert, die in einer Schlucht verborgen lagen.«

»Meinen Glückwunsch!« freute sich Perlmutter. »Damit hast du eines der größten Mysterien der Luftfahrt aufgeklärt.«

»Reines Glück, was uns betrifft«, gab Pitt zu.

»Wer bezahlt denn diesen Anruf?«

»Die US-Botschaft in Algier.«

»In diesem Fall bleib' dran. Ich komme sofort zurück.« Perlmutter stemmte sich aus dem Schreibtischsessel, trat an ein Bücherregal und ging die Bände durch. Schließlich fand er das Buch, nach dem er gesucht hatte, kehrte damit an seinen Schreibtisch zurück und blätterte es kurz durch. Dann griff er wieder zum Hörer. »Du sagtest, der Name des Schiffes sei *Texas* gewesen?«

»Ja, stimmt genau.«

»Ein Panzerschiff«, las Perlmutter vor. »Wurde in der Rocketts-Werft in Richmond auf Kiel gelegt. Stapellauf März 1865, einen Monat vor Kriegsende. Länge 60 Meter, größte Breite 12 Meter.

Zwillingsmaschinen, Zwillingsschrauben, Tiefgang zweieinhalb Meter, 15-Zentimeter-Panzerung. Die Artillerie bestand aus zwei Blakely-Hundertpfündern und zwei 18-Zentimeter 64-Pfündern. Geschwindigkeit 14 Knoten.« Perlmutter machte eine Pause. »Alles mitgekriegt?«

»Hört sich nach einem für die damalige Zeit ziemlich starken Schiff an.«

»Ja, stimmt. Und ungefähr doppelt so schnell wie jedes andere Schiff in beiden Flotten.«

»Was gibt's sonst noch Wissenswertes?«

»Relativ wenig«, erwiderte Perlmutter. »Ihr einziger Kampfeinsatz bestand in einem legendären Passiergefecht den James River flußabwärts, vorbei an den Forts in Hampton Roads, und dem anschließenden Durchbruch durch die gesamte Flotte der Nordstaaten. Schwer beschädigt, entkam die *Texas* in den Atlantik und wurde seither nie mehr gesehen.«

»Dann ist sie also tatsächlich verschwunden«, stellte Pitt fest.

»Ja, doch dabei handelt es sich kaum um ein unnatürliches Phänomen. Die konföderierten Panzerschiffe waren ausschließlich für den Einsatz auf Flüssen und in Häfen konstruiert und deshalb zur Überquerung des Meeres nicht geeignet. Es wird angenommen, daß sie im rauhen Seegang gekentert und gesunken ist.«

»Hältst du es für möglich, daß sie den Ozean überquert und in Westafrika nigeraufwärts gefahren sein könnte?«

»Die *Atlanta* war, soweit ich mich erinnere, das einzige andere konföderierte Panzerschiff, das versucht hat, das offene Meer zu überqueren. Sie kapitulierte nach einem Gefecht mit zwei Panzerschiffen der Nordstaaten in der Wassaw-Buch von Georgia. Ungefähr ein Jahr nach Kriegsende wurde sie dem König von Hawaii verkauft, der sie in seiner Flotte in Dienst stellen wollte. Sie lief von der Chesapeake Bay mit Kurs auf die Karibik aus und verschwand. Die Mannschaften, die auf ihr gedient hatten, behaupteten, daß sie selbst bei mildem Wetter Wasser übernahm.«

»Dennoch hat der alte Goldsucher erzählt, daß französische Kolonisten und Eingeborene von einem eisernen Ungeheuer berichteten, das ohne Segel nigeraufwärts fuhr.«

»Soll ich das überprüfen?«

»Könntest du das?«

»Ich hänge schon am Haken«, erwiderte Perlmutter. »Ich habe da ein weiteres kleines Geheimnis entdeckt, das die *Texas* interessant macht.«

»Und das wäre?«

»Ich habe hier die Geschichte der Flotten im Bürgerkrieg vor mir liegen«, erklärte Perlmutter langsam. »Sämtliche Schiffe sind mit zusätzlichen Quellenangaben versehen, die weitergehende Studien ermöglichen sollen. Nur die *Texas* weist keinerlei Hinweise auf. Man hat fast den Eindruck, jemand wollte, daß sie in Vergessenheit gerät.«

45

Pitt und Giordino verließen die amerikanische Botschaft diskret durch die Lobby der Paßstelle, traten auf die Straße und hielten ein Taxi an. Pitt nannte dem Fahrer das Ziel, das ein Angestellter der Botschaft in französischer Sprache notiert hatte, und lehnte sich zurück, während das Taxi am Marktplatz und dann an den pittoresken Moscheen der Stadt mit ihren hohen Minaretts vorbeifuhr. Sie hatten Glück gehabt und einen Superfahrer erwischt, der sich hupend durch die Fußgängerscharen und den starken Verkehr arbeitete und die roten Ampeln ignorierte.

An der Hauptausfallstraße, die parallel zum geschäftigen Ufer verlief, bog der Fahrer nach Süden in die Außenbezirke ab, wo er, wie gewünscht, in einer kurvigen Straße anhielt. Pitt zahlte und wartete, bis das Taxi außer Sichtweite war. Kaum eine Minute später rollte ein Stabswagen der französischen Luftwaffe heran, ein Peugeot 605 Diesel. Sie nahmen im Fond Platz, ohne vom uniformierten Fahrer des Wagens begrüßt zu werden. Der Chauffeur fuhr bereits an, bevor Giordino die Tür geschlossen hatte.

Zehn Kilometer weiter hielt die Limousine am Haupttor eines Luftwaffenstützpunktes, über dem die Trikolore wehte. Der Wachposten warf nur einen flüchtigen Blick auf den Peugeot, winkte ihn durch und salutierte zackig. Am Anfang der Landebahn hielt der Fahrer an und steckte einen Stander in die Befestigung auf dem linken vorderen Kotflügel.

»Sag bloß nichts«, brummte Giordino, »laß mich raten. Wir sind die Feldmarschälle und nehmen die Parade ab.«

Pitt lachte. »Hast du alles aus deinen Tagen bei der Air Force vergessen? Jedes Fahrzeug, das über das Rollfeld fährt, muß einen Stander haben.«

Der Peugeot rollte an einer langen Reihe von Kampfflugzeugen des Typs Mirage 2000 vorbei, die gerade von den Bodenmannschaften gewartet wurden. Am Ende des Flughafens war eine Staffel Helikopter vom Typ AS-332 Puma stationiert. Obwohl sie mit Luft-Boden-Raketen ausgerüstet waren, sahen sie nicht so tödlich aus wie die meisten anderen Kampfhubschrauber.

Der Fahrer fuhr bis zum verlassenen Ende einer zweiten Landebahn und hielt an. Sie saßen da, warteten, und Giordino döste bei der angenehmen Temperatur der Klimaanlage prompt ein. Pitt las das *Wall Street Journal*, das er aus der Botschaft mitgenommen hatte.

Fünfzehn Minuten später tauchte aus westlicher Richtung ein großer Airbus auf und landete. Erst als die Reifen beim Aufsetzen auf der Betonpiste quietschten, bemerkten Pitt und Giordino das Flugzeug. Sobald die riesigen Räder zum Stillstand gekommen waren, legte der Fahrer des Peugeots den Gang ein und fuhr bis auf fünf Meter an das Flugzeug heran.

Pitt bemerkte, daß der Airbus im hellen Beige der Wüstenlandschaft lackiert war und man außen sämtliche Identifizierungsmerkmale überstrichen hatte. Eine Frau in einem Kampfanzug mit einem Abzeichen am Ärmel, das das UN-Symbol mit Schwert zeigte, sprang aus einer Ladetür im Rumpf zwischen dem riesigen Fahrwerk. Sie trat auf die Limousine zu und riß den hinteren Schlag auf.

»Bitte folgen Sie mir«, bat sie in englischer Sprache mit starkem spanischen Akzent. Während der Wagen davonfuhr, ging die Frau vor ihnen her und gab ihnen mit einer Handbewegung zu verstehen, ins Flugzeug zu klettern. Zuerst gelangten sie in das untere Frachtdeck des Airbus. Von dort aus führte eine schmale Treppe in die Hauptkabine.

Giordino musterte die drei gepanzerten Mannschaftswagen, die in Reih und Glied dastanden, und deren Höhe weniger als zwei Meter betrug. Dann starrte er fasziniert auf den schwer bewaffneten Buggy, der bei der Rettung von Rudi Gunn in Gao eingesetzt worden war.

Ein Offizier erwartete sie bereits in der Hauptkabine. »Captain Pembroke-Smythe«, stellte er sich vor. »Schön, daß Sie kommen konnten. Colonel Levant wartet bereits im Kartenzimmer auf Sie.«

»Sie sind offensichtlich Engländer«, stellte Giordino fest.

»Ja, Sie werden sehen, daß wir ein recht gemischtes Völkchen sind«, erklärte Pembroke-Smythe und deutete gutgelaunt mit der Reitgerte auf die drei Dutzend Männer und drei Frauen, die dabei waren, Waffen und Ausrüstung zu reinigen und zusammenzubauen. »Ein paar kreative Herrschaften waren der Meinung, die Vereinten Nationen sollten ihre eigene Eingreiftruppe haben, die dort eingesetzt werden kann, wo die Regierungen der verschiedenen Nationen vor einer Intervention zurückschrecken. Manchmal werden wir als Geheimsoldaten apostrophiert. Jeder von uns gehört in seiner Heimat einer Elitetruppe an und wurde hervorragend ausgebildet. Alles Freiwillige. Einige von uns sind die ganze Zeit dabei, andere wurden für ein Jahr von ihrer Regierung beurlaubt.«

Das war die rauheste Truppe, die Pitt je unter die Augen gekommen war. Durchtrainierte, ruhige, entschlossene Profis, mit all den Kenntnissen und einer Ausbildung, die bei Geheimeinsätzen unerläßlich waren. Einer der Männer montierte die Kommunikationsanlage, ein anderer gab gerade die Daten des bevorstehenden Einsatzes in Tebezza in einen Computer ein.

Colonel Levant schlängelte sich behende hinter seinem Schreibtisch vor und begrüßte Giordino und Pitt an der Tür. Er war sich nicht sicher, was ihn erwartete. Levant hatte über die beiden Männer die umfangreichen Dossiers gelesen, die ihm vom Geheimdienst der Vereinten Nationen zur Verfügung gestellt worden waren, und war wider Willen von ihren Leistungen beeindruckt. Er hatte auch einen kurzen Bericht über ihre Reise durch die Wüste gelesen, nachdem sie von Tebezza geflohen waren, und bewunderte ihre Zähigkeit.

Levant hatte zwar zunächst starke Bedenken geäußert, Pitt und Giordino mitzunehmen, doch schnell festgestellt, daß ohne ihre Führung die Operation schwer gefährdet war. Sie wirkten ausgezehrt und zeigten noch die Spuren der langen Sonnenbestrahlung, doch ansonsten schienen sie erstaunlich gut in Form zu sein, als er ihnen die Hände schüttelte.

»Nachdem ich von Ihren Heldentaten gehört hatte, meine Herren, habe ich mich darauf gefreut, Sie kennenzulernen. Ich bin Colonel Levant.«

»Dirk Pitt, und der Name meines häßlichen kleinen Freundes hier ist Al Giordino.«

»Ich hatte erwartet, daß man Sie auf Tragbahren an Bord bringen würde. Es freut mich, Sie so fit zu sehen.«

»Flüssigkeit, Vitamine und jede Menge Gymnastik«, erklärte Pitt lächelnd, »tun ihre Wirkung«.

»Nicht zu vergessen die herrlichen Sonnenbäder«, murmelte Giordino.

Levant reagierte nicht auf den Scherz, sondern warf Pembroke-Smythe einen Blick zu. »Captain, bitte sagen Sie den Männern, daß wir starten, und geben Sie dem Piloten Anweisung, sich bereitzuhalten.« Dann wandte er seine Aufmerksamkeit wieder Pitt und Giordino zu. »Wenn Ihre Angaben korrekt sind, dann ist Zeit für die Überlebenden der entscheidende Faktor. Wir können später, wenn wir uns in der Luft befinden, die Details durchgehen.«

Pitt war einverstanden. »Ich begrüße Ihren Entschluß.«

Levant warf einen Blick auf seine Uhr. »Die Flugzeit wird etwas mehr als vier Stunden betragen. Die uns zur Verfügung stehende Zeitspanne ist äußerst knapp bemessen. Wir dürfen uns nicht verspäten, wenn wir unseren Angriff während der Ruhezeit der Gefangenen durchführen wollen. Vorher und nachher sind sie in Arbeitsgruppen auf sämtliche Stollen verteilt, und es wird uns nicht möglich sein, sie zu finden und zu sammeln, bevor wir uns planmäßig zurückziehen müssen.«

»In vier Stunden ist in Tebezza noch Nacht.«

»Zwanzig Uhr, plus/minus fünf Minuten.«

»Wollen Sie mit eingeschalteten Lichtern runtergehen?« fragte Pitt ungläubig. »Genausogut könnte man ein Feuerwerk anzünden, um unsere Ankunft mitzuteilen.«

Levant zwirbelte ein Ende seines Schnurrbarts, eine Geste, die Pitt in den kommenden zehn Stunden noch oft zu sehen bekommen sollte. »Wir landen in der Dunkelheit. Und bevor ich erkläre, wie, sollten wir Platz nehmen und uns anschnallen.«

Seine Worte wurden durch das seltsam gedämpfte Pfeifen der Düsen unterstrichen, als der Pilot mehr Schub gab.

Levant war für Giordinos Geschmack etwas zu steif und arrogant, und er begegnete dem Offizier mit höflicher Indifferenz. Pitt seinerseits erkannte einen cleveren und gerissenen Planer. Er bemerkte auch den kaum spürbaren Respekt, den ihm der Colonel entgegenbrachte und der Giordino völlig entgangen war.

Während des Abhebens machte Pitt eine Bemerkung über die ungewöhnlich leisen Düsenmotoren. Das typische Donnern eines Flugzeugs, das mit vollem Schub flog, war nicht zu hören.

»Speziell entwickelte Schalldämpfer für die Turbinenabgase«, erklärte Levant.

»Funktionieren gut«, sagte Pitt bewundernd. »Bei Ihrer Ankunft habe ich erst etwas gehört, als die Räder Bodenkontakt hatten.«

»Man könnte es als Tarneffekt bei geheimen Landungen an Orten, an denen wir nicht willkommen sind, bezeichnen.«

»Landen Sie auch ohne Licht?«

Levant nickte. »Ja.«

»Ist die Maschine mit einem Hochleistungs-Nachtsichtgerät ausgestattet?«

»Nein, Mr. Pitt. Etwas Derartiges steht uns nicht zur Verfügung. Vier meiner Männer werden über der Landebahn von Tebezza mit dem Fallschirm abspringen, die Gegend sichern und eine Reihe von Infrarotlampen zur Orientierung für den Piloten aufstellen.«

»Die Fahrt von der Landebahn zum Eingang der Mine, mitten in der Nacht wird sicher keine leichte Sache sein«, meinte Pitt.

»Das«, erklärte Levant grimmig, »ist unser geringstes Problem.«

Das Flugzeug befand sich in einem leichten Steigflug und drehte nach Süden ab, als er seinen Gurt löste und an einen Tisch trat, auf dem die Vergrößerung eines Satellitenfotos lag, das das Plateau oberhalb der Mine zeigte. Er nahm einen Stift zur Hand und tippte auf das Foto.

»Hätten wir mit Hubschraubern auf dem Plateau landen und uns anschließend an den Wänden der Schlucht abseilen können, so hätte das die Aufgabe sehr erleichtert und uns ein größeres Überraschungsmoment verschafft. Unglücklicherweise spielten da noch andere Überlegungen mit hinein.«

»Verstehe«, erwiderte Pitt. »Die Reichweite eines Hubschraubers ist zu gering für einen Hin- und Rückflug nach Tebezza. Ein Anlegen von Auftank-Depots in der Wüste hätte für weitere Verzögerungen gesorgt.«

»32 Stunden, unserer Schätzung nach. Wir haben auch das sprungweise Vorrücken unserer kleinen Hubschrauberstaffel ins Auge gefaßt, wobei eine Maschine den Treibstoff und die andere die Männer mitsamt Ausrüstung befördern sollte. Doch auch bei diesem Plan ergaben sich ernsthafte Komplikationen.«

»Zu kompliziert und zu langsam«, meinte Giordino.

»Auch der Faktor Geschwindigkeit sprach für den Einsatz des Flugzeugs«, erklärte Levant. »Ein weiterer Grund, weshalb der Airbus der Hubschrauberstaffel vorzuziehen ist, ist der, daß wir unsere eigenen Fahrzeuge mit uns führen können. Darüber hinaus haben wir Platz für ein Bordlazarett, dessen Mannschaften sich um die große Zahl von Menschen kümmern kann, die, wie es in Ihrem Bericht hieß, sofort der Pflege bedürfen.«

»Aus wie vielen Leuten besteht Ihre Angriffsgruppe?« fragte Pitt.

»Aus 38 Soldaten und zwei Sanitätern«, erwiderte Levant. »Nachdem wir gelandet sind, werden vier zurückbleiben, um das Flugzeug zu bewachen. Die Sanitäter begleiten die Hauptgruppe und kümmern sich um die Gefangenen.«

»Da bleibt in Ihren Mannschaftstransportern nicht genügend Platz, um alle zu befördern.«

»Wenn einige meiner Männer sich auf die Dächer setzen und an den Seiten festhalten, können wir 40 Gefangene aufnehmen.«

»Und die Malier?« fragte Pitt. »Was ist mit den Dissidenten und persönlichen Feinden von General Kazim?«

»Die müssen zurückbleiben«, zuckte Levant die Achseln. »Sämtliche Lebensmittellager in den Minen werden ihnen zugänglich gemacht werden, und sie erhalten die Waffen der Wachen. Darüber hinaus können wir wenig für sie tun. Sie werden auf sich gestellt sein.«

»Kazim ist Sadist genug, ihre Massenexekution anzuordnen, wenn er erfährt, daß seine wertvollsten Sklaven das Weite gesucht haben.«

»Ich hab' meine Befehle«, erwiderte Levant knapp. »Und die schließen die Rettung einheimischer Krimineller nicht ein.«

Pitt blickte auf die Vergrößerung, die die Wüste rund um das Tebezzaplateau zeigte. »Sie haben also vor, mitten in der Nacht mit dem Airbus auf einem Landestreifen in der Wüste aufzusetzen, eine

Straße entlangzufahren, die auch bei Tageslicht kaum auszumachen ist, die Mine anzugreifen, sämtliche ausländischen Gefangenen herauszuholen, dann zum Landestreifen zurückzufahren und mit Kurs auf Algier wieder zu starten. Bei den geringen Ressourcen, die Ihnen zur Verfügung stehen, könnten wir uns übernehmen.«

Levant bemerkte in Pitts Miene weder Ablehnung noch Sarkasmus. »Wie sagt man in Ihrer Heimat, Mr. Pitt? What you see is what you get.«

»Ich zweifle nicht am Einsatzwillen Ihrer Männer, Colonel. Doch ich hatte mit einer größeren, besser ausgerüsteten Einheit gerechnet.«

»Ich bedaure auch, daß die Vereinten Nationen ihre Streitmacht nicht mit großem Etat, ausreichend Soldaten und einer hochtechnisierten Ausrüstung ausstatten, wie das bei den meisten Spezialeinheiten der Fall ist. Doch unser Budget ist begrenzt, und damit müssen wir auskommen.«

»Weshalb eine UNICRATT-Einheit?« fragte Pitt neugierig. »Weshalb keine britische Einheit, französische Fremdenlegionäre oder die amerikanischen Special Forces?«

»Weil keine andere Nation, Ihre eingeschlossen, sich bei diesem Einsatz die Hände schmutzig machen will«, erklärte Levant müde. »Wir wurden von Generalsekretärin Kamil freiwillig zur Verfügung gestellt.«

Der Name erinnerte Pitt an die kurze Zeit, die er mit Hala Kamil an Bord eines Schiffes in der Magellanstraße verbracht hatte. Das war vor zwei Jahren gewesen, während der Suche nach der Bibliothek von Alexandria.

Levant sah den abwesenden Blick, und Giordino lächelte wissend. Pitt merkte, wie beide ihn ansahen und konzentrierte sich wieder auf das Satellitenfoto. »Da gibt es einen Haken.«

»Es gibt mehrere«, erwiderte Levant gleichmütig. »Doch mit denen werden wir fertig.«

»Abgesehen von zweien.«

»Und die wären . . .?«

»Wir wissen nicht, wo sich O'Bannions Kommunikationszentrum befindet und wo die Kameraüberwachung untergebracht ist. Wenn er es schafft, Kazims Sicherheitskräfte zu alarmieren, haben wir nicht die geringste Chance, es zurück zum Flugzeug zu schaffen und mit einem guten Vorsprung in Richtung Algerien zu starten, bevor eine seiner Jägerstaffeln auftaucht und mit uns Schlitten fährt.«

»In diesem Fall müssen wir innerhalb von 40 Minuten in die Mine eindringen und wieder draußen sein«, erklärte Levant. »Das ist nicht unmöglich, vorausgesetzt, die meisten der Gefangenen können laufen. Wenn allerdings viele von ihnen getragen werden müssen, verlieren wir wertvolle Zeit.«

In diesem Moment erschien Captain Pembroke-Smythe mit einem Tablett mit Kaffee und Sandwiches, das er aus der Kombüse des Flugzeugs geholt hatte. »Unsere Kost sättigt, genügt allerdings nicht Feinschmeckeransprüchen«, erklärte er gutgelaunt. »Sie haben die Wahl zwischen Hühnchensalat und Thunfisch.«

Pitt sah Levant an und grinste. »Das war wirklich kein Witz, als Sie sagten, Ihr Budget sei beschränkt.«

Während der Airbus über die pechschwarze Wüste flog, zeichneten Pitt und Giordino aus dem Gedächtnis heraus umfangreiche Lagepläne der verschiedenen Ebenen in den Minen. Levant war erstaunt, wie gut die beiden Männer sich erinnerten.

Er und zwei weitere Offiziere quetschten die beiden nach Stich und Faden aus. Oft wiederholten sie ihre Fragen drei- oder viermal in der Hoffnung, weitere Details über den Weg zur Schlucht, die Anordnung der Mine, die Waffen der Wachen in Erfahrung zu bringen.

Die Daten wurden über Stimmenaufzeichnung vom Computer gespeichert und die Zeichnungen dreidimensional eingegeben. Nichts wurde übersehen: Die Wettervorhersage für die nächsten Stunden, die Flugzeit, die Kazims Jäger aus Gao brauchten, alternative Fluchtpläne und -routen für den Fall, daß der Airbus auf dem Boden zerstört werden sollte. Jede Möglichkeit wurde bei der Planung berücksichtigt.

Eine Stunde vor der Landung in Tebezza versammelte Levant seine kleine Truppe in der Hauptkabine. Pitt eröffnete die Besprechung, indem er die Wachen beschrieb und einen allgemeinen Eindruck von ihrem gleichgültigen Auftreten vermittelte, der vom Leben und Arbeiten untertage herrührte.

Giordino folgte und gab anhand der Skizzen, die auf einem Ständer befestigt waren, einen Überblick über die einzelnen Ebenen der Mine.

Anschließend teilte Pembroke-Smythe die UN-Einheit, die den

Angriff führen sollte, in vier Gruppen ein, und händigte an jede spezielle, computergefertigte Pläne der Stollen aus. Levant schloß die Besprechung, indem er die Männer und Frauen auf ihren Einsatz vorbereitete.

»Ich bedaure den Mangel an präzisen Informationen«, begann er. »Nie zuvor haben wir eine solch gefährliche Aktion auf der Basis so spärlicher Daten durchführen müssen. Die Karten, die Sie erhalten haben, zeigen wahrscheinlich weniger als 20 Prozent der existierenden Stollen und Schächte. Wir müssen hart und schnell zuschlagen, wenn wir die Quartiere der Wachen und die Büros besetzen. Sobald wir jeden Widerstand ausgeschaltet haben, sammeln wir die Gefangenen und ziehen uns zurück. Treffpunkt ist die Eingangshöhle, genau 40 Minuten nachdem wir in die Mine eingedrungen sind. Noch irgendwelche Fragen?«

Eine Hand hob sich, und ein Mann in der zweiten Reihe mit slawischem Akzent fragte: »Warum 40 Minuten, Colonel?«

»Wenn wir länger brauchen, Corporal Wadilinski, kann uns ein Jäger der malischen Luftwaffe von der nächstgelegenen Basis abfangen und abschießen, bevor wir uns wieder in Algerien in Sicherheit befinden. Ich hoffe, die meisten der Gefangenen schaffen es ohne unsere Hilfe bis zu den Transportern. Falls viele getragen werden müssen, verspäten wir uns.«

Eine weitere Hand. »Was ist, wenn wir uns in der Mine verirren und nicht rechtzeitig den Weg zurück zum Treffpunkt finden?«

»Dann werden Sie zurückgelassen«, antwortete Levant ruhig. »Weitere Fragen?«

»Können wir das Gold, das wir finden, behalten?«

Die Frage stammte von einem Muskelpaket in der letzten Reihe. Gelächter brandete auf.

»Sie werden nach dem Einsatz bis auf die Haut durchsucht werden«, erwiderte Pembroke-Smythe lässig. »Alles Gold, das man bei Ihnen findet, wird auf mein persönliches Konto in der Schweiz transferiert.«

»Gilt das auch für die Frauen?« Die Frage stammte von einer der Damen.

Er lächelte sie verschmitzt an. »Für die ganz besonders.«

Obwohl Levants ernste Miene sich nicht veränderte, war er doch froh, daß die Scherze die angespannte Atmosphäre etwas auflockerten. »Jetzt, da wir wissen, in welche Richtung der Hase läuft«, erklärte er, »wollen wir die Sache durchziehen. Ich befehlige die erste Gruppe mit Mr. Pitt als Führer. Wir werden uns um die Büros in der oberen Ebene kümmern, bevor wir in die Mine hinabfahren und die Gefangenen aus ihrem Elend erlösen. Gruppe zwei, unter dem Kommando von Captain Pembroke-Smythe, geführt von Mr. Giordino, wird den Fahrstuhl nehmen und die Quartiere der Wachen übernehmen. Lieutenant Steinholm wird Gruppe drei befehligen, die als Reserve dient und die Seitenstollen, die vom Hauptstollen abzweigen, sichert. Auf diese Weise vermeiden wir es, umgangen zu werden. Gruppe vier unter Lieutenant Morrison wird sich um die Ebenen, auf denen das Gold gewonnen wird, kümmern. Der Rest, die Sanitäter ausgenommen, bleibt zurück und sichert den Landestreifen. Weitere Fragen erbitte ich direkt an die Gruppenbefehlshaber.«

Levant schwieg und musterte die Gesichter der Leute. »Ich bedaure, daß uns nur so wenig Zeit bleibt, diese Operation vorzubereiten. Doch für eine Einheit, die ihre letzten sechs Einsätze ohne jeden Verlust durchführen konnte, sollte diese Aktion nicht unmöglich sein. Wenn Sie sich mit dem Unvermuteten konfrontiert sehen, improvisieren Sie. Wir müssen in die Mine eindringen, die Gefangenen befreien und schnellstens verschwinden, bevor uns die malische Luftwaffe auf den Pelz rückt. Das wär's. Viel Glück.« Levant drehte sich um und verschwand in seinem Befehlsraum.

46

Die Daten des Satelliten-Positionssystems wurden auf den Navigationscomputer geladen, der wiederum den Kurs an den automatischen Piloten übermittelte. Dieser schließlich steuerte präzise das Plateau von Tebezza an und kreiste wenig später über der Landebahn, die sich auf dem Sonar/Radarsystem als blasser Streifen auf dem Wüstenboden abhob.

Die rückwärtige Ladeluke schwang auf, und vier von Levants Männern stellten sich hintereinander am Rande des schwarzen Abgrunds auf. Zwanzig Sekunden später ertönte ein Summen, sie warfen sich nach vorn und waren in der Nacht verschwunden. Die Türen schlossen sich wieder, und der Pilot drehte 12 Minuten lang nach Norden ab, bevor er eine Kurve flog und zum Landeanflug ansetzte.

Er hatte eine Nachtsichtbrille aufgesetzt, während sein Copilot die Wüste unter dem Flugzeug durch eine speziell beschichtete Bifokalbrille absuchte, die es ihm ermöglichte, die Infrarotlicher zu entdekken, die von den Fallschirmjägern aufgestellt worden waren, und gleichzeitig die Instrumente zu überwachen.

»Ich habe klare Bodensicht«, meldete der Pilot.

Der Copilot hatte die vier Lichter entdeckt, die allesamt an Steuerbord blinkten, und schüttelte den Kopf. »Du hast eine kurze Landebahn für kleine Maschinen entdeckt. Die Hauptlandebahn liegt einen halben Kilometer entfernt an Steuerbord.«

»Okay. Jetzt seh' ich sie. Fahrwerk ausfahren.«

Der Copilot betätigte den Hebel. »Fahrwerk ausgefahren und eingerastet.«

»Wie schaffen das die Piloten dieser Apache-Helikopter bloß, daß man sie nicht vom Boden abkratzen muß?« murmelte der Pilot. »Man hat ja das Gefühl, durch eine Waschküche zu fliegen.«

Der Copilot hatte keine Zeit, zu lächeln oder etwas zu erwidern. Er war damit beschäftigt, Geschwindigkeit, Höhe und Kurskorrekturen herunterzurasseln.

Beim Aufsetzen wirbelten die großen Räder eine derartige Staubwolke auf, daß hinter dem Flugzeug die Sterne verblaßten. Der Airbus raste die Landebahn entlang. Das Motorengeräusch war erstaunlich leise, selbst als der Pilot die Schubumkehr einschaltete. Das Flugzeug kam in weniger als 100 Metern vor dem Ende der Landebahn zum Stehen.

Die dichten Staubwolken hingen hinter der Maschine noch in der Luft, als sich bereits die rückwärtige Rampe senkte, die Fahrzeuge aus dem Rumpf fuhren und hintereinander parkten. Der Buggy bildete die Spitze der Kolonne. Danach folgte die sechsköpfige Truppe, die zurückbleiben sollte, und ging in der Nähe des Flugzeugs in Stellung. Die Männer der Angriffsgruppe folgten und bestiegen eilig die Mannschaftstransporter. Als Colonel Levant ausstieg, rannte der Führer der Fallschirmjäger auf ihn zu und salutierte.

»Die Gegend ist verlassen, Sir. Keine Anzeichen von Wachen oder elektronischen Sicherheitssystemen.«

»Irgendwelche technischen Einrichtungen?«

»Nur ein kleines Ziegelgebäude, das Werkzeuge und Tonnen mit Dieseltreibstoff und Kerosin enthält. Sollen wir es zerstören?«

»Warten Sie, bis wir aus der Mine zurückgekehrt sind.« Er winkte eine Gestalt heran, die in der Nähe im Schatten stand. »Mr. Pitt?«

»Colonel.«

»Mr. Giordino hat mir erzählt, Sie seien Querfeldeinrennen gefahren.«

»Ja, Sir. Das stimmt.«

Levant deutete auf den Fahrersitz des Buggy und reichte ihm eine Nachtsichtbrille. »Sie kennen den Weg zur Mine. Bitte übernehmen Sie das Steuer, und fahren Sie voraus.« Er sah einer weiteren Gestalt entgegen, die aus dem Dunkel kam. »Captain Pembroke-Smythe.«

»Sir.«

»Wir brechen auf. Sie fahren im letzten Transporter mit und halten nach hinten Ausschau. Beobachten Sie den Himmel. Ich will nicht, daß wir unversehens ein Flugzeug im Rücken haben.«

Wenn die UNICRATT-Einheit mit einem schmalen Budget auskommen mußte, wie ausgefeilt mußte dann erst die Ausrüstung der US Special Forces sein, bei der Geld keine Rolle spielte, fragte sich Pitt. Sämtliche Männer und Frauen, die Levant befehligte, einschließlich Pitt und Giordino, trugen einen speziellen feuerfesten Kampfanzug für Nachteinsätze in Grau- und Schwarztönen, darüber eine kugelsichere Weste, Nachtbrillen und Helme mit integrierter Kommunikationseinrichtung. Die Bewaffnung bestand aus Maschinenpistolen vom Typ Heckler & Koch MP5.

Pitt winkte Giordino zu, der gerade neben dem Fahrer des letzten Transporters Platz nahm, und schwang sich hinter das Steuer des Buggy. Über seinem Kopf ragte die sechsläufige Maschinenkanone vom Typ Vulcan. Er zog sich die Brille über und wartete, bis sich seine Augen an die plötzlich erhöhte Lichtintensität gewöhnt hatten, die die Wüste vor ihnen in einem intensiven Grün darstellte, so daß man das Gefühl hatte, sich auf einem fremden Planeten zu befinden. Er deutete nach Nordwesten. »Die Piste zur Mine fängt rechts, dreißig Meter vor uns an.«

Levant nickte, wandte sich dann um und überzeugte sich, daß seine Truppe aufgesessen und bereit zur Abfahrt war. Er gab mit der Hand das Startzeichen und schlug Pitt auf die Schulter. »Die Zeit läuft, Mr. Pitt. Fahren Sie bitte los.«

Pitt beschleunigte und legte den zweiten Gang des Fünfganggetriebes ein. Das Fahrzeug schoß nach vorn, gefolgt von den Mannschaftstransportern. Bald verschwamm der Boden unter den breiten Reifen, die feine Sandpartikel aufwarfen und die Mannschaftstransporter in eine lockere V-Formation zwangen, weil die Fahrer sonst in der dichten Staubwolke nichts hätten sehen können. Es dauerte nicht lange, bis sämtliche Fahrzeuge und ihre Besatzungen von einer dichten, graubraunen Sandschicht bedeckt waren.

»Wie schnell fährt der Buggy?« fragte Pitt Levant.

»Auf ebenem Grund 210 Kilometer.«

»Nicht übel, wenn man die mangelnde Aerodynamik und das Gewicht in Rechnung stellt«, erwiderte Pitt.

»Die US Navy Seals hatte die Idee, die Buggys während des Wüstenkrieges mit dem Irak einzusetzen.«

Pitt stieß Levant mit dem Ellenbogen an. »Sagen Sie Ihren Fahrern, daß wir um 30 Grad nach links gehen und dann ungefähr acht Kilometer weit geradeaus fahren.«

Levant gab die Richtungsänderung über seine Kommunikationseinrichtung weiter, und einen Moment später schwangen die Mannschaftstransporter gleichzeitig herum und folgten dem vor ihnen fahrenden Buggy.

Die Piste, die von der Landebahn zur Schlucht im Plateau führte, wies nur wenige Landmarken auf. Pitt verließ sich teilweise auf seine Erinnerung und zum Teil auf seine Augen. Eine Fahrt mitten in der Nacht quer durch die Wüste, war nervenaufreibend genug, selbst mit der Nachtsichtbrille. Pitt konnte nie sicher sein, was sich hinter dem nächsten Buckel verbarg, oder ob er von der Straße abgekommen war und die Kolonne über eine Klippe in einen Abgrund führte. Nur eine gelegentlich auftauchende, noch nicht verwehte Reifenspur, verriet ihm, daß er sich auf der Piste befand.

Er warf Levant einen flüchtigen Blick zu. Der Colonel saß entspannt und unglaublich ruhig da. Wenn er bei Pitts wilder Fahrt über den dunklen Wüstenboden Angst verspürte, so ließ er sich nicht das

Geringste anmerken. Sorgenvoll wirkte er nur, als er sich umdrehte und vergewisserte, daß die drei Mannschaftstransporter ihnen folgten.

Vor ihnen ragte das Plateau empor. Vier Minuten später überkam Pitt ein Gefühl der Erleichterung. Er hatte ins Schwarze getroffen. Der Eingang zur Schlucht, die sich zwischen den Felswänden des Plateaus dahinschlängelte, lag vor ihnen. Er wurde langsamer und hielt an.

»Die Eingangshöhle, die in den Geräte- und Fuhrparkstollen führt, ist nur noch einen Kilometer von uns entfernt«, erklärte er Levant. »Wollen Sie einen Spähtrupp voraussenden?«

Levant schüttelte den Kopf. »Fahren Sie bitte langsam weiter, Mr. Pitt. Selbst auf die Gefahr hin, daß unser Herannahen auffällt, begeben wir uns mit unseren Fahrzeugen direkt hinein und sparen Zeit. Was halten Sie davon?«

»Weshalb nicht? Niemand erwartet uns. Wenn O'Bannions Wachposten uns bemerken, werden sie wahrscheinlich annehmen, daß es sich bei uns um eine neue Gruppe Gefangener, die Kazim oder Massarde schickt, handelt.«

Pitt ließ den Buggy weiterrollen. Die Mannschaftstransporter folgten ihm in einer Reihe. Er gab ganz behutsam Gas, wenn die Reifen die Bodenhaftung verloren, fuhr im dritten Gang, und sein Drehzahlmesser zeigte kaum mehr als die Leerlaufdrehzahl an. Die Kolonne kroch um den Fuß der im Schatten liegenden Steilwand herum. Die speziell konstruierten Schalldämpfer schluckten das Auspuffgeräusch der Fahrzeuge nicht völlig, so daß das Motorengeräusch dumpf von der harten Oberfläche der Felsen zurückgeworfen wurde. Es klang, als ob in der Ferne ein Flugzeug flöge. Die Nachtluft war kühl, kaum ein Windhauch zu spüren, doch die Wände der Schlucht strahlten noch immer die Hitze des Tages ab.

Plötzlich gähnte vor ihnen in der Dunkelheit der Höhleneingang. Pitt fuhr mit dem Buggy zwischen den Felswänden entlang und erreichte die Hauptgalerie, als sei das die natürlichste Sache der Welt. Das Innere wurde vom Lichtschein, der aus dem Stollen mit den Büros fiel, erleuchtet. Die Galerie war leer, wenn man von einem Renault-Lastwagen absah und dem Wachposten, dessen Anwesenheit niemanden überraschte.

Der Tuareg, in einer weiten Robe und mit Turban, sah lässig den herankommenden Fahrzeugen entgegen, eher neugierig als wachsam. Erst als der Buggy sich ihm bis auf wenige Meter genähert hatte, riß er mißtrauisch die Augen auf. Er nahm die Maschinenpistole von der Schulter und legte sie an, als Levant ihn mit einem Treffer zwischen die Augen aus seiner schallgedämpften Beretta Automatik erledigte.

»Guter Schuß«, kommentierte Pitt und brachte den Buggy zum Stehen.

Levant warf einen Blick auf seine Uhr. »Danke, Mr. Pitt. Sie haben uns zwölf Minuten schneller hierhergefahren als geplant.«

»War mir ein Vergnügen.«

Der Colonel sprang heraus und erteilte mit ein paar Handbewegungen seine Befehle. Schnell und leise sprangen die Soldaten auf den Boden, formierten sich sofort und rückten in den Stollen vor. Sobald sie den Korridor mit den kannelierten Wänden und dem gefliesten Boden erreicht hatten, traten Levants Männer schweigend durch die gewölbten Eingänge und trieben O'Bannions verblüffte Techniker zusammen. Giordino führte währenddessen die drei Angriffsgruppen zum großen Frachtlift, der auf Fairweathers Karte eingezeichnet war und zu den unteren Ebenen der Mine hinabfuhr.

Vier von O'Bannions Bergbauingenieuren saßen um einen Tisch und pokerten, als sie gefangengenommen wurden. Bevor die überraschten Männer auf das plötzliche Erscheinen von Soldaten in Kampfanzügen, die sie blitzschnell umzingelten und mit ihren Waffen bedrohten, reagieren konnten, fanden sie sich gefesselt und geknebelt in einem Vorratsraum wieder.

Schweigend und behutsam öffnete Levant die Tür mit der Aufschrift »Überwachungszentrum«. Der Raum wurde nur vom Licht einer Reihe Fernsehmonitore erleuchtet, die verschiedene Bereiche der Mine zeigten. Ein Europäer saß, mit dem Rücken zur Tür, auf einem Drehstuhl. Er trug ein Designerhemd und Bermudas und rauchte unbekümmert eine Zigarillo, während er die Monitore beobachtete.

Es war die Reflexion auf einem ausgeschalteten Bildschirm, die sie verriet. Alarmiert durch das Bild der Männer, die hinter ihm den Raum betraten, wandte sich der Mann leicht nach links, während sich seine Finger unmerklich auf eine kleine Konsole zuschoben, auf der eine Reihe roter Kippschalter zu sehen war. Zu spät sprang Levant auf den Mann zu und ließ den Kolben seiner Heckler & Koch in mörderischem Schlag nach unten fahren. Der Wachposten sackte ohnmächtig in seinem Stuhl zusammen und schlug dann mit der Stirn auf die Konsole. Doch im gleichen Augenblick heulte das Alarmsystem wie die Sirene einer Ambulanz durch die ganze Mine.

»Verdammtes Pech!« fluchte Levant erbittert. »Jetzt ist jegliches Überraschungsmoment flöten.« Er schob den Wachposten beiseite und feuerte zehn Kugeln in die Konsole. Funken stoben und Rauch quoll aus den zerstörten Schaltkreisen. Abrupt hörte das Sirenengeheul auf.

Pitt rannte den Korridor entlang und riß eine Tür nach der anderen auf, bis er diejenige des Kommunikationsraums erwischte. Die Funkerin, eine hübsche Frau mit maurischen Gesichtszügen, ließ sich durch das plötzliche Eindringen nicht stören, sie blickte nicht einmal von ihrem Funkgerät auf, als Pitt auf sie zustürzte. Von der Sirene alarmiert, sprach sie in schnellem Französisch in das Mikrophon vor ihrem Mund, das mit einem Kopfhörer verbunden war. Schnell trat Pitt vor und schlug ihr mit der Faust ins Genick. Doch ebenso wie Levant im Überwachungszentrum kam auch er zu spät. Bevor sie wie ein nasser Sack zu Boden ging, hatte sie General Kazims Sicherheitskräfte alarmiert.

»Sie hat noch einen Funkspruch abgesetzt, bevor ich sie aufhalten konnte«, sagte Pitt, als Levant in den Raum stürmte.

Levant überflog die Lage mit einem schnellen Blick. Dann drehte er sich um und schrie: »Sergeant Chauvel!«

»Sir!« Unter dem schweren Kampfanzug war der Sergeant fast nicht als Frau zu erkennen.

»Übernehmen Sie das Funkgerät«, befahl Levant auf französisch, »und teilen Sie den Maliern mit, daß es sich bei dem Alarm um einen Kurzschluß gehandelt hat. Zerstreuen Sie deren Befürchtungen, es könnte sich um einen Notfall handeln. Und, um Gottes Willen, reden Sie denen aus, irgendwelche Maßnahmen zu treffen.«

»Jawohl, Sir.« Chauvel salutierte zackig, schob mit dem Fuß die Funkerin aus dem Weg und setzte sich ans Funkgerät.

»O'Bannions Büro befindet sich am Ende des Korridors«, rief Pitt, drängte sich an Levant vorbei und rannte den Korridor entlang. Er hielt nicht an, sondern senkte die Schulter und rammte sie gegen die Tür. Sie war unverschlossen, und Pitt schoß wie ein angreifender Bulle ins Vorzimmer.

Die Empfangsdame mit den strahlend grauen Augen und dem bis zur Hüfte herabfallenden Haar saß ruhig hinter ihrem Schreibtisch und hielt mit beiden Händen eine prächtig aussehende Automatik umklammert. Durch den Schwung flog Pitt durch das Zimmer, prallte mit der Frau zusammen, und beide gingen in einem Gewirr von Armen und Beinen auf dem blauen Teppich zu Boden. Vorher hatte sie noch zwei Schüsse abfeuern können, die allerdings an Pitts kugelsicherer Weste abprallten.

Pitt schlug ihr die Pistole aus der Hand, zog die Frau hoch und schleuderte sie auf eine Couch. Dann drehte er sich um, erreichte mit ein paar Schritten die Tür von O'Bannions Büro zwischen den beiden Tuaregstatuen und drückte die Klinke nieder. Die Tür war verschlossen. Er hob die Pistole, die er der Empfangsdame abgenommen hatte, richtete sie gegen das Schloß und drückte dreimal ab. Die Schüsse krachten in dem Felsengewölbe ohrenbetäubend, doch jetzt brauchte er darauf keine Rücksicht mehr zu nehmen. Pitt lehnte sich gegen die Wand und schob die Tür mit dem Fuß auf.

O'Bannion stand da, den Rücken an den Schreibtisch gelehnt, die Hände auf der Schreibtischplatte. Er sah aus, als erwarte er den Besuch des Chefs eines Konkurrenzunternehmens. Seine Augen funkelten hochmütig und ganz und gar furchtlos durch den Schlitz der Litham. Sein Starren verwandelte sich schnell in Fassungslosigkeit, als Pitt den Raum betrat und seinen Helm abnahm.

»Ich hoffe, ich komme nicht zu spät zum Abendessen, O'Bannion. Wenn ich mich recht erinnere, haben Sie doch den Wunsch geäußert.«

»Sie!« stieß O'Bannion hervor, und die Haut um seine Augenpartie wurde weiß.

»Da bin ich wieder«, erklärte Pitt mit grimmigem Lächeln, »und ich habe noch ein paar Freunde mitgebracht, die für Sadisten, die Frauen und Kinder zu Sklaven machen und ermorden, nicht das Geringste übrig haben.«

»Sie müßten längst tot sein. Niemand durchquert die Wüste ohne Wasser und bleibt am Leben.«

»Sowohl Giordino als auch ich haben's überlebt.«

»Eines von General Kazims Aufklärungsflugzeugen hat den Lastwagen entdeckt, der umgekippt in einem Wadi westlich der Trans-Sahara-Straße lag. Sie konnten die Straße unmöglich zu Fuß erreichen.«

»Und der Wachposten, den wir im Fahrerhaus zurückgelassen haben?«

»Lebte noch. Doch er wurde kurz darauf erschossen, weil er Sie entkommen ließ.«

»Ein Menschenleben zählt in dieser Gegend wirklich wenig.«

Langsam verflüchtigte sich die Überraschung aus O'Bannions Gesicht, doch seine Augen funkelten immer noch furchtlos. »Sind Sie hergekommen, um Ihre Leute zu befreien? Oder wollen Sie das Gold?«

Pitt sah ihn an. »Mit Ihrer ersten Vermutung liegen Sie richtig, mit der zweiten falsch. Wir haben außerdem die Absicht, Sie dauerhaft aus dem Geschäft zu drängen. Endgültig.«

»Ihre Einheit ist in ein souveränes Land eingedrungen. Sie haben in Mali überhaupt keine juristische Handhabe, weder was mich noch was die Mine betrifft.«

»Mein Gott! Sie wollen mir einen Vortrag über Recht und Gesetz halten? Was ist mit den Rechten der Menschen, die Sie hier versklavt und ermordet haben?«

O'Bannion zuckte die Achseln. »General Kazim hätte die meisten von ihnen ohnehin exekutiert.«

»Und was hat Sie davon abgehalten, sie menschenwürdig zu behandeln?«

»Tebezza ist kein Kurort. Wir sind hier, um nach Gold zu schürfen.«

»Damit Sie, Massarde und Kazim den Gewinn daraus ziehen.«

»Ja«, nickte O'Bannion. »Unsere Zielsetzung ist rein geschäftlich. Na und?«

O'Bannions kalte und unbewegte Art öffnete bei Pitt die Schleusen der Wut. Vor seinem inneren Auge erschien wieder das Bild von den Leiden unzähliger Männer, Frauen und Kinder. Er erinnerte sich an die aufgestapelten Leichen in der unterirdischen Gruft und an Melika, die auf hilflose Arbeiter mit ihrem bluttriefenden Riemen eindrosch. Für all diese Grausamkeiten waren drei Männer verantwortlich, die krank vor Gier waren. Er trat auf O'Bannion zu und schmetterte ihm den Kolben der Maschinenpistole gegen den Teil der Litham, hinter dem sich sein Mund verbarg.

Einen Moment lang starrte Pitt auf den irischen Mineningenieur, der jetzt ausgestreckt auf dem Teppich lag, und verfluchte ihn. Das Kopftuch war blutgetränkt. Pitt beugte sich vor, zog ihn hoch und warf sich den bewußtlosen Mann über die Schulter. Im Korridor traf er auf Levant.

»O'Bannion?« fragte der Colonel.

Pitt nickte. »Hatte einen Unfall.«

»Sieht so aus.«

»Wie steht's?«

»Gruppe vier hat die Ebene genommen, auf der das Gold gewonnen wird. Die Gruppen zwei und drei stoßen bei den Wachen kaum auf Widerstand. Scheint, als hätten die mehr Spaß daran, wehrlose Gefangene zu verprügeln, als sich mit abgehärteten Profis auf ein Gefecht einzulassen.«

»Der VIP-Lift zu den unteren Ebenen befindet sich dort drüben«, erklärte Pitt und bog in einen Seitenstollen ein.

Der mit Teppichboden ausgelegte Lift war vom Fahrstuhlführer im Stich gelassen worden. Levant und die Soldaten seiner Gruppe, die nicht O'Bannions Ingenieure und Büroangestellten bewachen mußten, fuhren hinunter zur Hauptebene. Sie liefen aus dem Aufzug und auf die Eisentür zu, die schief in ihren Angeln hing und deren Schloß von der Dynamitexplosion noch zerfetzt war.

»Irgend jemand ist uns zuvorgekommen«, sagte Levant nachdenklich.

»Giordino und ich haben die Tür auf der Flucht gesprengt«, erklärte Pitt.

»Sieht so aus, als sei man nicht dazu gekommen, sie zu reparieren.«

Der Stollen hallte wider vom scharfen Knallen der Schüsse, die aus dem Innern der Mine an ihr Ohr drangen. Pitt ließ O'Bannions schlaffen Körper von der Schulter gleiten und überantwortete ihn einem großen, muskulösen Soldaten. Dann lief er durch den Stollen in Richtung der Höhle, wo die Gefangenen eingekerkert waren.

Sie erreichten die Hauptkammer, ohne auf Widerstand zu stoßen, und trafen dort auf die zweite Gruppe. Die Männer waren gerade dabei, einen Trupp von O'Bannions Wächtern zu entwaffnen, die ängstlich dastanden, die Hände im Nacken verschränkt. Giordino und zwei Männer der Einheit hatten das Schloß mit Schüssen gesprengt und lehnten sich gegen das riesige Eisengitter, das den Kerker der Arbeiter abriegelte. Pembroke-Smythe entdeckte Levant, kam herbeigerannt und machte Meldung.

»Wir haben 16 Wachen erwischt, Colonel. Eine oder zwei konnten in die Stollen entkommen. Sieben haben den Fehler begangen und Widerstand geleistet. Sie sind tot. Zwei unserer Männer wurden verwundet, doch keiner schwer.«

Pitt trat neben Giordino und half ihm, das Gitter aufzuschieben. Giordino drehte sich um und sah ihn an.

»Wurde langsam Zeit, daß du auftauchtest.«

»Ich wurde durch eine kleine Unterhaltung mit O'Bannion aufgehalten.«

»Braucht er einen Arzt oder genügt der Totengräber?«

»Ein Zahnarzt wäre das Richtige«, erwiderte Pitt.

»Hast du Melika gesehen?«

»Nein, in den Büros der Ingenieure war sie nicht.«

»Ich werde sie finden«, erklärte Giordino. Seine Stimme klang entschlossen. »Die gehört mir.«

Das Gitter rastete ein, und die Männer der Gruppe drangen in den Kerker. Obwohl Pitt und Giordino wußten, was sie erwartete, wurde ihnen fast schlecht bei dem Anblick, der sich ihnen bot. Die Soldaten blieben wie angewurzelt stehen. Bei dem durchdringenden Gestank und dem Elend wurden sie blaß. Selbst Levant und Pembroke-Smythe standen erschüttert da, bevor sie die Kraft fanden, den Raum zu betreten.

»Mein Gott«, murmelte Pembroke-Smythe, »das sieht ja aus wie in Auschwitz und Dachau.«

Pitt schob sich durch die Masse der dichtgedrängten Gefangenen, die völlig apathisch wirkten und zu Skeletten abgemagert waren. Er fand Dr. Hopper, der auf einer Pritsche saß und aus trüben Augen vor sich hinstarrte. Die Kleider hingen zerfetzt an seinem durch Schufterei und Hunger völlig ausgezehrten Körper. Er grinste breit, kam mühsam auf die Beine und umarmte Pitt.

»Gott sei Dank. Giordino und Sie haben's geschafft. Es ist ein Wunder.«

»Tut mir leid, daß es so lange gedauert hat«, sagte Pitt.

»Eva hat den Glauben an Sie nie verloren«, erklärte Hopper mit bebender Stimme. »Sie wußte, daß Sie es schaffen würden.«

Pitt sah sich um. »Wo steckt sie?«

Hopper nickte zu einer Pritsche hinüber. »Sie sind keine Minute zu früh gekommen. Es geht ihr sehr schlecht.«

Pitt ging hinüber und kniete neben der bewegungslosen Gestalt, die auf einer der unteren Pritschen lag. Seine Miene war traurig. Er konnte nicht fassen, wie schwach sie in einer Woche geworden war. Sanft umfaßte er ihre Schultern und schüttelte sie behutsam. »Eva, ich bin zu dir zurückgekommen.«

Sie bewegte sich etwas, schlug zitternd die Augen auf und sah Pitt an, ohne ihn zu erkennen. »Laß mich bitte noch etwas schlafen«, murmelte sie.

»Du bist in Sicherheit. Ich bringe dich hier heraus.«

Jetzt erkannte sie ihn, und ihre Augen füllten sich mit Tränen. »Ich wußte, du würdest zu mir zurückkommen ... zu uns allen.«

»Wir hätten es fast nicht geschafft.«

Sie sah ihm in die Augen und lächelte. »Ich habe nicht einen Augenblick an dir gezweifelt.«

Dann gab er ihr einen langen, sanften Kuß.

Levants Sanitäter kümmerten sich um die Gefangenen, während die Kampfgruppen damit begannen, diejenigen, die selbst nach oben gehen konnten, zu den Mannschaftstransportern zu begleiten. Die anfänglichen Befürchtungen bewahrheiteten sich. Viele waren zu schwach, um gehen zu können, und mußten getragen werden.

Nachdem er sich darum gekümmert hatte, daß Eva, die übrigen Frauen und die Kinder in guter Obhut auf dem Weg nach oben waren, lieh sich Pitt von einem der Experten Levants einen Packen Plastiksprengstoff und kehrte zu O'Bannion zurück, der inzwischen wieder bei Bewußtsein war und unter den wachen Augen eines weiblichen Soldaten neben einer Lore auf dem Boden saß.

»Kommen Sie, O'Bannion«, befahl Pitt, »wir machen einen Spaziergang.«

O'Bannions Litham hatte sich gelöst, war nach unten gerutscht und enthüllte jetzt ein Gesicht, das durch eine Dynamitexplosion in seiner Jugendzeit, als er in Brasilien im Bergbau gearbeitet hatte, stark vernarbt und entstellt war. Sein abstoßendes Äußeres wurde durch den blutverschmierten Mund und das Fehlen der beiden Schneidezähne, die Pitt ihm mit dem Kolben ausgeschlagen hatte, noch verschlimmert.

»Wohin?« murmelte er durch die geschwollenen Lippen.

»Den Toten die Ehre erweisen.«

Der Wachposten trat beiseite, und Pitt zog O'Bannion hoch und stieß ihn vor sich her, den Schienenstrang entlang auf die Gruft zu. Keiner der beiden sagte ein Wort. Sie marschierten durch die Stollen, wichen gelegentlich der Leiche eines der Tuaregs aus, der den Fehler gemacht hatte, Levants Männern Widerstand zu leisten. Als sie bei der Höhle mit den Toten ankamen, zögerte O'Bannion, doch Pitt stieß ihn brutal hinein.

O'Bannion drehte sich um und musterte Pitt mit einem verächtlichen Blick. »Warum haben Sie mich hierhergebracht? Um mir eine Lektion über die Grausamkeit gegenüber Mitmenschen zu erteilen, bevor Sie mich exekutieren?«

»Ganz und gar nicht«, erwiderte Pitt ruhig. »Dazu ist offenbar keine Lektion nötig. Nein, ich werde Sie nicht exekutieren. Das wäre zu schnell, zu sauber. Nein, Sie verdienen ein passenderes Ende.«

Zum ersten Mal flackerte in O'Bannions Augen Angst auf. »Was haben Sie vor?«

Pitt deutete mit der Mündung seiner Maschinenpistole auf die Leichenstapel. »Ich werde Ihnen Zeit geben, über Ihre brutale Art und Ihre Gier nachzudenken.«

O'Bannion wirkte verblüfft. »Wieso? Sie irren sich gewaltig, wenn Sie glauben, ich bäte um Gnade oder Nachsicht.«

Pitt blickte auf den Stapel Leichen, und seine Augen entdeckten die zarte, verhungerte Gestalt eines Mädchens, das nicht älter als zehn Jahre geworden war, und ihn aus toten Augen ansah. Wut flammte in ihm auf, und er bemühte sich verzweifelt, seine Gefühle unter Kontrolle zu halten.

»Sie werden sterben, O'Bannion, aber ganz langsam. Sie werden

den Durst und den Hunger erleiden, den Sie diesen armen Toten, die sich hier in Ihrer Gesellschaft befinden, zugedacht hatten. Bis Ihre Freunde Kazim und Massarde Sie gefunden haben – vorausgesetzt, die machen sich überhaupt die Mühe, Sie zu suchen –, leisten Sie Ihren Opfern längst Gesellschaft.«

»Erschießen Sie mich! Machen Sie schon!« verlangte O'Bannion wütend.

Pitt lächelte ihn eiskalt an und erwiderte kein Wort. Mit der Maschinenpistole trieb er O'Bannion vor sich her bis zum Ende der Höhle. Dann ging Pitt zum Eingang zurück, brachte an verschiedenen Stellen den Plastiksprengstoff an und aktivierte die Zündkapseln. Er winkte O'Bannion noch einmal zu, rannte in den Stollen hinaus und kauerte sich hinter einen Zug mit Loren.

Vier krachende Detonationen in kurzen Abständen schleuderten Staub und Holzsplitter der Stempel vom Eingang der Gruft in den Hauptstollen. Die Explosionen wurden in der Mine ein paar Mal als Echo zurückgeworfen, dann wurde es seltsam still. Wütend überlegte Pitt schon, ob er die Sprengladungen an den falschen Stellen angebracht hatte, doch dann vernahm er ein fernes Vibrieren, das sich zu lautem Gepolter und Donner steigerte, als die Decke des Stollens einstürzte, Hunderte Tonnen Gestein nach unten krachten und den Eingang zur Gruft versiegelten.

Pitt wartete, bis sich der Staub zu setzen begann. Dann schulterte er gutgelaunt seine Maschinenpistole und marschierte die Schienen entlang zurück zu der Stelle, von der aus die Gefangenen evakuiert wurden. Leise pfiff er: *»I've been working on the railroad.«*

Giordino hörte ein Geräusch und nahm dann eine Bewegung in einem Seitenstollen zu seiner Linken wahr. Er folgte den Gleisen, bis er zu einer einzelnen leeren Erzlore kam. Leise, dicht an der Wand entlang, schob er sich näher heran. Sorgsam achtete er darauf, daß seine Stiefel nicht gegen loses Gestein stießen. Flink wie ein Wiesel sprang er über die Gleise und stieß die Mündung seiner Maschinenpistole in die Erzlore.

»Wirf deine Kanone raus«, befahl er scharf.

Überrascht erhob sich der Tuareg langsam vom Boden des Wagens, die Maschinenpistole hoch über den Kopf gestreckt. Er sprach kein

Englisch und verstand daher Giordinos Befehl nicht, doch ihm war blitzschnell klar geworden, daß er verloren hatte. Seine Augen folgten dem Lauf von Giordinos Maschinenpistole. Er verstand und warf seine Waffe über den Rand der Lore.

»Melika!« knurrte Giordino.

Der Wachposten schüttelte den Kopf, doch Giordino bemerkte den Ausdruck abgrundtiefer Angst in seinen Augen. Er drückte die Mündung seiner Waffe gegen die Lippen des Tuareg, dann in dessen Mund und krümmte den Finger um den Abzug.

»Melika!« murmelte der Wachposten erstickt und nickte in drohendem Ton.

Der Tuareg schien vor Melika ebenso viel Angst zu haben wie vor Giordino. Mit weitaufgerissenen Augen blickte er in die Richtung des Stollens. Giordino gab ihm mit einem Wink zu verstehen, er solle aus dem Wagen aussteigen und in den Hauptstollen kommen. Dann deutete er nach vorn.

»Geh zum Haupttunnel. Verstanden?«

Der Tuareg verbeugte sich, die Hände im Nacken verschränkt, und entfernte sich stolpernd über die Gleise. Er beeilte sich, dem Befehl Folge zu leisten. Giordino drehte sich um und setzte vorsichtig seinen Weg in den dunklen Stollen fort. Bei jedem Schritt erwartete er einen Feuerstoß.

Abgesehen vom Hallen seiner Stiefel auf den Gleisen, war es im Stollen totenstill. Zweimal blieb er stehen, und seine sämtlichen Sinne warnten ihn. Er gelangte an eine scharfe Biegung und hielt inne. Von der anderen Seite drang ein Lichtschimmer zu ihm herüber. Er sah auch einen Schatten und hörte das Geräusch von Stein, der auf anderes Gestein traf. Giordino zog aus einer der vielen Taschen seines Kampfanzugs einen kleinen Signalspiegel und hielt ihn vorsichtig vor eine der Abstützungen.

Melika war am Ende des Stollens fieberhaft dabei, sich einen Wall zu bauen, hinter dem sie sich verbarrikadieren wollte. Sie hatte Giordino zwar den Rücken zugewandt, doch sie war noch gut zehn Meter entfernt und eine Maschinenpistole stand in Griffweite. Bei ihrer Arbeit ging sie keineswegs vorsichtig zu Werke. Sie vertraute auf den Wachposten, den Giordino bereits entwaffnet hatte und der sie eigentlich hätte warnen sollen. Giordino hätte in den Stollen treten und sie erschießen können, bevor sie seine Gegenwart bemerkte. Doch ein schneller Tod war nicht das, was ihm vorschwebte.

Ganz leise schob er sich um die Biegung auf Melika zu. Jedes Geräusch, das er verursachte, wurde vom Krach der Steine übertönt, die sie übereinanderschichtete, um möglichst schnell ihr Versteck fertigzustellen. Als er nahe genug herangekommen war, griff er nach ihrer Waffe und warf sie über seine Schulter hinweg hinter sich in den Stollen.

Sie fuhr herum, erfaßte mit einem Blick die Lage und ging, den tödlichen Lederriemen schwingend, auf Giordino los. Glücklicherweise war er darauf vorbereitet. Giordino zuckte mit keiner Wimper. Sein Gesicht war eine Maske der Unerbittlichkeit, als er zweimal ruhig abdrückte und ihr die Kniescheiben wegschoß.

Rache beherrschte Giordinos ganzes Empfinden. Melika war unberechenbar wie ein tollwütiger Hund. Aus schierem Vergnügen hatte sie gequält und gemordet. Selbst jetzt, als sie mit grotesk verdrehten Beinen im Dreck lag, starrte sie ihn mit gebleckten Zähnen und haßerfüllten schwarzen Augen an. Ihr Sadismus brach sich Bahn und verdrängte die Schmerzen. Wie ein verletztes Raubtier kroch sie auf Giordino zu und versuchte, ihn mit dem Riemen zu schlagen. Dabei fluchte sie wild vor sich hin.

Giordino trat leichtfüßig zurück und beobachtete amüsiert ihren wütenden Angriff. »Die Welt ist grausam und unerbittlich«, sagte er langsam, »doch nun, da du sie verläßt, wird sie etwas weniger grausam und unerbittlich sein.«

»Du dreckiger kleiner Bastard«, keuchte sie. »Was weißt du schon von der grausamen Welt? Du hast niemals im Abschaum gelebt und Qualen und Grausamkeiten erlebt.«

Giordinos Miene war steinhart. »Das gibt dir nicht das Recht, andere zu quälen. Als dein Richter und Henker bin ich an deiner Lebensgeschichte nicht interessiert. Möglicherweise hast du Gründe für das, was du geworden bist. Wenn du mich fragst, wurdest du krank geboren. Du hast eine lange Spur von unschuldigen Opfern hinter dir hergezogen. Es gibt keinen Grund, dich am Leben zu lassen.«

Melika bat nicht um Gnade. Haß und Bösartigkeit entluden sich in wilden Flüchen. Mit kalter Gleichgültigkeit schoß Giordino ihr zweimal in den Bauch. Die zornesblitzenden Augen brachen und das letzte, was sie wahrnahmen, war Giordinos unbewegte Miene. Dann schlug Melikas massiger Körper auf dem Gestein des Stollenbodens auf.

Giordino sah auf sie hinunter und murmelte: »Vorhang zu! Die Hexe ist tot.« Melika hörte ihn nicht mehr.

47

»Insgesamt 25«, meldete Pembroke-Smythe an Levant. »Vierzehn Männer, acht Frauen, drei Kinder. Alle halbtot vor Erschöpfung.«

»Das sind eine Frau und ein Kind weniger als damals, als Giordino und ich geflohen sind.«

Levant musterte die Mannschaftstransporter, in die gerade die befreiten Gefangenen einstiegen, und warf einen Blick auf seine Uhr. »Wir haben das Zeitlimit um 16 Minuten überschritten«, stellte er ungeduldig fest. »Treiben Sie die Leute an, Captain. Wir müssen aufbrechen.«

»Wir sind im Nu fertig«, erklärte Pembroke-Smythe aufgeräumt und eilte auf die Fahrzeuge zu.

»Wo steckt Ihr Freund Giordino?« fragte Levant Pitt. »Wenn er nicht bald auftaucht, müssen wir ihn zurücklassen.«

»Er mußte noch etwas erledigen.«

»Wenn er sich durch den Aufruhr in den oberen Ebenen seinen Weg bahnen kann, hat er Glück. Nachdem die Gefangenen in die Nahrungslager und die Kammern mit den Wasservorräten eingebrochen sind, haben sie damit angefangen, an den Tuaregs Rache zu nehmen. Die letzte Gruppe, die sich von den unteren Ebenen zurückgezogen hat, meldete, daß dort ein Massaker im Gange sei.«

»Man kann ihnen kaum einen Vorwurf machen, nach allem, was sie durchgemacht haben«, sagte Pitt nachdenklich.

»Ich habe ein schlechtes Gefühl, sie zurückzulassen«, gab Levant zu, »doch wenn wir nicht bald abrücken, kommen sie mit den Aufzügen nach oben, und dann haben wir alle Hände voll zu tun, sie daran zu hindern, auf unsere Wagen zu steigen.«

Giordino kam im Laufschritt aus dem Gang mit den Büros und rannte an einer Gruppe von sechs Soldaten vorbei, die den Eingang zur Höhle deckten, in der die Fahrzeuge standen. Er wirkte hochzufrieden und grinste Pitt und Levant an. »Freut mich, daß ihr auf mich gewartet habt.«

Levant fand das gar nicht komisch. »Sie sind wohl kaum der Grund für unsere Verspätung.«

»Melika?« erkundigte sich Pitt.

Giordino hielt den Lederriemen in die Höhe, den er als Souvenir mitgenommen hatte. »Trägt sich in die Gästeliste der Hölle ein. Und O'Bannion?«

»Leistet seinen Opfern Gesellschaft.«

»Fertig zum Abrücken«, rief Pembroke-Smythe von einem der Mannschaftstransporter.

Levant nickte. »Mr. Pitt, würden Sie uns freundlicherweise zur Landepiste zurückfahren?«

Pitt sah kurz nach Eva und war erstaunt, wie schnell sie sich erholt hatte, nachdem sie mehrere Liter Wasser getrunken und eine schnelle Mahlzeit hinuntergeschlungen hatte, die die Sanitäter zubereitet hatten. Hopper, Grimes und Fairweather wirkten auch schon viel lebendiger. Dann lief er zum Buggy und schwang sich hinters Steuer.

Pitt hielt jede Vorsicht für überflüssig, als er durch die Schlucht raste. Er schaltete die Scheinwerfer ein und gab Vollgas. Auf Colonel Levants Drängen hin hatte er die Mannschaftstransporter weit hinter sich gelassen, um vorauszufahren und dafür zu sorgen, daß Vorbereitungen für schnelles an Bord Gehen und den sofortigen Abflug getroffen wurden. Giordino fuhr jetzt den ersten Mannschaftstransporter und konnte mühelos den Reifenspuren folgen, die Pitt mit der hinter ihm herwehenden Staubwolke verdeckt hatte, bevor er außer Sichtweite geraten war.

Während der Rückfahrt war Levant nervös. In böser Vorahnung blickte er immer wieder auf seine Uhr. Sie hatten den Zeitplan jetzt um 22 Minuten überschritten. Als nur noch fünf Kilometer zu fahren waren, wurde er allmählich zuversichtlicher. Der Himmel war klar und kein Flugzeug zu sehen. Langsam stellte sich ein Gefühl von Optimismus ein. Vielleicht hatte Sergeant Chauvels Erklärung, wieso der Alarm ausgelöst worden war, die Sicherheitskräfte Kazims doch beruhigt.

Die Enttäuschung folgte auf dem Fuß.

Plötzlich hörten sie das charakteristische Geräusch von Düsenmotoren, die das dumpfe Brummen des schallgedämpften Buggyauspuffs übertönten. Dann sahen sie die Positionslichter eines Flugzeugs, die sich am dunklen Himmel bewegten. Levant gab der Flugbesatzung und der Wacheinheit über sein Helmfunkgerät sofort Befehl, sich vom Airbus zu entfernen und Deckung zu suchen.

Pitt reagierte unbewußt und schnell, trat auf die Bremse und ließ den Buggy auf allen vier Rädern seitlich wegrutschen, so daß er in einer Staubwolke hinter einer niedrigen Sanddüne zum Halten kam. Er ließ das Steuerrad los und beobachtete das näher kommende Flugzeug. »Ich glaube, wir sind unangenehm aufgefallen.«

»Kazim muß sicherheitshalber ein einzelnes Aufklärungsflugzeug losgeschickt haben, um zu überprüfen, ob der Alarm nicht tatsächlich durch einen Angriff ausgelöst wurde.« Levants Stimme klang hart, doch seine Miene verriet tiefe Sorge.

»Der Pilot kann keinen Verdacht geschöpft haben, sonst würde er nicht mit eingeschalteten Positionslichtern herumfliegen.«

Levant musterte grimmig die Silhouette des Jägers, der Kreise um den Airbus am Ende der Landepiste zog. »Ich befürchte, er meldet ein nicht identifiziertes Flugzeug und bittet um Angriffserlaubnis.«

Sie brauchten nicht lange weitere Vermutungen anzustellen. Der Jäger, von Levant als französische Mirage erkannt, ging plötzlich in die Kurve, schoß auf die Landepiste zu und nahm den Airbus ins Visier.

»Er greift an!« schrie Pitt.

»Feuer frei!« schrie Levant dem Mann zu, der hinter ihnen über der Vulcan-Maschinenkanone hockte. »Abschießen!«

Der Kanonier verfolgte auf dem computergesteuerten Visier den Flug des malischen Jägers und eröffnete das Feuer. Die Geschosse trafen ihr Ziel und zerfetzten die Mirage genau in dem Moment, in dem der Pilot zwei Raketen auf den hilflosen Airbus am Boden abfeuerte.

Die Wüste wurde zu einem flammenden, krachenden Inferno, als beide Flugzeuge gleichzeitig explodierten. Der Jäger, jetzt ein hellroter Feuerball, setzte seinen Angriffskurs in gerader Linie, wie von einem Faden gezogen, fort und schlug auf dem Boden auf. Brennende Wrackteile flogen über die Wüste. Der Airbus existierte nicht mehr länger als Flugzeug. Die Maschine war eine einzige riesige Feuermasse, von der eine ölige, schwarze Rauchwolke zum Himmel emporstieg, so mächtig, daß sie die Sterne verdeckte.

Fasziniert beobachtete Pitt die Trümmer, die vor wenigen Sekunden noch zwei normale, funktionierende Flugzeuge gewesen waren. Levant und er kletterten aus dem Buggy und standen wie angewurzelt da. Im Glühen des Feuers sah Pitt den Ausdruck der Niederlage in Levants Gesicht.

»Verdammt!« fluchte Levant. »Damit ist genau das eingetreten, was ich befürchtet habe. Jetzt sitzen wir in der Falle.«

»Kazim wird bald vermuten, daß wieder eine ausländische Einheit auf sein Territorium vorgedrungen ist«, fügte Pitt ernst hinzu. »Er wird seine ganze Luftwaffe nach Tebezza schicken. Dann würden die Hubschrauber, die Sie zur Unterstützung anfordern könnten, abgeschossen, bevor sie uns gefunden hätten.«

»Es gibt keine andere Möglichkeit, als zu versuchen, die Grenze zu erreichen«, gab Levant zu.

»Die schaffen wir nie. Selbst wenn Kazims Flugzeuge uns nicht als Schießscheiben benutzen oder seine Sicherheitskräfte uns nicht zufällig über den Weg laufen und uns die ganze Zeit über angreifen würden, wäre uns lange, bevor wir auf Hilfe stießen, das Benzin ausgegangen. Ein paar Ihrer kräftigsten Soldaten kämen vielleicht durch, doch die armen Teufel, die wir aus den Minen gerettet haben, kämen mit Sicherheit in der Wüste um. Ich weiß es. Ich kenne die Route.«

»Sie waren gezwungen, nach Osten zu marschieren, zur Trans-Sahara-Straße«, erinnerte Levant Pitt. »Das waren an die 400 Kilometer. Wenn wir uns nach Norden wenden, dann müßten wir nur 240 Kilometer fahren, bevor wir die algerische Grenze überschreiten und auf eine Hilfstruppe aus Algier stoßen würden. Für diese Entfernung reicht unser Treibstoff.«

»Sie vergessen, daß mit den Minen von Tebezza für Kazim und Massarde sehr viel auf dem Spiel steht«, erklärte Pitt und musterte

Levant. »Die werden alles Nötige tun, um das Geheimnis ihrer Grausamkeiten zu bewahren.«

»Sie glauben, die würden uns auch in Algerien angreifen«.

»Ihre Rettungsoperation läßt sie zu verzweifelten Maßnahmen greifen«, unterbrach ihn Pitt. »Etwas so Unbedeutendes wie eine Staatsgrenze hält die nicht davon ab, in einer gottverlassenen Gegend von Algerien einen Luftangriff zu befehlen. Wenn Ihre Einheit erst einmal angeschlagen ist und die Hilfsflugzeuge abgeschossen oder abgedrängt wurden, werden sie die Angelegenheit beenden, indem sie eine Eliteeinheit der Sicherheitskräfte abspringen lassen, die uns den Rest gibt. Die können nicht zulassen, daß auch nur ein einziger Gefangener entkommt und ihre unmenschlichen Aktivitäten anprangert.«

Levant wandte sich vom Anblick der Zerstörung ab und blickte Pitt mit glühendem Gesicht an. »Sie halten nichts von meinem Plan?«

»Ich habe eine Aversion gegen vorhersehbare Züge.«

»Tun Sie jetzt absichtlich geheimnisvoll, Mr. Pitt, oder sind Sie nur bescheiden?«

»Praktisch«, erwiderte Pitt kurz. »Ich habe allen Grund zur Annahme, daß Kazim vor der Grenze nicht zurückschrecken wird.«

»Was schlagen Sie vor?« fragte Levant geduldig.

»Nach Süden zu fahren, bis wir auf die Bahnlinie stoßen, die von Fort Foureau wegführt«, erwiderte Pitt. »Dann kapern wir einen Zug nach Mauretanien. Wenn wir unsere Karten richtig ausspielen, kommt Kazim nicht dahinter, bevor wir Port Etienne und das Meer erreicht haben.«

»In die Höhle des Löwen«, murmelte Levant skeptisch. »Aus Ihrem Mund klingt das recht einfach.«

»Das Gelände zwischen unserem Standort und der Müllverbrennungsanlage von Fort Foureau besteht größtenteils aus flacher Wüste, unterbrochen von vereinzelten Sanddünen. Wenn wir eine durchschnittliche Geschwindigkeit von 50 Kilometern in der Stunde halten können, erreichen wir die Bahnlinie vor Sonnenaufgang und hätten noch Benzin übrig.«

»Und dann? Wir wären nach allen Seiten weithin sichtbar.«

»Wir verstecken uns bis nach Einbruch der Dunkelheit in einem alten Fort der Fremdenlegion, bevor wir einen Zug anhalten und uns an Bord verstecken.«

»Im ursprünglichen Fort Foureau. Es wurde kurz nach Ende des Zweiten Weltkriegs aufgegeben. Ich habe es einmal besucht.«

»Genau da.«

»Ohne einen Führer, der uns durch die Dünen leitet, wäre das glatter Selbstmord«, gab Levant zu bedenken.

»Einer der geretteten Gefangenen organisiert Fahrten für Touristen. Er kennt die malische Wüste wie ein Nomade.«

Levant starrte noch einen Moment lang wieder auf den brennenden Airbus, während er in Gedanken das Für und Wider abwog. Wenn er sich in die Person General Kazims hineinversetzte, würde er auch annehmen, daß sein Opfer zur nächsten Grenze fliehen würde. Und auch er würde sämtliche mobilen Einheiten losschicken, um den Gegner abzufangen. Es bestand absolut keine Hoffnung, in nördliche Richtung nach Algerien zu entkommen. Wenn sie in die Gegenrichtung fuhren, dann konnte dieser Schachzug den General und Massarde zu einer wilden Jagd verführen, die gerade lang genug dauern mochte, daß die Einheit ungesehen verschwinden konnte.

»Ich hab's Ihnen noch nicht erzählt, Mr. Pitt, oder? Ich habe acht Jahre in der Wüste verbracht, als ich bei der Fremdenlegion war.«

»Nein, Colonel, das haben Sie nicht.«

»Bei den Nomaden gibt es die Fabel von dem Löwen, der vom Speer eines Jägers an der Seite verwundet wird und aus dem Dschungel in Richtung Norden flieht. Er schwimmt durch den Niger, um im warmen Sand der Wüste zu sterben.«

»Steckt da irgendeine Moral hinter?« fragte Pitt, nicht sonderlich interessiert.

»Nein, eigentlich nicht.«

»Und was hat die Geschichte zu bedeuten?«

Levant drehte sich um, als sich die Mannschaftstransporter näherten und neben dem Buggy anhielten. Dann sah er Pitt wieder an und lächelte verhalten. »Das bedeutet, ich vertraue Ihrem Urteil und wir fahren nach Süden, in Richtung Bahnlinie.«

48

Kazim betrat Massardes Büro nachts um elf. Er goß sich einen Gin on the rocks ein und setzte sich in einen Sessel, bevor Massarde aufzublicken geruhte und die Gegenwart des Generals zur Kenntnis nahm.

»Mir wurde Ihre unerwartete Ankunft gemeldet, Zateb«, sagte Massarde. »Was führt Sie zu dieser nächtlichen Zeit nach Fort Foureau?«

Kazim musterte seinen Drink und ließ die Eiswürfel klingen. »Ich dachte, ich unterrichte Sie am besten persönlich.«

»Unterrichten, worüber?« fragte Massarde ungeduldig.

»Tebezza ist überfallen worden.«

Massarde runzelte die Stirn. »Was reden Sie da?«

»Ungefähr gegen 21 Uhr erhielt meine Kommunikationsabteilung eine Alarmmeldung von der Sicherheitsabteilung der Mine«, erklärte Kazim. »Ein paar Minuten später gab der Funker in Tebezza durch, alles sei in Ordnung und erklärte, der Alarm sei durch einen defekten Stromkreis ausgelöst worden.«

»Klingt plausibel.«

»Nur auf den ersten Blick. Offensichtlich plausiblen Situationen traue ich nicht. Ich habe einen meiner Jäger zu einem Aufklärungsflug über der Gegend losgeschickt. Der Pilot hat über Funk durchgegeben, daß ein nicht identifizierbares Transportflugzeug auf dem Landestreifen von Tebezza stehe. Derselbe Typ von Airbus, der den Amerikaner aus Gao rausgeholt hat.

Massardes Miene war plötzlich besorgt. »Ihr Pilot war sich ganz sicher?«

Kazim nickte. »Da ohne meine Erlaubnis kein Flugzeug in Tebezza landen darf, habe ich dem Piloten Befehl gegeben, die Maschine zu zerstören. Er bestätigte den Befehl und griff an. Er meldete noch einen Treffer, und in fast demselben Augenblick setzte sein Funkgerät aus.«

»Mein Gott, Mann. Es hätte sich um ein Zivilflugzeug handeln können, das eine Notlandung gemacht hat.«

»Zivilflugzeuge fliegen nicht durch die Gegend, ohne sich zu erkennen zu geben.«

»Ich denke, Sie haben überreagiert.«

»Dann erklären Sie mir mal, wieso mein Pilot nicht zur Basis zurückgekehrt ist.«

»Technische Probleme vielleicht?« Massarde zuckte die Schultern. »Könnte alle möglichen Ursachen haben.«

»Ich halte es für wahrscheinlicher, daß er von der Einheit, die die Mine überfallen hat, abgeschossen wurde.«

»Das wissen Sie nicht.«

»Trotzdem habe ich eine Jagdstaffel hingeschickt und eine Eliteeinheit mit Hubschraubern in Marsch gesetzt, die dort nach dem Rechten sehen soll.«

»Was ist mit O'Bannion? Hat er keinen Kontakt mit Ihnen aufgenommen?« fragte Massarde.

»Keine Antwort. Nichts. Vierzig Minuten nach der Meldung, daß keine Notfallsituation vorliege, sind alle Verbindungen nach Tebezza abgebrochen.«

Massarde dachte über Kazims Bericht nach, doch auch ihm fiel keine Antwort ein. »Weshalb sollte jemand die Minen überfallen?« fragte er schließlich. »Zu welchem Zweck?«

»Wahrscheinlich des Goldes wegen«, erwiderte Kazim.

»Ist doch dumm, das Erz zu stehlen. Wir transportieren das Gold ab, sobald es gewonnen wurde, und bringen es in unser Depot im Südpazifik. Die letzte Ladung ist vor zwei Tagen losgeschickt worden. Jede Diebesbande, die noch alle Tassen im Schrank hat, würde versuchen, während des Transports an das Gold zu kommen.«

»Im Moment weiß ich nicht, was ich davon halten soll«, gestand Kazim. Er warf einen Blick auf seine Uhr. »Meine Streitkräfte müßten jede Minute auf dem Plateau über den Minen landen. Innerhalb der nächsten Stunde werden wir die Antwort kennen.«

»Wenn das, was Sie sagen, stimmt, dann passiert etwas sehr Eigenartiges«, mumelte Massarde.

»Wir müssen die Möglichkeit in Betracht ziehen, daß dieselbe UN-Einheit, die schon auf der Luftwaffenbasis von Gao zugeschlagen hat, auch für den Überfall von Tebezza verantwortlich ist.«

»Gao war eine ganze andere Operation. Weshalb sollten die zurückkehren und in Tebezza zuschlagen? Wer könnte das veranlaßt haben?«

Kazim trank seinen Gin aus und goß sich einen weiteren ein. »Hala Kamil? Vielleicht ist die Nachricht von der Entführung Dr. Hoppers und seiner Gruppe durchgesickert. Deshalb hat sie die UN-Einheit losgeschickt, um sie zu retten.«

»Unmöglich«, sagte Massarde und schüttelte den Kopf. »Es sei denn, einer Ihrer Männer hat geredet.«

»Meine Männer wissen, daß sie sterben, wenn sie mein Vertrauen mißbrauchen«, erwiderte Kazim kalt. »Wenn es ein Leck gibt, dann bei Ihnen.«

Massarde warf Kazim einen gönnerhaften Blick zu. »Es ist dumm, wenn wir uns streiten. Was vorbei ist, können wir nicht mehr ändern, doch wir können die Zukunft kontrollieren.«

»Wie denn?«

»Sie sagten, Ihr Pilot hätte behauptet, er habe das Flugzeug getroffen.«

»Seine letzten Worte.«

»Dann können wir davon ausgehen, daß das einzige Transportmittel der Kommandoeinheit zur Flucht aus Mali zerstört wurde.«

»Vorausgesetzt, die Beschädigungen an der Maschine waren schwer genug.«

Massarde stand auf und wandte sich der topographischen Karte zu, die hinter seinem Schreibtisch an der Wand hing und die Sahara darstellte. »Wenn Sie die Angreifer kommandiert hätten und Ihr Flugzeug wäre zerstört worden, wie würden Sie die Lage einschätzen?«

»Als ziemlich hoffnungslos.«

»Welche Möglichkeiten hätten Sie?«

Kazim trat näher und tippte gegen die Karte. »Nur eine. Die Beine in die Hand nehmen und zur algerischen Grenze flüchten.«

»Können sie es schaffen?«

»Wenn die Fahrzeuge in Ordnung und vollgetankt sind, dann müßten sie im Morgengrauen die algerische Grenze überqueren.«

Massarde musterte ihn. »Können Sie die Einheit abfangen und vernichten, bevor sie die Grenze erreicht hat?«

»Unsere Ausrüstung ist für Nachtgefechte nicht allzu gut. Ich könnte ihr Schwierigkeiten bereiten, doch um sie zu vernichten, brauche ich Tageslicht.«

»Dann ist es zu spät.«

Kazim nahm eine Zigarre aus dem Humidor, steckte sie an und trank einen Schluck Gin. »Sehen wir uns die Lage doch mal näher an. Wir haben mit der Tanezrouft den unbewohntesten und abgelegensten Teil der Sahara vor uns. Das algerische Militär schickt nur selten eine Patrouille in diese unbewohnte Gegend entlang der Grenze. Wenn auch nur ein Mensch durchkommt und das Geheimnis von Fort Foureau oder Tebezza ausplaudert, sind Sie und ich als Geschäftspartner erledigt.«

Der General lächelte verhalten. »Machen Sie sich keine Sorgen, Yves, mein Freund. Wir haben eine zu gute Sache in Gang gesetzt, als daß wir ein paar neugierigen Samaritern gestatten könnten, uns den Teppich unter den Füßen wegzuziehen. Ich verspreche Ihnen, morgen mittag ist jeder einzelne von denen nur noch Aas für die Geier.«

General Bock saß in seinem kleinen Kommandozentrum im UN-Gebäude in New York und las den Bericht von Colonel Levant, der über einen Kommunikationssatelliten der Vereinten Nationen übermittelt worden war. Sein verwittertes Gesicht war ernst, als er nach dem Telefon griff und Admiral Sandeckers Privatnummer wählte. Der Anrufbeantworter des Admirals meldete sich mit einem Piepston, und Bock hinterließ eine kurze Nachricht. Sandecker meldete sich acht Minuten später.

»Ich habe gerade einen unerfreulichen Bericht von Colonel Levant bekommen«, teilte Bock ihm mit.

»Wie ist die Lage?« fragte Sandecker knapp.

»Ein Flugzeug der malischen Luftwaffe hat die Transportmaschine auf dem Boden zerstört. Die Einheit ist abgeschnitten und sitzt in der Falle.«

»Was ist mit der Rettungsaktion in der Mine?«

»Lief alles wie geplant. Alle noch lebenden Ausländer wurden medizinisch versorgt und evakuiert. Levant berichtet, er hätte nur leichte Ausfälle.«

»Werden sie gegenwärtig angegriffen?«

»Noch nicht. Doch es ist nur eine Sache von Stunden, bis die Streitkräfte General Kazims zuschlagen werden.«

»Gibt's eine vorgesehene Fluchtroute?«

»Der Colonel hat ganz deutlich zum Ausdruck gebracht, daß die einzige Hoffnung darin liegt, noch vor dem Morgengrauen die algerische Grenze zu erreichen.«

»Vom Regen in die Traufe«, stellte Sandecker grimmig fest.

»Ich vermute, dabei handelt es sich um eine falsche Spur.«

»Wieso?«

»Levant hat seinen Bericht über eine offene Frequenz übermittelt. Mit Sicherheit haben die Nachrichtenoffiziere Kazims die Botschaft abgefangen.«

Sandecker schwieg und machte sich Notizen. »Sie glauben, Colonel Levant fährt in eine andere als die angegebene Richtung?«

»Ich habe gehofft, das könnten Sie mir verraten«, gestand Bock.

»Ich eigne mich nicht gerade zum Wahrsager.«

»Levants Bericht enthält auch eine Nachricht von Ihrem Mann, Pitt.«

»Dirk.« Plötzlich klangen in Sandeckers Stimme Wärme und eine gewisse Achtung mit. Wenn man Pitt gewähren ließ, mußte man auf die abwegigste Lösung gefaßt sein. »Wie lautet die Nachricht?«

»›Bestellen Sie dem Admiral, daß ich ihn nach meiner Rückkehr in Washington zu einer Veranstaltung mitnehme, bei der Harvey's Freundin Judy im AT&S-Saloon singt.‹ Ist das ein schlechter Scherz oder was?«

»Dirk ist nicht bekannt für üble Scherze«, erklärte Sandecker überzeugt. »Er versucht, uns etwas mitzuteilen, und benutzt dazu eine Art Schlüssel.«

»Kennen Sie diesen Harvey?« fragte Bock begriffsstutzig.

»Der Name ist mir nicht geläufig«, murmelte Sandecker. »Ich habe nie erlebt, daß Pitt einen gewissen Harvey erwähnt hätte.«

»Gibt's in Washington vielleicht eine Kneipe, die AT&S-Saloon heißt, und eine Sängerin namens Judy?« fragte Bock.

»Wenn ja, dann war ich noch nicht drin«, erwiderte Sandecker und durchforschte sein Gedächtnis nach einem Hinweis. »Und die einzige Sängerin mit Namen Judy, die ich je kennengelernt habe, war –«

Die Lösung traf Sandecker plötzlich und unvermittelt wie ein Schlag mit dem Holzhammer. Die schlichte Eleganz des Codes war nur für einen Liebhaber alter Filme, wie der Admiral einer war, erkennbar. Er hätte wissen oder zumindest vermuten können, daß Pitt auf diesen Umstand setzen würde. Er lachte.

»Ich verstehe den Scherz nicht«, knurrte Bock unwirsch.

»Die fahren nicht zur algerischen Grenze«, stellte Sandecker triumphierend fest.

»Was haben Sie gesagt?«

»Colonel Levants Einheit ist auf dem Weg nach Süden. Er will zur Bahnlinie, die zwischen der Küste und Fort Foureau verläuft.«

»Darf ich fragen, wie Sie zu diesem Schluß gekommen sind?« fragte Bock mißtrauisch.

»Dirk hat uns ein Rätsel aufgegeben, ein Rätsel, das für Kazim kaum zu lösen sein dürfte. Judy, die Sängerin, ist Judy Garland, und Harvey steht für den Titel des Films, in dem sie die Hauptrolle gespielt hat, *The Harvey Girls*.«

»Und wie paßt der AT&S-Saloon ins Bild?«

»Das ist kein Saloon, sondern ein Lied. Der Titelsong, den Judy Garland in dem Film gesungen hat. Er hieß *The Atchison, Topeka and the Santa Fe*. Der Name einer Eisenbahn.«

»Das würde auch erklären, weshalb Levant eine Meldung abgesetzt hat, die von Kazims Nachrichtendienst leicht abgefangen werden konnte. Er wollte Kazims Männer im Glauben lassen, sie würden sich nach Norden, nach Algerien, aufmachen.«

»Während sie in Wirklichkeit in der entgegengesetzten Richtung unterwegs sind«, schloß Sandecker.

»Levant hat völlig zu Recht angenommen, daß die Grenze zwischen Mali und Algerien keine Sicherheit garantiert. Männer, die so rücksichtslos sind wie Kazim, scheren sich nicht um das Völkerrecht. Er würde die Einheit so lange verfolgen, bis auch der letzte Mann tot ist.«

»Die nächste Frage lautet: Was haben sie vor, wenn sie die Bahnlinie erreicht haben?«

»Vielleicht einen Zug stehlen?« vermutete Bock.

»Gut möglich. Doch bei Tageslicht?«

»Die Meldung Pitts ist noch nicht zu Ende.«

»Bitte, lesen Sie weiter.«

»Der nächste Teil lautet: ›Sagen Sie dem Admiral, Gary, Ray und Bob gingen rüber in Brians Haus, um sich zu amüsieren.‹ Können Sie auch das entschlüsseln?«

Sandecker dachte einen Augenblick nach. »Wenn sich Pitts Code immer noch auf Filme bezieht, dann muß es sich bei Gary um Gary Cooper handeln. Und ich nehme an, er meint Ray Milland.«

»Erinnern Sie sich an einen Film, in dem die beiden zusammen gespielt haben?«

»Ja, tatsächlich«, Sandecker strahlte regelrecht durchs Telefon. »Dirk hätte ebensogut die Neonreklame einschalten können. Die beiden haben zusammen mit Robert Preston und Brian Donley im Jahre 1939 in dem Streifen *Beau Geste* gespielt.«

»Habe ich als Junge gesehen«, sagte Bock. »Die Geschichte handelte von drei Brüdern, die in der Fremdenlegion gedient haben.«

»Die Anspielung auf Brians Haus deutet auf ein Fort hin.«

»Sicher handelt es sich dabei nicht um die Müllverbrennungsanlage von Fort Foureau. Dorthin würde Levant sich wohl kaum wenden.«

»Gibt's dort in der Gegend noch ein Fort?«

Bock schwieg und warf einen Blick auf die Karte. »Ja, einen alten Vorposten der Legion, einige Kilometer von der Anlage entfernt. Das, nach dem Massarde seine Anlage benannt hat.«

»Hört sich an, als wollten sie sich da bis zum Einbruch der Dunkelheit verstecken.«

»An Colonel Levants Stelle würde ich das gleiche tun.«

»Sie werden Unterstützung brauchen«, stellte Sandecker fest.

»Genau aus diesem Grund habe ich Sie angerufen«, erklärte Bock knapp und wurde ganz geschäftsmäßig. »Sie müssen den Präsidenten dazu überreden, einer Einheit der Special Forces den Befehl zu geben, Levant zu unterstützen und ihn und die befreiten Gefangenen aus General Kazims Einflußbereich fortzuschaffen.«

»Haben Sie schon mit Generalsekretärin Kamil darüber gesprochen? Sie hat einen weit größeren Einfluß auf den Präsidenten als ich.«

»Unglücklicherweise mußte sie überraschend an einer kurzfristig anberaumten Konferenz in Moskau teilnehmen. Sie sind der einzige, an den ich mich im Moment werden kann.«

»Wieviel Zeit bleibt uns?«

»Eigentlich gar keine. In zwei Stunden wird es hell in der Wüste.«

»Ich werde tun, was ich kann«, versprach Sandecker. »Ich hoffe nur, der Präsident ist noch nicht zu Bett gegangen. Wenn ich ihn vom Personal wecken lasse, komme ich in Teufels Küche.«

49

»Sie müssen verrückt sein, den Präsidenten um diese Zeit in der Nacht aufsuchen zu wollen«, sagte Earl Willover verärgert.

Sandecker musterte den Stabschef des Präsidenten, der einen makellosen, doppelreihigen Nadelstreifenanzug trug, dessen Hose kaum verknittert war. Sandecker fragte sich, ob der Typ jemals das Büro verließ, und ob er, wenn überhaupt, wohl im Stehen schlief. »Ich versichere Ihnen, Earl, ich wäre nicht hier, wenn es nicht dringend wäre.«

»Ich werde den Präsidenten auf keinen Fall wecken, es sei denn, es handelt sich um eine internationale Krise, die unmittelbaren Einfluß auf die Sicherheit des Landes hätte.«

Bis jetzt hatte Sandecker sein Temperament noch zügeln können, doch allmählich riß ihm der Geduldsfaden. »Gut, dann teilen Sie ihm mit, im Erdgeschoß des Weißen Hauses wartet ein steuerzahlender Wähler, der außer sich vor Wut ist.«

»Sie sind verrückt.«

»Verrückt genug, um selbst nach oben zu gehen und ihn aufzuwekken.«

Willover sah aus, als stände er am Rande eines Nervenzusammenbruchs. »Wenn Sie das versuchen, werde ich Sie vom Secret Service verhaften lassen.«

»Eine Reihe unschuldiger Menschen, einschließlich Frauen und Kinder, wird sterben, wenn der Präsident nicht handelt.«

»Die Geschichte höre ich jeden Tag«, erwiderte Willover verächtlich.

»Und Sie machen Witzchen über die Opfer, stimmt's?«

Willover hatte sich nicht mehr im Griff. »Sie haben auf alles eine Antwort, Sie arroganter Leichtmatrose. Mit Ihnen werde ich jederzeit fertig. Haben Sie verstanden?«

Sandecker kam Willover nahe genug, um den Pfefferminzatem des Mannes zu riechen. »Hören Sie mir gut zu, Earl. Eines Tages ist die Amtszeit des Präsidenten vorbei, und Sie gehören wieder zur anonymen Masse. Dann werde ich bei Ihnen klingeln und mit Ihnen Schlitten fahren.«

»Darauf gehe ich jede Wette ein«, ertönte eine vertraute Stimme.

Sandecker und Willover fuhren herum und sahen sich dem Präsidenten gegenüber, der in Pyjama und Bademantel in der Tür stand. Er hielt einen Teller mit Canapés in der Hand.

»Ich bin 'runtergekommen, um mir noch was aus dem Kühlschrank zu holen, und habe Ihren Streit mitangehört.« Er sah Sandekker an. »Wie wär's, Admiral, wenn Sie mir erzählten, worum es geht.«

Willover trat vor Sandecker. »Bitte, Sir, es handelt sich um eine ganz unwichtige Angelegenheit.«

»Weshalb lassen Sie mich das nicht selbst beurteilen, Earl? Okay, Admiral, Sie haben das Wort.«

»Darf ich Sie zunächst fragen, Mr. President, ob Sie über die neuesten Entwicklungen in Fort Foureau unterrichtet wurden?«

Der Präsident musterte Willover. »Ich wurde in Kenntnis gesetzt, daß Ihre beiden Männer, Pitt und Giordino, nach Algerien fliehen konnten und wichtige Informationen über Yves Massardes verbrecherisches, skrupelloses Müllentsorgungsunternehmen vorgelegt haben.«

»Darf ich fragen, wie Ihre Reaktion aussehen wird?«

»Wir werden ein internationales Umwelttribunal, bestehend aus Vertretern der europäischen und nordafrikanischen Nationen, einberufen und einen Aktionsplan beraten«, erklärte Willover.

»Dann haben Sie also nicht vor ... Ich glaube, Sie sagten ... ›eingreifen und die Anlage dem Erdboden gleichmachen‹, Mr. President?«

»Kühlere Köpfe haben sich durchgesetzt«, erklärte der Präsident und nickte in Richtung von Willover.

»Selbst jetzt, nachdem die Beweise auf dem Tisch liegen, daß Chemikalien aus Fort Foureau die Rote Flut hervorrufen, besteht die einzige Reaktion darin, daß man ein Treffen arrangiert und Aktionspläne diskutiert?« Sandecker bewahrte nur mühsam die Fassung.

»Wir werden uns ein andermal darüber unterhalten«, erklärte der Präsident und wandte sich um, um sich wieder nach oben ins Schlafzimmer zurückzuziehen. »Earl wird Ihnen einen Termin geben.«

»Hat Earl Sie auch über die Goldminen von Tebezza informiert?« fragte Sandecker plötzlich.

Der Präsident zögerte und schüttelte den Kopf. »Nein, der Name ist mir nicht bekannt.«

»Nachdem Pitt und Giordino in Fort Foureau gefangengenommen wurden«, fuhr Sandecker fort, »hat man sie zu einer weiteren kriminellen Unternehmung von General Kazim und Yves Massarde verfrachtet; einer kaum bekannten Goldmine, in der Oppositionelle und Dissidenten gefangengehalten und versklavt wurden und sich unter barbarischsten und grausamsten Bedingungen zu Tode schufteten. Darunter befanden sich auch französische Ingenieure mit ihren Familien, die Massarde dort gefangenhielt, damit sie nicht nach Hause zurückkehren und das Geheimnis von Fort Foureau ausplaudern konnten. Meine Männer stießen weiterhin auf die vermißte Gruppe Wissenschaftler der Weltgesundheitsorganisation, von der man annahm, daß sie bei einem Flugzeugabsturz ums Leben gekommen war. Sie alle waren fast verhungert und infolge der Schufterei körperliche Wracks.«

Der Präsident musterte Willover mit kaltem Blick. »Es scheint, daß man mich über eine ganze Reihe von Dingen im dunkeln läßt.«

»Meine Aufgabe besteht darin, Prioritäten festzulegen«, verteidigte sich Willover hastig.

»Also weiter!« drängte der Präsident Sandecker.

»Da es offensichtlich zwecklos war, Sie um den Einsatz der Special Forces zu bitten«, fuhr Sandecker fort, »unterstützte Hala Kamil uns noch einmal und stellte die Elitetruppe der Vereinten Nationen erneut zur Verfügung. Unter Führung von Pitt und Giordino landeten Colonel Levant und seine Truppe in der Wüste nahe der Mine, griffen die Anlage mit Erfolg an und retteten 25 Ausländer, Männer, Frauen und Kinder.«

»Sogar Kinder mußten in der Mine arbeiten?« unterbrach ihn der Präsident.

Sandecker nickte. »Es handelte sich um die Kinder der französischen Ingenieure und ihrer Frauen. Auch eine Amerikanerin, Dr. Eva Rojas, die zur Gruppe der Weltgesundheitsorganisation gehört, wurde dort gefangengehalten.«

»Wenn der Einsatz erfolgreich war, wo liegt dann das Problem?« wollte Willover wissen.

»Das Transportflugzeug wurde von malischen Jägern auf der Landebahn von Tebezza zerstört. Die gesamte Truppe, mitsamt den geretteten Gefangenen, sitzt nun mitten in Mali in der Falle. Es kann sich nur noch um Stunden handeln, bis Kazims Militär sie findet und angreift.«

»Sie malen ein düsteres Bild«, erklärte der Präsident ernst. »Gibt es keine Möglichkeit für sie, sicher die algerische Grenze zu erreichen?«

»Selbst wenn es den Leuten gelänge«, erklärte Sandecker, »würde Kazim kaum zögern, es auf einen Zwischenfall mit der algerischen Regierung ankommen zu lassen, um zu verhindern, daß die schrecklichen Ereignisse in Tebezza und die Gefahren von Fort Foureau offenbart würden. Er würde seine Truppen auch über die Grenze nach Algerien vorrücken lassen, um die Gruppe zu vernichten.«

Der Präsident schwieg und blickte abwesend auf die Canapés. Sandeckers Ausführungen waren von zu großer Tragweite, als daß man sie einfach unter den Teppich kehren konnte, wie Willover ihm raten würde. Er konnte nicht untätig dastehen, während irgend so ein Despot am Arsch der Welt unschuldige Ausländer ermordete.

»Kazim ist genau so ein Dreckskerl wie Saddam Hussein«, murmelte der Präsident. Er wandte sich an Willover. »Diesmal werden wir uns nicht ruhig verhalten, Earl. Wir werden diesen gefährdeten Menschen, zu denen auch drei Amerikaner gehören, helfen.«

»Aber, Mr. President«, protestierte Willover.

»Setzen Sie sich mit General Halverson vom Kommando der Special Forces in Tampa in Verbindung. Alarmieren Sie ihn, daß ein sofortiger Einsatz bevorsteht.« Der Präsident musterte Sandecker. »Wer soll die Sache Ihrer Meinung nach koordinieren, Admiral?«

»General Bock, Kommandeur der UN-Eingreiftruppe. Er steht mit Colonel Levant in Kontakt und kann General Halverson über die Lage ständig auf dem laufenden halten.«

Der Präsident stellte die Canapés auf einem Buffet ab und legte die Hände auf Willovers Schultern. »Ich weiß Ihren Rat zu schätzen, Earl. Doch diesmal muß ich handeln. Wir können zwei Fliegen mit einer Klappe schlagen und das Risiko halbieren, wenn die Operation schiefgeht. Ich will, daß unsere Special Forces heimlich in Mali eindringen und die UN-Truppe mitsamt den Gefangenen retten. Danach sollen sie wieder verschwinden, bevor Kazim und Massarde merken, mit wem sie es zu tun hatten. Anschließend können wir über Möglichkeiten nachdenken, wie wir die Müllentsorgungsanlage von Fort Foureau ausschalten.«

»Meine Zustimmung haben Sie«, strahlte Sandecker.

»Ich vermute, nichts, was ich vorbringen könnte, würde Ihre Meinung ändern«, wandte sich Willover an den Präsidenten.

»Nein, Earl«, erwiderte der Präsident und griff nach den Canapés. »Wir setzen blind auf das Blatt, das wir in der Hand haben.«

»Und wenn wir verlieren?«

»Wir können nicht verlieren.«

Willover warf ihm einen neugierigen Blick zu. »Wieso nicht, Sir?«

Der Präsident lächelte ebenso wie Sandecker. »Weil ich die Karten austeile und das größte Vertrauen in unsere Special Forces setze, daß sie Kazim und Massarde, diesen menschlichen Abschaum, mit einem Tritt dorthin befördern, wohin sie gehören.«

Einige Meilen westlich von Washington D. C., im Innern Marylands, erhebt sich ein großer Hügel aus dem umliegenden Ackerland. Vorbeikommende Autofahrer, denen er zufällig auffällt, halten ihn für ein Phänomen der Natur. Kaum jemand weiß, daß der Hügel heimlich während des Zweiten Weltkriegs als Kommandozentrum und Bunker für Politiker aus der Hauptstadt und für die Militärführung gebaut worden war.

Auch während der Zeit des Kalten Krieges gingen die Bauarbeiten weiter, damit das Nationalarchiv aufgenommen werden konnte, das bis zur Zeit der ersten Siedler an der Ostküste im 15. Jahrhundert zurückreicht. Die unterirdische Anlage ist so weitläufig, daß sie in Quadratkilometern gemessen wird. Den wenigen Menschen, die von ihrer Existenz wissen, ist sie als ASD (Archival Safekeeping Depository) bekannt.

Ganze Abteilungen des Depots enthalten Geheimmaterial und geheime Gegenstände, von denen die Öffentlichkeit nie etwas erfahren wird. Die Knochen Amelia Earharts und Fred Noonans mitsamt den japanischen Akten, Unterlagen ihrer Exekution auf Saipan, die Geheimakten über die Attentate auf die beiden Kennedy-Brüder, Unterlagen über sowjetische Sabotageanschläge gegen amerikanische Raketen und Shuttles und die Vergeltung von Tschernobyl; die Filme von der Mondlandung und noch viel, viel mehr – alles wohl geordnet und verstaut und dazu bestimmt, niemals mehr ans Licht zu kommen.

Da St. Julien Perlmutter nicht Auto fuhr, nahm er sich ein Taxi nach Forestville, einer Kleinstadt in Maryland. Nachdem er fast eine halbe Stunde an einer Bushaltestelle gewartet hatte, wurde er von einem Dodge-Lieferwagen abgeholt.

»Mr. Perlmutter?« vergewisserte sich der Fahrer, ein Beamter des Geheimdienstes, der eine Sonnenbrille mit Spiegelgläsern trug.

»Das bin ich.«

»Bitte, steigen Sie ein.«

Perlmutter folgte der Aufforderung und hielt diese ganze Heimlichtuerei insgeheim für Kinderkam. »Wollen Sie sich meinen Ausweis nicht ansehen?«

Der Fahrer, ein dunkelhäutiger Afroamerikaner, schüttelte den Kopf. »Ist nicht nötig. Sie sind weit und breit der einzige Mensch, auf den die Beschreibung zutrifft.«

»Wie heißen Sie?«

»Ernie Nelson.«

»Zu welchem Laden gehören Sie? National Security? FBI? Special Secrets?«

»Tut mir leid, das darf ich Ihnen nicht verraten«, erwiderte Nelson steif.

»Wollen Sie mir nicht die Augen verbinden?»

Nelson schüttelte kurz den Kopf. »Nicht nötig, da Ihr Ersuchen zur Erforschung der historischen Archive vom Präsidenten unterzeichnet wurde und Sie früher die Freigabe auf einer hohen Sicherheitsstufe besaßen. Ich glaube, man kann darauf vertrauen, daß das, was Sie heute zu sehen bekommen, nicht in der Öffentlichkeit breitgetreten wird.«

»Wenn Sie tiefer in meinen Akten gegraben hätten, wäre Ihnen aufgefallen, daß dies mein vierter Besuch im Depot ist.«

Der Beamte erwiderte nichts und schwieg auch den Rest der Fahrt über. Er bog vom Highway ab und fuhr auf einer gepflasterten Straße bis zu einem bewachten Tor weiter, wo er seinen Ausweis vorzeigte. Sie mußten an zwei weiteren Wachposten vorbei, bevor die Straße vor einer Art Scheune, mitten auf einer Farm mit Schweinen, Hühnern und Wäsche auf der Leine endete. Im Innern der Scheune fuhren sie über eine Betonrampe tief unter die Erde. Schließlich gelangten sie an eine weitere Absperrung, vor der der Beamte den Wagen abstellte.

Perlmutter kannte den Ablauf. Er stieg aus und ging zu einem wartenden Elektrowagen hinüber, der an einen Golfwagen erinnerte. Ein Archivar im weißen Kittel schüttelte Perlmutter die Hand.

»Frank Moore«, stellte er sich vor. »Schön, daß Sie uns mal wieder besuchen.«

»Freut mich, Sie kennenzulernen, Frank. Wie lange ist's denn her?«

»Drei Jahre seit Ihrem letzten Besuch. Damals ging es um Ihre Forschungen über die *Sakito Maru.*«

»Den japanischen Frachter, der vom U-Boot *Trout* versenkt worden ist.«

»Wenn ich mich recht erinnere, hatte er eine Ladung deutscher V-2-Raketen an Bord.«

»Sie haben ein gutes Gedächtnis.«

»Ich hab's aufgefrischt, als ich mir die Unterlagen über Ihre letzten Besuche angesehen habe«, gab Moore zu. »Was kann ich diesmal für Sie tun?«

»Es geht um den Bürgerkrieg«, antwortete Perlmutter. »Ich würde gerne sämtliche Akten einsehen, die sich mit dem mysteriösen Verlust eines Panzerschiffs der Konföderierten beschäftigen.«

»Klingt interessant.« Moore deutete auf den Beifahrersitz im Elektrowagen. »Die Akten und Fundstücke zum Bürgerkrieg sind etwa zwei Kilometer entfernt untergebracht.«

Nach einer letzten Überprüfung durch den Sicherheitsdienst und einem kurzen Gespräch mit dem Chefarchivar unterschrieb Perlmutter ein Dokument, in dem er erklärte, die Ergebnisse seiner Forschungsarbeit nicht ohne Zustimmung der Regierung zu veröffentlichen oder bekannt zu machen. Dann fuhren Moore und er mit dem Elektrowagen davon. Sie kamen an einer kleinen Gruppe Männer vorbei, die gerade Andenken und persönliche Gegenstände ausluden, die die Besucher am Denkmal für die Vietnamveteranen zurückgelassen hatten: Fotografien, alte Armeestiefel und Uniformen, Knöpfe, Uhren, Trauringe, Hundeleinen, Puppen. Jedes Objekt wurde katalogisiert, gekennzeichnet und in Plastiktüten in endlosen Regalreihen untergebracht. Die Regierung warf nichts weg.

Die Erinnerungsstücke aus dem Bürgerkrieg waren in vier dreistöckigen Gebäuden untergebracht – die Betondecken des Depots waren 15 Meter hoch. Vor den Gebäuden waren verschiedene Kanonen aufgestellt, die aussahen, als sollten sie zu den Schlachtfeldern in Marsch gesetzt werden. Sie waren auf Lafetten montiert, und die Protzen waren mit Kartuschen und Kugeln beladen. Auch mächtige Schiffskanonen berühmter Schiffe wie der *Hartford*, der *Kearsage*, der *Carondelet* und der *Merrimack* gab es zu sehen.

»Die Akten werden im Gebäude A aufbewahrt«, erklärte Moore. »Die Gebäude B, C und D enthalten Waffen, Uniformen, Verbandszeug und Möbel, die Lincoln, Jefferson Davis, Lee, Grant und anderen Berühmtheiten aus der Zeit des Bürgerkrieges gehörten.«

Sie stiegen aus dem Wagen und betraten Gebäude A. »Sämtliche Akten über die Konföderation sind im Erdgeschoß untergebracht«, erklärte Moore und deutete mit der Hand in den höhlenartigen Raum. »Sämtliche Akten der Union sind im zweiten und dritten Stock abgelegt. Womit möchten Sie beginnen?«

»Mit den Unterlagen, die sich auf die *Texas* beziehen.«

Moore schwieg und überflog einige Seiten eines umfangreichen Handbuchs, das er aus dem Wagen mitgenommen hatte. »Die Seekriegsakten der Konföderation werden in blauen Ordnern in den Schränken an der hinteren Wand aufbewahrt.«

Obwohl während der letzten Jahre niemand die Akten durchgesehen hatte, waren sie überraschenderweise kaum verstaubt. Moore deutete auf einen Tisch und einen Stuhl. »Machen Sie es sich bequem. Sie kennen ja die Vorschriften über den sorgsamen Umgang mit Akten und wissen, daß ich mich in der Nähe aufhalten muß, um Ihre Arbeiten zu überwachen.«

»Ich kenne die Vorschriften«, bestätigte Perlmutter.

Moore warf einen Blick auf seine Uhr. »Ihre Erlaubnis zur Einsicht der Akten endet in acht Stunden. Dann müssen Sie sich wieder im Büro des Kurators melden und werden zurück nach Forestville gefahren.«

Perlmutter nickte. »Am besten, ich mache mich gleich an die Arbeit.«

»Gut«, erwiderte Moore, »viel Glück.«

Nach der ersten Stunde hatte er zwei der grauen Metallaktenschränke durchstöbert und stieß auf eine alte vergilbte Aktenmappe. Sie enthielt nur wenig historisch bedeutsame Informationen, die nicht bereits bekannt und veröffentlich waren. Einem Artikel, geschrieben von einem Reporter aus den Nordstaaten, der an Bord eines Panzerschiffs, das Treffer der *Texas* hatte einstecken müssen, gewesen war, fehlten zwei Zeilen, die offensichtlich herausgeschnitten waren. Wieso war der Bericht zensiert worden, wunderte sich Perlmutter. In all den Jahren seiner Forschungsarbeit über den Bürgerkrieg bemerkte er zum ersten Mal Anzeichen einer Zensur.

Dann stieß er auf einen zerknitterten Zeitungsausschnitt, den er vorsichtig auf dem Tisch glattstrich. Es war die Erklärung eines gewissen Clarence Beecher, die dieser auf dem Totenbett in einem kleinen Krankenhaus außerhalb von York gegenüber einem englischen Reporter abgegeben hatte. Beecher behauptete, er sei der einzige Überlebende und Zeuge des rätselhaften Verschwindens der *Texas*. Die Worte des sterbenden Beecher beschrieben die Reise über den Atlantik und dann auf einem großen Strom in Afrika flußaufwärts. Das Schiff fuhr Hunderte von Meilen an fruchtbaren Ufern entlang, bis es die Ausläufer einer großen Wüste erreichte. Der Steuermann kannte den in keiner Karte eingetragenen Fluß nicht und verwechselte irrtümlich einen Nebenfluß mit dem Hauptarm. Sie fuhren zwei Tage und Nächte weiter, bis der Kapitän den Irrtum bemerkte. Bei dem Versuch, auf dem Fluß zu wenden, lief das Panzerschiff auf Grund und war trotz aller Bemühungen nicht mehr flottzumachen.

Die Offiziere setzten sich zusammen und beschlossen, den Sommer verstreichen zu lassen und auf die Regenfälle im Herbst zu warten, durch die sich der Wasserspiegel wieder erhöhen würde. An Bord gab es einen begrenzten Lebensmittelvorrat, und der Fluß würde das notwendige Wasser liefern. Der Kapitän kaufte auch vorüberziehenden Tuaregstämmen Waren ab und bezahlte mit Gold. Zweimal hatten große Banden von Wüstenbanditen umsonst versucht, anzugreifen und das auf Grund liegende Kriegsschiff auszuplündern.

Bis August hatten Typhus, Malaria und Hunger die Mannschaft so mitgenommen und ihre Zahl derartig dezimiert, daß sich nur noch zwei Offiziere, der Präsident und zehn Matrosen auf den Beinen halten konnten.

Perlmutter hörte auf zu lesen und starrte ins Leere. Seine Neugierde stieg. Wer war der Präsident, den Beecher erwähnte? Außerordentlich interessant, das Ganze.

Beecher berichtete weiter, er und vier weitere bewaffnete Matrosen seien ausgewählt worden, in einem Beiboot des Kanonenboots flußabwärts zu rudern, um Hilfe zu holen. Nur Beecher hatte diese Fahrt bis zur Mündung des Niger knapp überlebt. Er wurde von den Kaufleuten eines britischen Handelspostens wieder aufgepäppelt und bekam eine Überfahrt nach England geschenkt. Dort hatte er schließlich geheiratet und sich als Farmer in Yorkshire niedergelassen. Beecher sagte, er sei niemals mehr in seinen Heimatstaat Georgia zurückgekehrt, weil er sicher war, für das entsetzliche Verbrechen, das von den Männern der *Texas* begangen worden war, gehängt zu werden, und habe aus diesem Grund auch bis jetzt geschwiegen.

Nach seinem letzten Atemzug hatte der Doktor und Beechers Frau die Geschichte als Phantasien eines Sterbenden abgetan. Es schien, als hätte der Herausgeber der Zeitung, für die der Reporter tätig war, die Geschichte nur abgedruckt, weil es an dem Tag keine besonderen Nachrichten gab und er die Seite füllen mußte.

Perlmutter las den Artikel ein zweites Mal. Er hätte ihn liebend gerne, trotz der Skepsis von Frau und Doktor, als Augenzeugenbericht akzeptiert, wenn ihm nicht eine schnelle Überprüfung der Schiffsrolle verraten hätte, daß sich während der Musterung, unmittelbar vor dem Verlassen der Werft in Richmond, kein Clarence Beecher unter der Mannschaft befunden hatte. Er stieß einen Seufzer aus und schloß die Akte.

»Hier habe ich alles gefunden, was es dazu gibt«, sagte er zu Moore. »Jetzt würde ich mir noch gerne die Akten der Nordstaatenflotte vornehmen.«

Moore verstaute bereitwillig die Unterlagen in den Schränken und begleitete ihn über eine Eisentreppe hinauf in den zweiten Stock. »An welchem Jahr und welchem Monat sind Sie interessiert?«

»April 1865.«

Sie bahnten sich ihren Weg durch enge Gänge zwischen Aktenschränken hindurch in die entsprechende Abteilung.

Methodisch weitete Perlmutter seine Suche aus, beginnend mit dem 2. April 1865, dem Tag, an dem die *Texas* vom Pier in Richmond abgelegt hatte. Er hatte ein persönliches System entwickelt, wonach er bei seinen Forschungsarbeiten vorging, und es gab nur wenige

Menschen, die bessere Ergebnisse erzielten als er. Perlmutter verband Sturheit mit Instinkt, um die Spreu vom Weizen zu trennen.

Er arbeitete sich durch die offiziellen Berichte der Schlacht, wandte sich dann den Augenzeugenberichten der Zivilisten zu, die vom Ufer des James River aus das Gefecht beobachtet hatten, und konzentrierte sich anschließend auf die Berichte der Matrosen, die an Bord der Nordstaatenschiffe Dienst getan hatten. In nur zwei Stunden hatte er die sachdienlichen Angaben aus nahezu 60 Briefen und 15 Tagebüchern herausgefiltert. Er machte sich auf einem großen Block Notizen. Die ganze Zeit über beobachtete ihn Frank Moore, der Perlmutter zwar traute, jedoch zu viele Forscher beim Versuch, historisch bedeutsame Dokumente zu stehlen, erwischt hatte, als daß er nicht auf der Hut gewesen wäre.

Nachdem Perlmutter die Spur einmal aufgenommen hatte, verfolgte er sie anhand von vagen Hinweisen, scheinbar unwichtigen Informationen, die von einem Punkt zum nächsten führten und Geschehnisse enthüllten, die einfach unglaublich schienen. Schließlich, als er nicht mehr weiterkam, fragte er Moore: »Wieviel Zeit bleibt mir noch?«

»Zwei Stunden und zehn Minuten.«

»Ich möchte noch an einer anderen Stelle suchen.«

»Wo möchten Sie nachsehen?«

»In der Privatkorrespondenz oder den Akten, die Sie von Edwin McMasters Stanton haben.«

Moore nickte. »Lincolns übellauniger alter Kriegsminister. Ich habe keine Ahnung, was von ihm auf Lager ist. Seine Papiere wurden nie vollständig katalogisiert. Doch sie müßten sich in der oberen Etage befinden, die die Akten der US-Regierung enthält.«

Die Stanton-Akten waren umfangreich und füllten zehn Schränke. Perlmutter machte sich an die Arbeit, die er nur einmal unterbrach, um das nächstgelegene Klo aufzusuchen. So schnell er konnte, arbeitete er sich durch die Unterlagen, doch er fand erstaunlich wenig über Stantons Beziehung zu Lincoln gegen Ende des Krieges. Es war historisch belegt, daß der Kriegsminister seinen Präsidenten nicht schätzte und eine Reihe von Seiten aus dem Tagebuch seines Attentäters, John Wilkes Booth, entfernt hatte. Desgleichen hatte er eine Anzahl von Dokumenten verschwinden lassen, die Booths Mitverschwörer betrafen. Um die Frustration der Historiker noch zu steigern, hatte Stanton absichtlich eine Menge Fragen unbeantwortet gelassen, die sich um das Attentat im Ford's Theater rankten.

Als ihm nur noch 40 Minuten blieben, traf Perlmutter ins Schwarze.

Ganz hinten in einem Aktenschrank versteckt, stieß er auf ein vergilbtes Paket, dessen Siegel noch unerbrochen war. Er starrte auf die braune Tintenschrift, die als Datum 9. Juli 1865 angab, zwei Tage nachdem Booths Mitverschwörer Mary Surratt, Lewis Paine, David Herold und George Atzerodt im Gefängnishof des Washingtoner Arsenals gehängt worden waren. Unter dem Datum standen die Worte: »Erst hundert Jahre nach meinem Tod zu öffnen.« Der Satz war mit Edwin M. Stanton unterschrieben.

Perlmutter setzte sich an den Lesetisch, erbrach das Siegel, öffnete das Paket und begann 31 Jahre nach der von Stanton angeordneten Frist die in dem Paket enthaltenen Papiere zu lesen.

Während er las, fühlte er sich in die Vergangenheit zurückversetzt. Trotz der Kühle in der unterirdischen Anlage glitzerten Schweißperlen auf seiner Stirn. Als er das letzte Blatt beiseite legte, zitterten seine Hände. Er atmete tief aus, seufzte und schüttelte langsam den Kopf.

»Mein Gott«, flüsterte Perlmutter.

Moore warf ihm über den Tisch hinweg einen Blick zu. »Irgend etwas Interessantes gefunden?«

Perlmutter antwortete nicht. Er starrte einfach auf den Stapel alter Papiere und murmelte in einem fort: »Mein Gott.«

50

Sie lagen hinter dem Kamm einer Düne in Deckung und musterten die verlassenen Gleise, die wie eine geisterhafte Spur den Sand zerschnitten und ins Nichts zu führen schienen. Die einzigen Lebenszeichen in der Dunkelheit, kurz vor Morgengrauen, waren die weit entfernten Lichter der Müllentsorgungsanlage von Fort Foureau. Auf der anderen Seite der Bahnstrecke, weniger als einen Kilometer weiter westlich, zeichneten sich die Umrisse des alten Legionsforts vor dem dunklen Himmel wie ein finsteres Schloß in einem Horrorfilm ab.

Die Irrfahrt quer durch die Wüste war ohne technische Probleme und ohne daß sie entdeckt worden waren verlaufen. Die Gefangenen hatten unter der harten Federung der Mannschaftswagen gelitten, doch sie waren zu glücklich, als daß sie sich beschwert hätten. Fairweather hatte die Gruppe zielsicher zur alten Kamelpiste gelotst, die von den früheren Salzminen in Taoudenni in südlicher Richtung nach Timbuktu führte. Seine Ortskenntnisse und ein Kompaß hatten ihm genügt, den Konvoi in Sichtweite des Forts zu den Gleisen zu bringen.

Während der Fahrt hatten Pitt und Levant nur einmal angehalten und gelauscht, als sie das ferne Motorengeräusch von Hubschraubern gehört hatten, die von einer Staffel Jagdflugzeuge begleitet wurden. Die Flugzeuge hielten nach Norden, in Richtung Tebezza auf die algerische Grenze zu, wie Pitt vorausgesehen hatte. Sie überflogen den Konvoi, ohne zu merken, daß sich das gejagte Wild direkt unter ihnen befand.

»Eine ausgezeichnete Leistung, Mr. Fairweather«, beglückwünschte ihn Levant. »Die beste Navigation, die ich je erlebt habe.«

»Instinkt«, lächelte Fairweather, »purer Instinkt mit einer Prise Glück.«

»Besser, wir beeilen uns, überqueren die Gleise und verstecken uns im Fort«, sagte Pitt. »In spätestens einer Stunde wird es hell.«

Wie geheimnisvolle Geschöpfe der Nacht fuhren der Buggy und die Mannschaftstransporter auf das Gleisbett und holperten über die Betonschwellen. Am Wrack des Renault-Lastwagens bog Pitt ab. Es war derselbe, hinter dem Giordino und er sich versteckt hatten, als sie auf den Zug nach Fort Foureau gesprungen waren. Die hohen Holztore waren noch genauso angelehnt, wie Giordino und Pitt sie vor mehr als einer Woche zurückgelassen hatten. Levant rief ein paar Männer herbei, die sie so weit aufstießen, daß der Konvoi auf den Exerzierplatz fahren konnte.

»Darf ich darauf hinweisen, Colonel«, sagte Pitt taktvoll, »daß wir gerade noch so viel Zeit haben, daß ein paar von Ihren Leuten unsere Reifenspuren von den Schienen zum Fort verwischen können. Für mißtrauische Augen soll es aussehen, als sei ein malischer Militärkonvoi aus der Wüste gekommen und die Gleise entlang in die Müllentsorgungsanlage eingefahren.«

»Gute Idee«, stimmte Levant zu.

Pembroke-Smythe, Giordino und die übrigen Offiziere Levants versammelten sich um ihren Kommandeur und warteten auf Befehle.

»Die vordringlichste Aufgabe besteht darin, die Wagen zu tarnen und einen Unterschlupf für die Frauen und Kinder zu finden«, erklärte Levant. »Für den Fall, daß die Malier erkennen, daß sie auf der falschen Fährte sind und Reifenspuren von uns entdecken, die der Wind nicht verweht hat, bereiten wir das Fort für einen Angriff vor.«

»Wann wollen Sie sich von hier absetzen, Sir?« erkundigte sich ein Offizier mit schwedischem Akzent.

Levant wandte sich an Pitt. »Was meinen Sie, Mr. Pitt?«

»Wir halten den ersten Zug an, der nach Einbruch der Dunkelheit vorbeikommt und bringen ihn in unsere Gewalt«, erklärte Pitt.

»Die Züge sind mit Funk ausgerüstet«, warf Pembroke-Smythe ein. »Der Zugführer wird Zeter und Mordio schreien, wenn Sie versuchen, seinen Zug unter Kontrolle zu bringen.«

»Wenn die Malier Lunte riechen, werden sie den Schienenstrang blockieren«, fügte der Schwede hinzu.

»Zerbrechen Sie sich darüber bloß nicht den Kopf«, erwiderte Pitt. »Überlassen Sie das einfach dem alten Jesse James Pitt und Butch Cassidy Giordino. Wir haben Erfahrung in der altmodischen Kunst des lautlosen Zugüberfalls, und zwar genau seit ...« Er sah Giordino an. »Al?«

»Seit vergangenem Donnerstag vor einer Woche«, erwiderte Giordino.

Pembroke-Smythe warf Levant einen traurigen Blick zu. »Man hätte uns wenigstens raten können, die Versicherungsprämien zu erhöhen.«

»Dafür ist es jetzt zu spät«, erwiderte Levant und musterte das dunkle Innere des Forts. »Diese Mauern wurden nicht gebaut, um Luft-Boden-Raketen oder schwerer Artillerie standzuhalten. Kazims Truppen können das Fort innerhalb von 30 Minuten in Schutt und Asche legen. Wenn wir Probleme vermeiden wollen, muß es einen unbewohnten Eindruck machen. Ausguckposten auf die Brustwehren«, befahl er. »Anschließend suchen wir den Kellereingang. Ich erinnere mich, bei meinem damaligen Besuch ein Arsenal für Granaten und Munition gesehen zu haben.«

Levant hatte recht. Die Stufen, die in den Keller führten, wurden unter dem Boden einer der Wohnbaracken entdeckt. Die beiden kleinen unterirdischen Räume waren leer bis auf zwei Metallkisten, die früher einmal Gewehrmunition enthalten hatten. Die Gefangenen von Tebezza wurden schnell nach unten gebracht. Sie waren froh, die Mannschaftstransporter verlassen zu können und wieder festen Boden unter den Füßen zu haben. Die Sanitäter machten es ihnen so bequem wie möglich und kümmerten sich um alle, denen es schlechtging.

Bald darauf waren auch die Fahrzeuge der Truppe versteckt und so getarnt, daß sie wie Abfallhaufen aussahen. Als schließlich die Sonnenstrahlen die Wälle trafen, lag das Fort verlassen da. Die beiden Hauptrisiken, mit denen sich Levant konfrontiert sah, waren eine Entdeckung vor Einbruch der Abenddämmerung und die Verwundbarkeit bei einem Luftangriff. Er fühlte sich keineswegs sicher.

Pitt inspizierte die ehemalige Garage, deren Dach eingestürzt war. Hier stand ein Dutzend Stahlfässer mit Dieselöl, die halb unter einem Müllberg verborgen waren. Er schraubte gerade die Verschlüsse auf, als Giordino hereinkam.

»Willst du Feuer machen?« erkundigte er sich.

»Wäre keine schlechte Idee, wenn Panzerfahrzeuge angreifen sollten«, erwiderte Pitt. »Die UN-Truppe hat ihre Panzerfäuste verloren, als das Flugzeug in die Luft geflogen ist.«

»Dieselöl«, überlegte Girodino, »das Zeug muß von den Arbeitern, die die Bahnstrecke gebaut haben, hier gelagert worden sein.«

Pitt steckte einen Finger durch das Spundloch und hielt ihn hoch. »So rein wie an dem Tag, als es aus der Raffinerie kam.«

»Wozu soll das gut sein, außer für Molotow-Cocktails?« erkundigte sich Giordino mit zweifelnder Miene. »Es sei denn, du willst es zum Kochen bringen und wie die Ritter früher bei einem Angriff über die Mauern kippen.«

»Du kommst der Sache näher.«

Giordino verzog das Gesicht und sah das Faß an. »Selbst fünf Männer könnten diese Tonne nicht auf die Wälle hieven – jedenfalls nicht, wenn sie voll Dieselöl ist.«

»Schon mal einen Torsionsfederbogen gesehen?«

»Noch nie«, grunzte Giordino. »Wäre es zu viel verlangt, wenn ich dich bäte, das Ding mal zu zeichnen?«

Zu Giordinos Überraschung kniete Pitt sich nieder, zog ein zweischneidiges Kampfmesser aus der Scheide an seinem Bein und fing an, im Sand eine Konstruktionszeichnung zu skizzieren. Der Entwurf war nicht sonderlich ausgefeilt, doch Giordino erkannte, worauf es Pitt ankam. Als Pitt fertig war, blickte er hoch.

»Meinst du, wir könnten so einen bauen?«

»Ich sehe keinen Grund, weshalb nicht«, erklärte Giordino. »Im Fort gibt's jede Menge Balken, von denen wir uns passende aussuchen könnten. Die Mannschaftstransporter haben Kletterseile und Abschleppleinen aus Nylon an Bord. Der springende Punkt ist, wenn ich das richtig sehe, daß wir etwas brauchen, das als Zugfeder dienen kann.«

»Die Blattfedern der Hinterachsen?«

Giordino dachte einen Moment lang nach und nickte dann. »Könnte funktionieren. Ja, tatsächlich, die wären genau richtig.«

»Vielleicht reine Zeitverschwendung«, meinte Pitt mit einem Blick auf seine Zeichnung. »Eigentlich besteht kein Grund, weshalb sich eine von Kazims Patrouillen hierher verirren und Alarm schlagen sollte, bevor der Zug abfährt.«

»Elf Stunden noch, bis es dunkel wird. Der Zusammenbau würde uns die Zeit vertreiben.«

Pitt ging auf den Eingang zu. »Du fängst damit an, die Teile zu sammeln. Ich muß noch etwas erledigen.«

Pitt lief an einer Gruppe von Männern vorbei, die beschäftigt waren, das Haupttor zu verrammeln, und ging um die Mauern des Forts. Sorgsam achtete er darauf, seine Fußabdrücke zu verwischen. Dann sprang er in eine kleine Senke und ging weiter, bis er an einen Erdhügel in der Nähe eines steilen Abhangs kam.

Der Avions Voisin stand unberührt da.

Der größte Teil des Sandes, den Giordino und er hastig über Dach und Haube geschaufelt hatten, war fortgeweht worden, doch es war genug übriggeblieben, um Kazims Aufklärungsflugzeugen die Entdeckung schwerzumachen. Er öffnete die Tür, setzte sich hinter das Steuer und drückte auf den Anlasser. Bei der ersten Umdrehung sprang der Motor an.

Pitt saß ein paar Minuten da, voller Hochachtung für die Handwerker, die das Auto gebaut hatten. Dann schaltete er die Zündung aus, stieg aus dem Wagen und tarnte die Karosserie wieder mit Sand.

Als Pitt die Stufen hinabstieg, die zum Arsenal führten, erblickte er Eva. Obwohl sie immer noch ausgezehrt und blaß aussah – ihre Kleider schlotterten um den abgemagerten Leib –, half sie, einen kleinen Jungen zu füttern, der sich in die Arme seiner Mutter schmiegte. Sie schaute zu Pitt auf, und ihre Miene spiegelte neuerwachte Stärke und Entschlossenheit.

»Wie geht's ihm?« fragte er.

»Sobald er erst mal etwas Ordentliches gegessen und ordentlich Vitamine geschluckt hat, wird er wieder Soccer spielen.«

»Ich spiele Fußball«, flüsterte der Junge.

»In Frankreich?« fragte Eva neugierig.

»Bei uns heißt es Soccer«, erklärte Pitt lächelnd, »in jedem anderen Land heißt es Fußball.«

Der Vater des Jungen, einer der französischen Ingenieure, die die Anlage von Fort Foureau konstruiert hatten, kam herbei und schüttelte Pitts Hand. Er sah aus wie eine Vogelscheuche. Er trug grobe Ledersandalen, sein Hemd war zerrissen und dreckig, und seine Hose wurde von einer Kordel gehalten. Die eine Gesichtshälfte verbarg sich unter einem schwarzen Bart, die andere war dick verbunden.

»Ich bin Louis Monteux.«

»Dirk Pitt.«

»Im Namen meiner Frau und meines Jungen«, sagte Monteux mit schwacher Stimme, »möchte ich Ihnen danken, daß Sie uns das Leben gerettet haben.«

»Wir sind noch nicht aus Mali raus«, warnte Pitt.

»Lieber einen schnellen Tod als Tebezza.«

»Morgen um diese Zeit werden wir den Einflußbereich General Kazims verlassen haben«, versicherte Pitt ihm.

»Kazim und Massarde«, stieß Monteux hervor, »das sind mordende Kriminelle erster Garnitur.«

»Der Grund, weshalb Massarde Sie und Ihre Familie nach Tebezza bringen ließ«, fragte Pitt, »war, Sie davon abzuhalten, das Betrugsmanöver von Fort Foureau an die große Glocke zu hängen, nicht wahr?«

»Ja, die Gruppe Wissenschaftler und Ingenieure, die ursprünglich die Anlage entworfen und gebaut haben, erkannten erst nach der Fertigstellung, daß Massarde vorhatte, sehr viel mehr Giftmüll dorthin zu bringen, als die Anlage verarbeiten konnte.«

»Worin bestand Ihre Aufgabe?«

»Ich habe den Thermalreaktor, der zur Zerstörung des Mülls dient, entworfen und den Bau beaufsichtigt.«

»Und er funktioniert?«

Monteux nickte stolz. »Außerordentlich gut. Es handelt sich um das größte und leistungsfähigste Entsorgungssystem für Giftmüll, das es gegenwärtig auf der Welt gibt. Die Solarenergietechnik von Fort Foureau ist die fortschrittlichste ihrer Art.«

»Wo ist dann Massarde vom rechten Pfad abgewichen? Warum gibt er Hunderte Millionen von Dollar für die allerneueste Ausrüstung aus, um dann anschließend die Anlage nur als Fassade für das heimliche Vergraben von atomarem Müll und Sondermüll zu benutzen?«

»Deutschland, Rußland, China, die Vereinigten Staaten, die halbe Welt erstickt im Atommüll, den stark verstrahlten Überresten der Brennstäbe und dem spaltbaren Material, das bei der Produktion von Atombomben anfällt. Obwohl der Abfall nur ein Prozent des nuklearen Materials insgesamt ausmacht, stehen Millionen Fässer herum, bei denen niemand weiß, wohin damit. Massarde hat angeboten, sie allesamt zu entsorgen.«

»Aber einige Länder haben doch Endlagerstätten gebaut.«

»Zu wenige und zu spät«, zuckte Monteux die Achseln. »Die neue Lagerstätte bei Soulaines in Frankreich war schon nahezu ausgelastet, als sie fertig war. Dann gibt's da noch die Endlagerstätte in Richland, Washington, Ihrem Heimatland. Deren Tanks waren so konstruiert, daß sie hochradioaktive Flüssigkeiten mindestens ein halbes Jahrhundert aufbewahren sollten, doch sie fingen bereits nach 20 Jahren an zu lecken. Fast zwei Millionen Liter dieser hochradioaktiven Flüssigkeiten sind in den Boden gesickert und haben das Grundwasser kontaminiert.«

»Eine blitzsaubere Organisation«, stellte Pitt nachdenklich fest. »Massarde macht unter der Hand Geschäfte mit Regierungen und Unternehmen, die verzweifelt versuchen, ihren Giftmüll loszuwerden. Da Fort Foureau in der Westsahara sich als idealer Lagerplatz empfiehlt, geht er eine Partnerschaft mit General Zateb Kazim ein, der ihn vor Protesten im In- und Ausland abschirmen kann. Dann verlangt er exorbitante Preise, bringt den Abfall heimlich in die am wenigsten nutzbare Gegend der Welt und lagert ihn unter dem Deckmantel der Müllverbrennungsanlage unter der Erde.«

»Eine einfache, doch ziemlich präzise Beschreibung des Ganzen. Doch woher wissen Sie das alles?«

»Mein Freund und ich sind in die unterirdischen Lagerräume eingedrungen, und haben die Behälter mit dem Atommüll gesehen.«

»Dr. Hopper hat uns erzählt, Sie seien in der Anlage gefangengenommen worden.«

»Mr. Monteux, hätte Massarde Ihrer Meinung nach in Fort Foureau eine rentable, funktionierende Anlage bauen können, die den ganzen Müll, der angeliefert wird, hätte entsorgen können?«

»Absolut«, stellte Monteux entschieden fest. »Wenn Massarde die Lagerkammern zwei Kilometer tief in gewachsenem Fels ausgeschachtet hätte, so daß sie erdbebensicher gewesen wären, hätte man ihn einen Heiligen gepriesen. Doch er ist ein geiziger, rücksichtsloser Geschäftemacher, dem es nur um den Profit geht. Seine Gier nach Macht und Geld, das er irgendwo in einem unbekannten Versteck hortet, ist krankhaft.«

»Wußten Sie, daß die chemischen Abfälle ins Grundwasser gesikkert sind?« fragte Pitt.

»Chemische Abfälle?«

»Soweit mir bekannt ist, handelt es sich um eine Verbindung von synthetischer Aminosäure mit Kobalt, die den Tod von Tausenden in dieser Gegend der Wüste verursacht hat.«

»Nachdem wir in Tebezza angekommen sind, haben wir nichts mehr gehört«, sagte Monteux. Ihn schauderte. »Mein Gott, es ist ja noch viel schrecklicher, als ich vermutet habe. Doch das Schlimmste kommt erst noch. Massarde hat den Atom- und Giftmüll in billigen Behältern gelagert. Es ist nur eine Frage der Zeit, bis das gesamte Lager und das Land im Umkreis von vielen Kilometern in flüssigem Tod ertrinkt.«

»Es gibt noch etwas, das Sie nicht wissen«, erklärte Pitt. »Die chemische Verbindung wird über einen unterirdischen Flußlauf in den Niger befördert, der das Zeug ins Meer spült. Dadurch kommt es zum enormen Wachstum der Roten Flut, die dem Wasser sämtlichen Sauerstoff entzieht, was zum Absterben der Meere führt.«

Völlig erschüttert über diese Neuigkeiten, rieb sich Monteux sein Gesicht. »Was haben wir bloß getan? Wenn wir geahnt hätten, daß es Massarde allein auf eine billige und gefährliche Lösung ankam, hätten wir das niemals zugelassen.«

Pitt sah Monteux an. »Sie müssen Massardes Plan doch bereits frühzeitig erkannt haben.«

Monteux schüttelte den Kopf. »Bei uns Gefangenen in Tebezza handelte es sich nur um beratende Ingenieure und Unternehmer, die nicht zu Massardes Firmengruppe gehörten. Wir waren lediglich mit der Konstruktion und der Planung des Thermalreaktors und des photovoltaischen Gittersystems befaßt. Bei den Ausschachtungsarbeiten handelte es sich um ein völlig abgetrenntes Projekt, das von Massarde Enterprises durchgeführt wurde.«

»Wann haben Sie Verdacht geschöpft?«

»Zunächst gar nicht. Bis der erste Giftmüll über die Eisenbahnlinie eintraf, die Massarde mit billigen Arbeitskräften gebaut hatte, die von General Kazim zur Verfügung gestellt worden waren. Eines Abends drang einer der Ingenieure, der für den Zusammenbau der Parabolspiegel verantwortlich war, in die Lagerkammer ein. Er hatte einen Ausweis gestohlen, der ihm den Zutritt ermöglichte. Er erkannte, daß die Ausschachtungsarbeiten nie eingestellt worden waren und daß der Abraum heimlich in den Frachtcontainern fortgeschafft wurde, in denen der Giftmüll ankam. Er fand auch die Lagerstätte, wo die Behälter mit dem Atommüll aufbewahrt werden.«

Pitt nickte. »Mein Freund und ich sind auch über diese Geheimnisse gestolpert und ahnten nicht, daß wir auf Massardes Überwachungsmonitoren zu sehen waren.«

»Der Ingenieur entkam, erreichte unsere Wohnquartiere und erzählte uns, was er gesehen hatte«, erklärte Monteux. »Kurz danach wurden alle von uns, die nicht bei Massarde Enterprises beschäftigt waren, mitsamt den Familien gewaltsam zusammengetrieben und nach Tebezza verfrachtet, damit wir in Frankreich nichts über Massardes geheime Operation erzählen konnten.«

»Wie hat er Ihr plötzliches Verschwinden erklärt?«

»Mit einer Geschichte über einen Unglücksfall auf der Anlage. Ein

Feuer habe uns allesamt getötet. Die französische Regierung beharrte auf einer gründlichen Untersuchung, doch Kazim verweigerte ausländischen Inspektoren die Einreise nach Mali und behauptete, seine Regierung werde die notwendige Untersuchung durchführen. Natürlich ist danach nichts passiert, und unseren Angehörigen wurde mitgeteilt, die Asche unserer Leichen sei nach einer rührenden Zeremonie über der Wüste verstreut worden.«

Das Grün in Pitts Augen wurde intensiver. »Massarde ist gründlich. Doch er hat eine Reihe von Fehlern begangen.«

»Fehler?« fragte Monteux neugierig.

»Er hat zu viele Menschen am Leben gelassen.«

»Als Sie gefangen wurden, haben Sie ihn da getroffen?«

Pitt hob die Hand und tastete nach dem Schorf auf seiner Wange. »Der Mann hat einen unangenehmen Charakter.«

Monteux lächelte. »Sie können sich glücklich schätzen, daß dies das einzige Geschenk ist, das Sie von ihm bekommen haben. Als man uns zusammengetrieben und eröffnet hat, daß wir zur Zwangsarbeit in die Minen transportiert werden sollten, hat eine der Frauen Widerstand geleistet und ihm ins Gesicht gespuckt. Er hat sie seelenruhig mit einem Schuß zwischen die Augen erledigt – und das vor den Augen ihres Mannes und der zehnjährigen Tochter.«

»Je mehr ich über den Mann höre«, stellte Pitt mit kalter Stimme fest, »desto weniger kann ich ihn leiden.«

»Die Soldaten haben gesagt, wir würden heute nacht versuchen, einen Zug anzuhalten und nach Mauretanien zu entkommen.«

Pitt nickte. »Das ist unser Plan. Vorausgesetzt, wir werden nicht vor Einbruch der Dunkelheit vom malischen Militär aufgespürt.«

»Wir haben uns unterhalten«, erklärte Monteux ernst. »Niemand von uns wird nach Tebezza zurückgehen. Alle würden den Tod vorziehen. Wir haben beschlossen, unsere Frauen und Kinder eher zu töten, als zuzulassen, daß sie nochmals in den Minen leiden müssen.«

Pitt sah Monteux an und musterte dann die Frauen und Kinder, die auf dem Steinfußboden des Arsenals lagerten. In seinem zerfurchten wettergegerbten Gesicht spiegelten sich Sorge und Wut. Dann sagte er leise: »Wir wollen hoffen, daß es nicht so weit kommen wird.«

Eva war zu müde, um schlafen zu können. Sie blickte zu Pitt auf und sah ihm in die Augen. »Hast du Lust, mit mir einen Spaziergang in der Morgensonne zu machen?«

»Niemand darf sich im Freien aufhalten. Das Fort muß einen unbewohnten Eindruck machen.«

»Wir sind die ganze letzte Nacht gefahren und seit fast zwei Wochen war ich unter der Erde eingesperrt. Gibt's keine Möglichkeit für mich, die Sonne zu sehen?« bat sie.

Er sagte nichts, sondern schenkte ihr sein bestes Freibeuterlächeln, nahm sie in die Arme und trug sie über die Treppe nach oben auf den Exerzierplatz, stieg zur Brustwehr empor, die entlang der Mauern des Forts verlief, und setzte Eva behutsam ab.

Einen Augenblick blendete die Sonne Eva, so daß sie die Soldatin nicht bemerkte, die Wache hatte und jetzt auf sie zukam. »Sie müssen sich außer Sichtweite aufhalten«, befahl sie. »Befehl Colonel Levants.«

»Ein paar Minuten«, bat Pitt. »Die Frau hat seit einer Weile keinen blauen Himmel mehr gesehen.«

Die Soldatin, die in ihrem Kampfanzug mit Waffen und Munitionsgurten hart wie Stahl wirkte, hatte dennoch mehr Verständnis als jeder Mann. Ein Blick auf die erschöpfte Frau, die sich gegen Pitt lehnte, und ihre Miene zeigte Mitleid. »Zwei Minuten«, lächelte sie leicht. »Dann müssen Sie wieder in Deckung gehen.«

»Danke«, erwiderte Eva. Pitt und Eva konnten von ihrem Aussichtspunkt die nahegelegene Bahnlinie sehen und blickten über das endlose, flache Land, das sich nach Norden erstreckte.

»Ich kann es gar nicht erwarten, wieder das Meer zu sehen«, sagte sie.

»Tauchst du?« fragte er.

»Ich habe das Wasser immer geliebt, doch zu mehr als zum Schnorcheln hat es nicht gereicht.«

»Um Monterey gibt es eine Vielzahl an Meerestieren. Wunderschöne Fische zwischen Korallen und erstaunlichen Felsformationen, besonders an der Küste hinter Carmel, in Richtung Big Sur. Wenn wir dort sind, bringe ich dir das Tauchen bei und nehme dich mit.«

»Ich freue mich darauf.«

Sie schloß die Augen, legte den Kopf in den Nacken und sog die

Sonne auf. Ihre Wangen glühten in der stärker werdenden Hitze des Tages. Er sah auf sie hinab und genoß ihre Schönheit, der die lange Gefangenschaft kaum etwas anzuhaben vermocht hatte. Die Wachposten auf den Brustwehren verschwammen im hellen Sonnenlicht. Er hätte sie am liebsten in die Arme genommen und geküßt, dafür gesorgt, daß sie alles bis auf diesen einen Moment vergessen würde.

Und genau das tat er.

Ihre Hände um seinen Nacken geschlungen, erwiderte sie seinen Kuß. Er umfaßte ihre Taille und hob sie auf die Zehen. Keiner von beiden konnte sich später erinnern, wie lange sie dort engumschlungen gestanden hatten.

Schließlich schob sie ihn zurück, schaute in seine opalgrünen Augen und fühlte, wie sich Schwäche, Erregung und Verlangen zu einem verwirrenden Gefühl vereinigten. Sie flüsterte: »Schon damals beim Abendessen in Kairo wußte ich, dir würde ich niemals widerstehen können.«

Er erwiderte sanft: »Und ich hatte geglaubt, ich sähe dich nie wieder.«

»Wirst du nach Washington zurückkehren, wenn wir gerettet sind?« Sie sagte das, als wäre sie vollkommen davon überzeugt, daß sie entkommen würden.

Er zuckte die Achseln, ohne sie loszulassen. »Ich bin sicher, man wünscht meine Rückkehr, und daß ich bei der Eindämmung der Roten Flut mitarbeite. Und du, nachdem du dich erholt hast, wo wirst du dich aufhalten? Auf dem nächsten Einsatz in einem unterentwickelten Land, um Seuchen zu bekämpfen?«

»Das ist meine Arbeit«, murmelte sie. »Seit meiner frühesten Jugend wollte ich helfen, Leben zu retten.«

»Da bleibt nicht viel Zeit für Romanzen, stimmt's?«

»Wir sind beide Gefangene unserer Aufgaben.«

Die Wache kam wieder zu ihnen. »Sie müssen jetzt nach unten gehen und sich außer Sichtweite aufhalten«, bat die Soldatin verlegen. »Wir können gar nicht vorsichtig genug sein, stimmt's?«

Eva zog Pitts stoppelbärtiges Gesicht zu sich nieder und wisperte in sein Ohr: »Wirst du schlecht von mir denken, wenn ich dir sage, daß ich dich will?«

Er lächelte. »Ich bin Wachs in den Händen schlechter Frauen.«

Mit einer kleinen Bewegung strich sie ihr Haar nach hinten und berührte ihre schmutzige Kleidung. »Doch sicherlich nicht in den Händen einer Frau, die seit zwei Wochen nicht gebadet hat und so knochig wie eine halbverhungerte Straßenkatze ist.«

»Oh, ich weiß nicht. Bei ungewaschenen, knochigen Frauen wurde ich früher immer zum reißenden Wolf.«

Ohne ein weiteres Wort begleitete Pitt sie hinunter zum Exerzierplatz in einen kleinen Vorratsraum, der neben der Küche und der Messe lag. Abgesehen von einem kleinen Faß mit Nägeln war es leer. Niemand war zu sehen. Er ging für eine Minute aus dem Raum und kam mit zwei Bettüchern zurück. Dann breitete er die Laken auf dem staubigen Boden des leeren Vorratsraums aus und verriegelte die Tür.

Im Licht, das durch den Spalt unter der Tür drang, konnten sie einander kaum sehen, als er sie wieder in die Arme nahm. »Tut mir leid, daß ich dir kein ordentliches Bett und Champagner bieten kann.«

Zärtlich strich Eva die Laken glatt, kniete nieder und blickte in sein zerfurchtes, ernstes Gesicht. »Ich schließe einfach die Augen und stelle mir vor, ich befände mich mit meinem attraktiven Liebhaber in der luxuriösesten Suite des besten Hotels von San Francisco.«

Pitt küßte sie und lachte leise. »Eva, du hast eine blühende Phantasie.«

51

Felix Verenne, Massardes Sekretär, betrat das Büro seines Chefs. »Ein Anruf aus Kazims Hauptquartier von Ismail Yerli.«

Massarde nickte und hob den Hörer ab. »Ja, Ismail, ich hoffe, Sie haben gute Nachrichten.«

»Tut mir leid, Ihnen das sagen zu müssen, Mr. Massarde, aber die Neuigkeiten sind alles andere als gut.«

»Hat Kazim die UN-Einheit erwischt?«

»Nein, er hat sie nicht einmal aufgespürt. Das Flugzeug wurde, wie wir bereits annahmen, zerstört, doch die Einheit ist in der Wüste untergetaucht.«

»Wieso können die Patrouillen nicht ihren Reifenspuren folgen?« wollte Massarde wütend wissen.

»Die sind vom Wüstenwind verweht worden«, erwiderte Yerli ruhig. »Jeder Hinweis auf den Weg, den die Einheit genommen hat, wurde ausgelöscht.«

»Wie steht es in der Mine?«

»Die Gefangenen haben revoltiert, die Wachen umgebracht, die Ausrüstung zerstört und die Büros verwüstet. Ihre Ingenieure sind ebenfalls tot. Es wird mindestens sechs Monate dauern, bis die Mine wieder voll in Betrieb ist.«

»Was ist mit O'Bannion?«

»Verschwunden. Von seiner Leiche keine Spur. Meine Männer haben jedoch seine sadistische Aufseherin gefunden.«

»Die Amerikanerin, Melika?«

»Die Gefangenen haben ihre Leiche derart geschändet, daß sie fast nicht zu erkennen war.«

»Die Angreifer müssen O'Bannion mitgenommen haben, damit er gegen uns aussagen kann«, vermutete Massarde.

»Es ist noch zu früh, um das sagen zu können«, erwiderte Yerli. »Kazims Offiziere haben eben erst begonnen, die Gefangenen zu vernehmen. Die nächste Information wird Ihnen auch nicht gefallen: Die Amerikaner, Pitt und Giordino, wurden von einem überlebenden Wachposten wiedererkannt. Auf irgendeine Weise war es ihnen vor einer Woche gelungen, aus der Mine über die Grenze nach Algerien zu fliehen und mit der UN-Einheit wiederzukommen.«

Massarde saß wie vom Donner gerührt da. »Mein Gott, das bedeutet, sie haben Algier erreicht und mit der Außenwelt Kontakt aufgenommen.«

»Das denke ich auch.«

»Weshalb hat uns O'Bannion nicht darüber informiert, daß sie entflohen sind?«

»Offenbar aus Angst vor Ihrer oder Kazims Reaktion. Wie die beiden Männer allerdings mehr als 400 Kilometer Wüste ohne Nahrung und Wasser bewältigen konnten, ist mir ein Rätsel.«

»Wenn die beiden ihren Vorgesetzten von unserer Minenoperation mit den Zwangsarbeitern berichtet haben, dann haben sie auch das Geheimnis von Fort Foureau gelüftet.«

»Sie haben keinerlei Beweise«, erinnerte Yerli ihn. »Zwei Ausländer, die illegal die Grenze souveräner Staaten überschritten und Verbrechen gegenüber dem Volk von Mali begangen haben, würden von einem internationalen Gerichtshof kaum ernst genommen.«

»Allerdings würde meine Anlage von Reportern und Inspektoren der Umweltorganisation belagert werden.«

»Machen Sie sich deswegen keine Sorgen. Ich werde Kazim raten, die Grenzen für alle Ausländer zu schließen und sie, sollten welche einreisen, auszuweisen.«

»Sie vergessen die französischen Ingenieure und Wissenschaftler, die ich nach Tebezza verbannt habe«, sagte Massarde und versuchte Ruhe zu bewahren. »Wenn die in Sicherheit sind, werden sie die Geschichte ihrer Entführung und Gefangenschaft verbreiten. Und noch schlimmer wäre es, wenn sie über unsere illegale Mülldeponie berichten. Massarde Enterprises wird dann an allen Fronten angegriffen, und in sämtlichen Ländern, in denen ich eine Anlage oder ein Büro betreibe, würde man mich anklagen.«

»Es wird keinen Überlebenden mehr geben, der aussagen könnte«, stellte Yerli klar.

»Wie sieht der nächste Schritt aus?« fragte Massarde.

»Kazims Luftaufklärung und die motorisierten Patrouillen konnten keinen Hinweis finden, daß die Truppe auf algerischem Gebiet ist. Das bedeutet, die Soldaten befinden sich noch in Mali, halten sich versteckt und warten auf Hilfe.«

»Die von Kazims Truppen aufgehalten wird.«

»Selbstverständlich.«

»Könnten sie in westlicher Richtung, nach Mauretanien gefahren sein?«

Yerli schüttelte unwillkürlich den Kopf. »Nein, zwischen Tebezza und dem ersten Dorf, in dem sie Wasser finden würden, liegen mehr als 1000 Kilometer. Auch können sie unmöglich genug Treibstoff an Bord genommen haben, um eine derartige Entfernung zu bewältigen.«

»Sie müssen aufgehalten werden, Ismail», sage Massarde, und in seiner Stimme lag Verzweiflung. »Sie müssen ausgeschaltet werden.«

»Das werden sie«, versprach Yerli. »Ich schwöre Ihnen, die kommen nicht aus Mali raus. Jeder einzelne von denen wird zur Strecke gebracht werden. Kazim können die vielleicht hinters Licht führen, bei mir wird ihnen das nicht gelingen.«

El Haj Ali saß im Schatten seines Kamels im Sand und wartete darauf, daß ein Zug vorbeikam. Er war von seinem Heimatdorf Araouane aus mehr als 200 Kilometer weit gewandert und geritten, um das Wunder einer Eisenbahn zu erleben, von dem ihm ein Brite erzählt hat, der eine Gruppe Touristen durch die Wüste führte.

Er war gerade 14 Jahre alt geworden. Deshalb hatte ihm sein Vater die Erlaubnis gegeben, eines der beiden Kamele aus dem Familienbesitz, ein hübsches weißes Tier, zu satteln, nach Norden in Richtung der funkelnden Schienenstränge zu reisen und sich das riesige Stahlungetüm mit eigenen Augen anzuschauen. Wenn er tatsächlich eine Lokomotive sehen und vielleicht sogar anfassen könnte, würde ihn jeder Junge und jedes Mädchen im Dorf beneiden.

Er trank Tee und lutschte Süßigkeiten, während er wartete. Nachdem er drei Stunden vergeblich auf einen Zug gewartet hatte, bestieg er sein Kamel und machte sich zur Anlage von Fort Foureau auf den Weg, um seiner Familie von den riesigen Gebäuden erzählen zu können, die sich mitten in der Wüste erhoben.

Als er an dem seit langem aufgegebenen Fort der Fremdenlegion vorbei kam, das von hohen Mauern umgeben einsam und verlassen dastand, verließ er die Gleise und näherte sich neugierig dem Tor. Es war fest verschlossen. Er sprang von seinem Kamel und führte es hinter sich her um die Mauern herum, um einen anderen Eingang zu finden, doch er stieß nur auf dicken Lehm und Steine. El Haj Ali gab seine Bemühungen auf und wanderte zur Eisenbahn zurück.

Er blickte nach Westen, ganz und gar fasziniert von den silbernen Schienen, die sich in der Ferne verloren und sich in den Hitzewellen, die vom sonnendurchfluteten Sand reflektiert wurden, zu biegen schienen. Plötzlich entdeckte er einen Fleck, der größer wurde und auf ihn zukam. Das große Stahlungeheuer, dachte er aufgeregt.

Doch während der Gegenstand näher kam, erkannte er, daß er zu klein für eine Lokomotive war. Er sah aus wie ein offenes Automobil, das auf den Schienen fuhr. Ali verließ das Gleisbett und blieb neben seinem Kamel stehen, als der Wagen mit zwei Männern, die die Strecke überprüften, vor ihm anhielt.

Der eine, ein weißer Ausländer, und der andere, ein dunkelhäutiger Maure, begrüßten ihn. »Sallam al laikum.«

»Al laikum el sallam«, erwiderte Ali.

»Woher stammst du, Junge?« fragte der Maure in der Sprache der Berber.

»Aus Araouane. Ich will mir das Stahlungeheuer ansehen.«

»Du bist von weither gekommen.«

»Die Reise war leicht«, prahlte der Junge.

»Du hast ein schönes Kamel.«

»Mein Vater hat mir das beste geliehen.«

Der Maure warf einen Blick auf seine goldene Armbanduhr. »Du brauchst nicht mehr lange zu warten. Der Zug aus Mauretanien kommt in 45 Minuten.«

»Danke. Ich werde warten«, sagte Ali.

»Hast du im Fort etwas Interessantes entdeckt?«

Ali schüttelte den Kopf. »Ich bin nicht reingekommen. Das Tor ist verschlossen.«

Die beiden Gleisarbeiter sahen sich fragend an und wechselten ein paar Sätze auf französisch.

Dann fragte der Maure: »Bist du sicher? Das Fort ist immer offen. Dort bewahren wir die Ausrüstung auf, um das Schienenbett zu reparieren.«

»Ich lüge nicht. Schaut doch selbst.«

Der Maure stieg von dem Wagen herunter und ging auf die Vorderfront des Forts zu. Ein paar Minuten später kam er zurück und unterhielt sich mit dem Weißen wieder auf französisch.

»Der Junge hat recht. Das Tor ist von innen verrammelt.«

Die Miene des Franzosen wurde ernst. »Wir müssen zur Müllverbrennungsanlage weiterfahren und das melden.«

Der Maure nickte und stieg wieder auf den Wagen. Er winkte Ali zu. »Stell dich nicht zu nah an die Gleise, wenn der Zug kommt, und halte dein Kamel fest.«

Mit knatterndem Auspuff rollte der Wagen die Schienen entlang auf die Müllverbrennungsanlage zu. Ali blieb zurück, starrte dem Wagen nach, während sein Kamel stoisch den Horizont musterte und auf die Gleise spuckte.

Colonel Marcel Levant merkte, daß er den Nomadenjungen und die beiden Gleisarbeiter nicht davon abhalten konnte, die Umgebung des Forts zu inspizieren. Schweigend und drohend folgte ein Dutzend unsichtbarer Maschinenpistolen den neugierigen Eindringlingen. Levant hätte sie leicht ins Fort ziehen und erschießen lassen können, doch er besaß nicht die Kaltschnäuzigkeit, unschuldige Zivilisten umzubringen.

»Was halten Sie davon?« erkundigte sich Pembroke-Smythe, während der Wagen in Richtung Sicherheitsstation davonfuhr.

Levant musterte den Jungen und sein Kamel mit den zusammengekniffenen Augen eines Scharfschützen. Beide rasteten immer noch neben den Gleisen und warteten auf den nächsten vorbeikommenden Zug. »Wenn die beiden Massardes Männern vom Sicherheitsdienst erzählen, das Fort sei dicht, müssen wir uns darauf gefaßt machen, daß eine bewaffnete Patrouille nachsieht.«

Pembroke-Smythe blickte auf die Uhr. »Noch gut sieben Stunden bis zum Einbruch der Dunkelheit. Hoffen wir, daß sie sich Zeit lassen.«

»Irgendeine Nachricht von General Bock?« fragte Levant.

»Wir haben den Kontakt verloren. Das Funkgerät hat auf der Fahrt von Tebezza hierher ein paar Stöße abbekommen, und die Elektronik ist beschädigt worden. Wir können nicht mehr funken und der Empfang ist ganz schwach. Die letzte Meldung des Generals kam zu verstümmelt an, als daß man sie noch ordentlich hätte entziffern können. Der Funker hat nur soviel verstanden, daß es um eine Einheit der amerikanischen Special Forces ging, die sich in Mauretanien mit uns vereinigen wollte.«

Levant warf Pembroke-Smythe einen fassungslosen Blick zu. »Die Amerikaner kommen, aber nur bis Mauretanien? Mein Gott, das sind von hier aus mehr als 300 Kilometer. Wie, zum Teufel, sollen die uns nützen, wenn wir angegriffen werden, bevor wir über die Grenze entkommen sind?«

»Die Meldung war verstümmelt, Sir«, zuckte Pembroke-Smythe hilflos die Achseln. »Unser Funker hat sein Bestes versucht. Vielleicht hat er die Nachricht nicht richtig verstanden.«

»Kann er das Funkgerät irgendwie mit unserem Gefechts-Kommunikationssystem koppeln?«

Pembroke-Smythe schüttelte den Kopf. »Daran hat er auch schon gedacht. Die Systeme sind inkompatibel.«

»Wir wissen nicht einmal, ob Admiral Sandecker Pitts Code korrekt entziffert hat«, bemerkte Levant müde. »Bock könnte auch annehmen, wir bewegten uns in der Wüste im Kreis oder würden in Richtung Algerien fliehen.«

»Ich nehme immer gerne das Beste an, Sir.«

Levant ließ sich langsam zu Boden sinken und lehnte sich gegen eine Brustwehr. »Wir haben keine Chance zu entkommen. Nicht mal annähernd genug Treibstoff. Mit Sicherheit würden wir von den Maliern auf offenem Feld erwischt. Kein Kontakt zur Außenwelt. Ich fürchte, viele von uns werden in diesem Rattenloch sterben, Pembroke-Smythe.«

»Betrachten Sie's doch einfach mal von der guten Seite, Colonel. Vielleicht kommen uns die Amerikaner zu Hilfe wie die Siebente Kavallerie General Custers.«

»Oh, mein Gott«, stöhnte Levant verzweifelt. »Weshalb mußten Sie ausgerechnet *den* erwähnen?«

Giordino lag auf dem Rücken unter einem Mannschaftstransporter und baute eine Blattfeder aus, als er Pitts Stiefel und Beine sah, die in sein begrenztes Sichtfeld traten. »Wo warst du denn?« fragte er, während er eine Schraube löste.

»Ich habe mich um die Schwachen und Kranken gekümmert«, erwiderte Pitt gutgelaunt.

»Dann kümmere dich jetzt um den Bau deiner Schleuder oder wie du das Ding auch bezeichnen magst. Du kannst die Balken von der Decke des Offizierskasinos benutzen. Die sind ausgetrocknet, aber massiv.«

»Du warst fleißig.«

»Schade, daß man das von dir nicht behaupten kann«, beschwerte sich Giordino. »Mach dir lieber mal schnell ein paar Gedanken, wie du das alles zusammenbauen willst.«

Pitt stellte ein kleines Faß auf den Boden, so daß Giordino es sehen konnte. »Das Problem ist gelöst. Ich habe in der Messe ein halbes Faß Nägel gefunden.«

»In der Messe?«

»Eigentlich in einem Vorratsraum der Messe«, korrigierte Pitt sich.

Giordino zog sich unter dem Fahrzeug hervor und musterte Pitt. Er bemerkte die offenen Schnürsenkel, den halb zugeknöpften Kampfanzug und das zerzauste Haar. Schließlich stellte er mit Sarkasmus in der Stimme fest: »Ich wette, das Faß war nicht das einzige, was du dort gefunden hast.«

52

Als der Bericht der Gleisarbeiter aus Fort Foureau im Hauptquartier von Kazims Sicherheitskräften eintraf, überflog ihn Major Sid Ahmed Gowan, der Geheimdienstoffizier Kazims, und legte ihn beiseite. Gowan hielt die Information für nutzlos und ganz sicher nicht für wert, sie dem türkischen Verbindungsoffizier, Ismail Yerli, weiterzureichen.

Der Major konnte keinen Zusammenhang zwischen einem verlassenen Fort, 400 Kilometer nördlich, und den entkommenen Gefangenen erkennen. Die Gleisarbeiter, die behauptet hatten, das Fort sei von innen verrammelt, wurden schnell als unsichere Informanten abgetan, die sich bei ihren Vorgesetzten wichtig machen wollten.

Doch als die Stunden vergingen, ohne daß die UN-Einheit gesichtet wurde, nahm sich Major Gowan der Angelegenheit erneut an, und jetzt wurde er zunehmend mißtrauisch. Er war ein nachdenklicher Mann, jung und hochintelligent, der einzige Offizier in General Kazims Sicherheitsdienst, der in Frankreich studiert und die berühmte französische Militärakademie Saint Cyr durchlaufen hatte. Er sah die Möglichkeit, einen Coup zu landen, der seinem Führer gefallen und Yerli wie einen Amateur dastehen lassen würde.

Er rief den Kommandeur der malischen Luftwaffe an und bat ihn, über der Wüste südlich von Tebezza Aufklärungsflüge durchführen zu lassen, bei denen man besonderes Augenmerk auf Reifenspuren richten sollte. Als zusätzliche Sicherheitsmaßnahme riet er Fort Foureau, sämtliche Züge anzuhalten, die zur Anlage oder in die entgegengesetzte Richtung fuhren. Wenn die UN-Einheit tatsächlich die Wüste, ohne entdeckt zu werden, in Richtung Süden durchquert hatte, dann versteckte sie sich vielleicht während des Tages in dem alten Fort. Da die Truppe mit Sicherheit für ihre Fahrzeuge kaum noch Treibstoff hatte, würde sie wahrscheinlich die Dunkelheit abwarten, bevor sie versuchte, einen Zug zu kapern, der zur mauretanischen Grenze fuhr.

Gowan benötigte zur Bestätigung seiner Vermutung nur noch die Entdeckung frischer Wagenspuren, die von Tebezza auf die Eisenbahn zuliefen. Jetzt, nachdem er überzeugt war, auf der richtigen Fährte zu sein, rief er Kazim an und erläuterte seine neue Analyse der Suchoperation.

Im Fort litt man am meisten unter der Zeit. Jeder zählte die Minuten bis zur Dunkelheit. Jede Stunde, die ohne einen Angriff verging, betrachtete man als Geschenk. Gegen vier Uhr nachmittags wußte Levant, daß irgend etwas fürchterlich schief gelaufen war.

Er stand auf der Brüstung und beobachtete durch sein Fernglas die Müllentsorgungsanlage, als Pembroke-Smythe mit Pitt im Schlepptau auftauchte.

»Sie haben nach mir geschickt, Colonel?« fragte Pitt.

Ohne das Fernglas abzusetzen, antwortete Levant: »Als Sie und Mr. Giordino in die Müllentsorgungsanlage eingedrungen sind, haben Sie da zufällig die Fahrtzeiten der Züge verfolgt?«

»Ja, die einfahrenden und ausfahrenden Züge wechselten sich ab. Ein Zug kam drei Stunden nach der Abfahrt eines anderen an.«

Levant setzte das Fernglas ab und sah Pitt an. »Was halten Sie davon, daß seit viereinhalb Stunden kein Zug mehr aufgetaucht ist?«

»Schwierigkeiten mit dem Schienenstrang, Entgleisung, defekter Wagen. Es gibt jede Menge Gründe für eine Verspätung.«

»Halten Sie das für wahrscheinlich?«

»Nein.«

»Was vermuten Sie also?« beharrte Levant.

Pitt musterte den verlassenen Schienenstrang, der vor dem alten Fort vorbeilief. »Wenn ich ein Jahresgehalt verwetten müßte, dann würde ich darauf setzen, daß die uns auf die Schliche gekommen sind.«

»Sie halten es für möglich, daß die Züge angehalten wurden, um unsere Flucht zu vereiteln?«

Pitt nickte. »Es steht zu befürchten, daß Kazim erkannt haben könnte, daß wir einen Zug entführen wollen, wenn er dahintergekommen ist, in welche Richtung wir geflohen sind, und seine Suchpatrouillen unsere Wagenspuren in südlicher Richtung zur Eisenbahn entdeckt haben.«

»Die Malier sind gerissener, als ich dachte«, gab Levant zu. »Jetzt sitzen wir in der Falle, ohne General Bock über unsere Lage berichten zu können.«

Pembroke-Smythe räusperte sich. »Wenn ich einen Vorschlag machen dürfte, Sir. Ich würde mich gerne freiwillig melden und den Versuch wagen, mich bis zur Grenze durchzuschlagen, um mit den amerikanischen Special Forces Kontakt aufzunehmen und sie hierher zu führen.«

Levant musterte ihn einen Moment lang ernst. »Das wäre im allerbesten Falle ein Himmelfahrtskommando.«

»Es könnte die einzige Chance sein, überhaupt jemanden hier herauszubringen. Wenn ich das schnellste Fahrzeug nehme, könnte ich innerhalb von sechs Stunden über die Grenze sein.«

»Sie sind ein Optimist, Captain«, korrigierte ihn Pitt. »Ich habe diesen Teil der Wüste durchquert. Während Sie gerade schnell über eine scheinbar flache Ebene fahren, stürzen Sie im nächsten Augenblick in eine zwanzig Meter tiefe Schlucht. Und es gibt keine Möglichkeit, durch die Dünen zu fahren, wenn Sie es eilig haben. Sie können von Glück sagen, wenn Sie am späten Morgen Mauretanien erreichen.«

»Ich beabsichtige, Luftlinie zu fahren und der Bahn zu folgen.«

»Damit verraten Sie sich todsicher. Kazims Patrouillen werden über Sie herfallen, noch bevor Sie fünfzig Kilometer weit gekommen sind – wenn sie nicht überhaupt schon die Gleise blockiert haben.«

»Vergessen Sie nicht unseren Treibstoffmangel?« fügte Levant hinzu. »Unser Benzin reicht nicht einmal für ein Drittel der Strecke.«

»Wir können den restlichen Treibstoff aus den Tanks der Mannschaftstransporter abzapfen«, erklärte Pembroke-Smythe hartnäckig.

»Ein ziemlich riskantes Unternehmen«, meinte Pitt.

Pembroke-Smythe zuckte die Achseln. »Ohne Risiko ist jede Reise langweilig.«

»Sie können nicht alleine fahren«, sagte Levant.

»Sie brauchen einen Mitfahrer und Navigator«, riet Pitt.

»Ich habe nicht die Absicht, das allein zu versuchen«, stellte Pembroke-Smythe klar.

»Und wen haben Sie ausgewählt?« fragte Levant.

Pembroke-Smythe lächelte und sah den hochgewachsenen Mann von der NUMA an. »Entweder Mr. Pitt oder seinen Freund Giordino, denn die haben den Crash-Kurs im Überleben in der Wüste bereits hinter sich.«

»Ein Zivilist würde Ihnen bei einem Gefecht mit Kazims Patrouillen wenig nützen«, warnte Levant.

»Ich habe vor, das Gewicht des Buggys dadurch zu vermindern, daß die gesamte Panzerung und Bewaffnung abgebaut wird. Wir nehmen nur Ersatzreifen, Werkzeuge und Wasser für die nächsten 24 Stunden mit. Handwaffen genügen.«

Levant prüfte Pembroke-Smythes verrückten Plan mit der ihm eigenen methodischen Gründlichkeit. Dann nickte er. »Gut, Captain. Legen Sie mit dem Buggy los.«

»Jawohl, Sir.«

»Allerdings gibt's da noch etwas.«

»Sir?«

»Tut mir leid, daß ich Ihnen einen Strich durch die Rechnung machen muß, aber als mein Stellvertreter benötige ich Ihre Dienste hier. Sie werden jemand anderen losschicken müssen. Ich schlage vor, Lieutenant Steinholm. Wenn ich mich recht erinnere, ist er früher einmal bei der Rallye Monte Carlo mitgefahren.«

Pembroke-Smythe versuchte nicht, seine Enttäuschung zu verbergen. Er wollte etwas sagen, salutierte statt dessen und kletterte ohne ein Wort des Protestes zu äußern die Leiter zum Exerzierfeld hinunter.

Levant sah Pitt an. »Sie müssen sich freiwillig melden, Mr. Pitt. Ich habe nicht die Autorität, Ihnen das Mitfahren zu befehlen.«

»Colonel«, erwiderte Pitt mit einem dünnen Grinsen, »ich bin in der vergangenen Woche durch die ganze Sahara gejagt worden und fast verdurstet. Man hat auf mich geschossen, ich wurde gekocht wie ein Hummer und von jedem Schweinehund, der mir begegnet ist, gefesselt. Hier bin ich und hier bleibe ich. Al Giordino wird mit Lieutenant Steinholm fahren.«

Levant lächelte. »Sie sind ein Schwindler, Mr. Pitt. Ein lupenreiner Schwindler. Sie wissen ebenso gut wie ich, daß es den sicheren Tod bedeutet hierzubleiben. Wenn Sie Ihrem Freund die Chance geben, Ihren Platz einzunehmen, dann ist das eine noble Geste. Sie haben meinen tiefsten Respekt.«

»Von noblen Gesten halte ich wenig. Ich habe nur etwas dagegen, eine Sache unerledigt zu lassen.«

Levant blickte nach unten auf die seltsame Maschine, die im Schutz einer Mauer langsam Gestalt annahm. »Sie meinen Ihr Katapult?«

»Eigentlich ist es eine Art Bogen.«

»Glauben Sie wirklich, daß das bei Panzerfahrzeugen wirkt?«

»Oh, das Katapult wird schon funktionieren«, erwiderte Pitt im Brustton der Überzeugung. »Die Frage ist nur, wie gut.«

Kurz nach Sonnenuntergang wurden die Sandsäcke und behelfsmäßigen Barrikaden vom Haupttor weggeräumt und die massiven Torflügel geöffnet. Lieutenant Steinholm, ein großer, blonder, attraktiver Österreicher, schnallte sich hinter dem Steuer an und bekam von Pembroke-Smythe die letzten Instruktionen.

Giordino stand neben dem Buggy, bei dem alle entbehrlichen Teile ausgebaut worden waren, und nahm ruhig von Eva und Pitt Abschied. »Bis dann, alter Freund«, sagte er zu Pitt und zwang sich zu einem Lächeln. »Ist nicht fair von mir, an deiner Stelle zu fahren.«

Pitt umarmte Giordino kurz. »Paß auf die Schlaglöcher auf.«

»Steinholm und ich werden gegen Mittag mit Pizza und Bier zurück sein.«

Die Worte waren bedeutungslos. Keiner der Männer hegte den geringsten Zweifel, daß um die Mittagszeit des nächsten Tages das Fort und jeder, der sich darin aufhielt, nur noch Erinnerung waren.

»Ich stelle eine Kerze ins Fenster«, versprach Pitt.

Eva gab Giordino einen leichten Kuß auf die Wange und reichte ihm ein kleines, in Plastikpapier eingewickeltes Paket. »Etwas zu essen für die Reise.«

»Danke.« Giordino wandte sich ab, damit sie die Tränen in seinen Augen nicht sahen, und kletterte in den Buggy. »Vollgas«, sagte er zu Steinholm.

Der Lieutenant nickte, legte den Gang ein und trat aufs Gaspedal.

Der Buggy schoß durchs offene Tor und fuhr röhrend auf das verblassende Orange des Himmels im Westen zu. Seine Hinterräder wirbelten hohe Staubwolken auf.

Giordino drehte sich auf seinem Sitz um und schaute zurück. Pitt stand vor dem Tor, den Arm um Evas Hüfte gelegt. Er winkte zum Abschied. Giordino konnte noch Pitts grimmiges Lächeln aufblitzen sehen, bevor ihm der Staub jegliche Sicht nahm.

Lange blickte die ganze Einheit dem davonrasenden Buggy nach. Ihre Gefühle reichten von müder Sorge bis zu resignierter Akzeptanz. Alle Hoffnung auf ein Überleben begleitete Giordino und Steinholm. Dann gab Levant mit ruhiger Stimme einen Befehl, die Soldaten schlossen und verrammelten zum letztenmal den Eingang.

Major Gowan erhielt die Meldung, auf die er gewartet hatte, von einer Hubschrauberbesatzung, die die Reifenspuren von Levants Konvoi bis zur Bahnstrecke verfolgt hatte. Dort hatten sich die Spuren verloren. Weitere Aufklärungsflüge wurden wegen der Dunkelheit abgesagt. Die wenigen Flugzeuge der malischen Luftwaffe, die mit Nachtsichtgeräten ausgestattet waren, konnten wegen technischer Defekte nicht starten. Doch Gowan benötigte keine weiteren Aufklärungseinheiten mehr. Er wußte, wo sich das Wild versteckt hielt. Er nahm mit Kazim Kontakt auf und bekräftigte seine ursprüngliche Lageeinschätzung. Sein erfreuter Vorgesetzter beförderte ihn auf der Stelle zum Colonel und versprach ihm einen Verdienstorden.

Gowans Beteiligung an der Operation war damit beendet. Er zündete sich eine Zigarre an, legte die Füße auf den Schreibtisch und goß sich ein Glas Remy Martin ein. Den Cognac bewahrte er für besondere Gelegenheiten in seinem Schreibtisch auf. Und dies hier war tatsächlich etwas Besonderes.

Unglücklicherweise für seinen Oberkommandierenden, General Kazim, standen die besonderen Talente Gowans, Auffassungsvermögen und Kombinationsgabe, für den Rest der Operation nicht mehr zur Verfügung. Gerade als Kazim den Chef seines Geheimdienstes am dringendsten gebraucht hätte, war der frischgebackene Colonel in seine Villa am Niger zurückgekehrt, um mit seiner französischen Freundin zu feiern. Den Sturm, der sich über der Wüste im Westen zusammenbraute, bekam er gar nicht mit.

Massarde hing am Telefon und lauschte dem jüngsten Bericht Yerlis über den Fortgang der Suchoperation. »Wie lauten die letzten Meldungen?« erkundigte er sich besorgt.

»Wir haben sie«, stellte Yerli triumphierend fest und tat so, als habe er Major Gowans Weitsicht besessen. »Die haben gedacht, sie könnten uns dadurch an der Nase rumführen, daß sie in die entgegengesetzte Richtung, ins Landesinnere, fliehen. Doch mich haben sie nicht getäuscht. Sie sitzen in einem verlassenen Fort der Fremdenlegion in der Falle, ganz in Ihrer Nähe.«

»Ich bin froh, das zu hören«, erwiderte Massarde und stieß einen Seufzer der Erleichterung aus. »Wie sieht Kazims Planung aus?«

»Zunächst will er sie auffordern, sich zu ergeben.«

»Und wenn sie der Aufforderung Folge leisten?«

»Dann wird er die Soldaten und Offiziere wegen illegalen Eindringens in das Land vor Gericht stellen. Nach ihrer Verurteilung sollen sie als Geiseln dienen, um von den Vereinten Nationen Entwicklungshilfe zu erpressen. Die Gefangenen von Tebezza werden in die Verhörzellen verfrachtet, wo man sich entsprechend um sie kümmern wird.«

»Nein«, sagte Massarde. »Die einzige Lösung liegt darin, sie alle zu vernichten, und das schnell. Wir können uns keine weiteren Komplikationen mehr leisten. Ich bestehe darauf, daß Sie Kazim dazu überreden, die Sache sofort zu beenden.«

Das Verlangen kam so überzeugend, so abrupt, daß es Yerli die Sprache verschlug. »In Ordnung...« sagte er schließlich zögernd. »Ich werde mein Bestes tun, Kazim davon zu überzeugen, daß im Morgengrauen die Jäger, gefolgt von Hubschraubereinheiten, angreifen müssen. Glücklicherweise befinden sich drei Infanteriekompanien und vier schwere Panzer in der Nähe, die auf einem Manöver waren.«

»Kann er das Fort heute nacht angreifen?«

»Er braucht Zeit, um seine Truppen zu sammeln und den Angriff zu koordinieren. Das ist vor dem frühen Morgen nicht möglich.«

»Achten Sie nur darauf, daß Kazim alles Notwendige unternimmt, damit Pitt und Giordino nicht wieder entkommen.«

»Genau aus diesem Grund habe ich vorsichtshalber sämtliche Züge von und nach Mauretanien gestoppt«, log Yerli.

»Wo befinden Sie sich jetzt?«

»In Gao. Gleich gehe ich an Bord des Kommandoflugzeugs, das Sie Kazim großzügigerweise zum Geschenk gemacht haben. Er will persönlich den Angriff leiten.«

»Ich erinnere Sie noch einmal, Yerli«. sagte Massarde so geduldig wie möglich, »keine Gefangenen.«

53

Sie kamen kurz nach sechs Uhr morgens. Die Soldaten der UN-Einheit waren todmüde, nachdem sie unter dem Fundament der Wälle tiefe Gräben ausgeschachtet hatten, doch sie waren in Alarmbereitschaft und fest entschlossen, Widerstand zu leisten. Die meisten hatten sich vor dem erwarteten Luftangriff wie die Maulwürfe in ihre Löcher verkrochen. Tief im unterirdischen Arsenal hatten die Sanitäter ein Feldlazarett eingerichtet, während die französischen Ingenieure und ihre Familien sich unter alten Holztischen und Möbelstücken, die Schutz vor herabfallenden Steinen und Mörtelstücken bieten sollten, auf dem Boden zusammendrängten. Nur Levant, Pembroke-Smythe und die Bedienungsmannschaft der Vulcan, die aus dem Buggy ausgebaut worden war, blieben auf der Mauer des Forts. Allein die Brustwehr und einige hastig aufgestapelte Sandsäcke boten den Männern Schutz.

Die angreifenden Flugzeuge waren zu hören, bevor man sie sehen konnte. Es wurde Alarm geschlagen.

Pitt ging nicht in Deckung, sondern war fieberhaft dabei, an seinem Katapult letzte Einstellungen vorzunehmen. Die Lastwagenfedern, die in einem Gewirr dicker Balken montiert waren, wurden durch die Hydraulik des alten Gabelstaplers gespannt, den sie bei den Ersatzteilen für die Bahnlinie gefunden hatten. Ein halbvolles Faß Dieselöl, dessen obere Hälfte perforiert war, lag auf einem ausgehöhlten Brett, das in steilem Winkel in den Himmel ragte und auf der rückwärtigen Seite von den Blattfedern angezogen wurde. Levants Männer, die Pitt geholfen hatten, die primitive Konstruktion zusammenzubauen, fragten sich, ob das Ölfaß tatsächlich über die Mauer katapultiert werden konnte, oder ob es im Innern des Forts zersplittern und jeden auf dem Exerzierplatz in eine lebendige Fackel verwandeln würde.

Levant kniete hinter der Brüstung, seinen Rücken geschützt durch einen Stapel Sandsäcke, und spähte in den wolkenlosen Himmel. Er entdeckte die Flugzeuge und beobachtete sie mit seinem Feldstecher, als sie drei Kilometer südlich des Forts in nur 500 Meter Höhe zu kreisen begannen. Ihm fiel sofort auf, daß sie sich offensichtlich keinerlei Sorgen über Boden-Luft-Raketen machten. Sie schienen völlig sicher zu sein, daß das Fort nicht die geringsten Möglichkeiten zur Luftverteidigung hatte.

Wie so viele Militärdiktatoren der Dritten Welt, die Glanz praktischen Lösungen vorzogen, hatte Kazim die Mirage-Jäger von den Franzosen eher aus Prestigegründen gekauft als mit der Absicht, sie im Kampf einzusetzen. Da von den schwächeren Nachbarländern keine Bedrohung ausging, dienten Kazims Luft- und Bodenstreitkräfte der Pflege seines Ego und der Möglichkeit, potentiellen Revolutionären Angst einzuflößen.

Die malische Angriffstruppe wurde von einer kleinen Flotte leichtbewaffneter Hubschrauber unterstützt, deren einzige Aufgabe darin bestand, Aufklärungsflüge durchzuführen und Truppen zu transportieren. Nur die Jäger mit ihren Raketen waren in der Lage, schwere Panzer oder befestigte Stellungen auszuschalten. Doch anders als bei den neueren lasergesteuerten Bomben, mußten die malischen Piloten ihre veralteten taktischen Raketen manuell ins Ziel steuern.

Levant sprach in das Mikrophon, das an seinem Helm befestigt war: »Captain Pembroke-Smythe, die Bedienungsmannschaft der Vulcan soll sich bereit machen.«

»Madeleine feuerbereit«, bestätigte Pembroke-Smythe vom Geschützstand auf der gegenüberliegenden Mauer aus.

»Madeleine?«

»Die Bedienungsmannschaft hat die Kanone regelrecht liebgewonnen, Sir, und sie nach einem Mädchen benannt, dessen Gunst die Männer in Algier genossen haben.«

»Passen Sie bloß auf, daß Madeleine keine Zicken macht und Ladehemmung hat.«

»Jawohl, Sir.«

»Lassen Sie die erste Maschine angreifen«, befahl Levant. »Dann nehmen Sie sie, wenn sie abdreht, von hinten unter Feuer. Wenn Ihre Zeiteinteilung stimmt, dann müßten Sie rechtzeitig die Kanone herumschwenken und die zweite Maschine unter Beschuß nehmen können, bevor sie ihre Raketen abfeuern kann.«

»In Ordnung, Sir.«

Unmittelbar nachdem Pembroke-Smythe geantwortet hatte, verließ die führende Mirage die Formation, ging auf eine Höhe von 75 Meter hinunter und griff schnurgerade an. Der Pilot war nicht besonders gut. Er feuerte seine beiden Raketen zu spät ab.

Angetrieben von einem einstufigen Feststoff-Raketenmotor, zischte die erste Rakete über das Fort hinweg und detonierte jenseits des Forts harmlos im Sand. Die zweite Rakete traf die nördliche Brüstung, explodierte, riß eine zwei Meter tiefe Bresche in die Mauer und ließ einen Regen von Gesteinssplittern über dem Exerzierplatz niedergehen.

Die Bedienungsmannschaft der Vulcan folgte dem tieffliegenden Jet und eröffnete das Feuer im selben Augenblick, als die Maschine das Fort überflog. Die Schußfolge der Gatlingkanone mit ihren sechs rotierenden Läufen war auf 1000 Schuß statt der normalen 2000 pro Minute reduziert worden, um Munition zu sparen. Ein Hagel von 20-Millimeter-Granaten fraß sich in das Flugzeug, das gerade abdrehte. Eine Tragfläche löste sich, wie mit dem Skalpell eines Chirurgen sauber abgetrennt. Die Mirage wirbelte durch die Luft und bohrte sich in den Sand.

Schon vor dem Aufschlag war Madeleine um 180 Grad herumgeschwungen worden und eröffnete erneut das Feuer. Der Geschoßhagel traf die zweite Maschine im Anflug. Der Jäger explodierte in einem Feuerball und einer schwarzen Wolke und löste sich buchstäblich in Luft auf. Einzelne Trümmer trafen die Außenmauern des Forts.

Der nächste Jäger feuerte seine Raketen voller Panik viel zu früh ab und drehte um. Amüsiert beobachtete Levant, wie die zwei Raketen 200 Meter vor dem Fort einschlugen und Krater aufwarfen. Die jetzt führerlose Staffel brach den Angriff ab und kreiste außer Reichweite, in sicherer Entfernung.

»Gut geschossen«, beglückwünschte Levant die Bedienungsmannschaft der Vulcan. »Jetzt wissen sie, daß wir noch Zähne haben, und werden ihre Raketen aus größerer Entfernung mit verminderter Zielgenauigkeit abfeuern.«

»Nur noch 600 Schuß«, meldete Pembroke-Smythe.

»Sparen Sie die auf, und lassen Sie die Männer in Deckung gehen. Wir gönnen den Jägern ein bißchen Ruhe. Früher oder später werden sie unvorsichtig und kommen wieder näher heran.«

Erregt hatte Kazim die per Bordfunk übertragenen, aufgeregten, gegenseitigen Zurufe der Piloten vernommen und den ersten Mißerfolg, der über ein Video-Telefotosystem übertragen wurde, auf einem Monitor im Kommandostand miterlebt. Nach dem ersten Einsatz gegen einen Feind, der tatsächlich zurückschoß, war die Selbstsicherheit der Piloten stark angeschlagen. Jetzt meldeten sie sich wie verängstigte Kinder über Funk und baten um Befehle.

Mit vor Wut hochrotem Gesicht betrat Kazim den Funkraum und schrie ins Mikrophon: »Feiglinge! Hier ist General Kazim. Ihr Piloten seid meine rechte Hand. Angriff, Angriff! Jeder Mann, der keinen Mut beweist, wird nach der Landung erschossen. Seine Familie landet im Gefängnis.«

Schlecht ausgebildet und mit übersteigertem Selbstbewußtsein, waren die Piloten der malischen Luftwaffe eher daran gewöhnt, durch die Straßen zu stolzieren und hübschen Mädchen nachzustellen, als einen Feind zu bekämpfen und zur Strecke zu bringen.

Durch Kazims Worte erschüttert – seinen Zorn fürchteten sie mehr als den Granatbeschuß, der den Staffelführer und seinen Flügelmann vom Himmel gefegt hatte –, griffen sie zögernd wieder an und näherten sich den noch weitgehend unbeschädigten Mauern des Forts.

Levant blieb auf dem Wall stehen, als sei er unverwundbar, und beobachtete den Angriff mit der Ruhe eines Zuschauers bei einem Tennismatch. Die beiden ersten Jäger zündeten ihre Raketen und drehten scharf ab, bevor sie zu nahe kamen. Sämtliche Raketen gingen über das Fort hinweg und explodierten auf der anderen Seite der Bahnlinie.

Jetzt griffen sie von allen Seiten mit wilden, unberechenbaren

Manövern an. Als das Feuer nicht erwidert wurde, kamen die Angriffe gezielter. Das Fort mußte nun schwere Treffer hinnehmen. Klaffende Löcher zeigten sich im Gemäuer, Wände stürzten ein.

Dann, es war genau, wie Levant vorausgesagt hatte, wurden die malischen Piloten zu selbstsicher und kühn und kamen wieder näher heran, bevor sie ihre Raketen abfeuerten. Er erhob sich in seinem kleinen Befehlsstand und klopfte sich den Staub vom Kampfanzug.

»Captain Pembroke-Smythe, hatten Sie Verluste?«

»Nein, Sir.«

»Zeit für Madeleine und ihre Freunde, sich den Sold zu verdienen.«

»Kanone bemannt, Sir.«

»Wenn Sie überlegt vorgehen, bleiben Ihnen genug Schuß Munition, um zwei weitere von diesen Schweinehunden runterzuholen.«

Die Aufgabe wurde dadurch erleichtert, daß zwei Flugzeuge im Formationsflug nebeneinander angriffen. Die Vulcan schwang herum, nahm das Ziel auf und eröffnete das Feuer. Zuerst sah es so aus, als hätten die Kanoniere gefehlt. Dann ging die Mirage an Steuerbord in Rauch und Flammen auf. Das Flugzeug explodierte nicht, und der Pilot schien auch nicht die Kontrolle über seine Maschine zu verlieren. Die Nase senkte sich nur etwas und der Jäger ging in einen Sinkflug, bis er im Sand aufschlug.

Madeleine wurde backbord auf den Jäger gerichtet und eröffnete das Feuer wie ein kreischendes Ungeheuer. Sekunden später, die letzten Granaten hatten die rotierenden Läufe verlassen, schwieg das Geschütz unvermittelt.

Seltsamerweise war auch diesmal kein Rauch oder Feuer zu sehen. Die zweite Mirage setzte auf, prallte einmal vom Boden ab, krachte gegen die Ostmauer und explodierte unter Donnergetöse. Steine und brennende Wrackteile flogen auf den Exerzierplatz und brachten das Offiziersquartier zum Einsturz. Die Detonation ließ das gesamte Fort erzittern.

Pitt wurde herumgewirbelt, die Druckwelle warf ihn um, der Himmel stürzte ein. Er keuchte, ihm war, als versuche er, in einem Vakuum nach Luft zu schnappen.

Er stemmte sich auf die Knie, und der aufgewirbelte Staub im Innern des Forts ließ ihn husten. Seine erste Sorge galt dem Katapult. Doch das stand unversehrt inmitten der Staubwolke. Dann bemerkte er eine Gestalt, die neben ihm auf dem Boden lag.

»Mein . . . Gott!« stieß der Mann krächzend hervor.

Erst jetzt erkannte Pitt Pembroke-Smythe, der von der Gewalt der Explosion von der Brüstung gefegt worden war. Er kroch zu ihm und sah ein Paar geschlossene Augen vor sich. Nur die pochende Halsschlagader verriet, daß der Captain noch lebte.

»Wie schwer sind Sie verwundet?« fragte Pitt, dem nichts Besseres einfiel.

»Die Luft ist weg, und mein Rücken ist im Arsch«, stieß Pembroke-Smythe mit zusammengebissenen Zähnen hervor.

Pitt sah zu dem Teil der Brüstung hoch, der zerstört worden war. »Ein ziemlicher Sturz. Ich sehe kein Blut und kann auch keine gebrochenen Knochen erkennen. Können Sie Ihre Beine bewegen?«

Pembroke-Smythe winkelte mühsam die Knie an und bewegte die Füße in den Stiefeln. »Zumindest hat das Rückgrat gehalten.« Dann hob er eine Hand und deutete an Pitt vorbei über den Exerzierplatz. Der Staub legte sich allmählich, und hilflos starrte er auf einen riesigen Erdhaufen, der etliche seiner Männer verschüttet hatte. »Grabt die armen Kerle aus!« rief er. »Um Gottes Willen, grabt sie aus!«

Pitt fuhr herum und starrte auf die geborstene und eingestürzte Mauer. Das einstmals massive Bollwerk aus Mörtel und Steinen war nichts als ein einziger Trümmerhaufen. Pitt kroch ein eisiger Schauer über den Rücken, als er erkannte, daß man die Männer, sollten überhaupt noch welche leben, nur mit schwerem Gerät würde ausgraben können.

Bevor er etwas unternehmen konnte, traf eine weitere Raketensalve das Fort und legte die Messe in Schutt und Asche. Die Deckenbalken standen kurz darauf in Flammen, und in der Morgenhitze stieg eine Rauchwolke langsam nach oben. Die Wände sahen aus, als habe ein Riese sie mit dem Abbruchhammer bearbeitet. Die Nordwand hatte am wenigsten abbekommen, seltsamerweise war das Tor vollkommen ganz geblieben. Doch die übrigen Wände waren schwer beschädigt und an verschiedenen Stellen Breschen in die Brüstung geschlagen worden.

Nachdem sie vier Flugzeuge verloren, keine Raketen und nur noch wenig Treibstoff hatten, sammelten sich die restlichen Jäger und nahmen Kurs auf ihren Stützpunkt im Süden. Die überlebenden UN-Soldaten krochen aus ihren Unterständen wie Tote aus einem Grab und fingen fieberhaft an, ihre Kameraden auszugraben. Trotz der verzweifelten Bemühungen bestand nicht die geringste Chancc, mit bloßen Händen auch nur einen der Verschütteten zu bergen.

Levant kam vom Wall herunter und rief ihnen Befehle zu. Verwundete wurden in die Sicherheit des Arsenals geschickt oder getragen, wo die Sanitäter bereits auf sie warteten. Eva und die anderen Frauen, die sich als Krankenschwestern betätigten, halfen ihnen.

Die Männer und Frauen blickten qualvoll, als Levant ihnen befahl, die Ausgrabungen unter der Mauer einzustellen und statt dessen die schlimmsten Breschen zu stopfen. Levant teilte ihren Schmerz, doch er war für die Überlebenden verantwortlich. Für die Toten konnte nichts mehr getan werden.

Mit schmerzverzerrtem Gesicht humpelte Pembroke-Smythe im Fort herum, notierte die Verluste und ermunterte die Männer. Trotz der Toten und des Schreckens ringsumher versuchte er, sie mit Scherzen auf die kommende Feuerprobe vorzubereiten.

Er zählte sechs Tote und drei Schwerverwundete mit Knochenbrüchen durch umherfliegende Trümmer. Sieben weitere Mitglieder der Truppe besetzten ihre Posten wieder, nachdem diverse Schnitt- und Schürfwunden versorgt und verbunden waren. Es hätte schlimmer sein können, sagte sich Colonel Levant, als er die Lage überblickte. Doch ihm war klar, daß es sich bei den Luftangriffen nur um den Anfang handelte. Nach einer kurzen Unterbrechung begann der zweite Akt mit einem Raketentreffer. Das Geschoß stammte von einem der vier Panzer und wurde von Süden her aus 2000 Meter Entfernung abgefeuert. Dann schlugen in schneller Folge drei weitere ferngesteuerte Raketen im Fort ein.

Levant erklomm schnell den Trümmerhaufen, der einstmals eine Mauer gewesen war und richtete sein Fernglas auf die Panzer. »Französische AMX-30 nehmen uns mit SS-11-Raketen unter Beschuß«, meldete er ruhig an Pitt und Pembroke-Smythe weiter. »Die sollen uns noch ein bißchen sturmreif schießen, bevor die Infanterie anrückt.«

Pitt sah sich im zerstörten Fort um. »Da ist nicht mehr viel zum Sturmreifschießen da«, murmelte er trocken.

Levant ließ das Fernglas sinken und wandte sich an Pembroke-Smythe, der gekrümmt dastand.

»Geben Sie Befehl, daß bis auf einen Ausguck jeder im Arsenal Deckung sucht. Dort warten wir, bis der Sturm vorüber ist.«

»Und wenn die Panzer ans Tor klopfen?« fragte Pitt.

»Dann kommt es auf Ihr Katapult an, stimmt's?« stellte Pembroke-Smythe niedergeschlagen fest. »Das ist alles, was wir gegen die verdammten Panzer einsetzen können.«

Pitt grinste grimmig. »Sieht so aus, als müßte ich Sie erst noch überzeugen, Captain.«

Pitt war stolz auf sein schauspielerisches Talent. Elegant verbarg er seine Befürchtungen. Er hatte nicht die leiseste Ahnung, ob seine mittelalterliche Panzerabwehrwaffe tatsächlich funktionieren würde.

54

Vierhundert Kilometer weiter westlich brach in absoluter Stille die Morgendämmerung herein; kein Windhauch rührte sich über der öden, eintönigen und trostlosen Sandwüste. Das einzige Geräusch stammte vom Auspuff des Buggys, der wie ein schwarzer Käfer am Meeresstrand durch die Wüste kroch.

Giordino warf einen Blick auf den Bordcomputer. Zweimal hatten sie einen Umweg von 20 Kilometern in Kauf nehmen müssen, bevor sie die angepeilte Richtung wiederaufnehmen konnten.

Die Digitalanzeige auf dem kleinen Bildschirm verriet Giordino, daß Steinholm und er fast zwölf Stunden gebraucht hatten, um die 400 Kilometer zwischen Fort Foureau und der Grenze Mauretaniens zurückzulegen. Der Umstand, daß sie sich weit von der Bahnlinie entfernt halten mußten, hatte sie viel Zeit gekostet. Doch auf den beiden Männern lastete eine zu große Verantwortung, als daß sie das Risiko hätten in Kauf nehmen können, dem Militär, das an den Gleisen patrouillierte, in die Hände zu fallen oder von malischen Jägern über den Haufen geschossen zu werden.

Das letzte Drittel der Reise ging über harten Untergrund, unterbrochen nur von vereinzelten großen Steinen, blankgescheuert von

Sandkörnern, die der Wind vor sich herwehte. Die Steine hatten Murmel- bis Fußballgröße und erschwerten das Fahren entsetzlich, doch keiner der beiden dachte daran, die Geschwindigkeit zu reduzieren. Mit konstanten 90 Stundenkilometern holperten sie dahin und ertrugen die durchschüttelnde, knochenbrecherische Fahrt mit stoischer Entschlossenheit.

Steinholm und Giordino wußten nur zu gut, daß, wenn es überhaupt Hoffnung für sie alle geben konnte, sie unbedingt die amerikanischen Special Forces finden mußten. Und das schnell, wenn ein Einsatz die Eingeschlossenen retten sollte, bevor Kazim jeden im Fort massakrieren würde. Giordino dachte an sein Versprechen, bis zur Mittagszeit zurück zu sein. Wahrlich schlechte Aussichten.

»Wie weit noch bis zur Grenze?« fragte Steinholm auf englisch mit einem Akzent wie Arnold Schwarzenegger.

»Keine Ahnung«, erwiderte Giordino. »Hier in der Wüste werden keine Grenzpfähle aufgestellt. Soweit ich weiß, haben wir sie bereits hinter uns gelassen.«

»Wenigstens ist es jetzt hell genug, um zu sehen, wohin wir fahren.«

»Das erleichtert den Maliern auch, uns zu entdecken.«

»Ich bin dafür, wir halten uns nördlich auf die Eisenbahn hin zu«, sagte Steinholm. »Die Tankanzeige steht fast auf Null. Noch dreißig Kilometer, und wir müssen laufen.«

»In Ordnung. Sie haben mich überzeugt.« Giordino warf noch einen prüfenden Blick auf den Computer und deutete dann auf den Kompaß, der auf dem Armaturenbrett montiert war. »Kurs 50 Grad Nordwest, und bleiben Sie auf einem Diagonalkurs, bis wir auf die Gleise stoßen. Das sind noch ein paar Kilometer – nur für den Fall, daß wir Mauretanien noch nicht erreicht haben.«

»Der Augenblick der Wahrheit«, erwiderte Steinholm lächelnd. Er trat das Gaspedal bis zum Anschlag durch. Die Reifen schleuderten Steine und Sand hoch und zogen eine Staubwolke hinter sich her. Gleichzeitig schlug er das Steuer ein, so daß der Buggy jetzt quer durch die Wüste auf Massardes Eisenbahn zuraste.

Die Jäger kehrten um elf Uhr zurück und verwüsteten das bereits schwer angeschlagene Fort weiter mit ihren Raketen. Nachdem sie ihre Angriffe geflogen hatten, nahmen die vier Panzer den Beschuß wieder auf. Als sich die Bodentruppen Kazims bis auf 300 Meter näherten und die Ruinen mit Mörsern und Gewehren unter Dauerfeuer nahmen, kam es den Verteidigern vor, als hörten Donner und Zerstörung überhaupt nicht mehr auf.

General Kazims Kommandoflugzeug war auf einem nahegelegenen ausgetrockneten See gelandet. Kazim kam in Begleitung seines Stabschefs, Colonel Sghir Cheik, und Ismail Yerlis und wurde von Captain Batutta erwartet. Der Captain begleitete sie zu einem Stabsfahrzeug mit Allradantrieb und fuhr sie sofort zum hastig errichteten Befehlsstand seines Kommandeurs, Colonel Nouhoum Mansa, der vortrat und sie begrüßte.

»Sie haben sie vollständig umzingelt?« wollte Kazim wissen.

»Ja, General«, erwiderte Mansa eilfertig. »Mein Plan sieht vor, den Belagerungsring um das Fort langsam zuzuziehen, um dann anzugreifen.«

»Haben Sie versucht, die UN-Einheit zur Übergabe zu bewegen?«

»Viermal. Jedesmal wurde unser Ansinnen von ihrem Anführer, Colonel Levant, glatt abgelehnt.«

Kazim lächelte zynisch. »Da sie darauf bestehen zu sterben, werden wir ihnen dabei behilflich sein.«

»Viele können nicht mehr übrig sein«, bemerkte Yerli, als er durch ein Scherenfernrohr blickte. »Die Anlage ist zerlöchert wie ein Sieb. Die müssen alle unter dem Geröll der eingestürzten Mauern begraben worden sein.«

»Meine Männer wollen unbedingt kämpfen«, erklärte Mansa. »Sie wollen ihrem geliebten Führer zeigen, was sie können.«

Kazim wirkte geschmeichelt. »Und dazu werden sie Gelegenheit bekommen. Geben Sie Befehl, das Fort in einer Stunde anzugreifen.«

Es hämmerte pausenlos weiter. Unten im Arsenal, das jetzt mit 60 Soldaten und Zivilisten gerammelt voll war, lösten sich die ersten Steine aus der Bogendecke und fielen herab. Der Mörtel war durch den dauernden Beschuß mürbe geworden.

Eva kauerte in der Nähe der Treppe und verband gerade eine Soldatin, als eine Mörsergranate genau am oberen Eingang detonierte. Die Soldatin wurde von ihrem Körper geschützt, Eva jedoch von den vom Explosionsdruck fortgeschleuderten Steinen im Rücken getroffen. Sie verlor das Bewußtsein und wachte später, mitten zwischen den Verwundeten auf dem Boden liegend, wieder auf.

Einer der Sanitäter kümmerte sich gerade um sie, als Pitt sich neben sie hinhockte und nach ihrer Hand griff. Sein Gesicht war müde, schweißüberströmt, und er hatte einen Stoppelbart, den der aufgewirbelte Staub weiß färbte. Doch er lächelte.

»Da bist du ja wieder«, sagte er. »Hast uns einen mächtigen Schrekken eingejagt, als die Treppe einstürzte.«

»Sitzen wir in der Falle?« murmelte sie.

»Nein, wir können ausbrechen, wenn die Zeit reif ist.«

»Es sieht so dunkel aus.«

»Captain Pembroke-Smythe und seine Männer haben nur ein Luftloch gegraben, damit wir atmen können. Es fällt nicht viel Licht hindurch, andererseits schützt es uns vor Granatsplittern.«

»Ich habe ein ganz taubes Gefühl. Komisch, daß ich keine Schmerzen habe.«

Der Sanitäter, ein junger Schotte mit rotem Haarschopf, grinste sie an. »Ich habe Ihnen ein schweres Betäubungsmittel gespritzt. Ich konnte doch nicht zulassen, daß Sie aufwachten, während ich Ihre hübschen Knochen gerichtet habe.«

»Wie bös sieht's denn aus?«

»Abgesehen davon, daß Sie den rechten Arm und die rechte Schulter gebrochen haben und noch eine oder mehrere Rippen – das kann ich ohne Röntgenaufnahme nicht beurteilen –, ist auch Ihr linkes Schienbein und der linke Knöchel gebrochen. Dazu kommen noch jede Menge Schürfwunden und möglicherweise innere Verletzungen. Sonst geht's Ihnen gut.«

»Sie sind sehr ehrlich«, stellte Eva fest, und mußte über den trockenen Humor des Sanitäters unwillkürlich lächeln.

Der Sanitäter tätschelte ihr den gesunden Arm. »Entschuldigen Sie meine unverblümte Art, aber ich glaube, es ist das beste, wenn Sie die Wahrheit kennen.«

»Ich weiß das zu schätzen!«

»Zwei Monate Ruhe, und Sie können wieder durch den Ärmelkanal schwimmen.«

»Danke, ich ziehe geheizte Swimmingpools vor.«

Pembroke-Smythe, ungebrochen wie eh und je, schob sich durch das überfüllte Arsenal und hatte für jeden einen Scherz bereit. Er kam heran und kniete neben Eva nieder. »Na, Sie sind wirklich eine Eiserne Lady, Dr. Rojas.«

»Angeblich werde ich überleben.«

»Eine Weile wird sie auf wilde Sexspielchen verzichten müssen«, zog Pitt sie auf.

Pembroke-Smythes grinste anzüglich. »Ich wäre gerne in der Nähe, wenn's ihr wieder gutgeht.«

Eva bekam die schlüpfrige Bemerkung des Captains nicht mehr mit. Bevor er seinen Satz beendet hatte, wurde sie wieder ohnmächtig.

Pitt und Pembroke-Smythe sahen sich an. Sie wirkten plötzlich alles andere als humorvoll. Der Captain machte eine Kopfbewegung zur Automatik unter Pitts linkem Arm.

»Wenn das Ende kommt«, sagte er ruhig, »wollen Sie ihr die Ehre erweisen?«

Pitt nickte ernst. »Ich werde mich um sie kümmern.«

Levant trat hinzu; seine Miene war müde und entschlossen. Er wußte, daß seine Männer und Frauen diesen fortgesetzten Beschuß nicht länger würden ertragen können. Die Bürde, Frauen und Kinder leiden zu sehen, machte ihm zusätzlich zu schaffen. Noch größere Sorge bereitete ihm allerdings der Gedanke, daß sie nach dem Ende des Trommelfeuers von den Maliern überrannt werden könnten und dann hilflos mitansehen müßten, wie die Truppen Kazims Amok liefen, die Menschen abschlachteten und die Frauen vergewaltigten.

Er schätzte die gegnerischen Truppen auf 1000 bis 1500 Mann. Ihm selber standen nur noch 29 Männer und Frauen zur Verfügung, die den Kampf aufnehmen konnten. Das Trommelfeuer hatte sich seltsamerweise zu ihrem Vorteil ausgewirkt, der größte Teil der Mauertrümmer war nach außen gestürzt und erschwerte den Angreifern den Zugang.

»Corporal Wadilinski meldet, daß die Malier anfangen, sich zu formieren und vorzurücken«, sagte er zu Pembroke-Smythe. »Der Angriff steht bevor. Lassen Sie den Zugang zur Treppe erweitern und bereiten Sie Ihre Leute darauf vor, draußen in Stellung zu gehen, sobald das Feuer eingestellt wird.«

»Sofort, Colonel.«

Levant wandte sich an Pitt. »So, Mr. Pitt. Ich glaube, der Zeitpunkt ist gekommen, an dem wir Ihre Erfindung ausprobieren sollten.«

Pitt sah Levant in die Augen. »Darf ich fragen, wie Ihre Antwort auf Kazims Aufforderung zur Kapitulation gelautet hat?«

»Dieselbe, die wir Franzosen in Waterloo und Camerone gegeben haben, ›*Merde*‹.«

»Anders ausgedrückt, ›*Ihr könnt uns mal*‹«, übersetzte Pembroke-Smythe.

Levant lächelte. »So könnte man es höflich ausdrücken.«

Pitt seufzte. »Ich hätte nie gedacht, daß ich einmal wie Davy Crockett und Jim Bowie in der Alamo enden könnte.«

»Wenn man unsere kleine Zahl und die Feuerkraft des Feindes in Rechnung stellt«, erklärte Levant, »würde ich sagen, unsere Überlebenschancen sind nicht besser, wahrscheinlich schlechter.«

Die plötzliche Stille legte sich wie ein Leichentuch über das unterirdische Arsenal. Jeder schrak zusammen und blickte zur Decke hoch, als könne er durch die drei Meter Felsen und Sand etwas erkennen.

Die noch kampffähigen Soldaten, die sechs Stunden im Trommelfeuer ausgeharrt hatten, schaufelten den Schutt beiseite, der den Eingang versperrte, liefen hinaus in die sengende Hitze und verteilten sich in den Ruinen. Das Fort war beinahe nicht mehr wiederzuerkennen. Es sah aus wie ein Warenhaus, das von einer Abbruchfirma dem Erdboden gleichgemacht worden war. Schwarzer Rauch stieg von den brennenden Mannschaftstransportern auf, und alle Gebäude waren fast vollständig zerstört. Querschläger heulten durch die Trümmerhaufen.

Die Soldaten der UN-Einheit waren verschwitzt, dreckig, hungrig und todmüde, doch sie empfanden keine Angst mehr, sondern unbändige Wut, weil sie von den Maliern soviel hatten einstecken müssen, ohne zurückschlagen zu können. Sie mußten mit allem und jedem haushalten, doch Kampfgeist besaßen sie im Überfluß. Jetzt besetzten sie ihre Verteidigungsstellungen und schworen sich, die Angreifer einen hohen Preis zahlen zu lassen, bevor der letzte von ihnen fallen würde.

»Das Feuer wird erst auf mein Kommando eröffnet«, befahl Levant über sein Kommunikationssystem.

Kazims Schlachtplan war lächerlich einfach: Die Panzer sollten das beschädigte Tor in der Nordmauer durchbrechen, während seine Truppen von allen Seiten her angriffen. Jeder Mann unter seinem Kommando würde an der Schlacht teilnehmen, alle 1470. Keiner blieb in Reserve zurück.

»Ich erwarte einen überwältigenden Sieg«, rief Kazim seinen Offizieren zu. »Sämtliche UN-Soldaten werden auf der Flucht erschossen.«

»Keine Gefangenen?« fragte Colonel Cheik überrascht. »Halten Sie das für klug, General?«

»Sehen Sie darin ein Problem, alter Freund?«

»Wenn die Staatengemeinschaft dahinterkommt, daß wir eine gesamte UN-Einheit exekutiert haben, dann könnte man ernsthafte Gegenmaßnahmen ergreifen.«

Kazim stand auf. »Ich habe nicht die Absicht, eine feindliche Invasion unseres Landes ungestraft hinzunehmen. Die Welt wird in Kürze erfahren, daß sich das malische Volk nicht wie der Abschaum der Wüste behandeln läßt.«

»Der General hat recht, meine ich«, warf Yerli ein. »Der Feind Ihres Volkes muß vernichtet werden.«

Kazim war so erregt, daß er sich kaum beherrschen konnte. Noch nie zuvor hatte er Truppen in die Schlacht geführt. Seine schnelle Karriere und die damit verbundene Macht waren Intrigen zuzuschreiben. Er sah seine Aufgabe darin, den Tod der Oppositionsmitglieder zu befehlen. Jetzt fühlte er sich in der Rolle des bedeutenden Feldherrn, der die ungläubigen Ausländer vernichten würde.

»Befehlen Sie den Angriff«, ordnete er an. »Dies ist eine historische Stunde. Wir nehmen den Kampf mit dem Feind auf.«

Die Sturmtruppen rückten in klassischer Manier über die Wüste vor. Die Soldaten warfen sich hin, um den nachfolgenden Kameraden Feuerschutz zu geben, sprangen dann wieder auf und stürmten weiter. Die erste Welle der Eliteeinheit stimmte ein wildes Gebrüll an, als sie sich dem Fort bis auf 200 Meter genähert hatte, ohne in das

Abwehrfeuer des Feindes geraten zu sein. Die vor den Soldaten herfahrenden Panzer hatten keine fächerförmige Formation angenommen, sondern rückten in einer Kolonne vor.

Pitt entschied sich, den letzten Panzer unter Feuer zu nehmen. Mit Hilfe von fünf Soldaten räumte er die Trümmer vom Katapult, und gemeinsam zogen sie es ins Freie. Die antiken Belagerungsgeräte wurden mit Winde und Flaschenzug gespannt. Eine der perforierten Tonnen mit Dieselöl wurde auf die hölzerne Führungsschiene geladen, fünf weitere – Pitts gesamter Vorrat an Geschossen – standen aufgereiht neben dem Katapult.

»Komm schon«, murmelte er, während er den Anlasser des störrischen Gabelstaplers betätigte. »Wir wollen doch jetzt nicht streiken.« Dann spuckte der Vergaser einmal, der Auspuff knallte, und der Motor lief rund.

Früh am Morgen, kurz bevor es dämmerte, hatte Levant das Fort verlassen und in der Umgebung Stöcke in den Sandboden gerammt, die als Entfernungsmarkierungen dienten. Falls die Verteidiger so lange warteten, bis sie das Weiße im Auge des Feindes sahen, würde das den sicheren Tod bedeuten. Die Chancen waren so ungleichmäßig verteilt, daß man den Feind nicht so dicht herankommen lassen durfte. Levant hatte im Abstand von 75 Metern die Stöcke aufgestellt.

Während die Soldaten darauf lauerten, das Feuer zu eröffnen, sahen alle zu Pitt herüber. Wenn die Panzer nicht aufgehalten werden konnten, dann brauchten die malischen Truppen nur noch das Gelände zu säubern.

Pitt nahm ein Messer zur Hand und markierte die Stelle, an der die Enden der angezogenen Blattfedern die Führungsschiene berührten, um Spannung und Schußweite in Beziehung setzen zu können. Dann kletterte er auf einen der Stützbalken und sah den Panzern entgegen.

»Auf welchen zielen Sie?« fragte Levant.

Pitt deutete auf den einzelnen Panzer links, am Ende der Kolonne. »Ich hatte mir gedacht, ich fange hinten an und arbeite mich nach vorn durch.«

»Damit die Panzer an der Spitze nicht merken, was hinter ihnen passiert«, überlegte Levant. »Hoffen wir, daß es funktioniert.«

Die Hitze wurde von den Panzerfahrzeugen reflektiert. Die Kommandanten, völlig sicher, nur noch auf Leichen zu stoßen, rückten mit offenen Luken vor. Die Kanonen feuerten eine Granate nach der anderen auf die wenigen noch stehenden Bastionen des Forts.

Als Pitt fast schon die Gesichtszüge des Fahrers des ersten Panzers erkennen konnte, entzündete er einen Schweißbrenner und führte die Flamme an das leckende Öl oben auf der Tonne. Dann rammte er das vordere Ende des Schweißbrenners in den Sand und zog an der Schnur, die den Auslöser betätigte, den er aus einer Türklinke gebaut hatte. Die straff gespannte Nylonschnur und das Drahtseil, das die Federn hielt, gaben nach, und die Blattfedern schnappten in ihre ursprüngliche Lage zurück.

Das brennende Faß mit dem Dieselöl flog wie ein Meteor mit einem Feuerschweif über die zerstörte Mauer und den letzten Panzer hinweg, prallte verhältnismäßig weit hinter seinem Heck auf und explodierte.

Pitt war verblüfft. »Das Ding funktioniert besser, als ich mir je hätte träumen lassen«, murmelte er.

»50 Meter zu weit, 10 Meter rechts vom Ziel«, meldete Pembroke-Smythe lässig, als kommentiere er ein Fußballspiel.

Während Levants Männer ein weiteres Faß auf die Führungsschiene hievten, brachte Pitt eine neue Markierung an, um die Entfernung korrigieren zu können. Danach schaltete er die Hydraulik des Gabelstaplers wieder ein und spannte die Blattfedern erneut.

Das zweite Faß schlug ein paar Meter vor dem letzten Panzer auf, hüpfte hoch, rollte zwischen die Ketten und explodierte. Der Panzer stand sofort in Flammen. Die Besatzungsmitglieder kämpften gegeneinander, weil jeder als erster durch die Luke aus dem Fahrzeug entkommen wollte. Von vier Männern schafften es nur zwei.

Pitt verlor keine Zeit, das Katapult wieder zu laden. Ein weiteres Ölfaß wurde hochgehievt und gegen die angreifenden Panzer geschleudert. Diesmal landete Pitt einen Volltreffer. Die Tonne flog in hohem Bogen über die Mauer und traf direkt den Turm des vorletzten Panzers. Dort explodierte sie und verwandelte das Fahrzeug in ein flammendes Inferno.

»Funktioniert. Funktioniert tatsächlich«, murmelte Pitt jubelnd vor sich hin, während er das Katapult auf den nächsten Schuß vorbereitete.

»Supertreffer!« rief der sonst so zurückhaltende Pembroke-

Smythe. »Sie haben diese Kanaken genau an ihrem wunden Punkt getroffen.«

Pitt und die Soldaten, die sich abmühten, das nächste Ölfaß zu laden, brauchten keine Anfeuerungsrufe. Levant stieg auf die einzige noch unbeschädigte Brüstung und musterte das Schlachtfeld. Die unerwartete Vernichtung von zwei Panzern hatte den Vormarsch für einen Augenblick aufgehalten. Levant freute sich über die ersten Erfolge von Pitts Maschine, doch wenn auch nur ein Panzer unbeschädigt durchbrach und das Fort erreichte, wäre es für die Verteidiger eine Katastrophe.

Pitt betätigte den Abzugsmechanismus für die vierte Tonne. Die Richtung stimmte, doch der Panzerkommandant, der inzwischen den Beschuß aus dem Fort bemerkt hatte, ließ seinen Fahrer zickzack fahren. Seine Vorsicht zahlte sich aus, denn das Faß traf fünf Meter hinter der linken Kette auf. Die Tonne zerbarst, und ein Teil der brennenden Flüssigkeit spritzte gegen den Panzer, doch das Ungetüm fuhr unbeeindruckt weiter auf das Fort zu.

Auf die Kämpfenden, die zwischen den Trümmern Unterschlupf gefunden hatten, wirkte die Horde Malier wie eine Armee anrückender Käfer. Es waren so viele, so eng zusammengedrängt, daß man unmöglich vorbeischießen konnte. Die Malier stürmten feuernd unter wildem Kriegsgeschrei vor.

Die erste Welle befand sich nur noch ein paar Meter vor Levants Entfernungsmarkierungen, doch er gab noch keinen Feuerbefehl. Insgeheim hoffte er, Pitt würde auch die beiden letzten Panzer noch ausschalten. Sein Wunsch ging in Erfüllung, als Pitt, der das folgende Ausweichmanöver des Panzerkommandanten vorausberechnet hatte, das Katapult entsprechend ausrichtete und seine fünfte Öltonne genau auf die Fahrerluke plazierte.

Eine Feuerwand hüllte den Bug des Panzers ein. Dann explodierte er. Der gesamte Angriff kam ins Stocken, als die Soldaten verblüfft beobachteten, wie der Turm durch die Luft wirbelte, bevor er wie ein eiserner Drachen in den Sand abstürzte.

Pitt hatte jetzt nur noch ein Ölfaß. Er war durch die körperliche Anstrengung und die brennende Hitze so erschöpft, daß er sich kaum noch auf den Beinen halten konnte. Sein Atem ging keuchend, und sein Herz pochte wie wild nach der Plackerei, die schweren Tonnen auf die Führungsschiene zu wuchten, das Katapult zu spannen und aufs Ziel zu richten.

Der riesige 60-Tonnen-Panzer schob sich wie ein stählernes Ungeheuer auf der Suche nach Opfern durch Staub und Rauch. Man konnte sehen, wie der Panzerkommandant seinem Fahrer Befehle erteilte und seinen Maschinengewehrschützen anwies, auf Kernschußweite zu feuern.

Jeder im Fort wartete gespannt und mit angehaltenem Atem, als Pitt das Katapult richtete. Viele dachten, jetzt sei das Ende gekommen. Das hier war sein letzter Schuß, die letzte Öltonne.

Der Panzer kam geradewegs auf ihn zu, der Panzerkommandant machte keinerlei Anstalten, in Deckung zu gehen. Er war bereits so nahe, daß Pitt den hinteren Teil des Katapults anheben lassen mußte, um die Führungsschiene zu senken. Während er den Abzug betätigte, schickte er ein Stoßgebet zum Himmel.

Im selben Moment feuerte der Kanonier. Der Zufall wollte es, daß die Granate das Faß mitten in der Luft traf.

Das Geschoß durchschlug die Tonne, und das brennende Öl hüllte den Panzer ein. Das Stahlungeheuer verschwand hinter einer Flammenwand. Voller Panik legte der Fahrer beim vergeblichen Versuch, dem Unheil zu entgehen, den Rückwärtsgang ein und prallte gegen den brennenden Panzer dahinter. Ineinander verkeilt gingen die schweren Fahrzeuge in einer Feuersbrunst auf, deren Toben gelegentlich von explodierenden Granaten und hochgehenden Treibstofftanks unterbrochen wurde.

Das Hurra der Verteidiger übertönte das Gewehrfeuer der Angreifer. Daß die schlimmsten Befürchtungen dank Pitts Katapult beseitigt worden waren, hob die Moral gewaltig. Jetzt waren sie entschlossener denn je, ihr Fell so teuer wie möglich zu verkaufen. An diesem Tag existierte der Begriff Angst in den Trümmern des Forts nicht länger.

»Ziel erfassen und Feuer eröffnen!« befahl Levant mit unbewegter Stimme. »Jetzt werden wir denen in die Suppe spucken.«

55

Eine Minute lang konnte Giordino die lange Silhouette von vier Zügen erkennen, die bewegungslos hintereinander auf den Gleisen standen. Im nächsten Augenblick erhob sich ein Sandsturm, der die Sichtweite von 20 Kilometern auf 50 Meter verringerte.

»Was denken Sie?« fragte Steinholm und ließ den Buggy im dritten Gang kaum über der Leerlaufdrehzahl dahinrollen, um möglichst lange mit den wenigen, wertvollen Tropfen Treibstoff hauszuhalten. »Sind wir in Mauretanien?«

»Ich wünschte, das wüßte ich«, gab Giordino zu. »Sieht aus, als hätte Massarde alle Züge nach Fort Foureau gestoppt. Die Frage ist nur, auf welcher Seite der Grenze.«

»Was sagt der Navigationscomputer?«

»Den Zahlen nach müßten wir die Grenze vor zehn Kilometern überquert haben.«

»Dann können wir auch auf die Gleise zufahren und unser Glück versuchen.«

Während er sprach, schlängelte sich Steinholm mit dem Buggy zwischen zwei großen Felsen durch und fuhr bis zum Kamm eines kleinen Hügels, als er plötzlich bremste. Selbst durch den heulenden Wind war das Geräusch zu hören. Es war leise, doch klar als der dumpfe Lärm von Rotoren zu erkennen. Mit jeder Sekunde wurde das Geräusch deutlicher. Es schien direkt über ihnen zu sein.

Steinholm riß heftig das Steuer herum, trat das Gaspedal durch und ließ den Buggy auf allen vier Rädern abrutschen, bis er in die Gegenrichtung fuhr. Plötzlich stotterte der Motor. Kein Benzin mehr. Die beiden Männer saßen hilflos da, während der Wagen ausrollte.

»Scheint so, als wären wir verraten und verkauft«, grunzte Giordino.

»Die müssen uns auf dem Radar entdeckt haben und sind direkt auf uns zugeflogen«, stieß Steinholm ärgerlich hervor und schlug aufs Steuerrad.

Ganz allmählich, hinter einem braunen Vorhang von Sand und Staub tauchte ein Helikopter auf und schwebte zwei Meter über dem Boden. Giordino und Steinholm saßen starr in ihrem Buggy, auf das

Schlimmste gefaßt. Sie blickten in eine 30-Millimeter-Schnellfeuerkanone, die Mündungen von 38 Vierzentimeterraketen und acht lasergesteuerten Panzerabwehrraketen.

Doch kein Feuerstoß löste sich, der sie in die Ewigkeit befördert hätte. Statt dessen sprang ein Mann aus einer Luke im Rumpf auf den Boden. Beim Näherkommen erkannten sie, daß er einen Kampfanzug mit Wüstentarnung trug. Er war mit den allerneuesten elektronischen Spielereien ausgerüstet, auf dem Kopf trug er einen stoffbezogenen Stahlhelm, und sein Gesicht war durch Staubmaske und Sandbrille verdeckt. Die Maschinenpistole, die er im Anschlag hielt, sah aus, als sei sie ein Teil seines Körpers.

Er blieb neben dem Buggy stehen und warf Giordino und Steinholm einen langen Blick zu. Dann zog er die Maske beiseite und sagte: »Wo, zum Teufel, kommt ihr beide denn her?«

Nachdem es am Katapult nichts mehr zu tun gab, schnappte Pitt sich die Maschinenpistolen von zwei schwerverwundeten Soldaten und bezog Stellung. Die uniformierten Wüstennomaden versetzten ihn in Erstaunen. Die hochgewachsenen Männer waren außerordentlich behende, wie sie abwechselnd laufend und sich hinwerfend auf das Fort zustürmten. Je näher sie kamen, ohne daß ihnen Gegenwehr entgegenschlug, desto unvorsichtiger wurden sie.

Die Männer der UN-Einheit, die sich einer Streitmacht gegenübersahen, die ihnen fünfzig zu eins überlegen war, hatten wenig Hoffnung, durchhalten zu können, bis Rettung nahte. Diesmal waren die Chancen zu ungleich verteilt. Pitt begriff, welche Gefühle die Verteidiger der Alamo bewegt haben mußten. Er zielte auf die heranstürmende Horde und zog, als Levant das Kommando zum Eröffnen des Feuers gab, den Abzug durch.

Der ersten Welle der malischen Sicherheitskräfte schlug ein mörderisches Gewehrfeuer entgegen, das sie mitten im Sturm erfaßte. In dem offenen Gelände waren die Soldaten Kazims ein leichtes Ziel. Die UN-Soldaten, die zwischen den Trümmern kauerten, nahmen sich Zeit und zielten mit tödlicher Präzision. Wie Unkraut von der Sense wurden die Angreifer in ganzen Gruppen niedergemäht, noch bevor sie begriffen, was los war. Innerhalb von 20 Minuten lagen mehr als 250 Tote und Verwundete auf dem Vorfeld des Forts.

Die zweite Angriffswelle stolperte über die Leichen der ersten, zögerte, als der Tod in ihre Reihen schlug und flutete zurück. Weder die Soldaten noch die Offiziere hatten erwartet, auf entschlossenen Widerstand zu stoßen. Kazims hastig geplanter Angriff verlief im Chaos. Panik brach aus, und viele Soldaten aus den hinteren Reihen schossen blind auf ihre Kameraden weiter vorne.

Die Malier zogen sich völlig ungeordnet zurück. Die meisten flüchteten wie Tiere vor einem Buschfeuer, andere, Mutigere, zogen sich langsam zurück und feuerten auf alles, was auch nur entfernt an den Kopf eines Verteidigers des Forts erinnerte. 30 Angreifer versuchten, hinter den brennenden Panzern in Deckung zu gehen, doch Pembroke-Smythe hatte diese Entwicklung vorausgesehen und befehligte ein gezieltes Feuer, das die Männer niederstreckte.

Eine halbe Stunde nachdem der Angriff begonnen hatte, verebbte das Krachen der Schüsse, und die Schreie der Verwundeten und das Stöhnen der Sterbenden drangen über das sandige Vorfeld des Forts. Die UN-Soldaten bemerkten verblüfft und verärgert, daß die Malier keine Anstalten machten, ihre Verwundeten zu retten. Die Männer wußten nicht, daß Kazim, außer sich vor Wut, befohlen hatte, sie in der stechenden Sonne über der Sahara liegen zu lassen.

Inmitten des Schutts erhoben sich die UN-Soldaten langsam aus ihren Schützenlöchern und zählten ab. Ein Toter, drei Verwundete, davon zwei schwer, meldete Pembroke-Smythe an Levant. »Ich würde sagen, wir haben sie ordentlich in die Pfanne gehauen«, stellte er gutgelaunt fest.

»Die werden zurückkommen«, gab Levant zu bedenken.

»Zumindest haben wir die Chancen etwas zu unseren Gunsten gewendet.«

»Die ebenfalls«, erklärte Pitt und bot dem Colonel einen Schluck aus seiner Wasserflasche an. »Beim nächsten Angriff fehlen uns vier Männer, während Kazim Verstärkung herbeirufen kann.«

»Mr. Pitt hat recht«, pflichtete Levant ihm bei. »Ich habe Hubschrauber gesehen, die zwei weitere Kompanien hergeflogen haben.«

»Was schätzen Sie, wann werden die es erneut versuchen?« fragte Pitt Levant.

Der Colonel hob eine Hand, um seine Augen zu schützen, und blinzelte in die Sonne. »Wenn die Hitze am größten ist, vermute ich.

Seine Männer sind besser an die Temperaturen gewöhnt als wir. Kazim wird uns ein paar Stunden lang schmoren lassen, bevor er den nächsten Angriff befiehlt.«

»Dic haben jetzt Blut geleckt«, meinte Pitt. »Das nächste Mal werden wir sie nicht aufhalten können.«

»Nein«, sagte Levant erschöpft. »Das glaube ich auch.«

»Was soll das heißen«, fragte Giordino außer sich vor Wut, »Sie können dort nicht eingreifen und die Leute rausholen?«

Colonel Gus Hargrove war nicht daran gewöhnt, daß seine Entscheidungen in Frage gestellt wurden, ganz besonders nicht von einem fuchsteufelswilden Zivilisten, der zudem noch einen Kopf kleiner war als er. Hargrove war Kommandeur einer Hubschraubereinheit der Army Rangers – ein abgehärteter Berufssoldat, der Einsätze in Vietnam, Grenada, Panama und dem Irak befehligt und daran teilgenommen hatte. Er war zäh, gerissen und von seinen Untergebenen ebenso geschätzt wie von seinen Vorgesetzten. In seinem Mundwinkel klebte eine Zigarre, die er gelegentlich entfernte, um auszuspucken. Er senkte den Kopf und blickte in ein paar stahlhart blitzende blaue Augen.

»Mir scheint, Sie begreifen es nicht, Mr. Giordano.«

»Giordino.«

»Egal«, knurrte Hargrove. »Die Sache ist durchgesickert, wahrscheinlich bei den Vereinten Nationen. Die Malier waren darauf vorbereitet, daß wir in ihren Luftraum eindringen. Während wir uns unterhalten, patrouilliert deren halbe Luftwaffe an der Grenze. Für den Fall, daß Ihnen das nicht bekannt ist: Der Hubschrauber vom Typ Apache ist mit Raketen ausgerüstet und kampfstark, doch die Mirages hätten leichtes Spiel mit ihm. Ohne eine Staffel Stealth-Jäger als Rückendeckung können wir erst nach Einbruch der Dunkelheit losfliegen, weil wir erst dann das flache Terrain und die Senken in der Wüste ausnutzen können, um unter dem Radarschirm der Malier durchzuschlüpfen. Haben Sie das verstanden?«

»Frauen, Kinder und Männer müssen sterben, wenn Sie nicht innerhalb der nächsten paar Stunden Fort Foureau erreichen.«

»Meine Einheit wurde in aller Eile ohne jede Vorbereitung von der anderen Seite des Meeres hierherverlegt – und das am hellichten Tag.

Das war eine schlecht gewählte Zeit und eine ebenso miserable Planung«, stellte Hargrove klar. »Wenn wir jetzt versuchen, von Mauretanien aus nach Mali vorzustoßen, werden meine Hubschrauber vom Himmel gefegt, noch bevor sie 50 Kilometer hinter der Grenze sind. Und jetzt verraten Sie mir mal, Sir, was das Ihren Leuten im Fort nützen soll?«

In die Enge getrieben, zuckte Giordino die Achseln. »Tut mir leid. Entschuldigung, Colonel. Mir war Ihre Situation nicht klar.«

Hargrave beruhigte sich. »Ich verstehe Ihre Sorgen, doch da unsere Anwesenheit hier bekannt ist und die Malier nur darauf lauern, uns einen Hinterhalt zu legen, fürchte ich, daß die Chancen, Ihre Leute zu retten, kaum der Rede wert sind.«

Giordino hatte das Gefühl, ihm drehe sich der Magen um. Er wandte sich von Hargrove ab und blickte über die Wüste. Der Sandsturm war vorüber, und er konnte die Züge erkennen, die in der Ferne warteten.

Er drehte sich wieder um. »Wie viele Männer gehören zu Ihrem Kommando?«

»Wenn wir die Hubschrauberbesatzungen nicht mitzählen, 80 Mann kämpfende Truppe.«

Giordino riß die Augen auf. »Achtzig Mann, um es mit der Hälfte der malischen Sicherheitskräfte aufzunehmen?«

»Ja«, Hargrove grinste, nahm den Stummel aus dem Mund und spuckte aus. »Aber wir haben genug Feuerkraft, um halb Westafrika hochzujagen.«

»Nehmen wir mal an, Sie könnten die Wüste bis Fort Foureau durchqueren, ohne entdeckt zu werden?«

»Für einen guten Plan bin ich immer zu haben.«

»Die Züge zur Müllverbrennungsanlage von Fort Foureau – wurden davon bereits welche durchgelassen?«

Hargrove schüttelte den Kopf. »Ich habe einen Offizier hingeschickt, der die Lage peilen sollte. Er meldete, die Zugbesatzungen hätten über Funk Anweisung erhalten, an der mauretanisch-malischen Grenze zu halten. Der Lokomotivführer des ersten Zuges sagte, er solle so lange warten, bis die Zugaufsicht in Fort Foureau ihm befehle weiterzufahren.«

»Wie stark ist denn der Grenzposten der Malier?«

»Zehn Mann, vielleicht zwölf.«

»Könnten Sie die ausschalten, bevor einer von denen Alarm gibt?«

Hargroves Augen musterten aufmerksam die Frachtwagen des Zuges, hefteten sich auf die Flachbettwagen mit der Segeltuchbespannung, die die neuen, für Fort Foureau bestimmten Lastwagen schützten. Dann sah er hinüber zur malischen Grenze und dem Zollhäuschen, bevor er wieder Giordino musterte. »Kann John Wayne reiten?«

»Wir könnten in zweieinhalb Stunden dort sein«, sagte Giordino. »Spätestens in drei.«

Hargrove nahm die Zigarre aus dem Mundwinkel und betrachtete sie nachdenklich. »Ich glaube, ich weiß, worauf Sie hinauswollen. General Kazim würde nie damit rechnen, daß meine Gruppe ihn mit einem Zug angreift.«

»Laden Sie die Männer in die Containerwagen. Ihre Hubschrauber könnten unter der Plane auf den Flachbettwagen befördert werden. Wenn wir das Ziel erreichen, bevor Kazim die Finte durchschaut, haben wir gute Aussichten, Colonel Levants Leute und die Zivilisten herauszuholen und nach Mauretanien zu verschwinden, bevor die Malier merken, mit wem sie es zu tun hatten.«

Giordinos Plan gefiel Hargrove, doch er hatte Zweifel.

»Nehmen wir mal an, einer von Kazims hitzköpfigen Piloten entdeckt einen Zug, der die Befehle mißachtet und entschließt sich, ihn von den Gleisen zu blasen?«

»Nicht einmal Kazim selbst würde es wagen, einen von Yves Massardes Müllzügen zu vernichten, ohne daß ihm überzeugende Beweise vorlägen, daß er entführt wurde.«

Hargrove ging auf und ab. Der Plan kam ihm abenteuerlich vor. Doch Schnelligkeit war entscheidend. Er beschloß, seine Karriere aufs Spiel zu setzen.

»In Ordnung«, sagte er kurz. »Dann wollen wir mal das Ticket lösen.«

Nach der Pleite, Levant und seine kleine Einheit im alten Fort der Fremdenlegion zu erledigen, tobte Zateb Kazim wie ein Verrückter. Er fluchte, beschimpfte hysterisch seine Offiziere und benahm sich wie ein kleines Kind, dem man das Spielzeug weggenommen hatte.

Außer sich vor Wut, schlug er zwei seiner Offiziere ins Gesicht und befahl, sie alle zu erschießen, bis Colonel Cheik, sein Stabschef, ihn beruhigen und ihm diesen Einfall wieder ausreden konnte. Kazim warf seinen flüchtenden Truppen vernichtende Blicke zu und verlangte, sie sollten sich sofort zu einem zweiten Angriff formieren.

Voller Panik wegen Kazims Wut, fuhr Colonel Mansa seinen zurückweichenden Gruppen entgegen, schrie die Offiziere an, beschimpfte und verhöhnte sie, daß 1600 Angreifer nicht einmal eine armselige Handvoll Verteidiger niedermachen könnten. Er überredete sie, ihre Kompanien für einen weiteren Angriff neu zu formieren. Zur Abschreckung für jedes weitere Versagen ließ Mansa zehn Mann, die auf der Flucht in die Wüste gefaßt worden waren, auf der Stelle als Deserteure erschießen.

Statt das Fort in konzentrischen Wellen anzugreifen, massierte Kazim seine Kräfte zu einer starken Kolonne. Die Nachhut bildete die Verstärkung mit dem Auftrag, jeden Mann zu erschießen, der ausbrechen und flüchten wollte. Der einzige Befehl Kazims an die Kompanien lautete: »Kämpft oder sterbt.«

Um zwei Uhr nachmittags waren die malischen Sicherheitskräfte neu formiert und angriffsbereit. Jeder Kommandeur hätte nach einem Blick auf die dumpf und furchtsam dastehenden Soldaten den Angriff abgeblasen. Kazim war nicht der Anführer, für den seine Männer gern in den Tod gingen. Doch als sie den leichenübersäten Boden rund um das Fort musterten, verdrängte Wut langsam die Angst.

Diesmal, das schworen sie sich, mußten die Verteidiger von Fort Foureau dran glauben.

56

Pembroke-Smythe schienen die Kugeln der Scharfschützen völlig gleichgültig zu sein. Er saß in der sengenden Sonne und beobachtete, wie sich die malischen Truppen zum Angriff formierten.

»Ich glaube, die Kerle versuchen es noch einmal«, sagte er zu Levant und Pitt.

Ein paar Leuchtkugeln schossen in den Himmel, das Signal für den Angriff. Diesmal gab es kein sprungweises Vorrücken unter Feuerschutz wie beim ersten Sturm. Die malischen Soldaten rannten über das flache Gelände wie um ihr Leben. Aus nahezu 2000 Kehlen brandete das Geschrei über die Wüste.

Pitt kam sich vor wie ein Schauspieler auf der Bühne, ringsum von einem feindseligen Publikum umgeben. »Nicht gerade das, was man unter taktischem Einfallsreichtum versteht«, sagte er. Neben ihm standen Levant und Pembroke-Smythe und sahen dem Rudel entgegen. »Aber es könnte funktionieren.«

Pembroke-Smythe nickte. »Kazim benutzt seine Leute als Dampfwalze.«

»Viel Glück, meine Herren«, wünschte Levant mit grimmigem Lächeln. »Vielleicht sehen wir uns alle in der Hölle wieder.«

»Da ist's auch nicht heißer als hier«, grinste Pitt zurück.

Der Colonel sah Pembroke-Smythe an. »Formieren Sie unsere Einheit zur Abwehr eines Frontalangriffs. Dann befehlen Sie ›Feuer frei nach Belieben‹.«

Pembroke-Smythe schüttelte Pitt die Hand und ging von einem Mann zum anderen. Levant nahm wieder seinen Posten auf der übriggebliebenen Brüstung ein, und Pitt zog sich in seine kleine Einmannfestung zurück. Die ersten Kugeln schlugen im Fort ein und prallten als Querschläger von den Trümmern ab.

Die Malier griffen auf einer Breite von nur 50 Metern an. Die Verstärkung hinzugerechnet, zählten sie fast 1800 Mann. Kazim ließ sie gegen die Seite des Forts anrennen, die während der letzten Luftangriffe und des vorangegangenen Mörserbeschusses am meisten gelitten hatte – die Nordmauer mit dem beschädigten Haupttor.

Die Männer in den hinteren Rängen stürmten voran in der Gewißheit, daß sie lebend ins Fort gelangen würden. Von denen in den ersten Reihen rechnete keiner damit, die freie Fläche bis zum Tor lebend hinter sich zu bringen. Sie wußten, daß sie weder von den Verteidigern vor ihnen noch von ihren eigenen Kameraden hinter ihnen Gnade zu erwarten hatten.

Schon lichteten sich die ersten Reihen. Die jämmerlich kleine Gruppe im Fort nahm sie unter ein mörderisches Feuer. Doch die Malier stürmten weiter vor und sprangen über die Leichen der Männer, die beim ersten Angriff gefallen waren. Diesmal gab es kein Halten; sie wußten, der Sieg lag zum Greifen nah.

Pitt hielt wie im Traum mit kurzen Feuerstößen auf die anrückenden Menschenmassen zu. Zielen und feuern, zielen und feuern, Magazin auswerfen und nachladen. Automatische Handgriffe, die sich, so schien es ihm, endlos fortsetzten. Tatsächlich waren erst zehn Minuten vergangen, seit das Signal zum Angriff gegeben worden war.

Eine Mörsergranate explodierte irgendwo hinter ihm. Kazim hatte befohlen, daß das Granatfeuer so lange anhalten sollte, bis die ersten Reihen das Fort erreicht hatten. Pitt spürte den Windzug, als ein Granatsplitter an seinem Kopf vorbeipfiff. Die Malier waren jetzt so nah, daß sie das Visier seiner Maschinenpistole ausfüllten.

Eine Werfergranate nach der anderen detonierte. Dann, als die ersten Reihen die Trümmer erreichten, verebbte das Sperrfeuer. Die Malier kletterten über die geborstenen Mauern. In diesem Augenblick waren sie am verwundbarsten. Die vorderen Reihen schmolzen im verzweifelten Abwehrfeuer dahin. Nirgends fanden sie Deckung, und die Soldaten konnten nicht über die Trümmer klettern und gleichzeitig auf Ziele schießen, die sie gar nicht ausmachen konnten.

Die Verteidiger andererseits konnten gar nicht vorbeischießen. Levant wußte, daß die Katastrophe trotzdem nur noch eine Sache von wenigen Minuten war. »Feuert, was das Zeug hält«, schrie er. »Blast sie von der Mauer!«

Die Sturmspitze der Malier kam zum Stehen. Pitt war die Munition ausgegangen, und er schleuderte Handgranaten, so schnell er konnte. Die Granaten hatten eine verheerende Wirkung auf die anstürmende Menschenmasse. Die Malier zogen sich zurück. Sie waren irritiert und konnten einfach nicht glauben, daß sich jemand mit solch verbissener Wut wehren konnte. Sie mußten all ihren Mut zusammennehmen, um durch die Splitter des großen Tores weiter vorzudringen.

Die UN-Soldaten sprangen aus ihren Schützenlöchern und zogen sich aus der Hüfte feuernd an rauchenden Mannschaftstransportern vorbei, über den Exerzierplatz in die Überreste der Wohnbaracken und Offiziersquartiere zurück. Dort bezogen sie eine neue Abwehrstellung. Staub, Splitter und Rauch verringerten die Sichtweite auf weniger als fünf Meter. Das Krachen der Schüsse übertönte die Schreie der Verwundeten.

Ihre entsetzlichen Verluste erschütterten die Moral der Malier. Dennoch drangen sie wie eine menschliche Flut weiter ins Innere des Forts. Die erste Kompanie, die auf dem Exerzierplatz kurzzeitig keine Deckung fand, wurde niedergemäht. Die Malier versuchten verzweifelt, einige der Verteidiger im Freien zu erwischen, doch sie konnten keine entdecken.

Pembroke-Smythe zählte die noch kampffähigen Männer, nachdem sie die wenigen Verwundeten ins Arsenal hinuntergetragen hatten. Nur Pitt und zwölf weitere UN-Soldaten hielten noch stand. Colonel Levant wurde vermißt. Das letzte Mal, als man ihn gesehen hatte, feuerte er von einer Brüstung auf die Angreifer, die durch die Reste des Nordtores stürmten.

Beim Anblick von Pitt lächelte Pembroke-Smythe kurz. »Sie sehen wirklich schlecht aus, alter Junge«, bemerkte er und deutete auf die Blutspuren an dessen linkem Arm und an der linken Schulter. Auch aus einem Riß in der Wange, wo Pitt von einem Steinsplitter getroffen worden war, sickerte Blut.

»Sie sind auch nicht gerade das, was man das blühende Leben nennt«, erwiderte Pitt und zeigte auf eine häßliche Wunde an Pembroke-Smythes Hüfte.

»Wie steht's mit Ihrer Munition?«

Pitt hob seine Maschinenpistole und ließ sie auf den Boden fallen. »Alle. Ich habe nur noch zwei Handgranaten.«

Pembroke-Smythe reichte ihm eine gegnerische Maschinenpistole. »Sie sollten nach unten ins Arsenal gehen. Wir übrigen werden sie aufhalten, so lange bis Sie ...« Er brachte es nicht übers Herz, den Satz zu beenden.

»Wir haben sie schwer angeschlagen«, stellte Pitt fest. »Die werden jeden von uns, den sie lebend finden, massakrieren. Die Frauen und Kinder dürfen nicht noch einmal in Kazims Hände fallen«, beschwor Pembroke-Smythe ihn.

»Sie werden nicht leiden«, versprach Pitt.

Der Captain blickte ihn an und erkannte den Kummer in Pitts Augen. »Auf Wiedersehen, Mr. Pitt. Es war mir eine Ehre, Sie kennengelernt zu haben.«

Pitt schüttelte Pembroke-Smythe im Kugelhagel die Hand. »Mir ebenfalls, Captain.«

Er drehte sich um und kletterte über die Trümmer auf der Treppe hinunter ins Arsenal. Hopper und Fairweather sahen ihn gleichzeitig und kamen auf ihn zu.

»Wer gewinnt?« erkundigte sich Hopper.

Pitt schüttelte den Kopf. »Unsere Seite leider nicht.«

»Hat keinen Sinn, auf den Tod zu warten«, stellte Fairweather fest. »Es ist besser, wir kämpfen. Sie haben nicht zufällig eine Waffe übrig?«

»Ich könnte auch eine brauchen«, fügte Hopper hinzu.

Pitt reichte Fairweather die Maschinenpistole. »Tut mir leid, ich habe sonst nur noch meine Automatik. Oben liegen massenhaft Waffen herum, aber die müssen Sie sich von einem der toten Malier besorgen.«

»Gute Idee«, strahlte Hopper. Er gab Pitt einen mächtigen Schlag auf den Rücken. »Viel Glück, mein Junge. Kümmern Sie sich um Eva.«

»Das verspreche ich Ihnen.«

Fairweather nickte. »War nett, Sie kennengelernt zu haben, alter Knabe.«

Während sie zusammen die Treppe hinaufstiegen, um sich oben am Kampf zu beteiligen, stand eine Sanitäterin auf, die sich um einen der Verwundeten gekümmert hatte, und winkte Pitt herbei.

»Wie sieht's aus?« fragte sie.

»Bereiten Sie sich aufs Schlimmste vor«, erwiderte Pitt kurz.

»Wie lange noch?«

»Captain Pembroke-Smythe und die restlichen Männer Ihrer Einheit halten noch die Stellung. Es kann aber nicht länger als zehn oder fünfzehn Minuten dauern.«

»Was ist mit diesen armen Teufeln?« Die Sanitäterin deutete auf die Verwundeten, die auf dem Boden lagen.

»Die Malier werden keine Gnade kennen«, erwiderte Pitt bedrückt.

Sie sah ihn erschrocken an. »Die machen keine Gefangenen?«

Er schüttelte den Kopf. »Sieht nicht so aus.«

»Und die Frauen und Kinder?«

Er antwortete nicht, doch sein sorgenzerfurchtes Gesicht sagte alles.

Tapfer rang sie sich ein Lächeln ab. »Dann werden sich diejenigen von uns, die noch einen Abzug durchziehen können, mit einem lauten Knall verabschieden.«

Pitt nahm sie bei den Schultern und lockerte dann den Griff. Sie lächelte noch einmal tapfer und ging zu ihrem Kollegen, um ihm die traurige Nachricht zu überbringen. Bevor Pitt sich Eva zuwenden konnte, näherte sich ihm Louis Monteux, der französische Ingenieur.

»Mr. Pitt.«

»Ja, Mr. Monteux.«

»Ist die Zeit gekommen?«

»Ja, das befürchte ich.«

»Ihre Waffe. Wie viele Patronen haben Sie noch?«

»Zehn im Magazin, doch ich habe noch ein zweites Magazin mit vier Schuß.«

»Für die Frauen und Kinder brauchen wir nur elf«, flüsterte Monteux und streckte die Hand nach der Waffe aus.

»Sie können sie haben, nachdem ich mich um Dr. Rojas gekümmert habe«, sagte Pitt mit ruhiger Bestimmtheit.

Monteux warf einen Blick zur Decke. Der Gefechtslärm kam näher und hallte im Treppenhaus wider. »Machen Sie nicht zu lang.«

Pitt wandte sich ab und setzte sich neben Eva auf den Steinfußboden. Sie war bei Bewußtsein, und in ihren Augen lagen Zuneigung und Sorge. »Du blutest. Du bist verwundet.«

Er zuckte die Achseln. »Ich habe vergessen, in Deckung zu gehen, als die Handgranate explodierte.«

»Ich bin so froh, daß du hier bist. Ich hatte schon Angst, ich würde dich nie wiedersehen.«

»Ich hoffe, du hast dir schon ein Kleid für unser Treffen überlegt«, sagte er, umfaßte ihre Schultern und zog sie sanft an sich heran, bis ihr Kopf in seinem Schoß lag. Dann holte er, so daß sie es nicht sehen konnte, die Pistole aus seinem Gürtel und richtete die Mündung gegen ihre rechte Schläfe.

»Ich habe mir schon ein Restaurant überlegt...« Sie zögerte und neigte den Kopf, als würde sie auf etwas lauschen. »Hast du das gehört?«

»Gehört, was?«

»Ich weiß nicht. Klang wie ein Pfiff.«

Pitt war überzeugt, daß sie durch die Einnahme der Beruhigungsmittel phantasierte. Es war einfach unmöglich, daß ein anderes Geräusch den Gefechtslärm, der über ihnen tobte, übertönen konnte. Sein Finger spannte sich um den Abzug.

»Ich höre nichts«, erwiderte er.

»Nein... nein, da ist es wieder.«

Er zögerte, als ihre Augen plötzlich lebendig wurden und eine vage Ahnung darin schimmerte. Doch er zwang sich, die Sache zu Ende zu bringen. Er beugte sich vor, küßte sie und lenkte sie ab, während sich sein Finger wieder um den Abzug spannte.

Eva versuchte den Kopf zu heben. »Du mußt es doch auch hören?«

»Auf Wiedersehen, Liebling.«

»Ich höre einen Zug pfeifen«, stieß sie erregt hervor. »Es ist Al, er ist zurückgekommen.«

Pitt ließ den Abzug los und lauschte angestrengt zum Treppenaufgang. Dann hörte er das Geräusch, das das sporadische Gewehrfeuer übertönte. Es war nicht das Pfeifen eines Zuges, sondern das Horn einer Diesellokomotive.

Giordino stand neben dem Lokführer und riß wie ein Verrückter an der Schnur des Signalhorns, während der Zug über die Schienen auf das Schlachtfeld zudonnerte. Angestrengt spähte er zum Fort hinüber, das durch die Windschutzscheibe des Führerstandes langsam größer wurde. Die Verwüstungen und der schwarze Rauch, der in den Himmel stieg, taten ihm in der Seele weh. Offensichtlich kam jede Hilfe zu spät.

Auch Hargrove beobachtete fasziniert das Schauspiel vor sich. Er konnte sich nicht vorstellen, daß irgend jemand ein derartiges Zerstörungswerk überlebt haben konnte. Fast alle Brüstungen waren weggeschossen, die Mauern lagen in Trümmern. Die vordere Wand mit dem Haupttor war nur noch ein großer Steinhaufen. Die Zahl der Leichen im Vorfeld und die vier ausgebrannten Panzer verblüfften ihn.

»Mein Gott, muß das ein Gemetzel gewesen sein«, murmelte er erschüttert.

Giordino drückte dem Lokführer die Pistolenmündung gegen die Schläfe. »Halten Sie den Zug an. Jetzt!«

Der Lokführer, ein Franzose, der früher den zwischen Paris und

Lyon verkehrenden TGV gefahren hatte und von Massarde Enterprises mit einem doppelten Gehalt abgeworben worden war, betätigte die Bremsen, und der Zug hielt genau zwischen dem Fort und Kazims Befehlsstand.

Mit unglaublicher Präzision sprangen die Soldaten von Hargroves Spezialeinheit vom Zug und griffen in beiden Richtungen an. Eine Gruppe stieß sofort zum malischen Befehlsstand vor. Kazim und sein Stab wurden völlig überrascht. Der Rest der Einheit griff die malischen Truppen von hinten an. Eilig wurden die Planen abgezogen, unter denen die Hubschrauber vom Typ Apache auf den Flachbettwagen festgezurrt waren. Innerhalb von zwei Minuten starteten sie und brachten sich in Position, um mit ihren Hellfire-Raketen in den Kampf eingreifen zu können.

Kazim stand wie angewurzelt da, während er langsam begriff, daß die amerikanischen Special Forces heimlich, ohne von seiner Luftwaffe bemerkt worden zu sein, quer durch die Wüste bis zu ihm vorgedrungen waren. Vom Schock wie benommen, machte er keinerlei Anstalten, sich zu verteidigen oder Deckung zu suchen.

Die Colonels Mansa und Cheik zerrten ihn aus seinem Zelt und schoben ihn in ein Auto. Captain Batutta stieg schnell ein und setzte sich hinters Steuer. Ismail Yerli teilte ihre Besorgnis um die eigene Gesundheit und ließ sich auf den Beifahrersitz fallen.

»Nichts wie weg hier!« schrie Mansa, während Cheik und er auf dem Rücksitz neben Kazim Platz nahmen. »Im Namen Allahs! Hauen Sie ab, bevor wir getötet werden!«

Batutta wollte ebenso wenig sterben wie seine Vorgesetzten. Sollten die Soldaten doch selbst zusehen, wie sie sich aus dieser Falle befreiten. Die Offiziere verschwendeten keinen Gedanken auf die Tatsache, daß sie selbst jetzt vom Schlachtfeld desertierten. Außer sich vor Angst, gab Batutta Gas und legte den ersten Gang ein. Trotz Vierradantrieb wühlten sich die Reifen tief in den weichen Sand und drehten durch. Voller Panik ließ Batutta den Fuß auf dem Gaspedal. Der Motor heulte mit Höchstdrehzahl auf, Batutta reagierte nicht, und die Räder gruben sich bis zu den Achsen ein.

Kazim, der kaum verständliche Worte ausstieß, fand sich plötzlich in der Realität wieder, sein Gesicht angstverzerrt. »Rettet mich!« schrie er. »Ich befehle, daß ihr mich rettet!«

»Sie blöder Hund!« kreischte Mansa Batutta an. »Gehen Sie vom Gas runter, sonst kommen wir hier nie weg.«

»Ich versuch's doch«, brüllte Batutta zurück. Auf seiner Stirn stand Schweiß.

Nur Yerli saß ruhig da und akzeptierte sein Schicksal. Ruhig blickte er aus dem Seitenfenster und beobachtete den Tod, der sich in Gestalt eines großen, entschlossen wirkenden Amerikaners im Wüstenkampfanzug näherte.

Master Sergeant Jason Rasmussen aus Paradise Valley, Arizona, hatte seine Gruppe direkt vom Zug zu den Zelten von Kazims Hauptquartier geführt. Ihre Aufgabe hatte darin bestanden, die Kommunikationsabteilung auszuschalten und die Malier daran zu hindern, Alarm zu schlagen. Während der Einsatzbesprechung hatte Colonel Hargrove die Aufgabe mit den drastischen Worten beschrieben: ›Rein und raus, schneller, als ein Vampir Blut pißt.‹ Wenn die malischen Jäger sie abfingen, bevor sie mit ihren Helikoptern wieder die mauretanische Grenze überflogen hatten, waren sie verloren.

Nachdem seine Gruppe den schwachen Widerstand der überraschten malischen Soldaten gebrochen und ihre Aufgabe, sämtliche Kommunikationsverbindungen zu unterbrechen, erledigt hatte, bemerkte Rasmussen aus den Augenwinkeln den Wagen und lief darauf zu. Von hinten erblickte er die Köpfe von drei Personen auf dem Rücksitz und zweien, die vorne saßen. Er sah, daß der Wagen offenbar im Sand feststeckte, und hatte vor, die Insassen gefangenzunehmen. Doch dann machte der Wagen plötzlich einen Satz nach vorne und kam auf festen Untergrund. Vorsichtig gab der Fahrer Gas und fuhr davon.

Rasmussen feuerte mit seiner Maschinenpistole. Die Kugeln durchschlugen Türen und Fenster. Nachdem er zwei Magazine verschossen hatte, wurde der Wagen langsamer und blieb stehen. Rasmussen näherte sich vorsichtig und sah, daß der Fahrer über dem Steuerrad zusammengesackt war. Die Leiche eines hohen malischen Offiziers hing halb aus dem Fenster, ein weiterer aus der offenen Tür. Er lag mit dem Rücken auf dem Boden und starrte mit weit geöffneten Augen ins Leere. Ein vierter Mann saß in der Mitte der Rückbank und blickte mit aufgerissenen Augen wie hypnotisiert in die Ferne. Die Augen des fünften Mannes auf dem Beifahrersitz hatten einen seltsam friedlichen Ausdruck.

Der Offizier in der Mitte kam Rasmussen wie ein Feldmarschall aus einem Comicheft vor. Sein Uniformrock war reich mit goldener Tresse bestickt und mit breiten Ordensbändern dekoriert. Er trug eine Schärpe und zahlreiche Orden. Rasmussen konnte es einfach nicht glauben, daß es sich bei diesem Kerl um den Befehlshaber der malischen Truppen handeln sollte. Er beugte sich durch die offene Tür vor und gab dem hohen Offizier einen Schubs mit dem Kolben seiner Maschinenpistole. Der Mann kippte seitwärts weg, und man sah die beiden kleinen Kugeleinschläge im Bereich der Wirbelsäule, direkt unterhalb des Genickes.

Sergeant Rasmussen vergewisserte sich, daß auch für die übrigen Insassen jegliche medizinische Hilfe zu spät kommen würde. Er ahnte nicht, daß er seinen Auftrag weit über das übliche Maß hinaus erfüllt hatte. Ohne direkte Befehle Kazims und seines Stabes war keiner der nachgeordneten Offiziere bereit, auf eigene Faust einen Luftangriff zu befehlen. Der Sergeant aus Arizona hatte ganz allein das Schicksal eines westafrikanischen Landes verändert.

Rasmussen, der sich dessen nicht bewußt war, lud seine Waffe und lief zu seinen Kameraden zurück, um ihnen dabei zu helfen, die Gegend vom Feind zu säubern.

Fast zehn Tage würden vergehen, bevor General Kazim an der Stelle seiner endgültigen Niederlage in der Wüste begraben werden würde. Niemand trauerte um ihn, und nichts erinnerte in späterer Zeit an sein Grab.

57

Pitt sprang die Treppe hoch, die zum Arsenal führte, und schloß sich den Überlebenden der Einheit an, die in unmittelbarer Nähe des Kellereingangs ihre letzte Stellung bezogen hatten. Die Männer hatten hastig Barrikaden aufgetürmt und hielten den Exerzierplatz unter stetigem Feuer, um den Feind daran zu hindern, das Arsenal zu stürmen und die Zivilisten und Verwundeten zu massakrieren, bevor Giordino und die Special Forces eingreifen konnten.

Die verbissene Verteidigung verunsicherte die dezimierten Truppen der Malier. Der Angriff geriet ins Stocken. Vierzehn Mann gegen fast tausend. Pitt, Pembroke-Smythe und die zwölf UN-Soldaten stürmten den verblüfften Maliern schreiend wie Dämonen aus der Unterwelt entgegen und legten jeden um, der ihnen in den Weg kam.

Die Reihen der Malier teilten sich wie das Rote Meer vor Moses. Die Truppen Kazims hielten diesem verzweifelten Angriff nicht länger stand. Bis auf einige Tapfere flohen sie in alle Himmelsrichtungen.

Pitt feuerte, bis ihm die Kugeln ausgingen, dann schleuderte er die Pistole auf den Feind. In diesem Augenblick wurde er an der Hüfte getroffen und ging zu Boden.

Im selben Moment drangen Colonel Gus Hargroves Rangers ins Fort ein und überzogen die nichtsahnenden Truppen des verblichenen Generals Kazim mit einem mörderischen Feuer. Der Widerstand, dem Pitt und die übrigen sich gegenübersahen, schmolz dahin, als die Malier bemerkten, daß sie von hinten angegriffen wurden. Mut und überlegtes Handeln waren wie weggeblasen. Auf einem flachen Schlachtfeld hätte es anders ausgesehen, aber innerhalb des Forts gab es keinen Ort, an den sie hätten fliehen können. Wie auf Kommando warfen sie die Waffen weg und verschränkten die Hände hinter dem Kopf.

Der Kugelhagel verebbte. Eine eigenartige Ruhe legte sich über das Fort, als Hargroves Männer damit begannen, die Malier zusammenzutreiben und zu entwaffnen.

»Mein Gott«, stieß einer der Rangers aus, als er das Schlachtfeld überblickte. Seit sie den Zug verlassen hatten und über den Wüstenboden zwischen Gleisen und Fort gestürmt waren, hatten die Männer über unzählige Tote springen müssen, die teilweise so dicht beieinander gelegen hatten, daß man um sie herum ausweichen mußte. Im Innern des zerstörten Forts lagen an manchen Stellen die Leichen zu zweit und dritt übereinander. Noch nie hatte einer der Soldaten so viele Tote auf einmal gesehen.

Pitt rappelte sich unter Schmerzen hoch und hüpfte auf einem Bein vorwärts. Er riß einen Ärmel seines Kampfanzugs ab und drückte das Tuch gegen das Loch in seiner Hüfte, um die Blutung zu stoppen. Dann blickte er Pembroke-Smythe an, der mit grauem Gesicht steif dastand und dessen zahlreiche Wunden offenbar stark schmerzten.

»Sie sehen noch schlimmer aus als beim letzten Treffen«, murmelte Pitt.

Der Captain musterte Pitt von Kopf bis Fuß und wischte sich dann lässig die dicke Staubschicht von seinen Schulterklappen. »Sie würde man so auch nicht ins Savoy reinlassen.«

Als sei er aus dem Grab auferstanden, tauchte plötzlich in der unbeschreiblichen Zerstörung Colonel Levant auf und kam auf Pitt und Pembroke-Smythe zugehumpelt. Als Krücke benutzte er einen Granatwerfer. Levant hatte seinen Helm verloren, und sein linker Arm hing bewegungslos am Körper. Er blutete aus einer Kopfwunde, und auch sein Fußknöchel sah übel aus.

Keiner der Männer hatte erwartet, daß er noch lebte. Beide schüttelten dem Colonel ergriffen die Hand.

»Schön, daß Sie wieder bei uns sind, Colonel«, begrüßte ihn Pembroke-Smythe gut gelaunt. »Ich dachte schon, Sie seien unter der Mauer verschüttet.«

»Das war ich auch eine Weile.« Levant nickte Pitt zu und lächelte. »Wie ich sehe, leben Sie auch noch, Mr. Pitt.«

»Unkraut vergeht nicht.«

Levants Miene wurde traurig, als er die armseligen Überreste seiner Einheit sah. Die Männer kamen auf ihn zu, umringten und begrüßten ihn. »Die haben uns übel mitgespielt.«

»Wir ihnen auch«, murmelte Pitt grimmig.

Levant bemerkte Hargrove, der sich mit seinen Offizieren näherte und von Giordino und Steinholm begleitet wurde. Levant nahm Haltung an. »Lassen Sie die Männer antreten, Captain.«

Pembroke-Smythe konnte kaum das Zittern seiner Stimme verbergen, als er sich an die restlichen UN-Soldaten wandte. »Also Jungs ...« Er zögerte, als er einen weiblichen Korporal bemerkte, der einen massigen Sergeant stützte. »Und Ladies. Angetreten.«

Hargrove blieb vor Levant stehen. Die beiden Colonels salutierten. Verblüfft erkannte der Amerikaner, wie wenig Verteidiger einer so großen Truppe getrotzt hatten. Die UN-Soldaten standen da, stolz und derart staubbedeckt, daß sie wie Statuen aussahen. Die Augen lagen in tiefen Höhlen, und die hageren Gesichter wirkten völlig erschöpft. Alle hatten einen Stoppelbart. Die Kampfanzüge waren zerrissen und verschmutzt. Einige trugen hastig angelegte, blutdurchtränkte Verbände. Wenngleich alle mehr oder minder schwer verletzt waren, so waren sie dennoch unbesiegt geblieben.

»Colonel Jason Hargrove«, stellte er sich vor. »United States Army Rangers.«

»Colonel Marcel Levant, UN-Eingreiftruppe.«

»Ich bedauere zutiefst«, sagte Hargrove, »daß wir nicht früher kommen konnten.«

Levant zuckte die Achseln. »Ein Wunder, daß Sie überhaupt hier sind.«

»Sie haben die Stellung ausgezeichnet gehalten, Colonel.« Hargroves Blick glitt über die Trümmerlandschaft. Dann bemerkte er die abgekämpften Soldaten, die hinter Levant angetreten waren. »Sind das alle?« fragte er fassungslos.

»Ja, der Rest meiner Einheit.«

»Wieviel Mann hatten Sie unter Ihrem Kommando?«

»Vierzig zu Anfang.«

Wie in Trance salutierte Hargrove noch einmal. »Ich darf Sie zu Ihrer ruhmreichen Verteidigung beglückwünschen. So etwas habe ich noch nicht gesehen.«

»Im Arsenal des Forts liegen unsere Verwundeten«, informierte Levant Hargrove.

»Soviel ich weiß, befanden sich auch Frauen und Kinder in Ihrer Begleitung.«

»Die sind unten, bei meinen Verwundeten.«

Hargrove fuhr herum und gab seinen Offizieren den Befehl: »Sorgen Sie dafür, daß unsere Sanitäter herkommen und sich um die Leute kümmern. Holt diejenigen hoch, die sich im Keller aufhalten und bringt sie schnell an Bord der Transporthubschrauber. Die malische Luftwaffe kann jeden Augenblick hier auftauchen.«

Giordino ging zu Pitt hinüber, der etwas abseits stand, und umarmte ihn. »Diesmal, alter Freund, habe ich nicht geglaubt, daß ich rechtzeitig komme.«

Trotz der Erschöpfung und des pochenden Schmerzes in seiner angeschossenen Hüfte grinste Pitt ihn an. »Der Teufel und ich haben uns nicht einigen können.«

»Tut mir leid, daß ich es nicht geschafft habe, zwei Stunden früher hier zu sein«, klagte Giordino.

»Niemand hätte dich mit einem Zug erwartet.«

»Hargrove konnte es nicht riskieren, die Luftabwehr Kazims bei Tageslicht mit seinen Helikoptern zu durchbrechen.«

Pitt blickte nach oben und sah einen Apache-Kampfhubschrauber, der das Fort umkreiste und dessen hochentwickelte Elektronik die Gegend hinter dem Horizont nach sich nähernden feindlichen Einheiten absuchte. »Du hast es geschafft, ohne entdeckt zu werden«, stellte er fest. »Und allein das zählt.«

Giordino warf Pitt einen unsicheren Blick zu. »Was ist mit Eva?«

»Sie ist schwer verwundet. Dir und dem Signalhorn der Lokomotive verdankt sie es, daß sie noch lebt.«

»War es so knapp, daß sie von Kazims Mob erschossen worden wäre?« fragte Giordino neugierig.

»Nein, ich hätte sie erschossen.« Bevor Giordino antworten konnte, deutete Pitt auf den Eingang zum Arsenal. »Komm mit, sie wird sich freuen, dich zu sehen.«

Giordinos Miene wurde ernst, als er all die Verwundeten mit ihren blutigen Verbänden und geschienten Gliedern erblickte, die dicht gedrängt auf dem Boden lagen. Überrascht betrachtete er die Schäden, die von den aus der Decke gebrochenen Steinen stammten. Doch am meisten verblüffte ihn die absolute Stille. Keiner der Verwundeten machte ein Geräusch, kein Stöhnen entrang sich ihren Lippen. Niemand in dem dichtgedrängten Keller sagte ein Wort. Die Kinder starrten ihn bloß an, völlig durcheinander nach der stundenlang ertragenen Angst.

Dann, wie auf Kommando, brachen alle in schwache Hochrufe und Applaus aus, als sie in Giordino den Mann erkannten, der die Verstärkung hergeführt und ihr Leben gerettet hatte. Pitt war amüsiert. Noch nie hatte er Giordino so bescheiden und gerührt gesehen wie in diesem Moment. Die Männer reichten ihm die Hand, und die Frauen küßten ihn wie einen langersehnten Liebhaber.

Dann entdeckte Giordino Eva. Sie hob den Kopf und schenkte ihm ein strahlendes Lächeln. »Al... o Al. Ich wußte, Sie kommen zurück.«

Er ging neben ihr in die Knie, gab acht, daß er nicht aus Versehen an ihre Verwundungen stieß und tätschelte ihre Hand. »Sie ahnen gar nicht, wie ich mich freue, Sie und Pitt lebendig wiederzusehen.«

»Hier war ganz schön was los«, sagte sie. »Schade, daß Sie es verpaßt haben.«

»Na, ich wurde ja weggeschickt.«

Sie warf einen Blick auf die anderen, die um sie herumlagen und litten. »Kann man nichts für sie tun?«

»Die Sanitäter der Special Forces sind schon unterwegs«, erklärte Pitt. »Jeder wird so schnell wie möglich abgeholt und versorgt.«

Kurz darauf tauchten die hochgewachsenen, muskulösen Rangers auf, nahmen die Kinder behutsam auf den Arm und brachten sie und ihre Mütter zu den wartenden Hubschraubern nach draußen auf den Exerzierplatz. Danach kümmerten sich die Sanitäter der Rangers, unterstützt von den UN-Sanitätern, um den Abtransport der Verwundeten.

Giordino schnappte sich eine Bahre und trug Eva zusammen mit dem humpelnden Pitt in die helle Nachmittagssonne.

»Ich hätte nie gedacht, daß ich die Wüstenhitze einmal als angenehm empfinden würde«, murmelte sie.

Zwei Ranger griffen durch die offene Ladetür des Helikopters. »Von hier an übernehmen wir sie«, sagte der eine.

»Bringt sie in der Ersten Klasse unter«, lächelte Pitt die Männer an. »Sie ist etwas ganz Besonderes.«

»Eva!« erklang eine laute Stimme aus dem Innern des Hubschraubers. Dr. Hopper saß auf einer Tragbahre. Ein Verband bedeckte die Hälfte seiner nackten Brust, der größte Teil seines Gesichts war unter einem weiteren Verband verborgen. »Wollen hoffen, daß wir diesmal ein angenehmeres Ziel anfliegen.«

»Gratuliere, Doc«, rief Pitt. »Ich bin froh, daß Sie überlebt haben.«

»Ich hab' vier von den Kerlen umgelegt, bevor mich einer mit einer Handgranate erwischt hat.«

»Wo ist Fairweather?« fragte Pitt, der den Engländer nicht sah.

Hopper schüttelte traurig den Kopf. »Der hat's nicht geschafft.«

Pitt und Giordino halfen den Ranger, Evas Bahre neben der von Hopper festzuzurren. Dann strich Pitt ihr das Haar zurück. »Der Doc wird sich um dich kümmern.«

Sie sah zu Pitt auf und wünschte sich, er würde sie in seine Arme schließen. »Kommst du nicht mit?«

»Diesmal nicht.«

»Aber deine Wunden müssen versorgt werden«, widersprach sie.

»Ich muß mich noch um einiges kümmern.«

»Du kannst nicht in Mali bleiben«, beschwor sie ihn. »Das darfst du nicht. Nicht nach alledem, was passiert ist.«

»Al und ich sind nach Westafrika gekommen, um eine Aufgabe zu erledigen. Die wartet noch auf uns.«

»Dann ist dies der endgültige Abschied?« fragte sie mit erstickter Stimme.

»Nein. Keineswegs.«

»Wann werde ich dich wiedersehen?«

»Bald, wenn alles gutgeht«, erwiderte er ernst.

Sie hob den Kopf, und in ihren Augen schimmerten Tränen. Dann küßte sie ihn zärtlich auf den Mund. »Bitte, beeil dich.«

Pitt und Giordino traten zurück. Der Pilot des Hubschraubers erhöhte die Rotorendrehzahl, und der Helikopter hob in einer riesigen Staubwolke ab. Sie sahen ihm nach, während er über die zerborstenen Mauern flog und in Richtung Westen abdrehte.

Dann wandte sich Giordino an Pitt und deutete auf dessen Wunden. »Wenn du das vorhast, was ich vermute, lassen wir dich besser schleunigst verpflastern«

Pitt bestand darauf, so lange zu warten, bis die Schwerverwundeten versorgt waren, bevor er dem Sanitäter erlaubte, die Granatsplitter aus seinem linken Arm und der linken Schulter zu entfernen und auch die Fleischwunde an seiner Hüfte mit ein paar Stichen zu nähen. Er bekam noch zwei Spritzen gegen Infektionen und Schmerzen und wurde verbunden. Danach verabschiedeten Giordino und er sich von Levant und Pembroke-Smythe, bevor die beiden Offiziere zusammen mit den Überlebenden der UN-Einheit ausgeflogen wurden.

»Sie kommen nicht mit uns?« fragte Levant.

»Der Mann, auf dessen Konto dieses sinnlose Gemetzel geht, darf nicht ungestraft davonkommen«, erwiderte Pitt geheimnisvoll.

»Yves Massarde?«

Pitt nickte schweigend.

»Ich wünsche Ihnen Glück.« Levant schüttelte ihnen die Hand. »Gentlemen, mir bleibt kaum mehr zu sagen, als daß ich Ihnen für Ihre Unterstützung danke.«

»War uns ein Vergnügen, Colonel«, erwiderte Giordino grinsend. »Sie können jederzeit anrufen, wenn Sie mal wieder Verwendung für uns haben.«

»Ich hoffe, Sie bekommen einen Orden und werden zum General befördert«, erklärte Pitt. »Niemand hat das mehr verdient als Sie.«

Levants Augen flogen über die Verwüstung. Möglicherweise sah er die Männer vor sich, die unter den Trümmern verschüttet waren. »Ich hoffe, das Ganze war diesen schrecklichen Preis wert.«

Pitt zuckte traurig die Achseln. »Der Preis des Todes ist die Trauer.«

Pembroke-Smythe bestieg mit erhobenem Haupt und hochmütigem Gesichtsausdruck als letzter den Hubschrauber. »Ausgezeichnete Arbeit«, sagte er. »Bei Gelegenheit müssen wir uns mal treffen und das Ganze wiederholen.«

»Wir könnten ein Veteranentreffen organisieren«, murmelte Giordino sarkastisch.

»Wenn wir uns in London sehen«, stellte Pembroke-Smythe unbeeindruckt fest, »geht der Dom Perignon auf mich. Und dann stelle ich Ihnen ein paar traumhafte Mädels vor, die seltsamerweise eine Schwäche für Amerikaner haben.«

»Dürfen wir in Ihrem Bentley herumfahren?« fragte Pitt.

»Woher wissen Sie, daß ich einen Bentley habe?« erkundigte sich Pembroke-Smythe leicht überrascht.

Pitt grinste. »Irgendwie paßt der Wagen zu Ihnen.«

Als der Hubschrauber mit den Überlebenden der UN-Einheit abhob und in Richtung Sicherheit nach Mauretanien über die Wüste donnerte, wendeten Pitt und Giordino sich ab, ohne einen Blick zurückzuwerfen. Ein junger, dunkelhäutiger Lieutenant kam ihnen entgegen und bedeutete ihnen zu warten.

»Entschuldigung, Mr. Pitt und Mr. Giordino?«

Pitt nickte. »Das sind wir.«

»Colonel Hargrove erwartet Sie drüben, auf der anderen Seite der Gleise, im Hauptquartier der Malier.«

Pitt humpelte mit zusammengebissenen Zähnen durch den Sand. Seine Hüfte schmerzte irrsinnig, doch Giordino hütete sich, seinem Freund Hilfe anzubieten. Die opalgrünen Augen blitzten entschlossen, das hagere Gesicht war teilweise von einem Verband verdeckt.

Die Zelte aus Segeltuch in Tarnfarbe, die früher Kazims Befehlsstand beherbergt hatten, erinnerten an ein Bühnenbild aus dem amerikanischen Film *Kismet*. Colonel Hargrove lehnte im Hauptzelt über einem Tisch und studierte Kazims militärische Kommunikationscodes. Zwischen seinen Lippen steckte ein Zigarrenstummel.

Ohne sie zu begrüßen, fragte er: »Weiß zufällig einer von Ihnen, wie Zateb Kazim aussieht?«

»Wir haben ihn kennengelernt«, erwiderte Pitt.

»Können Sie ihn identifizieren?«

»Wahrscheinlich.«

Hargrove richtete sich auf und trat durch den Zelteingang. »Hier draußen.« Er ging die paar Schritte voraus über den steinigen Boden, bis sie an den von Kugeln durchsiebten Wagen kamen. Dann nahm er die Zigarre aus dem Mund und spuckte in den Sand.

»Erkennen Sie einen dieser Clowns?«

Pitt beugte sich vor und sah ins Innere des Wagens. Die blutüberströmten Leichen wurden bereits von Hunderten von Fliegen umschwärmt. Er sah Giordino an, der von der anderen Seite aus hineinblickte. Giordino nickte.

Pitt drehte sich zu Hargrove um. »Der in der Mitte. Das ist Zateb Kazim.«

»Sind Sie sicher?« hakte Hargrove nach.

»Ganz sicher«, erklärte Pitt mit fester Stimme.

»Die anderen müssen höhere Offiziere seines Stabs sein«, fügte Giordino hinzu.

»Meinen Glückwunsch, Colonel. Jetzt brauchen Sie die malische Regierung nur noch davon in Kenntnis zu setzen, daß Sie den General in Ihre Gewalt gebracht haben und ihn als Geisel festhalten, um die sichere Heimkehr Ihrer Einheit nach Mauretanien zu gewährleisten.«

Hargrove sah Pitt an. »Aber der Mann ist eine Leiche.«

»Und wer weiß das? Bestimmt nicht seine Untergebenen bei den Sicherheitskräften.«

Hargrove ließ die Zigarre fallen und trat sie im Sand aus. Er sah zu den paar hundert Überlebenden von Kazims Streitmacht hinüber, die zusammengetrieben worden waren und von amerikanischen Rangers bewacht wurden. »Ich sehe eigentlich keinen Grund, weshalb das nicht funktionieren sollte. Ich werde meine Offiziere vom Nachrichtendienst anweisen, die Verbindung herzustellen. Währenddessen machen wir mit der Evakuierung weiter.«

»Da Sie jetzt nicht mehr unter Zeitdruck stehen, möglichst schnell von hier zu verschwinden, wäre da noch etwas.«

»Und was?« fragte Hargrove.

»Ich möchte Sie um einen Gefallen bitten.«

»Was kann ich für Sie tun?«

Pitt grinste Hargrove an, der einen halben Kopf kleiner war. »Einen von Ihren Hubschraubern, Colonel. Den möchte ich mir gerne zusammen mit ein paar Ihrer besten Männer ausleihen.«

58

Nachdem er mit hochrangigen malischen Beamten gesprochen und ihnen das Märchen verkauft hatte, er halte Kazim als Geisel fest, war Hargrove davon überzeugt, daß gegen seine abziehende Einheit keine Militäraktion mehr ergriffen werden würde. Er fühlte sich erleichtert. Daß ihn der Präsident von Mali bat, General Kazim zu exekutieren, amüsierte ihn ziemlich.

Hargrove hatte allerdings nicht die Absicht, seinen persönlichen Hubschrauber vom Typ Sikorsky H-76 Eagle mitsamt Besatzung und sechs seiner Rangers an ein paar clevere Bürokraten auszuleihen. Und ganz bestimmt nicht in der unmittelbaren Gefechtszone. Die einzige Konzession, zu der er auf Pitts Bitte hin bereit war, war die, das Ersuchen an das Kommando der Special Forces in Florida weiterzuleiten. Zu diesem Zweck benutzte er das von Kazim eroberte Kommunikationssystem. Er war sich absolut sicher, daß seine Vorgesetzten ihren Spaß haben würden.

Hargrove war völlig verdattert, als die Antwort umgehend eintraf. Dem Ersuchen wurde nicht nur stattgegeben, sondern es wurde sogar vom Präsidenten persönlich unterstützt.

Eisig wandte sich Hargrove an Pitt. »Sie müssen mächtige Freunde haben.«

»Ich will keine Vergnügungsreise unternehmen«, erwiderte Pitt und konnte seine Befriedigung kaum verbergen. »Man hat es Ihnen nicht gesagt, doch bei Ihrem Einsatz ging es um weit mehr als lediglich um die Rettung von Menschenleben.«

»Ist wahrscheinlich egal«, seufzte Hargrove. »Wie lange brauchen Sie meine Männer und den Hubschrauber?«

»Zwei Stunden.«

»Und dann?«

»Wenn alles nach Plan verläuft, dann erhalten Sie die Maschine, Ihre Männer und die Besatzung in tadellosem Zustand zurück.«

»Und was ist mit Ihnen und Giordino?«

»Wir bleiben hier.«

»Ich will Sie gar nicht fragen, weshalb«, erklärte Hargrove und schüttelte den Kopf. »Diese ganze Operation ist mir rätselhaft.«

»Haben Sie je von einer Militäroperation gehört, die das nicht war?« fragte Pitt ernst. »Das, was Sie heute hier geschafft haben, hat weitreichende Folgen, die Sie gar nicht abschätzen können.«

Hargrove zog fragend die Augenbrauen hoch. »Glauben Sie, ich werde je wissen, worüber Sie reden?«

»Die beste Art, hinter Regierungsgeheimnisse zu kommen«, erklärte Pitt, »ist immer noch die, am nächsten Tag die Zeitung zu lesen.«

Nach einem Umweg von 20 Kilometern zu einem verlassenen Dorf, wo sie einem Brunnen auf dem Marktplatz Proben vergifteten Wassers entnahmen, befahl Pitt dem Piloten, die Gegend um Fort Foureau aufzuklären.

»Lassen Sie die Sicherheitskräfte einen Blick auf Ihre Bewaffnung werfen. Doch passen Sie auf, daß wir vom Boden aus nicht unter Beschuß genommen werden.«

»Massardes Hubschrauber steht mit laufendem Rotor auf dem Landeplatz«, bemerkte Giordino. »Der will wohl eilig verschwinden.«

»Da Kazim tot ist, hat man ihn sicher noch nicht verständigt, wie der Kampf ausgegangen ist«, erklärte Pitt, »doch er ahnt bestimmt, daß etwas schiefgelaufen ist.«

»Was für ein Pech, daß wir seinen Flug stornieren müssen«, meinte Giordino gehässig.

»Keine Anzeichen für Luftabwehr, Sir«, meldete der Pilot an Pitt.

»Okay. Setzen Sie uns neben dem Landeplatz ab.«

»Sie wollen nicht, daß wir Sie da hinein begleiten?« erkundigte sich der Sergeant mit dem harten Gesichtsausdruck.

»Nachdem wir die Sicherheitskräfte gebührend beeindruckt haben, können Al und ich jetzt alleine weitermachen. Bleiben Sie noch 30 Minuten in der Nähe, damit jeder, der dumm genug ist, an Widerstand zu denken, sich das zweimal überlegt. Und halten Sie den Hubschrauber am Boden fest, wenn er starten will. Auf mein Signal hin fliegen Sie zu Colonel Hargroves Befehlsstand zurück.«

»Da wartet ein Empfangskomitee«, erklärte der Pilot und deutete auf den Landeplatz.

»Meine Güte«, sagte Giordino und blinzelte im hellen Sonnenlicht. »Das sieht ganz nach unserem alten Kumpel, Captain Brunone, aus.«

»Mitsamt einer Gruppe Helfershelfer«, fügte Pitt hinzu. Er klopfte dem Piloten auf die Schulter. »Halten Sie die Geschütze auf sie gerichtet, bis ich Ihnen ein Zeichen gebe.«

Der Pilot schwebte einen halben Meter über dem Boden und hielt die wartenden Wachen im Visier seiner Raketenwerfer und Maschinenkanonen. Giordino sprang leichtfüßig auf den Beton hinunter und half dann Pitt beim Aussteigen, damit dieser sein Bein schonen konnte. Sie gingen auf Brunone zu, der sichtlich zusammenfuhr und ihnen verblüfft entgegensah, als er sie erkannte.

»Ich hatte nicht erwartet, Sie beide wiederzusehen«, begrüßte Brunone sie.

»Darauf möchte ich wetten«, murmelte Giordino abfällig.

Pitt starrte Brunone an und bemerkte einen Ausdruck in den Augen des Captains, der Giordino entgangen war. Er sah eher nach Erleichterung als nach Wut und Angst aus. »Sie scheinen ja beinahe froh, uns wiederzusehen.«

»Das bin ich. Mir wurde gesagt, daß noch nie jemand aus Tebezza entflohen ist.«

»Haben Sie die Ingenieure mit Frauen und Kindern dorthin geschickt?«

Brunone schüttelte ernst den Kopf. »Nein, diese Schweinerei ist eine Woche vor meiner Ankunft passiert.«

»Aber Sie haben von ihrer Gefangenschaft gehört?«

»Mir sind nur Gerüchte zu Ohren gekommen. Ich habe versucht, in der Angelegenheit Nachforschungen anzustellen, doch Mr. Massarde hielt die Sache absolut unter Verschluß. Jeder, der mit dem Verbrechen in Verbindung stand, wurde vom Projekt abgezogen.«

»Er hat den Leuten wahrscheinlich die Kehle durchgeschnitten, um sie zum Schweigen zu bringen«, erklärte Giordino.

»Sie mögen Massarde nicht besonders, stimmt's?« fragte Pitt.

»Der Mann ist ein Schwein und ein Dieb«, stieß Brunone hervor. »Ich könnte Ihnen Dinge über die Anlage erzählen –«

»Wir wissen bereits Bescheid«, unterbrach ihn Pitt. »Warum kündigen Sie nicht einfach und fliegen nach Hause?«

Brunone sah Pitt an. »Diejenigen, die bei Massarde Enterprises kündigen, werden innerhalb einer Woche Kunden eines Beerdigungsinstitutes. Ich habe eine Frau und fünf Kinder.«

Wennschon, dennschon. Pitt hatte so eine Ahnung, daß er Brunone trauen konnte. Die Kooperation mit dem Captain konnte sich als wertvoll erweisen. »Von jetzt an stehen Sie nicht länger in den Diensten von Yves Massarde. Sie arbeiten für Pitt & Giordino Industries.«

Brunone dachte über Pitts Vorschlag nach, warf einen Blick auf den Hubschrauber, der die halbe Anlage mit seiner Feuerkraft in Trümmer legen konnte und sah den entschlossenen, zuversichtlichen Ausdruck auf Pitts und Giordinos Gesichtern. Dann zuckte er die Achseln. »Ich nehme Ihr Angebot an.«

»Und Ihre Männer?«

Zum ersten Mal grinste Brunone. »Die Loyalität meiner Männer gilt mir. Massarde hassen sie ebenso wie ich. Sie werden nichts dagegen haben, für einen anderen Arbeitgeber zu arbeiten.«

»Sichern Sie sich ihre Loyalität zusätzlich dadurch, daß Sie ihnen mitteilen, soeben seien ihre Löhne verdoppelt worden.«

»Und was ist mit mir?«

»Wenn Sie Ihre Karten richtig ausspielen«, erklärte Pitt, »dann sind Sie der nächste Leiter dieser Anlage.«

»Aha. Ein erstklassiges Angebot. Sie können meiner vollen Unterstützung gewiß sein. Was soll ich tun?«

Pitt wies mit einem Kopfnicken zum Verwaltungsgebäude der Anlage hinüber. »Sie können uns zu Massarde begleiten, damit wir ihn an die Luft setzen können.«

Brunone zögerte plötzlich. »Sie haben General Kazim vergessen, oder? Massarde und er sind Partner. Der wird nicht dasitzen und tatenlos zusehen, wie sein Anteil am Projekt den Bach runtergeht.«

»General Zateb Kazim stellt kein Problem mehr dar«, versicherte ihm Pitt.

»Wieso? Was macht er denn in diesem Augenblick?«

»Was er gerade macht?« zog Giordino ihn auf. »Das letzte Mal, als ich ihn gesehen habe, zog er einen ganzen Haufen Fliegen an.«

Massarde saß hinter einem massiven Schreibtisch, und seine wachen blauen Augen blitzten beim überraschenden Erscheinen Pitts und Giordinos verärgert auf, als handelte es sich bloß um eine vorübergehende, unliebsame Überraschung. Verenne stand mit angewiderter Miene wie ein braver Schüler hinter ihm.

»Sie hören wohl nie auf, mich zu plagen – wie die Furien aus der griechischen Mythologie«, philosophierte Massarde. »Sie sehen sogar aus, als wären Sie gerade der Unterwelt entsprungen.«

Hinter dem Schreibtisch hing ein großer Spiegel in einem Barockrahmen mit Putten. Pitt blickte hinein und erkannte, daß Massardes Beschreibung zutraf. Giordino wirkte noch verhältnismäßig sauber und gesund. Bei ihm sah das anders aus. Sein Kampfanzug war zerfetzt und von Rauch und Staub verdreckt. Blutdurchtränkte Risse und Kleiderfetzen, Verbände am linken Arm, der linken Schulter und der Hüfte. Eine Platzwunde quer über die Wange bis zum Kinn, das Gesicht hager und schweißüberströmt. Wenn man ihn in einer einsamen Gasse treffen würde, so dachte Pitt, nähme jeder an, er wäre das Opfer eines Überfalls geworden.

»Wir sind die Geister der Ermordeten, die kommen, um an den Mördern Rache zu nehmen«, erwiderte Pitt. »Wir sind hier, um Sie für Ihre Verbrechen zahlen zu lassen.«

»Ersparen Sie mir Ihren langweiligen Humor«, erwiderte Massarde. »Was wollen Sie?«

»Zunächst einmal die Müllverbrennungsanlage von Fort Foureau.«

»Sie wollen die Anlage.« Er sagte das, als sei dies eine ganz normale Forderung. »Da Sie sich eine derartige Unverschämtheit herausnehmen, muß ich wohl davon ausgehen, daß es General Kazim nicht gelungen ist, die Flüchtlinge von Tebezza wieder einzufangen.«

»Wenn Sie damit die Familien meinen, die Sie in die Sklaverei gezwungen haben, ja. Während wir uns unterhalten, sind sie auf dem Weg in die Freiheit, die sie dem selbstlosen Einsatz einer UN-Truppe und dem rechtzeitigen Eingreifen einer Einheit der amerikanischen Special Forces zu verdanken haben. Wenn sie in Frankreich eintreffen, werden sie dafür sorgen, daß Ihre kriminellen Machenschaften an die Öffentlichkeit gebracht werden. Die Morde, die unvorstellbaren Grausamkeiten in Ihrer Goldmine, die illegale Lagerung des Giftmülls, die Tausenden von Toten unter der Wüstenbevölkerung – das reicht aus, um Sie zum gesuchtesten Verbrecher der Welt zu machen.«

»Meine Freunde in Frankreich werden mich schützen«, erklärte Massarde fest.

»Verlassen Sie sich nicht auf Ihre Verbindungen zu Mitgliedern der französischen Regierung. Wenn die Wogen in der Öffentlichkeit erst einmal drohen, ihre Freunde in der Politik mitzureißen, werden die nicht mal mehr zugeben, Ihren Namen zu kennen. Was dann folgt, ist ein häßlicher Prozeß und anschließend die Verbannung auf die Teufelsinsel, oder dorthin, wo die Franzosen heutzutage ihre Schwerverbrecher hinschicken.«

Verenne hielt die Lehne von Massardes Stuhl umklammert und schäumte wutschnaubend: »Mr. Massarde wird niemals vor Gericht gestellt oder zu Gefängnis verurteilt werden. Dazu ist er viel zu mächtig. Zu viele Regierungschefs stehen in seiner Schuld.«

»Sie meinen, er hat sie in der Tasche«, bemerkte Giordino, ging zur Bar hinüber und griff nach einer Flasche Mineralwasser.

»Solange ich in Mali bleibe, bin ich unantastbar«, sagte Massarde. »Ich kann Massarde Enterprises mühelos von hier aus leiten.«

»Ich fürchte, das ist nicht möglich«, stellte Pitt klar und trieb Massarde immer mehr in die Enge. »Besonders wenn man General Kazims wohlverdientes Ende in Rechnung stellt.«

Massarde sah Pitt an, und sein Mund wurde zu einem schmalen Strich. »Kazim ist tot?«

»Er, sein Stab und die halbe Armee.«

Massarde sah Brunone an. »Und Sie, Captain? Halten Sie und Ihre Männer noch zu mir?«

Brunone schüttelte den Kopf. »Nein, Sir. In Anbetracht der jüngsten Ereignisse habe ich mich entschieden, Mr. Pitts attraktiveres Angebot anzunehmen.«

Massarde war geschlagen und seufzte. »Wieso, in aller Welt, wollen Sie die Anlage unter Ihre Kontrolle bekommen?« fragte er Pitt.

»Um sie in Ordnung zu bringen und zu versuchen, den Umweltschaden, den Sie angerichtet haben, wieder auszumerzen.«

»Die Malier werden nie im Leben einem Ausländer die Leitung übergeben.«

»Oh, ich glaube, die Regierung wird sich das genau überlegen, wenn ihr erst einmal bewußt ist, daß sie in den Genuß sämtlicher Gewinne kommt, die die Anlage abwirft. Wenn man bedenkt, daß Mali als ärmstes der armen Länder gilt, wie könnte die Regierung da einen solchen Vorschlag ablehnen?«

»Sie würden die technisch fortgeschrittenste Solar-Müllverbrennungsanlage einer Bande Barbaren übergeben, die die Anlage zugrunde richten würden?« fragte Massarde überrascht. »Damit würden Sie alles verlieren.«

»Haben Sie geglaubt, ich wäre hinter einem Schweinehund wie Ihnen her, weil ich meinen finanziellen Vorteil im Auge hätte? Tut mir leid, Massarde, aber es gibt noch ein paar Menschen, deren Antrieb nicht die Gier ist.«

»Sie sind ein Idiot, Pitt«, erklärte Massarde und stand hinter seinem Schreibtisch auf.

»Setzen Sie sich! Der beste Teil folgt erst.«

»Was wollen Sie außer Fort Foureau denn noch verlangen?«

»Das Vermögen, das Sie auf den Jungferninseln versteckt haben.«

»Wovon reden Sie überhaupt?« wollte Massarde verärgert wissen.

»Von den Millionen, möglicherweise Hunderten von Millionen in bar, die Sie im Laufe der Jahre mit Ihren düsteren Geschäften und rücksichtslosen Transaktionen zusammengerafft haben. Es ist bekannt, daß Sie Banken und normalen Investitionen nicht trauen. Sie haben Ihr Geld auch nicht auf den Grand Caymans oder den Kanalinseln versteckt. Sie hätten sich vor langer Zeit zur Ruhe setzen können, das gute Leben genießen und Ihr Geld in Gemälden, alten Autos oder Villen in Italien investieren können. Oder noch besser, Sie hätten sich als Philantrop betätigen und Ihren Reichtum mit den Armen teilen können. Doch Gier bringt immer noch größere Gier mit sich. Sie können Ihre Gewinne nicht ausgeben. Egal, wieviel Sie horten, es ist nie genug. Sie können nicht wie ein normaler Mensch leben. Die

Mittel, die Sie nicht in Massarde Enterprises beließen, um weitere Firmenaufkäufe zu finanzieren, haben Sie irgendwo auf einer Insel im Südpazifik versteckt. Tahiti, Mooréa oder Bora? Ich vermute, auf einer der weniger bewohnten Insel der Kette. Wie nahe komme ich der Wahrheit, Massarde?«

Er verriet es nicht.

»Mein Vorschlag sieht so aus«, fuhr Pitt fort, »als Gegenleistung dafür, daß Sie jegliche Kontrolle über diese Anlage abgeben und verraten, wo Sie Ihre zusammengerafften Reichtümer versteckt haben, lasse ich Sie und Ihren Helfer, Verenne, den Helikopter besteigen und ein Ziel Ihrer Wahl ansteuern.«

»Sie sind ein Idiot«, knurrte Verenne mit rauher Stimme. »Sie haben weder die Befugnis noch die Macht, Mr. Massarde zu erpressen.«

Giordino stand hinter der Bar und gab über ein kleines Funkgerät Anweisungen. Die anderen beachteten ihn nicht. Der Zeitpunkt war nahezu perfekt gewählt. Einen Augenblick lang herrschte Ruhe, dann plötzlich tauchte der Eagle vor dem Bürofenster auf, schwebte drohend in der Luft und schien drauf und dran, mit seinem tödlichen Waffenarsenal Massardes Büro in Schutt und Asche zu legen.

Pitt nickte zum Hubschrauber hin. »Befugt bin ich nicht, doch die Macht habe ich.«

Massarde lächelte. Er gehörte nicht zu den Menschen, die kampflos aufgaben. Er schien überhaupt keine Angst zu haben, beugte sich über seinen Schreibtisch und sagte unbeeindruckt: »Übernehmen Sie die Anlage, wenn Sie wollen. Ohne den Rückhalt eines Despoten wie Kazim läßt die dämliche Regierung sie verkommen. Letztendlich bleibt dann nur noch eine Investitionsruine übrig, wie bisher noch jedesmal, wenn westliche Technologie in dieser gottverlorenen Wüste eingesetzt wurde. Ich habe andere Projekte, die dieses hier ersetzen werden.«

»Halb haben wir's geschafft«, stellte Giordino kühl fest.

»Was mein Vermögen angeht, so können Sie sich den Atem sparen. Was mein ist, bleibt auch mein. Doch mit der Insel im Pazifik haben Sie recht. Sie und Millionen anderer Leute könnten tausend Jahre danach suchen. Sie würden das Geld niemals finden.«

Pitt wandte sich an Brunone. »Captain, wir haben noch ein paar

Stunden Mittagshitze. Bitte knebeln Sie Mr. Massarde und ziehen Sie ihm die Kleider aus. Dann rammen Sie draußen Stangen in den Boden und binden ihn fest. Danach lassen Sie ihn allein.«

Das traf Massarde schwer. Er begriff nicht, daß man ihn genauso brutal behandeln konnte, wie er andere behandelt hatte. »Das können Sie mit Yves Massarde nicht machen«, stieß er wild hervor. »Bei Gott, Sie werden nicht –«

Er brach ab, als ihn Pitts Handrücken im Gesicht traf. »Wie du mir, so ich dir. Sie haben Glück, daß ich keinen Ring trage.«

Einen Augenblick lang stand Massarde da und rührte sich nicht. Seine Miene war haßerfüllt, und er wurde langsam blaß, weil er erstmals Angst verspürte. Er sah Pitt an. Der Amerikaner zeigte nicht die geringste Regung, die darauf schließen ließ, er würde seine Anordnung möglicherweise widerrufen. Langsam zog er sich aus, bis er nackt und bleich dastand.

»Captain Brunone«, sagte Pitt. »Tun Sie Ihre Pflicht.«

»Mit Vergnügen, Sir«, erwiderte Brunone, dem die Sache offenbar Spaß machte.

Nachdem Massarde geknebelt und gefesselt auf dem heißen Boden draußen vor dem Verwaltungsgebäude in der gnadenlosen Saharasonne stand, nickte Pitt Giordino zu. »Dank den Männern im Hubschrauber in meinem Namen und schick sie zu Colonel Hargrove zurück.«

Der Hubschrauberpilot bestätigte den Befehl mit einem Winken und drehte in Richtung Schlachtfeld ab. Jetzt waren sie auf sich gestellt, mußten sich auf ihren Einfallsreichtum und darauf, daß ihr Bluff aufging, verlassen.

Giordino blickte auf Massarde hinab und sah Pitt mit neugierig glitzernden Augen an. »Weshalb der Knebel?« fragte er.

Pitt lächelte. »Wenn du da draußen in der Sonne rösten würdest, wieviel würdest du Brunone und seinen Männern anbieten, damit sie dich laufen ließen?«

»Ein paar Millionen oder mehr«, erwiderte Giordino und bewunderte Pitts Voraussicht.

»Wahrscheinlich mehr.«

»Glaubst du wirklich, daß er reden wird?«

Pitt schüttelte den Kopf. »Nein. Massarde wird die Qualen der

Verdammnis ertragen und lieber zur Hölle fahren, bevor er das Versteck seines Schatzes verrät.«

»Aber wenn er nicht redet, wer dann?«

»Sein engster Freund und Vertrauter«, sagte Pitt und deutete auf Verenne.

»Verdammt, ich weiß es nicht!« kreischte Verenne verzweifelt.

»Oh, ich glaube doch. Vielleicht nicht die genaue Stelle, doch ich habe das Gefühl, Sie könnten uns in die unmittelbare Nähe des Verstecks führen.«

Verenne wandte den Blick ab. Der furchtsame Gesichtsausdruck verriet, daß er das Geheimnis kannte. »Ich würde Ihnen nichts verraten, selbst wenn ich es könnte.«

»Al, während ich Massardes elegante Räumlichkeiten benutzte, um mich endlich mal zu waschen, könntest du unseren Freund in ein leeres Büro begleiten und ihn überreden, uns eine Karte von Massardes geheimnisvollem Gelddepot zu zeichnen.«

»Klingt gut«, erwiderte Giordino lässig. »Ich hab' schon seit fast einer Woche niemandem mehr die Zähne ausgeschlagen.«

59

Fast zwei Stunden später, nach einer Dusche und einem Nickerchen, fühlte sich Pitt beinahe wieder wie ein Mensch. Der beißende Schmerz seiner Wunden war fast zu ertragen. Er saß hinter Massardes Schreibtisch und trug einen Morgenrock aus Seide, der ihm mindestens zwei Nummern zu klein war. Gefunden hatte er ihn in einem Kleiderschrank, der so viele Anzüge enthielt, daß man damit ein Herrenbekleidungsgeschäft hätte aufmachen können. Pitt durchsuchte die Schreibtischschubladen und studierte Papiere und Akten des Franzosen. Giordino kam herein und schob einen kreidebleichen Verenne vor sich her.

»Habt ihr beide euch gut unterhalten?« fragte Pitt.

»Erstaunlich, was für ein netter Gesprächspartner der sein kann, wenn die Gesellschaft stimmt«, stellte Giordino fest.

Verennes Blick war unstet, und der Mann schien jeglichen Bezug zur Realität verloren zu haben. Langsam drehte er den Kopf von einer Seite zur anderen, als wollte er den Nebel vertreiben. Er sah aus, als befände er sich am Rande eines Nervenzusammenbruchs.

Pitt musterte Verenne neugierig. »Was hast du mit ihm angestellt?« wollte er von Giordino wissen. »Man sieht ihm ja gar nichts an.«

»Wie ich schon sagte, wir haben uns gut unterhalten. Ich habe ihm ausführlichst beschrieben, wie ich ihn Millimeter für Millimeter auseinandernehmen würde.«

»Das war alles?«

»Er hat eine lebhafte Phantasie. Ich brauchte ihn gar nicht anzufassen.«

»Hat er Massardes Inselversteck verraten?«

»Du hattest recht mit deiner Vermutung, daß es sich um französisches Territorium handelt, doch es liegt fast 5000 Kilometer nordöstlich von Tahiti und 2000 südwestlich von Mexiko. Im wahrsten Sinne des Wortes am Arsch der Welt.«

»Ich weiß von keiner französischen Insel im Pazifik, vor der mexikanischen Küste.«

»Im Jahre 1979 hat Frankreich ein Atoll – Clipperton Island, benannt nach dem englischen Piraten John Clipperton, der die Inseln im Jahr 1705 als Stützpunkt benutzte – unter seine direkte Verwaltung gestellt. Verenne behauptet, die Insel sei nur fünf Quadratkilometer groß und an der höchsten Stelle 21 Meter hoch.«

»Irgendwelche Bewohner?«

Giordino schüttelte den Kopf. »Keine, von ein paar Wildschweinen abgesehen. Verenne sagt, das einzige Überbleibsel einer menschlichen Besiedlung sei ein verlassener Leuchtturm aus dem 18. Jahrhundert.«

»Ein Leuchtturm«, sagte Pitt nachdenklich. »Nur ein gerissener Pirat wie Massarde würde auf den Gedanken kommen, einen Schatz in der Nähe eines Leuchtturms auf einer unbewohnten Insel mitten im Ozean zu verstecken.«

»Verenne behauptet, die genaue Stelle kenne er nicht.«

»Jedesmal, wenn Mr. Massarde mit seiner Jacht bei der Insel vor Anker ging«, murmelte Verenne, »ist er immer mit einem Boot allein an Land gefahren – und das nur bei Nacht, so daß niemand sah, wohin er ging.«

Pitt sah Giordino an. »Glaubst du, er sagt die Wahrheit?«

»Das tue ich. Ich schwör's bei Gott!« jammerte Verenne.

»Könnte sein, daß er der geborene Märchenerzähler ist«, meinte Giordino.

»Ich habe die Wahrheit gesagt.« Seine Stimme hatte das Flehen eines Kindes. »Mein Gott, ich will nicht gefoltert werden. Ich kann Schmerzen nicht ertragen.«

Giordino warf Verenne einen mißtrauischen Blick zu. »Könnte natürlich auch sein, daß er der geborene Schauspieler ist.«

Verenne war völlig fertig. »Was kann ich denn tun, damit Sie mir glauben?«

»Ich würde Ihnen Glauben schenken, wenn Sie über Ihren Chef auspacken. Liefern Sie uns Akten, Namen und Daten der Opfer; Unterlagen über sämtliche schrägen Geschäfte, die er jemals abgeschlossen hat und verraten Sie uns, wie der Konzern organisiert ist.«

»Wenn ich das tue, bringt er mich um«, krächzte Verenne verängstigt.

»Er wird Sie nicht anrühren.«

»O doch, er wird. Sie ahnen nicht, wie mächtig er ist.«

»Ich glaube schon.«

»Der wird Ihnen nicht halb so viele Schmerzen zufügen wie ich«, drohte Giordino.

Verenne ließ sich auf einen Stuhl fallen und starrte Giordino an. Sein Gesicht war schweißüberströmt, in den angstvollen Augen glimmte ein leiser Hoffnungsschimmer auf, als er Pitt anschaute. Wenn es eine Chance gab, sein Leben zu retten, dann mußte er sich entscheiden. Das wußte er.

»Ich werde tun, was Sie verlangen«, stöhnte er leise.

»Wiederholen Sie das«, verlangte Pitt.

»Ich werde Ihnen sämtliche Akten und Informationen über Massarde Enterprises übergeben, damit Sie eine Untersuchung durchführen können.«

»Das schließt auch geheime Akten über illegale und unmoralische Aktivitäten ein.«

»Ich werde Ihnen alles liefern, was nicht auf Papier oder im Computer aufgezeichnet wurde.«

Stille. Pitt blickte aus dem Fenster auf Massarde. Selbst aus der

Entfernung erkannte er, daß sich die weiße Haut tiefrot verfärbt hatte. Er erhob sich schwerfällig hinter dem Schreibtisch und legte eine Hand auf Giordinos Schulter.

»Al, du übernimmst ihn. Zieh ihm jeden nur möglichen Beweis aus der Nase.«

Giordino legte einen Arm um Verenne, der sich angstvoll duckte. »Wir werden blendend zusammenarbeiten, Sie und ich.«

»Fangt mit den Namen der Leute an, die Massarde auf dem Gewissen hat. Das ist am vordringlichsten.«

»Gibt's dafür einen besonderen Grund?« fragte Giordino neugierig.

»Wenn die Zeit für eine Reise nach Clipperton Island reif ist und die Suche erfolgreich verläuft, dann würde ich gerne eine Organisation ins Leben rufen, die mit Hilfe von Massardes verstecktem Reichtum diejenigen entschädigt, die er verletzt hat und die Familien derjenigen unterstützt, die er ermorden ließ.«

»Das wird Mr. Massarde niemals zulassen«, murmelte Verenne mit rauher Stimme.

»Apropos, ich glaube, unser Hauptübeltäter hat lange genug gebraten«, sagte Pitt.

Massardes Brust sah aus wie ein gekochter Schellfisch. Er hatte große Schmerzen, die Haut war voller Blasen. Am nächsten Morgen würde sie sich in großen Streifen lösen. Bewegungslos stand er zwischen Brunone und zwei unbeteiligten Wachposten, die Zähne gefletscht wie ein wütender Hund, sein rotes Gesicht haßverzerrt.

»Das können Sie mir nicht antun und lebend davonkommen«, zischte er. »Selbst wenn ich getötet werde, gibt es Leute, die diejenigen, die dafür verantwortlich sind, bezahlen lassen.«

»Eine Mörderbande, die Sie rächen soll«, stellte Pitt trocken fest. »Welch weise Voraussicht! Nach Ihrem Sonnenbad müssen Sie müde sein und Durst haben. Bitte nehmen Sie Platz. Al, bring Mr. Massarde eine Flasche seines französischen Mineralwassers.«

Massarde nahm mit schmerzverzerrtem Gesicht ganz behutsam in einem weichen Ledersessel Platz. Dann holte er tief Atem. »Sie sind dumm, wenn Sie glauben, daß Sie damit durchkommen. Kazim hat ehrgeizige Offiziere, die schnell seinen Platz einnehmen und Truppen in Marsch setzen werden, die Sie beide in der Wüste begraben, noch ehe ein neuer Tag angebrochen ist.«

Er griff nach der Wasserflasche, die Giordino ihm reichte, und trank sie innerhalb weniger Sekunden aus. Unaufgefordert gab ihm Giordino die nächste.

Pitt mußte wider Willen Massardes Nervenstärke bewundern. Der Mann benahm sich, als hätte er die ganze Situation völlig unter Kontrolle.

Massarde trank die zweite Flasche leer und sah sich im Büro nach seinem Privatsekretär um. »Wo ist Verenne?«

»Tot«, erwiderte Pitt kurz angebunden.

Zum ersten Mal wirkte Massarde richtig überrascht. »Sie haben ihn umgebracht?«

Pitt zuckte gleichgültig die Achseln. »Er wollte Giordino erstechen. Dumm von ihm, mit dem Brieföffner auf einen Mann loszugehen, der eine Pistole hat.«

»Das hat er getan?« fragte Massarde mißtrauisch.

»Ich kann Ihnen die Leiche zeigen, wenn Sie das wollen.«

»Sieht Verenne gar nicht ähnlich. Er war ein Feigling.«

Pitt wechselte einen Blick mit Giordino. Verenne war bereits an die Arbeit geschickt worden und stand in einem Büro, zwei Stockwerke unter ihnen, unter Bewachung.

»Ich möchte Ihnen einen Vorschlag machen«, sagte Pitt.

»Was könnten Sie mir wohl vorschlagen?« knurrte Massarde.

»Ich habe mich anders entschlossen. Wenn Sie versprechen, Ihre krummen Geschäfte aufzugeben, dann können Sie aus diesem Zimmer gehen, Ihren Hubschrauber besteigen und Mali verlassen.«

»Ist das ein Scherz?«

»Keineswegs. Je eher Sie verschwunden sind, desto besser.«

»Das kann nicht Ihr Ernst sein«, sagte Brunone. »Der Mann stellt eine schwere Bedrohung dar. Bei erster Gelegenheit wird er zurückschlagen.«

»Ja, der Skorpion. So nennt man Sie doch, nicht wahr, Massarde?«

Der Franzose erwiderte nichts.

»Bist du sicher, daß du weißt, was du tust?« fragte Giordino.

»Mein Entschluß steht fest«, erwiderte Pitt entschieden. »Ich will, daß dieser Dreckskerl verschwindet, und zwar gleich. Captain Brunone, begleiten Sie Mr. Massarde zu seinem Hubschrauber und sorgen Sie dafür, daß er an Bord geht.«

Massarde kam unsicher auf die Beine; die sonnenverbrannte Haut war gespannt, und er konnte sich nur unter Schmerzen aufrecht halten. Trotzdem lächelte er. Sein Verstand arbeitete fieberhaft. »Ich brauche einige Stunden, um meine Sachen und persönlichen Akten zusammenzupacken.«

»Ihnen bleiben genau zwei Minuten, die Anlage zu verlassen.«

Massarde stieß erbitterte Verwünschungen aus. »So nicht. Nicht ohne Kleider. Mein Gott, zeigen Sie doch etwas Anstand.«

»Was wissen Sie von Anstand?« fragte Pitt gleichgültig. »Captain Brunone, schaffen Sie diesen Schweinehund raus, bevor ich ihn umlege.«

Brunone brauchte seinen beiden Männern keinen Befehl zu geben. Auf sein Nicken hin schoben sie den wild fluchenden Yves Massarde in den Aufzug. Die drei Männer im Büro sprachen kein Wort miteinander, während sie am Fenster standen und zusahen, wie der seiner Würde beraubte Großindustrielle direkt an Bord seines luxuriösen Helikopters verfrachtet wurde. In weniger als vier Minuten war der Hubschrauber in nördlicher Richtung über der Wüste verschwunden.

»Er fliegt nach Nordosten«, bemerkte Giordino.

»Ich vermute, nach Libyen«, sagte Brunone. »Und dann weiter an einen geheimen Ort, bevor er seinen Schatz hebt.«

»Sein Ziel spielt keine Rolle mehr«, entgegnete Pitt und gähnte.

»Sie hätten ihn töten sollen«, sagte Brunone. In seiner Stimme klang Enttäuschung mit.

»Das brauchten wir nicht. Er wird die Woche nicht überleben.«

»Woher wollen Sie das wissen?« fragte Brunone verblüfft. »Sie haben ihn laufen lassen. Wieso? Der Mann hat die Zähigkeit und die neun Leben einer Katze. Der stirbt nicht an Sonnenbrand.«

»Nein, aber sterben wird er ganz sicher.« Pitt nickte Giordino zu. »Hat mit dem Austauschen alles geklappt?«

Giordino grinste ihn an. »So mühelos, als dekantiere man Wein.«

Brunone wirkte verstört. »Wovon sprechen Sie?«

»Als wir Massarde gefesselt der Sonne überließen«, erklärte Pitt, »wollten wir ihn durstig machen.«

»Durstig? Verstehe ich nicht.«

»Al hat das Mineralwasser ausgeleert und die Flaschen mit dem Wasser wieder aufgefüllt, das von den Chemikalien verseucht war, die von der unterirdischen Lagerstätte aus ins Grundwasser gedrungen ist.«

»So etwas nennt man ausgleichende Gerechtigkeit.« Giordino hielt die leeren Flaschen in die Höhe. »Er hat fast drei Liter von dem Zeug getrunken.«

»Seine inneren Organe werden sich zersetzen, sein Gehirn wird angegriffen, und er wird durchdrehen.« Pitts Stimme klang eiskalt, seine Miene war wie aus Stein gemeißelt.

»Es gibt keine Hoffnung für ihn?« fragte Brunone fassungslos.

Pitt schüttelte den Kopf. »Yves Massarde wird an ein Bett gefesselt sterben. Er wird schreiend versuchen, seiner Qual zu entkommen. Ich wünschte nur, seine Opfer könnten das miterleben.«

TEIL V

Die Texas

10. Juni 1996
Washington D. C.

60

Zwei Wochen nach der Schlacht bei Fort Foureau saß Admiral Sandekker im Konferenzraum des NUMA-Verwaltungsgebäudes in Washington am Kopfende eines langen Tisches. Neben ihm hatte Dr. Chapman, Hiram Yaeger und Rudi Gunn Platz genommen und blickten auf einen großen TV-Monitor, der in die Wand eingelassen war.

Der Admiral wies ungeduldig auf die leere Mattscheibe. »Wann tauchen sie denn auf?«

Yaeger, den Telefonhörer am Ohr, musterte den Monitor. »Die Satellitenübertragung aus Mali müßte jeden Augenblick beginnen.«

Noch bevor Yaeger seinen Satz beendet hatte, flackerte der Monitor, und ein Bild erschien. Pitt und Giordino saßen nebeneinander hinter einem Schreibtisch, auf dem sich Akten und Papiere türmten, und blickten in die Kamera. »Wie ist der Empfang bei euch?« fragte Yaeger.

»Hallo, Hiram«, antwortete Pitt. »Schön, Sie zu sehen und Ihre Stimme zu hören.«

»Von hier aus seht ihr gut aus. Jeder ist ganz wild auf die Unterhaltung mit euch.«

»Guten Morgen, Dirk«, begrüßte ihn Sandecker. »Wie steht's mit Ihren Verletzungen?«

»Hier ist Nachmittag, Admiral. Die Verletzungen heilen gut, danke.«

Nachdem Pitt auch Rudi Gunn und Dr. Chapman begrüßt hatte, eröffnete der Admiral die Diskussion. »Wir haben gute Nachrichten«, sagte er überschwenglich. »Die Satellitenüberwachung des Südatlantiks, die erst vor einer Stunde vom Computer ausgewertet wurde, zeigt, daß das Wachstum der Roten Flut nachläßt. Sämtliche Hochrechnungen Yaegers deuten darauf hin, daß die Verbreitung langsam zum Stillstand kommt.«

»Nicht eine Woche zu früh«, meinte Gunn. »Wir haben bereits einen fünfprozentigen Rückgang in der weltweiten Sauerstoffversorgung festgestellt. Es hätte nicht mehr lange gedauert, und wir alle hätten die Auswirkungen zu spüren bekommen.«

»In jedem befreundeten Land der Welt wären innerhalb der nächsten 24 Stunden sämtliche Autos von den Straßen verbannt und allgemeines Flugverbot ausgesprochen worden«, erklärte Yaeger. »Außerdem hätte man sämtliche Industriewerke geschlossen.«

»Aber es scheint, daß sich unsere Anstrengungen ausgezahlt haben«, erkärte Chapman. »Nämlich, daß Al und Sie die Quelle der künstlichen Aminosäure, die für das enorme Wachstum der Dinoflagellaten verantwortlich war, ausfindig gemacht haben und die Tatsache, daß unsere Gruppe von NUMA-Wissenschaftlern herausfand, daß die Kleinlebewesen sich nicht mehr vermehren, wenn sie mit einer Dosis Kupfer im Verhältnis eins zu einer Million in Berührung kommen.«

»Haben Sie einen deutlichen Abfall der Kontamination des Niger feststellen können, seit wir den Zufluß unterbrochen haben?« fragte Pitt.

Gunn nickte. »Um fast 30 Prozent. Ich habe die Menge des Grundwassers, die sich von der Müllverbrennungsanlage aus in den Fluß ergießt, unterschätzt.«

»Wie lange wird es dauern, bis die Verschmutzung wieder ein ungefährliches Maß erreicht haben wird?«

»Dr. Chapman und ich vermuten, daß es noch gut sechs Monate dauern wird, bis die restlichen Rückstände ins Meer befördert sind.«

»Das Abschneiden der Giftzufuhr war der entscheidende Schritt«, erklärte Chapman. »Dadurch haben wir Zeit gewonnen, und konnten über weiten Gebieten der Roten Flut Kupferpartikel aus der Luft abwerfen. Ich glaube, wir können mit Sicherheit davon ausgehen, daß wir einem Unglück mit entsetzlichen Folgen gerade so eben entkommen sind.«

»Doch die Schlacht ist noch nicht gewonnen«, erinnerte Sandecker. »Die Vereinigten Staaten produzieren nur 58 Prozent des Sauerstoffs, den das Land verbraucht. Dieser Sauerstoff kommt zum größten Teil vom Plankton im Pazifischen Ozean. In 20 Jahren werden wir wegen des gestiegenen Auto- und Luftverkehrs und der fortschreitenden

Vernichtung der Regenwälder den Sauerstoff schneller verbrauchen, als die Natur ihn ersetzen kann.«

»Und wir sehen uns immer noch mit dem Problem konfrontiert, daß chemische Gifte die Ozeane verseuchen«, schlug Chapman in die gleiche Kerbe wie der Admiral.

»Vielleicht wird man von nun an nicht mehr davon ausgehen, daß Sauerstoff grenzenlos zur Verfügung steht«, sagte Pitt.

»Seit Sie Fort Foureau übernommen haben, sind zwei Wochen vergangen«, stellte Sandecker fest. »Wie sieht's auf der Anlage aus?«

»Eigentlich recht gut«, erwiderte Giordino. »Nachdem wir sämtliche mit Giftstoffen beladenen einlaufenden Züge gestoppt hatten, haben wir den Solarreaktor Tag und Nacht in Betrieb gehalten. In anderthalb Tagen müßte der gesamte Industriemüll verbrannt sein, den Massarde in den unterirdischen Kammern gelagert hatte.«

»Was haben Sie bezüglich des Atommüll-Lagers unternommen?« fragte Chapman.

»Nach einer kurzen Pause, in der sie sich von den Strapazen in Tebezza erholen konnten«, erwiderte Pitt, »habe ich die französischen Ingenieure, die den Bau der Anlage beaufsichtigt hatten, gebeten, zurückzukehren. Sie waren einverstanden und haben seitdem mit Hilfe malischer Arbeitstrupps das Lager bis in eine Tiefe von anderthalb Kilometern weiter ausgeschachtet.«

»Reicht das, um die Organismen auf der Erde vor dem verstrahlten Müll zu schützen? Plutonium beispielsweise hat eine Halbwertszeit von 24 000 Jahren.«

Pitt lächelte. »Zufällig hätte Massarde gar keine bessere Stelle zur Endablagerung aussuchen können. In diesem Teil der Sahara sind die geologischen Formationen sehr stabil. Seit Hunderten Millionen von Jahren hat sich das Felsenbett nicht verschoben. Die Bruchstellen der Erdkruste sind weit entfernt, und das Lager befindet sich erheblich unterhalb des Grundwasserspiegels. Niemand braucht sich Sorgen zu machen, daß dieser Müll jemals wieder Leben bedrohen wird.«

»Wie beabsichtigen Sie, den Müll zu lagern?«

»Die von den französischen Müllexperten entwickelten Sicherheitskriterien sind sehr streng. Vor der Endlagerung im Felsen werden die Fässer mit einem Betonmantel versehen und kommen dann in einen Zylinder aus rostfreiem Stahl. Dieser wiederum wird von einem eisenverstärkten Asphaltmantel umgeben. Das Felsenlager, das die Behälter aufnimmt, wird zum Schluß mit Beton ausgegossen.«

Chapman grinste breit. »Meinen Glückwunsch, Dirk. Da haben Sie ein phantastisches Rezept zur Endlagerung entwickelt.«

»Noch etwas Interessantes«, sagte Sandecker. »Auf Betreiben unserer Regierung hat die mongolische Regierung die Müllverbrennungsanlage von Massarde in der Wüste Gobi geschlossen. Gleichzeitig wurde auch die Anlage in der Mojave-Wüste geschlossen. Beide Anlagen wurden überraschend von Umweltexperten der Vereinten Nationen inspiziert, die sie für unsicher und nicht dem Standard entsprechend erklärten.«

»Die Anlage in Australien wurde ebenfalls dichtgemacht«, fügte Chapman hinzu.

Pitt lehnte sich zurück und seufzte. »Ich bin froh, daß Massarde aus dem Müllgeschäft rausgedrängt werden konnte.«

»Ach ja, was den Skorpion angeht«, erkundigte sich Giordino, »wie geht's denn dem?«

»Er wurde gestern in Tripolis begraben«, erwiderte Sandecker. »CIA-Agenten haben gemeldet, daß er kurz vor seinem Tod verrückt wurde und seinen Arzt fressen wollte.«

»Ein wahrhaft klassisches Ende«, murmelte Giordino voller Schadenfreude.

»Übrigens übermittelt Ihnen der Präsident die besten Grüße und seinen Dank. Er sagt, er wolle Sie für Ihre verdienstvolle Arbeit besonders auszeichnen.«

Pitt und Giordino blickten sich an und zuckten unbeeindruckt die Achseln.

Sandecker entschloß sich, diese Demonstration der Gleichgültigkeit zu übergehen. »Möglicherweise ist es für Sie beide von Interesse, daß unser Außenministerium zum ersten Mal seit zwei Jahrzehnten eng mit der neuen malischen Regierung zusammenarbeitet. Ein Großteil der besseren Beziehungen geht auf Ihr Konto, da Sie den gesamten Gewinn, den die Anlage erzielt, der Regierung für ihr Sozialprogramm zur Verfügung gestellt haben.«

»Schien uns das Richtige, weil wir nicht davon profitieren konnten«, erklärte Pitt wohlwollend.

»Gibt's Anzeichen für einen Militärputsch?« fragte Gunn.

»Ohne Kazim ist der innere Kreis seiner Offiziere auseinandergebrochen. Allesamt sind sie vor den Repräsentanten der neuen Regierung zu Kreuze gekrochen.«

»Es ist fast einen Monat her, seit einer von uns persönlichen Kontakt mit Ihnen beiden hatte«, lächelte Sandecker. »Ihre Arbeit in der Sahara ist getan. Wann darf ich Sie in Washington zurückerwarten?«

»Nach einem Aufenthalt in dieser Gegend hier schätzt man selbst das Gewühl und den Umtrieb in der Hauptstadt«, murmelte Giordino.

»Eine Woche Urlaub wäre eine feine Sache«, antwortete Pitt ernst. »Ich muß noch etwas nach Hause verschiffen und mich um eine Privatangelegenheit kümmern. Und dann gibt's da noch dieses kleine historische Projekt, das ich gerne in der Wüste verfolgen würde.«

»Die *Texas*?«

»Woher wissen Sie davon?«

»St. Julien Perlmutter hat es mir verraten.«

»Ich wäre Ihnen für diesen Gefallen dankbar, Admiral.«

Sandecker war die Großzügigkeit in Person. »Ich nehme an, etwas Freizeit schulde ich Ihnen.«

»Bitte sorgen Sie dafür, daß Julien so schnell wie möglich nach Mali fliegt.«

»Julien wiegt fast 180 Kilo.« Sandecker warf Pitt einen verschmitzten Blick zu. »Den kriegen Sie nie im Leben auf ein Kamel.«

»Noch weniger wirst du ihn zu einem Spaziergang über den heißen Sand in sengender Sonne überreden«, fügte Gunn hinzu.

»Wenn ich recht habe«, sagte Pitt und musterte sie auf dem Monitor amüsiert, »dann brauche ich nur eine Flasche gut gekühlten Chardonnay, um ihn dazu zu bringen, 20 Schritte durch die Wüste zu machen.«

»Bevor ich es vergesse«, meldete sich Sandecker zu Wort, »die Australier waren ganz aus dem Häuschen, weil Sie Kitty Mannock und ihr Flugzeug entdeckt haben. Will man den Zeitungen in Sydney glauben, dann sind Sie und Giordino so etwas wie Nationalhelden.«

»Gibt's Pläne zur Bergung?«

»Ein reicher Rancher aus ihrem Heimatort will dieses Vorhaben finanzieren. Er hat vor, das Flugzeug restaurieren zu lassen und in einem Museum in Melbourne auszustellen. Ein Bergungsteam soll morgen an der von Ihnen angegebenen Stelle eintreffen.«

»Und Kitty?«

»Für sie ist ein Nationalfeiertag vorgesehen, wenn sie heimkehrt. Der australische Botschafter hat mir mitgeteilt, daß von allen Seiten Spenden für ein Denkmal eintreffen, das über ihrem Grab errichtet werden soll.«

»Unser Land sollte auch was spenden, besonders der Süden.«

Neugierig fragte Sandecker: »Was haben wir mit ihr zu tun?«

»Sie wird uns zur *Texas* führen«, erwiderte Pitt knapp.

Fragend sahen sich Sandecker und die Männer der NUMA, die am Tisch saßen, an. Dann blickte er wieder zu Pitt auf dem Monitor hinüber. »Wir würden wirklich alle gerne wissen, wie eine Frau, die seit 65 Jahren tot ist, das fertigbringen soll.«

»Ich habe Kittys Logbuch gefunden«, erwiderte Pitt gemächlich. »Vor ihrem Tod beschrieb sie, daß sie ein Wrack entdeckt hat. Ein Schiff aus Eisen, das in der Wüste liegt.«

61

»Mein Gott!« murmelte Perlmutter, als er durch die Windschutzscheibe des Helikopters hindurch den Sonnenaufgang beobachtete, der das tote Land unter ihnen in Licht tauchte. »Da seid ihr durchmarschiert?«

»Diesen Teil der Wüste haben wir in unserem Strandsegler zurückgelegt«, erwiderte Pitt. »Wir fliegen jetzt in die entgegengesetzte Richtung.«

Perlmutter war mit einem Militärflugzeug nach Algier gekommen und hatte von dort aus ein Passagierflugzeug genommen, das die kleine südalgerische Wüstenstadt Adrar anflog. Pitt und Giordino hatten ihn dort kurz nach Mitternacht abgeholt und zu einem Hubschrauber begleitet, den sie sich von der Bauabteilung in Fort Foureau geborgt hatten.

Nach dem Auftanken waren sie in Richtung Süden gestartet. Den Strandsegler hatten sie kurz nach Sonnenaufgang entdeckt. Er lag einsam auf der Seite, genau an der Stelle, an der sie ihn nach ihrer Rettung durch den algerischen Fahrer zurückgelassen hatten. Sie waren gelandet und hatten die alte Tragfläche, die Kabel und Räder, die ihnen das Leben gerettet hatten, abmontiert und die Einzelteile an den Kufen des Helikopters festgezurrt. Dann waren sie wieder gestartet. Pitt saß am Steuerknüppel und hielt Kurs auf die Schlucht, in der Kitty Mannocks Flugzeug verborgen war.

Während des Fluges vertiefte sich Perlmutter in eine Kopie, die Pitt von Kittys Logbuch gemacht hatte. »Eine tapfere Frau«, sagte er bewundernd. »Mit ein paar Schluck Wasser, einem gebrochenen Knöchel und einem schlimm verstauchten Knie hat sie sich unter den übelsten Umständen fast 16 Kilometer weit geschleppt.«

»Und das war nur die eine Richtung«, erinnerte Pitt ihn. »Nachdem sie in der Wüste auf das Schiff gestoßen war, ist sie zu ihrem Flugzeug zurückgehumpelt.«

»Ja, hier ist der Eintrag«, sagte Perlmutter und las laut vor:

Mittwoch, 14. Oktober. Extreme Hitze. Es geht mir sehr schlecht. Folgte der Schlucht südwärts, bis sie in einem weiteren, trockenen Flußbett mündete. Schätze 10 Meilen vom Flugzeug. Habe in den bitterkalten Nächten Mühe zu schlafen. Heute nachmittag fand ich ein seltsam aussehendes Schiff, das halb im Sand vergraben ist. Dachte schon, ich hätte den Verstand verloren, doch nachdem ich das Eisen des Schiffsrumpfs berührt hatte, wurde mir bewußt, daß es tatsächlich existiert. Bin neben einer alter Kanone ins Innere und habe dort die Nacht verbracht. Endlich ein Unterschlupf.

Donnerstag, 15. Oktober. Habe das Schiffsinnere durchsucht. Zu dunkel, um viel zu erkennen. Stieß auf die Überreste einiger Mannschaftsmitglieder. Sehr gut erhalten. Müssen seit langem tot sein, nach den Uniformen zu schließen. Ein Flugzeug überflog mich, hat das Schiff aber nicht gesichtet. Ich konnte nicht rechtzeitig hinausklettern, um mich bemerkbar zu machen. Hier wird man mich nicht finden. Habe mich entschlossen, zum Flugzeug zurückzukehren für den Fall, daß es entdeckt worden ist. Jetzt ist mir klar, daß es ein Fehler war, den Marsch zu versuchen. Wenn ein Suchtrupp mein Flugzeug gefunden hat, hätte es niemals meine Spuren verfolgen können. Der Wind hat sie verweht. Die Wüste spielt ihr eigenes Spiel, und ich kann sie nicht besiegen.

Perlmutter schwieg und blickte auf. »Das erklärt, wieso Sie das Logbuch mit ihren Einträgen an der Absturzstelle gefunden haben. Sie ist in der vagen Hoffnung zurückgekehrt, daß ein Suchflugzeug ihre Maschine gefunden haben könnte.«

»Was waren ihre letzten Worte?« fragte Giordino.

Perlmutter blätterte eine Seite um und las weiter vor:

Sonntag, 18. Oktober. Zum Flugzeug zurückgekehrt, doch kein Rettungstrupp in Sicht. Bin ziemlich erschöpft. Wer mich nach meinem Tod findet, den bitte ich wegen der Umstände um Verzeihung. Ein Kuß für Vater und Mutter. Erzählt ihnen, ich hätte versucht, tapfer zu sterben. Ich kann nicht mehr schreiben. Meine Hand zittert.

Als Perlmutter geendet hatte, war jeder der Männer traurig und melancholisch.

»Sie hätte vielen Männern zeigen können, was Mut ist«, stellte Pitt ernst fest.

Perlmutter nickte. »Dank ihrer Ausdauer können wir vielleicht ein weiteres Geheimnis entschlüsseln.«

»Sie hat uns den Weg gewiesen«, pflichtete ihm Pitt bei. »Wir müssen nur in südlicher Richtung der Schlucht folgen, bis sie in ein altes Flußbett mündet, und von dort aus die Suche nach dem Kanonenboot aufnehmen.«

Zwei Stunden später unterbrach die australische Bergungsmannschaft ihre Arbeit, die verwitterten Reste von Kitty Mannocks alter Fairchild zu zerlegen, und die Männer blickten auf, als ein Hubschrauber die Schlucht, in der das Wrack lag, umkreiste. Die Australier freuten sich, als sie die fehlende Tragfläche und das Fahrwerk sahen, die an den Landekufen des Helikopters festgebunden waren.

Pitt zog den Steuerknüppel zurück und setzte den Hubschrauber sanft auf dem flachen Gelände oberhalb der Schlucht auf, um den Männern der Bergungsmannschaft den Tornado aus Staub und Sand zu ersparen. Er schaltete die Motoren aus und warf einen Blick auf seine Uhr. Es war acht Uhr vierzig, ein paar Stunden noch bis zur heißesten Tageszeit.

St. Julien Perlmutter, der auf dem Sitz des Kopiloten saß, schwang seine Körpermassen herum, um auszusteigen. »Für diese primitiven Apparate bin ich nicht geschaffen«, knurrte er. Die volle Hitze traf ihn, als er die klimatisierte Kanzel verließ.

»Das ist mit dem Marschieren gar nicht zu vergleichen«, stellte Giordino fest und musterte den vertrauten Boden. »Glauben Sie mir, ich weiß es.«

Ein großer, kräftiger Australier mit runzligem Gesicht kletterte aus der Schlucht und kam auf ihn zu. »Hallo. Sie müssen Dirk Pitt sein.«

»Ich bin Al Giordino. Der da drüben ist Pitt.« Giordino deutete über seine Schulter.

»Ned Quinn. Ich leite die Bergungsmannschaft.«

Pitt zuckte zusammen, als Quinns riesige Pranke seine Hand fast zerquetschte. Er massierte sich die Knöchel und sagte: »Wir bringen ein paar Teile von Kittys Flugzeug zurück, die wir uns vor ein paar Wochen ausgeborgt haben.«

»Vielen Dank.« Quinns Stimme klang wie ein Reibeisen. »Erstaunlich guter Einfall, die Tragfläche als Segel zu verwenden und damit die Wüste zu durchqueren.«

»St. Julien Perlmutter«, stellte Perlmutter sich vor.

Quinn schlug sich auf den enormen Bauch, der über seiner Arbeitshose hing. »Scheint, wir beide haben viel für Essen und Trinken übrig, Mr. Perlmutter.«

»Sie haben nicht zufällg dieses gute australische Bier dabei?«

»Sie mögen unser Bier?«

»Ich habe immer einen Kasten Castelmaine aus Brisbane als Vorrat für besondere Gelegenheiten.«

»Castlemaine haben wir nicht«, erwiderte Quinn gewaltig beeindruckt, »doch ich kann Ihnen eine Flasche Fosters anbieten.«

»Ich wäre Ihnen sehr verbunden«, stellte Perlmutter dankbar fest. Seine Schweißdrüsen nahmen gerade die Produktion auf.

Quinn ging hinüber zum Fahrerhaus eines Lastwagens und holte vier Flaschen aus der Kühlkiste.

»Wie lange dauert es, bis Sie fertig sind?« fragte Pitt und wechselte das Thema.

Quinn drehte sich um und musterte den transportierbaren Kran, der sich gerade anschickte, den Motor aus dem alten Flugzeug auf die Ladefläche des Lastwagens zu hieven. »Noch drei oder vier Stunden, bis das Flugzeug verstaut ist. Danach machen wir uns auf den Rückweg nach Algier.«

Pitt zog das Logbuch aus seiner Hemdtasche und reichte es Quinn. »Kittys Logbuch. Sie hat darin ihren letzten Flug und die späteren tragischen Ereignisse aufgezeichnet. Ich habe es mir ausgeliehen, um eine Entdeckung zu überprüfen, die sie gemacht hat. Ich hoffe, Kitty hätte nichts dagegen gehabt.«

»Da bin ich sicher«, sagte Quinn und deutete auf den Holzsarg, der mit der australischen Flagge, dem St. Georgs-Kreuz und den Sternen des Kreuzes des Südens, bedeckt war. »Meine Landsleute stehen tief in Ihrer und Mr. Giordinos Schuld.«

»Sie war lange von zu Hause fort«, sagte Perlmutter leise.

»Ja«, stimmte ihm Quinn mit einem Anflug von Hochachtung in der Stimme zu, »das war sie wirklich.«

Sehr zu Perlmutters Freude bestand Quinn darauf, ihnen zehn Flaschen Bier mitzugeben, bevor man voneinander Abschied nahm. Die Australier kletterten allesamt den steilen Abhang hoch, um sich zu bedanken und Pitt und Giordino herzlich die Hände zu schütteln. Nachdem sie gestartet waren, umflog Pitt noch einmal das Wrack, drehte dann ab und folgte Kittys Weg zu dem legendären Schiff in der Wüste.

Der Düsenhubschrauber, der geradeaus über die mäandrierende Schlucht hinwegflog, durch die Kitty sich tagelang hatte schleppen müssen, erreichte das alte Flußbett in kaum zwölf Minuten. Was früher einmal ein Fluß mit breitem Grüngürtel gewesen war, war heute nichts weiter als eine breite, flache Senke, begrenzt von lockerem Sand.

»Der Oued Zarit«, stellte Perlmutter fest. »Kaum zu glauben, daß dies einmal eine Wasserstraße mit lebhaftem Verkehr war.«

»Der Oued Zarit«, wiederholte Pitt. »Genau so hat der alte amerikanische Goldsucher ihn bezeichnet. Er hat behauptet, er sei erst vor 130 Jahren ausgetrocknet.«

»Der Mann hatte recht. Ich habe in alten französischen Berichten über diese Gegend nachgeforscht. Früher gab es hier in der Nähe einen Hafen, wo die Karawanen mit den Kaufleuten, die eine Bootsflotte betrieben, Geschäfte machten. Keine Ahnung, wo genau. Kurz nach Beginn der langen Dürreperiode wurde der Hafen vom Sand verschlungen, und das Wasser versickerte im Boden.«

»Die Theorie lautet also, die *Texas* lief flußaufwärts und geriet auf Grund, als das Flußbett austrocknete«, stellte Giordino fest.

»Dabei handelt es sich nicht um eine Theorie. Ich bin auf eine Aussage gestoßen, die einer der Matrosen, ein gewisser Beecher, auf dem Totenbett gemacht hat. Er hat geschworen, er wäre der einzige Überlebende der *Texas,* und eine genaue Beschreibung von der letzten Reise des Schiffes geliefert, über den Atlantik einen Nebenfluß des Niger hinauf, bis das Schiff schließlich auf Grund geriet.«

»Wie können Sie sicher sein, daß es sich nicht um die Phantastereien eines Sterbenden handelte?« fragte Giordino.

»Seine Geschichte war zu detalliert, als daß man sie hätte anzweifeln können«, erklärte Perlmutter überzeugt.

Pitt verringerte die Geschwindigkeit des Hubschraubers und beobachtete das trockene Flußbett. »Der Amerikaner behauptete auch, daß die *Texas* den Staatsschatz der Konföderierten an Bord hatte.«

Perlmutter nickte. »Beecher hat Gold erwähnt. Er hat auch verlokkende Andeutungen gemacht, die mich auf das Geheimnis des Kriegsministers, Edwin Stanton, und seine immer noch unveröffentlichten Papiere aufmerksam gemacht haben –«

»Ich glaube, da ist was«, unterbrach ihn Giordino und deutete nach vorn. »Rechts vor uns. Eine große Düne, auf dem Westufer.«

»Die mit dem Felsen obendrauf?« fragte Perlmutter. Seine Stimme klang aufgeregt.

»Genau.«

Giordino packte eilig die Metallsonde aus, die Julien aus Washington mitgebracht hatte, überprüfte die Batterieanschlüsse und stellte das empfindliche Gerät an. »Bereit zum Absenken des Sensors.«

»Okay. Wir nähern uns der Düne mit einer Geschwindigkeit von 10 Knoten«, erwiderte Pitt.

Giordino spulte den Sensor, der durch ein langes Kabel mit dem Gerät verbunden war, nach unten ab, bis er zehn Meter unter dem Rumpf des Hubschraubers hing. Dann beobachteten Perlmutter und er aufmerksam die Nadel auf der Frequenzanzeige. Während der Helikopter die Düne langsam überflog, zitterte die Nadel, und der Verstärker fing an zu summen. Plötzlich machte die Nadel einen Satz und schlug auf der anderen Seite der Skala aus. Sie hatten den magnetischen Pol von positiv nach negativ überflogen. Das Summen wurde zu einem schrillen Fiepen.

»Da unten liegt jede Menge Metall«, schrie Giordino jubelnd.

»Die Reaktion könnte auch von diesem runden, braunen Felsen auf der Düne herrühren«, mahnte Perlmutter zur Vorsicht. »Die Wüste ringsumher enthält viel Eisenerz.«

»Das ist kein brauner Felsen!« rief Pitt aufgeregt. »Das ist die obere Hälfte eines verrosteten Schornsteins.«

Während Pitt den Hubschrauber über dem Hügel schweben ließ, fielen keinem der drei die passenden Worte ein. Bis jetzt hatten sie tief in ihrem Innern gezweifelt, daß das Schiff tatsächlich existierte. Doch nun waren sie sicher.

Die *Texas* war tatsächlich entdeckt worden.

62

Die erste Welle freudiger Erregung verebbte rasch, als eine nähere Überprüfung des Hügels zeigte, daß abgesehen von den zwei Metern, die der Schornstein aufragte, das ganze Schiff von Sand bedeckt war. Sie würden Tage brauchen, um sich durch diese Sandlawine zu schaufeln und ins Innere des Schiffes zu gelangen.

»Seit Kitty vor 65 Jahren hier war, ist die Düne über die Kasematte gewandert«, murmelte Perlmutter. »Das Wrack liegt zu tief vergraben, als daß wir zu ihm durchdringen könnten. Ein Zugang ist nur mit schwerem Bergungsgerät freizulegen.«

»Ich glaube, es gibt eine Möglichkeit«, sagte Pitt.

Perlmutter warf einen Blick auf den gewaltigen Hügel und schüttelte den Kopf. »Ich halte das für aussichtlos.«

»Ein Hochdruckschlauch«, stieß Giordino hervor, dem plötzlich ein Licht aufging. »Diese Methode benutzen Bergungsmannschaften, um ein Wrack vom Schlick zu säubern.«

»Du hast meine Gedanken erraten«, lachte Pitt. »Statt eines Hochdruckschlauchs benutzen wir den Hubschrauber, dessen Rotoren den Sand wegblasen werden.«

»Klingt in meinen Ohren nach einer Schnapsidee«, knurrte Perlmutter nachdenklich. »Du kannst nicht genug Vertikalschub nach unten erreichen, um den Sand wegzublasen, ohne daß wir dabei aufsteigen.«

»Die Hänge der Düne steigen steil bis zum Kamm auf«, betonte Pitt. »Wenn wir die Spitze drei Meter abtragen könnten, würden wir auf die Kasematte des Kanonenboots stoßen.«

Giordino zuckte die Achseln. »Ein Versuch kann kaum schaden.«

»Das denke ich auch.«

Pitt ließ den Hubschrauber über dem Dünenkamm schweben und gab gerade so viel Gas, daß der Helikopter sich nicht von der Stelle rührte. Durch den Windzug des Rotors stob der Sand unter ihnen in wilden Wirbeln davon. Zehn, zwanzig Minuten hielt Pitt den Hubschrauber auf der Stelle, korrigierte gelegentlich nur den Auftrieb. Er konnte nicht das geringste sehen, da der künstliche Sandsturm die Düne vollkommen einhüllte.

»Wie lange noch?« fragte Giordino. »Der Sand muß die Turbinen doch enorm belasten.«

»Die Motoren können meinetwegen zum Teufel gehen, wenn das nötig ist«, erwiderte Pitt verbissen.

Perlmutter hatte die Vision, wie seine voluminöse Gestalt zu einem zehntägigen Festmahl für die Geier wurde. Er hielt überhaupt nichts von Pitts und Giordinos verrücktem Einfall, doch er blieb ruhig sitzen und schwieg.

Nach 30 Minuten ließ Pitt den Helikopter schließlich an Höhe gewinnen und drehte von der Düne ab, bis sich die Sand- und Staubwolke gelegt hatte. Alle spähten gespannt nach unten. Plötzlich stieß Perlmutter mit einer Lautstärke hervor, die die Turbinen übertönte: »Das Schiff ist frei!«

Pitt saß auf der Seite der Kabine, die der Düne abgewandt war. »Was kannst du erkennen?« schrie er zurück.

»Eisenplatten und Nieten. Sieht aus wie die Überreste des Ruderhauses.«

Pitt ließ den Hubschrauber höher steigen, damit er keinen Sand mehr aufwirbelte. Die Staubwolke war endlich davongetrieben und hatte sich gesetzt. Das Ruderhaus des Kanonenboots war jetzt zu sehen und ungefähr zwei Quadratmeter des Decks oberhalb der Kasematte. Die Vorstellung, daß ein Schiff mitten in der Wüste unter dem Sand verschüttet sein konnte, war so abwegig, daß das Ganze eher wie ein gigantisches Wüstenungeheuer aus einem Science-fiction-Film wirkte. Zehn Minuten später waren sie gelandet und befanden sich kurz darauf auf der *Texas*.

Die dicken Eisenplatten, die das Holz der Kasematte verdeckten, waren nur leicht angerostet. In der Panzerung sah man noch die Löcher und Beschädigungen, die vom Beschuß der Nordstaaten-Flotte herrührten.

Die Scharniere der Luke auf dem rückwärtigen Teil des kleinen Ruderhauses waren zwar ebenfalls verrostet, doch Pitts Kraft, Giordinos mächtigen Muskeln und Perlmutters Gewicht hielten sie nicht stand. Sie quietschten protestierend, als die Luke aufgestemmt wurde. Die drei blickten auf eine Leiter, die nach unten ins Dunkel führte, und sahen sich an.

»Ich glaube, die Ehre gebührt dir, Dirk. Du hast uns hierhergebracht.«

Giordino setzte einen Pack ab, den er sich über die Schulter geworfen hatte, und zog Halogentaschenlampen heraus, deren Licht so stark war, daß sie ein Basketballfeld erleuchten konnten. Das Innere des Schiffes lockte. Pitt schaltete seine Lampe ein und stieg die Leiter hinunter.

Der Sand, der durch die Sehschlitze eingedrungen war, bedeckte den Boden in einer Höhe, die bis an Pitts Stiefelschaft heranreichte. Das Ruder sah aus, als sei es nur für einen Augenblick verlassen worden und warte auf den gespensterhaften Rudergänger. Die beiden einzigen weiteren Gegenstände, die er erblickte, waren ein paar Sprachrohre und ein hochbeiniger Stuhl, der umgekippt in einer der sandbedeckten Ecken lag. Pitt blieb zögernd an der offenen Luke, die hinab ins Kanonendeck führte, stehen, atmete tief durch und verschwand weiter unten in der Dunkelheit.

In dem Augenblick, in dem seine Füße das Holzdeck berührten, ging er in die Hocke und drehte sich im Kreis, so daß seine Lampe jede Ecke des weitläufigen Raums ausleuchtete. Die großen Blakely-Hundertpfünder und die beiden 64-Pfünder standen halb im Sand vergraben, der im Laufe der Zeit an den Läden der Kanonenpforten vorbei ins Deck eingedrungen war. Er ging zu einer der Blakelys hinüber, die immer noch auf ihren riesigen Holzlafetten lagen, und blieb daneben stehen. Er erinnerte sich an alte Fotografien Mathew Bradys, auf denen Schiffskanonen aus dem Bürgerkrieg zu sehen waren, doch niemals zuvor hatte er ihre ungeheure Größe wahrgenommen. Er konnte die Stärke der Männer, die sie bedient hatten, nur bewundern.

Die Luft im Kanonendeck war drückend, doch überraschend kühl. Auch dieses Deck war, abgesehen von den Kanonen, völlig leer. Keine Feuereimer, keine Lunten, weder Kugeln noch Kartuschen. Kein Abfall bedeckte den Boden. Man hatte den Eindruck, alles sei fortgeschafft worden, weil das Schiff in der Werft überholt werden sollte. Pitt drehte sich herum, als Perlmutter, gefolgt von Giordino, schwerfällig die Leiter herunterkletterte.

»Komisch«, murmelte Perlmutter und sah sich um. »Spielen mir meine Augen einen Streich, oder ist dieses Deck tatsächlich leer wie ein Mausoleum?«

Pitt grinste. »Die Augen sind in Ordnung.«

»Die Männer auf diesem Deck haben mit den Kanonen die halbe Flotte der Nordstaaten zusammengeschossen«, erklärte Perlmutter. »Viele von ihnen sind hier gestorben. Es paßt einfach nicht, daß wir nicht mal die Spur ihrer Existenz finden.«

»Kitty Mannock hat erwähnt, sie sei auf Leichen gestoßen«, erinnerte ihn Giordino.

»Die müssen sich weiter unten befinden«, meinte Pitt. Er richtete seinen Lichtstrahl auf eine Treppe, die hinunter in den Rumpf des Schiffes führte. »Ich schlage vor, wir fangen vorne, bei den Mannschaftsräumen an und arbeiten uns über den Maschinenraum zum Heck und den Offizierskajüten durch.«

Giordino nickte. »Klingt vernünftig.«

Langsam drangen sie zum Mannschaftsquartier vor und blieben plötzlich wie angewurzelt stehen. Das Quartier war eine Gruft. Mehr als 50 Männer befanden sich dort, wirkten wie erstarrt, als der Tod sie dahingerafft hatte. Die meisten waren in ihren Kojen gestorben. Obwohl der sinkende Wasserspiegel des Flusses noch Trinkwasser geliefert hatte, kündeten die zusammengefallenen Mägen der mumifizierten Leichen von Krankheit und Hunger, nachdem die Vorräte ausgegangen waren. Ein paar Mann saßen zusammengesunken am

Messetisch, einige lagen zusammengekrümmt auf dem Boden. Den meisten hatte man die Kleider ausgezogen. Von den Schuhen, den Seekisten oder ihrer persönlichen Habe war nicht das geringste zu sehen.

»Die sind ausgeraubt worden«, murmelte Giordino.

»Die Tuaregs«, schloß Perlmutter müde. »Beecher sagte, daß Wüstenbanditen – so bezeichnete er sie – das Schiff attackiert hätten.«

»Die müssen lebensmüde gewesen sein, wenn sie ein gepanzertes Schiff mit Musketen und Speeren angegriffen haben«, murmelte Giordino.

»Die hatten es auf das Gold abgesehen. Beecher behauptet, der Captain habe mit dem Gold des Staatsschatzes Nahrungsmittel von den Wüstenstämmen gekauft. Nachdem sich diese Nachricht verbreitet hatte, haben die Tuaregs wahrscheinlich ein paar fruchtlose Angriffe gegen das Schiff unternommen, bis sie klug wurden, das Schiff belagerten und von sämtlichem Nachschub abschnitten. Dann haben sie gewartet, bis die Mannschaft verhungert oder an Typhus und Malaria gestorben war. Als sich kein Widerstand mehr regte, sind die Tuaregs einfach an Bord gegangen und haben das Gold und alles, was sie sonst noch tragen konnten, abtransportiert. Nach all den Jahren, in denen das Schiff von jedem vorbeiziehenden Nomadenstamm durchsucht wurde, ist nichts übriggeblieben als die Leichen und die Kanonen, die zu schwer waren, als daß man sie hätte mitnehmen können.«

»Also können wir das Gold vergessen«, stellte Pitt nachdenklich fest.

Perlmutter nickte. »Heute werden wir nicht reich.«

Es bestand keine Veranlassung, sich noch länger im Mannschaftsquartier aufzuhalten. Sie machten sich auf den Weg nach achtern und betraten den Maschinenraum. Die Kohle türmte sich noch in den Behältern, und Schaufeln hingen neben den Kohleschütten. Weil jegliche Feuchtigkeit fehlte, die zur Korrosion führte, glänzte das Messing der Anzeigen und Armaturen im hellen Licht der Handscheinwerfer. Wenn man vom Staub absah, befanden sich Maschinen und Kessel in erstklassigem, betriebsbereitem Zustand.

Einer der Lichtkegel traf auf die Gestalt eines Mannes, der über einen kleinen Schreibtisch gebeugt saß. Ein vergilbtes Papier lag unter der einen Hand neben einem Tintenfaß, das umgefallen und ausgelaufen war, als der Mann tot über dem Schreibtisch zusammengebrochen war.

Pitt nahm behutsam das Papier zur Hand und las es im Licht der Lampe vor.

Ich habe bis zur völligen Erschöpfung meine Pflicht getan. Ich lasse meine geliebten Maschinen in erstklassigem Zustand zurück. Sie haben uns wunderbar über den Ozean getragen, haben niemals versagt und sind so stark wie an dem Tage, als sie in Richmond eingebaut wurden. Ich überlasse es meinem Nachfolger, mit diesem guten Schiff gegen die verhaßten Yankees zu fahren. Gott schütze die Konföderation.

Angus O'Hare
Leitender Ingenieur der Texas

»Der Mann wußte, was er wollte«, stellte Pitt bewundernd fest.

»Solche Typen gibt's heute nicht mehr«, pflichtete ihm Perlmutter bei.

Sie ließen O'Hare zurück, und Pitt ging voraus, vorbei an den großen Zwillingsmaschinen und den Kesseln. Ein Gang führte in die Offiziersquartiere und die Messe, wo sie auf vier weitere unbekleidete Leichen stießen, die auf den Kojen ihrer jeweiligen Kajüten lagen. Pitt nahm sie nur im Vorbeigehen wahr und blieb vor einer Mahagonitür stehen, die ins hintere Schott eingelassen war.

»Die Kajüte des Kapitäns«, stellte er fest.

Perlmutter nickte. »Commander Mason Tombs. Aus dem, was ich über das kühne Gefecht der *Texas* von Richmond bis zum Atlantik gelesen habe, kann man sicher sagen, daß es sich um einen mutigen Mann gehandelt haben muß.«

Pitt überwand ein Gefühl von Furcht, drehte den Knopf und drückte die Tür auf. Plötzlich griff Perlmutter nach vorn und hielt ihn am Arm fest.

»Warte mal.«

Pitt warf Perlmutter einen verdutzten Blick zu. »Wieso? Wovor hast du Angst?«

»Ich vermute, wir könnten auf etwas stoßen, was besser nicht entdeckt werden sollte.«

»Kann doch wohl nicht schlimmer sein als das, was wir bisher schon erblickt haben«, meinte Giordino.

»Was verschweigst du, Julien?« wollte Pitt wissen.

»Ich – ich habe euch nicht erzählt, was ich in Edwin Stantons Geheimpapieren gefunden habe.«

»Erzähl's mir später«, murmelte Pitt ungeduldig. Er wandte sich ab, leuchtete mit seiner Lampe ins Innere der Kabine und trat ein.

Verglichen mit anderen Kriegsschiffen wirkte die Kajüte klein und vollgepfropft, doch die Kanonenboote waren auch nicht gebaut worden, um lange Zeit auf See zu verbringen.

Ebenso wie in den übrigen Quartieren waren auch hier alle Möbelstücke und Gegenstände, die nicht festgeschraubt waren, verschwunden. Die Tuaregs, die nicht die Fähigkeit hatten, mit Handwerkszeug und Schraubenschlüsseln umzugehen, hatten das eingebaute Mobiliar schlicht ignoriert.

Der Lichtstrahl aus Pitts Lampe traf auf zwei Leichen. Die eine lag in einer Koje, die andere saß im Schaukelstuhl, als schlummerte sie.

Giordino trat neben Pitt und musterte die Gestalt im Schaukelstuhl. Im hellen Halogenlicht schimmerte die Haut im gleichen dunkelbraunen Lederton wie schon bei Kitty Mannock. Auch diese Leiche war durch die Wüstenhitze mumifiziert worden. Der Körper steckte in alter einteiliger Unterwäsche.

Selbst in der sitzenden Haltung konnte man erkennen, daß der Mann ziemlich groß gewesen sein mußte. Er trug einen Bart, hatte ein außerordentlich hageres Gesicht und abstehende Ohren. Die Augen waren geschlossen, als sei er friedlich eingeschlafen, die Brauen waren dicht, seltsam kurz und hörten wie abgeschnitten über dem äußeren Rand der Augen plötzlich auf. Haar und Bart waren tiefschwarz mit einzelnen grauen Strähnen.

»Der Kerl sieht genauso aus wie Lincoln«, bemerkte Giordino.

»Das ist Abraham Lincoln«, erklang Perlmutters erstickte Stimme vom Eingang. Langsam sank er zu Boden, den Rücken gegen das Schott gelehnt. Wie gebannt starrte er die Leiche im Schaukelstuhl an.

Pitt musterte Perlmutter besorgt und mit offener Skepsis. »Für einen anerkannten Historiker weichst du jetzt wohl etwas vom Pfad der Tugend ab, oder?«

Giordino kniete neben Perlmutter und bot ihm einen Schluck aus seiner Wasserflasche an. »Die Hitze muß Sie aber ganz schön erwischt haben, mein Freund.«

Perlmutter schob mit einer Handbewegung die Wasserflasche beiseite. »Mein Gott, ich wollte es einfach nicht glauben. Doch Edwin McMasters Stanton, Lincolns Kriegsminister, hat in seinen Geheimpapieren tatsächlich die Wahrheit niedergeschrieben.«

»Welche Wahrheit?« fragte Pitt neugierig.

Perlmutter zögerte, und seine Stimme erklang beinahe flüsternd. »Lincoln ist gar nicht von John Wilkes Booth im Ford's Theater erschossen worden. Das ist Lincoln, der da im Schaukelstuhl sitzt.«

63

Pitt starrte Perlmutter fassungslos an. »Das Attentat auf Lincoln ist eines der am besten belegten Ereignisse in der amerikanischen Geschichte. Im Theater gab es mehr als hundert Zeugen. Wie kannst du behaupten, das Ganze sei gar nicht passiert?«

Perlmutter hob leicht die Schultern. »Das Ereignis hat sich tatsächlich so abgespielt. Nur, daß es sich um eine bewußte Irreführung handelte, die von Stanton und einem Schauspieler, der Lincoln ähnlich sah und den man entsprechend geschminkt hatte, inszeniert wurde. Zwei Tage vor der getürkten Ermordung wurde der richtige Lincoln von den Konföderierten gefangengenommen und nach Richmond gebracht, wo er als Geisel festgehalten wurde. Dieser Teil der Geschichte wird von einer weiteren Aussage gestützt, die von einem Captain der konföderierten Kavallerie, der die Entführung befehligte, auf dem Totenbett gemacht wurde.«

Pitt sah Giordino nachdenklich an und dann wieder Perlmutter. »Dieser Kavalleriecaptain aus den Südstaaten, das war nicht zufällig Neville Brown?«

Perlmutter fiel der Unterkiefer herab. »Woher weißt du das?«

»Wir haben zufällig einen alten amerikanischen Goldsucher getroffen, der hinter der *Texas* und dem Schatz her war. Er hat uns Browns Geschichte erzählt.«

Giordino sah aus, als würde er aus einem Traum erwachen. »Wir haben das Ganze für ein Märchen gehalten.«

»Glaubt mir«, sagte Perlmutter, der den Blick nicht von der Leiche abwenden konnte, »das ist kein Märchen. Der Plan zur Entführung wurde von einem Sekretär von Jefferson Davis, dem Präsidenten der Südstaaten, entwickelt. Es war ein letzter Versuch, das, was vom Süden noch übrig war, zu retten. Als Grant die Schlinge um Richmond zuzog und Sherman in Richtung Norden marschierte, um General Lees Armee von Virginia aus in den Rücken zu fallen, war der Krieg verloren. Und jeder wußte das. Der Haß auf die Sezessionsstaaten im Kongreß war kein Geheimnis. Davis und seine Regierung waren sicher, daß der Norden der Konföderation einen schrecklichen Tribut auferlegen würde. Der Sekretär, dessen Name in Vergessenheit geraten ist, rückte mit dem abenteuerlichen Vorschlag heraus, Lincoln gefangenzunehmen und als Geisel festzuhalten, damit der Süden ihn dazu benutzen konnte, vorteilhafte Bedingungen bei der Kapitulation herauszuschlagen.«

»Eigentlich keine schlechte Idee«, meinte Giordino und setzte sich auf den Boden, um sich auszuruhen.

»Wenn da nicht der halsstarrige alte Edwin Stanton gewesen wäre, der den Handel unterminiert hat.«

»Der hat sich geweigert, der Erpressung nachzugeben«, sagte Pitt.

»Ja, aber er hatte noch weitere Gründe«, nickte Perlmutter. »Lincoln muß man zugute halten, daß er Stanton als Kriegsminister in sein Kabinett aufnahm. Er hielt ihn am besten geeignet für diese Aufgabe, ungeachtet der Tatsache, daß Stanton Lincoln überhaupt nicht leiden konnte. Stanton verhöhnte Lincoln als regelrechten ›Gorilla‹ und sah in der Gefangennahme des Präsidenten eher eine Gelegenheit als ein Unglück.«

»Wie wurde Lincoln entführt?« fragte Pitt.

»Es war bekannt, daß Lincoln fast täglich mit dem Zweispänner eine Ausfahrt in die Umgebung Washingtons unternahm. Eine konföderierte Kavallerieeinheit in der Uniform der Nordstaaten unter Befehl von Captain Brown überwältigte Lincolns Eskorte während eines dieser Ausflüge und schmuggelte ihn über den Potomac auf das Gebiet, das von den Konföderierten gehalten wurde.«

Pitt hatte Mühe, die Puzzlestücke zu ordnen. Ein historisches

Ereignis, das er nie in Frage gestellt hatte, entpuppte sich plötzlich als Täuschung, und er mußte seine gesamte Willenskraft anspannen, um sich zu konzentrieren. »Wie war Stantons unmittelbare Reaktion auf Lincolns Entführung?« fragte er.

»Stanton wurde von den überlebenden Leibwächtern des Präsidenten als erster in Kenntnis gesetzt. Er sah die Panik und die Empörung im Lande voraus, wenn bekannt würde, daß der Präsident vom Feind gefangengenommen worden war. Er deckte das Unglück schnell mit dem Mantel des Schweigens zu und entwickelte einen Plan, damit das Ganze nicht an die Öffentlichkeit drang. Er ging sogar so weit, Mary Todd Lincoln mitzuteilen, ihr Mann befinde sich auf einer geheimen Reise zu General Grants Hauptquartier und werde erst in einigen Tagen zurückkommen.«

»Kaum zu glauben, daß nichts durchgesickert ist«, sagte Giordino skeptisch.

»Stanton war der gefürchtetste Mann in Washington. Wenn der jemanden zur Geheimhaltung verpflichtete, hielt man den Mund bis zum Tod.«

»Ist die ganze Angelegenheit nicht rausgekommen, als Davis die Nachricht von Lincolns Gefangennahme und seine Forderungen nach günstigen Kapitulationsbedingungen überbringen ließ?«

»Stanton war gerissen. Er durchschaute den Plan der Konföderierten schon wenige Stunden, nachdem Lincoln gefangengenommen worden war. Er alarmierte den kommandierenden General der Washingtoner Verteidigungstruppen, und als Davis' Unterhändler die Fronten unter der Parlamentärsflagge überquerte, wurde er sofort zu Stanton gebracht. Weder Vizepräsident Johnson noch Staatssekretär William Henry Seward oder ein anderes Kabinettsmitglied Lincolns wußten, was passiert war. Stanton antwortete heimlich auf Davis' Bedingungen, lehnte entschieden jede Verhandlung ab und empfahl den Konföderierten, sie sollten der Allgemeinheit einen Gefallen tun und Lincoln im James River ertränken.

Davis war wie vor den Kopf geschlagen, als er Stantons Antwort erhielt. Ihr könnt euch sein Dilemma vorstellen. Da sitzt er, und ringsum gehen die Staaten der Konföderation in Flammen auf. Er hat den Führer der Nordstaaten in seiner Gewalt, und ein hochrangiges Kabinettsmitglied der Vereinigten Staaten läßt ihm ausrichten, es kümmere sie einen Dreck. Was sie beträfe, könnten die Konföderierten Lincoln behalten. Davis wurde plötzlich mit der Möglichkeit konfrontiert, von den siegreichen Yankees aufgehängt zu werden. Da sein Plan, den Süden vor dem Untergang zu retten, schiefgegangen war, und er seine Hände nicht mit dem Blut Lincolns beflecken wollte, entledigte er sich für den Augenblick seiner größten Sorge, indem er befahl, Lincoln als Gefangenen an Bord der *Texas* zu bringen. Davis hoffte, das Schiff würde erfolgreich die Blockade der Flotte der Nordstaaten durchbrechen, das Gold in Sicherheit bringen und Lincoln vor dem Zugriff der Nordstaaten retten können, bis man weitere Verhandlungen mit kühleren Köpfen, als Stanton einer war, führen konnte. Unglücklicherweise funktionierte nichts davon.«

»Stanton setzt die Ermordung in Szene, und die *Texas* verschwindet mit Mann und Maus und gilt als verschollen«, schloß Pitt.

»Ja«, bestätigte Perlmutter. »Selbst während seiner zweijährigen Gefangenschaft nach dem Krieg sprach Jefferson Davis nie von Lincolns Gefangennahme. Er fürchtete die Wut der Nordstaaten und einen Rückschlag für den Süden, der gerade dabei war, wieder auf die Füße zu kommen.«

»Und wie hat Stanton die Ermordung organisiert?« fragte Giordino.

»In der amerikanischen Geschichte gibt es keine rätselhaftere Begebenheit als die, die zu Lincolns Tod führte«, antwortete Perlmutter. »Die verblüffende Realität sah so aus, daß Stanton John Wilkes Booth anheuerte, um das Täuschungsmanöver zu inszenieren. Booth kannte einen Schauspieler, der Lincoln in Größe und Hagerkeit etwa gleichkam. Stanton weihte General Grant in seinen Plan ein, und zusammen erzählten sie die Geschichte von ihrem geplanten Treffen mit Lincoln an diesem Nachmittag und daß Grant die Einladung ins Ford's Theater abgelehnt habe. Stantons Agenten setzten Mary Todd Lincoln so unter Drogen, daß sie zu der Zeit, als der falsche Lincoln auftauchte, um sie zum Ford's Theater zu begleiten, kaum ihre Sinne beieinander hatte und gar nicht merkte, daß ihr Mann durch einen Doppelgänger ersetzt worden war.

Im Theater bedankte sich der als Lincoln verkleidete Schauspieler für den begeisterten Applaus des Publikums, das gerade weit genug von der Präsidentenloge entfernt saß, um nicht erkennen zu können, daß es sich um einen falschen Präsidenten handelte. Booth erledigte seine Aufgabe. Er schoß dem nichtsahnenden Lincoln-Schauspieler hinterrücks in den Kopf und sprang auf die Bühne. Dann wurde der arme Doppelgänger mit einem Taschentuch über dem Gesicht, damit niemand ihn erkennen konnte, über die Straße getragen und starb unter Umständen, die Stanton höchstpersönlich herbeigeführt hatte.«

»Aber es waren doch Zeugen am Sterbebett«, widersprach Pitt. »Armeeärzte, Kabinettsmitglieder und Lincolns Sekretäre.«

»Die Ärzte waren Freunde und Agenten Stantons«, erklärte Perlmutter erschöpft. »Wir werden niemals erfahren, wie die übrigen getäuscht wurden. Stanton gibt darüber keinerlei Auskunft.«

»Und die Verschwörung, Vizepräsident Johnson und Staatssekretär Seward zu töten? Gehörte das auch zu Stantons Plan?«

»Wenn die aus dem Weg waren, wäre er der nächste in der Folge der Präsidentschaft gewesen. Doch die Männer, die Booth angeheuert hatte, vermasselten den Anschlag. Trotzdem benahm sich Stanton selbst in den ersten Wochen nach der Amtsübernahme Johnsons wie ein Diktator. Er führte die Nachforschungen durch, ordnete die Verhaftung der Verschwörer an und sorgte für eine blitzschnelle Verurteilung und Tod durch Erhängen. Er war es auch, der die Nachricht verbreitete, Lincoln sei von Agenten Jefferson Davis' ermordet worden, und das Ganze sei eine Aktion der Konföderierten gewesen, die alles auf eine Karte gesetzt hatten.«

»Dann ließ Stanton Booth umbringen, um ihn auch am Reden zu hindern?« mutmaßte Pitt.

Perlmutter schüttelte den Kopf. »In der Scheune, die anschließend abbrannte, wurde ein anderer Mann erschossen. Autopsie und Identifizierung waren eine bewußte Irreführung. Booth ist davongekommen und lebte noch etliche Jahre, bevor er schließlich im Jahre 1903 in Enid, Oklahoma, Selbstmord beging.«

»Ich habe irgendwo gelesen, daß Stanton Booths Tagebuch verbrannt hat«, sagte Pitt.

»Stimmt«, erwiderte Perlmutter. »Der Schaden war angerichtet. Stanton hatte die Öffentlichkeit gegen die besiegten Südstaaten aufgebracht. Lincolns Pläne, dem Süden wieder auf die Beine zu helfen, wurden zusammen mit seinem Doppelgänger in einem Grab in Springfield, Illinois, begraben.«

»Dann ist diese Mumie im Schaukelstuhl«, flüsterte Giordino starr vor Ehrfurcht, »die wir hier in den Überresten eines konföderierten Kriegsschiffs, unter einer Düne mitten in der Sahara begraben, tatsächlich Abraham Lincoln?«

»Da bin ich ganz sicher«, antwortete Perlmutter. »Eine anatomische Untersuchung wird zweifellos seine Identität feststellen. Ihr erinnert euch gewiß, daß Grabräuber in das Grabmal eingebrochen sind und gefaßt wurden, bevor sie den Leichnam stehlen konnten. Was nicht an die Öffentlichkeit drang, sondern schnell unterdrückt wurde, war die Tatsache, daß die Beamten, die den Leichnam umbetten mußten, erkannten, daß es sich um einen Doppelgänger handelte. Aus Washington kam der Befehl, sie sollten schweigen und das Grab so herrichten, daß man es nie wieder würde öffnen können. Die Särge von Lincoln und seinem Sohn Tad wurden in hundert Tonnen Zement gebettet, weil man spätere Grabräuber davon abhalten wollte, das Grab erneut zu schänden, so hieß es. Doch die Wahrheit ist, daß man sämtliche Beweise des Verbrechens vernichten wollte.«

»Du weißt doch, was das bedeutet?« fragte Pitt Perlmutter, »oder?«

»Ob ich weiß, was *was* bedeutet?« murmelte er dumpf.

»Wir sind drauf und dran, die Vergangenheit zu verändern«, erklärte Pitt. »Wenn wir erst einmal enthüllen, was wir hier gefunden haben, wird das tragischste Ereignis in der Geschichte der Vereinigten Staaten neu geschrieben werden müssen.«

Perlmutter warf Pitt einen fassungslosen Blick zu. »Du weißt nicht, was du sagst. Abraham Lincoln wird in den amerikanischen Überlieferungen, den Geschichtsbüchern und Romanen als Heiliger und bescheidener Mann gefeiert. Der Mord machte ihn zum Märtyrer, der durch die Jahrhunderte verehrt wird. Wenn wir Stantons falschen Mord enthüllen, wird sein Andenken zerstört, und Amerika geht ein Vorbild verloren.«

Pitt sah sehr erschöpft aus, doch seine Miene war ruhig, und seine Augen blitzten lebhaft und entschlossen. »Kein Mensch wurde seiner Ehrlichkeit wegen mehr bewundert als Abraham Lincoln. Unter solch hinterlistigen und unzumutbaren Umständen ums Leben zu kommen, entsprach nicht seiner Einstellung. Seine sterblichen Überreste verdienen eine ehrenvolle Bestattung. Ich glaube fest daran, daß er gewollt hätte, daß spätere Generationen seines Volkes, dem er so treu gedient hat, die Wahrheit erfahren.«

»Da stimme ich dir zu«, sagte Giordino überzeugt. »Es wird mir eine Ehre sein, neben dir zu stehen, wenn der Vorhang sich hebt.«

»Das wird einen Aufschrei geben«, keuchte Perlmutter. »Mein Gott, Dirk, begreifst du denn nicht? Das hier ist eine Sache, die man am besten ruhen läßt. Die Nation darf das niemals erfahren.«

»Du redest wie ein arroganter Politiker oder Beamter, der Gott spielt, indem er der Öffentlichkeit die Wahrheit unter dem Deckmantel der nationalen Sicherheit vorenthält – ganz zu schweigen von dem Blödsinn, es sei nicht im nationalen Interesse.«

»Also wirst du das wirklich tun«, murmelte Perlmutter mit erstickter Stimme. »Du wirst tatsächlich im Namen der Wahrheit einen nationalen Aufruhr entfachen.«

»Ebenso wie die Männer und Frauen im Kongreß und im Weißen Haus, Julien, unterschätzt du das amerikanische Volk. Die Menschen werden diese Nachricht ohne Schwierigkeiten akzeptieren, und Lincolns Ansehen wird größer sein als je zuvor. Tut mir leid, mein Freund, aber davon wirst du mich nicht abbringen.«

Perlmutter merkte, daß jeder weitere Versuch zwecklos war. Er verschränkte die Hände vor seinem mächtigen Bauch und seufzte. »In Ordnung, dann schreiben wir die letzten Kapitel des Bürgerkriegs einfach um und treten zusammen vor das Erschießungskommando.«

Pitt beugte sich über die groteske Gestalt und musterte die ungewöhnlich langen Arme und Beine, das ernste, müde Gesicht. Dann sagte er leise, kaum hörbar: »Nachdem er hier 130 Jahre lang eingeschlossen war, ist es an der Zeit, den alten ›Honest Abe‹ in die Heimat zurückzubringen.«

20. Juni 1996
Washington D.C.

64

Die Nachricht von der Entdeckung Lincolns und die Enthüllung des Stanton-Schwindels versetzten alle Welt in ungeheure Aufregung. Die Leiche wurde ehrfürchtig vom Kanonenboot geborgen und zurück nach Washington geflogen. In jeder Schule des Landes lernten die Kinder Lincolns Rede von Gettysburg auswendig und sagten sie auf, wie das schon ihre Großeltern getan hatten.

Die Hauptstadt geriet in einen Festtagstaumel. Fünf noch lebende Präsidenten standen in der Rotunde des Kapitols und erwiesen am offenen Sarg ihrem lange verstorbenen Vorgänger ihre Ehrerbietung.

Die sterblichen Überreste des 16. Präsidenten wurden nicht auf dem Friedhof in Springfield bestattet. Auf Anweisung des Präsidenten wurde im Boden des Denkmals, unmittelbar unterhalb der berühmten weißen Marmorstatue, ein Grab ausgehoben. Niemand, nicht einmal die Kongreßabgeordneten aus Illinois dachten daran, gegen diese letzte Ruhestätte Protest einzulegen.

Ein Staatsfeiertag wurde anberaumt, und Millionen von Menschen im ganzen Land verfolgten die Festlichkeiten in Washington im Fernsehen. Die regulären Programme wurden geändert, und von morgens bis abends bekam man nichts anderes zu hören und zu sehen. Die Nachrichtenkommentatoren hatten ihren großen Tag.

Die Fraktionsführer im Kongreß stimmten einmütig, wie nur selten, dafür, die *Texas* zu bergen und von Mali nach Washington ins Mall-Museum zu transportieren, wo das Schiff aufbewahrt und ausgestellt werden sollte. Die Mannschaft wurde auf dem Friedhof der Konföderierten in Richmond, Virginia, mit großem Pomp unter den Dixieklängen einer Kapelle begraben.

Kitty Mannock und ihr Flugzeug kehrten nach Australien zurück, wo sie im Militärmuseum in Canberra bestattet und ihre treue Fairchild, nachdem sie restauriert war, neben dem berühmten Langstrekkenflugzeug von Sir Charles Kingsford-Smith, der *Southern Cross*, aufgestellt wurde.

Wenn man von ein paar Fotografen und zwei Reportern absah, verlief die Zeremonie zu Ehren von Hala Kamil und Admiral Sandekker für ihre Anstrengungen, der Ausbreitung der Roten Flut Einhalt zu gebieten und die drohende Vernichtung allen Lebens abzuwenden, beinahe ohne jede Beachtung. Zwischen mehreren Reden zeichnete der Präsident sie mit der Ehrenmedaille aus. Danach kehrte Hala Kamil nach New York zu den Vereinten Nationen zurück, wo ihr zu Ehren eine Sondersitzung stattfand. Während der längsten stehenden Ovation, die jemals in der Generalversammlung stattfand, ließ sie schließlich ihren Emotionen freien Lauf.

Sandecker kehrte in aller Ruhe in sein Büro bei der NUMA zurück, begab sich in seinen privaten Fitneßraum und plante, während er seine täglichen Übungen hinter sich brachte, den nächsten Unterwassereinsatz, so als wäre es ein Tag wie jeder andere.

Dr. Darcy Chapman und Rudi Gunn wurden für den Nobelpreis nominiert, den sie jedoch nicht gewinnen würden. Sie beachteten den Rummel überhaupt nicht, sondern reisten zusammen in den Südatlantik, um dort die Auswirkungen der Roten Flut auf das Meeresleben zu erforschen. Dr. Hopper stieß zu ihnen, nachdem man ihn heimlich aus dem Krankenhaus geholt und an Bord des Forschungsschiffes gebracht hatte. Er beharrte darauf, sich bei der Arbeit schneller erholen zu können, und beschäftigte sich mit der toxischen Auswirkung der Roten Flut.

Hiram Yaeger bekam von der NUMA einen fetten Bonus und zehn zusätzliche Tage bezahlten Urlaub. Er nahm seine Familie mit nach Disney World. Während seine Familie die Attraktionen genoß, nahm er an einem Seminar über archivalische Computersysteme teil.

General Hugo Bock, der sich zunächst um die Überlebenden und die Angehörigen der Toten, die während der mittlerweile legendären Schlacht bei Fort Foureau gefallen waren, gekümmert hatte, wurde mit zahlreichen Orden ausgezeichnet und bekam eine Soldzulage. Er entschloß sich, auf der Höhe seines Ruhms den Abschied von der UN-Eingreiftruppe zu nehmen. Heute lebt er zurückgezogen in einem kleinen Dorf in den bayerischen Alpen.

Wie Pitt prophezeit hatte, wurde Colonel Levant zum General befördert, mit dem Friedensorden der Vereinten Nationen ausgezeichnet und Nachfolger von General Bock.

Nachdem Captain Pembroke-Smythe sich im Schloß seiner Familie in Cornwall von seinen Verletzungen erholt hatte, wurde er zum Major befördert und wieder zu seinem ehemaligen Regiment versetzt. Er wurde von der Königin empfangen, die ihn mit dem Distinguished Service Order (DSO) auszeichnete. Gegenwärtig tut er Dienst in einer Spezialeinheit.

St. Julien Perlmutter, glücklich, daß seine Einschätzung der Reaktion, wie die amerikanische Öffentlichkeit das Wiederauftauchen ihres hochverehrten Präsidenten und die späte Veröffentlichung von Stantons Verrat aufnehmen würde, falsch gewesen war, wurde von zahllosen historischen Vereinigungen gefeiert und geehrt.

Al Giordino machte schließlich die hübsche Klavierspielerin ausfindig, die er an Bord von Yves Massardes Hausboot getroffen hatte. Glücklicherweise war sie unverheiratet und aus einem unerfindlichen Grund – zumindest in Pitts Augen – fand sie Gefallen an Giordino und nahm seine Einladung zu einer gemeinsamen Reise ans Rote Meer an, wo sie tauchen wollten.

Was Dirk Pitt und Eva Rojas betraf...

25. Juni 1996
Monterey, Kalifornien

65

Im Juni war Hochsaison auf der Halbinsel Monterey. Die Touristen fuhren mit ihren Autos Stoßstange an Stoßstange die sehenswerte 17 Meilen lange Straße zwischen Monterey und Carmel entlang. Auf der Cannery Row drängten sich die Menschen, konnten sich nicht zwischen einem Einkaufsbummel und dem Abendessen in einem der hübschen Fischrestaurants entschließen, von denen aus man das Meer überblicken konnte.

Die Touristen kamen, um in Pebble Beach Golf zu spielen, Big Sur zu besichtigen und Fotos von den hinreißenden Sonnenuntergängen vor der Küste von Point Lobos zu schießen. Sie wanderten durch die Weinberge, betrachteten die alten Zypressen, schlenderten am Strand entlang, genossen den Anblick dahingleitender Pelikane, das Bellen der Seehunde und die Brandung.

Evas Eltern waren, nachdem sie mehr als 32 Jahre in dem kleinen Haus in Pacific Grove gelebt hatten, der außergewöhnlichen Umgebung gegenüber immun geworden. Oft nahmen sie ihr Glück, an einem so schönen Abschnitt der kalifornischen Küste zu leben, gar nicht mehr wahr. Doch ihr Blick wurde jedesmal von neuem geschärft, wenn Eva nach Hause zurückkehrte.

Dann überredete sie ihre Eltern, die übliche Routine zu verlassen und die einfachen Freuden ihrer Umgebung zu genießen. Doch dieser Aufenthalt unterschied sich von den früheren. Sie war nicht in der Verfassung, sie zu einer Radtour zu bewegen oder zum Schwimmen in der Brandung. Sie war auch nicht in der Stimmung, etwas anderes zu unternehmen, als sich ruhig im Haus aufzuhalten.

Eva war erst vor zwei Tagen aus dem Krankenhaus entlassen worden, saß im Rollstuhl und erholte sich von den Wunden, die Fort Foureau ihr beigebracht hatte. Der von der Schufterei in den Minen von Tebezza ausgemergelte Körper war durch gesundes Essen wieder aufgeblüht, und um die Hüfte herum hatte sie sogar drei Zentimeter zugelegt. Diesem Umstand ließ sich durch Gymnastik so lange nicht abhelfen, wie ihre Brüche nicht verheilt waren und man die Schienen abnehmen konnte.

Ihr Körper erholte sich langsam, doch sie machte sich Sorgen, weil sie noch nichts von Pitt gehört hatte. Seit sie mit dem Hubschrauber aus den Ruinen von Fort Foureau nach Mauretanien geflogen und von dort aus in ein Krankenhaus nach San Francisco gebracht worden war, war Pitt spurlos aus ihrem Leben verschwunden. Selbst ein Telefongespräch mit Admiral Sandecker hatte ihr nur die Gewißheit verschafft, daß Pitt sich noch in der Sahara aufhielt und mit Giordino noch nicht nach Washington zurückgekehrt war.

»Warum spielst du nicht heute morgen mit mir Golf?« fragte ihr Vater sie. »Tut dir gut, wenn du mal aus dem Haus kommst.«

Sie blickte in seine zwinkernden grauen Augen und lächelte, weil sein grauer Haarschopf sich nie bändigen ließ. »Ich glaube nicht, daß ich in der Verfassung bin, einen Ball zu treffen«, grinste sie.

»Ich dachte, es macht dir vielleicht Spaß, mit mir im Golfwagen zu fahren.«

Sie dachte einen Moment lang über den Vorschlag nach und nickte dann. »Weshalb nicht?« Sie hielt ihren gesunden Arm in die Höhe und bewegte die Zehen ihres rechten Fußes. »Doch nur, wenn ich fahren darf.«

Mr. Rojas schlug ab zum vierten Loch. Die Fairways des Pacific Grove Municipal Golf Course erstreckten sich rund um den Leuchtturm von Point Pino. Er beobachtete, wie sein Ball in einem Bunker landete, schüttelte den Kopf und steckte den Schläger wieder in die Tasche.

»Nicht genug Kraft«, murrte er frustriert.

Eva saß hinterm Steuer des Golfwagens und deutete auf eine Bank, die an einem Aussichtspunkt stand, von dem aus man einen weiten Blick übers Meer hatte. »Würde es dir etwas ausmachen, Dad, wenn ich die fünf nächsten Löcher aussetze? Es ist ein so wunderschöner Tag, daß ich einfach dasitzen und den Ozean betrachten möchte.«

»Klar, mein Schatz. Ich hole dich auf dem Rückweg zum Clubhaus wieder ab.«

Nachdem er ihr geholfen hatte, auf der Bank so bequem wie möglich Platz zu finden, winkte er und fuhr mit dem Wagen den Fairway entlang aufs Green zu. Drei seiner Golffreunde folgten in einem weiteren Wagen.

Über dem Wasser lag ein leichter Nebel, doch sie konnte die Küste der Bucht erkennen, die sich bis in die Stadt Monterey hinein erstreckte und sich dann fast schnurgerade in Richtung Norden fortsetzte. Das Meer war ruhig. Sie genoß die Luft mit ihrem durchdringenden Geruch nach trockenem Tang, der auf der Felsenküste hing, und beobachtete einen Seeotter bei seinen Possen.

Plötzlich blickte Eva auf, als eine schnatternde Seemöwe direkt über sie hinwegflog. Während sie den Kopf drehte, um ihren Flug zu beobachten, bemerkte sie einen Mann, der ruhig neben ihr, schräg hinter der Bank stand.

»Du, ich und die Bucht von Monterey«, sagte er leise.

Pitt lächelte fröhlich und voller Zuneigung, und Eva starrte ihn einen Augenblick ungläubig an. Dann saß er neben ihr, und sie lag in seinen Armen.

»Oh, Dirk, Dirk! Ich wußte nicht, ob du kommen würdest. Ich dachte schon, es wäre aus –«

Sie schwieg, als er sie küßte und in ihre schimmernden blauen Augen blickte, in denen jetzt Tränen standen, die ihr über die geröteten Wangen liefen.

»Ich hätte dir Bescheid sagen sollen«, sagte er. »Doch bis vor zwei Tagen war mein Leben ein einziges Chaos.«

»Ich vergebe dir«, erwiderte sie fröhlich. »Doch wie in aller Welt hast du erfahren, daß ich hier bin?«

»Von deiner Mutter. Eine nette Frau. Sie hat mich hergeschickt. Ich habe einen Golfwagen gemietet und bin die Anlage abgefahren, bis ich diese kleine, einsame Gestalt sah, die mit haufenweise gebrochenen Knochen traurig übers Meer blickte.«

»Du spinnst«, sagte sie glücklich und küßte ihn noch einmal.

Er schob seine Arme vorsichtig unter Eva und hob sie hoch. »Ich wünschte, wir hätten Zeit, der Brandung zuzusehen, doch wir müssen uns beeilen. Meine Güte, mit all den Verbänden bist du ganz schön schwer.«

»Weshalb müssen wir uns beeilen?«

»Weil wir deine Sachen packen und ein Flugzeug erwischen müssen«, erwiderte er und setzte sie vorsichtig in den Golfwagen.

»Ein Flugzeug? Wohin?«

»Wir fliegen zu einem kleinen Fischerdorf an der Westküste von Mexiko.«

»Du nimmst mich mit nach Mexiko?« lächelte sie unter Tränen.

»Wir gehen an Bord eines Bootes, das ich gechartert habe.«

»Machen wir eine Kreuzfahrt?«

»So etwas Ähnliches«, erklärte er grinsend. »Wir fahren zu einer Insel, Clipperton Island, und begeben uns auf Schatzsuche.«

Während Pitt zum Parkplatz fuhr, der neben dem Clubhaus lag, sagte sie: »Ich halte dich für den hinterhältigsten, niederträchtigsten Kerl, den ich je kennengelernt habe –« Sie unterbrach sich, als er neben einem seltsam aussehenden, margentafarbenen Wagen hielt. »Was ist das denn?« fragte sie verblüfft.

»Ein Auto.«

»Das sehe ich, aber welche Marke?«

»Ein Avions Voisin, ein Geschenk meines alten Kumpels Zateb Kazim.«

Sie sah ihn fassungslos an. »Du hast ihn von Mali hierher verfrachten lassen?«

»In einem Transportflugzeug der Air Force«, erwiderte er lässig. »Der Präsident schuldete mir einen Gefallen. Also habe ich ihn einfach gefragt.«

»Und wo willst du ihn parken, wenn wir ein Flugzeug erreichen müssen?«

»Ich habe deine Mutter überredet, daß wir ihn bis zum Pebble Beach Concours im August in der Garage abstellen können.«

Ungläubig schüttelte sie den Kopf. »Du bist unverbesserlich.«

Pitt hielt sanft ihren Kopf zwischen seinen Händen, lächelte sie an und sagte: »Deshalb macht das Leben mit mir auch so viel Spaß.«